J. KENNER

Year of Passion

April – Mai – Juni

J. KENNER

YEAR *of* PASSION

APRIL
MAI
JUNI

Drei Romane in einem Band

Aus dem Amerikanischen
von Anu Katariina Lindemann, Nicole Hölsken
und Emma Ohlsen

DIANA

Sollte diese Publikation Links auf Webseiten Dritter enthalten, so übernehmen wir für deren Inhalte keine Haftung, da wir uns diese nicht zu eigen machen, sondern lediglich auf deren Stand zum Zeitpunkt der Erstveröffentlichung verweisen.

MIX
Papier aus verantwortungsvollen Quellen
FSC® C083411
FSC
www.fsc.org

Verlagsgruppe Random House FSC®N001967

Deutsche Erstausgabe 03/2019

Die Originalausgabe erschien 2018 unter dem Titel *Man of the Month. Start Me Up. Get It On. In Your Eyes* bei Martini & Olive.

Übersetzung: Anu Katariina Lindemann (April), Nicole Hölsken (Mai), Emma Ohlsen (Juni)
Redaktion: Anita Hirtreiter (April, Mai) und Antje Steinhäuser (Juni)
Umschlaggestaltung: t. mutzenbach design, München
Covermotiv: © Dan Kamminga, Per Winbladh/ Gettyimages; Sergiophoto, Surachet Khamsuk, Christopher Hall, MrVander/ Shutterstock
Satz: Christine Roithner Verlagsservice, Breitenaich
Druck und Bindung: CPI books GmbH, Leck

Printed in the Czech Republic
ISBN 978-3-453-36024-2

www.diana-verlag.de
Dieses Buch ist auch als E-Book lieferbar.

INHALT

YEAR *of* PASSION

APRIL

Alle lieben meinen anzüglichen Humor, doch niemand weiß, wie viel Schmerz sich dahinter verbirgt. Vor allem nicht die Frauen, die mein Bett teilen, denn ich lasse sie niemals an mich heran. Ich lasse sie niemals hinter die Fassade meiner Celebrity-Persönlichkeit blicken.

Dann traf ich sie. Shelby Drake.

Eine ehrgeizige, konservative, schüchterne Wirtschaftsprüferin, nicht der Typ Frau, der mir normalerweise auffällt. Doch ihr weicher Mund, die Andeutung ihrer Kurven, ihre tiefe Sinnlichkeit, das alles raubt mir den Verstand. Und nach einem betrunkenen One-Night-Stand bin ich mir sicher, dass ich mehr will. Viel mehr.

Nun bin ich auf sinnlicher Mission. Denn ich werde alles tun, um Shelby zu beweisen, dass sich Gegensätze anziehen.

1

»Guuuuuuten Morgen, Austin!«, schmetterte Nolan in bester Robin-Williams-Manier ins Mikrofon. »Es ist sechs Uhr am Mittwochmorgen, und wenn ihr geglaubt habt, früh genug aufgestanden zu sein, um dem Berufsverkehr zu entgehen, dann seid ihr noch durchgeknallter als ich. Da draußen herrscht das totale Chaos, aber das ist schon okay, weil's hier drin auch ganz schön verrückt zugeht. Allerdings werde ich hier sein, um eure Autofahrt noch ein bisschen abgefahrener zu machen. Ganz egal, ob ihr gerade einfach nur die Straße entlangfahrt oder durch die ganze Stadt düst.«

Er drückte auf die Taste an seinem Bedienpult, um die Titelmelodie von *Twilight Zone* abzuspielen, dann lehnte er sich näher an das Mikro, senkte die Stimme und ahmte Rod Serling nach. »Es liegt zwischen Comedy und Dummheit, zwischen Humor und Schwachsinn. Ganz recht, liebe Leute. Ich bin euer Moderator – Nolan Wood! Und das hier ist …« Er legte eine Kunstpause ein, während der Sendeleiter Connor den Hall bei den Soundeffekten erhöhte, und beendete das Ganze schließlich mit dem Titel der Sendung *Mornings with Wood*.

Seine kleine Showeinlage hatte er im Stehen gemacht – es mochte zwar erst sechs Uhr in der Früh sein, doch vor einer Sendung war Nolan immer aufgekratzt und gab gut gelaunt sein Bestes –, aber jetzt ließ er sich auf seinen Stuhl plumpsen. Er rollte gerade etwas zurück in Richtung Rückwand des kleinen verglasten Studios, als Connor das Zeichen gab, den Satisfaction-Soundeffekt abzuspielen. Das war ein kleiner Clip, den Nolan zusammengeschnitten hatte, der zu steigendem Applaus anschwoll und mit dem befriedigten »O Nolan!«-Schnurren einer Frau seinen Höhepunkt fand.

Dann wurde die Titelmusik der Show, die zur Hauptsendezeit lief, abgespielt. Sie endete mit dem Slogan, der von einem der Sprecher des Senders aufgezeichnet worden war: »Ihr hört *Mornings with Wood* bei KIKX Austin auf 96.3. Zeitlose Musik und klassenloses Gequatsche mit eurem Moderator – Nolan Wood!«

Ganz im Rhythmus – so natürlich wie Sex – war Nolan wie aufs Stichwort wieder zurück am Mikro, sein ganzer Körper summte vor Energie, als er in seine Rolle verfiel. »Ganz recht, Camper! Es ist ein wundervoller Maimorgen. Die Sonne scheint. Das Gras ist grün. Die Vögel zwitschern. Südlich von Mo-Pac in der Nähe der Far-West-Ausfahrt kommt es zu einem verdammt großen Verkehrsaufkommen. Haut ab, solange ihr noch könnt, weil das alles andere als schön ist. Und falls ihr keine alternative Route haben solltet ... na ja, dann hoffe ich, dass euch der Anblick von eurem Armaturenbrett gefällt, weil das – mit Ausnahme von dem Heck des Wagens vor euch – euer einziger Anblick sein wird, bis ihr von dem Highway zur Hölle wieder runterkommt. Und wenn das mal kein guter Übergang ist, dann fällt mir auch nichts mehr ein. Hier gibt's jetzt gleich AC/DC, um euch ein bisschen wachzurütteln und um euren Schmerz zu lindern.«

Als Nolan aufhörte zu reden, spielte Connor *Highway to Hell* ab, und Nolan blickte grinsend auf. »Verdammt, ich liebe diesen Job!«

»Gut«, erwiderte Connor. »Weil ich ihn nämlich mit Sicherheit nicht wollen würde.« Er schaute runter auf den gelben Notizblock, den er immer dabeihatte. »Als Nächstes kommt ein Werbespot, und womit willst du danach weitermachen? Musikwünsche? Naked News? Super-Dating-Event?«

Das war einer der Gründe, warum Nolan es liebte, mit Connor zu arbeiten. Nolans letzter Sendeleiter hatte darauf bestanden, dass er das Programm immer im Voraus plante. Aber als Connor vor neun Monaten bei ihnen eingestiegen war, hatte Nolan gesagt, dass die Show mehr Energie haben würde, wenn er mehr Spielraum hätte. Eigentlich hatte er damit gerechnet, dass sein Wunsch auf Widerstand stoßen würde, doch der dünne ehemalige Surfer aus Kalifornien hatte lediglich mit den Schultern gezuckt und gemeint, dass, solange Nolan wusste, was er tat, er mit seiner vollen Unterstützung rechnen könnte.

Und um mal ganz ehrlich zu sein – wenn Connor Titten gehabt hätte, wäre Nolan in dem Moment auf die Knie gegangen und hätte ihm einen Heiratsantrag gemacht. Aber unter den gegebenen Umständen hatte er seinen neuen Sendeleiter anschließend nur auf einen Drink in seiner Lieblingsbar – The Fix on Sixth – eingeladen. Dann hatten sie sich gegenseitig ihre Lebensgeschichten erzählt, während sie bei diesem althergebrachten Männerfreundschaftsritual dermaßen viel tranken, bis sie sternhagelvoll waren.

Und was diese Heiratssache anging, wäre daraus sowieso nichts geworden. Gail, mit der Connor seit fünf Jahren verheiratet war, hätte dieser Idee niemals zugestimmt. Andererseits vielleicht ja doch. Schließlich hatte Gail – im Gegensatz zu Nolans Ex – durchaus Sinn für Humor.

Frustriert schüttelte Nolan den Kopf, um die unwillkommenen Gedanken an Lauren zu verscheuchen. »Machen wir mal weiter mit *Come With Me*«, schlug er vor und bezog sich damit auf einen neuen Beitrag, den er sich erst vor Kurzem ausgedacht hatte.

Connor räusperte sich. »Was das angeht: nein. Jedenfalls nicht, solange uns Manny noch nicht sein Okay gegeben hat. Er glaubt, dass du es noch mit zu vielen Orgasmus-Witzen übertreiben wirst.«

Die meiste Zeit über ließ der Geschäftsführer des Senders, Manuel Ortega, Nolan relativ freie Hand. Aber ab und zu wurde er stinksauer wegen einer bestimmten Idee.

»Es ist doch nur ein Beitrag, in dem es ums Reisen geht«, protestierte Nolan. Was ja mehr oder weniger auch stimmte. In diesem Falle dann allerdings wohl eher weniger als mehr.

»Du wirst also nicht den Gewinner auswählen, der zuerst durch-*kommt*? Und ich meine damit nicht im übertragenen Sinn.«

»Wie wär's, wenn wir einfach Naked News machen«, schlug Nolan vor und schenkte seinem Freund sein charmantestes Lächeln, um dessen Frage aus dem Weg zu gehen. »Ich hab jetzt Lust, sichtbar zu werden.«

Connor grinste und schüttelte den Kopf in vorgetäuschter Verzweiflung, während er nach seinem Telefon griff. Als Nolan das erste Mal das Live-Video-Streaming einiger Beiträge auf den Social-Media-Plattformen des Senders vorgeschlagen hatte, war Connor sich noch unsicher gewesen. Aber bei ihrem ersten Versuch – mit nichts weiter als Nolan hinter dem Mikro, der gerade irgendetwas auf die Schippe nahm – waren die Einschaltquoten in die Höhe geschossen, und Anrufer hatten stundenlang die Telefonleitungen blockiert.

Connor, der nie ein schlechter Verlierer war, war am nächsten Tag mit einer Liste von Beiträgen, die sie in Nolans Programm einarbeiten könnten, zur Arbeit gekommen. Als er Naked News vorschlug, hatte Nolan seinem Kumpel auf die Schulter geklopft, sich eine Pseudo-Träne aus dem Augenwinkel gewischt und Connor gesagt, dass er so stolz wie ein frischgebackener Vater sei.

Jetzt rollte Nolan die Hauptrequisite für den Beitrag vor seinen Stuhl – es war ein Bild einer mit Schaumblasen gefüllten Badewanne, das auf einer Sperrholzplatte aufgemalt war. Daraufhin riss er sich sein T-Shirt vom Leib und setzte sich, während Connor das Smartphone auf einem Stativ in einem 90-Grad-Winkel zu der Requisite positionierte.

An diesem Morgen trug Nolan eine Jogginghose. Für einen zusätzlichen Effekt zog er das linke Hosenbein hoch und enthüllte sein Bein, schleuderte den Schuh weg und ließ dann seinen Fuß über den hölzernen Rand der Fake-Wanne baumeln. Dadurch war er von seinem normalen Mikro zu weit entfernt, aber sie hatten noch andere Mikros, die man von oben herunterziehen konnte und die an vier zentralen Stellen im Studio installiert waren. Er schnappte sich das Mikrofon über ihm, zog es bis zum richtigen Level herunter und griff schließlich nach der Zeitung.

In den drei Sekunden, die der Werbespot noch dauerte, lehnte sich Nolan auf seinem Platz zurück. Sobald sich der Spot dem Ende zuneigte, legte er los. Er erzählte seinem Publikum, dass mit Naked News die Stunde der Wahrheit gekommen war. »Wir waschen den Dreck ab und übergeben euch nichts als die harte, saubere Wahrheit hinter der Story. Und all das machen wir live!« Begleitet wurde das Ganze von dem Beifall und Jubel von einem der vielen einprogrammierten Soundeffekte der Sendung.

Er drehte den Kopf in die Richtung der Kamera, als das Streaming begann. Die Folge war, dass jeder Zuhörer, der gerade nicht hinter dem Lenkrad saß – und traurigerweise wahrscheinlich auch ein paar, die gerade durchaus hinter dem Steuer saßen –, zu den Social-Media-Accounts des Senders wechseln und sich dort dann etwas ansehen konnte, was so aussah wie ein nackter Nolan, der in einer Wanne voller Schaumblasen hockte, sein Bein über den Badewannenrand hängen ließ und eine aufgeschlagene Zeitung vor sich hatte. Die Zeitung blieb natürlich auf wundersame Weise trocken.

Eine der Aufgaben des Senders war es, die Zuhörer über lokale Neuigkeiten auf dem Laufenden zu halten. Auch wenn die Nachrichtenabteilung das schon komplett übernahm, sah sich Connor dennoch jeden Morgen die *Austin American-Statesman* durch und lieferte Nolan anschließend einen mündlichen Bericht als Teil für dessen Vorbereitung auf die bevorstehende Sendung. Er fand immer irgendetwas in den Nachrichten, was er in Comedy-Gold verwandeln konnte.

Der heutige Tag war da keine Ausnahme. Er hatte etwas über die vor Kurzem stattgefundene Beauftragung eines Beratungsunternehmens von der Stadt gefunden, um die Vor- und Nachteile besser abwägen zu können, ob die Stadt innerstädtische historische Gebäude und Grundstücke erwerben sollte, um diese dann als Museen und andere Treffpunkte zu erhalten. »Wissen die denn nicht, dass Alkohol ein Konservierungsmittel ist? Das macht aus der Sixth Street eine der am besten erhaltenen historischen Straßen des ganzen Landes. Was zur Hölle wollen die denn noch? Und wenn wir schon mal dabei sind – lasst uns doch mal ein paar Tickets für das bevorstehende Pink-Chameleon-Konzert in San Antonio verschenken. Nur noch etwas über einen Monat – und dann ist es schon so weit!«

Er hielt sich an den Armlehnen seines Stuhls fest, was die Zuschauer jedoch nicht sehen konnten. Danach drückte er sich hoch, sodass es aussah, als ob sein Oberkörper aus den Fake-Schaumblasen emportauchen würde. Im selben Augenblick drückte Connor auf die Taste für die tiefe, rauchige Frauenstimme. »Ooooh, Nolan! Du bist ja so groß und stark! Erzähl mir mehr!«

»Stets zu Ihren Diensten«, sagte er grinsend in die Kamera, während er zurück auf seinen Stuhl und somit in die falschen Schaumblasen rutschte. Normalerweise ging Connor immer auf Nummer sicher, dass Nolan über mindestens fünf Nachrichtenthemen informiert worden war. Heute hatte das zweite Thema auf Connors Liste Nolan jedoch einen Schock versetzt, sodass er bei den letzten drei Themen mit seinen Gedanken ganz woanders gewesen war. Weshalb Nolan seinen Sendeleiter nun auch damit verwirrte, dass er die Konzerttickets schon viel früher weggab als normalerweise.

Verdammt! Jetzt brauchte Nolan etwas, womit er die freie Zeit überbrücken konnte.

»Pink Chameleon hat einen glänzenden, funkelnden Grammy bekommen, und die Performance verspricht, allererste Sahne zu sein. Die Leadsängerin Kiki King ist ein Mädel aus Austin, und ich bin mir sicher, dass sie sich freut, zurück in Texas zu sein – für diese zwei zusätzlichen Auftritte in Dallas und San Antonio. Also wie gewinnt ihr? Der erste Anrufer, der den ursprünglichen Namen von Austins historischer Sixth Street kennt, ist unser glücklicher Gewinner.«

Daraufhin begann er, die Anrufe entgegenzunehmen – und war überrascht, wie viele Hörer keine Ahnung hatten. »Müssen alle während der großen kalifornischen Migration hierhergezogen sein«, sagte er in die Kamera. Aber dann rief der sechste Anrufer an und wusste die richtige Antwort – Pecan Street –, und Nolan holte eine altmodische Autohupe aus seiner Requisitenkiste heraus, hielt sie über die Badewanne und hupte siegreich.

»Und das war's, Leute ...«, schloss er und gab Connor damit zu verstehen, dass der Beitrag nun vorbei war. Doch Connor – verflucht sollte er sein – gab ihm ein Zeichen, er solle mit der Naked-News-Nummer weitermachen. Offensichtlich hatte er gerade irgendeine kleine Panne am Bedienungspult.

Na ja, Scheiße! Denn während Nolan normalerweise kein Problem damit hatte, sich mit Müllreden seinen Weg durchs Leben zu bahnen, und jegliche Nachrichten oder Tratsch auf die Schippe nahm, waren die Neuigkeiten, die er im Briefing gehört hatte, absolut nichts, über das er nachdenken wollte, und noch weniger wollte er darüber reden.

Doch es gab keine anderen Nachrichten mehr. Es sei denn, dass Nolan selbst die Zeitung überfliegen und eine Geschichte auf Sendung auseinanderpflücken wollte. Aber da so etwas nicht passieren würde, musste er sich entweder auf die Neuigkeiten über seine Exfrau Lauren und ihren wunderbaren neuen Ehemann stürzen ... oder er müsste einfach die Zeit absitzen, ohne einen Mucks zu sagen.

Und in Nolans Sendung gab es so etwas nie.

Scheiß drauf, dachte er. Und dann gab er sich ganz seiner Erniedrigung hin.

»Die nächste Neuigkeit ist zum Teil eine öffentliche Bekanntmachung. Bloß eine freundliche Erinnerung an euch arglose Leute da draußen, gewissenhaft mit Zeitungen umzugehen. Ihr wisst nie, wann die Worte ihre Hand ausstrecken und zuschnappen. So wie an diesem Morgen. Seht ihr das?« Er zeigte auf seinen Hals. »Bissspuren. Große, heftige, spitze Bissspuren. Solche, die nur von wilden Tieren und von Exfrauen zurückgelassen werden.«

Connor hob den Kopf und runzelte die Stirn, was Nolan nicht überraschte. Er war zweiundzwanzig gewesen, als Lauren und er sich nach nicht so schönen sechs Monaten getrennt hatten. Heute war er neunundzwanzig und dachte kaum noch an sie. Und neigte auch ganz bestimmt nicht dazu, sie mal beiläufig zu erwähnen – nicht einmal bei ausschweifenden Trinkgelagen mit seinen Kumpels.

»Sie und ihr Senatoren-Ehemann – und ja, ich meine damit einen unserer Senatoren aus Texas – sind allem Anschein nach anlässlich ein paar Veranstaltungen in der Stadt. Unter anderem waren sie gestern Abend bei einem Empfang in der Villa des Gouverneurs. Ich hoffe, es gab dort Eisskulpturen. Es wäre schade, diese frostigen Exfrau-Vibes ungenutzt zu lassen.«

Eigentlich wollte er an diesem Punkt aufhören, doch sein Mund quasselte einfach immer weiter. »Aber jetzt mal ganz im Ernst, Leute. Ich wünsche den beiden nur das Beste. Natürlich hat sie immer gesagt, dass mein Bestes nicht besonders gut war. Aber wisst ihr was? Ich denke, da irrt sie sich ganz gewaltig. Schaut mich jetzt doch mal an!«

Mit einer Handbewegung zeigte er auf die Fake-Badewanne, dann drückte er sich wieder hoch und wies mit einer Hand auf seinen Oberkörper, von dem er verdammt genau wusste, wie gut der bei Frauen ankam. »Nackt *und* im Radio. Ich meine, kommt schon. Kann es denn überhaupt noch besser werden als das? Also, weißt du was, Baby? Hier ist alles, was ich dir zu sagen habe.«

Er drehte seine Hand, um den Stinkefinger in die Kamera zu

halten, und bekam noch mit, dass Connor – nur wenige Sekunden bevor dieses Bild live übertragen wurde – die Kamera ausschaltete. Aber – und da war sich Nolan ziemlich sicher – nicht schnell genug, um Manny zu beruhigen.

Und dann bediente Connor wie ein echtes Programmierungsgenie die Regler und schaltete Nolans Mikro aus, während er die wilden Klänge von Toby Keiths *How Do You Like Me Now?!* einspielte.

»Verdammt perfekt«, sagte Nolan.

»Was zur Hölle?«, entgegnete Connor. »Ich informiere dich darüber, was in dem Artikel steht, und du erwähnst nicht mal, dass die Frau des Senators deine Ex ist?«

»Das war auch nicht besonders erwähnenswert, das kannst du mir ruhig glauben.«

Connor kniff die Augen zusammen. Er sah aus, als ob er gerade überlegen würde, ob Nolan das auch wirklich ernst meinte.

Er glaubte ihm.

»Sie ist sehr hübsch, und ich war jung und dumm. Aber wir haben nie wirklich zusammengepasst. Sie war ein kleines reiches Mädchen, und es ging ihr einzig und allein um ihr Image. Und darum, dass ihr ganzes Leben – und jede Person, die darin eine Rolle spielte – wie aus dem Bilderbuch war. Als wir damals zusammen waren, dachte ich, sie wäre eine Prinzessin. Es hat eine Weile gedauert, bis ich kapiert hab, dass sie mich für einen Frosch hielt.«

Bevor sie ihn verließ, hatte sie ihm noch gesagt, dass sie heißen Sex und multiple Orgasmen mit Liebe verwechselt hätte. Dass er für sie ein aufregendes Abenteuer gewesen wäre und sie Spaß mit ihm gehabt hätte, aber sie letztendlich einen Mann wollte, der es irgendwann mal zu etwas bringen würde, und sie ihn hätte niemals heiraten sollen. Allem Anschein nach war ihre Vorstellung von Prince Charming wohl kein Highschool-Abbrecher, der nur ein bescheidenes Gehalt als Angestellter und Teilzeit-Tontechniker bei einem winzigen Radiosender vierzig Meilen außerhalb von Austin hatte.

Er schüttelte den Kopf und versuchte, die Überbleibsel der Gedanken an Lauren aus seinem Hirn zu verscheuchen. »Heute ist es besser. Hauptsächlich hänge ich mit anderen Fröschen ab. Und was Prinzessinnen angeht …«

Mit einem Achselzucken verstummte er allmählich, dachte an all die hübschen Frauen, die ihm heute hinterherliefen, da er eine lokale Berühmtheit war. »Ich lasse sie in mein Bett«, gab er zu, weil Connor das sowieso schon wusste. Nolan ging jedes Mal sicher, dass keine Frau, die er flachlegte, jemals unbefriedigt sein Bett verließ oder sich über seinen mangelnden sexuellen Ehrgeiz beschwerte. »Aber ich suche nach nichts Festem.«

Er hatte sich schon mal zum Deppen gemacht. Das würde ihm nie wieder passieren – auf gar keinen Fall.

2

»Das hier ist eine richtig schlechte Idee«, murmelte Shelby, als sie aus Hannahs Mercedes stieg und versuchte, auf den ungewohnten zehn Zentimeter hohen Absätzen aufrecht zu stehen.

»Blödsinn«, erwiderte Hannah und blickte über das Autodach zu Shelby. Die kupferfarbenen Highlights in ihren blonden Locken schimmerten in der späten Nachmittagssonne und schienen mit Hannahs verschmitztem Grinsen um die Wette zu strahlen. »Junggesellinnenabschiede verlangen nun mal nach einem passenden Geschenk. Vertrau mir – was Flitterwochen-Zubehör angeht, ist kein Ort in Austin besser geeignet als Forbidden Fruit.«

Shelby blickte auf die rosarote Ladenfront in der Schickimicki-Shoppingmeile North Loop. In großen Buchstaben stand der Name des Geschäfts auf einem Panoramafenster, was Shelby erschaudern ließ, weil einfach jeder, der an dem Laden vorbeilief, sie da drin sehen würde. Shelby gehörte jetzt wirklich nicht zu dieser Sorte Frau, die in einen Sexshop ging. Ja, sie besaß einen Vibrator, aber den hatte sie auf ordnungsgemäße Weise besorgt – still und heimlich bei einem Versandhaus bestellt, das eine diskrete Verpackung versprach. Und selbst da hatte sie ganze zwei Tage abgewartet, bis sie die Schachtel öffnete. Danach hatte sie sich in ihrem Schlafzimmer verbarrikadiert, bevor sie mit der Nagelschere das Klebeband durchschnitt.

All das hatte sie getan, obwohl sie alleine lebte und gerade kein anderer Mensch bei ihr zu Hause gewesen war. Doch was ein paar Dinge anging, konnte man gar nicht vorsichtig genug sein.

Hannah lachte nur und schüttelte den Kopf, als sie um den Wagen herumkam und nach Shelbys Ellenbogen griff. »Du schaffst das. Komm schon. Sieh es als Meilenstein in deinem Leben. Eine verrückte Sache, die du auf deiner Liste mit Dingen, die du vor deinem Tod gemacht haben willst, abhaken kannst.«

»*Verrückt* ist genau das richtige Wort«, murmelte Shelby, während sie neben ihrer Freundin zum Eingang stöckelte und sich wünschte, ihre bequemen Pumps und ihr gewohntes Leinenkostüm mit dem Rock, der ihr bis unter das Knie reichte, zu tragen. Aber nein. Sie stand gerade kurz davor, einen Sexshop zu betreten, während sie Pornotreter und ein hautenges, kurzes schwarzes Kleid anhatte, das sie sich von Hannah ausgeliehen und das einen Schlitz hatte, der von dem Kleidersaum in Knielänge bis zur Mitte ihres Oberschenkels reichte. Beide Frauen waren gleich groß, während Hannah allerdings schlank und athletisch war, hatte Shelby deutliche Kurven, an die sich die Elasthan-Baumwoll-Mischung wie Frischhaltefolie anschmiegte.

Damit sich kein Slip abzeichnen konnte, trug sie einen Tanga, und ihre Beine waren nackt. Was in Anbetracht dessen, dass Shelby normalerweise immer eine Strumpfhose anhatte, ziemlich befremdlich war, weil sie einen deutlichen Luftzug an Stellen spürte, wo sie so etwas normalerweise nicht fühlte.

Aber jetzt mal ganz im Ernst – warum hatte sie überhaupt auf Hannah gehört? Denn nun stand Shelby kurz davor, in einen Sexshop hineinzuspazieren, und war auch noch so angezogen, als ob sie dort sei, um sich mit einem Vorrat an Arbeitsutensilien einzudecken.

»Du schuldest mir was«, sagte sie zu Hannah.

»Na schön. Und jetzt komm schon. Es ist fast sieben, und um acht müssen wir schon wieder zurück in der Innenstadt sein, um die Mädels zu treffen.«

Der Junggesellinnenabschied war für Celia James, eine der Sekretärinnen bei Brandywine Financial Consulting – die Firma, bei der Shelby als Wirtschaftsprüferin und Hannah als Unternehmensjuristin arbeitete. Die Feier fand mitten in der Woche statt und war eine zwanglose Angelegenheit, da Celia ihre offizielle Party bereits mit ihren Collegefreundinnen in Cancún gehabt hatte. Als Shelby Hannah darauf hingewiesen hatte, um ihrem Argument Nachdruck zu verleihen, dass Arbeitskleidung – oder selbst Jeans und ein Blazer – doch völlig in Ordnung wären, hatte Hannah ihr Beste-Freundinnen-Vetorecht aus dem Ärmel geschüttelt.

»Na schön«, erwiderte Shelby. »Aber ich will nach wie vor nicht lange bleiben. Schließlich muss ich morgen arbeiten.«

»Wir müssen morgen alle arbeiten«, konterte Hannah und hielt dann die Glastür auf. »Komm schon.«

Mit einem Seufzer gab Shelby nach, und ihre Augen wurden immer größer, als sie in der Mitte eines höhlenartigen Raums stand und die Auslagen eingehend inspizierte. Wände voller Vibratoren und Dildos. Behälter mit Gleitgel. Es gab Bereiche in dem Laden mit Handschellen und Augenbinden und anderen BDSM-Sextoys. Und Leder. Viel Leder.

Eine freundlich lächelnde Frau begrüßte die beiden Freundinnen und fragte, ob sie ihnen behilflich sein könnte, aber Hannah versicherte ihr, dass bei ihnen alles in Ordnung sei. Shelby sagte überhaupt nichts dazu, doch vor lauter Schreck entfuhr ihr ein leises Quieken. Es war nicht so, dass sie prüde war. Natürlich hatte sie durchaus schon mal Sex gehabt – und auch nicht nur in der Missionarsstellung.

Aber das hier war ja so dermaßen öffentlich.

Anfangs klebte sie noch förmlich an Hannah. Als ihre Freundin allerdings die Verkäuferin herbeirief, um sich von ihr die Vor- und Nachteile von verschiedenen Vibratoren erklären zu lassen, schlenderte Shelby weg und fand sich schließlich in der Nähe einer Vitrine wieder, in der Leder-Handfesseln, eine Augenbinde aus Pelz und eine Rolle von irgendetwas, was wie Isolierband aussah, lagen.

Sie biss sich auf die Unterlippe, als ihr Blick über die Auslage schweifte. Ein angenehmes Kribbeln begann sich unterhalb ihres Bauchnabels auszubreiten, und sie versuchte sich vorzustellen, wie sie nackt in einem Bett lag – mit der Maske über ihren Augen und ihre Arme ans Kopfende gefesselt.

Fast schon konnte sie den Druck der rauen und starken Hände eines Mannes spüren, die ihren Körper herunterwanderten und sich schließlich um ihre Hüften legten. Und dann die Hitze seines Mundes an ihrer Brust, als er …

»Kann ich Ihnen irgendwie behilflich sein?«

Shelby kreischte tatsächlich auf und geriet auf ihren hohen Absätzen ins Wanken, während sie versuchte, wieder festen Halt zu finden. »Ich … hm … nein. Ich warte bloß auf meine Freundin.«

»Sehen Sie sich ruhig um«, sagte die Verkäuferin. »Und wenn Sie Hilfe brauchen, einfach Bescheid sagen!«

»Oh. Natürlich. Unbedingt.«

Die Frau drehte sich bereits um, als Shelby ihr – zu ihrer eigenen Überraschung – dann doch eine Frage stellte. »Was ist das hier eigentlich?« Sie zeigte auf die Rolle Isolierband. »Tut das nicht weh?«

Die Frau schüttelte den Kopf, sie wirkte freundlich und sehr professionell. »Nein, das Bondage-Tape haftet nur an sich selbst. Deshalb wird es nicht an Ihrer Haut ziepen oder irgendwelche Rückstände hinterlassen«, erklärte sie. »Viel unauffälliger als Handschellen und unendlich vielseitiger einsetzbar.«

»Ohhhh!«, sagte Hannah, die gerade hinter ihnen auftauchte.

»Für mich dann bitte auch eine Rolle davon.« Sie zwinkerte Shelby zu. »Wir werden dafür sorgen, dass Celia die besten Flitterwochen aller Zeiten haben wird. Ich denke, das war dann alles«, sagte sie zu der Verkäuferin.

»Wunderbar. Kommen Sie einfach zur Kasse, wenn Sie fertig sind.«

Hannah nickte und gab Shelby einen kleinen Schubs. »Schaust

du auch noch nach einer Kleinigkeit für dich? Ich meine, da gibt's ja schließlich immer Alan, oder ...«

Shelby runzelte die Stirn, als sie an Alan Lowe dachte, einen Assistenzprofessor, den sie datete, seitdem ihre Mutter sie vor drei Monaten einander vorgestellt hatte. Sie hatte ihrer Tochter versichert, dass die beiden perfekt zueinanderpassen würden. Was tatsächlich so war. Alan war lieb, höflich und aufmerksam. Und die beiden Male, die sie miteinander geschlafen hatten, waren auch ganz nett gewesen. Aber ...

Sie schüttelte den Kopf. »Ich denke nicht, dass Bondage-Tape Alans Ding ist.«

Hannahs Lippen wurden dünner, als sie sich ganz offensichtlich das Lachen verkniff.

»Was?«

»Ich finde nur deine Wortwahl äußerst interessant. Nicht *Alans* Ding? Heißt das, dass es *dein* Ding ist?«

Shelby rollte mit den Augen. »Oh, ich bitte dich. Geh zahlen, und dann nichts wie raus hier.«

Hannah schaute auf die Uhr. »Scheiße. Wir müssen tatsächlich los.« Als sie in Richtung Kasse eilte, warf Shelby noch einen letzten Blick auf die Handschellen und das Bondage-Tape.

Definitiv nicht Alans Ding, aber auch wenn sie nie richtig darüber geredet hatten, fest zusammen zu sein, so war Alan im Moment doch der einzige Kerl, der in Shelbys Leben eine Rolle spielte.

Also wer war dieser fremde Mann in ihrer heißen kleinen Fantasie? Und warum hatte sie überhaupt irgendwelche Fantasien? Sie war schließlich mit Alan und ihrer zwanglosen Nicht-Beziehung vollkommen glücklich und zufrieden. Vielleicht lief zwischen ihnen alles ein bisschen langsamer, als es heutzutage üblich war, aber daran war doch auch nichts verkehrt.

»Um auf Alan zurückzukommen ...«, fing Hannah an, als sie wieder in ihrem Auto saßen und in Richtung Innenstadt fuhren.

»Ganz offensichtlich fesselt er dich nicht, und um den Verstand vögelt er dich wohl auch nicht …«

»Hannah!«

»Also was ist da zwischen euch beiden eigentlich los?«

»O mein Gott«, sagte Shelby ein bisschen verwirrt, weil Hannahs Frage ihre eigene so genau wiedergab, wenn auch auf eine total demütigende Weise. »Du bist echt unmöglich.«

»Ich weiß. Das bin ich wirklich. Es ist einfach nur so leicht, dich zu ärgern. Aber die Frage ist völlig legitim. Wir beide haben schließlich schon seit Wochen nicht mehr die Möglichkeit gehabt, mal in Ruhe zu quatschen. Und ich will doch wissen, was bei dir los ist!«

Shelby zog eine Schulter hoch, war wieder ein bisschen besänftigt. »Alan ist toll. Er ist der perfekte Mann. Klug. Attraktiv. Und er hat eine Stelle an der Uni.« Alan war Assistenzprofessor an der UT im selben Institut, in dem auch ihre Mutter arbeitete. Diese hatte einen Posten auf Lebenszeit als Professorin in dem Institut für Statistik und Data Science. Und Shelbys Vater – ein hochrangiger Statistiker bei der State of Texas – war der Meinung, dass Alan ein toller Kerl war.

»Mom sagt, dass er eines Tages wahrscheinlich der Dekan des Instituts sein wird«, fügte Shelby noch hinzu.

»Und?«

»Und was?«

»Ach, komm schon, Shel. Vergiss mal das Bondage-Tape … Bringt er deinen Motor auf Hochtouren?«

Shelby grinste. »Meinem Motor geht's ausgezeichnet. Außerdem geht es in einer Beziehung doch um weitaus mehr als nur um Sex.« Alan war nett, klug, belesen, und sie interessierten sich beide für dieselben Dinge, wie zum Beispiel Konzerte, Filmklassiker und ruhige Abende zu Hause.

Alles in allem machten Shelby und Alan Sinn. Genauso wie eine Reaktionsgleichung einen Sinn ergab. Und genauso wie in der

Mathematik konnte Shelby bereits sehen, wie sich die Formel umsetzte. Noch zwei weitere Monate der gelegentlichen Treffen, und dann würden sie über eine feste Beziehung reden. Sechs Monate später würden sie sich verloben. Im Sommer darauf würden sie heiraten, und vor dem nächsten Winter wäre sie schon Mrs. Alan Lowe.

Hannah warf Shelby einen flüchtigen Blick zu, bevor sie in den Spiegel schaute und die Spur wechselte. »Ich ... ach, vergiss es.«

»Was?«

»Ach, nichts. Ich schwör's. Es ist bloß so, dass ... na ja, ich will nicht mit ansehen, dass du dich nur mit ihm zufriedengibst.«

»Alan zu daten bedeutet nicht, sich mit etwas zufriedengeben. Er ist dieser Typ Mann, der der perfekte Ehemann und Vater wäre.«

»Du wirst ihn heiraten?«

»Na ja, natürlich nicht sofort. Aber ich glaube, Alan erfüllt definitiv alle wichtigen Kriterien.«

Hannah zog die Augenbrauen hoch. »Auch, was die ehelichen Pflichten angeht?«

»Was soll das denn jetzt heißen?«

»Ich will doch bloß, dass du auch deinen Spaß hast.«

Shelby setzte sich aufrechter hin. »Ich habe Spaß. Nur weil ich nicht durch die Gegend vögele, heißt das noch lange nicht, dass ich keinen Spaß habe.«

»Oh, verdammt«, erwiderte Hannah. »Du weißt, dass ich das nicht so gemeint habe.«

Shelby sank auf ihrem Platz in sich zusammen. »Ich weiß«, sagte sie. Und das tat sie auch. Ihr ganzes Leben hatte sie wohlmeinende Freunde gehabt, die sie für schüchtern oder ruhig oder langweilig oder für eine zu große Intelligenzbestie hielten, als dass sie ihr irgendwelche sozialen Kompetenzen zugetraut hätten. Und vielleicht stimmte das ja auch. Aber das bedeutete noch lange nicht, dass sie nicht glücklich war. Das war sie nämlich sehr wohl! Schließlich hatte sie ihr Ehrgeiz sehr erfolgreich gemacht.

Und außerdem wusste Shelby auch ganz genau, was sie wollte – sowohl in beruflicher als auch in privater Hinsicht.

Was ihre Karriere betraf, war Shelby bereits von Zahlen besessen gewesen, seitdem ihr Vater ihr das Einmaleins beigebracht hatte. Die Art, wie es funktionierte, was es darstellte, die stromlinienförmige Schönheit der Wahrheit, die es repräsentierte.

Wirtschaftsprüfung passte perfekt zu ihr. Sie half nicht nur anderen Leuten und Firmen, sondern konnte auch in dieser festgelegten Welt mitspielen, die einfach immer einen Sinn ergab. Weil letztendlich – zumindest in der Welt der Wirtschaftsprüfung – zwei plus zwei immer vier ergab.

Sie wünschte sich ein Zuhause wie dasjenige, in dem sie aufgewachsen war – ein Zuhause, in dem es Respekt und Sicherheit gab und einen Partner, der sowohl ambitioniert als auch loyal seiner Familie gegenüber war. Ein Mensch, der das Leben und Beziehungen ernst nahm.

Shelby wusste nur allzu gut, was alles schieflaufen konnte, wenn man sich nicht an die Regeln hielt. Der Bruder ihrer Mutter hatte in seinem Leben nie wirklich Ehrgeiz besessen, und das Ende vom Lied waren eine Scheidung und eine Entziehungskur, nachdem sich seine Band aufgelöst hatte.

Und ihre Cousine Violet – väterlicherseits – hatte einen Stand-up-Comedian geheiratet, der sie davon überzeugt hatte, dass er der nächste große Sitcom-Star werden würde. Jetzt stritten sie sich die ganze Zeit und lebten zusammen mit ihren drei Kindern in einem winzigen Apartment in Los Angeles. Ein Star war er nie geworden, stattdessen leitete er heute ein Fast-Food-Restaurant.

Aber Shelby war anders als ihre Verwandtschaft. Was ihr Leben betraf, würde sie sich nicht so dumm verhalten und auch nicht dem unterliegen, was ihr schon ein bisschen wie ein Familienfluch vorkam. Ihre Eltern hatten es geschafft, den richtigen Weg einzuschlagen, und Shelby beabsichtigte, es ihnen gleichzutun.

Vielleicht klang das alles nicht besonders sexy, doch für Shelby waren finanzielle Sicherheit, ein geordnetes Leben und eine familiäre Zuneigung, die ihr ihre Eltern vorgelebt hatten, genau das, was für sie ein gutes Leben ausmachte. So ein Leben wollte sie auch irgendwann mal führen.

Die Art von Leben, in die ein Mann wie Alan perfekt hineinpassen würde.

Also warum in aller Welt hatte sie Fantasien über Bondage-Tape? Besonders, wenn dieser anonyme Mann in ihrer Fantasie absolut, total und zu einhundert Prozent *nicht* Alan Lowe war?

3

»O mein Gott! Ihr seid echt schrecklich!« Celia zog den lila Vibrator und das schwarze Bondage-Tape aus der rosaroten Geschenktüte, auf der *Bride-To-Be* prangte, und hielt die Sachen dann hoch, damit jeder sie sehen konnte. Und zwar nicht nur die Gäste der Junggesellinnenabschiedsfeier. Nein, zu Shelbys absoluter Demütigung drehte sich so gut wie jeder Gast, Kellner und Barkeeper im The Fix on Sixth zu ihnen um.

»Brian wird unsere Hochzeitsnacht lieben. Vielen Dank euch beiden«, sagte Celia und grinste Hannah und Shelby etwas schief an. Sie war schon ziemlich betrunken.

»Ähm, Celia?« Shelby zupfte ihre Kollegin am Ärmel. »Wirklich jeder in dieser Bar starrt uns gerade an.«

Aber Celia lachte bloß, riss sich mit einem Ruck los und fuchtelte jetzt mit dem lila Gerät sogar noch wilder über ihrem Kopf herum.

»Komm schon, Shel«, lallte Celia. »Ich werde heiraten! Keiner interessiert sich für das hier.« Mit der Silikonspitze des Vibrators stupste sie Shel in die Brust. »Die freuen sich einfach nur alle für mich. Sogar die da«, fügte sie hinzu und benutzte das Sextoy wie einen Zeigestock, während sie mit dem Arm eine ausladende Bewegung durch den Raum machte und auf alle Tische in dem Hauptbereich des The Fix on Sixth wies.

Ein paar der Gäste lachten unverhohlen, aber die meisten besaßen dann doch den Anstand, sich von der verrückten, angeheiterten zukünftigen Braut wegzudrehen. Shelby, für die die Situation bereits dermaßen peinlich war, dass sie aus dieser Bar niemals erhobenen Hauptes herauskommen würde, fasste den Entschluss, dass es nun an der Zeit war, entweder die Party sofort zu verlassen oder jeglichen angeblichen Anstand zu vergessen.

Bloß ganz kurz dachte sie über beide Möglichkeiten nach und traf dann ihre Entscheidung. »Reich mir mal die Karaffe rüber, okay?«, bat sie Hannah, was ein allgemeines zustimmendes Freudengejohle auslöste. »Ich brauche gerade *sooo* dringend noch einen Drink.«

Die Gruppe, die aus sechs Frauen bestand, hatte den Junggesellinnenabschied an einem langen Tisch am Fenster im vorderen Bereich des The Fix arrangiert, direkt neben dem farbenfrohen Wandgemälde, das Austin darstellte. Sie hatten eine fantastische Aussicht auf die Passanten auf der Sixth Street, von denen viele langsamer wurden, um die hübsche Braut mit ihrem kitschigen, mit Edelsteinen besetzten Brautkrönchen zu begaffen. Ganz zu schweigen von der gemischten Auswahl an anatomisch korrekten Süßigkeiten und Kuchen, die auf dem Tisch verteilt herumlagen – eine Aufmerksamkeit der lokalen Bäckerei Naughty Cakes.

Als Celia alle Geschenke ausgepackt und die Frauen eine ganze Platte voller Penis-Cupcakes verdrückt hatten, hatten sie auch bereits drei ganze Karaffen Pinot Punch geleert – eine Mischung aus Wein, Schnaps und Frozen Peach –, von dem ihnen der süße Barkeeper garantiert hatte, dass sie dieses Getränk lieben würden. Er hatte nicht zu viel versprochen, und während die Karaffe immer leerer wurde, stieg der Geräuschpegel immer mehr an – in einem fast schon mathematisch vorhersehbaren Verhältnis.

Mittlerweile war der Lärm in der Ecke des The Fix auf Alarmstufe Rot angestiegen.

»Ich meine es todernst«, versicherte Shelby ihrem entzückten und beschwipsten weiblichen Publikum. Sie rückte die Brille auf ihrer Nase zurecht, nahm noch einen Schluck von ihrem vierten – nein, fünften – Glas Punsch und fuhr dann mit ihrer Geschichte über einen lokalen Country- und Westernsänger fort, der sie mal um Rat gefragt hatte – kurz nachdem sie ihr CPA-Examen bestanden hatte. »Er hat mir erzählt, das wären *Betriebsausgaben*. Er meinte, sie würden ihn entspannen, sodass er die Musik in seinem Kopf förmlich hören konnte.«

»Analstöpsel?«, fragte Celia mit weit aufgerissenen Augen. »Vibrierende Analstöpsel waren seine Muse?«

»Möchtest du das nicht vielleicht noch ein bisschen lauter sagen?«, fragte Leslie aus der Gehaltsabteilung. »Ich glaube, der Tisch auf der anderen Seite des Raums hat dich noch nicht gehört.«

»Wie hast du dann reagiert?«, erkundigte sich Celia.

»Überhaupt nicht. Ich hab dir ja erzählt, dass er mich auf einer Party angequatscht hat. Aber ich kann mir seine Musik nicht mehr anhören. Zumindest nicht, ohne darüber nachzudenken, unter welchen Bedingungen er sie geschrieben hat.«

Hannah lachte so laut, dass sie fast schon schnaubte. »Ich fass es nicht, dass du mir diese Geschichte nicht schon früher erzählt hast.«

Shelby zuckte mit den Achseln. Um ehrlich zu sein, konnte sie es nicht glauben, dass sie das überhaupt erzählt hatte. Aber ihre Zunge schien auf angenehme Weise gelöst zu sein, wobei sie wusste, dass das von dem Punch kam. Wenn sie sonst ausging, trank sie normalerweise nichts, was stärker als Perrier mit Limette war. Sie hasste es nicht nur, von jemand anderem abhängig zu sein, um wieder nach Hause zu kommen – ob es nun ein Freund oder ein Taxi oder eine Fahrgemeinschaft-App war –, sondern mochte es auch nicht, die Kontrolle zu verlieren.

Aber heute gab es schließlich einen besonderen Anlass, und es fühlte sich gut an, zu lachen und zu trinken und mit den Freundinnen einen schönen Abend zu verbringen.

»Ich freu mich ja so für dich«, sagte sie und nahm Celia in die Arme.

»Danke! Und ich weiß …«

Plötzlich hörte Celia auf zu reden, ihre Augen wurden ganz groß, während sie nach Shelbys Handgelenk griff. »Schau jetzt nicht zur Bar«, flüsterte sie. »Aber dieser Typ da hinten sieht dich schon wieder an.«

»Wirklich?« Shelby sah in die Richtung des Fensters und drehte sich nun zu der langen Bar aus Eichenholz um, die parallel zur Zwischenwand des Hauptraums verlief.

Mit einem Ruck zog Celia sie wieder zurück. »Ich hab doch gesagt, du sollst nicht gucken!«

»Oh, stimmt«, erwiderte Shelby, doch sie spürte bereits, wie ihre Wangen rot anliefen, weil sie nämlich mehr als bloß einen flüchtigen Blick erhascht hatte. Der süße Typ mit den kurzen dunklen Haaren schaute tatsächlich in ihre Richtung. »Er guckt mich überhaupt nicht an«, protestierte sie.

»Ach, ich bitte dich«, sagte Hannah, die jetzt näher kam. »Das tut er total. Und warum sollte er auch nicht? Du siehst megaheiß aus. Das Outfit ist super. Und das Gleiche gilt für deine Haare und das Make-up, wenn ich das mal so anmerken darf.«

Hannah lebte in einer der vielen innerstädtischen Eigentumswohnungen, die im Laufe des letzten Jahrzehnts in Austin wie Pilze aus dem Boden geschossen waren. Anstatt nach dem Forbidden-Fruit-Besuch direkt zum The Fix zu fahren, hatte Hannah auf einen kurzen Zwischenstopp bei sich zu Hause bestanden, bei dem sie ihr kurzes Kleid gegen eine hautenge Jeans und ein rückenfreies seidenes Bustier getauscht hatte. Anschließend hatte sie Shelbys Make-up aufgefrischt und ein kleines Wunder mit ihren Haaren vollbracht. »Könnte sein, dass wir uns vielleicht um zehn Minuten verspäten«, hatte sie gesagt. »Aber dafür werden wir dann auch einen richtig tollen Auftritt hinlegen!«

Vorher hatte Shelby sich ihre Haare hochgesteckt, ein paar Locken hatten ihr Gesicht umrahmt. Mit der Wirkung war sie eigentlich ganz zufrieden gewesen und hatte gedacht, dass Hannah derselben Meinung wäre.

»Es ist toll«, hatte ihr Hannah versichert, während sie die Haarnadeln herausgezogen und ihren Lockenstab angeschaltet hatte. »Aber das hier wird noch besser.«

Und das wurde es dann auch. Hannah hatte Shelbys schulterlanges dunkles Haar heruntergelassen und jede einzelne Haarsträhne mit einem großen Lockenstab gestylt. Das Resultat war ein Haufen Locken, die ihr Gesicht einrahmten und hin und her hüpften, wenn sie sich bewegte.

»Sogar deine Brille sieht richtig toll aus«, hatte Hannah noch gesagt, als sie den Kopf schief legte und Shelby kritisch musterte. »Das Türkis ist wirklich witzig und betont das Blau in deinen Augen.« Shelbys Augen waren haselnussbraun und tendierten dazu, die Farbe von dem anzunehmen, was sie gerade trug. Jetzt – im The Fix – musterte Hannah sie noch einmal anerkennend. »Ich glaube, es ist die Brille in Verbindung mit diesem Killer-Outfit, was ihn auf dich aufmerksam gemacht hat. Übrigens – gern geschehen. Es verleiht dir einen lernbegierigen Luder-Look.«

»Du merkst ja selbst, dass du dich so anhörst, als ob du ein Casting für einen Porno machen würdest, oder?«, protestierte Shelby und brachte mit ihrem Spruch alle Frauen, die an ihrem Tisch saßen, zum Lachen.

»Wie auch immer«, erwiderte Celia. »Aber Hannah hat total recht. Tatsache ist jedenfalls, dass es Mr. Hottie gefällt. Hast du gesehen, wie er dich vorhin beobachtet hat? So als ob er dich am liebsten verschlingen würde.«

Shelbys Gesicht fühlte sich plötzlich ganz warm an, als sie zum wiederholten Mal rot anlief. »Doch nur, weil du mir diesen dämlichen Vibrator zugeworfen hast. Er hat gerade zu uns rübergeschaut, als ich das verdammte Ding aufgefangen habe.« Sie hatte genau in dem Moment das lila Gerät in beiden Händen gehalten und aufgeschaut, als sie sah, dass Mr. Hotties Augen auf sie gerichtet waren. Hellgrau und tief liegend mit langen Wimpern, für die so manche Frau viel Geld hinblätterte. Schlafzimmerblick, dachte Shelby und verscheuchte danach ganz schnell diesen lächerlichen Gedanken.

Sie erinnerte sich an die Art, wie er seinen Mundwinkel hochgezogen hatte, als er sie ansah – mal ganz zu schweigen von diesem Ziehen, das sie tief in ihrem Inneren gespürt hatte. Dann hatte sie schnell wieder weggeschaut, denn plötzlich zitterte sie, hatte einen trockenen Mund und war ganz unsicher.

»Er hat über mich gelacht«, sagte sie, »und ist überhaupt nicht scharf auf mich.« Aber ihr Protest klang total unaufrichtig, selbst in ihren eigenen Ohren. Ganz eindeutig hatte es zwischen ihnen geknistert. Was allerdings noch lange nicht bedeutete, dass Shelby jetzt etwas unternehmen würde. Und auch wenn sie nicht abgeneigt war, so wusste sie doch ehrlich gesagt auch nicht, was sie als Nächstes tun sollte oder wie.

»Na ja, jetzt lacht er jedenfalls gerade nicht«, erzählte Celia. »Und das Verlangen in seinen Augen sieht meiner Meinung nach auch ziemlich ernst zu nehmend aus.«

»Du solltest hingehen und mit ihm reden«, meinte Hannah.

Shelby war geschockt. »Bist du völlig wahnsinnig geworden?«

»Hannah hat recht«, stimmte Celia ihrer Freundin zu. »Das solltest du wirklich tun.«

Shelby versuchte den Kopf zu schütteln, aber das Ganze sah dann eher so aus, als ob ihr Kinn zucken würde. »Auf gar keinen Fall. Wirklich! Auf. Gar. Keinen. Fall!«

»Oh, komm schon, Shelby. Er ist ganz offensichtlich interessiert.« Hannah stupste sie gegen die Schulter. »Ich geh mit dir, wenn du willst. Er ist an der Bar. Wir könnten hingehen und einen Drink bestellen. Ein Gespräch mit ihm beginnen.«

»Einen Drink? Noch einen und ich bin völlig hinüber. Und eigentlich muss ich sowieso mal auf die Toilette.« Die Kombination aus Alkohol und Aufregung machte dieses Bedürfnis gerade sogar ziemlich dringend, schlug ihr auf den Magen. »O Gott«, sagte sie und schlug sich eine Hand vor den Mund, als sie bereits in die Richtung des hinteren Barbereichs stolperte.

»Oh, verdammt«, hörte sie Hannah hinter sich sagen, gefolgt von dem Schrammen eines Stuhlbeins über den Fußboden. Dann war ihre Freundin auch schon neben ihr, und sie eilten gemeinsam zu den Toiletten. Shelby kämpfte gegen das lächerliche Bedürfnis an, laut loszulachen, weil ihr so etwas wie das hier normalerweise nie passierte. Obwohl das Ganze auch irgendwie dermaßen erniedrigend war, so hatte sie doch gerade wirklich eine verdammt gute Zeit.

Sie erreichten die Toiletten, und Shelby drückte die Tür auf. Drin war es heller als erwartet, und die Tür knallte auf und gegen die Rückwand, was Shelby vor lauter Schreck einen Satz machen und irgendjemanden in dem Raum aufkreischen ließ. Shelbys und Hannahs Blicke trafen sich, und dann brachen sie wie zwei Irre in Gelächter aus.

»Komm schon«, sagte Hannah, schlang einen Arm um Shelbys Taille und führte sie in den Raum. Shelby stolperte, drehte den Kopf und sah zu Hannah auf. »Der Boden bewegt sich«, verkündete sie, und auf einmal erkannte sie, wie viel sie eigentlich getrunken hatte. Das war ihr vorher, als sie noch am Tisch gesessen hatte, gar nicht so bewusst gewesen. Aber jetzt, da sie stand und sich bewegte … *Whoa, jetzt aber mal ganz langsam!*

Sie holte tief Luft, doch die Extraportion Sauerstoff brachte auch nicht wirklich was. Sie hob den Kopf, starrte Hannah an, die sie doppelt sah, und sagte schließlich so langsam und deutlich wie sie konnte: »Das ist alles nur deine Schuld.«

Von der anderen Seite des Raums hörte sie, wie jemand leicht nach Luft schnappte, gefolgt von einem »Shelby?«.

Shelby blinzelte und versuchte danach, sich auf die hübsche Blondine zu konzentrieren, die gerade am Waschbecken stand. Es dauerte einen kurzen Moment, aber dann erkannte sie sie wieder. Shelby grinste so breit, dass es fast schon wehtat. »Brooke

Hamlin!« Sie stolperte auf die andere Frau zu, streckte die Arme aus und umarmte sie.

Shelby hatte sich um die Steuern der Hamlins gekümmert – bereits vor ihrem CPA-Examen. Eigentlich war ihr ehemaliger Boss der Buchhalter von Richter Hamlin gewesen, aber Shel hatte den größten Anteil der Arbeit erledigt und jedes Familienmitglied bei der einen oder anderen Gelegenheit getroffen.

Brooke und sie waren fast gleich alt und hatten sich ein- oder zweimal zum Mittagessen getroffen, nachdem die Steuersaison vorbei war.

Jetzt drückte Shelby sie noch einmal ganz fest, trotz ihrer ohnehin schon stürmischen Umarmung. »Ist das hier nicht die beste Party überhaupt?«, fragte sie und dachte überhaupt nicht daran, dass Brooke gar kein Gast bei dem Junggesellinnenabschied war, bis diese mit einem unsicheren »Hm, ja?« antwortete.

Neben ihnen fing Hannah an zu lachen, dann streckte sie ihre Hand aus, um die von Brooke zu schütteln. »Hannah«, stellte sie sich vor. »Auch bekannt als Shelbys Babysitterin.«

»Und wie!«, entgegnete Shelby, die aber noch unbedingt erklären wollte, warum sie überhaupt keinen Babysitter brauchte. Leider kam ihr bei diesem Versuch auch etwas Pinot Punch hoch, und schnell hielt sie sich eine Hand vor den Mund. Sie stolperte auf die offene Kabine zu, schloss die Tür hinter sich ab und ging dann in die Hocke, als ihr Magen sie auch schon im Stich ließ.

So blieb sie danach noch eine Weile sitzen und atmete durch den Mund – nur für den Fall, dass sich ihr Magen dazu entschließen sollte, noch eine zweite Runde einzulegen. Sie hörte, wie sich Brooke und Hannah vor der Kabine unterhielten, und rollte bei Brookes Bemerkung mit den Augen, dass es wohl eine Alien-Invasion gegeben haben musste, denn: »Das ist nicht Shelby.«

»Ist es nicht toll?«, fragte Hannah. Ihre Stimme klang aufgeregt. »Wir sind hier heute bei dem Junggesellinnenabschied einer

Freundin, und ich hab Shelby gesagt, dass sie ihre Haare offen tragen soll.«

»Du bist böse!«, rief Shelby aus der Kabine, musste dann allerdings kichern, als Hannah wie aus der Pistole geschossen antwortete: »Aber du liebst mich!«

Während Hannah und Brooke sich weiter unterhielten, riss Shelby sich zusammen und tauchte schließlich wieder bei den beiden anderen auf, als sie sich sicher war, dass sie und der Punch, der noch in ihrem Magen zurückgeblieben war, zu einer Einigung gekommen waren. »Oha«, sagte sie und steuerte geradewegs auf das Waschbecken und den Spender mit dem kostenlosen Mundwasser zu. »Mir geht's jetzt schon besser.«

Und das war auch wirklich so. Der Raum drehte sich mittlerweile weniger, und ihr Kopf fühlte sich viel klarer an. Als sie das Mundwasser einmal gegurgelt und dann gleich ausgespuckt hatte, fühlte sie sich schon wieder wie ein menschliches Wesen.

Hannahs Lippen zuckten, und Shelby zeigte anklagend mit dem Zeigefinger auf sie, aber Hannah versteckte ihr Lachen lediglich hinter einem vorgetäuschten Husten, bevor sie sich erneut zu Brooke umdrehte und sie fragte, ob sie sich ihnen anschließen wollte.

»Nein, danke. Ich muss heim.«

»Bist du dir sicher?«, fragte Shelby und legte einen Arm um sie. »Es ist nämlich echt toll, dich zu sehen.«

»Geht mir genauso«, erwiderte Brooke, und aufgrund der Art, wie sie lachte, war sich Shelby ziemlich sicher, dass die andere Frau sie immer noch für total betrunken hielt. Was sie ja vielleicht auch war. Ein bisschen jedenfalls.

»Komm«, sagte Brooke. »Zumindest werden wir zusammen rausgehen.«

Sie verließen gemeinsam die Damentoiletten und bewegten sich durch die Menschenmenge in Richtung der vorderen Ecke, in der sich die lachende, trinkende Gruppe des Junggesellinnenabschieds aufhielt. Die Frauen winkten Shelby und Hannah zu und gaben ihnen zu verstehen, sie sollten sich beeilen, weil der Barkeeper Cam ihnen zwei weitere Karaffen von dem sowohl köstlichen als auch gefährlichen Punch gebracht hatte.

Natürlich verlief der kürzeste Weg zurück an der Bar entlang, wodurch Shelby allerdings direkt vor der Männergruppe landete, in der auch Mr. Hottie gewesen war.

Shelby versuchte, nicht hinzugucken, aber sie konnte einfach nicht anders. Das Nächste, was sie wusste, war, dass sie Brooke anrempelte, als sie nach Hannahs Arm griff und diese zum Anhalten brachte. »Er ist immer noch da«, flüsterte sie und warf Mr. Hottie einen verstohlenen Blick zu. »Glaubst du, dass er … oh, Scheiße. Er schaut gerade her.«

Diese Augen. Er hatte sie mit seinem Blick, mit diesen traumhaft schönen Augen, förmlich ausgezogen. Und ja, Shelby war immer noch ein bisschen betrunken, aber sie spürte die Wirkung seines Blicks bis tief in die Zehenspitzen. Sie war sich ziemlich sicher, dass das nichts mit dem Alkohol zu tun hatte.

»Geh einfach rüber und rede mit ihm.« Hannah gab ihr einen leichten Schubs, doch Shelby hatte überhaupt nicht vor, sich in Bewegung zu setzen. »Ganz offensichtlich bist du ihm aufgefallen. Und umgekehrt ja sowieso.«

»Wer?«, fragte Brooke, und Shelby drehte sich zu ihr um. Es war ihr ein bisschen peinlich, dass jetzt auch noch jemand anderes als Hannah Zeuge ihres Moments der Lust geworden war.

»Der da«, sagte Hannah, aber bevor sie überhaupt noch richtig ihre Hand heben konnte, um mit dem Finger auf ihn zu zeigen, riss Shelby auch schon ihren Arm herunter, wobei sie fast das Gleichgewicht verlor. Zehn Zentimeter hohe Absätze und Pinot Punch waren nicht gerade die sicherste Kombination.

»Zeig nicht auf ihn! Der süße Typ da vorne«, erzählte sie Brooke. »Der mit den kurzen Haaren und dem *The best mornings have Wood*-Shirt.«

Und dann tat Brooke das Unvorstellbare. Sie hob ihre Hand und winkte dem Typen tatsächlich zu!

»Oh. Mein. Gott!« Shelby wäre am liebsten im Erdboden versunken. War Brooke jetzt völlig verrückt geworden? »Warum winkst du ihm zu?«

Völlig verblüfft zuckte Brooke mit den Schultern. »Er ist ein Freund. Sein Name ist Nolan Wood. Und auf diesem geschmacklosen T-Shirt steht der Name seiner Radiosendung. *Mornings with Wood*. Er arbeitet bei einem der lokalen Radiosender und lässt in seiner Show ziemlich verrückte Kommentare vom Stapel.«

»Du kennst ihn?«

»Flüchtig. Er ist mal mit einer Freundin von mir ausgegangen.«

»Oh.« Eine unangenehme Welle der Enttäuschung brach über Shelby zusammen. Total lächerlich – schließlich hatte sie doch noch nicht einmal vorgehabt, den Typen zu daten. Zufälligerweise sah er nun mal ganz nett aus, und das war's dann auch schon.

»Ich glaube, er ist gerade Single«, fuhr Brooke fort. Ihr klitzekleines Lächeln verriet, dass sie Shelbys Enttäuschung bemerkt hatte. Auch wenn Shelby natürlich überhaupt nicht enttäuscht gewesen war!

Wirklich nicht.

»Geh einfach rüber«, drängte Hannah ihre Freundin, ehe sie sich zu Brooke umdrehte. »Ich sage ihr schon den ganzen Abend, dass sie endlich mal hingehen und sich vorstellen soll.«

Brooke schaute von Hannah zu Shelby. »Ich kann dich ihm auch vorstellen.«

Danach sagte sie noch mehr, doch diese sechs Worte hatten Shelbys Hirn komplett in Beschlag genommen, und sie hörte überhaupt nichts mehr, bis Hannah sie leicht in die Richtung des Mannes schubste.

»Ja. Perfekt. Geh!«

»Aber …«

»Geh einfach«, wiederholte Hannah, als die Band auf der

Bühne auf der anderen Seite des Raums ihr Programm beendete und die Leute begannen, sich in die Richtung der Bar zu drängen.

»Wir gehen alle«, sagte Brooke, die jetzt anfing, sich ihren Weg durch die wachsende Menschenmenge zu bahnen. Shelby folgte ihr zuerst noch, aber dann siegte doch ihre Nervosität, und sie hielt an, trotz Hannahs hartnäckigem Drängen.

Nach einem Moment blieb auch Brooke stehen, drehte sich um und ging mit einem amüsierten Lächeln auf den Lippen wieder zu Shelby und Hannah zurück.

»Ich fass es nicht, dass du wirklich zu ihm hingehen wolltest«, sagte Shelby.

»Na ja, ich dachte, wir gehen zusammen«, entgegnete Brooke. Dann sagte sie noch etwas anderes, aber ein Typ, der seinem Freund irgendetwas zubrüllte, übertönte alles, außer ihre letzten Worte. »Er beißt nicht.«

»Außer wenn du ihn ganz lieb darum bittest«, scherzte Hannah.

»Ich kann wirklich nicht«, sagte Shelby erneut. »Ich meine, ist das nicht ...« Sie schüttelte den Kopf und holte einmal tief Luft. »Ich bin normalerweise nicht so mutig. Bist du das?«, fragte sie und wünschte sich, sie wüsste, was gerade in Brookes Kopf vor sich ging. Sie machte immer so einen selbstbewussten Eindruck.

»Ich?«

Shelby nickte. »Ja. Würdest du in so einer Situation einfach alle Bedenken in den Wind schlagen?«

Brookes Gesicht nahm einen sehnsüchtigen Ausdruck an. Und vielleicht war er auch ein bisschen traurig. »Das habe ich früher gemacht«, sagte sie. »Ich war mal so ein Typ.«

»Oh.« Shelby und Hannah tauschten Blicke miteinander aus. »Was ist passiert?«

Brooke blinzelte. »Ich hab mich verliebt«, antwortete sie schließlich mit bewegter Stimme.

»Vorsicht«, neckte Hannah sie. »Es könnte sein, dass du Shelby verschreckst.«

Brooke schüttelte den Kopf, so als ob sie ihre Gedanken wieder klären würde, und lächelte Shel daraufhin an. »Geh und rede mit ihm.« Sie wollte Mr. Hottie schon ein Zeichen geben, aber dann erstarrte sie plötzlich. Für einen Moment stand sie einfach nur da, und Shelby begriff schließlich, dass Brooke einen gut aussehenden Mann mit Bart anstarrte, der einen Longdrink in der Hand hielt.

Danach drehte sie sich wieder zu Shelby und Hannah um. Ihr Gesichtsausdruck wirkte etwas verstört. »Ich … ich hab etwas in der Damentoilette vergessen. Geht ihr ruhig schon mal vor. Nolan ist ein wirklich netter Kerl. Stell dich ihm einfach vor.«

»Was …«, fing Shelby an, aber Brooke eilte bereits davon, bevor sie ihre Frage überhaupt noch beenden konnte. Brooke ließ die beiden Frauen einfach stehen, und Shelby war nun mehr als lediglich ein bisschen verwirrt.

»Was sollte das denn?«, fragte Hannah, doch Shelby konnte darauf nur mit den Schultern zucken.

»Komm schon. Celia wundert sich bestimmt schon, was wir so lange machen.«

»O nein«, erwiderte Hannah und ergriff Shelby am Handgelenk. »Nur weil du deine Gehilfin verloren hast, heißt das noch lange nicht, dass du deine Mission jetzt aufgeben musst.«

Shelby blinzelte. Sie fühlte sich einfach noch zu benommen, als dass sie aus Hannahs Worten hätte schlau werden können.

»Ich meine damit *geh*!«, sagte Hannah. »Du bist eine wunderschöne, kluge und interessante Frau – vollgetankt mit flüssigem Mut. Es gibt keinen Grund, warum du nicht auf den Typen zugehen, ihn anlächeln und fragen kannst, ob er dir einen Drink ausgeben will.«

»Aber …«

Hannah stemmte ihre Hand in die Hüfte und starrte Shelby so lange an, bis diese wegsah. »Aber was?«

Shelby hatte ihre Freundin eigentlich darauf hinweisen wollen, dass sie wirklich keinen weiteren Drink mehr gebrauchen konnte. Doch stattdessen schüttelte sie nun bloß den Kopf. »Ach, nichts.«

Sie schluckte und blickte dann wieder zu dem Typen rüber. *Nolan*. Brooke hatte gesagt, dass er Nolan hieß. Er hatte den Neuankömmlingen Platz an der Bar gemacht, deshalb schaute er jetzt nicht mehr in ihre Richtung. Aber als ob er ihren Blick auf sich gespürt hätte, neigte er den Kopf ein bisschen zur Seite. Und dann warf er ganz langsam einen Blick über seine Schulter.

Und da war schon wieder dieses Knistern zwischen ihnen!

Sofort fanden seine Augen ihre, und in jenem Moment vergaß sie zu atmen. Ihre Brust schnürte sich zusammen, und ihre Haut kribbelte von der Luft, die elektrisch aufgeladen zu sein schien. Und für einen atemlosen, wundervollen Augenblick verlor sie sich in der Fantasie, wie er sie berührte. Seine Hände an ihrer Taille. Sein Atem an ihrem Hals. Seine Lippen auf ihrem Mund.

O Gott, sie war ja wirklich betrunken!

Der Gedanke traf sie mit voller Wucht, und unbeabsichtigt machte sie einen Schritt zurück. Und erst in dem Moment, als sie auf diesen verdammten zehn Zentimeter hohen Absätzen ins Stolpern geriet, merkte sie, dass er von seinem Platz an der Bar zu ihr herübergekommen war. Er streckte die Hände nach ihr aus, mit einer griff er nach ihrem Ellenbogen, seinen anderen Arm schlang er um ihre Taille, damit sie nicht hinfiel. Als ob sie nicht schon längst ganz hart gefallen wäre.

»Ich hab dich«, sagte er. Seine volle, tiefe Stimme war innig wie eine Liebkosung.

Eine winzige nüchterne Ecke in ihrem Hirn wies sie darauf hin, dass Hannah schon wieder zurück zu den anderen Partygästen gegangen war. Und dass Shelby mit Nolan ganz allein war. Dass Nolan sie festhielt und wahrscheinlich gerade ihren Herzschlag spürte.

Dass das hier ihre Chance war … und sie mit Sicherheit nicht noch eine bekommen würde.

Zitternd holte sie tief Luft, als sie all ihren Mut zusammenkratzte und nach den perfekten Worten für diesen perfekten Moment suchte.

»Tut mir leid«, platzte es schließlich aus ihr heraus, als sowohl ihr Verstand als auch ihr Mut aussetzten. »Aber du musst mich jetzt wirklich loslassen.«

4

Nolan lehnte an der Bar, hielt eine Flasche in der Hand und beobachtete sein dunkelhaariges Paradox.

Er war Stammgast im The Fix und heute Abend hergekommen, um den schlechten Nachgeschmack wegzuspülen, der zurückgeblieben war, seitdem Connor ihn darüber informiert hatte, dass Lauren in der Stadt war. Das Bier hatte gar keine Wirkung gezeigt, aber dieses Mädel ... wow!

Es passierte nicht alle Tage, dass eine Frau Nolans ganze Aufmerksamkeit auf sich zog.

Und es passierte auch wirklich nicht alle Tage, dass eine Frau vor ihm weglief. Andererseits verging ebenfalls kein Tag, an dem er nicht angebaggert wurde – seitdem der Radiosender sein Gesicht auf ein paar Plakatwände gesetzt und Connor das Live-Streaming auf den Social-Media-Accounts veranlasst hatte.

Für sein Ego war das ja ganz nett, aber dann wiederum auch gar nicht. Weil sich Nolan nämlich absolut darüber im Klaren war, dass diese Frauen lediglich an seinem Ruhm teilhaben wollten – so klein und regional dieser auch sein mochte.

Das und seinen Schwanz.

Aber nicht diese Frau ...

Scheinbar wollte sie ihn überhaupt nicht. Obwohl sie einen Großteil des Abends damit verbracht hatte, ihm verstohlene Blicke zuzuwerfen und dabei in einem hübschen Rotton anzulaufen.

Diese Frau war ein Paradox, so viel stand zumindest schon mal fest. Und eines, das er unbedingt lösen wollte.

»Erde an Nolan. Bist du noch bei uns, Kumpel?«

Nolan blickte zu Reece Walker hinüber, der sich an ihn herangeschlichen hatte und jetzt plötzlich mit einem Bier in der Hand neben ihm stand. »Kennst du die Frau?«, fragte Nolan und nickte in die Richtung der Dunkelhaarigen. Da Reece die Bar führte, war es ziemlich wahrscheinlich, dass – wenn sie jemand kannte – er derjenige war.

Reece fuhr sich mit einer Hand über seinen glatt rasierten Schädel, während er seinen Blick über die Gäste schweifen ließ. »Sorry. Hab sie noch nie hier gesehen.« Er legte den Kopf in den Nacken und zeigte auf den Barkeeper. »Hast du Cameron gefragt?«

Nolan nickte. »Da hatte ich auch kein Glück. Ein paar von den anderen Frauen hat er hier ein- oder zweimal gesehen, aber nicht diejenige mit der türkisen Brille.« Er nahm einen Schluck von seinem Bier. »Ist schon okay«, meinte er und warf seinem Kumpel einen ironischen Blick zu. »Ich hab meine Mittel und Wege.«

Reece schmunzelte, aber verkniff sich eine Bemerkung. Wahrscheinlich war das auch besser so, dachte Nolan. Er hatte Reece den Großteil seines Erwachsenenlebens gekannt, seitdem Nolans Stiefschwester Amanda sich ein Mehrbettzimmer mit Jenna Montgomery geteilt hatte, die eine von Reece' besten Freundinnen war. Nach so vielen Jahren kannte Reece Nolan dann wohl schon ein bisschen zu gut.

»Übrigens …«, fragte Reece, »hat Jenna eigentlich mit dir darüber geredet, ein paar Aufrufe für das The Fix in deiner Sendung zu machen?«

Nolan nickte. »Nur beiläufig. Wir haben abgemacht, dass sie diese Woche irgendwann ins Studio kommt, damit wir über die Details sprechen und ein paar Soundeffekte für die Spots durchgehen können. Aber Amanda hat mir was darüber erzählt, als ich sie am Sonntag bei Mom und Huey getroffen habe.«

Jenna war in Eile gewesen, als sie bloß ganz kurz berichtet hatte, dass die Bar gerade in einer finanziellen Krise steckte und sie seine Hilfe wirklich gut gebrauchen könnten, um ein paar Infos im Radio zu verbreiten, wie zum Beispiel ein paar neue

Werbeaktionen und Veranstaltungen, die sie planten, um den Umsatz zu steigern. Er hatte ihr gesagt, dass sie auf ihn zählen könnten – was auch immer sie planten –, und dann hatten sie abgemacht, im KIKX-Studio genauer darüber zu sprechen.

Als Amanda ihm dann die Einzelheiten erzählt hatte, was Jen vorhatte, hatte er so heftig gelacht, dass er fast den Scotch mit Soda ausgespuckt hätte, den ihm sein Stiefvater als Aperitif gemixt hatte.

»Und du bist dir echt sicher, dass es okay ist?«, fragte Reece. »Für den Sender? Für dich? Wir könnten die Werbung für die Bar und den Wettbewerb echt gut gebrauchen.«

»Machst du Witze? Das ist wie eine Comedy-Gold-Lawine! Kerle, die auf einer Bühne mit freiem Oberkörper herumstolzieren, um in einen Kalender zu kommen. Zur Hölle, ja! Ich bin dabei.«

»Gut. Aber denk dran, die Idee ist, Kunden anzulocken, und nicht, sie abzuschrecken.«

Nolan hielt eine Hand hoch, so als ob er den Pfadfindergruß machen würde. »Hiermit verspreche ich hoch und heilig, die ganze Angelegenheit mit dem gebührenden Respekt zu behandeln.«

Reece rollte mit den Augen. »Vielleicht solltest du bei dem Wettbewerb auch mitmachen. Das wäre doch total witzig.«

»Nett. Sehr nett.«

Reece klopfte ihm auf den Rücken und bedankte sich, dass er ihnen half, und sagte dann Cam, dass Nolans Drinks aufs Haus gingen. Manchmal war es wirklich gut, Freunde zu haben.

Allerdings wünschte sich Nolan im Moment, sein dunkelhaariges Paradox hätte nicht so viele. Sie war immer noch umringt von den anderen Frauen des Junggesellinnenabschieds, die nicht so aussahen, als ob sie mal einen Gang runterschalten würden, obwohl es fast schon Mitternacht und morgen ein ganz normaler Werktag war.

Er schaute mürrisch, verfluchte die Frauenschar, denn er wollte die Dunkelhaarige allein erwischen. Er wollte diese Lippen schmecken. Verdammt, er wollte sie fragen, warum sie vorhin abgehauen war.

Er stellte seine leere Flasche beiseite und gab Cam ein Zeichen, dass er noch so eine haben wollte. Während er wartete, lehnte er sich zurück, verschränkte die Arme vor der Brust und dachte über das Problem nach. Zum Teufel, vielleicht sollte er lieber gehen. Vielleicht war sie ja gar nicht an ihm interessiert.

Aber dann drehte sie sich um und blickte in seine Augen, bevor sie dann wieder ganz schnell wegschaute, so als ob er ihr kleines dunkles Geheimnis wäre. Er verkniff sich ein selbstzufriedenes Grinsen. Weil ihm gerade etwas klar geworden war. Sie tat nicht nur so, als ob sie schwer zu haben sei. Sie war es tatsächlich.

Und das war alles, was er wissen musste.

Während er gegen sein Grinsen ankämpfte, drehte er sich um, um eine neue Flasche von Cameron entgegenzunehmen, und bestellte dann noch eine. Ein bisschen Munition für seinen spontanen Plan.

Ein paar Minuten später beobachtete er, wie eine der Kellnerinnen sich der dunkelhaarigen Frau näherte – mit einem großen Glas voller Eiswürfel, einer klaren Flüssigkeit und etwas Limette. Sein Paradox runzelte die Stirn, schien verwirrt zu sein und hörte sich schließlich an, was die Kellnerin ihr sagte, während diese in Nolans Richtung zeigte. Daraufhin runzelte sein Paradox die Stirn und zeigte auf ihre Freundinnen und ihre Tische, auf denen eine Menge leerer Gläser und halb leere Pinot-Punch-Karaffen herumstanden.

Er konnte nicht hören, worüber sie sich unterhielten, aber er wusste, dass sie gerade protestierte und sagte, sie hätte schon zu viel getrunken. Als er diese perfekten Lippen von diesem wunderschönen geöffneten Mund die Wörter »Ich kann nicht« formen sah, war es beinahe so, als ob er ihr süßes, sexy Schnurren hören könnte.

Ihre blonde Freundin ging zu ihr hinüber, während die Kellnerin etwas erklärte. Er sah, wie sein Paradox die Stirn runzelte, ganz offensichtlich war sie etwas verwirrt. Und dann sah er, wie das verschmitzte, vergnügte Lächeln ihrer Freundin immer breiter wurde.

Sein Paradox drehte sich in seine Richtung, und als sich ihre Blicke trafen, wurde er von einer Welle solch puren Verlangens getroffen, dass er genau in jenem Moment seinen albernen Plan fast aufgegeben hätte. Es war schon verdammt lange her, dass er sich so sehr nach einer Frau gesehnt hatte, und er war sich nicht ganz sicher, ob ihm das gefiel.

Andererseits mochte er es dann wiederum vielleicht auch schon zu sehr.

Bei den Partytischen gab die Blondine seinem Paradox einen kleinen Schubs, und sie stolperte vorwärts, war unsicher auf diesen Absätzen, die ohne jeden Zweifel ihr Verderben waren, auch wenn sie fantastische Dinge mit ihren Beinen und ihrem Hintern anstellten.

Sie drehte den Kopf, aber dieses Mal nicht, um ihn anzugucken. Stattdessen sah sie in die entgegengesetzte Richtung, zurück zu ihren Freundinnen, die ihr alle ermutigend zunickten und ihm verstohlene Blicke zuwarfen, während er so tat, als ob er gerade zu sehr damit beschäftigt wäre, das Bierflaschenetikett abzuziehen, als dass er etwas mitbekommen würde.

Dennoch entschied er sich dazu – als sie schließlich auf ihn zukam –, dass er jede einzelne ihrer Freundinnen mögen würde, und wenn die ganze Gruppe nicht bereits total betrunken gewesen wäre, dann hätte er ihnen noch eine Runde ausgegeben. Stattdessen schob er Cam die Visitenkarte eines Taxiunternehmens zu, das er selbst oft benutzte, und sagte dem Barkeeper, er wolle anonym bleiben, aber Cam solle sichergehen, dass jede der Frauen wüsste, dass man sich bereits um ihren sicheren Nachhauseweg gekümmert hätte.

Gerade rechtzeitig drehte er sich um, um noch mitzubekommen, dass sein Paradox die letzten Meter auf ihn zulief. Er wollte sich ansehen, wie sie zu ihm kam – wie sie leicht ihre Hüften schwenkte, wie sie sich auf die Unterlippe biss, wie sie ihre Hände zu Fäusten ballte und dann mit den Handflächen über dieses sexy, hautenge Kleid strich – doch es war offensichtlich, dass sie total nervös und verwirrt war, sodass er einfach auf sie zugehen musste. Er musste ihr jetzt Mut machen. Also drückte er sich von der Bar weg und traf in der Mitte des Raums auf sie, war selbst nervös, was ganz ungewohnt für ihn war.

»Du hast mir Sodawasser gekauft«, sagte sie. Was ihren Tonfall anging, war es unmöglich zu sagen, ob sie eine Frage stellte oder ihm einen Vorwurf machte.

»Ich wollte dir einen Drink ausgeben«, gab er zu. »Aber ich dachte, dass Wein oder noch mehr Punch mit Schnaps kontraproduktiv sein könnte.«

»Oh.« Sie leckte sich über die Lippen, und er musste sein Bier fester halten, um sich nicht nach vorn zu beugen und diesen Mund zu kosten. »Hm, inwiefern?«

»Bezogen darauf, dass ich dich küssen will.« Um ehrlich zu sein, wollte er noch viel mehr machen, aber er wollte sie nicht vergraulen. »Und wenn ich das tue, will ich, dass du nüchtern bist.«

»Oh«, sagte sie wieder. »Na ja, das ist schlecht.«

»Wieso?« Er hielt den Atem an, hatte Angst, dass sie ihm eine Abfuhr erteilen würde.

Aber dann sah er, wie sich ihre Kehle bewegte, als sie schluckte. Und als sie den Kopf hob und er den Mut sah, der sich in ihren Augen angesammelt hatte, wurde sein Schwanz ganz hart als Reaktion auf die Flut des Verlangens, das so stark war, dass es ihn fast in die Knie zwang.

»Weil ich total betrunken bin«, antwortete sie schließlich. »Und ich will wirklich nicht warten, endlich von dir geküsst zu werden.«

5

Shelbys Augen wurden ganz groß, und sie machte einen Schritt zurück, während ihre Hand zu ihrem Mund hochflog. Hatte sie das gerade eben wirklich laut gesagt? Das konnte sie doch nicht wirklich gesagt haben.

Außer dass sie es tatsächlich getan hatte. Sie wusste es wegen des Feuers, das in seinen Augen als Reaktion auf ihre Worte gelodert hatte, wie glühende Asche, die aufgeflammt war. So schnell und dramatisch, als ob sie ein Streichholz in ein Becken voller Benzin geworfen hätte.

Nie wieder. Sie würde nie, wirklich nie wieder etwas trinken!

»Ich tu so was sonst nicht und …«, fing sie an, aber verstummte dann allmählich vor lauter Unsicherheit. Vielleicht machte sie so etwas ja normalerweise nicht, jetzt wollte sie es allerdings auf jeden Fall.

»Tust du nicht?« Da waren kleine Fältchen in seinen Augenwinkeln, und sie wusste, dass er gerade über sie lachte. Doch komischerweise entspannte sie das und verunsicherte sie nicht. »Und das ist wirklich schlecht, wenn du so etwas nicht tust«, fuhr er fort. »Weil ich wetten könnte, dass du es sehr gut kannst.«

»Küssen?«, fragte sie. Sie nahm ihn so überdeutlich wahr, dass jedes winzige Härchen auf ihrem Körper wie elektrisch aufgeladen zu sein schien. Und ihre Lippen … oh, lieber Gott, ihre Lippen prickelten wie ein unbeantwortetes Versprechen – lecker und glänzend, so verboten.

Er beugte sich ganz nah zu ihr, und sein Atem kitzelte ihr Ohr, als er ihr zuflüsterte: »Alles.«

»Oh.« Sie schluckte, fragte sich, wie ein einziges Wort so viel

Macht besitzen konnte, sie zum Dahinschmelzen zu bringen. Und dazu war es dann ja auch nicht einmal ein Wort, das einen Sinn ergab. Da sie irgendwie total den Faden verloren hatten.

Oder hatten sie das gar nicht?

Sie hatte keine Ahnung, war komplett durcheinander, und dabei war sie das doch normalerweise nie. Shelby war immer stolz darauf gewesen, eine Person zu sein, die nichts durcheinanderbrachte.

Es musste am Alkohol liegen. Eigentlich sollte sie sich schämen und nicht fasziniert sein. Nervös und nicht erregt. Aber er hatte etwas Besonderes an sich. Da gab es einfach irgendetwas an der Art, wie er sie ansah. Die Art, wie sie sich fühlte, wenn sie neben ihm stand. Mit allergrößter Mühe versuchte sie sich wieder auf das Gespräch zu konzentrieren. »Ich meinte, dass ich normalerweise nicht flirte.«

»Wirklich? Das überrascht mich jetzt aber. Besonders weil du das so gut kannst.« Seine grauen Augen funkelten, als sie ihren Hals reckte und ihn anstarrte.

Er lachte, hielt seine Hände hoch, wie um sich zu verteidigen. »Vielleicht ist es der Pinot Punch. Das Zeug haut ganz schön rein.«

Mit ernstem Gesicht nickte sie, war dankbar, dass er es verstand. »Ja.«

Er machte einen Schritt auf sie zu, und sie atmete sein Cologne ein. Es war irgendetwas Holziges, nur ein bisschen würzig. »Oder vielleicht bin ja ich das«, überlegte er laut, und obwohl seine Stimme leise war, verstand sie jedes einzelne Wort.

»Das ist genau das, was ich befürchte«, gab sie zu.

Er drückte seinen Rücken durch. »Ich?«

Sie schüttelte den Kopf. »Nein. *Ich.*« Sie leckte sich über die Lippen und gab dann ehrlich zu: »Wie ich auf dich reagiere.«

»Na ja, das klingt doch gar nicht so schlecht. Aber wenn es wirklich so Furcht einflößend für dich ist, dann reich mir deine Hand, und ich werde dir beistehen.«

Daraufhin kicherte sie sogar – o Gott, es war definitiv der Alkohol –, und fast hätte sie ihm tatsächlich ihre Hand hingestreckt. Aber dann erinnerte sie sich daran, dass sie gerade in aller Öffentlichkeit flirteten und es wirklich jeder sehen konnte. Ihre Wangen brannten vor Scham, und sie sah sich im Raum um, war sich sicher, dass sie alle anderen Gäste bestimmt anstarren würden. Oder – was noch schlimmer wäre – sie Fotos von dem lüsternen Pärchen machen, im Internet veröffentlichen und sich schließlich über sie kaputtlachen würden.

Allerdings schien jeder mit seinem eigenen Kram beschäftigt zu sein. Sogar ihre Freundinnen hatten aufgehört zu gaffen – alle außer Hannah. Diese gaffte zwar nicht richtig, aber schaute sie so an, als würde sie ihr im Notfall zur Seite stehen. Und als Hannah mitbekam, dass Shelby sie ansah, grinste sie und machte ein Daumen-hoch-Zeichen.

Okay, offensichtlich hatte Shelby also noch nicht die Grenze überschritten, sich oder ihre Freundinnen zu blamieren.

»Wie lange dauert deine Party?«, fragte Nolan. Allem Anschein nach hatte er gemerkt, dass sie mit ihrer Aufmerksamkeit ganz woanders war.

»Nicht mehr lange. Morgen ist ja ein ganz normaler Arbeitstag. Wir müssen alle um neun im Büro sein.« Sie schob sich eine Haarlocke hinter das Ohr. »Na ja, bei ein paar von uns ist auch zehn okay.«

»Also früh«, sagte er mit einem Lächeln, aus dem sie nicht wirklich schlau wurde. »Meine Sendung endet um zehn«, erzählte er ihr dann, offensichtlich war ihm ihre Verwirrung aufgefallen. »Sie beginnt um sechs. Deshalb bin ich normalerweise schon um vier Uhr dreißig im Studio, um mich vorzubereiten, obwohl ich manchmal auch erst um fünf reinkommen kann, und das ist dann auch okay.«

»Stimmt. Du arbeitest ja beim Radio.«

»Kennst du meine Sendung?«

Schnell schüttelte sie den Kopf. *Mornings with Wood* klang für ihren Geschmack einfach viel zu albern. Besonders um eine Uhrzeit, in der sie versuchte, erst noch richtig wach zu werden. »Brooke hat es erwähnt.«

»Ah.«

Irgendwie albern, doch er schien tatsächlich etwas enttäuscht zu sein.

»Ich höre mir hauptsächlich Podcasts an«, erzählte sie ihm dann, so als ob sie sich vor ihm rechtfertigen müsste, weil sie sich seine Sendung nicht anhörte. »Sachen zum Weiterbilden.« Was zu ungefähr sechsundvierzig Prozent durchaus der Wahrheit entsprach. Sie hörte auch klassische Musik, Classic Rock und ein bisschen Country. Aber sie streamte es gezielt per Telefon, damit sie sich nicht das nervige Gequatsche eines Moderators antun musste.

Sie zuckte zusammen, fühlte sich wegen des Gedankens schuldig, obwohl sie wusste, dass Nolan natürlich nicht ihre Gedanken lesen konnte.

»Irgendwas nicht in Ordnung?«

»Es ist nur ... Ich meine, es ist schon nach elf. Hast du morgen früh eine Sendung?«

»Ja, hab ich.« Er änderte seine Körperhaltung, und als er sprach, war seine Stimme zwar irgendwie noch die gleiche wie eben – aber dann auch wiederum anders. Ein bisschen tiefer. Ein bisschen voller. Allerdings schwang in ihr immer noch dieses Vergnügen mit, so als würde er die Art lieben, wie er die Welt sah. »*Begleitet mich – Nolan Wood – an jedem Werktag von sechs bis zehn bei KIKX Austin auf 96.3.*«

Lachend applaudierte sie. »Das war ja unglaublich! Du hast definitiv eine Radiostimme.«

Er lief zwar nicht richtig rot an, aber sah aus, als würde er sich über das Kompliment freuen.

»Du musst also in ungefähr fünf Stunden bei der Arbeit sein?«

»Ja.«

»Aber …«

»Aber warum unterhalte ich mich dann immer noch mit dir, anstatt …?«

»Anstatt?«

Er zog seinen Mundwinkel hoch. »Anstatt dir einen Kaffee auszugeben, damit du wieder nüchtern wirst.« Er streckte seine Hand aus und strich mit dem Zeigefinger sanft über ihre Unterlippe. Die Berührung bewirkte, dass ihr Körper erneut in Flammen aufzugehen schien. »Trotzdem will ich meinen Gutenachtkuss haben.«

Ein Schwarm Schmetterlinge tanzte in ihrem Bauch. Und um ehrlich zu sein, meldete sich auch ihr Verstand bereits wieder zurück. Was nicht unbedingt gut war, weil damit auch alle möglichen alten Shelby-Zweifel zurückkehrten, als sie sich vorstellte, wie Nolan jede Nacht in diese Bar kam, wie seine schönen Augen den Raum durchkämmten, bis er eine Frau fand, die er mit dieser sinnlichen Wahnsinnsstimme verführen würde. »Du hast es echt drauf, oder?«

Das Leuchten in seinen Augen erlosch, und als er sprach, hatte seine Stimme diese Unbeschwertheit verloren. »Du wärst überrascht, wenn du wüsstest, wie selten ich das tue.«

»Mit Frauen flirten?«

»Eine Frau verführen.«

Sie schüttelte den Kopf, begriff nicht so ganz, was er meinte.

Er kam einen Schritt näher, gestikulierte wild mit den Händen, während er sprach. »Ich tu so was nicht. Ich verführe nicht. Normalerweise hab ich so etwas auch gar nicht nötig.«

»Oh.« Sie studierte sein Gesicht, wusste, dass das vermutlich nur einer seiner Sprüche war. Aber da gab es so eine Intensität in seinen Augen, die sie überraschte. Und jeglichem vernünftigen Menschenverstand zum Trotz glaubte sie ihm dann doch.

»Also, wie sieht es aus?«, fragte er.

Sie erstarrte, riss die Augen weit auf, und ihr ganzer Körper nahm nun überdeutlich alles um sich herum wahr. »Es?« Das Wort entfuhr ihr wie ein Quieken.

»Kaffee?«

»Oh.« Sie entspannte sich wieder ein bisschen. »Ich weiß nicht. Ich meine … meine Freundinnen …« Sie blickte zu den anderen hinüber, und dieses Mal schauten Celia und Hannah gerade beide in ihre Richtung und zeigten zur Tür.

Nolan schmunzelte. »Wenn wir uns dem Gruppenzwang fügen, werde ich wohl gewinnen. Ich weiß nicht, ob ich jemals eine Gruppe von Freunden gesehen habe, die sich gegenseitig so angefeuert hat. Ist das wegen mir oder dir?«

»Wegen mir«, antwortete sie. »Ich hab dir doch gesagt, dass ich normalerweise nicht …« Mit einem Achselzucken verstummte sie allmählich.

»Du trinkst normalerweise keinen Kaffee?« Seine Stimme stieg in vorgetäuschter Naivität. »Na schön, dann lade ich dich eben zu einem Tee ein.«

»Ich …« Eigentlich hatte sie protestieren wollen, doch ihr fiel spontan kein guter Grund ein. »Nur Kaffee, habe ich recht?«

Sein Lächeln reichte ihm bis zu den Augen. »Ja, nur Kaffee.«

Sie nickte in die Richtung des vorderen Barbereichs. »Ich muss meinen Freundinnen noch Bescheid sagen«, meinte sie und eilte dann zu ihnen.

»Er ist ja so heiß«, schwärmte Hannah, wollte schon aufstehen mit der offensichtlichen Absicht, Shelby zu umarmen.

»Wage es ja nicht«, hielt Shelby sie auf. »Er beobachtet uns doch gerade.«

»Wir sind ja alle so stolz auf dich«, sagte Hannah, die immer noch saß. Sie tat so, als ob sie sich eine Träne trocknen würde. »Unsere Kleine ist erwachsen geworden.«

Shelby rollte mit den Augen und konzentrierte sich nun auf Celia. »Denkst du echt, dass es okay ist? Ich meine, mit einem wildfremden Mann mitzugehen.«

»Oh, ich bitte dich«, erwiderte Celia. »Er ist Nolan Wood!«

»Ja, aber …«

»Warte mal.« Celia hob die Hand, um einer der Servicekräfte ein Zeichen zu geben. Daraufhin eilte ein hübsches Mädchen mit gewelltem Haar zu ihnen herüber. »Hey, Tiffany«, sagte Celia. »Ich hab mal eine Frage. Dieser Typ da drüben. Ist der öfter hier? Ich meine, wie ist er …« Sie verstummte allmählich, aber blickte vielsagend auf Shelby, die sich ziemlich sicher war, dass sie gleich vor lauter Scham im Erdboden versinken würde.

»Kaffee«, sagte Shelby. »Wir gehen nur Kaffee trinken.«

»Aha.« Celia wischte mit einer Handbewegung die Bemerkung praktisch weg, ihre Aufmerksamkeit war immer noch auf Tiffany gerichtet.

»Nolan?«, fragte Tiffany. »Er ist ein Stammgast, deshalb sehe ich ihn ziemlich oft hier.« Dann sah sie Shelby an. »Er ist ein netter Kerl. Er ist mit Reece und Brent befreundet, und ich glaube nicht, dass sie ihre Zeit mit einem Arschloch vergeuden würden.«

Shelby wollte schon fragen, wer Reece und Brent waren, aber entschied sich dann, dass es eigentlich gar keine Rolle spielte. Nolan hatte eben gerade sein Prüfsiegel erhalten, was bedeutete, dass jetzt alles wirklich nur noch von ihr allein abhing.

Panisch blickte sie ihre Freundinnen an.

»Geh!«, sagten Celia und Hannah wie aus einem Mund. »Und erzähl uns morgen früh alles«, fügte Hannah noch hinzu.

Shelby verzog das Gesicht. »Ähm, nein. Morgen früh bin ich wieder nüchtern und werde ganz bestimmt nicht darüber reden.«

»Vielleicht nicht«, meinte Hannah und lächelte verschmitzt. »Aber heute Nacht wirst du verdammt viel Spaß haben.«

Erst als Nolan sah, dass sie wieder zu ihm zurückkam, wurde ihm bewusst, dass er die ganze Zeit über die Luft angehalten hatte. Jetzt atmete er wieder aus. Auf eine alberne Weise war er erleichtert, dass er den Test ihrer Freundinnen bestanden hatte, was für einer das auch immer gewesen sein mochte.

Sie. Sein dunkelhaariges Paradox. Die Frau, die ihn so unerwartet an den Eiern gepackt hatte.

Erschrocken stellte er auf einmal fest, dass er nicht mal ihren Namen kannte.

»Nolan Sebastian Wood«, stellte er sich vor und hielt ihr seine Hand hin, als sie zu ihm zurückkehrte.

»Ähm, ja. Ich weiß. Na ja, nicht den Sebastian-Teil. Passt zu dir.«

Er hielt ihr seine Hand immer noch hin. »Und du heißt?«

Sie riss die Augen weit auf, und obwohl sie ganz offensichtlich gekränkt war, dass er nicht einmal ihren Namen kannte, fand er, dass sie gerade absolut hinreißend aussah.

»Shelby«, antwortete sie schließlich. »Shelby Drake.« Sie ließ ihre Hand in seine gleiten – eine simple, höfliche Geste, die allerdings dazu führte, dass sich sein Körper so anfühlte, als ob eine gottverdammte Rakete durch ihn schoss. Er wollte sie nie wieder loslassen … und zur gleichen Zeit wollte er, dass seine Hände nun frei wären, damit er jede noch so kleine Stelle ihres kurvigen, sinnlichen Körpers erkunden könnte. Er wollte sich in ihr verlieren … in dieser Frau, die es geschafft hatte, ihn seinen beschissenen Tag vergessen zu lassen. Und das mit nichts mehr als ein paar heißen, schüchternen Blicken und dem süßesten Lächeln, das er je gesehen hatte.

Aber zuerst wollte er ihr einen Kaffee ausgeben.

»Halcyon hat noch ein paar Stunden geöffnet«, sagte er, als sie schließlich auf dem Bürgersteig vor dem The Fix standen. Er überlegte, welche Coffee Shops in der Innenstadt sonst noch lange geöffnet hatten. Ehrlich gesagt war die Auswahl nicht besonders groß. »Es ist bloß ein kurzer Fußmarsch, und wir können Kaffee trinken und S'Mores am Tisch zubereiten. Was hältst du davon?«

»Ähm, klar.«

»Kein Fan von S'Mores? Weil das noch nicht mal ein Witz war. An jedem Tisch gibt's eine kleine Feuerstelle und ...«

»Du willst wirklich Kaffee trinken?«

»Du etwa nicht?«

Sie leckte sich über die Lippen, und er merkte, dass er eigentlich gar keinen Kaffee wollte. Er wollte diese Zunge in seinem Mund spüren. Oder an anderen, interessanteren Stellen.

Er rührte sich. Plötzlich fühlte sich seine Jeans ein bisschen zu eng an.

»Es ist nur so, dass ... ich, na ja ...«

Selbst in der Dunkelheit konnte er sehen, dass ihre Wangen leuchtend rot angelaufen waren.

»Irgendwie dachte ich, dass Kaffee ein Euphemismus wäre ...«, flüsterte sie.

O lieber Gott, in genau diesem Moment wäre er fast gekommen.

»Wo wohnst du?«, fragte er. »Und wo ist dein Wagen?«

Praktischerweise stellte sich heraus, dass sie mit einer Freundin gekommen war. Noch praktischer war es, dass Nolan sein Auto bloß einen Block weiter weg geparkt hatte. Und am allerpraktischsten war es, dass sie in Clarksville, eine Nachbarschaft direkt am Rande der Innenstadt, in einem Mietshaus genau hinter der Sweetish Hill Bakery wohnte.

»Hier ist es ja süß«, sagte er, nachdem sie aufgeschlossen und drin das Licht angeschaltet hatte.

»Wenn du mit *süß* winzig meinst, dann ja. Das ist es wirklich.« Sie drehte sich einmal um, wies auf ihr puppenhausmäßiges Zuhause mit dem ordentlichen, gemütlichen Wohnzimmer mit gerade mal genug Platz für ein kleines Sofa, einen Lehnstuhl und einen Fernseher. Mehrere gebundene Bücher lagen ordentlich aufgestapelt auf dem Couchtisch, darunter war eins mit dem Titel *Der Menschen Hörigkeit*, in dem es vermutlich nicht um das Thema ging, auf das der Titel hindeutete. Ihre Schuhe passten perfekt in die kleine Sitzbank, die auch gleichzeitig ein Schuhschrank war und neben der Tür stand. In der Ecke standen Körbe mit Decken.

»Es gibt auch eine Küche und ein Bad«, fuhr sie fort und machte eine flüchtige Handbewegung. »Und das war dann auch schon so ziemlich alles. Ich glaube, das hier war mal ein Gästehaus für das Haus nebenan, aber ich kenne die Geschichte nicht so richtig. Und ich wohne hier ja sowieso bloß zur Miete.« Sie zuckte mit den Achseln. »Für mich ist es groß genug, und es ist nicht weit bis zur Innenstadt. Ich arbeite bei einer Vermögensverwaltung im Frost-Bank-Gebäude. Und, o mein Gott, ich schweife gerade total ab, oder?«

Das tat sie tatsächlich, und obwohl ihm geschwätzige Frauen normalerweise auf den Geist gingen, dachte er, dass er ihr die ganze Nacht zuhören könnte. »Hast du eine Kaffeemaschine?« Er wollte sie wirklich – nüchtern. Allerdings wollte er sie so sehr, dass er bereits kurz davorstand, seine eiserne Erstes-Date-Regel zu brechen. Aber im angetrunkenen Zustand war das doch noch fair, oder? Weil ihm *angetrunken* im Moment absolut vertretbar zu sein schien – für einen ersten Kuss, das erste Mal Sex, für das erste *alles*.

Außer natürlich, dass es das nicht war. Er hatte sich selbst strenge Regeln auferlegt, nachdem Amanda am Ende ihres zweiten Semesters an der UT einmal in Tränen aufgelöst zu ihm gekommen war. Sie war ziemlich angeheitert gewesen, hatte mit einem Kerl geschlafen und danach Angst gehabt, schwanger zu sein … oder noch etwas Schlimmeres.

Sie war es nicht gewesen – Gott sei Dank! Aber er war derjenige gewesen, an den sie sich gewendet hatte. Sie hatte ihn gebeten, ihr Geheimnis nicht den Eltern oder Freunden zu erzählen. Es sogar vor Jenna geheim zu halten, der sie normalerweise alles anvertraute. Er hatte ihre Furcht und Scham gesehen. Sie hatte ihr ganzes Leben bereits geplant und jetzt Angst, dass sie diese Aktion von ihrem geplanten Weg abbringen würde – und das alles nur wegen einer einzigen dummen Entscheidung einer Nacht, in der sie total betrunken gewesen war.

Und sie hatte ja nicht einmal vergessen zu verhüten. Obwohl sie nicht mehr nüchtern gewesen war, hatte sie darauf bestanden, dass der Typ ein Kondom benutzte. Und das hatte er auch getan ... doch er war ja selbst auch total betrunken gewesen, und wie Amanda es mit einer Art Galgenhumor unter den gegebenen Umständen bezeichnet hatte, hatten sie eine ziemliche »Kleider-Panne« erlitten.

»Aber es ist ja noch nicht einmal das«, hatte Amanda gesagt. »Ich bin sauer, weil das nicht ich war. Ich meine, wenn das mit Dan passiert wäre«, fuhr sie fort, ließ den Namen eines Exfreundes fallen, »dann macht es betrunken ja sogar Spaß. Aber ich kannte diesen Kerl überhaupt nicht. Deshalb hatte in dem Moment wohl nur *das hier* das Sagen.« Sie tippte auf ihren Hinterkopf. »Irgendeine Hormonzentrale. Aber das bin nicht ich gewesen. Und ich wollte ihn auch gar nicht wirklich. Ich meine, ich kannte ihn doch nicht mal.«

Sie hatten im Student Health Center gesessen, als sie mit ihm ihren Kummer und ihre Ängste teilte. Obwohl sie nicht schwanger war und sich auch nicht mit einer Krankheit angesteckt hatte, schwor sich Nolan genau in diesem Moment, dass er niemals mit einer Frau schlafen würde, die angeheitert war – auch dann nicht, wenn sie ein Kondom benutzten. Er wollte nicht das Risiko eingehen, sie zu verletzen. Und mehr als das wollte er sowieso nur eine Frau in seinem Bett, die dort wegen ihm war und nicht, weil ihre Hormone gerade verrücktspielten.

Er war jetzt fast dreißig, und im Laufe der Jahre war er vor genug beschwipsten Frauen abgehauen. Aber, verdammt, bei Shelby wollte er so was nicht machen. »Eine Kaffeemaschine«, wiederholte er. »Hast du eine?«

Sie blinzelte, dann nickte sie. »Ähm, ja. Ich hab eine.«

»Super. Setz dich.« Er zeigte auf die Couch. »Milch? Zucker?«

»Im Kühlschrank und bei der Maschine. Aber ich trinke ihn schwarz.«

»Alles klar«, sagte er und verschwand daraufhin in der Küche, die – bemerkenswerterweise – sogar noch organisierter und ordentlicher war als das Wohnzimmer. Er fand Becher, die nach Größe und Farbe in einem Schrank über der Kaffeemaschine sortiert waren. Ein Ständer mit Kaffee Pads stand daneben, und er wählte die Sorte Columbian für sie, denn er ging davon aus, dass diese Sorte stärker war als Hazelnut. Und entkoffeiniert stand natürlich erst gar nicht zur Debatte.

Es störte ihn nicht, sich selbst einen zu machen, und sobald aus der Maschine kein Kaffee mehr lief, schnappte er sich den Becher und trug ihn vorsichtig ins Wohnzimmer. Dort fand er Shelby auf der grauen Couch liegend. Den Kopf hatte sie zurückgelehnt, und ihre Augen waren geschlossen, ein hellgrünes Kissen hielt sie vor ihrer Brust umklammert.

Nun, zur Hölle …

»Hier«, sagte er sanft. Einen Moment dachte er darüber nach, ihr anzubieten, sie ins Bett zu bringen, aber entschied sich dann dagegen, weil das Risiko einfach zu hoch war. Er war sich nicht sicher, ob er – wenn er erst einmal in ihrem Schlafzimmer war – die Kraft aufbringen würde, wieder zu gehen. Außer, wenn sie ihn rausschmiss. Doch das würde sie bestimmt nicht tun.

»Kaffee«, sagte er und beugte sich vor, um die Tasse auf dem kleinen Tischchen abzustellen. Sie öffnete die Augen – nun waren sie grün. Aber waren sie in der Bar nicht blau gewesen? Sie lächelte ihn so süß an, dass ein Kloß in seinem Hals aufstieg.

Nicht hinsetzen. Dann wirst du nur hierbleiben wollen.

»Danke«, sagte sie. Dann rutschte sie rüber, um ihm Platz zu machen, bevor sie nach dem Kaffee griff und einen Schluck nahm.

Er schüttelte den Kopf. »Ich sollte jetzt lieber gehen.«

Hinter dem Rand ihrer Tasse wurden ihre Augen immer größer. Sie schluckte und schüttelte den Kopf. »Warte mal … Was?«

Er ging ein paar Schritte in Richtung Tür, wollte seine Entschlossenheit nicht verlieren.

Sofort war sie auf den Beinen, den Kaffee hatte sie auf einem ihrer steinernen Untersetzer abgestellt. »Aber – ich dachte ... Ich meine, wir ...«

»Was?«, fragte er und hätte sich am liebsten einen Tritt verpasst. Er wusste verdammt gut, was sie meinte. Er zögerte nur, weil er doch eigentlich gar nicht gehen wollte.

Er sah, wie sich ihre Kehle bewegte, als sie schluckte, und er sah auch den Mut, der in diesen faszinierenden Augen funkelte, die jetzt auf einmal grünlich-grau aussahen. »Es ist bloß so, dass ich vorher noch nie einen Mann mit zu mir nach Hause genommen habe.«

Vor Stolz schwoll ihm die Brust, aber er unterdrückte es. Das konnte er nun wirklich nicht gebrauchen, dass sein verdammtes Ego die Situation dominierte. »Eigentlich habe ich dich doch nur nach Hause gebracht.«

Sie machte einen weiteren Schritt auf ihn zu. »Aber werden wir denn nicht ...«

Sie verstummte wieder, ihre Wangen waren errötet. »Ich meinte bloß, ich wollte ... oh, verdammt«, sagte sie. Dann lehnte sie sich vor und überfiel auf einmal seinen Mund. Das geschah so unerwartet und war so herrlich, dass er, als sie schließlich den Kuss beendete, ihren Arm festhielt, wegen einer unlogischen Angst, dass sie, wenn er sie losließe, sich wie ein magisches Wesen einfach in Luft auflösen könnte.

Er hielt sie fest, holte einmal tief Luft, um sich zu beruhigen. Mit all seiner Kraft konzentrierte er sich darauf, sie nicht an sich zu reißen – für einen weiteren, innigeren Kuss. »Ist es das, was du wolltest?«, fragte er.

Sie schüttelte den Kopf. Er wandte nicht einmal für eine Sekunde den Blick von ihr ab. Obwohl sie zu keinem Zeitpunkt ins Zögern geriet, wusste er, dass sie gerade all ihren Mut zusammennahm, um diesen Moment wahr werden zu lassen. »Nein«, sagte sie. »Ich will mehr.«

Er wägte seine Möglichkeiten ab, überdachte seine Regeln, und sagte schließlich die einzige Wahrheit, die er kannte. »Das will ich auch.«

»Nolan …«

Er legte einen Finger auf ihre Lippen, um sie zum Schweigen zu bringen, und traf dann eine Entscheidung. »Schließ die Augen, Shelby. Schließ einfach nur die Augen.«

6

Shelby atmete tief ein. Die Augen hatte sie geschlossen, ihr Körper summte. Die Lippen hatte sie geöffnet, und eine süße Vorahnung erfüllte sie, brachte ihr Blut in Wallung und ließ sie alles um sich herum überdeutlich wahrnehmen. Der leichte Luftzug von ihrem Deckenventilator. Das leise Grollen des spätabendlichen Verkehrs. Das leise Schrammen der Mini-Palme gegen das Fliegengitter ihres Fensters.

Aber vor allem nahm sie Nolan wahr. Sie konnte ihn nicht sehen, spürte allerdings seine Anwesenheit. Genau hier. Seine Augen, die auf sie gerichtet waren. Und bald schon seine Lippen. Seine Hände. *Alles*.

Sie wusste immer noch nicht, was eigentlich in sie gefahren war, doch sie wollte das hier. Seine Berührung, seinen Kuss. Alles davon.

Sie spürte, wie sich etwas veränderte, und hörte das leise Tappen seiner Schuhe auf dem Teppich. »Das ist gut, Shelby. Jetzt will ich, dass du etwas für mich tust.« Sie nickte. In diesem Moment hätte sie so ziemlich alles getan. »Berühr deine Nase.«

Sie riss die Augen ganz weit auf. »Was?«

Sein Mund verzog sich etwas. »Ich hab's dir doch gesagt, Baby. Ich will, dass du nüchtern bist. Schließ die Augen und berühr deine Nase.«

»Ich bin total nüchtern!«, protestierte sie. »Zwei, drei, fünf, sieben, elf, dreizehn, siebzehn, neunzehn, dreiundzwanzig, neunundzwan... – hey!«

Er hielt sie am Armgelenk fest, sah verwirrt aus. »Was in aller Welt tust du da?«

»Primzahlen bis hundert aufzählen.« Sie riss sich los und

stemmte ihre Hände in die Hüften. »Ich wette, dass du das betrunken nicht hinkriegst.«

»Ich kann das ja noch nicht mal nüchtern. Und nun berühr deine Nase.«

Sie guckte ihn böse an, gehorchte dann allerdings und machte die Augen zu. Das Problem war, dass sie Primzahlen sogar im Schlaf aufsagen konnte. Betrunken. Nüchtern. Betäubt. Aber was, wenn sie ihre Nase verfehlte? Doch andererseits dachte sie auch nicht, dass sie noch betrunken war. Vielleicht vorhin in der Bar, jetzt fühlte sie sich allerdings schon wieder gut. Aber was, wenn sie sich irrte ...

Sie öffnete die Augen, schnappte sich ihre Tasse und nahm einen langen Schluck, ignorierte sein Lachen. Sie stellte den Becher wieder zurück, stand auf und holte einmal tief Luft.

Dann schloss sie die Augen, streckte ihre freie Hand aus, und bevor sie es sich noch anders überlegen konnte, berührte sie auch schon mit dem Zeigefinger ihre Nasenspitze.

»Da!«, sagte sie triumphierend, öffnete die Augen und lächelte ihn an. »Und jetzt küss mich endlich, verdammt.«

Und – Gott sei Dank – das tat er. Er kam näher und legte seine Hand in ihren Nacken. Schließlich neigte er den Kopf nach hinten, sodass sein Mund, als er sich zu ihr runterbeugte, perfekt auf ihren passte, und die Intensität dieser elektrisierenden Vereinigung, die zwischen ihnen vibrierte, erschütterte sie bis in ihr Innerstes.

Lediglich ihre Lippen und Hände berührten sich, und trotzdem fühlte es sich an, als ob sie an wirklich jeder erdenklichen Stelle miteinander verbunden wären.

»Du schmeckst so gut«, sagte er. »Ich will nie wieder aufhören, dich zu küssen.«

»Dann tu's doch einfach nicht.« Mit dieser Idee war sie absolut einverstanden. Niemals aufzuhören, ihn zu küssen, schien ihr unter diesen Bedingungen absolut vernünftig zu sein.

Aber dann nahm er seine andere Hand auch noch dazu, zog ihr hautenges Kleid etwas herunter und fand ihren Nippel, der unter dem dehnbaren schwarzen Material ganz hart geworden war. Sie erbebte erneut und änderte ihre Meinung übers Küssen. Als Vorspeise mochte es ja ganz nett sein, doch das allein war nicht genug.

»Komm her«, sagte er und zog sie zu dem kleinen Sofa hinüber. Er nickte in die Richtung des Buchs, das ganz oben auf dem Stapel lag. »Stehen da vielleicht ein paar Tipps für uns drin?«, fragte er, und sein Mund verzog sich zu einem leichten Grinsen, als er sie neckte.

Sie folgte seinem Blick und sah, dass er auf *Der Menschen Hörigkeit* schaute. »Definitiv nicht«, erwiderte sie. »Das ist ein Klassiker. Hast du es gelesen?«

»Nein, ich bin eher der Comic-Leser«, antwortete er, hob sie hoch und setzte sie auf seinen Schoß, sodass sie jetzt im Reitersitz auf ihm saß, was es unmöglich für sie machte, die Tatsache zu ignorieren, dass er ganz offensichtlich gerade genauso viel Spaß hatte wie sie.

»Oh«, sagte sie.

»Ja«, sagte er in einem Tonfall, der darauf schließen ließ, dass er scheinbar davon ausging, ihr kleiner Laut der Überraschung wäre ihre Reaktion auf seine Bemerkung über Comics gewesen, wohingegen es in Wirklichkeit etwas mit seinem Schwanz zu tun hatte. »Liest du Comics?«

»Mit Comics kenne ich mich nicht aus.« Sollte sie die Unterhaltung nun fortsetzen oder ihm sagen, er solle endlich die Klappe halten und sie stattdessen noch einmal küssen? Dachte er vielleicht, dass sie reden wollte, weil sie nervös war?

»Fang mit *Watchmen* an«, sagte er und fuhr, während er sprach, mit den Fingern ihr Schlüsselbein und ihre Schulter entlang, löste damit eine neue Runde der Magie in ihrem Körper aus und ließ ihre Nippel schmerzhaft hart werden. »Das ist mein Favorit.«

Er beugte sich vor und drückte seine Lippen auf ihre Schulter, genau auf die Stelle, die immer noch brannte von der Hitze, die sein Finger dort hinterlassen hatte.

»Okay«, stimmte sie zu und schmolz unter der Hitze seines Mundes förmlich dahin … und dann sogar noch mehr, als er mit seinen Lippen weiter abwärts wanderte. Letztendlich schloss er seinen Mund über ihrer Brust, die nach wie vor von dem dünnen Stoff ihres kleinen Schwarzen bedeckt war.

Mit den Lippen neckte er ihre Brust, und mit seiner Zunge fuhr er den V-Ausschnitt entlang, bevor er mit den Zähnen ihren Nippel durch den Stoff ihres Kleides leicht berührte. Zur selben Zeit umschloss er immer noch mit seiner Hand ihren Nacken, ging sicher, dass sie sich genug nach hinten wand, um ihm Zugang zu ermöglichen, aber nicht so viel, dass sie fallen könnte.

Seine andere Hand war mit ihrem Oberschenkel beschäftigt und wanderte langsam immer höher.

»Nolan«, keuchte sie, denn die Aufmerksamkeiten, mit denen er sie überfiel, machten sie ganz wild. Mit gespreizten Beinen saß sie auf ihm, ihr Kleid war bis zu ihren Hüften nach oben geschoben. Jetzt war sie vollkommen entblößt und verletzlich, aber gehemmt fühlte sie sich trotzdem nicht. Im Gegenteil. Sie wiegte ihre Hüften, wollte seine harte Erektion unter sich spüren.

Sie war so unglaublich feucht – und das bemerkte auch er, als seine Finger die weiche Haut ihres Innenschenkels erkundeten und ein Beweis auf seinen Fingern zurückblieb – der Beweis, wie sehr sie ihn wollte. »Das gefällt mir«, sagte er mit solch einer ungeschminkten Ehrlichkeit, dass sie spürte, wie sich ihre Vagina zusammenzog und sie sich nichts sehnlicher wünschte, als dass er endlich in ihr war.

»Bitte …«, flehte sie ihn an, als er einen Finger unter ihr Höschen gleiten ließ und damit ihre Muschi neckte. »Bitte«, wiederholte sie, als die Finger von ihrem Nacken zu ihrem Dekolleté wanderten, an dem Material zogen, bis eine Brust heraussprang und sich Nolans Mund darüber schloss – wie ein Mann, der am Verhungern war.

Ganz leicht biss er in ihren Nippel, und sie drückte ihren Rücken durch, schrie auf, als zwei seiner Finger in ihre Muschi stießen, während er zur selben Zeit an ihrer Brust saugte. Es fühlte sich so an, als ob ein Hochspannungsbogen von Elektrizität zwischen ihrem Geschlecht und ihrer Brust vibrieren würde, was sie dermaßen nah an ihren Orgasmus brachte, dass sie am liebsten geweint hätte.

Ohne jegliche Scham rieb sie sich an ihm, versuchte das Ganze zu einem Ende zu führen, aber er knabberte lediglich an ihrem Ohrläppchen und flüsterte ihr dann ins Ohr: »Lass das.«

»Dann vögel mich. Bitte, Nolan. Ich will dich endlich in mir spüren.«

»Herrgott, Baby. Ich dachte schon, du fragst nie.«

Er öffnete seine Jeans, und sie erhob sich etwas, um ihr Höschen ausziehen zu können. »Nein, lass es an. Zieh es nur etwas zur Seite. Vertrau mir«, sagte er, als er sah, wie verwirrt sie war.

»Kondom?«, fragte sie und war erleichtert, als er sein Portemonnaie hervorholte, einen Gummi herauszog und ihn dann überzog.

»Schnell oder langsam?«, fragte er mit einem verspielten Grinsen auf dem Gesicht.

»Beides«, antwortete sie und positionierte sich über ihm, ehe er noch das Kommando übernehmen konnte, und ließ sich schließlich mit einem kräftigen Stoß nach unten fallen und schrie auf – sowohl weil er so groß war, aber auch weil sie so feucht und bereit war und er sich einfach so verdammt gut anfühlte.

»Das war der schnelle Teil«, sagte sie, als er lachte und sie zu sich herunterzog, um ihr einen Kuss zu geben. »Bei dem langsamen Teil musst du mir helfen.«

Er verstand, was sie meinte, und umfasste ihre Hüften, half ihr dabei, eine gleichmäßige Bewegung beizubehalten, als sie sich erhob und wieder setzte, seinen Schwanz ritt, während sich eine ungeheure Intensität zwischen ihnen aufbaute.

»Ich steh kurz davor, Baby. Kannst du jetzt für mich kommen?«

Sie schüttelte den Kopf, woraufhin er ihr an die Muschi griff. Seine Finger neckten ihren Kitzler, während sie ihn immer wilder weiterritt, nun da sie spürte, dass ihr Höhepunkt in greifbare Nähe rückte.

»Jetzt!«, schrie sie, als sie fühlte, wie sich sein Körper zu entspannen begann. Und als sie schließlich kam, schien jede Zelle in ihrem Körper in einer Explosion von purem weißem Sternenstaub zu zerspringen.

Ihre Muschi spannte sich um seinen Schwanz herum an, wodurch er seinen Orgasmus sogar noch intensiver erlebte, und als sie sich schließlich beide völlig verausgabt hatten, verschob er sich auf dem kleinen Sofa, sodass sie auf ihm in sich zusammensinken konnte.

Seine Augen waren geschlossen, aber er öffnete sie, um ihr einen Kuss zu geben. Er sagte einfach nur: »Wow.«

Darauf konnte sie bloß zustimmend nicken, legte den Kopf auf seine Schulter und schlief glückselig ein.

Nachts wachten sie einmal auf, und Nolan trug sie zu ihrem Bett. Dann kletterte er neben sie, was er normalerweise niemals tat. In der Regel machte er sich nach dem Sex immer so schnell wie möglich aus dem Staub. Aber da gab es irgendetwas an dieser Frau, was ihn anzog. Etwas, was gut mit ihm harmonierte. Und als sie die Augen öffnete und verschlafen fragte: »Was?«, sagte er, dass er noch einmal mit ihr schlafen wollte, da er zur Arbeit müsste, bevor sie am nächsten Morgen aufstehen würde.

Sie nickte mit einem erwartungsvollen Lächeln auf den Lippen, und sie liebten sich langsam und sanft, ehe sie schließlich wieder – Arm in Arm – einschliefen.

Er wachte um vier Uhr fünfzehn auf, als er eine Textnachricht von Connor erhielt, der fragte, wo zur Hölle er steckte. Nolan stürzte sofort aus dem Bett und zog sich hastig seine Klamotten an. Als er bereits in die Richtung ihrer Haustür eilte, musste er dermaßen herzhaft gähnen, dass sein Körper regelrecht durchgeschüttelt wurde, und ihm wurde schlagartig bewusst, wie wenig er eigentlich geschlafen hatte.

Mit einem selbstzufriedenen Grinsen auf dem Gesicht ging er daraufhin in ihre Küche und wählte einen Reisebecher aus der ordentlichen Reihe von Tassen in ihrem Schrank. Er hoffte, dass es ihr nichts ausmachen würde, und war insgeheim dankbar dafür, eine Entschuldigung zu haben, sie wiederzusehen, um ihr die Tasse zurückzugeben. Er trommelte mit den Fingern auf dem Küchentresen, während er darauf wartete, dass die Maschine den Kaffee kochte, und goss anschließend noch etwas Sahne hinein, um ihn abzukühlen. Dann war er auch schon wieder auf dem Weg, machte die Tür fest hinter sich zu und überprüfte sie zweimal, um sicherzugehen, dass sie auch wirklich richtig verschlossen war.

Der Sender war im Norden von Austin auf der I-35-Auffahrt, aber zu dieser frühen Stunde musste er sich zumindest keine Gedanken wegen des Straßenverkehrs machen, und um fünf nach fünf kam er an seinem Arbeitsplatz an.

»Was zur Hölle?«, begann Connor, doch Nolan hielt nur eine Hand hoch.

»Heißes Date«, erwiderte er mit einem Grinsen auf den Lippen und zog die Augenbrauen hoch.

Connor schüttelte bloß den Kopf und gab Nolan dann eine Mappe. »Sponsoreninfo. Manny hat's mir letzte Nacht zugemailt. Er will, dass du es dir durchliest und ein paar Bemerkungen darüber in dein Programm einfließen lässt. Offensichtlich nehmen die Werbeeinnahmen ab, deshalb wollen wir versuchen, uns von den anderen Sendern abzuheben. Ein bisschen authentischer sein, was unsere Schleichwerbung angeht.«

»Toll.« Widerwillig blätterte Nolan die textreichen Seiten durch. Er verspürte ein leichtes Ziehen in der Magengegend, als er daran dachte, dass er sich dieses ganze verdammte Ding durchlesen müsste.

»Hier.«

Nolan schaute gerade noch rechtzeitig hoch, um den USB-Stick aufzufangen, den Connor ihm zuwarf. »Ich bin's schnell durchgegangen und hab ein paar wichtige Punkte der ersten fünf Sponsoren auf diesen Stick diktiert. Zwar wirklich nur grob, aber ich hab mir gedacht, dass dir das für den heutigen Tag genug Stoff gibt. Sollte circa zehn Minuten dauern, sich das anzuhören.«

»Ja?« Nolan starrte auf den Stick. »Danke!«

Connor hob eine Schulter, deutete damit an, dass es keine große Sache war. »Ich geh mal davon aus, dass du Besseres zu tun hast, als deine Zeit damit zu verplempern, dir diesen Wälzer durchzulesen.«

»Verdammt richtig«, erwiderte Nolan und umklammerte den USB-Stick wie einen Rettungsanker. Nolan hatte Connor nichts davon erzählt, dass er Legastheniker war. Verdammt, er hatte das noch niemandem erzählt, außer Amanda und den Leuten bei Dyslexia Reading & Tutoring Room – eine gemeinnützige Organisation, die sich darauf konzentrierte, Kinder mit Legasthenie darin zu unterstützen, lesen zu lernen, und ihnen zu einem größeren Selbstvertrauen zu verhelfen.

In aller Stille hatte er viele Jahre mit dieser Organisation zusammengearbeitet. Er hielt sein Engagement zwar nicht geheim, hängte es aber auch nicht an die große Glocke.

Vielleicht hatte Connor ja einfach nur gemerkt, dass Nolan immer ewig brauchte, um einen Stapel Papiere durchzuarbeiten. Er hatte sich nicht beschwert, als Nolan ihn darum gebeten hatte, die Nachrichten des Tages für ihn zusammenzufassen. Und wenn Manny ihm viel zu lesen gab, dann sagte Connor jedes Mal, dass es der Job des Sendeleiters wäre, den Hauptakteur so weit zu entlasten, dass sich dieser auf das Wesentliche konzentrieren könnte.

Nolan warf Connor einen Blick zu, als er den USB-Stick einsteckte, doch er fragte nicht nach. Es war ihm lieber, es nicht zu wissen. Es war ja schließlich nicht so, dass er darüber reden wollte. Er wollte einfach nur seinen Job machen. Und an Shelby denken.

Als es sechs Uhr wurde, war es genau das, was er tat. »Guuuuten Morgen, Austin! Es ist Donnerstagmorgen, und ihr hört *Mornings with Wood*! Und ja, es ist einer dieser Tage, an dem der Titel der Sendung ziemlich gut passt. Willkommen, liebe Zuhörer, zu meinem neuen Lieblingstag! Ja, ihr habt richtig gehört. Ich hatte letzte Nacht was am Laufen, und ich bin so gut drauf, dass ich die ganze Welt umarmen könnte wegen all dieser guten Vibes!«

Er drückte eine Taste an der Konsole, und die sexy Frauenstimme schmachtete: »Oooooh, Nolan. Erzähl mir mehr.«

»Ihr wisst ja – ein Gentleman genießt und schweigt, aber vielleicht gibt euch das hier ja einen kleinen Hinweis. Nach ein bisschen AC/DC sind wir wieder zurück mit den morgendlichen Verkehrsmeldungen.«

Nachdem er seine kleine Anspielung losgeworden war, wurde *You Shook Me All Night Long* allmählich lauter. Dann lehnte er sich in seinem Stuhl zurück, warf Connor ein selbstzufriedenes Grinsen zu und verbrachte anschließend die nächsten drei Minuten und zweiunddreißig Sekunden damit, in verdammt süßen Erinnerungen zu schwelgen.

7

Der schrille Summton ihres Handys unterbrach Shelbys Traum, der alles andere als jugendfrei gewesen war. Immer noch im Halbschlaf und lächelnd tastete sie herum, ging dann ans Telefon, ohne sich vorher zu vergewissern, wer der Anrufer war, und murmelte: »Nolan.«

»Was?«

Alan.

Im Nu saß sie senkrecht im Bett und war hellwach. Die Bettdecke war um ihre Hüfte gewickelt und enthüllte, wie nackt sie tatsächlich war. Schnell zog sie die Decke hoch und bedeckte ihre Brüste.

»Was hast du eben gesagt?«

»Ich sagte Alan«, log sie. »Entschuldige, ich hab geschlafen. Was hast du denn verstanden?« *Idiotin.* Sie schlug sich mit der flachen Hand vor die Stirn und blickte sich dann in ihrem Schlafzimmer um, doch jegliche Anzeichen des Mannes, dessen Namen sie eben tatsächlich laut ausgesprochen hatte, waren spurlos verschwunden. Für einen Moment tobten Enttäuschung und Kränkung in ihrem Inneren. Aber dann erinnerte sie sich daran, dass er ihr ja versichert hatte, bereits weg zu sein, wenn sie aufwachte.

Das bedeutete, dass er sich nicht einfach klammheimlich aus dem Staub gemacht hatte.

Was gut für ihr Ego war.

Doch alles in allem spielte es eigentlich gar keine Rolle. Er hatte nicht vorgeschlagen, dass sie wieder miteinander ausgehen würden, und sie hatten auch nicht ausgemacht, dass sie sich nach der Arbeit oder am Wochenende wiedersehen würden. Und warum sollten sie auch? Immerhin war er eine lokale Berühmtheit. Vermutlich war er von jetzt an bis in alle Ewigkeiten sowieso schon jeden Tag von einer anderen ausgebucht.

Und das war in Ordnung. Denn während Nolan Wood für sie eine nette Abwechslung gewesen sein mochte – eine sehr nette sogar –, so passte er doch kein bisschen in ihr Leben. Er war ein Typ, dessen Künstlername bereits zweideutig war und dessen Programm zur Hauptsendezeit dafür bekannt war, wild und anzüglich zu sein.

Also nein. Er passte einfach nicht zu ihr. Ganz im Gegensatz zu dem Mann, der in diesem Moment am anderen Ende der Leitung war.

»Hab ich dich etwa geweckt?«, fragte Alan und lachte. »Du und die Mädels müsst bei dem Junggesellinnenabschied ja verdammt viel Spaß gehabt haben.«

»Oh, also, ja ... Könnte man so sagen.« Sie spürte, wie die Scham langsam von ihrem ganzen Körper Besitz ergriff. »Warte mal. Wie spät ist es eigentlich?«

»Fast neun.«

»*Aaah*. Ich muss sofort los.« Sie sprang aus dem Bett, dann blickte sie um sich, suchte nach ihrem Morgenmantel – immerhin war sie gerade splitterfasernackt und sprach mit Alan. Sie konnte das Teil allerdings nirgends finden. »Hör mal zu, ich muss los. Können wir später reden?«

»Sicher, sicher. Ich hab nur angerufen, um dich an morgen zu erinnern. Abendessen bei deinen Eltern.«

»Mit dem Dekan der Fakultät«, sagte sie. »Ich weiß. Treffen wir uns dort?«

»Sei doch nicht albern. Natürlich hole ich dich um sechs ab.«

Als sie auflegte, musste sie lächeln. Alan hatte einwandfreie Manieren, und sie verbrachten immer eine schöne Zeit miteinander, wenn ihre Eltern eine Fakultätsveranstaltung abhielten. Es würde bestimmt wieder einmal ein wundervoller Abend werden.

Diese Art von Abenden, die sie stets genoss – mit vielen interessanten Gesprächen über die Art von Theoretischer Mathematik, die sie faszinierte, aber mit der sie in ihrem Job nichts zu tun hatte.

Sie duschte und zog sich schnell an, ignorierte Hannahs zerknülltes Kleid, das auf dem Fußboden lag … dann raste sie zum Büro, fuhr jedes Mal bei Rot über die Ampel.

Sie war bereits im Aufzug gewesen und auch bereits an der Rezeption vorbeigegangen, als sie Hannahs Textnachricht erhielt. *Wo steckst du?*

Stirnrunzelnd tippte Shelby eine Antwort und hoffte, dass sich da nicht gerade eine Krise zusammenbraute. *Lobby. Verschlafen. Erzähl mir nicht, dass F nach mir sucht.*

F war Frank Talbot – Shelbys direkter Vorgesetzter. Und derjenige, der ihr beigebracht hatte, immer schon vor acht Uhr im Büro zu sein, damit sie noch genug Zeit hatte, sich in Ruhe vorzubereiten, bevor der Arbeitstag dann richtig losging.

Beeil Dich einfach.

Shelby seufzte, aber legte einen Zahn zu und fragte sich, was für eine Art von Krise wohl auf ihrem Schreibtisch gelandet war. Es musste schon etwas Wichtiges sein, wenn selbst Hannah etwas davon wusste, weil das bedeutete, dass auch die Rechtsabteilung involviert war. *Scheiße!* Sie eilte das letzte Stück zu ihrem Büro und war dankbar, wieder ihre bequemen, vernünftigen Schuhe anzuhaben.

»Was ist los?«, fragte sie, als sie durch die Tür stürmte und Celia, Hannah, Leslie, Kayla und Ria in ihrem Büro vorfand, die sich alle um ihren Schreibtisch versammelt hatten.

»Mädel, was hast du letzte Nacht eigentlich getrieben?«, fragte Kayla. Sie war eine tolle afroamerikanische Frau, die ihr Haar dermaßen kurz trug, dass man sogar schon ihre Kopfhaut sehen konnte – ein Stil, der ihre riesigen Augen gut zur Geltung brachte, die jetzt sogar noch größer wirkten als sonst, als sie Shelby anstarrte, was wie eine Mischung aus Überraschung und Respekt aussah.

Ria, die auf der Ecke von Shelbys Schreibtisch hockte, kicherte nur. Sie schaukelte mit den Füßen hin und her, die in zehn Zentimeter hohen Plateauschuhen steckten. Mit ihren nur ein Meter zweiundfünfzig versuchte Ria ihre Größe stets auszugleichen. »Ich glaube, die Frage lautet eher – was hat sie *nicht* getan?«

»Ja, stimmt. Oder?«, meinte Hannah. »Ich schwör's, mein kleines Mädchen ist erwachsen geworden. Ich bin ja so stolz.«

Daraufhin fingen alle fünf Frauen an zu lachen, aber Shelby blieb auch weiterhin vor ihrem Tisch stehen. Ihr drehte sich der Kopf. »Das hier hat also überhaupt nichts mit Frank zu tun?«

»Mach die Tür hinter dir zu«, sagte Hannah, obwohl sie sich bereits selbst auf den Weg machte, um sie zu schließen. »Leg los«, forderte sie dann Celia auf, die eine Taste an ihrem Telefon drückte und es daraufhin in die Mitte des Tisches legte.

»Sie haben eine App«, erklärte Celia.

»Wer?«, fragte Shelby.

»Die Sendung wird live gestreamt«, fuhr sie fort, ohne Shelbys Frage zu beantworten. »Manchmal gibt's da sogar ein Video«, fügte sie noch hinzu, so als ob sie sich gerade nur über das Wetter unterhalten würden.

»Es ist wirklich lustig«, meinte Kayla. Ihr Tonfall klang entschuldigend, während die letzten Klänge von Heart's *Crazy On You* allmählich leiser wurden. »Ich meine, er macht echt eine gute Show, und es ist ja nun auch nicht so, als ob er jemals deinen Namen nennen würde.«

Oh. Mein. Gott! Shelbys Angst wurde immer größer, bis sie nahe ans Entsetzen grenzte. Als Hannah einen der Gästestühle, die hinter ihr standen, zu sich heranzog, setzte sie sich, ohne noch eine weitere Frage zu stellen.

»Uuuuund wir sind schon wieder zurück!« Nolans Stimme erfüllte das Büro, und obwohl Shelby sich bereits zu fünftausend

Prozent sicher war, dass sie das nicht mögen würde, was er jetzt sagen würde, konnte sie auch nicht den Effekt leugnen, den diese lässige, sinnliche Stimme auf ihren Körper hatte … oder die hemmungslosen Erinnerungen, die sich rasend schnell in ihr Bewusstsein drängten.

Lässig schlug sie ein Bein über das andere und umklammerte mit den Händen ihre Knie, während sie bewusst durch die Nase atmete.

»Wir haben noch Zeit für einen weiteren Musikwunsch. Denkt dran, Leute, nach nur einer Nacht kann ich zwar noch nicht sagen, ob sie meine Welt erschüttert hat, aber zumindest hat sie meinen Körper ganz schön durchgeschüttelt. Das ist dann also heute unser Thema. Also, ihr schlagt etwas vor, und wenn ich es tatsächlich spiele, bekommt ihr zwei Tickets für das bevorstehende Pink-Chameleon-Konzert in San Antonio – und das alles nur, weil ich heute so verdammt gut gelaunt bin!«

»Oooooh, Nolan. Erzähl mir mehr!«

»Aaaah. Glaubt mir. Es ist gerade wirklich zu *hart* zu beschreiben, wie ich mich fühle. Aber andererseits ist das ja vielleicht sogar auch der Grund, warum die Sendung *Mornings with Wood* heißt. Hey, lieber Anrufer. Wie heißt du?«

Er redete über sie! Diese Tatsache knallte mit voller Wucht in ihr Bewusstsein, während Nolan sich mit einem Typen namens Tommy unterhielt. Er redete tatsächlich über sie. Im Radio!

Und nicht bloß das, sondern er sprach über sie und über Ständer, und das alles in dieser gottverdammten Radiosendung!

»So ein Arsch!«, fluchte sie, als sie sich Celias Telefon schnappte. »Ich brauche doch nur dieses kleine Symbol hier zu drücken, um in der Sendung anzurufen, oder?«, erkundigte sie sich, während sie auf den Bildschirm starrte.

»Bist du jetzt völlig verrückt geworden?«, fragte Hannah. »Was willst du denn sagen?«

»Dass er damit aufhören soll!« Hatte sie ihm etwa ihr Okay

gegeben, so etwas zu machen? Letzte Nacht, als sie darüber Witze gemacht hatte, dass ihr Sex zu heiß fürs Radio wäre, hatte er da etwa wirklich geglaubt, dass sie damit gemeint hatte, so etwas wie das hier ... *das hier* ... wäre in Ordnung?

»Du kannst da nicht anrufen«, meinte Leslie. »Irgendjemand wird deine Stimme erkennen.«

»Scheiße.« Sie warf das Telefon wieder zurück auf den Tisch und zuckte dann zusammen, als Celia sich darüber aufregte. »Hey!«

»Entschuldige.« Sie holte einmal tief Luft und versuchte, sich wieder zu beruhigen, aber irgendwie funktionierte das nicht so wirklich. »Eigentlich ist es auch vollkommen egal, ob ich da anrufe. Es weiß sowieso schon jeder. Was zur Hölle tut er da bloß? Jeder in dieser gottverdammten Bar weiß, dass ich das bin!«

»Nein, nein«, entgegnete Ria. »Nur wir wissen das, und wir würden es keiner Menschenseele verraten.«

»Normalerweise gehst du nie ins The Fix«, fügte Hannah noch hinzu. »Da weiß sowieso keiner, wie du heißt.«

»Und selbst wenn die Mitarbeiter Bescheid wüssten, würde es doch keiner von denen weitererzählen«, versicherte ihr Leslie.

Shelby schaute zu Layla, die mit den Schultern zuckte. »Keine Ahnung. Aber ich zweifle daran, dass es überhaupt jemand weiß.«

»Ich könnte beim Sender anrufen«, überlegte Shelby laut. »Also in deren Büro. Sodass ich nicht auf Sendung bin.«

Hannah lehnte sich gegen den Schreibtisch. »Wenn du wirklich mit ihm über das hier reden willst, dann ruf ihn lieber zu Hause an.«

Shelby fuhr sich mit der Zunge über die Lippen. »Ich hab aber seine Nummer nicht.«

Sie bekam mit, wie ihre fünf Freundinnen Blicke miteinander wechselten.

»Na ja«, sagte Hannah daraufhin langsam, »dann denke ich, dass er die ganze Sache einfach nur auf die Schippe nimmt. Morgen beschäftigt er sich schon mit etwas anderem, und niemand wird sich jemals wieder an den heutigen Tag erinnern.«

»Oh«, entfuhr es Shelby, und davon einmal abgesehen, dass sie sich bereits selbst gesagt hatte, die Sache mit Nolan wäre ein absoluter Reinfall gewesen ... und seine alberne Bekanntgabe auf Sendung hätte dieses Gefühl sogar noch bestätigt ..., traf sie diese schonungslose Erkenntnis dann doch ziemlich hart, dass sie einen One-Night-Stand gehabt hatte, ohne sich vorher darüber im Klaren zu sein.

Ein One-Night-Stand mit einem Mann, der sie Dinge hatte fühlen lassen, von denen sie noch nicht einmal gewusst hatte, dass sie zu Derartigem in der Lage war. Und der sie hatte Dinge wollen lassen, von denen sie nicht gewusst hatte, dass sie so etwas wollte. Der sie betteln und lachen ließ. Mit dem sie ohne jeden Zweifel den besten Sex ihres Lebens gehabt hatte. Und dann war er weggegangen und hatte ihre Sexkapaden für seine Radiosendung ausgeschlachtet. Bei dem Gedanken wurde ihr ganz schlecht. »Das hier ist ein Albtraum«, flüsterte sie. »Ich meine, es ist ein Albtraum von absolut unglaublichen Ausmaßen.«

»Oh, verdammt«, sagte Leslie, als sie einen Blick auf ihre Uhr warf. »In zehn Minuten hab ich ein Interview. Süße, alles wird gut.« Sie knuffte Shelby gegen die Schulter und eilte dann auf die Tür zu.

Shelby ließ den Kopf zwischen die Knie hängen, als Celia auf Pause drückte. »O Gott. Was, wenn Alan das hört? Oder meine Eltern? Was, wenn Frank das hört?«

»Wenn er was hört?« Hinter sich hörte sie die vertraute tiefe Stimme ihres Chefs und wäre vor Schreck fast aufgesprungen. Doch Hannahs feste Hand auf ihrem Rücken zwang sie praktisch dazu, den Kopf unten zu halten.

»Dass sie eine schlimme Magen-Darm-Geschichte hat«, erwiderte Hannah. »Ihr Arzt meint, dass es nichts Ansteckendes ist, deshalb ist sie heute auch ins Büro gekommen. Aber die Krämpfe und das … na ja, Sie wissen schon … ständige Gelaufe zur Toilette …« Sie verstummte allmählich. In ihrer Stimme schwangen Ekel, allerdings auch Anteilnahme mit. »Ich hab ihr gesagt, sie soll sich krankmelden, aber sie ist ja so verdammt verantwortungsbewusst.«

»Um Himmels willen, Shelby! Geht es Ihnen wirklich so schlecht?«

»Ja, Sir«, entgegnete Shelby, was ja nun auch nicht einmal wirklich gelogen war.

»Sie arbeiten doch nicht im Einzelhandel. Sie sind ein Profi und können sich Ihren eigenen Zeitplan machen. Lassen Sie Ihre Assistentin Ihre Termine verschieben, und gehen Sie nach Hause.«

»Stimmt. Ich sollte … Ich werde … Danke.«

Sie hielt den Kopf weiterhin gesenkt, bis sie hörte, wie die Tür hinter ihrem Chef ins Schloss fiel. Erst dann stand sie auf. »Du bist eine unglaubliche Lügnerin. Und ich bin immer noch komplett im Arsch.«

»Nein, bist du nicht«, entgegnete Hannah entschieden.

»Außer wenn sie über letzte Nacht spricht«, sagte Kayla, und sie brachen alle miteinander in Gelächter aus. Sogar Shelby, die sich dachte, dass das hier dann wohl so eine Art Galgenhumor sein müsste. Weil diese Situation ja wirklich alles andere als gut war.

Überhaupt. Nicht. Gut.

Das Radio. Er sprach über sie – er sprach über sie und Sex – in seiner Sendung!

Während sie nach Hause eilte, ging ihr der Gedanke an diese simple Wahrheit immer wieder und wieder durch den Kopf. Und auch nach wie vor, als sie sich einen Kaffee machte und ein paar Kekse dazu aß. Und selbst dann noch, als sie sich auf die Couch setzte, um sich etwas Stumpfsinniges im Fernsehen anzusehen.

Nach ein paar Stunden schaltete sie die Kiste allerdings wieder aus, denn sie realisierte, dass stumpfsinniges Fernsehen dann wohl doch einfach zu stupide war, als dass es diese mordlustigen – und leider auch immer noch lüsternen – Gedanken an Nolan hätte ausblenden können. Schließlich hatte auf diesem kleinen Sofa das angefangen, was zwar einerseits eine an und für sich schöne Erinnerung war, die jetzt allerdings ins Lächerliche gezogen worden war. Zumindest war es eine schöne Erinnerung gewesen, bis er das Ganze in seiner dämlichen Radiosendung besudelt hatte.

»Na ja, scheiß drauf«, murmelte sie und schnappte sich dann *Die Poesie des Unendlichen* – die Biografie über ein autodidaktisches mathematisches Genie, die sie vor einigen Nächten zu lesen begonnen hatte. Wenn sie irgendetwas von Nolan ablenken könnte, dann war es die Mathematik, und nach einer halben Stunde bewahrheitete sich diese Theorie letztendlich. Die Schönheit der Geschichte hatte sie vollkommen in ihren Bann gezogen, und zwar so sehr, dass sie erschreckt aufsprang, als sie plötzlich ein lautes Klopfen an der Haustür hörte.

»Shelby? Ich bin's – Nolan!«

Sie erstarrte. Genau dort auf ihrer Couch erstarrte sie regelrecht. Dann realisierte sie, dass die Jalousien heruntergezogen waren und er sie auf gar keinen Fall sehen konnte. Also legte sie ganz vorsichtig das Buch hin, schlich zur Tür und stellte sich neben sie.

Sie wusste selbst nicht, warum sie das tat ... sie hatte schließlich nicht vor, mit ihm zu reden oder die Tür zu öffnen – in erster Linie, weil sie überhaupt nicht wusste, was sie sagen wollte. Er hatte ihr ja auch nicht mal den Hauch einer Chance gegeben, sich etwas zu überlegen oder einzustudieren. Doch seltsamerweise hatte irgendetwas sie zu ihm hingezogen. Und jetzt stand sie nur wenige Zentimeter von ihm entfernt und drückte ihre Handfläche leicht gegen die Holztür.

»Hallo? Na ja, Scheiße. Dein Auto steht hier, Shelby. Ich hab deine Nummer nicht, deshalb konnte ich dich auch nicht vorher anrufen, aber ich weiß, dass du da bist! Außer, wenn sie es vielleicht doch nicht ist«, fügte er dann hinzu. Seine Stimme änderte sich dabei ein bisschen, so als ob er ein Synchronsprecher wäre, der zwei Rollen spielte. »Vielleicht geht sie ja spazieren oder macht eine Fahrradtour. Oder sie ist mit einer Freundin unterwegs. Zur Hölle, vielleicht liegt sie ja gerade im Bett eines anderen Mannes, in welchem Falle ich ihn wohl leider umbringen müsste. Shelby!«

Ihr Name, begleitet von dem scharfen Bimmeln ihrer Türklingel, ließ sie vor Schreck einen Satz machen, und sie hielt sich schnell eine Hand vor den Mund.

»Ich hab deine Reisetasse. Wenn du nicht die Tür öffnest, will ich Lösegeld dafür haben.« Es folgte eine Pause, dann war die andere Stimme zu hören: »Sie ist nicht da, du Vollidiot. Lass den Becher einfach hier und hau ab.«

Sie legte die Hand auf den Knauf, und fast – *fast* – hätte sie die Tür geöffnet. Aber dann kniff sie doch und stand einfach nur da. Sie hörte, wie die Briefkastenklappe quietschte. Das Geklapper der Tasse, als diese auf den Boden plumpste. Seine leisen Schritte auf der Treppe.

Als sie schließlich das Schnurren des Motors seines Audis hörte, als er davonfuhr, sank sie zu Boden, lehnte ihren Rücken gegen die Tür und fing an zu schluchzen, als sie in Tränen ausbrach, die sie schon den ganzen Tag zurückgehalten hatte.

8

Nolan hätte Connor nie etwas davon erzählen sollen. Aber verdammt, er war auch noch nie so verwirrt wegen einer Frau gewesen. »Wir sind ausgegangen«, hatte er seinem Kumpel an dem Morgen erzählt, bevor die Sendung angefangen hatte. »Wir hatten eine tolle Zeit miteinander. Jetzt herrscht allerdings Funkstille. Ich hab sogar meine Visitenkarte in der Kaffeetasse gelassen, die ich zurückgebracht habe. Aber keine Mail, keine SMS, kein Anruf – nichts!«

»Seltsam«, hatte Connor trocken erwidert.

»Was?«

»Ach, komm schon, Nolan. Sind dir schon so viele Frauen hinterhergerannt, dass du ganz vergessen hast, dass nicht alle Mädels scharf auf Promis sind? Vielleicht hatte sie keinen Bock darauf, dass alle Welt im Radio von ihrem Liebesleben erfährt.«

»Aber bei mir dreht sich doch alles um diese verdammte Morgenshow«, hatte Nolan daraufhin geantwortet. »Das war doch eine ganz harmlose Geschichte. Und außerdem war sie anonym.«

»Aber für sie war es eben nicht harmlos«, hatte Connor erwidert. »Und für sie war es scheinbar auch nicht anonym.«

»Ach, fick dich doch!«, hatte Nolan entgegnet, weil er es hasste, wenn sein Freund recht hatte. Und er hatte sich auch überhaupt nicht über das Date lustig gemacht. Stattdessen spielte er dann Simon & Garfunkel's *The Sound of Silence*, ohne noch einen weiteren Kommentar zu verlieren. Einfach so.

Als die Sendung endete, hätte er seinen Kopf am liebsten gegen die Wand geschlagen. Er war schon den ganzen Morgen neben der Spur gewesen und hatte das Gefühl gehabt, dass Connors Worte ihm noch den Rest gegeben hatten.

Und das Schlimmste daran war, dass er morgen für einen Kollegen einspringen musste, weil Wayne – der übliche Samstagmorgen-Moderator – gerade im Urlaub war. Was bedeutete, dass noch ein weiterer Tag vor ihm lag, an dem er sich im Radio zum Hampelmann machen müsste, anstatt sich zu entspannen, um wieder zu Kräften zu kommen.

Na ja, scheiß drauf.

Er dachte darüber nach, sich eine zweite Meinung von Amanda einzuholen, aber eigentlich brauchte er die gar nicht. Connor hatte ja recht. Nolan hatte in seiner kleinen Blase der Glückseligkeit gelebt und das – so wie er es mit allem tat – über das Radio herausposaunt.

Aber, verdammt noch mal, er wollte sie doch wirklich wiedersehen! Was im Klartext bedeutete, dass er das hier irgendwie wieder geradebiegen musste.

Er wartete bis halb sechs – hoffte, dass sie bis dahin mit der Arbeit fertig wäre und wieder zu Hause sein würde – und fuhr dann zu ihr. Wieder stand ihr Wagen in der Einfahrt. Und wieder stieg er die Treppenstufen hoch. Er klopfte zweimal ganz schnell hintereinander und wartete dann auf der Veranda, verlagerte sein Gewicht von einem Fuß auf den anderen. Das tat er sogar noch, als ihm bereits der Gedanke durch den Kopf ging, dass er hier wahrscheinlich nur seine Zeit vergeudete, weil sie ja sowieso nicht diese verdammte Tür öffnen würde.

Aber auf einmal spürte er, wie die Veranda vibrierte, als jemand im Haus durchs Wohnzimmer zur Tür eilte, und er hörte sie rufen: »Du bist früh dran! Warte!« Er hielt die Luft an, als das Sicherheitsschloss klickte und die Tür aufgerissen wurde.

»Du hast sechs gesagt … oh! Nolan.«

Er sah, wie sie bereits im Begriff war, die Tür wieder zu schließen, und machte deshalb einen Schritt nach vorn. »Es tut mir leid. Knall mir bitte nicht die Tür vor der Nase zu.«

»Das hatte ich gar nicht vor«, erwiderte sie, aber blieb in der

Türöffnung stehen, wodurch sie den Eingang versperrte. Also hatte sie ganz offensichtlich nicht die Absicht, ihn hereinzulassen.

»Du siehst hübsch aus«, sagte er und meinte das auch wirklich so. Allerdings sah sie im Vergleich zum letzten Mal irgendwie ganz anders aus, sodass er sie vielleicht gar nicht wiedererkannt hätte, wenn er ihr irgendwo auf der Straße begegnet wäre. Sie trug ein tailliertes graues Kostüm und eine durchgeknöpfte weiße Bluse. Ihre Schuhe waren vorn geschlossen, hatten flache Absätze und sahen wie etwas aus, was seine Mutter zur Kirche anziehen könnte. Sie trug Strümpfe, aber er hatte das Gefühl, dass sie wohl eher zu dem Strumpfhosen-Typ gehörten und es da kein sexy Strumpfband gab, das unter dem ordentlichen Rock versteckt war.

Unerklärlicherweise reichte der Anblick von ihr in diesem durchgeknöpften Outfit allerdings bereits aus, dass er sie am liebsten an sich herangezogen und heftig geküsst hätte.

»Was willst du, Nolan?«

»Was? Oh, hab ich ja schon gesagt. Ich wollte dir bloß sagen, dass es mir schrecklich leidtut. Ich hätte das über uns nicht im Radio erzählen sollen. Ich war ... es ist nur so, dass ich mich nicht wirklich zurückhalten kann, wenn ich erst einmal auf Sendung bin. Deswegen bleiben die Einschaltquoten ja auch so gut. Aber ich hätte an deine Gefühle denken sollen.«

»Das ist wirklich eine sehr nette Entschuldigung«, erwiderte sie. »Danke.«

»Ja?« Er grinste. Das war ja einfach gewesen. »Hör mal, ich wollte mir gerade etwas zu essen holen. Willst du mich vielleicht begleiten?«

»Oh.« Sie leckte sich über die Lippen, die er so gerne küssen wollte. Vielleicht könnten sie ja auch etwas bestellen ...

»Ähm«, meinte sie und wich seinem Blick aus, »ich kann wirklich nicht.« Sie schaute ihn bittend an. »Ich hatte am Mittwoch eine echt schöne Zeit mit dir. Wirklich! Und ich nehme deine

Entschuldigung auch an. Aber diese Frau, die du am Mittwoch kennengelernt hast … das war nicht wirklich ich.«

»Aliens? Hüllenmenschen? Klone?«

Sie rollte mit den Augen. »Ich war total betrunken.«

Er machte einen Schritt auf sie zu, und da sie nicht zurückwich und auch weiterhin den Eingang versperrte, standen sie irgendwann nur noch wenige Zentimeter voneinander entfernt. Es knisterte zwischen ihnen, und aufgrund des in die Enge getriebenen, verzweifelten Ausdrucks in ihren Augen war er sich sicher, dass er gerade nicht der Einzige war, der so etwas fühlte. »Du warst überhaupt nicht total betrunken«, meinte er bloß. »Wir haben ziemlich hart daran gearbeitet, etwas dagegen zu unternehmen.«

»Ich war überwältigt«, verbesserte sie sich.

»Ich habe nun mal diesen Effekt an mir.«

»Schau mal, Nolan. Bitte geh einfach.«

»Komm schon, Shelby. Wir hatten doch eine schöne Zeit miteinander. Lass uns was zu essen holen und dieses Mal einfach bloß reden.«

»Ich … ich …«

»Was?«

»Ich bin mit jemandem zusammen«, platzte es schließlich aus ihr heraus. »Er heißt Alan. Er ist Assistenzprofessor.«

»Oh.« Einen Moment lang fiel ihm nichts ein, was er dazu hätte sagen können, und er merkte, dass ihre kleine Beichte ihn härter getroffen hatte, als ihm lieb war.

»Ich weiß, ich hätte das erst gar nicht tun sollen … ich meine, in der Bar … aber ich war zuerst wirklich total betrunken. Und ich hatte ja auch echt eine schöne Zeit mit dir, allerdings hatte ich nie vor, irgendwas Ernstes anzufangen, und ich dachte auch nicht, dass du das wolltest, und …« Unvermittelt hörte sie auf weiterzureden, so als ob ihr die Worte fehlen würden.

Nolan spielte mit dem Gedanken, es ihr einfach zu machen und zu gehen. Obwohl ihm das nicht leichtfallen würde. Und vielleicht redete er sich gerade auch bloß heraus, aber er hatte sie doch in seinen Armen gehalten. Er hatte gespürt, wie ihr Körper um seinen herum gezittert hatte. Vielleicht hatte sie ja einen Freund, doch sie wollte ihn. Da war er sich ganz sicher.

Deshalb blieb er auch und schaute demonstrativ auf ihre linke Hand und dann zurück in ihre Augen. »Ich sehe keinen Ring an deinem Finger. Und deinen Kerl sehe ich auch nirgends.«

»Ich ... na ja, nein. Na und?«

Er zog die Augenbrauen hoch und grinste frech. »In der Liebe und im Krieg ist alles erlaubt.«

»Das hier hat aber nichts mit Liebe oder mit Krieg zu tun.«

»Beim Sex und der Sünde ist alles erlaubt. Besser?«

Ihre Lippen zuckten, aber sie ließ sich nichts anmerken und schüttelte stattdessen nur den Kopf. »Hör mal zu, Nolan. Wir sind nicht wirklich ... Wir passen nicht wirklich zusammen.«

Er streckte die Hand nach ihr aus, wickelte eine ihrer Haarsträhnen um seinen Finger, bevor er dann mit dem Finger sanft ihre Kieferpartie entlangstrich. »Tun wir nicht?« Sie zitterte unter seiner Berührung, und ihn überkam ein süßes Siegesgefühl.

Sie holte tief Luft. »Ich gebe ja zu, dass ich eine kleine Schwäche für dich hab, aber das ist bloß so, weil ich nicht so oft Verabredungen habe und du ...«

»Ich habe dich fasziniert? Dich erregt? Deine Leidenschaft entfacht?«

»Du hast mich verunsichert«, sagte sie mit Nachdruck.

»Ja?« Er schenkte ihr sein verführerischstes Lächeln. »Es wäre mir ein Vergnügen, dich wieder einmal zu verunsichern.«

»Bitte ... Ich hab gleich ein Date, und du musst jetzt wirklich gehen.«

Ein Date? Er drehte sich um und sah, dass ein Lexus in ihre Straße einbog.

»Bitte«, sagte sie noch einmal, und er hörte Panik in ihrer Stimme.

»Alles klar«, erwiderte er, hielt dann allerdings auf ihren Treppenstufen inne, um sich noch einmal zu ihr umzudrehen. »Aber nur damit du es weißt – Benjamin Franklin ist mein persönlicher Held.«

Sie runzelte die Stirn, während sie verwirrt den Kopf schüttelte. »Worüber redest du eigentlich?«

»Wenn es das erste Mal nicht klappt …« Mit einem Achselzucken verstummte er allmählich. »Nenn es eine faire Warnung.«

Sie rollte mit den Augen. »Benjamin Franklin hat so etwas nie gesagt.«

Nolan runzelte die Stirn und zeigte dann mit dem Finger auf sie. »Vielleicht nicht«, räumte er schließlich ein. »Aber er hätte es mal lieber tun sollen.«

Shelby stand am Eingang ihres Elternhauses. Alan und sie hielten Händchen, als sie der kleinen Gruppe von Hochschullehrern, die heute Abend vorbeigekommen war, eine gute Nacht wünschten.

»Dieser Mann wird es noch weit bringen.« Der Dekan tätschelte Alans Schulter, während er Shelby anlächelte. »Er ist ein ganz Guter.«

»Ich weiß«, erwiderte sie und zwang sich zu einem Lächeln. Normalerweise liebte sie diese Fakultätsdinner bei ihren Eltern, aber an dem heutigen Abend war ihre Schmerzgrenze erreicht worden. Natürlich war das allein Nolans Schuld. Sein Versprechen – nein, seine Drohung –, dass er nicht lockerlassen würde. Und um ehrlich zu sein, konnte sie solche Komplikationen in ihrem geordneten Leben nun wirklich nicht gebrauchen.

Sie seufzte, als sie die Tür hinter dem letzten Gast schloss. Sie fühlte sich schlecht, weil sie ihre eigenen Regeln gebrochen hatte.

»Stimmt irgendetwas nicht?«, fragte Alan, als er ihr über die Wange strich. Seine braunen Augen waren vor Sorge ganz dunkel geworden.

»Das würde mich allerdings auch mal interessieren«, sagte jetzt auch ihre Mutter. »Du warst heute Abend so still.« Sie war eine große Frau mit der Figur einer Ballerina. Ihr Haar trug sie normalerweise hochgesteckt, außer wenn sie alleine zu Hause war, und dieser Stil machte die Ähnlichkeit sogar noch offensichtlicher. Nun zog sie gerade die Haarnadeln heraus und ließ ihr dunkles Haar auf die Schultern fallen. Das war das Einzige, was sie gemeinsam hatten, und Shelby war dankbar dafür, dass sie das wunderschöne Haar ihrer Mutter geerbt hatte.

»Es ist nichts«, versicherte sie ihnen, lehnte sich an die breite Brust ihres Vaters und genoss seine Umarmung. »Ich hab nur in der Arbeit etwas Stress.«

»Probleme?«, fragte ihre Mutter. »Konzernrichtlinien und Regeln gibt es nicht ohne Grund, vergiss das nicht. Genauso wie die Regeln der akademischen Welt. Du befolgst sie, du kletterst die Karriereleiter hoch, und wenn du einmal ganz oben bist, dann ist die Aussicht viel klarer. Genau jetzt ist deine Sicht aber versperrt von jedem anderen, der ebenfalls versucht, mit dir zusammen hochzuklettern.«

»Ich weiß, Mom.« Sie wusste die Arbeitsauffassung ihrer Eltern und ihre Hartnäckigkeit durchaus zu schätzen. Doch dieser Ratschlag traf nun wirklich nicht zu. Allerdings hatte sie auch ganz bestimmt nicht vor, ihrer Mutter das wirkliche Problem zu erzählen. Niemals. Und erst recht nicht, wenn Alan direkt daneben stand. »Es gibt da gerade nur ein kleines Durcheinander bei einer Prüfung«, log sie. »Der Klient hat uns ein paar Informationen nicht gegeben, und dadurch hat er sein Leben schrecklich durcheinandergebracht – und meines dazu.«

Das entsprach sehr wohl der Wahrheit, aber da sie bereits einen Plan hatte, wie sie mit der Thompson-Angelegenheit weiter verfahren sollte, war das nicht der Grund, der sie im Moment beschäftigte.

»Du wirst schon eine Lösung dafür finden«, sagte Alan, hob ihr

Kinn an und gab ihr einen Kuss. »Du bist einfach zu gut, als dass du das nicht hinkriegen würdest.«

»Danke.« Sie entspannte sich, als sie sich an seinen großen, schlanken Körper lehnte. Sie atmete tief ein und dachte daran, dass es genau das hier war, was sie in ihrem Leben wollte. Ein Mann, der sie unterstützte und der sie verstand. Ein Zuhause, in dem man sich um richtige Probleme kümmerte und sich nicht darüber lustig machte und in dem man privat über Dinge sprach und nicht in aller Öffentlichkeit im Radio.

»Hey«, sagte Alan und löste sich aus ihrem Griff. »Ich finde es ja wirklich schön, wenn du so anhänglich bist, aber ich bekomme ja kaum noch Luft.«

»Entschuldige«, sagte sie und zwang sich zu einem Lächeln. »Ich hab mich mitreißen lassen.« *Und stimmte das denn nicht sogar?*

»Bist du dir sicher, dass du wirklich nicht sauer auf mich bist?«, fragte Alan, als sie alle in die Küche gingen, in der Shelby die Geschirrspülmaschine einräumte, während Alan den Tisch abräumte.

»Du meinst wegen morgen? Sei nicht albern.«

Alan hatte erst an diesem Morgen erfahren, dass das Institut von ihm erwartete, nächste Woche eine Rede vor Gastdozenten aus drei ausländischen Universitäten zu halten. Und auch wenn sie beide eigentlich am Samstag zu Celias Hochzeit eingeladen waren, hatte sie ihm versichert, dass es überhaupt kein Problem für sie war, allein hinzugehen, wenn er die Zeit brauchen sollte, um sich auf diese wichtige Sache vorzubereiten.

»Ich weiß doch, wie straff dein Terminplan ist. Und ich bin absolut imstande, alleine Hochzeitskuchen zu essen und mit meinen Freundinnen zusammenzusitzen.«

»Und außerdem willst du doch dein Bestes geben«, mischte sich ihr Vater in das Gespräch ein, der Alan ein Glas Portwein reichte. »Wir sind alle sehr stolz auf dich.« Dann gab er auch Shelby und ihrer Mutter einen Drink, und sie stießen alle auf Alans Erfolg an.

»Was ist mit dir, Süße?«, fragte ihr Vater. »Wann werden wir sehen, dass du Partner wirst?«

»Keine Ahnung«, gab sie ehrlich zu. »Ich weiß ja, dass Frank mich unterstützt, aber die Partner wollen mir nicht einmal eine Juniorpartnerschaft anbieten, solange ich noch keinen größeren Firmenkunden hatte.« Shelby machte bereits Beratungsarbeiten für mehrere kleine Unternehmen, die häufig nur aus einem oder zwei Angestellten bestanden. Das war zwar ein gutes Training, aber wenn sie tatsächlich irgendwann mal Partner sein wollte, dann brauchte sie die Erfahrung, die sie bei einem Langzeitprojekt bekäme, und bei dem sie tiefgehende Beratungsarbeiten für ein großes, lokales oder ein überregionales Unternehmen machen würde.

Da sie unbedingt Partner werden wollte, war das etwas, über das sie regelmäßig mit Frank sprach. Und sie wusste, dass er die Augen offen hielt. Er behielt die Klientenliste im Blick, um ihr irgendwann mal zu einem Projekt verhelfen zu können, das ihrer Laufbahn als Partner förderlich sein könnte. »Die Firma macht im Moment viel Öffentlichkeitsarbeit, deshalb kriegen wir gerade neue Klienten. Ich drücke mir selbst die Daumen, dass ich bald einen neuen Auftrag bekomme.«

»Du könntest auch immer unterrichten«, schlug Alan später vor, nachdem sie sich von ihren Eltern verabschiedet hatten und zurück in Shelbys Wohnzimmer waren. »Wir könnten Seite an Seite arbeiten. Und eines Tages könnten wir dann – genauso wie deine Eltern – auch die Gastgeber von Fakultätspartys sein.«

Überrascht sah sie zu ihm auf. Sie war zwar immer davon ausgegangen, dass sie auf derselben Wellenlänge waren, was ihre Zukunft betraf, aber genauso, wie sie nie darüber gesprochen hatten, eine feste Beziehung zu haben, so hatten sie auch nie darüber geredet, sich gemeinsam niederzulassen.

»Ich denke nicht, dass ich unterrichten will«, sagte sie und wich damit dem Offensichtlichen aus. »Ich mag es, mir die Hände schmutzig zu machen.«

»Tust du das? Na gut, vielleicht können wir uns ja auch zusammen schmutzig machen.« Er zog sie in seine Arme, und sie wartete auf ein sinnliches Kribbeln, das sich aber einfach nicht einstellen wollte. »Wir könnten die Küche fegen. Das Geschirr spülen. Oder wir könnten uns auch auf andere, interessantere Weise schmutzig machen.«

Er gab ihr einen Kuss auf den Mund, doch sie zog sich zurück, lächelte und hoffte, dass es nicht erzwungen aussah. »Könnten wir das vielleicht verschieben? Ich bin wirklich hundemüde, und mein Kopf tut weh, seitdem ich diesen Portwein getrunken habe.«

Und vor allem will ich nicht mit dir schlafen.

Die bittere Wahrheit traf sie wie ein Schlag, was sie sowohl ängstigte als auch traurig machte. Weil das hier doch Alan war. Der perfekte Mann für sie. Der Mann, der all ihren Anforderungen entsprach. Und er redete über Sex und schlug ihr vor, zusammenzuziehen.

Sie sollte sich doch freuen.

Aber das tat sie nicht.

Schon ihr ganzes Leben lang hatte sie gewusst, wie ihre Zukunft aussehen sollte. Also wie konnte es sein, dass diese Zukunftsvision schon seit geraumer Zeit irgendwie komplett verdreht war?

9

»Schaltet 96.3 ein«, sagte Hannah, die sich durch Shelbys Eingangstür drängte. In beiden Händen hielt sie Klamotten auf Kleiderbügeln, und über jede Schulter hatte sie sich einen Matchbeutel gehängt. »Dein Freund ist gerade auf Sendung.«

»Er arbeitet bloß unter der Woche, und außerdem ist er nicht mein Freund«, erwiderte Shelby, schnappte sich eine Handvoll Klamotten und breitete sie über der Rückenlehne der Couch aus. »Ich muss mir doch nur ein einziges Kleid ausleihen. Und eigentlich bin ich mir sogar sicher, dass ich bereits irgendwas besitze, was ich zu einer Hochzeit anziehen kann.«

»Erstens bin ich mir sicher, dass du nichts hast. Und zweitens vertritt er heute Wayne Dorsey.«

»Und der ist ...?«

»Allem Anschein nach im Urlaub. Und er moderiert normalerweise die Sendung am Samstagvormittag.«

Da Shelby keinerlei Anstalten machte, das Radio einzuschalten, verband Hannah ihr eigenes Telefon mit Shelbys kleinem Lautsprecher und öffnete die Streaming-App. Diejenige, die downzuloaden sich Shelby letzte Nacht eindringlich auszureden versucht hatte – nach einer langen, heißen Dusche und zwei Gläsern Chardonnay.

Man hörte ein knisterndes Rauschen, und dann erfüllte die letzte Strophe von *(I Can't Get No) Satisfaction* der Rolling Stones den Raum.

Hannah neigte den Kopf in die Richtung der Lautsprecher. »Hast du mir etwas zu beichten?«

»Ich hab keinen blassen Schimmer, wovon du gerade redest«, erwiderte Shelby.

»Hm …« Hannah holte ein verführerisches langes rotes Kleid hervor und hielt es vor Shelby hoch.

»Ich trage auf einer Hochzeit doch nichts Rotes.«

Hannah schnitt eine Grimasse. »Gutes Argument. Aber mir ist es zu weit. Du solltest es wenigstens mal anprobieren.«

Shelby neigte den Kopf. »Ich will mir nicht ständig deine Klamotten ausleihen. Und ich brauche doch nur ein einziges Kleid. Warum hast du überhaupt so viele Cocktail- und Abendkleider? Ich weiß, dass du nicht wöchentlich auf irgendwelchen Galas bist, weil an der Hälfte der Kleider sogar noch das Preisschild hängt.«

Hannah hob das Kinn, wirkte defensiv. »Ich hab ein paar gute Online-Discountläden gefunden. Außerdem hättest du jetzt echt ein Problem, wenn ich nicht so ein mobiler Kleiderschrank wäre.«

»Das da«, sagte Shelby, die das Thema wechseln wollte. Das Kleid war Coelinblau, hatte ein Neckholder-Bustier und einen Tellerrock mit einem Petticoat.

»Gute Wahl«, sagte Hannah. »Ich bin beeindruckt.«

»Nur weil ich mich bei der Arbeit dem Anlass entsprechend anziehe, bedeutet das noch lange nicht, dass ich bei einer Hochzeit in einem Kartoffelsack rumlaufen will.«

»Ich weiß.« Hannah zwinkerte ihr zu. »Es macht bloß so viel Spaß, dich zu ärgern.«

Sie reichte Shelby das Kleid – genau in dem Moment, als das Lied endete. Shelby stockte der Atem, als Nolans Stimme aus den Lautsprechern ertönte. »Aber ich hab's versucht«, sagte er, wobei seine Stimme einem Singsang glich. »Und letzten Endes hab ich nichts dafür bekommen. Deshalb frage ich euch, ihr Lieben – spielt sie nur Spielchen mit mir und tut so, als wäre sie angeblich schwer zu kriegen? Oder bin ich realistisch? Direkt nach der Meldung von unserem Sponsor machen wir eine kleine Psychoanalyse über mich – Nolan Wood –, den heutigen Ersatzmann für Wayne Dorsey am *Sonnigen Samstag.*«

Hannah verschränkte die Arme vor der Brust und starrte

Shelby an, während ein Werbespot für eine lokale Tierhandlung begann.

»Na schön«, gab Shelby schließlich nach, als Hannahs Angestarre langsam unangenehm wurde. »Er ist gestern vorbeigekommen.«

»Und?«

»Und nichts«, antwortete Shelby. »Ich hab ihm gesagt, dass ich ein Date hab, und ihn dann weggeschickt.« Sie verzog das Gesicht ein bisschen und gab dann zu: »Er war auch schon vorgestern da, und ich hab so getan, als sei ich nicht zu Hause.«

»Du nimmst mich gerade auf den Arm, oder?«

»Leider nein. Offensichtlich bin ich im Herzen doch noch ein elfjähriges Mädchen.«

»Na ja, dreizehn vielleicht. Höchstens.« Hannah atmete aus, irgendwie klang das auf seltsame Weise etwas mütterlich. Danach setzte sie sich in die Ecke des kleinen Sofas und zerknautschte dabei mindestens fünf Kleider. »Okay, jetzt lass uns dieser Sache mal auf den Grund gehen. Magst du ihn?«

»Ja«, gab Shelby ehrlich zu. »Wir hatten viel Spaß miteinander. Er ist ein echt netter Kerl.« Der echt nette Dinge mit ihrem Körper angestellt hatte ... aber Sex war ja schließlich nicht das, was eine Beziehung ausmachte. Außerdem hatte sie bereits eine Zukunft mit Alan geplant, auch wenn davon noch nichts offiziell war.

»Okay. Vermerke das in der *mag ich*-Spalte. War der Sex gut?«

»Hannah!«

»Stimmt. Vermerke das in der *überwältigend*-Spalte.«

Shelby rollte zwar mit den Augen, fing allerdings keinen Streit an, da Hannah ja nun auch nicht ganz unrecht hatte.

»Willst du ihn wiedersehen?«

»Nein«, antwortete Shelby entschieden, doch in erster Linie tat sie es, weil sie sich dazu zwang.

Hannah lehnte sich zurück. »Müssen wir das jetzt etwa noch mal machen?«

Bevor Shelby noch antworten konnte, erfüllte Nolans Stimme erneut den Raum. Sein tiefes Timbre schien durch jede süße Stelle in ihrem Körper zu fluten. »O ja, Baby. Vielleicht sollte ich öfter abserviert werden, weil die Telefonleitungen gerade förmlich glühen. Vergesst Solarenergie. Wir könnten die ganze Stadt allein durch meine Demütigung mit Energie versorgen. Okay, erster Anrufer, was meinst du? Soll ich mir einfach meinen Schwanz zwischen die Beine klemmen und abhauen?«

»Ja!«, hörte man eine Frauenstimme sagen. »Sie ist offensichtlich eine Psycho-Schlampe, wenn sie dich nicht will.«

Shelby klappte die Kinnlade herunter.

»Ruf mich einfach an. Du wirst es nicht bereuen. Meine Nummer ist 512-5…«

»Uuuuund herzlichen Dank für die Einladung, liebe Anruferin. Wir werden noch eine weitere Meinung zu diesem Thema hören, direkt nach diesem musikalischen Einblick in meine kaputte Seele von Chairman of the Board.«

Während seine Stimme allmählich immer leiser wurde, erfüllte auch schon der Klassiker *Gimme Just a Little More Time* den Raum.

»Keine schlechte Idee«, sagte Hannah. »Gib dem Kerl noch eine Chance.«

»Hannah …«

»Schau mal, ich weiß ja, dass du einen Plan hast, und ich weiß auch, dass der Gedanke *daran* …« Mit großen Augen zeigte sie auf die Lautsprecher. »… ein bisschen beängstigend sein kann. Ich meine, dieser Mann drückt sich schon leicht vulgär aus.«

»Er ist ein wirklich netter Typ«, erwiderte Shelby und stöhnte, als Hannah daraufhin die Augenbrauen hochzog. »Ich wollte damit nicht sagen …«

»O doch, das hast du. Und genau das meine ich. Er ist ja auch ein wirklich netter Typ. Und nur weil er ein bisschen anders ist, bedeutet das doch noch lange nicht, dass er irgendwann mal so wie dein Cousin oder dein Onkel enden wird.«

»Und das sind bloß diejenigen, über die du Bescheid weißt«, erwiderte Shelby. »Verstehst du es denn nicht? Vor meinen Eltern ist noch keiner aus meiner Verwandtschaft aufs College gegangen. Grundbesitz ist nicht wirklich ihr Ding. Und einen College-Fonds würden sie nicht einmal erkennen, selbst wenn er ihnen in den Hintern beißen würde.«

Sie holte tief Luft. »Sie sind ja alle ganz nett. Aber als ich aufwuchs, haben wir etwas Zeit mit meinen Cousins verbracht, und wir hatten einander wirklich rein gar nichts zu sagen. Alles, was sie taten, war fernsehen. Und nicht einmal interessante Filme oder coole Serien. Nichts, über das wir uns unterhalten konnten. Es gab keine Themen oder Charaktere oder nicht mal lustige Werbespots, über die wir hätten reden können. Sie schauten nur Shoppingsender und bestellten irgendwelche Sachen und beschwerten sich dann hinterher darüber, dass sie kein Geld hatten. Oder sie schauten Gameshows und beklagten sich darüber, dass sie niemals etwas gewannen. Und keiner von ihnen schien an seiner Situation etwas ändern zu wollen. Sie wollten keinen besseren Job oder mal einen Klassiker lesen oder, na ja, irgendwas.«

Shelby lehnte sich zurück, war erschöpft davon, sich so in Rage geredet zu haben, und auch ein bisschen überrascht, dass das eben alles aus ihr herausgesprudelt war.

Hannah lehnte sich vor, stützte die Ellenbogen auf ihre Oberschenkel, ihr Kinn ruhte in ihren Handflächen. »Ich verstehe das total«, erwiderte sie ernst. »Meine Mom und ich hatten eine furchtbare Zeit, nachdem mein Vater getötet wurde, und ihre Schwester meinte nur, sie solle doch einfach Sozialhilfe beantragen. Aber das tat meine Mutter nicht. Stattdessen sparte sie, damit wir über die Runden kamen, und ging wieder an die Schule. Sie arbeitete als Lehrerin und lernte, jeden Penny zweimal umzudrehen, damit sie mich aufs College schicken konnte.«

»Du verstehst es also«, stellte Shelby erleichtert fest. Sie hatte zwar gewusst, dass Hannahs Vater, der bei der Polizei gearbeitet hatte, während des Dienstes getötet worden war, als Hannah noch klein gewesen war, doch ihr war nicht klar gewesen, wie schwer es ihre Mutter gehabt hatte.

»Ja. Genauso wie du. Du kennst dich mit College-Fonds aus und weißt auch, was eine Hypothek ist. Und du bist ehrgeizig. Aber was hat das alles mit Nolan zu tun?«

Shelby stand auf, versuchte, ihre Gedanken in Worte zu fassen. »Schau mal, das ist der Grund, warum One-Night-Stands keine gute Idee sind. Sie verschwinden nicht so einfach nach einer Nacht.«

»Aber das macht aus ihnen doch keine schlechte Sache«, entgegnete Hannah. »Es bedeutet lediglich, dass die Bezeichnung *One-Night-Stand* schlecht ist.«

Obwohl es eigentlich überhaupt nicht lustig war, musste Shelby lachen. »Es ist nur so, dass Nolan überhaupt nicht in mein Leben passt, weißt du? Ich meine, er macht ständig derbe Witze und verrückte Scherze. Alan hingegen arbeitet hart, um eine Festanstellung zu bekommen, und denkt bereits daran, eine Familie zu gründen.«

»Hm …«, machte Hannah, und während der Stille, die daraufhin folgte, realisierte Shelby, dass das Lied längst vorbei war und sich das nächste ebenfalls bereits dem Ende zuneigte. Aber ehe Hannah noch fortfahren konnte, erfüllte Nolans Stimme auch schon wieder den Raum. »Es ist neun Uhr achtundfünfzig, und das gibt mir gerade noch genug Zeit, um meine Lieblingsbar The Fix zu erwähnen. Vertraut mir einfach, Leute, die Bar ist echt einen Besuch wert. Tolles Essen, fabelhafte Drinks, und ab diesem Mittwoch gibt es alle zwei Wochen für euch Jungs da draußen einen Kalender-Contest. Und damit meine ich keinen, bei dem ihr was zum Begaffen habt, sondern einen, bei dem ihr selbst auf die Bühne gehen könnt, um zu zeigen, was ihr zu bieten habt, und bei dem ihr versuchen könnt, den Titel des Mr. Januar zu gewinnen, weil The Fix einen Männer-Jahreskalender machen wird. Besucht die Website oder kommt für mehr Infos einfach auf einen Sprung vorbei.«

»*Ohhhh*«, schmachtete die Frauenstimme. »*Zwölf attraktive Männer. Ich muss definitiv ... kommen ... um mir den Wettbewerb anzusehen.*«

»Tu das, Baby«, sagte Nolan, während Shelby mit den Augen rollte und mit einem *Ich hab's dir doch gesagt*-Ausdruck auf dem Gesicht mit dem Finger auf Hannah zeigte.

»Die volle Stunde hat soeben begonnen. Und ihr wisst, was das bedeutet. Für mich wird's jetzt jedenfalls Zeit, nicht mehr länger Wayne zu sein. Aber wenn ihr noch nicht genug von mir habt, dann schaltet an jedem Wochentag von sechs bis zehn Uhr morgens euer Radio ein und hört *Mornings with Wood*. Ich bin Nolan Wood, und ihr hört die Morgensendung am *Sonnigen Samstag*.«

»Das reicht«, meinte Hannah, ging zu ihrem Telefon und schaltete es aus. »Und bevor du noch irgendetwas sagst – das ist sein Job. Seine Masche.«

»Da bin ich mir allerdings nicht so sicher«, erwiderte Shelby und lächelte, als sie an einige witzige Bemerkungen von Nolan dachte. Aber wenn es ihr gerade nicht darum ging, einen Streit zu gewinnen, dann würde sie jetzt auch keine Einwände erheben. Es machte Spaß, mit Nolan zu reden, daran bestand überhaupt kein Zweifel. Was allerdings nicht bedeutete, dass er der Typ Mann war, mit dem sie ihr Leben verbringen wollte.

»Ich weiß, was du jetzt denkst«, sagte Hannah.

»Quatsch.«

»Du denkst ja schon über eine gemeinsame Zukunft mit dem Typen nach. Kannst du denn nicht einfach nur Spaß mit ihm haben? Warum musst du dich denn immer gleich festlegen? Date doch einfach nur. Bis Alan dir einen Ring an den Finger steckt, musst du eben herausfinden, welche Männer da draußen noch so rumlaufen.«

»Ich werde darüber nachdenken«, sagte Shelby. »Aber wahrscheinlich ist das sowieso völlig überflüssig. Trotz seiner Playlist zweifle ich seit gestern nämlich stark daran, dass ich ihn jemals wiedersehen werde.«

Nolan hatte was gut bei Manny Ortega.

Erstens war er gerade, anstatt den Samstagabend mit seinen Kumpels im The Fix zu verbringen, im Festsaal des Four Seasons Hotel am Ufer des Lady Bird Lake – der Teil des Colorado River, der durch Austins Innenstadt verlief. Zweitens trug er einen verdammten Smoking, und es brachte ihn schier um, nicht die ganze Zeit am Kragen herumzuzupfen. Und drittens waren Lauren und ihr Polit-Trottel-Ehemann auch hier.

Mal ganz im Ernst – irgendjemand sollte diesem Vollidioten echt mal den Hals umdrehen.

Der einzige Grund, warum er auf der Hochzeit von Brian Ross und Celia James war, war der, dass Brians Vater mindestens zwölf Restaurants in der Gegend besaß, von den drei Bürokomplexen im Süden von Austin einmal ganz zu schweigen. Sein Unternehmen war einer der wichtigsten Werbeträger von KIKX, und für Manny stand Jonathon Ross nur eine Stufe unter Gott. Was aus seinem Sohn Brian so etwas wie einen Halbgott machte und offensichtlich bedeutete, dass Nolan – als eine lokale Berühmtheit – sich dort sehen lassen und seinen Hintern küssen musste.

Nicht dass es Nolan wirklich etwas ausgemacht hätte – er verstand durchaus, wie die Geschäfte liefen, und ohne Sponsoren wäre er schließlich arbeitslos. Außerdem war er ein großer Fan von dem regelmäßigen Gehaltsscheck und den Sachen, die er sich damit kaufen konnte. Gutes Essen und eine schöne Wohnung standen ganz oben auf der Liste.

Er wünschte sich bloß, dass das glückliche Paar wenigstens Leute gewesen wären, die er schon mal vorher gesehen hätte. Und er wünschte sich definitiv, dass Lauren und Senator Weiberheld aus Versehen in den Fluss fallen würden.

Die eigentliche Eheschließung hatte er geschwänzt, denn er war davon ausgegangen, dass weder das Brautpaar noch ihre Verwandten seine Abwesenheit bemerken würden. Zu Beginn der Hochzeitsfeier hatte er dem Brautpaar gleich seine Glückwünsche übermittelt. Er erzählte Brian, wie sehr er dessen Vater bewunderte, und machte der Braut Komplimente wegen ihres schönen Kleides. Irgendwie kam sie ihm bekannt vor, aber da er sich sicher war, nicht mit ihr geschlafen zu haben, dachte er nicht mehr weiter darüber nach.

Nun machte er gerade einen Rundgang – um zu sehen und gesehen zu werden –, bis die Luft rein wäre, um sich aus dem Staub zu machen.

Als er den Senator sah, duckte er sich und versteckte sich hinter einer Trennwand, die den Hauptbereich von einer provisorischen Garderobe trennte. Dort traf er schließlich auf Lauren.

Ganz genau. Ein rundum gelungener Abend.

»Nolan …«, sagte sie mit einer Stimme, die förmlich vor Abneigung triefte. Jetzt mal ganz im Ernst – warum sie sechs Monate lang zusammengewohnt hatten, war eine der großen Fragen des Universums. »Ich hätte ehrlich gesagt nicht damit gerechnet, dir hier über den Weg zu laufen. Gibt's heute Abend denn keine Monstertruck-Rallye? Oder eine Computerfreak-Konferenz?«

»Genau das war immer unser Problem, Lauren. Du hast nie gesehen, wer ich wirklich bin.«

»Und wie ich das habe! Das Problem war, dass ich durchaus hingeschaut habe und für das, was ich da sah, keinerlei Respekt übrighatte. Kein Ehrgeiz. Mindestlohn bei irgendeinem Radiosender im Outback. Wir hätten nach L.A. ziehen können!«

»Kein Interesse«, erwiderte er. Irgendwann einmal hatte er vielleicht ein Großstadtmoderator sein wollen, aber nachdem er realisiert hatte, wie viel Lesen und Papierkram der Job tatsächlich mit sich brachte, hatte er diesen Traum ganz schnell wieder ausgeträumt. Außerdem liebte er Austin. Er liebte die Leute, mit denen er zusammenarbeitete, und den Hörerkreis, den er sich aufgebaut hatte. Er hatte sich den Arsch aufgerissen, und wenn Lauren das nicht sehen konnte ... jetzt mal ganz im Ernst – eigentlich interessierte ihn das einen feuchten Dreck.

Oder eben auch nicht. Na ja, zumindest war das irgendwann mal so gewesen.

Aber nun begriff er, dass es nicht Laurens Respekt war, den er wollte, sondern den einer anderen Frau. Einer Frau, die sowohl in Oma-Pumps und einer Bluse, die bis zum Hals zugeknöpft war, sexy aussah als auch in Pornotretern und einem hautengen Kleid. Einer Frau, von der er sich wünschte, dass sie nun an seiner Seite wäre, damit er sich nicht ganz alleine durch diese gottverdammte Hochzeit quälen müsste. Nein, verbesserte er sich, er wünschte sich, dass sie an seiner Seite sein wollte. Zu dumm nur, dass dieser Wunsch wohl nicht in Erfüllung gehen würde. Schließlich hatte sie ihm klipp und klar zu verstehen gegeben, dass es aus und vorbei war, obwohl die Chemie zwischen ihnen stimmte.

Und zur Hölle, das sollte für ihn doch in Ordnung sein. War Lauren denn nicht auch überhaupt erst der Grund gewesen, warum er keine Dates mehr hatte? Vögeln zählte er nicht dazu. Daten war hingegen eine Beziehung – wie ein Zug, der immer geradeaus fuhr. Es war ein Prozess, die feinen Besonderheiten einer Frau kennenzulernen und zu sehen, ob man zusammenpasste.

So etwas wollte er mit Shelby erleben, und die Tatsache, dass er dieses Verlangen scheinbar nicht mehr aus seinem Kopf bekommen konnte, quälte ihn – besonders, weil sie so offensichtlich desinteressiert zu sein schien.

»Weißt du was?«, sagte Lauren. Ihre scharfe Stimme riss ihn von angenehmeren Gedanken weg. »Ich nehme alles wieder zurück. Du hast durchaus Ziele. Allerdings interessieren mich die Dinge, nach denen du strebst, einfach nicht. Nenn mich verrückt, aber es ist noch nie mein großer Traum gewesen, mir den perfekten Furz-Witz auszudenken. Oder mich über mein eigenes Sexleben lustig zu machen. Andererseits«, fügte sie mit einem angespannten Lächeln hinzu, »nehme ich an, dass deines wahrscheinlich tatsächlich zum Lachen ist. Zumindest habe ich es so in Erinnerung.«

»Verdammt, Lauren …«

»Entspann dich«, sagte sie. »Wir plaudern doch nur ein bisschen. Das hast du in deiner Radiosendung vor ein paar Tagen doch auch gemacht, oder? Bissspuren? Frostige Exfrau-Vibes?« Sie lehnte sich vor. »Und du hast absolut recht, Nolan. Schätzchen. Weil ich jetzt nämlich mit einem Senator verheiratet bin. Ich kann dir den Kopf abreißen, wenn ich das will. Und alles, was du dagegen tun kannst, ist, einen lahmen Witz über deinen Schlappschwanz abzufeuern.«

Sie tätschelte seine Wange, ihre geschminkten Lippen verzogen sich zu einem weiteren angespannten Lächeln. Daraufhin drehte sie sich um und ließ ihn einfach stehen. Dabei wackelte sie mit ihrem sehr straffen Arsch in ihren sehr hohen Stöckelschuhen.

»Schlampe.« Er hatte das gar nicht laut sagen wollen, aber konnte sich nicht beherrschen. Eine Frau, die gerade mit einem Abholschein für ihre Handtasche hinter der Trennwand auftauchte, sah ihn voller Abscheu an.

»’tschuldigung«, murmelte er und fühlte sich total schäbig. Dann ging er in die entgegengesetzte Richtung, schlängelte sich um die Trennwand herum und landete schließlich in einem Raum, den das Hotelpersonal für dreckiges Geschirr zu benutzen schien. Er holte tief Luft und sammelte sich, bevor er wieder rausging, um sich endgültig von den anderen Gästen zu verabschieden. Da merkte er, dass er nicht allein war.

»Tut mir leid«, sagte Shelby. Sie streckte eine Hand nach ihm aus, überlegte es sich dann jedoch noch einmal anders und ließ ihre Hand wieder sinken. »Ich wollte nicht lauschen.«

»Kein Problem«, erwiderte er. Die Worte klangen schroffer als beabsichtigt. »Warum solltest du auch nicht hier sein, um meinem verdammt perfekten Tag noch eine verdammte Kirsche als Krönung oben drauf zu setzen?« Er holte noch einmal tief Luft und schüttelte dann den Kopf. Er ärgerte sich gerade maßlos über sich selbst. »Entschuldige, dass ich in dein Versteck eingedrungen bin. Ich hau jetzt ab.«

»Warte.« Dieses Mal machte sie keinen Rückzieher, als sie die Hand nach ihm ausstreckte. Ihre Hand war warm und weich und sehr kräftig. Er hob den Kopf, bereitete sich schon darauf vor, ihr zu sagen, dass er einen beschissenen Tag gehabt hatte und nicht in der Stimmung war, nun irgendwelche Spielchen zu spielen. Aber wenn sie der Meinung war, er hätte auch ihr perfektes Bilderbuchleben zerstört, dann würde er ihr gerne einmal Lauren vorstellen, damit sie sich gegenseitig eine Art Eid schwören und sich lebenslange Treue versprechen könnten.

Doch er sprach die Worte nie aus, weil sie einen Schritt auf ihn zuging, ihm direkt in die Augen blickte und sagte: »Sie ist eine Schlampe. Und sie ist im Unrecht. Und …«

Er hatte keine Ahnung, was dann als Nächstes passierte, weil das der Moment war, in dem er sie an sich zog und sie zum Schweigen brachte, indem er sie innig küsste.

10

Sein Kuss zerstörte sie regelrecht.

Shelby drehte den Kopf, bekam weiche Knie, und der einzige Gedanke, der ihr gerade durch den Kopf ging, war, dass sie mehr wollte. Sie hatte das hier nicht geplant … zur Hölle, sie hatte ihm doch nur sagen wollen, dass seine Ex eine Vollidiotin war … aber in dem Moment, als seine Lippen ihre berührten, war es auch schon um sie geschehen.

Vielleicht hätte ihr das vorher klar sein sollen. Schließlich hatte sie sich bereits seit Tagen nach ihm verzehrt. Er hatte sich in ihre Träume und in ihre Gedanken geschlichen. Sie hatte Stunden damit verbracht, ihre Entscheidung, sich von ihm fernzuhalten, zu rechtfertigen, während das Einzige, das ihr Körper wollte, er war. Und das seit dem Moment, in dem er am Donnerstagmorgen gegangen war.

Eine kleine Stimme in ihrem Kopf flüsterte ihr zu, dass das hier völlig verrückt war. Dass sie sich schleunigst aus dem Staub machen sollte, bevor es zu spät wäre und sie es noch bitter bereuen würde. Dass sie mit diesem Mann noch mehr als ihr Herz riskieren würde, denn sie würde auch ihre Träume riskieren … ihre Lebenspläne …

Sie sagte dieser verdammten Stimme, sie solle endlich den Mund halten. Im Moment interessierte sie sich nicht für irgendwelche Einwände oder Pläne oder die Zukunft. Das Einzige, was sie in diesem Augenblick interessierte, war das Hier und Jetzt. Und alles, was sie wollte, war er.

Was hatte Hannah noch mal gesagt? Dass sie es riskieren sollte? Na ja, vielleicht hatte Hannah sie nicht überzeugt, aber Nolans Küsse waren mehr als überzeugend.

»Nolan. O Gott«, stöhnte sie, als sein Mund zu ihrem Hals wanderte und dann zu ihrem Ohrläppchen. Er ließ seine Magie walten, und Hitze strömte durch ihre Adern – es war eine wilde, brennende Leidenschaft, die durch seine Küsse nur noch geschürt wurde, was sie immer heißer brennen ließ, bis sie sich sicher war, dass sie jeden Moment in seinen Armen in Flammen aufgehen würde.

Sie drehte den Kopf, um ihn zu küssen, und ihre Finger verflochten sich in seinem Haar, als sie ihn festhielt und ihn schmeckte. Herrgott, sie sehnte sich nach ihm und öffnete ihren Mund, forderte ihn dazu auf, dass er seinen Kuss noch vertiefte, wollte ihn am liebsten mit Haut und Haar verschlingen und von ihm im Gegenzug ebenfalls verschlungen werden.

Sie verlor sich in seinem Geschmack, in dem Hauch von Schmerz, als er mit den Zähnen an ihrer Unterlippe zupfte. Aber es war nicht genug ... es war nicht einmal ansatzweise genug. Und selbst als er den Kuss unterbrach, schloss sich danach sein Mund über dem Neckholder ihres Kleides und wanderte dann weiter zu ihrer Brustwarze, an der er durch den Stoff hindurch saugte. Seine Hände glitten unter ihr Kleid. Und sie wollte einfach mehr. So sehr ... so verzweifelt ... dass sie, als er sich zurückzog und vor ihr stand, tatsächlich wimmerte.

»Hör nicht auf. O Gott, Nolan, bitte hör nicht auf.«

»Zur Hölle, nein«, erwiderte er. »Aber wir müssen eine kurze Pause einlegen, um ganz schnell einen besseren Platz zu finden. Anderenfalls nehme ich dich mit auf die Damentoilette und sperr uns dort in einer Kabine ein.«

»Das ist keine gute Idee«, neckte sie ihn. »Ich könnte da auf gar keinen Fall leise bleiben.«

Er schmunzelte. »O Gott. Ich liebe die Geräusche, die du machst. Ich liebe es, dich zum Schreien zu bringen.«

»Bring mich zum Höhepunkt, und ich schreie so laut, wie du willst«, murmelte sie, und Nolan legte den Kopf in den Nacken und lachte.

»Was?«

»Hör dir mal selbst zu. Wie viele Leute wissen eigentlich, was für unanständige Dinge aus diesem Mund kommen können? Du mit deinen bequemen Schuhen, deiner Tweedjacke und deinen maßgeschneiderten Blusen.«

Sie zog die Augenbrauen hoch. »Bei jedem anderen würde ich das als Beleidigung empfinden.«

»O nein«, erwiderte er. »Das ist es nicht einmal ansatzweise. Du bist meine Traumfrau, Baby. Wusstest du das? Du bist mein.« Sein Blick suchte nach ihrem, während er mit seiner Fingerspitze über ihre Wange strich. »Kein anderer sieht die Frau, die ich sehe.«

Sie schluckte. »Nolan ...«

»Das hast du mir gegeben, Shelby. Ob du das nun wolltest oder nicht.«

Wie ein sanfter Regen prasselten seine Worte auf sie nieder, die sie förmlich aufsaugte. Und sie wusste, dass er recht hatte. Er sah einen Teil von ihr, den kein anderer kannte. Alan jedenfalls mit Sicherheit nicht. Der würde vor lauter Schreck vermutlich tot umfallen, wenn er auch nur eine leise Ahnung davon hätte, was für Dinge sie mit Nolan gemacht und was sie zu ihm gesagt hatte.

»Hast du eigentlich den blassesten Schimmer, wie sehr mich das gerade anmacht?«, fragte Nolan. »Zu wissen, dass wir dieses Geheimnis haben? Dass du so etwas Intimes mit mir geteilt hast?«

»Ich weiß«, flüsterte sie. »Denn wenn ich deine Traumfrau bin, dann bist du meine Muse.« Sie gab ihm einen Kuss auf die Lippen. »Ich habe so etwas noch nie mit jemandem gemacht«, erzählte sie. »Du inspirierst mich.«

»Tu ich das? Was würde dich denn in diesem Moment inspirieren?«

»Nichts, was wir hier tun könnten«, erwiderte sie und lachte.

»Wo dann?«

»Ich hab eine Idee.« Sie nahm seine Hand. »Komm mit.«

Sie und die anderen Frauen von Brandywine hatten sich ein gemeinsames Hotelzimmer für diese Nacht gemietet. Keine hatte tatsächlich vor, dort zu bleiben, aber so hatten sie zumindest einen Rückzugsort, wo sie sich ausruhen, sich schminken, sich umziehen oder sich einfach bloß mal von den anderen Gästen zurückziehen konnten, wenn ihnen mal alles zu viel wurde.

»Innerhalb eines halben Jahres haben vier meiner Cousins geheiratet«, hatte Kayla erzählt, als sie das Zimmer vorschlug. »Vertraut mir einfach, wenn ich euch sage, dass sich die Kosten absolut lohnen werden.«

Genau in diesem Augenblick konnte Shelby Kayla jedenfalls nur zustimmen. Ihre Freundinnen befanden sich noch alle im Festsaal, tanzten, tratschten und tranken Champagner. Was bedeutete, dass das Zimmer gerade leer war … und Shelby beabsichtigte, das voll und ganz auszunutzen.

»Du hast hier ein Zimmer gemietet?«, fragte Nolan, als sie ihn zu einer Tür am Ende eines Flurs im achten Stock führte.

»Man muss schließlich immer vorbereitet sein«, antwortete sie. »Nenn es den Girl-Power-Sammelpunkt«, fügte sie dann noch hinzu, als sie ihn in den mit Klamotten und Make-up übersäten Horror-Haushalt führte, den fünf Frauen verursacht hatten, die sich ein Hotelzimmer teilten. Auch wenn der Raum lediglich dafür benutzt wurde, um sich umzuziehen und um sich frisch zu machen.

Er blickte sich um. »Sind wir allein?«

»Auf jeden Fall«, antwortete sie und beendete das Wort mit einem Keuchen, als er sie gegen die Wand drückte. Ihre überkreuzten Handgelenke hielt er mit einer Hand über ihrem Kopf fest. Jetzt war sie ihm völlig ausgeliefert, und er verlor keine Zeit. Er eroberte ihren Mund, erhob Anspruch auf ihren Körper, kontrollierte sie.

Seine Lippen besaßen sie. Dominierten sie. Und seine Hand ging auf Entdeckungsreise, entblößte ihre Brüste. »Du siehst zum

Anbeißen aus«, neckte er sie, bevor sich sein Mund auf ihre Brust senkte.

Mit seinen Zähnen streifte er ihren Nippel, was ein unglaubliches Gefühl in ihrer Muschi auslöste. Sie stöhnte, drückte ihre Beine fest zusammen und bewegte ihre Hüfte in der Hoffnung, damit die Reibung noch zu verstärken.

»Das gefällt hier aber jemandem.«

»O ja, das gefällt hier jemandem sehr«, stimmte sie ihm zu und keuchte, als sie plötzlich das Geräusch von Schritten vernahm, die direkt vor der Tür stehen blieben.

»Scheiße«, flüsterte sie, als sie sich unter ihm wegschob, seine Hand ergriff und mit ihm zum Badezimmer lief.

Sie stürzten ins Bad und verriegelten die Tür hinter sich, ehe Shelbys unbekannte Mitbewohnerin durch die Hotelzimmertür stürmte. Einen Moment lang hörten sie gedämpfte Geräusche, dann ruckelte plötzlich jemand am Türknauf. Shelby blickte zu Nolan, der tatsächlich amüsiert aussah – dieser Schuft!

»Ich bin hier drin«, rief Shelby, die sich auf den Badewannenrand gesetzt hatte, weil ihre Beine ganz zittrig waren. »Mir geht's nicht so gut.«

»O nein«, erwiderte Leslie. »Lass mich rein, und wir helfen dir.«

»O Gott, nein«, entgegnete Shelby, aber nicht als Antwort auf Leslies Bemerkung, sondern weil Nolan auf die Knie gesunken war, ihre Beine spreizte und sein Gesicht zwischen ihnen vergrub.

»Was?«, rief Leslie.

»Ich meine damit nur, dass ich lieber alleine sein würde. Ich hab zu viel getrunken – das ist alles.« Shelbys Stimme klang kratzig, aber sie nahm an, dass sie dadurch wahrscheinlich auch überzeugender klang. Doch als Nolan durch den dünnen Baumwollslip an ihrem Kitzler saugte, entschied sie, dass ihr nun wirklich alles egal war.

Sie verschob sich etwas, spreizte ihre Beine noch mehr und hielt sich verzweifelt am Badewannenrand fest, während er ihr Höschen zur Seite zog und dann mit seiner Zunge wahre Wunder vollbrachte.

»Ich wollte bloß mein Make-up auffrischen«, rief Leslie, »aber ich benutze dann einfach das, was ich in meiner Handtasche dabeihabe.«

»Hm«, entfuhr es Shelby, als Nolan an ihrem Kitzler saugte, während er ihre Schamlippen mit einem Finger neckte, der von ihrer Lust schon ganz feucht war.

»Kommst du später?«, fragte Leslie.

»O Gott, ja. Absolut!«, schrie Shelby, als Nolans magische Zunge sie laut zum Höhepunkt brachte, was sich einfach unglaublich anfühlte.

Nolan, formte sie lautlos mit den Lippen, als sie wieder klar denken konnte, aber er zog sie einfach runter auf die Badezimmermatte und riss ihr das Höschen bis zu den Knien hinunter, während ihre Muschi vor lauter Erwartung pulsierte.

»Kondom ...«, flüsterte er, und hilflos streckte sie die Arme aus.

»Fünf Mädels. Eine von euch muss doch eins dabeihaben«, sagte er. Dann war er auch schon wieder auf den Beinen und suchte eins. Einen Moment später hielt er eine silberfarbene Kondomverpackung triumphierend in die Höhe.

»Mach schnell.« Sie machte sich nicht mehr die Mühe, leise zu sein. Sie dachte, gehört zu haben, wie Leslie ging. Und falls sie sich geirrt haben sollte ... na ja, dann war ihr das jetzt auch egal.

Nolan öffnete den Hosenstall seiner Smokinghose und kniete sich zwischen ihre Beine, während sie ihre Hand nach ihm ausstreckte. Sie wollte seinen Schwanz berühren, bevor er den Gummi überzog. »Tu das nicht«, sagte er. »Sonst komm ich sofort. Und du willst doch nicht das Kleid schmutzig machen.«

Sie fing an zu lachen. Er legte sich auf sie und lachte mit ihr. Dann war er auch schon in ihr, und man hörte nur noch Lachen und Geräusche der Lust und die von stürmischem, wunderbarem Spaß.

Als er schließlich kam, schlang sie die Beine um ihn und zog ihn noch tiefer in sich, näher an ihr Inneres. Näher zu ihrem Herzen.

Völlig erschöpft streckte er sich neben ihr aus, sein Finger fuhr ihr Schlüsselbein entlang. »Du bist unglaublich«, sagte er. »Und ich wette mit dir, dass wir gerade von allen Leuten hier auf dieser Hochzeit den allergrößten Spaß überhaupt hatten.«

11

»Denkst du darüber nach reinzuspringen?«, fragte Nolan seine Schwester Amanda und stellte sich am Ende des Stegs neben sie.

Sie drehte den Kopf zu ihm und lächelte ihn an. »Ich bin schon seitdem wir Kinder waren nicht mehr im Lake Austin geschwommen.« Sie setzte sich hin, ließ ihre nackten Füße über den Rand baumeln. »Und die meiste Zeit hast du mich ja sowieso reingeschmissen, du Idiot. Ich hatte selten die Chance, selbst reinzuspringen.«

Er ließ sich neben sie fallen, seine Flip-Flops standen nun einsam und verlassen auf dem Holzsteg herum. »Dafür sind große Brüder doch da.«

Sie schaute ihn von der Seite an. »Ist es *das*, wofür sie da sind? Das konnte ich nie wirklich herausfinden.«

»Süß.«

Sie stupste ihn gegen die Schulter. »Was machen Mom und Dad gerade?«

Eigentlich waren sie seine Mom und ihr Dad, aber ihre Eltern hatten geheiratet, als sie beide noch so jung gewesen waren, dass weder er noch Amanda sich wirklich als Stiefgeschwister betrachteten. Außer wenn sie über seinen Arschloch-Vater sprachen. Dann fühlte sich Nolan vom Rest der Franklin-Familie jedes Mal so weit entfernt, wie es nur irgendwie möglich sein konnte.

»Als ich da war«, erzählte er seiner Schwester, »hat sich Dad eine Doku über Bienen angeschaut, und Mom hat nach dem Mittagessen klar Schiff gemacht.«

»Verdammt«, sagte Amanda. »Ich hab ihr doch gesagt, dass ich das erledige, sobald ich wieder zurück bin.«

»Na klar. Als ob das jemals passieren würde.«

Sie grinste. »Das war früher mein Trick, als ich noch ein Kind war. Aber heute – als verantwortungsbewusste Erwachsene – hatte ich wirklich vor, das zu machen. Das erschien mir nur angemessen, nachdem sie heute das besondere Sonntagsessen aufgetischt hat. Was denn genau über Bienen?«

»Keine Ahnung. Aber Mom macht das nichts aus. Sie sagt, dass es ihn von Schwierigkeiten fernhält.«

Huey Franklin – seit fünf Jahren ein pensionierter Erdölingenieur – war unerklärlicherweise nach Naturdokus süchtig geworden.

»Apropos Schwierigkeiten«, begann Amanda mit einem schelmischen Grinsen auf dem Gesicht. »Ich nehme mal an, du hast jetzt alles geklärt?«

»Wovon sprichst du?«

»Diese Frau«, antwortete seine Schwester. »Du hast versucht, irgendeine Frau für dich zu gewinnen. Hast sie nicht bekommen, woraufhin du im Radio auf deine gewohnte Art erzählt hast, was du durchmachst. Und dann plötzlich keine Ahnung mehr, wie das nur weitergehen soll. Also gehe ich mal stark davon aus, dass du und die Frau alles geklärt habt. Oh, und der Spot, den du für The Fix gemacht hast, war übrigens total super. Jenna meinte, dass sie deine Unterstützung echt zu schätzen wissen.« Amanda machte eine Pause und fing schließlich an zu lachen. »Schau mich doch nicht so an. Was? Du dachtest, dass ich mir deine Sendung nicht anhöre?«

»Eigentlich habe ich überhaupt nicht darüber nachgedacht.« Übertrieben runzelte er die Stirn. »Und Jenna kannst du ausrichten, dass ich noch mehr vorhabe. Vielleicht ein paar der Kalender-Jungs interviewen. Tyree auch, wenn er Lust hat. Und ich hab mir gedacht, etwas von dem Contest live zu streamen, wenn das für sie okay ist.«

»Tolle Idee!«

»Und was das angeht, dass du dir meine Sendung anhörst, bin ich mir nicht sicher, ob ich mich geschmeichelt fühle, weil es dich interessiert, oder ob ich mich schämen soll, dass sich meine Schwester meinen nicht jugendfreien Bullshit anhört.«

»Oh, ich bitte dich. Als ob du dich jemals in meiner Gegenwart zurückhalten würdest. Und ich glaube, es ist eher frei ab dreizehn, vielleicht auch manchmal frei ab siebzehn. Aber auch bloß, wenn du es schaffst, mal irgendwas an Connor vorbeizuschmuggeln.«

Er lachte. »Gutes Argument.«

»Hab ich doch immer«, erwiderte sie. »Und du wechselst gerade das Thema.«

Amanda war immer ganz schön neunmalklug. Aber in Anbetracht der Hilfe, die er in den ganzen Jahren von ihr bekommen hatte, hatte er sie nie deswegen gehänselt, weil sie so eine Intelligenzbestie war. »Du hast recht. Ich hab mir das Mädel geschnappt.«

»Schön. Also wer ist sie? Und sag jetzt nicht, dass sie einfach irgendeine Frau ist. Das hab ich bereits verstanden.«

»Sie ist definitiv nicht nur irgendeine Frau.«

»Oh, wirklich?« Amanda zog ihre Zehen durchs Wasser, hob dann ihren Fuß hoch und bespritzte sie dabei beide mit Wasser. »Ich will einen Namen.«

»Aber du bekommst keinen. Wir haben unsere Beziehung noch nicht öffentlich gemacht.« Sie hatten kurz darüber geredet, während sie auf dem Badezimmerfußboden des Four Seasons gelegen hatten. Dass sie beide mehr voneinander wollten. Und dass es schwierig war.

»Wirklich? Und warum nicht?«

»Zum Teil, weil ich es noch für mich behalten will. Zum Teil, weil es da diesen Typen gibt, den sie gedatet hat und der noch nichts von uns weiß, und zum Teil auch, weil sie nicht als diejenige wiedererkannt werden will, über die ich im Radio geredet habe.«

»Wenn du jetzt damit an die Öffentlichkeit gehst, ist es offensichtlich, dass sie diejenige ist«, sagte Amanda und nickte verständnisvoll.

»Genau!«

»Nun gut, dann viel Spaß mit deinen heimlichen Sexkapaden, und stell sie mir dann mal vor, wenn du kannst.«

»Alles klar. Apropos, du kommst doch zu der Wohltätigkeitsveranstaltung, oder? Es sind nur noch wenige Wochen bis dahin.«

»Du weißt doch, dass ich komme, du Dummkopf. Erstens bin ich im Komitee. Zweitens hat meine Firma einen Tisch reserviert. Und drittens – glaubst du ernsthaft, dass ich mir das entgehen lassen würde?«

Das tat er nicht. Nicht wirklich. Die Wohltätigkeitsveranstaltung war für die Dyslexia Reading & Tutoring Room-Organisation, und in diesem Jahr wäre er der Hauptredner. In Anbetracht dessen, dass er in seinem Beruf nichts anderes tat, als die ganze Zeit zu reden, machte ihn der Gedanke an seinen Auftritt ganz schön nervös.

»Ich wollte bloß auf Nummer sicher gehen«, erklärte er. »Sind Mom und Dad an deinem Tisch?«

»Ja, sind sie. Kommt dein Vater?«

Daraufhin starrte er sie an, und nach einem Moment zuckte sie förmlich zusammen.

»Entschuldige. Ich hätte es wissen müssen. Ich glaube, ich dachte ... ich hab gehofft ... dass er vielleicht ... Na ja, wie auch immer, jedenfalls ist er ein verdammter Mistkerl.«

»Dagegen lässt sich allerdings nichts sagen.«

Sie nahm seine Hand. »Aber, Nolan, es spielt überhaupt keine Rolle. Wenn du auf diesem Podium stehst, musst du einfach nur daran denken, wie unwichtig er ist.«

Nolan nickte, verdrängte die Erinnerungen an jene dunklen Tage, die er mit seinem leiblichen Vater hatte verbringen müssen. Verdammtes gemeinsames Sorgerecht. Der Mann war ein Arschloch. Nicht, dass er Nolan jemals physisch etwas angetan hätte, doch psychisch hatte er ihm ganz schön zugesetzt.

Nolan griff nach Amandas Hand und drückte sie, erinnerte sich daran, wie sehr sie ihm in all diesen Jahren zur Seite gestanden hatte. Zur Hölle, sie war sein gottverdammter Rettungsanker gewesen. »Du bist ganz vorne, oder?«

»Da kannst du aber Gift drauf nehmen, großer Bruder.«

Zwischen ihren Deadlines und Nolans verrücktem Terminplan voller Auftritte im Radio und in der Öffentlichkeit dauerte es Tage, bis sie wieder einmal die Möglichkeit hatten, gemeinsam auszugehen. Doch mit ihrer KIKX-Live-Streaming-App hatte sie Nolan zumindest am Morgen – so wie auch alle anderen Frauen in der Stadt.

Der Gedanke verschaffte Shelby allerdings auch irgendwie einen kleinen Kick. Sie müsste blind sein, um nicht mitzubekommen, wie viele Frauen an diesem Mann interessiert waren ... und auch mit wie vielen er in der Vergangenheit bereits geschlafen hatte. Aber jetzt war er mit ihr zusammen, und sie glaubte ihm, als er ihr versichert hatte, dass es da keine andere Frau in seinem Leben gab – außer natürlich seine Schwester und Mutter.

Seine Scherze im Radio schienen das zu bestätigen. Sie waren derb und witzig wie sonst auch, aber es gab da keinerlei Hinweise auf Nolans eigenes Sexleben, außer ein paar Anspielungen auf den Titel der Show, und dass er in den letzten Tagen morgens immer ein bisschen bekümmert und frustriert ganz allein aufgewacht war.

Shelby wollte ihn trösten und ihm anbieten, dass er bei ihr übernachten könnte und sie dann vor seiner Show *Mornings With Wood* etwas gegen seinen Kummer unternehmen könnte.

Jegliche Anspielung auf sie – oder auf sie beide – gab es dankbarerweise im Radio überhaupt nicht.

Zumindest redete sie sich ein, dafür dankbar zu sein.

Das Problem war, dass sie ihrer eigenen rationalen, vernünftigen Schlussfolgerung diesbezüglich nicht so ganz über den Weg traute – also, dass es sie tatsächlich freute, nicht das Thema seiner Witze zu sein. Und die Erkenntnis, dass es sie vielleicht – nur ganz vielleicht – sogar ein bisschen erregt hatte, der Auslöser eines wilden, abgefahrenen Songs wie George Michaels' *I Want Your Sex* zu sein, war für sie mehr als bloß ein bisschen verwirrend.

Nicht, dass sie die Zeit gehabt hätte, sich über irgendwelche heimlichen Ambitionen, Komödienfutter für eine Radiosendung zu sein, den Kopf zu zerbrechen. Ganz im Gegenteil – Frank hielt sie in der Arbeit nämlich ganz schön auf Trab. Als die Rezeptionistin am Mittwoch direkt vor der Mittagspause anrief, um ihr mitzuteilen, dass das Essen, das sie bestellt hatte, eingetroffen war, und zu fragen, ob sie den Lieferanten zu ihr raufschicken könnte, hätte Shelby der armen Frau mit der Art, wie sie daraufhin »Aber natürlich« gesagt hatte, fast den Kopf abgerissen. Der Sinn, sich etwas zu bestellen, war doch schließlich, dass sie nicht ihren Schreibtisch verlassen wollte – nicht einmal, um sich runter zur Rezeption zu schleppen.

Erst nachdem sie aufgelegt hatte, wurde ihr mit einem Mal bewusst, dass sie sich überhaupt nichts zu essen bestellt hatte. *Na toll.* Jetzt müsste sie ihre Zeit auch noch damit verplempern, herauszufinden, wessen Mittagessen sie gleich bekommen würde.

»Herein!«, rief sie, als es an der Tür klopfte. »Hören Sie mal, da hat's einen Fehler ge… oh!«

Es war Nolan.

Er stand auf ihrer Türschwelle und sah in seinen ausgewaschenen Jeans, die sich an seine Schenkel schmiegten, und seinem schwarzen KIKX-Shirt total sexy aus. Er trug eine Longhorns-Baseballkappe und hielt eine Papiertüte von Wholy Bagels in der Hand, die er ihr reichte, nachdem er das Büro betreten und die Tür hinter sich geschlossen hatte.

»Das gibt's doch gar nicht«, sagte sie, nahm die Tüte entgegen und drückte sie an ihre Brust, ganz nah an ihr Herz. »Du hast mir einen Bagel gebracht? Ich liebe diese Bäckerei.«

»Ich weiß«, erwiderte er. »Du hattest eine Tüte von dieser Bäckerei mit Bagels auf deiner Küchentheke liegen und ein paar von ihren Brotaufstrichen in deinem Kühlschrank – beim ersten Mal, als ich bei dir zu Hause war. Ich bin das Risiko eingegangen und einfach mal davon ausgegangen, dass du Bagels nicht nur zum Frühstück, sondern auch zum Mittagessen magst.«

Es war das erste Mal gewesen, dass sie miteinander geschlafen hatten. Eine Nacht, die hektisch und wild, einfach absolut fantastisch gewesen war. Glücklicherweise hatte sie sich am nächsten Morgen noch vergewissert, dass sie auch wirklich etwas anhatte, bevor sie das Haus verließ. Die Tatsache, dass ihm so eine Kleinigkeit wie Bagels aufgefallen war, beeindruckte sie total.

»Ich liebe Bagels zum Mittagessen«, bestätigte sie. »Ich toaste sie nicht mal. Bestreiche sie bloß dick mit Frischkäse. Aber du hast den ganzen Weg bis nach Süd-Austin auf dich genommen, nur um mir das Mittagessen vorbeizubringen?«

Er kam näher, nahm ihr die Tüte wieder aus der Hand und ließ sie auf ihren Schreibtisch plumpsen. Dann zog er sie ganz nah an sich heran. »Ich würde auch noch weiter fahren«, erwiderte er und gab ihr einen flüchtigen Kuss. »Obwohl es den Zweck verfehlen könnte, wenn es zu weit weg wäre.«

Sie runzelte die Stirn, woraufhin er loslachte. »Wenn ich für das Mittagessen zum Beispiel bis nach Dallas fahren würde, dann wäre ich bis zum Abendessen nicht wieder zu Hause.«

Sie rollte mit den Augen. »Du Scherzkeks.«

»Deshalb zahlen sie mir ja auch nur das nicht-so-hohe-aber-marktgerechte Gehalt.«

Mit einem Seufzer umarmte sie ihn ganz fest. »Danke«, sagte sie. »Ich wünschte, ich könnte dich in einen Konferenzraum einladen, damit wir zusammen essen können, aber Frank muss noch vor ein Uhr diese überarbeitete Kalkulationstabelle von mir bekommen, und …«

»Und ich bin bloß gekommen, um das Essen abzuliefern«, unterbrach er sie und befreite sich aus ihrer Umarmung. »Obwohl ich, wenn das hier ein Porno wäre, unter deinen Schreibtisch krabbeln und dich ablenken würde, während du gerade arbeitest. Ein bisschen Frischkäse an ein paar interessanten Stellen …«

»*Interessant* ist das passende Wort dafür.«

»*Lecker* ein anderes.«

»Du Perversling.«

»Alles nur für dich.«

»Und jetzt bist du auch noch ein Lügner«, neckte sie ihn.

»Nicht einmal ansatzweise.«

Ein warmes Glühen breitete sich auf ihrer Haut aus, und sie seufzte glücklich. »Eigentlich würde ich dir, wenn das hier ein Porno wäre, gerne mal einen Tipp geben.« Sie kam näher und griff nach seinem Penis. »Nur zu schade, dass ich keine Pornodarstellerin bin.«

Er legte seine Hand auf ihre, und sie fühlte, wie sein Schwanz unter dem Jeansstoff sogar noch härter wurde. »Zu schade …«

Ihr Puls wurde schneller, und sie neigte den Kopf nach hinten, um seinem Blick zu begegnen. »Du bist wie ein magischer Talisman – das weißt du schon, oder? Weil ich normalerweise nämlich überhaupt nicht so bin.«

Er gab ihr einen sanften Kuss auf die Nasenspitze. »Vielleicht ist das ja tatsächlich so.«

Die Worte gingen ihr unter die Haut, waren eindeutig und verwirrend zugleich. Zur selben Zeit machte er einen Schritt zurück und befreite sich aus ihrer Umarmung mit den Worten: »Verschieben wir's auf ein anderes Mal?«

»Machen wir.«

»Wie wär's mit heute Abend? Heute Abend ist der erste

Mann-des-Monats-Contest im The Fix. Willst du mich dorthin begleiten?«

Das wollte sie. Unbedingt. Aber sie war sich nicht sicher, ob sie jetzt schon bereit war, ihre Beziehung öffentlich zu machen. Zumindest gab es da einiges, was sie vorher noch klären musste. »Ich ... ich kann nicht«, antwortete sie. »Ich hab schon was vor.«

»Oh.«

Es war schon irgendwie pervers, aber die Enttäuschung in seiner Stimme schmeichelte ihr sehr.

»Aber unsere Verabredung für Freitag steht noch«, vergewisserte sie sich. »Oder?«

Ein Lächeln erblühte auf seinem Gesicht. »Aber ja. Natürlich!«

12

»Du bist ja so unruhig«, sagte Alan und reichte ihr den Brotkorb, den ihnen der Kellner soeben gebracht hatte. »Ist irgendetwas nicht in Ordnung?«

Shelby schüttelte den Kopf, während sie in dem hübsch eingerichteten The Roaring Fork um sich blickte – es war ein edles Restaurant im InterContinental Hotel Stephen F. Austin. »Als du heute Morgen angerufen hast, um ein Treffen zum Abendessen vorzuschlagen, hab ich eigentlich eher mit einem Burger gerechnet. Oder vielleicht Tex-Mex. Ich sehe gerade furchtbar aus.« Ihr Kostüm war zwar noch ganz in Ordnung, aber sie war bis fünf Uhr im Fitnessstudio gewesen und hatte sich danach beeilt, um Alan beim Starbucks an der Ecke Sixth Street und Congress Avenue zu treffen, ohne ihr Make-up vorher noch mal aufzufrischen, und ihr Haar hatte sie auch nur zu einem unordentlichen Pferdeschwanz zusammengebunden.

»Du siehst wunderschön aus«, versicherte ihr Alan. »Und ich hab mir gedacht, dass wir heute feiern sollten.«

»Oh? Was gibt's denn zu feiern?« Ihre Augen wurden größer. »Hat der Dekan etwa mit dir über eine Festanstellung gesprochen?«

Er lachte. »Noch nicht. Nein. Aber es ist jetzt vier Monate her, seitdem uns deine Mutter einander vorgestellt hat.«

»Oh.« Sie lehnte sich zurück. »Echt?« Seltsam, es kam ihr noch gar nicht so lange vor. In so vielen Dingen standen sie sich so nahe, und dennoch war es zwischen ihnen immer noch so formell, was sich ein bisschen so anfühlte, als ob sie zwei Figuren in einem Jane-Austen-Roman wären. Nolan kannte sie hingegen seit einer viel kürzeren Zeit, und trotzdem fühlte sie sich mit ihm wie … na ja, wie sie selbst.

Ein Kellner kam mit einem Dutzend Austern und einer Flasche Champagner. Sie sah ihm zu, wie er den Korken knallen ließ und ihnen dann einschenkte. Währenddessen lief es ihr die ganze Zeit kalt den Nacken herunter.

»Alan …« Sie verstummte, denn sie wusste nicht, was sie sagen sollte. Zur Hölle, sie wusste doch noch nicht einmal, was er gleich sagen wollte.

»Ich wollte, dass das hier etwas ganz Besonderes ist«, sagte er und griff in seine Jackentasche.

»Alan, warte. Wir …«

Er hielt eine Hand hoch als Zeichen, dass sie ihn aussprechen lassen sollte. »Bitte. Das hier ist nicht das, was du denkst.«

Vor lauter Erleichterung ließ sie ihre Schultern sinken, aber dann spannten sie sich wieder an, als er ein Ringkästchen vor sie legte. Sie sah auf, begegnete seinem Blick und war völlig verwirrt.

»Es ist kein Verlobungsring. Ich kenne dich doch … wir sind – noch nicht so weit.«

O Gott.

»Aber bitte, öffne es.«

Sie konnte ihre Hände nicht dazu bringen, sich zu bewegen. »Sollten wir nicht reden …«

Er nahm das Kästchen, klappte den Deckel auf. Darin lag ein einfacher silberner Ring mit kleinen Diamanten um ein kunstvolles Herz. »Der Ring ist ein Versprechen«, sagte er und sah dabei so zufrieden mit sich selbst aus, dass es ihr das Herz brach. »Ich habe deiner Mutter ein Bild davon geschickt. Sie meinte, sie sei sich sicher, dass das dein Stil ist.«

»Er ist sehr hübsch«, stimmte sie ihm zu, »aber …«

»Ich möchte, dass der Ring ein Zeichen für unser Versprechen ist, das zwischen uns zu vertiefen. Wir haben noch nie zuvor offen über eine feste Beziehung gesprochen, aber ich will es, Shelby. Ich will nur dich.«

Er nahm den Ring aus dem Kästchen und hielt ihn ihr hin. Alles lief in Zeitlupentempo ab, und als sie sah, wie sich auf seiner Stirn Falten abzeichneten, merkte sie erst, dass sie langsam den Kopf schüttelte und ihre Hände in ihrem Schoß fest umklammerte.

»Shelby?«

»Alan …« Sie musste unbedingt einen Schluck Wasser trinken, um weiterreden zu können. »Alan, es tut mir so schrecklich leid, aber ich … ich kann das nicht annehmen.«

Er blinzelte, dann lehnte er sich zurück. Den Ring hielt er immer noch in seiner Hand. »Ich verstehe. Geht's dir zu schnell?«

»Ja, ich meine – nein.« Sie holte einmal tief Luft. »Ich hab einen anderen Mann kennengelernt und … O Gott, Alan … ich wollte heute Abend mit dir darüber reden. Ich hätte mir doch niemals träumen lassen, dass es so ablaufen würde.«

»Also willst du nicht fest mit mir zusammen sein«, stellte er fest. »Das ist doch in Ordnung. Schließlich sind es nur ein paar Monate gewesen, und ich würde niemals wollen, dass du dich zu etwas verpflichtest, ohne dir wirklich ganz sicher zu sein. Und wenn du dich gegen mich …«

»Alan, nein.« Sie streckte ihre Hand aus und legte sie auf seine. »Du bist ein toller Mann … das bist du wirklich. Und vorher hab ich gedacht …« Mit einem Kopfschütteln hörte sie auf weiterzureden. »Egal. Die Sache ist die, dass ich natürlich nicht weiß, ob dieser andere Mann letztendlich wirklich der Richtige für mich ist. Aber das, was ich weiß, ist, dass ihn zu sehen mich dazu gebracht hat, mehr über mich selbst nachzudenken und über das, was ich will. Und über das, was ich nicht will.«

»Mich«, erwiderte Alan.

»Es tut mir so leid.« Instinktiv wollte sie weiterreden, die Wogen glätten und versuchen, alles wiedergutzumachen. Aber das konnte sie nicht. Besonders nicht, weil sie diejenige war, die ihn verletzt hatte, und nicht umgekehrt. Deshalb hielt sie lieber den Mund und ließ ihn erst mal das verdauen, was sie ihm gesagt hatte.

Er nahm einen Schluck Wasser und stellte dann den Salz- und Pfefferstreuer um. »Es tut mir auch leid«, meinte er schließlich. »Aber vielleicht ist es ja gut, dass ich diesen Fehler gemacht habe. Wer weiß, wie lange es sonst noch so weitergegangen wäre?«

Sie zuckte ein bisschen zusammen, weil er ja recht hatte. Sie hatte zwar vorgehabt, es ihm heute Abend zu erzählen … doch jetzt mal ganz im Ernst – sie hätten dieses Gespräch bereits vor Tagen führen sollen.

»Willst du immer noch mit mir zu Abend essen?«

Sie zögerte, ihr Wasserglas war fast an ihren Lippen. »Ernsthaft?«

Ein leises Lächeln spielte um seine Mundwinkel. »Es wäre ein bisschen scheinheilig, wenn ich nun plötzlich aufhören würde, dich zu mögen, oder?«

Sie lachte und schüttelte nur den Kopf. »Du bist wirklich ein toller Mann, Alan Lowe. Und eines Tages wird es eine Frau geben, die sehr glücklich sein wird, dich zu haben.«

Nolan verließ das The Fix mit federnden Schritten. Der erste Mann-des-Monats-Contest war ein voller Erfolg gewesen, und zwar nicht nur, weil Jenna und ihr Team es tatsächlich geschafft hatten, ein Dutzend Kerle aus der Stadt dazu zu überreden, bei dem Wettkampf mitzumachen. Und auch nicht nur, weil es eine Warteschlange den ganzen Block runter gegeben hatte.

Nicht einmal, weil die Frauen im Publikum fuchsteufelswild geworden waren, als die Kerle auf der Bühne zeigten, was sie hatten.

Nein, Nolans Meinung nach war Reece Walker für diesen gelungenen Abend verantwortlich gewesen, und zwar, weil er auf der Bühne Jenna Montgomery seine Liebe gestanden hatte.

Nolan hatte den Worten gelauscht, aber seine Augen hingen die ganze Zeit über bloß an Jenna, und der Ausdruck auf ihrem Gesicht hatte ihn total verzaubert. Diese sanfte, süße, schimmernde Freude, die den Anschein erweckt hatte, die gesamte Bar zum Leuchten zu bringen.

Er wollte, dass eine Frau ihn irgendwann einmal genauso ansah.

Nein. Nicht irgendeine Frau. Er wollte Shelby.

Sie hatte sich in sein Herz geschlichen, so viel stand zumindest schon mal fest. Es gab überhaupt keinen Zweifel, ob er sie auch wirklich wollte – weder in seinem Kopf noch in seinem Herzen. Und, oh, bitte, Gott, er war sich ziemlich sicher, dass sie ihn auch wollte, und zwar für mehr als nur für zwanglosen Sex – ganz gleich, wie fabelhaft dieser auch jedes Mal gewesen sein mochte.

Auf der Sixth Street ging er in Richtung Westen, hielt auf der Congress Avenue an einer Ampel. Als Nächstes müsste er links abbiegen, um zu seiner Eigentumswohnung zu kommen, aber etwas schräg gegenüber von ihm, direkt vor dem Starbucks, erregte etwas seine Aufmerksamkeit.

Shelby!

Und ein Mann im Sakko und mit kurzen Haaren war bei ihr. Vielleicht jemand aus ihrem Büro?

Gerade wollte er ihr etwas zurufen, doch da stellte sie sich auf die Zehenspitzen, legte ihre Hand auf die Schulter des fremden Mannes und gab ihm einen Kuss.

Was zur Hölle?

Was zur Hölle sollte das?

Sie winkte dem Mann noch hinterher und lief dann weiter die Straße runter, vermutlich ging sie zum Frost Building, um dort ihren Wagen zu holen, um dann nach Hause zu fahren.

Er sagte sich selbst, er solle es einfach lassen. Morgen früh hatte er schließlich eine Sendung. Aber so spät war es noch nicht, und er wusste verdammt gut, dass er jetzt sowieso nicht einschlafen würde. Jedenfalls nicht, bis er sie getroffen und mit ihr geredet hatte. Also scheiß drauf. Dann würde er eben *so ein Typ* sein.

Er zog sein Telefon aus der Tasche, tippte seine Lieblings-Mitfahr-App an und nahm sich anschließend einen Wagen. Da Shelby nicht weit weg wohnte – nicht einmal eine Meile entfernt –, war er sogar noch vor ihr bei ihrem Häuschen und wartete auf der Veranda auf sie. Sofern sie überhaupt heimkäme.

Vielleicht fuhr sie ja auch zu dem Typen. Wer das auch immer sein mochte.

Nolan verschränkte die Finger ineinander, schob sie in den Nacken und neigte den Kopf zurück, um in den Sternenhimmel zu schauen. Es hatte ihn erwischt. Er hatte das nicht kommen sehen, aber verdammt, es hat ihn total erwischt.

Diese Frau besaß die Macht, sein Herz zu brechen – und das ängstigte ihn zu Tode.

Er ging auf und ab – studierte ein, was er ihr gleich sagen wollte –, und zehn Minuten später fuhr ihr Wagen in die Einfahrt. Sie schaltete den Motor aus, stieg aus dem Fahrzeug und ging mit gesenktem Kopf in die Richtung ihrer Haustür, während sie in ihrer Handtasche nach dem Schlüssel suchte.

Er starrte sie an, wünschte sich, dass schlüssellose Fahrzeuge niemals erfunden worden wären, weil sie jetzt dann nämlich schon ihre Schlüssel in der Hand halten würde. Was wäre denn, wenn er ein Angreifer wäre? Dachte sie denn überhaupt nicht an ihre eigene Sicherheit? Darüber müsste er mal ein ernstes Wörtchen mit ihr reden. Vielleicht Brent beauftragen, ein paar Bewegungsmelder und eine Drucktastensperre an ihrer Haustür zu installieren. Schließlich wollte er, dass sie in Sicherheit war und …

»Nolan?« Breit und strahlend lächelte sie ihn an, so als ob sie ihn nicht erst vor fünfzehn Minuten komplett aus der Bahn geworfen hätte, indem sie mit irgendeinem Arschloch rumgeknutscht hatte. »Was machst du denn hier?«

»Du hast ihn verdammt noch mal geküsst!«, platzte es aus ihm heraus. Was nun wirklich nicht das gewesen war, was er vorher einstudiert hatte, und er wusste auch verdammt gut, dass es unter den gegebenen Umständen nicht eben die beste Herangehensweise war.

Als ob ihm das Universum recht geben wollte, sah er nun, wie sich ihre Körperhaltung veränderte, als sie ihren Rücken durchdrückte und ihr Kinn hob. »Du hast mich ausspioniert?«

»Ich bin die Congress Avenue runtergegangen. Und stell dir mal vor, wie überrascht ich war, als ich sah, wie du gerade mit irgendeinem Typen rumgemacht hast. Ich meine, Herrgott, Shelby, wir daten!«

Sie verschränkte die Arme vor der Brust und starrte ihn an. »Ist es das, was wir tun?«

»Na ja, also wir sehen uns jedenfalls ziemlich oft. Besonders wenn man bedenkt, wie oft wir dabei nackt sind. Und wie kann das denn sein – aber mein Penis scheint ständig in deiner Vagina zu landen. Also geh ich mal davon aus, dass wir entweder daten oder einer von uns beiden ganz schön tollpatschig ist.«

Sie drehte sich um und blickte zum Nachbarhaus. »Was ist eigentlich los mit dir?«

»Ich nehme mal an, ich bin für dich nur der Pausenclown. Und du hast vor, mich für den Klassenbesten abzuschießen?«

Für einen Moment sah sie aus, als würde sie es ihm gleich so richtig geben. Aber stattdessen stand sie einfach nur ganz still da und zählte vermutlich bis zehn. Schließlich steckte sie ihren Schlüssel ins Schloss, hielt die Tür auf und wies energisch mit der Hand in die Wohnung. »Rein!«, befahl sie. »Wir machen das hier ganz bestimmt nicht vor den Nachbarn.«

Das hier machen. Die Worte fühlten sich wie Blei in seiner Magengrube an. *Was* machen? Schluss machen? *Scheiße, Scheiße Scheiße!*

Er holte tief Luft, nickte ganz ruhig und trat dann über die Türschwelle.

Sie folgte ihm und knallte die Tür hinter sich zu. »Lass uns jetzt mal ein paar Dinge klarstellen«, sagte sie, kam zu ihm rüber und stieß ihm mit dem Zeigefinger gegen die Brust. »Erstens bin ich nicht deine Eisprinzessin-Schlampe von Exfrau. Kapiert?«

Sie gab ihm keine Chance zu antworten, sondern redete immer weiter. »Zweitens war dieser Typ Alan.« Der Name traf ihn wie ein Schlag in die Magengrube.

»Scheiße.« Er erstickte fast an dem Wort. »Also was hat das zu bedeuten?« Wollte sie mit ihm Schluss machen? Denn ganz egal, was sie sagte, sie dateten auf jeden Fall. Zum Teufel noch mal! Kampflos würde er jedenfalls nicht das Feld räumen.

Oder zumindest nicht ohne einen größeren Kampf als das hier.

»Und drittens«, fuhr sie fort und ignorierte komplett seine Frage. »Du bist ein Vollidiot.«

»Weil ich mich in dich verknallt hab? Ja, vielleicht bin ich ja wirklich ein Idiot.«

»Du bist ein Vollidiot, weil das ein Abschiedskuss war. Ein ganz unschuldiger Abschiedskuss, der mir angemessen erschien, da ich gerade erst mit ihm Schluss gemacht hatte.«

»Du …« Er versuchte, den Satz zu beenden, doch seine Gedanken waren einfach zu konfus.

Sie verschränkte die Arme vor der Brust, neigte den Kopf und wartete.

»Du hast mit ihm Schluss gemacht?«

»Ich dachte, dass ich das muss. Ich kann ja kaum auch weiterhin mit ihm zusammen sein, wenn ich solche Gefühle für dich habe. Aber er ist ein lieber Kerl, der nie etwas falsch gemacht hat – außer dass er nicht du ist. Also wage es ja nicht, mich so anzuschnauzen!«

»Ah«, meinte er und schob seine Hand in seine Jeanstasche. »Und was für Gefühle hast du für mich?«

Sie lächelte ihn schief an, kam näher, bis sie ihre Arme um ihn schlingen konnte. »Du bist genau die Sorte Mann, die mich ganz um den Verstand bringt.«

Er konnte einfach nicht anders und brach in schallendes Gelächter aus.

»Du bist scheinbar nicht besonders helle, oder? Ich meine, dass du dich ausgerechnet in so einen Volltrottel wie mich verknallst.«

»Nein«, stimmte sie ihm zu. »Die Hellste bin ich wohl wirklich nicht.« Sie gab ihm einen Kuss auf den Mund. »Willst du jetzt weiterstreiten, oder hättest du stattdessen gerne einen Kaffee?«

»Hast du auch Scotch?«

Sie lachte. »Ja, ich glaube, das lässt sich arrangieren. Warte mal.«

Während sie in die Küche ging, um den Drink zu holen, nahm er auf dem kleinen Sofa Platz. Und das Erste, was ihm auffiel, war, dass ein neues Buch auf dem Wohnzimmertisch lag – *Watchmen*.

»Du liest das?«, fragte er, als sie zurückkehrte und ihm den Drink brachte.

»Gerade erst angefangen«, antwortete sie. »Ich hab angerufen und die Leute bei Dragon's Lair dazu gebracht, ein Exemplar für mich beiseitezulegen.« Das war sein Lieblingsladen für Spiele und Comics. »Du meintest, dass es gut ist«, sagte sie dann noch, so als ob sie ihn herausfordern würde, ihr zu widersprechen.

»Das ist es wirklich«, erwiderte er, fühlte sich lächerlicherweise geschmeichelt, dass sie irgendeinen dicken Klassiker für seinen Lieblingscomic hintenangestellt hatte.

»In diesem Fall habe ich eine Idee für den restlichen Abend. Wollen wir ein bisschen auf der Couch kuscheln und zusammen *Watchmen* lesen? Später können wir ja mal gucken, ob irgendwelche von unseren Körperteilen mal wieder ineinanderfallen.«

»Au ja«, sagte er und legte seinen Arm um ihre Schulter, als er seine Hand nach dem Buch ausstreckte. »Ich finde, das klingt nach einer hervorragenden Idee!«

13

»Also mit euch beiden wird es ernst«, stellte Kayla fest, während Hannah, Shelby und sie durch die Gänge von Toy Joy schlenderten – *der* Laden in Austin, in den man unbedingt gehen musste, wenn man alberne, verrückte und ungewöhnliche Geschenke für Kinder und Erwachsene kaufen wollte. Es war gerade Mittagszeit an einem Dienstag, und sie waren auf der Suche nach dem perfekten Geschenk für Kaylas achtjährige Nichte.

»Ich glaub schon«, erwiderte Shelby, die sich nicht das Grinsen verkneifen konnte. Es war jetzt fast eine Woche her, seitdem Nolan ausgeflippt war, weil sie Alan einen Kuss gegeben hatte, und seitdem war ihre Beziehung besser geworden. Die meisten Abende verbrachten sie zusammen – entweder bei ihr in ihrem Häuschen oder in seiner Eigentumswohnung. Sie waren zusammen zum Hill Country rausgefahren, um einkaufen zu gehen und Wein zu probieren – ein Ausflug, den ihre Freundinnen als ein klares Zeichen für eine Beziehung betrachteten. Obwohl Shelby und Nolan niemals die Gesprächsthemen ausgingen, so konnten sie doch auch genauso gut gemeinsam die Stille genießen, ohne dabei den Druck zu verspüren, Small Talk machen zu müssen.

Nichts von alldem – mit Ausnahme von Hill Country – konnte Kayla mitbekommen haben. Das bedeutete, dass sie ihren Beziehungsstatus nach dem Inhalt seiner Radiosendung beurteilte. Und er hatte Shelby um Erlaubnis gebeten, bevor er auch nur ein Sterbenswörtchen über sie beide in der Sendung verlor.

»Bist du dir auch wirklich sicher?«, hatte er sich dann sogar noch ein zweites Mal vergewissert, als sie ihm gesagt hatte, dass es okay war. Schließlich hatte er sie nach dem *Warum* gefragt. Anscheinend wollte er wirklich kein Risiko eingehen, sie noch einmal zu verärgern.

»Ehrlich gesagt weiß ich gar nicht genau, ob ich es erklären kann. Aber wenn ich dir zuhörte – selbst damals, als ich sauer auf dich war –, da war es so, als würde ich eine andere Seite von mir sehen.«

»Was meinst du damit?«

»Mit dir macht alles Spaß. Verkehr. Das Wetter. Sex.«

»Sex macht doch auch Spaß.«

»Stimmt«, sagte sie. »Aber vor dir habe ich nie auf diese Weise darüber gedacht. Schön? Ja. Überwältigend? Manchmal. Aber Spaß? Lachen, wenn man gerade nackt ist?« Sie schüttelte den Kopf. »Eine Milliarde Mal Nein.«

Er runzelte die Stirn. »Echt?«

Daraufhin gab sie ihm einen Kuss. »Komm jetzt aber nicht auf dumme Gedanken. Nicht abhauen und eine neue Karriere als Sex-Guru beginnen, okay? Und wenn du über mich im Radio redest, dann sollte es verdammt noch mal lieber anonym sein.«

»Hab's schon kapiert«, erwiderte er, und von da an nannte er sie jedes Mal sein Paradox, wenn er im Radio etwas von der Frau erzählte, die seine Geliebte und Komplizin in einem war.

Sie hatte ihn gefragt, warum er sie so nannte, woraufhin er ihr erzählt hatte, dass er das bereits am allerersten Abend, als sie sich kennenlernten, über sie gedacht hatte. Schüchtern und ruhig, aber mit einem Inferno in ihrem Inneren. »Und so ist es ja auch immer noch«, hatte er hinzugefügt, während er ihre schlichte weiße Bluse aufknöpfte und dann ihren Rock hochhob, um ihre Strumpfhose herunterzuziehen.

»Ich sollte dir ein Strumpfband und einen Tanga kaufen, allerdings weiß ich es mittlerweile auch zu schätzen, dich vorher immer wie ein Geschenk auszupacken«, hatte er gesagt. Dann war er vor ihr auf die Knie gegangen und hatte sie geleckt, bis sie so heftig und schnell gekommen war, dass sie dachte, sie würde auf der Stelle tot umfallen.

Alles in allem war das eine fabelhafte Art gewesen, um den Arbeitstag ausklingen zu lassen.

»Irgendwann mal solltest du in seiner Sendung anrufen«, sagte Hannah. »Das wär doch echt ein Riesenbrüller.«

Shelby schüttelte den Kopf. »Aber ihr wisst dann, dass ich es bin. Und ich bin mir sicher, dass ein paar seiner Freunde auch Bescheid wissen. Aber was, wenn meine Klienten zuhören? Oder meine Mutter?«

»Na und? Es ist ja nicht so, dass er darüber redet, eine Bank auszurauben«, beruhigte sie Kayla. »Ihr datet. Alles ist gut.«

»Gut, ja. Öffentlich, nein.« Aber theoretisch musste sie dann doch zugeben, dass es durchaus witzig wäre, in seiner Sendung anzurufen, um ihn ein bisschen zu necken. Oder um irgendwelche hemmungslosen Dinge vorzuschlagen, die sie miteinander machen könnten. Allerdings würde sie so etwas natürlich niemals ernsthaft tun. Auf gar keinen Fall würde sie riskieren, dass die anderen erfuhren, dass sie die Frau in diesen anzüglichen, derben Geschichten war, die er im Radio zum Besten gab.

Und ihr schmutziges kleines Geheimnis? Irgendwie gefiel es ihr ja auch. Anonym zu sein. Eine geheimnisvolle Frau zu sein. Und dann etwas über ihr Leben zu hören aus der ganz besonderen Sicht des Mannes, der ihr so wichtig geworden war.

»Ich hab etwas für dich gekauft«, erzählte Hannah. Ihre Augen funkelten, während die Frauen Toy Joy verließen – mit allen möglichen albernen Dingen und technischen Spielereien für sich selbst sowie einem tollen Tierarztkoffer für Kinder.

»Ja?«, sagte Shelby, als ihr Hannah ein eingewickeltes Päckchen reichte. »Was ist das?«

»Öffne es heute Abend und benutze es morgen früh.«

»Hannah!«

»Ich meine es ernst. Du wirst dich noch bei mir bedanken.«

Shelby schaute zweifelnd das kleine Geschenk an. »Wenn du meinst …«

Sie tat, was Hannah ihr gesagt hatte, und wartete bis zum Abend, um es zu öffnen … und lachte dann wie eine Irre, als sie es sah.

Ja, das war wirklich gut.

Das Geschenk war nicht nur genial, sondern sie war auch froh, dass sie es heute Nacht bekommen hatte, weil sie diesen Lacher jetzt wirklich bitter nötig gehabt hatte. Seit einer Woche hatte sie keine einzige Nacht ohne Nolan verbracht, und nun fühlte sie sich gerade ein bisschen einsam und war nicht besonders gut drauf. Aber er hatte heute eine Veranstaltung vom Sender in der Innenstadt, die lange dauern würde, und da er bereits vor Tagesanbruch schon wieder wach sein musste, hatte er ihr gesagt, dass er heute bei sich zu Hause übernachten und sie dann am Mittwochabend treffen würde, wenn sie zusammen zum The Fix gehen würden, um sich dort den Mann-des-Monats-Contest anzusehen. Dort würde er dann auch noch ein paar Clips aufnehmen, die er zu Werbezwecken in seiner Sendung verwenden könnte.

Die Nacht war hart, und als der Wecker sie um sechs Uhr in der Früh aus dem Schlaf riss, merkte sie, wie schnell sie sich doch daran gewöhnt hatte, neben Nolans warmem Körper zu schlafen.

Sie rieb sich mit den Händen über ihr Gesicht und griff dann nach Hannahs Geschenk – es war ein elektronischer Stimmenverzerrer, mit dem man anonyme Telefonanrufe machen konnte. Die CIA könnte man damit zwar nicht hinters Licht führen, aber für ihre Zwecke wäre es absolut perfekt.

Mit ihrem Spielzeug bewaffnet, setzte sie sich im Bett aufrecht, wählte die KIKX-Musikwunsch-Hotline und drückte sich dabei selbst ganz fest die Daumen, dass Nolan und nicht der Sendeleiter Connor rangehen würde. Glücklicherweise war das Schicksal auf ihrer Seite. »Hallo, lieber Anrufer. Willkommen bei *Mornings With Wood*. Wie lautet dein Musikwunsch?«

»Zunächst einmal will ich mehr von dir«, sagte sie mit dieser seltsamen elektronischen Stimme. »Ich hab dich letzte Nacht vermisst.«

Es gab eine kleine Pause – und da es so etwas in Nolans Sendung normalerweise nie gab, wusste sie, dass sie ihn ganz schön durcheinandergebracht haben musste. In Gedanken führte sie einen kleinen Freudentanz auf. Wenngleich diese Pause vermutlich kaum jemandem auffiel. Und da es niemanden gab, der besser improvisieren konnte als Nolan Wood, machte er schnell mit seinem Programm weiter.

»Ich glaube, ich bin hier derjenige, der dich vermisst hat«, erwiderte er. »Und an euch, liebe Zuhörer da draußen – das hier ist jetzt gerade wirklich ein verdammt seltenes Vergnügen. Weil ihr nämlich genau in diesem Augenblick einem echten Paradox zuhört. Und nun stellt sich die Frage – ruft sie an, um sich ein bisschen zu unterhalten oder weil sie einen Musikwunsch hat oder wegen etwas Heißem und Unartigem? Ich persönlich hoffe natürlich auf Option Nummer drei. Aber eigentlich glaube ich es nicht. Ich kenne sie schließlich, vergesst das nicht, und sie ist wirklich alles andere als ein Morgenmensch.«

Shelby konnte sich das Lachen nicht verkneifen. »Ein Musikwunsch«, sagte sie. Es war zwar albern, aber ihr Herz schlug vor lauter Nervosität wie verrückt. »Ich rufe wegen eines Lieds an … und wegen später.«

»Raus damit.«

»The Veronicas. *Take Me On The Floor.*«

Sie hörte das Geräusch, das er am Telefon machte, und wie es zu einem Brummen wurde, als sie das Radio aufdrehte. Unvermittelt legte sie dann auf, und auch wenn das irgendwie ganz schön lahm war, so konnte sie doch bereits spüren, wie sie unter ihren Armen zu schwitzen begann und ihr das Herz bis zum Hals schlug. Und dabei hatte sie doch nur in seiner Sendung angerufen.

Wie um alles in der Welt konnte Nolan so etwas jeden Tag tun?

Und das auch noch aus dem Stegreif? Ihrer Meinung nach war das eine ziemliche Meisterleistung.

Sie drehte die Lautstärke an ihrem Radio höher und hörte dann zu, wie Nolan ihren Anruf auf die Schippe nahm und dann noch einen draufsetzte, indem er einen Ausschnitt des Liedes *Afternoon Delight* von der Starlight Vocal Band abspielte.

Als das Lied dann allmählich verstummte und Shelbys Musikwunsch anschließend einsetzte, sagte er während der Überleitung klar und deutlich: »Sei heute Mittag zu Hause, Paradox. Nackt!«

Shelby brach jedes Straßenverkehrsgesetz, das man nur brechen konnte, als sie zur Mittagessenszeit nach Hause raste. Aber das musste sie auch tun, denn sie war schon spät dran.

Im Fahrstuhl hatte Frank sie beiseitegenommen, um ihr mitzuteilen, dass die Firma einen Tisch bei einer Wohltätigkeitsveranstaltung reserviert hatte, die demnächst stattfinden würde. Sie sollte dort hingehen, damit sie bei dieser Gelegenheit ein paar potenzielle Klienten kennenlernen könnte.

Aber bis zu der Benefizveranstaltung waren es noch mehr als zwei Wochen hin, und gerade jetzt musste sie nun wirklich nicht darüber reden. Nicht wenn zu Hause Sex auf dem Fußboden auf sie wartete ... und vorher müsste sie auf jeden Fall auch noch ein paar Dinge erledigen.

Schließlich hatte sie die Broschüre genommen, die Frank in ihre Hand schob, und ihm versprochen, diese gründlich durchzulesen. Als sie allein im Fahrstuhl war, stopfte sie sie in ihre Aktentasche.

Also wirklich. Mittagspausen waren doch heilig – hatte der Mann denn vor gar nichts Respekt?

Glücklicherweise schaffte sie es rechtzeitig zu sich nach Hause und hatte sogar noch fünf Minuten Zeit. Sie raste hinein, zog ihre Klamotten aus und ließ sich dann nackt auf die Couch plumpsen – genau in dem Moment, als sie hörte, wie sich der Schlüssel, den sie Nolan gegeben hatte, im Türschloss umdrehte.

»O nein, Baby«, sagte er, als er sie sah. Er ließ seinen Blick über ihren Körper wandern. »Das sieht ja sehr nett aus, aber wir haben *auf dem Boden* gesagt, weißt du nicht mehr?«

»Dann nimm mich dort«, neckte sie ihn und brachte ihn damit zum Lachen.

Er kam zu ihr. »Du glaubst, dass ich dich jetzt über meine Schulter werfe und dich dann auf den Boden lege? Auf gar keinen Fall, Baby. Viel zu durchschaubar.«

Er drehte sich um, schob den Wohnzimmertisch in die Mitte des Raums, und sie fragte sich, welch herrlich verführerische Beschäftigung er wohl im Sinn hatte. Aber als er sich dann an sie drängte und anfing, sie durchzukitzeln, lachte sie und schrie und strampelte mit den Beinen, bis sie auf den Boden fiel und seinen Namen verfluchte und seine Familie und all seine Nachfahren bis ans Ende aller Zeiten.

Sein Ziel wurde offensichtlich, als er sie festhielt. Er saß nun auf ihr und hielt ihre Hände über ihrem Kopf fest. Sie atmete heftig, das taten sie beide, und da gab es irgendetwas an dieser Verletzlichkeit, nackt zu sein, während er immer noch vollständig angezogen war, was sie erregte.

Sie biss sich auf die Unterlippe und begegnete seinem Blick. »Tu es«, forderte sie ihn auf. »Nimm mich hier und jetzt auf dem Boden.«

Fast lachte er los, wurde aber ganz schnell wieder ernst, als er ihren Körper herunterwanderte und ihre Beine weit spreizte, bevor er seine Jeans hastig auszog und sich dann ihren Körper entlang hochküsste und ihre Beine dazu brachte, währenddessen weit geöffnet zu bleiben, trotz der Art, wie sie sich wand und nach der größtmöglichen Reibung suchte.

Nachdem er jede noch so kleine Stelle ihres Körpers geküsst und geneckt hatte – als sie feucht und willenlos, einfach total scharf auf ihn war –, positionierte er sich über ihr. Sein Schwanz war nun an ihrer Muschi. »Bist du bereit?«

»Für dich? Immer.«

Und dann nahm er sie. Wild und tief. Die ganze Zeit über blickte er ihr tief in die Augen, und niemals schaute er weg – auch nicht, als sie beide gemeinsam zum Orgasmus kamen, der das kleine Häuschen in seinen Grundmauern erbeben ließ und ihre Herzen miteinander vereinte.

14

Shelby strich die umgeknickten Ecken der Seiten ihrer Bücher glatt, die auf dem Wohnzimmertisch aufgestapelt waren. Dann schüttelte sie die Kissen auf, die auf der Couch lagen. Sie mochte es, wenn es bei ihr zu Hause ordentlich war, und sie hatte es sich angewöhnt, jeden Samstag ein paar Stunden damit zu verbringen, einmal gründlich aufzuräumen.

Was sie in letzter Zeit allerdings nicht getan hatte, war, die Unterlagen in ihrer Tasche zu bearbeiten. Obwohl das eine Aufgabe war, die mehr Sinn machte, bei der Arbeit in Angriff genommen zu werden, so hatte sie doch jetzt – nachdem sie die Küche, das Bad und das Wohnzimmer aufgeräumt hatte – immer noch Lust, weiterzumachen.

Da ihr Häuschen zu klein für einen richtig großen Esstisch war, auf dem sie die Sachen hätte ausbreiten können, ging sie ins Schlafzimmer und kippte den Inhalt ihrer heiß geliebten Louis-Vuitton-Tasche auf die flauschige weiße Decke. Die Tasche hatte sie sich nach bestandenem CPA-Examen selbst geschenkt, und sie liebte sie heiß und innig, weil so viel hineinpasste. Wenn sie auf Reisen ging, nahm sie diese Tasche stets mit, und trotzdem sah diese immer noch gut aus.

Stapelweise sortierte sie nun die Zettel auf dem Bett, als sie Schritte auf der Veranda hörte und kurz danach das Geräusch eines Schlüssels im Schloss. Gerade wollte sie ihr Projekt abbrechen und sich auf den Weg ins Wohnzimmer machen, um Nolan dort zu begrüßen, als ihr Blick auf die Broschüre über die Benefizveranstaltung fiel, die ihr Frank vor einigen Tagen in die Hand gedrückt hatte.

Darauf stand lediglich DTRR mit einer stilisierten Grafik von Buchstaben und Wörtern in seltsamen Formen und Größen. Da ihr das keinerlei Hinweis darauf gab, was diese Organisation unterstützte, fing sie an, die Broschüre durchzublättern, wollte zumindest ein paar Infos haben, bevor sie Nolan fragte, ob er sie dorthin begleiten wollte.

»Hey«, begrüßte er sie, als er ins Schlafzimmer kam und sich an die Kommode lehnte – genau in dem Augenblick, als ihr klar wurde, dass DTRR für *Dyslexia Training and Resource Room* stand – eine Organisation, die es sich zur Aufgabe gemacht hatte, Kindern mit Legasthenie zu helfen.

»Selber hey.« Lächelnd sah sie zu ihm auf, ehe sie wieder auf die Broschüre blickte. Die Veranstaltung interessierte sie jetzt mehr – nun, da sie wusste, dass es um eine gute Sache ging. »Ich war gerade dabei herauszufinden, worum es bei dieser Wohltätigkeitsveranstaltung geht, zu der mich Frank schicken will. Ich glaube, ich brauche noch eine Begleitung«, neckte sie ihn und war überrascht, als sie sah, dass das strahlende Lächeln von seinem Gesicht verschwand.

»Etwas, was …«

Sie beendete die Frage nicht mehr, weil ihr Blick in dem Moment auf die Broschüre fiel. Darauf sah sie in der Mitte ein Foto von Nolan sowie die Ankündigung, dass der langjährige DTRR-Unterstützer in diesem Jahr der Hauptredner bei dem Galadinner sein würde und zum ersten Mal in aller Öffentlichkeit über seinen lebenslangen Kampf mit der Legasthenie sprechen würde.

Stirnrunzelnd sah sie wieder zu ihm auf. »Du bist der Hauptredner? Der Ehrengast?«

Er nickte. Sie stieß sich vom Bett ab und begann, im Schlafzimmer auf und ab zu gehen. »Das hast du mir ja gar nicht erzählt.«

»Dir was erzählt?«

Sie drehte sich zu ihm um, um ihn zur Rede zu stellen. Die Arme hatte er vor der Brust verschränkt, seine Körperhaltung wirkte defensiv, und aus irgendeinem Grund regte sie das sogar noch mehr auf.

»Hör auf, irgendwelche Spielchen mit mir zu spielen, Nolan. Du hast mir nicht erzählt, dass du als Hauptact bei einer Benefizgala auftrittst. Du hast mich nicht eingeladen, dich zu begleiten, obwohl wir schon seit einer ganzen Weile miteinander schlafen.«

»Ist es das, was wir tun? Miteinander schlafen?«

Sie ignorierte seine Bemerkung. »Und irgendwie ist es dir wohl auch entfallen zu erwähnen, dass du Legastheniker bist.«

Er biss die Zähne zusammen. »Wir sind nicht darauf zu sprechen gekommen.«

Kalte Wut brodelte in ihrem Inneren. Aber Wut, mit der sie schon umgehen könnte. Stattdessen war es der Schmerz, der ihre Beine zittrig machte und ihr die Tränen in die Augen trieb. »Du hast mich aus einem wichtigen Teil deines Lebens ausgeschlossen. Du hast mich überhaupt nicht an deinem Leben teilhaben lassen.«

Ein Teil der Anspannung schien von ihm abzufallen, sein Gesichtsausdruck wurde sanft und ernst. »Es war privat. Sehr persönlich. Es fällt mir nicht leicht, darüber zu sprechen. Monatelang hab ich darüber nachgedacht, bevor ich überhaupt meine Zustimmung gab, auf der Wohltätigkeitsveranstaltung zu reden.«

»Sehr persönlich«, wiederholte sie. »Hast du überhaupt eine Ahnung, wie hart es für mich war, dass du unser Sexleben in deiner Sendung breitgetreten hast? Oder dich zu fragen, mich an den Handgelenken zu fesseln, wenn du Liebe mit mir gemacht hast? So eine bin ich normalerweise nicht – dass ich so etwas tue oder danach frage. Aber ich habe es getan ... zur Hölle, ich wollte es – weil du es warst! Weil ich dachte, dass wir ein Paar sind.«

Eine Träne lief ihr über die Wange, und schroff wischte sie sie weg.

»Baby, wir sind ...«

»Sind wir das? Weil es sich gerade nicht so anfühlt. Stattdessen fühlt es sich so an, als ob ich nur den Promi kennengelernt habe. Hast du mir überhaupt jemals den echten Nolan gezeigt?«

»Okay, jetzt mach aber mal halblang«, unterbrach er sie. »Das ist ganz schön hart.«

»Ist es das? Für Einschaltquoten machst du dein ganzes Leben publik, aber ich hab immer gedacht, dass du etwas davon noch zurückbehältst. Dass es da einen Teil gibt – einen sehr persönlichen – den du nur die Leute sehen lässt, die dir nahestehen. Und vielleicht war es ja mein Fehler zu denken, dass ich zu dieser Gruppe gehöre. Aber das tue ich nicht, Nolan. Für dich bin ich doch nur eine weitere Frau in deinem Publikum, das die abgemilderte, aufgesexte Version von dir bekommt.«

»Das ist nicht fair.«

Sie kniff die Augen halb zu, denn sie war müde und hatte Kopfschmerzen. »Ist es nicht? So fühlt es sich aber an. Zur Hölle, es fühlt sich wie die Wahrheit an. Denn, verdammt noch mal, Nolan, es tut weh! Genau hier«, sagte sie und hielt sich eine Hand an ihr Herz. »Und ich weiß nicht, was ich dagegen tun kann.«

Nachdem er gegangen war, rollte sie sich auf ihrem Bett zusammen, und Stunden später, als ihre Mutter sie abends anrief, lag sie immer noch so da. »Ich hab mit Alan geredet«, sagte sie ohne Umschweife. »Stimmt es, dass du mit ihm Schluss gemacht hast?«

Shelby rieb sich über das Gesicht und zwang sich dazu, sich aufzusetzen. Ihr Gehirn musste mit ausreichend Blut versorgt werden, wenn sie jetzt dieses Gespräch mit ihrer Mutter führen würde. »Schon vor einer Weile, ja. Er ist ein toller Mann«, sagte Shelby. »Aber keiner, mit dem ich den Rest meines Lebens verbringen will.«

Sie dachte an Nolan. An den Mann, den sie sich durchaus in ihrer Zukunft vorstellen konnte, und sie fragte sich, ob sie vorhin vielleicht überreagiert hatte. Dass ihr die Tatsache, sich tatsächlich eine gemeinsame Zukunft mit ihm vorstellen zu können, so eine Angst eingejagt hatte, dass sie ihn verlieren könnte, und sie dadurch Risse in der Beziehung gesehen hatte, in der es eigentlich gar keine gab.

»Shelby. Du weißt, dass ich deine Entscheidung nicht kritisieren werde, aber wir beide wissen doch, dass Alan dich vergöttert hat.«

»Ich schätze schon«, erwiderte Shelby. »Aber ich habe ihn nicht vergöttert.«

Für einen Moment war es mucksmäuschenstill am anderen Ende der Leitung, und dann sagte ihre Mutter: »Ach so, ich verstehe. Gibt es einen anderen?«

Shelby liebte ihre Mutter, doch für eine Frau, deren Leben aus Zahlen bestand, war sie sehr selten direkt und geradeheraus, was persönliche Angelegenheiten anging. »Wenn du mit Alan gesprochen hast, dann weißt du doch sowieso, dass es da tatsächlich einen anderen Mann gibt.«

Sie konnte sich gerade bildlich vorstellen, wie ihre Mutter die Stirn runzelte. »Alan wusste nicht, wer der Mann ist.«

»Er heißt Nolan Wood. Er ist Radiomoderator.«

»Was? So etwas wie ein DJ?«

»Viel mehr als das, Mom. Eigentlich ist er ein Stand-up-Comedian.«

»Ich bin mir nicht wirklich sicher, ob es das besser macht. Du musst doch dein berufliches Image wahren. Hat er …?«

»Das erinnert mich an etwas«, sagte Shelby und war erleichtert, dass sie einen Grund hatte, um das Thema zu wechseln. »Ich hab einen Anruf von den Young Professionals bekommen. Du weißt schon, diese Gruppe für Bildung und Networking? Sie haben mich gefragt, ob ich ein Interview vor laufender Kamera für ihre Website machen würde. Es wird auf Facebook und Youtube zu sehen sein und keine Ahnung, wo sonst noch überall.«

»Süße, das ist ja wundervoll. Das ist genau das, was du tun solltest.«

Im Gegensatz zu Nolan, bei dem das ja nicht der Fall war.

Das Letzte sagte ihre Mutter natürlich nicht laut, aber Shelby konnte es trotzdem heraushören, und die Kritik schrillte selbst dann noch in ihren Ohren, als sie den Anruf beendet hatte.

Doch das Einzige, was dadurch ausgelöst wurde, war, dass ihre Gedanken wieder einmal nur um Nolan kreisten.

Sie streckte ihre Hand bereits nach dem Telefon aus, um ihn anzurufen, aber zog sie dann doch wieder zurück. Sie hatte Angst, dass er sofort auflegen würde, wenn er ihre Stimme hörte. Und noch mehr fürchtete sie sich davor, dass, wenn das passierte, sie es absolut verdient hätte.

Stattdessen schnappte sie sich das Exemplar von *Watchmen* vom Tisch, lehnte sich auf dem kleinen Sofa zurück und las an der Stelle weiter, wo sie stehen geblieben war.

Als sie das Buch schließlich zuklappte, war es schon spät. Sie war in die Geschichte über die faszinierenden Helden, die aber auch durchaus ihre Fehler hatten, völlig vertieft gewesen. Viele Male trafen sie falsche Entscheidungen, was allerdings nicht bedeutete, dass Shelby aufhörte, mit ihnen mitzufiebern.

Aber vielleicht war es dann ja doch Nolan, an den sie dabei eigentlich dachte, und gar nicht *Watchmen*.

Bei ihren abschweifenden Gedanken musste sie über sich selbst die Stirn runzeln. Sie stand auf und ging ins Schlafzimmer, wollte eigentlich ins Bett, aber ertappte sich dann dabei, wie sie sich stattdessen Shorts und ein T-Shirt anzog, sich ihre Handtasche schnappte und nach draußen zu ihrem Wagen eilte.

15

Während Nolan an Werktagen normalerweise früh schlafen ging, damit er bei seiner Sendung keinem Zombie glich, so kam er doch am Freitag und Samstag äußerst selten vor eins oder zwei ins Bett. Warum auch? Das waren die einzigen Tage, an denen er den Zauber der späten Abendstunden genießen konnte. So wie sich zum Beispiel grottenschlechte YouTube-Videos und fiese Shoppingsender reinziehen, die ihn nie darin enttäuschten, ihn mit genügend Material für seine Sendungen zu versorgen.

Heute war er allerdings früh ins Bett gegangen. Eine Art Ausweichmanöver, weil er nicht mehr darüber nachdenken wollte, was Shelby zu ihm gesagt hatte. Dass er sie aus einem Teil seines Lebens ausschloss. Das war natürlich absoluter Blödsinn. Nur weil er nicht über jedes kleinste Detail seines Lebens akribisch Buch führte, bedeutete das noch lange nicht, dass ihm ihre Beziehung nicht wichtig war. Und jetzt mal ganz im Ernst – was hatte das überhaupt mit ihrer Beziehung zu tun, wenn er Schwierigkeiten mit dem Lesen hatte?

Rein gar nichts.

Das war doch alles einleuchtend. Einmal von der kleinen Schwachstelle abgesehen, dass er gänzlich unglaubwürdig klang.

Mit anderen Worten: Nolan hatte seinen Samstagabend hauptsächlich allein verbracht und sich Vorwürfe gemacht, dass er der einzigen Frau, mit der er jemals eine Beziehung gewollt hatte, nicht gesagt hatte, dass es ihm leidtat. Dass er im Unrecht gewesen war. Und dass er ihr nicht nur etwas über die Benefizveranstaltung hätte erzählen sollen, sondern auch die ganze Geschichte über seine Kindheit, über seine Legasthenie und wie er heute als Erwachsener damit zurechtkam. Stattdessen war er wütend geworden und hatte sich dann aus dem Staub gemacht.

Reiß dich zusammen und steh deinen Mann, Arschloch.

Er drehte sich im Bett um, sehnte sich nach dem Vergessen, das der Schlaf mit sich bringen würde, aber er hatte kein Glück. Stattdessen wälzte er sich unruhig hin und her, bis er dann schließlich doch aufstand. Vielleicht würden ihn ja ein Scotch und einer der Nachrichtensender etwas einschläfern.

Er hatte gerade seinen ersten Drink hinuntergeschüttet und schenkte sich bereits den zweiten ein, als es an der Tür läutete. So etwas passierte normalerweise nie, da er in einem Sicherheitsgebäude lebte und keiner – außer die anderen Anwohner – bis zu seiner Tür kommen konnte, weil man für den Fahrstuhl einen Zugangscode brauchte.

Er zog sich einen schäbigen Morgenmantel über seine Boxershorts und das *Mornings With Wood*-Shirt und eilte barfuß in Richtung Tür. Es war bereits nach Mitternacht. Er runzelte die Stirn und hoffte, dass es nicht irgendwelche Probleme im Gebäude gab. Vielleicht hatte sich ja einer seiner Nachbarn ausgeschlossen und wollte sich sein Telefon ausleihen.

Aber als er durch den Türspion blickte, stand da kein Nachbar. Es war Shelby. Und die Erleichterung, die ihn daraufhin überkam, haute ihn fast um.

Er schloss die Tür auf und riss sie dann mit einem Ruck auf. »Es tut mir leid!«, sagten er und Shelby wie aus einem Mund.

Sie schauten einander an und fingen an zu lachen.

»Wie bist du überhaupt hier hochgekommen?«, fragte er, nachdem er sie reingelassen hatte. Normalerweise waren sie bei ihr zu Hause, weil seine Wohnung gleichzeitig auch ein Studio und mit Sachen aus dem Garagenverkauf und von IKEA möbliert war. Eigentlich wollte er endlich mal einen Innenraumgestalter anheuern, aber irgendwie kam er nie dazu.

»Das letzte Mal, als ich hier war, habe ich dir zugeschaut, als du den Zugangscode eingetippt hast. Und ich hab ein gutes Zahlengedächtnis«, antwortete sie mit einem Augenzwinkern.

Dann wurden beide still, und unbeholfen standen sie einen Moment lang einfach nur herum. Zumindest fühlte sich die ganze Situation ziemlich unbeholfen an, weil er ihr doch alles erzählen wollte, aber absolut nicht wusste, wo er am besten anfangen sollte.

»Hör zu«, sagte sie schließlich und half ihm damit aus dieser unangenehmen Situation heraus. »Ich weiß deine Entschuldigung wirklich zu schätzen, aber ich bin hier diejenige, die sich entschuldigen muss.«

»Nein!«, erwiderte er entschieden. »Du hattest ja recht. Es ist bloß so, dass ich noch nie mit jemandem darüber geredet habe, außer mit meiner Schwester. Nicht einmal meine Eltern wissen etwas davon.«

»Und du musst auch nicht mit mir darüber reden.«

»Doch.«

Sie neigte den Kopf, musterte ihn ganz genau. Ihr ernster Gesichtsausdruck stand im Kontrast zu ihrer legeren Sommerkleidung. »Warum?«

»Weil ich will, dass du mich kennst. Zur Hölle, Shelby, wahrscheinlich bist du die allererste Frau, bei der ich überhaupt jemals wollte, dass sie mich richtig kennt. Und das schließt sogar die Frau mit ein, mit der ich mal verheiratet war.«

»Oh.« Sonst sagte sie nichts, aber an dem Funkeln in ihren faszinierenden Augen konnte er erkennen, dass sie sich über sein Geständnis freute.

»Wollen wir ein bisschen spazieren gehen?«

Falls ihr dieser vermeintliche Themenwechsel seltsam vorkam, dann ließ sie sich das zumindest nicht anmerken. »Na klar.«

Daraufhin verschwand er kurz im Bad, um sich Khaki-Shorts anzuziehen. Dann machten sie sich auf den Weg zur Straßenebene und wanderten anschließend in aller Stille in Richtung Fluss. Als sie die Cesar Chavez erreichten – die Straße, die parallel zum Fluss verlief –, überquerten sie an der Ampel die Straße und liefen den Wander- und Radweg unter der Congress Avenue Bridge entlang und dann in die Richtung der Außenanlagen hinter dem Four Seasons Hotel.

Erst als er an einer kleinen Bank am Ufer anhielt, begann er zu sprechen. Nachdem er erst einmal losgelegt hatte, sprudelten die Worte nur so aus ihm heraus. Er erzählte ihr von seinen Problemen in der Schule und dass er, obwohl er gewusst hatte, nicht »richtig« lesen zu können, trotzdem nie um Hilfe gebeten hatte – wegen seines Vaters. »Nicht Huey. Er ist mein Stiefvater und ein wirklich toller Kerl. Aber mein leiblicher Vater hat seine eigenen Ansichten darüber, was perfekt ist. Und ein Sohn mit Legasthenie passt nicht in dieses Bild.«

»Du hast bei ihm gewohnt?«

»Halb und halb. Meiner Mutter hätte ich ja schon die Wahrheit sagen können, aber damals hat das Verhalten meines Vaters das beeinflusst, was ich über mich selbst dachte. Da gab es ein anderes Kind in unserer Nachbarschaft, das Probleme mit dem Lesen hatte, und jedes Mal, wenn mein Vater über es sprach, motzte er über dessen Dummheit und Faulheit.«

»Das ist ja schrecklich.«

»Stimmt. Aber ich war jung und wusste es nicht besser. Also begann ich, anstatt um Hilfe zu bitten – oder die Lehrer darauf aufmerksam zu machen, dass ich Hilfe brauchte –, zu lernen, damit umzugehen. Ich wurde der Klassenclown. Ich entwickelte ein verdammt gutes Gedächtnis und lernte, mir meinen Weg durch ein Wort zu kämpfen, dann durch einen Satz und schließlich durch ein ganzes Buch, wenn ich genug Zeit hatte. Deshalb waren Multiple-Choice-Tests ganz gut für mich. Aufsätze weniger.«

»Und keiner hat's gemerkt?«

»In der Grundschule und Mittelstufe? Eigentlich nicht. In der Highschool fing's dann allerdings an. Aber ich stürzte mich in außerschulische Aktivitäten – besonders Sprech- und Schauspielunterricht –, und jeder, dem meine schlechten Noten auffielen, schob es darauf, dass ich einfach überfordert war.«

»Muss man bei Sprech- und Schauspielunterricht denn nicht eine Menge lesen?«

»Viel auswendig lernen«, antwortete er. »Ich fing langsam an, nahm alles auf Tonbandgerät auf. Danach hörte ich es mir an und lernte es auswendig. Und so schaffte ich es jedes Mal.«

»Aber letztendlich hast du die Schule dann geschmissen, oder?«

»Das Lustige an der Highschool ist, dass du letztendlich viele Aufsätze und Facharbeiten schreiben musst. Ich war beliebt als der Klassenclown mit den mittelmäßigen Noten, der die Hauptrolle in ein paar Theaterstücken spielte. Und ich wollte gut sein. Nicht als das unmögliche Kind in Erinnerung bleiben, das in allen Fächern versagte.«

»Nolan ...«

»Ist nicht so schlimm. Zu dem Zeitpunkt wusste ich bereits, dass ich mal zum Radio wollte. Also legte ich mich für diesen Traum mächtig ins Zeug. Und ich bin genau dorthin gekommen, wo ich sein will.«

Er erzählte ihr noch mehr davon, wie er die Karriereleiter weiter hochgeklettert war und wie ihm Connor half, indem er ihm mündliche Briefings gab.

»Weiß er etwas von deiner Legasthenie?«

»Keine Ahnung. Ich hab ihn nie danach gefragt. Falls er es weiß, macht's ihm scheinbar nichts aus, und das zu wissen reicht mir.«

»Ich gehe mal stark davon aus, dass Lauren Probleme damit hatte.«

»Ich hab's ihr nie erzählt. Sie dachte, ich sei faul. Und dass ich mich nicht anstrengen würde. Sie hat nie in Betracht gezogen, dass ich bewusst beim Radio ganz unten anfing und mich dann langsam hocharbeitete, um die ganzen Zusammenhänge besser zu verstehen. Oder dass ich nicht an die Highschool zurückkehrte, um meinen Abschluss zu machen, weil ich einen Punkt erreicht hatte, wo ich ihn nicht mehr brauchte. Und was Ziele anging … glücklich zu sein war nicht genug für sie … nicht, dass wir das jemals gewesen wären, aber solange wir in einfachen Verhältnissen lebten, wäre sie niemals zufrieden gewesen. Sie wollte Reichtum, und zwar sofort. Und die Tatsache, dass ich seit meinem vierzehnten Lebensjahr gespart habe und mir bereits ein ordentliches Sümmchen beiseitegelegt habe, hat sie überhaupt nicht beeindruckt.«

»Also mich beeindruckt das schon. Und das will schon was heißen, wenn eine Wirtschaftsprüferin so etwas sagt.«

Er grinste, denn ihre Worte nahmen seinen unangenehmen Erinnerungen die Schärfe. »Sie gab mir immer das Gefühl, dass ich es nicht schaffen könnte. Und ich denke, irgendwann fing ich an, ihr zu glauben, weil ich in meinem Kopf die ganze Zeit über eine ähnliche Stimme hörte … nämlich die meines Vaters … und das schon mein ganzes Leben lang.«

Er atmete aus. »Manchmal frage ich mich, ob ich in der Schule hätte bleiben sollen. Den Schulberater bedrängen, bis sie mich in ein passendes Programm steckten, und es einfach über mich ergehen lassen, wenn mich mein Vater herunterputzte.«

»Nein«, entgegnete sie entschieden. »Es hatte alles seinen Sinn, okay?! Weil dich deine Vergangenheit erst zu dem gemacht hat, der du heute bist. Und der Nolan, mit dem ich hier gerade sitze, ist ziemlich großartig.«

»Baby …« Er nahm ihren Kopf in seine Hände und küsste sie dermaßen zärtlich, dass es sie innerlich fast zerriss. Als er den Kuss beendete und sie ansah, verlor er sich in ihren Augen, während er ihr mit den Fingerspitzen das Haar aus dem Gesicht strich. »Willst du wieder zurück?«

Er wollte sie – o Gott, er wollte sie immer –, und wenn sie jetzt wieder zurück in sein Bett wollte, dann würde er bestimmt nicht

Nein sagen. Aber in genau diesem Augenblick wollte er sie eigentlich nur halten.

»Ist es okay, wenn wir noch ein Weilchen hier sitzen bleiben? Ich will einfach bloß auf den Fluss schauen und mit dir zusammen sein.«

»Das klingt perfekt, mein Schatz.«

Tage später dachte er an diese Nacht am Fluss zurück, als er gerade im Smoking hinter einem Podium in dem Festsaal des Westin Hotel im Norden von Austin stand. Der riesengroße Raum war voller runder Tische, an denen jeweils acht Gäste Platz fanden. Jeder Tisch war bis auf den letzten Platz besetzt, so wie es ihm auch schon das Personal gesagt hatte, als sie letzte Woche angerufen hatten, um ihm ein Update für die Veranstaltung zu geben.

Normalerweise hatte Nolan kein Problem damit, vor vielen Menschen zu reden. Schließlich tat er tagtäglich bei seiner Arbeit nichts anderes, auch wenn seine Zuhörer für ihn glücklicherweise unsichtbar blieben.

Trotzdem hatte er sich bei einem öffentlichen Auftritt noch niemals einen Patzer geleistet. Das machte Nolan Wood – den Promi – einfach aus. Altbewährte Masche durchziehen, und dann nichts wie los.

Heute war er allerdings nicht der Promi, sondern er selbst. Und das machte alles noch viel härter.

Als er sich bei Shelby angezogen hatte, war er ein regelrechtes Nervenbündel gewesen, sodass sie ihm letztendlich die Fliege binden musste. Dann hatte er sich wieder ein bisschen entspannt, indem er ihr dabei zugesehen hatte, wie sie ein atemberaubendes, scharfes rotes Teil angezogen hatte, das sie sich, wie sie ihm erzählte, von ihrer Freundin Hannah ausgeliehen hatte.

»Wozu sich die Mühe machen?«, hatte er sie gefragt, als sie sich einen Spitzentanga angezogen hatte. »Lass die Unterwäsche doch einfach weg. Darunter bist du doch sowieso praktisch nackt.«

»Du bist verrückt. Schließlich ist das eine Benefizgala – für Kinder!«

»Ich glaube kaum, dass irgendwelche Kinder zu der Gala kommen werden. Und selbst wenn's so wäre – dann würden sie dir bestimmt nicht unter dein Kleid gucken.«

»Ich werde auf gar keinen Fall auf Unterwäsche verzichten!«

»Nicht einmal, wenn es mich beruhigt?«

Sie starrte ihn nur an, als sie in das Kleid und danach in ihre Schuhe schlüpfte. »Nicht einmal dann«, entgegnete sie. »Außerdem sagt man doch, dass Nervosität vor einer Rede gut ist. Das gibt dir einen zusätzlichen Adrenalin-Kick. Also bitte schön – gern geschehen.«

Daraufhin hatte er bloß gelacht. Jetzt gestattete er sich allerdings nur ein leichtes Lächeln, ließ die Erinnerung wieder einmal seine Nerven beruhigen. Als es im Raum ruhiger wurde, begann er zu sprechen.

Beim Planen seiner Rede hatte er gemerkt, dass vieles von dem, was er erzählen wollte, dem entsprach, was er Shelby in der Nacht am Fluss verraten hatte. Er hatte ihr von seiner Vergangenheit, den Anstrengungen, seinen Geheimnissen und der Scham erzählt, und genau darüber sprach er nun auch zu den Leuten in dem Festsaal.

Vor drei Tagen hatte er seinen Eltern die ganze Wahrheit gesagt, und jetzt sahen sie ihm gerade so voller Stolz zu, dass es ihm vor Rührung die Kehle zuschnürte. Strahlend saß Amanda neben ihnen, und Shelby hatte ihren Tisch verlassen und sich unter dem Vorwand, sich mit Amanda über ihren Job unterhalten zu wollen, neben sie gesetzt. Sie hatten einen Großteil des Abends miteinander verbracht, und er war erleichtert gewesen, als er sah, wie gut sich die beiden Frauen verstanden. Nicht, dass er daran gezweifelt hätte, aber die Erinnerung an Amandas und Laurens gegenseitige Geringschätzung klang wohl immer noch irgendwie nach.

Während er mit seiner Rede fortfuhr, war er überrascht, als er in den Augen vieler Zuhörer Tränen sah. In Anbetracht dessen, dass er daran gewöhnt war, andere Leute zum Lachen zu bringen, war der Effekt seiner Worte sehr bewegend.

Nachdem er mit seiner Rede fertig war und das Podium verließ, gab es da viele Hände, die er schütteln, und Glückwünsche, die er entgegennehmen musste, sodass es eine ganze Dreiviertelstunde dauerte, bis er endlich wieder mit Shelby allein war.

»Du warst toll«, sagte sie.

»Zieh deinen Slip aus«, entgegnete er, woraufhin sie lachen musste, sodass sie fast den Wein ausspuckte, von dem sie gerade einen Schluck genommen hatte.

»Du denkst immer nur an das Eine, oder?«

»Hey, ich bin hier so was wie ein Gott. Hast du die Reaktionen der anderen gesehen?«

Aufgrund der Art, wie sie ihn anstrahlte, wusste er, dass sie es gesehen hatte. »Mit deinem großartigen Auftritt hast du dir aber nicht die Erfüllung einer unanständigen Fantasie verdient.«

»Fantasien hab ich selber. Ich will die Realität.«

Sie stellte sich auf die Zehenspitzen und gab ihm einen Kuss auf die Wange. »Nein, ich mach's nicht. Aber ich bin unglaublich stolz auf dich.«

»Und trotzdem willst du immer noch nicht die Unterwäsche unter dem Kleid weglassen.«

Sie hob eine Schulter, ihr Gesichtsausdruck war nur ein bisschen verrucht. »Bring mich nach Hause«, sagte sie, »und da werde ich dann so nackt sein, wie du mich haben willst.«

»Abgemacht, Süße.«

16

Shelby hatte schon immer gewusst, dass sie Routinen mochte. Das ging einher mit ihrer Vorliebe für Zahlen und der Art, wie diese immer einer bestimmten Struktur folgten und einen Sinn ergaben. Aber sie hatte sich nie vorgestellt, wie angenehm es sein würde, mit einem Mann in eine Routine zu verfallen.

Allerdings war ihr auch nie ein Mann wie Nolan in den Sinn gekommen.

Wenn sie einmal ganz vernünftig darüber nachdachte, passten sie überhaupt nicht zusammen. Sie war ein sehr geordneter und gewissenhafter Mensch, wohingegen er spontan war und vor Energie förmlich übersprudelte.

Doch das war alles nur oberflächliches Zeug. Denn wenn man sich das Ganze mal genauer ansah, dann passten sie durchaus zusammen. Nicht weil sie sich ähnlich waren – vielmehr ähnelten sie beide einem Puzzle. Ihre Unterschiede griffen perfekt ineinander, und wenn sie einmal zusammen waren, dann ergab alles einen Sinn.

»Ein Penny für deine Gedanken«, sagte er, als er mit zwei Tassen Kaffee ins Wohnzimmer kam. Seit seiner Rede war er mehr oder weniger bei ihr eingezogen. Er hatte sogar seine eigene Schublade bei ihr. Und Shelby liebte daran dieses häusliche Flair.

»Bist du etwa nur einen Penny wert?«, fragte sie und hob die Beine, sodass er sich neben sie setzen konnte. Dann legte sie ihre Füße in seinen Schoß. »Weil ich nämlich gerade an dich gedacht habe.«

»Dann sind wir ja quitt, weil ich nämlich immer an dich denke.«

»Wir sind ja so kitschig«, sagte sie und fing an zu lachen.

»Ich werd's niemandem weitererzählen, wenn du das auch nicht tust.«

»Abgemacht.«

Er warf einen Blick auf seine Armbanduhr. »Ich muss los. Kommst du später?«

»Ich wünschte, ich könnte jetzt schon mitkommen.« Heute Abend war der Mr.-März-Contest im The Fix, und Nolan würde schon früh hingehen, um sich dort mit jedem zu treffen, der an dem Wettbewerb beteiligt war, da er für The Fix in seiner Sendung verstärkt Werbung machte.

»Wahrscheinlich komme ich erst später«, erinnerte sie ihn. Sie machte eine Handbewegung in Richtung des Papierstapels auf ihrem Wohnzimmertisch. Alles kleine Krisen, um die sie sich noch kümmern musste. Deshalb hatte sie die Arbeit mit nach Hause genommen, damit sie sich in Ruhe darauf konzentrieren konnte. »Und nach der Arbeit muss ich mich mit Frank treffen und ihn briefen.«

»Aber selbst wenn du es nicht rechtzeitig zum Contest schaffen solltest, treffen wir uns dann später trotzdem da?«

»Auf jeden Fall«, antwortete sie. »Und was den Wettkampf angeht, so denke ich ja immer noch, dass du auch mitmachen solltest.«

»Dafür ist es jetzt schon zu spät.«

»Nicht für den Mr. April.«

Er kniff die Augen zusammen. »Das wird nicht passieren.«

»Wenn ich es schaffe, dich zu überraschen, kann das dann meine Belohnung sein?«

»Mich überraschen?«

»Ja, du weißt schon. Ein Kaninchen aus einem Hut ziehen. Dir einen Blowjob geben, während wir gerade mit hundertdreißig Sachen über die Straße rasen. So etwas in der Art.«

»Das lassen wir mal lieber sein.«

»Das war doch nur ein Beispiel«, versprach sie. »Aber wenn du eine Überraschung von mir bekommst, die sicher ist …«

»Ich denke, es hängt wirklich von der Überraschung ab.«

Sie rollte mit den Augen, wusste allerdings, dass es das Beste war, was sie von ihm bekommen würde. »Geh jetzt«, sagte sie. »Und lass mich wieder meine Arbeit machen.«

Sie brauchte tatsächlich den ganzen Nachmittag, und es dauerte bis in den frühen Abend, bis sie ihre vielen Projekte in den Griff bekommen hatte, aber dann blieb ihr noch genug Zeit, um ins The Fix zu gehen und es sich dort gemütlich zu machen. Weil sie heute Abend kein Treffen mehr hatte. Außerdem müsste sie auch alleine hingehen. Denn das war alles ein Teil ihres Plans.

Nolan klopfte Cam auf die Schulter und gratulierte ihm, dass er den Titel des Mr. März gewonnen hatte. Dann bedankte er sich noch bei ihm, dass er bei dem Werbespot mitmachen würde. Danach machte sich Cam jedoch ziemlich schnell aus dem Staub. Nolan konnte ihm daraus allerdings auch keinen Vorwurf machen, denn schließlich wusste er ja, dass das Einzige, was Cam im Moment im Sinn hatte, Mina war.

Er warf einen Blick auf seine Uhr und schaute dann wieder zur Tür. Er hatte Shelby immer noch nicht reinkommen sehen und hoffte, dass er sie zwischen all den Leuten nicht übersehen hatte. Er war bei allen drei Mann-des-Monats-Contests dabei gewesen, und mit jeder neuen Veranstaltung wurde die Menschenmenge größer, und zwar in dem Ausmaß, dass Brent in Zukunft noch weitere Securitykräfte einstellen müsste, um sicherzugehen, dass das Verhalten der Gäste nicht ausuferte, gar nicht erst zu viele Leute reingelassen und die Brandschutzauflagen nicht verletzt wurden.

Aber das war mal wieder etwas, was Nolan eigentlich überhaupt nicht interessierte.

Er wollte Shelby und stand bereits kurz davor, sein Telefon zu zücken und ihr eine Nachricht zu schreiben, als Aly mit einem übervollen Tablett herbeieilte. Sie wirkte ziemlich gestresst. »Eine Dame hat mir gerade einen Zwanziger zugesteckt. Sie will, dass das hier auch ganz bestimmt bei dir ankommt«, sagte sie und schob Nolan eine gefaltete Rechnung in die Hand. Er wollte sie schon fragen, ob hier vielleicht ein Missverständnis vorlag, aber dann fiel sein Blick auf den Zettel, und er stellte fest, dass mehr darauf stand als nur eine Unterschrift.

Er faltete den Zettel auseinander und lachte dann laut auf, als er die Nachricht in Shelbys ordentlicher, akkurater Handschrift las: Überraschung.

Doch sobald sein Gelächter nachließ, runzelte er die Stirn. Was war das für eine Überraschung? Und wo war Shelby eigentlich?

Die Frage wurde allerdings fast im selben Augenblick beantwortet. Denn da war sie. Sie kam auf ihn zu, trug das gewohnte Kostüm aus Leinen und die dazu passende Jacke. Doch da hörte das *gewohnt* dann auch auf. Ihre Bluse, die normalerweise bis zum Hals zugeknöpft war, hatte sie bis runter zu ihrem Dekolleté geöffnet und enthüllte den weißen Spitzenbesatz von etwas, was ohne jeden Zweifel ein sexy Mieder war.

Am allerinteressantesten war es, dass sie dieselben unglaublich hohen Pornotreter trug, die sie auch schon in jener Nacht angehabt hatte, als er ihr zum allerersten Mal begegnet war.

»Shel? Was gibt's?«, fragte er, als sie näher kam. »Alles in Ordnung bei dir?«

Sobald er die Worte ausgesprochen hatte, hätte er sich auch schon dafür ohrfeigen können, denn natürlich war bei ihr alles in Ordnung. Er war hier derjenige, dessen Herz wie wild klopfte.

»Mir geht's gut«, schnurrte sie. »Ich hab etwas für dich.«

Sie griff in ihre Handtasche und drückte dann etwas Weiches in seine Hand, bevor sie ihm noch ein verführerisches Lächeln zuwarf, sich umdrehte und weiter in Richtung Ausgang stolzierte.

Eine ganze Minute lang starrte er ihr hinterher, ehe ihm die Idee kam nachzusehen, was sie ihm eben gegeben hatte. Und als er es tat, bekam er augenblicklich einen Ständer. Weil das, was er in seiner Hand hielt, ein roter *La Perla*-Slip war – und er war sich ziemlich sicher, dass sein Paradox – das sich bis jetzt immer geweigert hatte, auf seine Unterwäsche zu verzichten – im Moment absolut nichts drunter trug.

Shelby ging immer weiter, auch wenn sie wusste, dass sie jetzt Nolans volle Aufmerksamkeit hatte. Natürlich hörte sie seine Schritte hinter sich, als er versuchte, sie einzuholen. Während sie weiterging, warf sie einen Blick über ihre Schulter, zog die Augenbrauen hoch und fragte: »Ist mir die Überraschung gelungen?«

»Und wie. Aber wohin gehst du?«

Sie musterte ihn von oben bis unten, auf seinem Schritt verweilte ihr Blick etwas länger. »Ich dachte, dass wir zu dir gehen. Ist doch zu Fuß erreichbar, oder?«

Seine Mundwinkel zogen sich hoch. »Ja, auf jeden Fall. Und wir können eine Abkürzung nehmen.«

Ihr Puls beschleunigte sich bei dem Gedanken, noch schneller als erwartet allein mit ihm zu sein – und zwar nackt. »Bin dabei«, sagte sie. »Geh vor.«

Er trat neben sie, nahm ihre Hand und führte sie dann durch eine Gasse hinter dem *Bank of America*-Gebäude.

»Inwiefern soll das hier denn bitte eine Abkürzung sein?«, fragte sie, woraufhin er lachend antwortete: »Ich hab nicht gesagt, wofür das eine Abkürzung ist.« Dann drückte er sie gegen eine Backsteinmauer in der Gasse. Wegen der ungleichmäßigen Beschaffenheit der Mauer und den vereinzelten Müll- und Lagercontainern aus Metall konnten sie weder die Fußgänger auf der Fifth noch diejenigen auf der Sixth Street sehen.

»Was tust du da?«, fragte sie, als er ihren Rock ganz langsam – Zentimeter für Zentimeter – hochschob und ihren Körper in dem schummerigen Umgebungslicht enthüllte.

»Das, was ich schon tun wollte, seitdem ich zum ersten Mal versucht habe, dir dieses verdammte Höschen unter deinem Kleid auszuziehen«, sagte er und hob sie dann so schnell und unerwartet hoch, dass sie erschrocken nach Luft schnappte.

Er sagte ihr, sie solle ihre Beine über seine Schultern legen, und sie gehorchte. Sie war zwar total scharf auf ihn, hatte gleichzeitig aber auch ein bisschen Angst hinunterzufallen. Doch er hielt sie fest, und sie merkte, wie stark diese muskulösen Armen wirklich waren.

»Beug dich zurück«, wies er sie an, und da er als Nächstes seine Lippen um ihren Kitzler legte und begann, daran zu saugen, tat sie, was er ihr sagte. Als er seine wunderbare Magie an ihrer Muschi walten ließ, öffnete sie die Augen, schaute in den Himmel und ließ zu, dass Nolan sie festhielt und auf sie aufpasste, während er sie – im wahrsten Sinne des Wortes – mit zu den Sternen nahm.

17

»Ich meine es ernst«, sagte Hannah, während sie eine Runde Pinot Punch am Tisch ausschenkte. »Elektrische Zahnbürsten. Ich meine, wer hätte so was denn gedacht, oder?« Sie rollte mit den Augen und fuhr dann fort. »Wobei ich glaube, dass mir wahrscheinlich einfach nur die Vorstellungskraft fehlt, weil ja ganz offensichtlich gerade die Elektrische-Zahnbürsten-Vibrator-Welle wie wild um sich zu greifen scheint. Ich hab da kürzlich erst diesen langen Artikel im Internet gelesen.«

Shelby drückte die Beine fest zusammen. Letzte Nacht hatte es zwar keine Vibratoren gegeben, aber das Weglassen ihres Höschens hatte definitiv für einen unvergesslichen Abend gesorgt. Sie erinnerte sich noch daran, wie sich seine Hände angefühlt hatten – ganz zu schweigen von dem Rest seines Körpers –, als sie Nolans Blick begegnete, der an der Bar stand. Ein Knistern lag zwischen ihnen in der Luft, und sie wusste, dass er gerade genauso wie sie mit seinen Gedanken zu dem gestrigen Abend zurückgereist war.

Ja, dachte sie, während sie ihre Beine wieder ganz fest zusammendrückte, *es ist schön, wenn man so gut miteinander harmoniert.*

»Hier wird's ja ganz schön ausufernd«, meinte Reece grinsend, als er mit Nolan zu dem Tisch der Frauen rüberkam, um ihnen ein wenig Gesellschaft zu leisten. Er legte seine Hand auf Jennas Schulter, woraufhin sie diese ergriff. »Worüber unterhaltet ihr euch denn gerade?«

»Zahnpflege«, antwortete Jenna, und Shelby, Brooke, Hannah und sie brachen erneut in Gelächter aus.

»Es geht um diese Elektrische-Zahnbürsten-Sache, oder?«, erkundigte sich Nolan.

Fasziniert blickte Shelby zu ihm auf, während Hannah murmelte: »Na, sieh mal einer an.«

Als Zeichen seiner Kapitulation hob Nolan die Hände. »Komödienfutter für meine Sendung, Leute. Nur Komödienfutter für meine Sendung.« Er zwinkerte Shelby zu. »Außer du willst, dass es mehr ist«, fügte er hinzu, und Shelbys Wangen glühten daraufhin dermaßen schnell und heiß, dass sie gar nicht anders konnte, als ihm unter dem Tisch einen Fußtritt zu verpassen. Es war allerdings bloß ein harmloser Tritt gewesen, der ihn lediglich zum Lachen brachte.

»Nolan macht beim Mr.-April-Contest mit«, verkündete Shelby. Sie vermutete, dass das wahrscheinlich Strafe genug war.

Er seufzte, fing aber auch nicht an, einen Streit vom Zaun zu brechen, und sie machte gedanklich mit der Faust eine Geste des Triumphs, was ihr Siegesgefühl sogar noch ein bisschen verstärkte.

»Nicht meine Idee«, verteidigte er sich und grinste Shelby an. »Ich hab eine Wette verloren. Aber das, was ich dafür bekommen habe, war es wert.«

»Alles ist gut«, meinte Reece. »Gute Werbung für die Bar und für deine Sendung auch. Ehrlich – wir können gar nicht verlieren.«

»Nein, du hast recht«, stimmte ihm Nolan zu. Sein Blick brannte sich förmlich in Shelbys. »In letzter Zeit fühle ich mich definitiv wie ein Champion.«

»Hey, Mom«, sagte Shelby, als sie die Taste drückte, um über das Audiosystem ihres Wagens den eingehenden Anruf entgegenzunehmen. »Was gibt's?« Shelby war sich darüber im Klaren, dass ihre Stimme gerade etwas unsicher klang, doch hinter ihr lag eine verrückte Arbeitswoche, und jetzt war sie auch noch dabei, sich zu dem Dreh für die Young Professionals zu verspäten.

Es wäre klüger gewesen, wenn sie die Mailbox hätte rangehen lassen. Das letzte Mal, als sie mit ihrer Mutter gesprochen hatte, war diese nicht gerade sonderlich begeistert davon gewesen, dass ihre Tochter Nolan Wood datete. Und ausgerechnet heute konnte Shelby nun wirklich keinen weiteren Stress gebrauchen.

»Ich bin auf dem Weg zu diesem Young-Professionals-Interview, das ich letzte Woche erwähnt habe«, erzählte sie und hoffte, ihre Mutter würde von selbst darauf kommen, dass jetzt nicht der perfekte Zeitpunkt war, um ihre Tochter durcheinanderzubringen.

»Du wirst das ganz toll machen, mein Schatz. Nein, ich ruf nur an, weil ich erzählen wollte, dass ich mir heute Morgen Nolans Sendung angehört habe.«

Shelbys Hände am Lenkrad spannten sich an, während sie darauf wartete, dass ihre Mutter fortfuhr. Aber die Stille dauerte sehr lange, weshalb sie bereits befürchtete, die Verbindung wäre unterbrochen worden. »Mom? Bist du noch dran? Wie fandest du es?«

In Gedanken schlug sie den Kopf gegen das Lenkrad. In Anbetracht von Nolans üblichem Programm war das nun wirklich keine Frage, die sie ausgerechnet ihrer Mutter hätte stellen müssen. Niemals.

Und vor allem nicht heute.

»Na ja, also ehrlich gesagt ... ich wünschte, mir wäre vorher klar gewesen, wie anzüglich die Sendung ist. Dann hätte ich sie mir nicht mit deinem Vater angehört, während wir gerade im Wagen saßen.«

»Ich hab's mir heute Morgen gar nicht angehört«, räumte Shelby ein. Ihr war etwas flau im Magen. Es konnte doch nicht sein, dass bei dem einen Mal, wenn ihre Eltern zuhörten, Nolan es sogar noch auf die Spitze trieb, oder? »Ich hab mich auf einen Termin mit einem Klienten und für dieses Interview vorbereitet. Aber was hat er denn so gesagt?«

»Oh, es war ja ganz lustig«, erwiderte ihre Mutter, klang dabei allerdings alles andere als überzeugend. »Es war nur … sehr derb. Da ging's um Zahnbürsten und elektrische Rasierer und …«

»O Gott.« Shelby würde Hannah umbringen, weil ihre Freundin überhaupt erst mit diesem Thema angefangen hatte. *Aber echt.*

»Na ja, genau das war auch meine Reaktion.«

Shelby zuckte zusammen. Sie hatte das eben gar nicht laut sagen wollen. »Es ist sein Markenzeichen, Mom. Er macht eine etwas zweideutige Morgenshow. Es bringt die Zuhörer in Schwung, macht damit die Hauptsendezeit witziger.«

»Hm.«

Shelby wand sich, als sie unter den Armen vor lauter Nervosität bereits zu schwitzen begann – und das hatte rein gar nichts mit der bevorstehenden Sendung zu tun. »Hör mal, ich muss Schluss machen. Ich hab ja jetzt dann dieses Interview und …«

»Ich weiß. Ich mach mir doch bloß Sorgen. Alan war so am Boden zerstört, als du ihm einen Korb gegeben hast, und nun scheinst du ein bisschen vom Weg abgekommen zu sein. Ich meine, diese ganzen Geschichten, die Nolan über sich und diese Paradox-Frau erzählt … der denkt sich ja nur irgendwelche vulgären Geschichten für seine Zuhörer aus, nehme ich an? Ich meine, Shelby, der redet doch nicht über euch beide, oder?«

»Mom, ich weiß ja noch nicht einmal, über welche Geschichten du gerade sprichst.« Was alles andere als eine gute Antwort war, aber vielleicht würde ja ihre Mutter – die Frau mit dem IQ eines Genies und den vielen Abschlüssen und der MENSA-Mitgliedschaft – Shelbys Ablenkungsmanöver gar nicht bemerken. »Hör zu, ich bin schon fast bei der Bibliothek und will mir noch ein paar Meditationsbänder anhören, bevor das Interview losgeht. Einen klaren Kopf bekommen, so wie du es mir irgendwann mal gesagt hast, weißt du noch?«

»Stimmt. Natürlich. Viel Glück. Du wirst das ganz toll hinkriegen.« Shelby hatte schon beinahe damit gerechnet, ihre Mutter würde darauf bestehen, dass sie ihre Unterhaltung über Nolan noch zu Ende führen würden, aber sie hätte es eigentlich besser wissen müssen. Ihre Mutter würde sie niemals vor einem beruflichen Termin durcheinanderbringen. Zumindest nicht absichtlich.

Was das Interview betraf, hoffte Shelby, dass ihre Mutter recht behielt, aber als sie auf den Parkplatz der Bibliothek fuhr und anschließend zu dem Gemeinschaftsraum eilte, den die Organisation für das Interview gebucht hatte, überkam sie ein ungutes Gefühl, dass heute noch irgendetwas Schlimmes passieren würde.

In dem Raum sah es aus wie in einem Klassenzimmer – zwei leere Stühle für die Sprecher standen vorne, und es gab Reihen mit bereits besetzten Stühlen für die Zuschauer. Die Kamera stand auf einem Stativ in der Mitte des Gangs und war auf die beiden Stühle gerichtet, auf denen Shelby und die Moderatorin sitzen würden.

»Hi!« Eine kleine Frau mit dunklen Locken und einem breiten Lächeln auf dem Gesicht eilte herbei. »Ich bin Melanie. Wir haben telefoniert.«

»Wie schön, Sie kennenzulernen.«

»Möchten Sie noch etwas Wasser trinken, bevor es losgeht? Wir würden gerne pünktlich anfangen. Diese Woche gibt es irgendeine Veranstaltung in der Bibliothek, die auch heute direkt im Anschluss an unser Interview stattfindet, sodass wir um genau Viertel vor hier wieder rausmüssen.«

»Alles klar«, erwiderte Shelby, und dann ging Melanie mit ihr noch den Ablauf durch. Intro. Gespräch. Frage-Antwort-Runde. Fazit.

»Einfach, oder?«, fragte Melanie, und Shelby nickte. Sie hoffte, dass es letztendlich dann auch wirklich so einfach war, wie es klang, und versuchte, die Untergangsvisionen zu verscheuchen, die sich im Wagen wie dunkle Wolken über ihr zusammengebraut hatten. Und schon bald saßen die beiden Frauen auf ihren Stühlen, die Kamera lief, und Melanie legte los.

»Ich wünsche Ihnen einen schönen Nachmittag und heiße Sie herzlich willkommen beim Young-Professionals-Chat. Ich bin Ihre Moderatorin Melanie Hancock. Für diejenigen unter Ihnen, die erst dabei sind, diesen Channel zu entdecken – wir sind eine Gruppe, die eine Social-Media-Ressource mit dem Schwerpunkt Bildung und Networking für junge Berufseinsteiger ist. Unsere Interviews werden live gestreamt, aber Sie können die Videos auch jederzeit auf unserer Website finden.« Sie lächelte breit und fuhr dann fort. »Heute sprechen wir mit Shelby Drake, einer amtlich zugelassenen Wirtschaftsprüferin, die in den Bereichen Unternehmensberatung und Kundenmanagement bei Brandywine Financial Consulting in Austin arbeitet. Shelby, vielen Dank, dass Sie heute gekommen sind.«

»Schön, heute hier zu sein.«

»Sie haben bereits relativ früh Ihr CPA-Examen absolviert. Können Sie uns etwas darüber erzählen?«

Sobald die Frage gestellt worden war, merkte Shelby, dass ihre Bedenken völlig unbegründet gewesen waren. Sie könnte ewig über ihren Job sprechen.

Melanie fuhr fort. »Viele unserer Zuschauer sind Collegestudenten, die kurz davor stehen, sich für eine Laufbahn zu entscheiden, deshalb reden wir mit unseren Gästen gerne über sowohl berufliche als auch private Aspekte in ihrem Leben. Ich nehme an, ein stressiger Job wie Ihrer bedeutet, dass Sie nur begrenzt ein soziales Leben haben.«

»Na ja, der Stress bei meinem Beruf tendiert dazu, in Schüben zu verlaufen. Die verrückteste Zeit ist um die Steuersaison herum. Und das ist auch dann oft der Fall, wenn man einer Arbeit nachgeht, die nicht gezielt das Einreichen von Steuererklärungen für die Klienten beinhaltet. Aber aufgrund solcher Höhen und Tiefen gibt es auch Zeiten, in denen man abends und am Wochenende durchaus freihat.«

»Sie sind nicht verheiratet, also gehe ich davon aus, dass Sie

Dates haben. Neigen Sie dazu, sich Ihre Partner innerhalb Ihrer Branche zu suchen?«

»Oh, nicht unbedingt.« Eigentlich gab es wirklich keinen Grund, nervös zu werden, aber Shelby beschlich gerade das dumpfe Gefühl, dass dieses Gespräch kurz davor stand zu entgleisen.

»Gibt es da jemand Besonderen?«

»Hm, na ja. Das ist ... ich meine, ich bin mir nicht sicher, was ich davon halten soll, in einer Liveshow so konkret zu werden.«

»Verständlich. Aber es interessiert uns natürlich sehr, wie ein Profi wie Sie mit Dingen wie Klientenbeziehungen umgeht, wenn der Lebensgefährte einen Job und eine Persönlichkeit hat, bei denen es an einer gewissen Etikette mangelt.«

Shelbys Mund wurde ganz trocken. »Ich bin mir nicht ganz sicher, ob ich weiß, was Sie gerade damit meinen.«

»Na ja, Sie und Nolan Wood wurden einige Male zusammen gesehen, und ich glaube, dass er Sie erst kürzlich zur DTRR-Wohltätigkeitsveranstaltung begleitet hat. Und jeder, der länger als fünf Minuten in Austin gelebt hat, weiß auch, dass seine Sendung manchmal ein bisschen vulgär werden kann. Der Name der Sendung *Mornings with Wood* ist ja bereits zweideutig.«

»Ich denke nicht, dass mich einer meiner Klienten danach beurteilt, mit wem ich befreundet bin. Und ich würde behaupten, dass die meisten meiner Klienten auch Sinn für Humor haben.«

»Aber was wäre denn, wenn Sie und Mr. Wood ein Paar wären?«

»Sie wollen, dass ich mich mit Ihnen über Dinge unterhalte, die theoretisch möglich sein könnten? Ich hätte nicht gedacht, dass das hier *so eine* Sendung sein würde.«

»Das ist eine, die es sich zur Aufgabe gemacht hat, jungen Menschen dabei zu helfen, beruflichen Problemen aus dem Weg zu gehen. Ich hoffe, Sie denken jetzt nicht, dass wir mit dieser Frage eine Grenze überschreiten. Aber da diese Gerüchte nun einmal im

Umlauf sind, dass Sie und Nolan Wood daten … und da Sie ein Profi mit ein paar sehr konservativen Klienten sind … fragen wir uns natürlich, wie Sie aus professioneller Sicht dazwischen trennen … also Ihr Berufsleben von Ihrem Privatleben – besonders wenn es durch Nolan Wood ins Licht der Öffentlichkeit gezerrt wird.«

»Ich …« Shelby wusste nicht, was sie antworten sollte. Noch schlimmer war es, dass sie sich jetzt eigentlich bloß noch aus dem Staub machen wollte.

»So wie zum Beispiel die Sendung von heute Morgen. Er hat eine ganze Weile über Zahnbürsten als Vibratoren geredet. Und als …«

In Shelbys Kopf wurden Melanies Worte ausgeblendet – sie wurden überwältigt von der Erinnerung an den Ekel in der Stimme ihrer Mutter, als diese über die heutige Sendung gesprochen hatte. Sowie auch die Erinnerung daran, wie schlüpfrig die Unterhaltung von letzter Nacht im The Fix irgendwann geworden war.

»Tut mir leid«, platzte es aus ihr heraus, als sie Melanie unterbrach. »Vielleicht versuchen Sie ja gerade, diese Sendung für ein Boulevardpublikum interessant zu machen, und benutzen nun mich dafür, aber ich kann wirklich nicht über dieses Thema sprechen. Nolan und ich sind Freunde. Das ist alles.« Stimmte zwar nicht, ging Melanie aber auch nichts an. »Und«, fügte sie dann noch hinzu und stand dabei auf, »ich denke, unser Gespräch ist hiermit beendet.«

In vorgetäuschter Seelenruhe ging sie raus, denn sie wusste verdammt gut, dass die Kamera immer noch lief. Und obwohl ihre Bluse ganz feucht war, weil sie vor lauter Nervosität geschwitzt hatte, so fühlte sie sich doch trotzdem ziemlich mutig, dass sie sich zur Wehr gesetzt hatte.

Dieses Gefühl verflog allerdings sofort, als sie zu Hause ankam, denn sie wollte noch schnell ihre nass geschwitzte Bluse wechseln, ehe sie wieder zum Büro zurückkehren würde. Doch irgendetwas stimmte nicht. Das mulmige Gefühl war nur unterschwellig, aber es war da. Sie brauchte einen Moment, bevor sie wusste, woran es lag. Nolans Sweatjacke, die er über die Armlehne des Sofas gehängt hatte, war verschwunden.

Nicht unbedingt ein schlechtes Vorzeichen, das zu sehen – beziehungsweise *nicht* zu sehen – es führte jedoch dazu, dass eine böse Vorahnung von ihr Besitz ergriff.

»Nolan?«

Keine Antwort. Nicht dass sie tatsächlich mit einer gerechnet hätte. Schließlich müsste er immer noch im Studio sein und sich auf die morgige Sendung vorbereiten. Sie ging ins Schlafzimmer – vordergründig, um die Bluse zu wechseln, aber in Wirklichkeit hoffte sie, dass er dort sein würde, auf dem Bett hockte und auf sie wartete.

Doch da war er nicht. Allerdings war die Schublade, die er immer benutzte, offen und leer. Und auf dem Bett lag ein Zettel – eine Nachricht, geschrieben in Nolans krakeliger Handschrift.

Hab die Sendung gehört.

Brauche etwas Zeit.

N.

18

Shelby beugte sich über die Toilette und würgte. Das musste jetzt bereits das fünfzehnte Mal sein, aber ihr Magen beruhigte sich einfach nicht. Ihr Körper fühlte sich zuerst heiß an, dann kalt. Sie war schweißgebadet.

Krank war sie allerdings nicht. Das war blanke Angst.

Sie hatte ihn verloren.

Wie hatte sie nur so dumm sein können? So unsensibel?

Wie hatte sie nur jemals – *jemals* – etwas sagen können, was ihn denken ließ, dass sie ihn nicht wollte.

Doch sie hatte es getan.

Mein Gott, und wie sie es getan hatte!

Aber in dem Moment hatte sie sich in die Enge getrieben gefühlt. Eingekesselt. Sie hatte richtig Angst gehabt. Denn wie könnte sie – ausgerechnet *sie* – im gleichen Scheinwerferlicht leben wie er? Und nicht einfach in irgendeinem Scheinwerferlicht, sondern in einem, das regelrecht besudelt war.

Natürlich verstand er das. Schließlich kannte er sie doch. Er musste einfach wissen, dass ihre Reaktion überhaupt nichts mit ihm zu tun hatte. Stattdessen hatte es etwas damit zu tun, dass sie nicht in diesem Scheinwerferlicht stehen wollte, in dem sie andere Menschen wie beispielsweise ihre Mutter sehen würden und dann die Stirn runzeln und verurteilend mit dem Finger auf sie zeigen würden.

Das war es, wovor sie sich fürchtete.

Nicht vor Nolan. Denn wie könnte sie sich denn jemals vor dem Mann fürchten, den sie liebte?

»Du solltest wirklich ihre Anrufe entgegennehmen, Kumpel«, meinte Connor, als die beiden Männer nach der Sendung im KIKX-Pausenraum saßen. »Sie hat jeden Tag versucht, dich zu erreichen.«

»Ja, vielleicht sollte ich das«, erwiderte Nolan. »Zur Hölle, vielleicht hab ich das ja auch verdient. Vielleicht hat sie ja recht, dass sie sich für mich schämt.«

»Quatsch«, entgegnete Connor. »Ich meine, komm schon, Kumpel. Du bringst die Leute zum Lachen. Du bringst sie dazu nachzudenken. Und mit verdammter Sicherheit bringst du sie zum Reden, und das ist doch etwas Gutes.«

»Weiß nicht. Vielleicht. Ich …«

Die Sprechanlage schnarrte, und die Rezeptionistin meldete einen Anruf von Amanda.

»Ich nehme ihn hier entgegen«, erwiderte Nolan und drückte eine Taste, um mit Amanda sprechen zu können.

Connor stand auf und marschierte bereits Richtung Tür, gab ihm noch zu verstehen, dass sie dann später weiterreden würden.

»Amanda? Was gibt's?«

»Ich bin's«, sagte Shelby. »Ich hab mir gedacht, dass du mit Amanda reden würdest, aber bitte leg jetzt nicht sofort wieder auf.«

Zu seiner eigenen Überraschung tat er es nicht. Stattdessen hielt er das Telefon immer noch an sein Ohr gedrückt. Auch wenn er noch so verletzt und wütend sein mochte, unterstrich der Klang ihrer Stimme doch nur, wie sehr er sie vermisst hatte.

Aber *vermissen* war nicht genug. Nicht einmal ansatzweise.

»Du hast nicht zurückgerufen«, meinte sie.

»Es gibt auch nichts zu sagen. Ich war schon mal mit einer Frau zusammen, die mich nicht respektiert hat. So etwas mach ich nicht noch mal mit.«

»Nein. Nein, wag es ja nicht, mich mit Lauren in einen Topf zu werfen. Ich respektiere dich, Nolan! Zur Hölle, ich brauche dich. Ich wurde einfach nur total überrumpelt. Und ich hatte Angst.«

»Wovor denn?«

»Dass plötzlich alle Scheinwerfer auf mich gerichtet sind. Dass meine Mutter wegen Zahnbürsten-Vibratoren ausflippt und mich die Leute über die Dinge zwischen uns ausfragen, über die du in deiner Sendung redest. Ich kann Sex einfach nicht so auf die Schippe nehmen wie du. Und ich fühle mich nicht wohl dabei, wenn fremde Leute so genau über mein Leben Bescheid wissen – ganz zu schweigen von meinem Sexleben. Aber nicht *du* bist das Problem, Nolan. Kapierst du das denn nicht? Verstehst du nicht den Unterschied?«

»Baby«, sagte er sanft, und sein Herz schmerzte wegen der Worte, die er als Nächstes aussprechen musste. Denn auch wenn sie es nicht gemerkt hatte, so hatte sie ihm doch gerade eben klar zu verstehen gegeben, dass es für sie beide keine Chance gab. Niemals. »Ich tu's. Ich verstehe es.«

»Also?«

»Siehst du es denn nicht, Shelby? Das ist genau das Leben, das du führen würdest, wenn wir beide zusammen wären. Hinter Betonmauern können wir nicht zusammen sein. Wenn du mit mir zusammen bist, dann sind diese Mauern aus Glas. Ein bisschen kann ich dich vielleicht beschützen, aber nicht zu einhundert Prozent. Denn selbst wenn ich nicht über unser Sexleben spreche, so werde ich doch auch weiterhin über Vibratoren und Ständer reden. Und deine Mutter wird sich schämen, und deine Klienten werden pikiert die Augenbrauen hochziehen. Das ist die eine Konstante von dem, was ich tue, und daran wird auch kein Weg vorbeiführen. Und wir beide wissen, dass ich nicht damit aufhören kann. Es ist das, was ich bin. Und es ist das, wer ich bin.«

»Ich weiß.« Er hörte den leisen Schluchzer in ihrer Stimme, und es brach ihm fast das Herz.

»Es kann nicht funktionieren, Shelby. Und du bist diejenige, die uns beiden eben gerade selbst gesagt hat, warum das so ist.«

Tagelang zermarterte sie sich das Hirn, versuchte sich zu entscheiden, was sie als Nächstes tun sollte. Außerdem versuchte sie herauszufinden, wer sie war und was sie wirklich wollte.

Das Einzige, was sie mit absoluter Sicherheit wusste, war, dass sie mit Nolan zusammen sein wollte. Aber was sie nicht wusste, war, was sie gewillt war, dafür aufzugeben. Oder wie sie ihn überzeugen sollte.

Die Antwort auf die erste Frage wusste sie dann allerdings am Mittwoch nach der Arbeit, als Frank sie in sein Büro rief und ihr mitteilte, dass der lokale Radiosender KIKX nach einer Wirtschaftsprüferin für ein Langzeitprojekt suchte.

»Der ideale Klient und Auftrag, um Sie auf den richtigen Weg zu bringen, mal ein Partner zu werden.«

Und das war es auch. Dieser Job würde vermutlich ihr Schicksal besiegeln und sie innerhalb der nächsten zwei Jahre zum Partner machen.

Aber sie sagte es dennoch ab. Weil das Einzige, woran sie denken konnte, die Keine-Dates-Regel zwischen den Angestellten von Brandywine und denen ihrer Klienten war. Und den Gedanken, so lange von Nolan getrennt zu sein, konnte sie kaum ertragen.

Was ihr schließlich klarmachte, was sie gewillt war aufzugeben.

Jetzt müsste sie nur noch herausbekommen, wie sie ihn zurückgewinnen könnte. Und als ihr klar wurde, dass es Mittwochabend und die Nacht des Mr.-April-Contests war, fügte sich alles zusammen.

Shelby wusste ganz genau, was sie zu tun hatte.

Sie hoffte bloß, dass es funktionieren würde.

Als Shelby die Bar erreichte, war der Contest bereits in vollem Gange, und sie sah Nolan mit freiem Oberkörper auf der Bühne stehen. Gerade marschierte der letzte Teilnehmer zum Mikrofon, ließ seine Muskeln spielen und versuchte, die Zuschauer zu überzeugen, für ihn zu stimmen.

Als er dann wieder zurückkehrte, um sich in die Reihe mit den anderen Teilnehmern zu stellen, begann Beverly Martin – eine Schauspielerin aus Austin, die die Showmasterin des Wettbewerbs war – ins Mikrofon zu sprechen, um die Vorstellrunde zum Abschluss zu bringen, und sie forderte die Zuschauer auf, ihre Stimmen abzugeben.

»Warte!«, rief Shelby und rannte zu der Treppe, die zur Bühne führte.

Sichtlich verwirrt machte Beverly einen Schritt zurück, als Shelby auf die Bühne sprang und sich das Mikrofon schnappte.

»Das geht schon in Ordnung!«, hörte man jemanden aus dem hinteren Bereich des Raums rufen. Shelby schickte ein stilles Dankesgebet gen Himmel, dass Brooke ihre Nachricht noch rechtzeitig bekommen hatte, in der sie sie darum angefleht hatte, Jenna darum zu bitten, sie für einen Moment auf die Bühne, ins Rampenlicht zu lassen.

Als sie nun allerdings auf der Bühne stand und in Hunderte von Gesichtern blickte, dachte sie, sie würde vor lauter Scham auf der Stelle tot umfallen.

Sie schluckte und warf einen Blick hinter sich. Sie musste jetzt einfach Nolan sehen. Mit weit aufgerissenen Augen und freiem Oberkörper stand er dort neben den anderen Kerlen. Er lehnte sich etwas vor, so als ob er jeden Moment herbeistürzen würde, um sie zu retten.

Und das allein gab ihr die Kraft und den Mut, um weiterzureden.

»Ähm, hi. Also, genau ... Ich merke ja schon selbst, dass das hier ein bisschen übertrieben ist, aber ich wollte euch allen erzählen, warum ihr eure Stimme Nolan Wood geben solltet.«

Hinter ihr begannen die anderen Männer zu murmeln, und irgendjemand aus dem Publikum rief: »Alles für die Quote, Wood! Tolle Showeinlage!«

»Nein, das ist keine Showeinlage. Na ja, ich meine, ich schätze, es ist vielleicht schon eine. Aber es ist nicht seine, sondern meine. Und es hat auch nichts mit der Quote zu tun.« Sie warf einen Blick über ihre Schulter zu Nolan, biss sich dann auf die Lippe, bevor sie fortfuhr. »Ich denke dabei an einen viel größeren Preis. Also, richtig, machen wir mal weiter. Warum ihn wählen? Na ja, seine Bauchmuskeln sind unglaublich, und er ist auch ein verdammt guter Küsser.«

»O mein Gott, Shelby!«, murmelte Nolan, woraufhin sie anfing, nervös zu lachen. Dann fuhr sie fort. »Aber alle diese Jungs sehen ziemlich super aus. Also muss es schon ein bisschen mehr als das sein. Und die Sache ist die, dass Nolan diese unglaublich tolle Einstellung zum Leben hat. Er vereint in seiner Person Leidenschaft und Albernheit. Und er sieht Sex ... O Gott, und jetzt rede ich hier auch noch vor euch allen über Sex ... aber er sieht Sex in all seinen Facetten. Ein Pakt, ein Versprechen, eine Eskapade. Spaß. Albern. Ehrfürchtig.«

Sie holte tief Luft und plapperte dann immer weiter, hatte Angst, dass man sie von der Bühne werfen würde, sobald sie eine Pause einlegte. »Er ist ein Kerl, der unserer Gemeinschaft in so vielerlei Hinsicht Nutzen bringt. Und er ist ein Kerl, der wirklich in dieser Gemeinschaft lebt. Ein Kerl, der wirklich und wahrhaftig den Mann aus sich gemacht hat, der er heute ist. Ein Kerl, der sich dermaßen wohl in seiner Haut fühlt, dass er bereit ist, alles von sich vor der ganzen Welt offenzulegen. Und das ist etwas, was ich wirklich zutiefst bewundere. Ich bin nämlich nicht so. Ich bin nicht so offen, und das hat mir Angst gemacht, und ich hab's vermasselt. Aber das war mein Fehler. Nicht seiner. Weil Nolan der tollste Mann ist, den ich je kennengelernt habe, und ich erzähle euch das alles, damit ihr ihm eure Stimme gebt. Aber Finger weg, Mädels – das ist meiner! Und nur damit ihr Bescheid wisst: Wenn er im Radio über sein Paradox redet – das bin ich! Und ich habe jeden Moment, in dem ich mit ihm zusammen war, geliebt!«

Sie wischte sich eine Träne aus dem Augenwinkel. »Hoffentlich werde ich noch ganz viele davon haben, aber ich hab so eine schreckliche Angst, dass ich ihn für immer verloren habe. Und ich hoffe wirklich, dass das nicht der Fall ist. Weil ich Hals über Kopf in diesen Mann verliebt bin.«

Einen Moment lang stand sie einfach nur da, im Raum war es mucksmäuschenstill. Dann brachte sie ein leichtes Lächeln zustande und sagte: »Ähm, ich sollte jetzt dann mal gehen.« Sie machte ein paar Schritte in Richtung Treppe.

Doch sie kam nicht weit. Irgendjemand hielt sie am Arm fest, und als sie sich umdrehte, blickte sie Nolan geradewegs in die Augen.

Sie schaffte es, noch schnell nach Luft zu schnappen, bevor er sie auch schon zu sich heranzog und sie dann nach hinten beugte – wie in einem Hollywood-Film. Dann küsste er sie innig, und als er ihr wieder zurück auf die Füße half, zitterte sie am ganzen Körper.

»Ich liebe dich«, sagte er, woraufhin sie in Tränen ausbrach.

»Ich hab's zuerst gesagt«, bekam sie noch heraus und schluckte.

»Ja, das hast du.« Er strich ihr das Haar aus dem Gesicht. »Lass uns hier ganz schnell verschwinden.«

»Aber sie haben doch noch gar nicht bekanntgegeben, wer gewonnen hat.«

Er blickte in die Zuschauermenge, dann schaute er zu den anderen Teilnehmern. Schließlich sah er ihr wieder ins Gesicht und in ihre Augen. »Vertrau mir«, sagte er. »Ich hab gerade das Einzige gewonnen, was ich je haben wollte.«

EPILOG

Tyree Johnson lehnte sich an den Tresen aus Eichenholz und beobachtete, wie Nolan und Shelby zur Tür gingen. Er fragte sich, ob er ihnen sagen sollte, noch einen Moment hierzubleiben, weil in circa drei Minuten Beverly verkünden würde, dass Nolan den Titel des Mr. April gewonnen hatte.

Aber dann entschied er sich dazu, es doch nicht zu tun. Sie könnten genauso gut auch ohne ihn feiern, und Nolans Blick nach zu urteilen, könnte ihn gerade sowieso nichts in der Bar halten.

Und außerdem wurde es ja auch endlich mal höchste Zeit, dachte Tyree. Im The Fix gab es nicht besonders viel, was er nicht mitbekam, und er hatte bereits vor Längerem mitbekommen, dass die beiden miteinander geflirtet hatten. Er hatte sofort gewusst, dass sie eines Tages zusammenkommen würden. Er hätte nur nicht damit gerechnet, dass sie Monate brauchen würden, um das hinzubekommen.

Mit einem Seufzer begann er, seine Runde zu drehen, schüttelte Hände und plauderte mit den Gästen. Es wäre schade, wenn er es nicht schaffen würde, das The Fix weiterzuführen, denn die kleine Bar schien gerade auf dem besten Wege zu sein, sich in ein wahres Heiratsvermittlungsparadies zu verwandeln.

Er hielt kurz inne, als er hörte, wie Brent seinen Namen rief. Als er sich zu seinem Freund und Partner umdrehte, gab ihm dieser ein Zeichen, er solle die Sicherheitskameras neu starten. Tyree machte ein Daumen-hoch-Zeichen und wollte schon zum Büro gehen, um sich darum zu kümmern, als er eine junge Frau bemerkte, die ihm bekannt vorkam.

Sie war groß, vermutlich etwas über eins siebzig, ihre Haut war so dunkel wie die von Tyree, und sie hatte ein breites, unbeschwertes Lächeln auf den Lippen, das ihn an das von Eva erinnerte. Er hatte sie wenigstens schon einmal zuvor in der Bar gesehen – vor zwei, vielleicht drei Tagen –, und es war diese Ähnlichkeit gewesen, die ihm aufgefallen war. Er hatte dieses Lächeln an der Bar gesehen, und es hatte sich angefühlt, als ob es ihn innerlich zerrissen hätte.

Heute Nacht war er besser vorbereitet, und er warf einen genaueren Blick auf ihr Gesicht. Dabei stellte er fest, dass es nicht nur das Lächeln war, das ihn an seine erste große Liebe erinnerte, sondern auch ihre großen Augen und die wohlgeformten Wangenknochen.

Herrgott, er schien scheinbar masochistisch veranlagt zu sein. Denn er hätte sich bereits in der Minute, in der er sie durch die Tür kommen sah, sofort umdrehen sollen. Er hatte keinen blassen Schimmer, wer sie war, aber ein Sturm von bittersüßen Erinnerungen war mit ihr durch die Tür geströmt. Auf einmal spürte er wieder den Schmerz darüber, vor langer Zeit diese geliebten Menschen verloren zu haben.

Als er in seinem Büro war, startete er die Sicherheitskameras neu und setzte sich dann an seinen Schreibtisch. Er wusste, dass er sich wieder bei den anderen in der Bar blicken lassen müsste oder sich zumindest um den Stapel Büroarbeit kümmern sollte, der automatisch anfiel, wenn man eine Bar führte. Aber stattdessen öffnete er die unterste Schublade seines Schreibtisches. Und dann holte er das ramponierte Zigarrenkästchen hervor.

Er öffnete es, holte einen Stapel Fotos heraus und ging sie dann ehrfürchtig durch. Er und Teiko, seine verstorbene Ehefrau. Sein Sohn Elijah bei der Geburt. Dann er selbst als Neunjähriger, wie er mit durchgedrücktem Rücken dastand und versuchte, sich bei der Beerdigung seiner Mutter zusammenzureißen.

Zittrig holte er tief Luft, fuhr mit dem Daumen unter seinen Augen entlang, und dann schweiften seine Gedanken wieder in die Vergangenheit zurück. Da gab es ein Foto von ihm und

Charlie Walker, Reece' Dad. Und eins von ihm mit Reece' Onkel Vincent – nur wenige Tage, bevor er bei einem feindlichen Beschuss in Afghanistan tödlich verletzt worden war. Er war in Tyrees Armen gestorben.

Noch ein weiteres Mal tief durchatmen, und Tyree machte weiter, fand schließlich das Foto, nach dem er gesucht hatte. Es war jetzt schon mehr als zwanzig Jahre alt. Die Farben waren verblasst, sodass Evas Kleid auf dem Bild eher rosa als rot aussah und der Himmel eher grau als blau. Aber die Liebe in ihren Augen war immer noch da, und ihr Gesicht war unverändert.

Sein Herz zog sich zusammen, als er sich an ihr gemeinsames Wochenende in San Diego zurückerinnerte, ehe er in die Armee eingezogen wurde. Sie hatten einander erst seit zwei Wochen gekannt, doch er war wahnsinnig verliebt in sie gewesen.

Er hatte wirklich geglaubt, dass sie auf ihn warten würde, aber als er zurückkehrte, war sie nicht mehr da, und obwohl er versuchte, sie ausfindig zu machen, hatte er einfach kein Glück. Dann traf er Teiko und verliebte sich Hals über Kopf in sie und na ja, das Leben ging weiter. Er hatte ein wundervolles Leben, alles war perfekt.

Oder zumindest war es das gewesen, bis es zu der Tragödie gekommen war.

O Gott, er vermisste seine Frau.

Er legte das Bild zurück in das Zigarrenkästchen, wünschte sich, dass er diese alten Wunden niemals aufgerissen hätte. Eva. Teiko. Die beiden Frauen, die er so sehr geliebt hatte.

Die beiden Frauen, die er verloren hatte.

Plötzlich klopfte jemand laut an den Türrahmen. Er blickte auf und sah einen Geist.

Er blinzelte.

Nein, kein Geist. Das war nicht Eva. Natürlich war sie das nicht. Doch wieder einmal war er sprachlos wegen dieser Ähnlichkeit.

»Mr. Johnson?« Ihre Stimme war gefühlvoll, aber dennoch kräftig und klang auf schmerzhafte Weise vertraut. »Mir wurde gesagt, ich könnte herkommen. Ich ... Sie sind Tyree Johnson, oder?«

»Ja, der bin ich.«

Sie holte tief Luft, so als ob seine Worte eine unheimliche Erleichterung für sie wären.

»Und Sie haben mal in San Diego gelebt?«

Ein Schauer jagte seine Wirbelsäule hoch, und er dachte an seine Großmutter und an die Art, wie sie immer gesagt hatte: *Man trifft sich immer zweimal im Leben.*

»Ja, das stimmt. Aber das ist schon lange her. Also, wie kann ich Ihnen weiterhelfen, Miss ...«

»Anderson«, antwortete sie. »Elena Anderson.«

Elena. Tyree runzelte die Stirn. Das war der Name seiner Mutter. Und als die junge Frau nervös lächelte, war es nicht mehr Eva, die er dieses Mal vor sich sah, sondern seine Mutter.

»Wer sind Sie?«, fragte er, auch wenn er tief in seinem Inneren die Antwort bereits kannte.

»Meine Mutter ist Eva Anderson. Und ich glaube, Sie sind mein Vater.«

YEAR *of* PASSION

MAI

Das Schicksal meint es nicht gut mit mir. Es hat mir meine Freunde beim Militäreinsatz genommen und meine Frau bei einem Autounfall. Doch meine Bar wird es mir nicht wegnehmen, und so habe ich nur ein Ziel: mein Business zu retten.

Bis die Frau, die als Erste mein Herz berührt hat, plötzlich wieder in meinem Leben auftaucht. Mit einer Tochter, von der ich nicht wusste, dass ich sie hatte.

Evas sinnliche Kurven und ihr scharfer Verstand lassen mich nicht los. Ihr gehört mein Herz, um sie lohnt es sich zu kämpfen.

Doch was, wenn mich das Schicksal wieder auf die Probe stellt?

1

Tyree Johnson versetzte dem Monitor seines beschissenen Computers einen Schlag und blickte grimmig auf die elektronischen Schnörkel, die über den Bildschirm tanzten. Er stand auf, sodass seine große Gestalt drohend vor dem Gerät aufragte. Mit verengten Pupillen und strenger Miene deutete er auf die unkooperative Schrottkiste. »Letzte Warnung. Glaubst du etwa, ich kann nicht innerhalb einer Stunde einen funkelnagelneuen Computer hier stehen haben? Nimm dich bloß in Acht.«

Er hörte ein Kichern und hob den Kopf. An der Türschwelle seines kleinen chaotischen Büros im hinteren Bereich seiner Bar The Fix on Sixth standen zwei Frauen.

»Lacht ihr nur. Immerhin war ich bei der Marine, und mit Drückebergern mache ich kurzen Prozess. Die alte Schrottkiste muss doch noch funktionsfähig sein. Das Ding ist einfach nur widerborstig.«

»Bist du dir sicher, dass du nicht einfach nur knauserig bist?«, fragte Jenna Montgomery, und ihre grünen Augen blitzten mutwillig. Sie hatte ihr schulterlanges rotes Haar zu einem Pferdeschwanz zusammengebunden, wodurch die Sommersprossen auf ihrer hellen Haut noch deutlicher zur Geltung kamen.

Ihr Anblick erinnerte Tyree daran, dass das The Fix ihm nicht mehr allein gehörte; vor Kurzem hatte er drei Partner mit ins Boot geholt. Was gut war. Noch vor ein paar Monaten hatte er ständig hohen Blutdruck, weil er sich ständig Sorgen machte, seine geliebte Bar aufgrund eines Ballonkredits zu verlieren, für dessen Schlussrate ihm das Geld fehlte.

Dann waren Jenna Montgomery, Reece Walker und Brent Sinclair auf den Plan getreten und hatten ihm nicht nur bei der Tilgung der letzten Rate geholfen, sondern arbeiteten jetzt auch mit ihm zusammen, damit die Bar bald wieder schwarze Zahlen schrieb. Dies hatte Tyree zur Bedingung gemacht, als er sich auf seine drei neuen Partner eingelassen hatte. Wenn das The Fix nicht bis Ende des Jahres Profit machte, würden sie es verkaufen und den Erlös untereinander aufteilen. Denn unter keinen Umständen wollte Tyree noch mehr Geld zum Fenster hinauswerfen.

Aber so weit würde es hoffentlich nicht kommen. Denn dazu liebte er dieses Haus mit den dicken Kalksteinwänden und der langen funkelnden Bar viel zu sehr.

Er hatte die Eckkneipe an Austins belebter Sixth Street vor sechs Jahren erstanden, nachdem er sich aus dem Morast aus Depression und Schmerz wieder emporgekämpft hatte. Das The Fix war so viel mehr als ein reiner Broterwerb – es war sein Leben. Zum Teufel, das war seine Wiederauferstehung. Er hatte alles dafür getan. Er liebte es. Es war ein Traum, der ihm wieder neuen Lebensmut gegeben hatte, nachdem eine Tragödie ihn in die Knie gezwungen hatte.

Es war nicht nur sein Traum gewesen, sondern auch der seiner Frau, Gott sei ihrer Seele gnädig. Und es war schon eine verdammte Ironie des Schicksals, dass er sich selbst nach Jahren des Knauserns und der Sparsamkeit dieses Lokal erst nach Teikos Tod hatte leisten können – mithilfe ihrer Lebensversicherungspolice.

Er hatte eine Liebe gegen eine andere eingetauscht, dennoch hätte er das The Fix sofort mit Freuden abgefackelt, wenn ihm das auch bloß einen einzigen weiteren Tag mit der Frau beschert hätte, deren Tod ihm das Herz zerrissen hatte.

Aber das war unmöglich, also tat er das Nächstbeste; er schuftete wie verrückt, um das The Fix weiter nach vorn zu bringen, um mehr Kunden anzulocken, mehr Speisen und Getränke zu verkaufen. Tat alles Menschenmögliche, um die Bar am Laufen zu halten, sodass er weiterhin standhaft über jenen Ort wachen konnte, der für einen Traum stand, den sie einst mit ihm geteilt hatte.

Und wenn das hieß, dass er sich mit einem beschissenen Computer herumschlagen musste, dann würde er das eben tun.

Mit einem breiten Grinsen sah er Jenna in die Augen und blickte dann wieder auf den Monitor hinab, wo die Kalkulationstabelle, die er zuvor bearbeitet hatte, jetzt wieder zu sehen war, hell und unschuldig, als könnte sie kein Wässerchen trüben.

»Siehst du? Alles gut.«

»Hm-hm.« Jenna tauschte einen amüsierten Blick mit Megan Clark, und beide Frauen kamen nun ganz ins Büro.

Die zweite Frau legte sich eine lange dunkle Haarsträhne hinters Ohr, dann schob sie sich ihre Cateye-Brille die Nase hinauf. Beide Gesten wirkten nervös, was ganz untypisch für sie war. Er hatte sie vor Kurzem als Mädchen für alles, Laufbursche, Handlanger, Assistentin oder wie zum Teufel man es auch nennen wollte, eingestellt. Bevor ihm allerdings einfiel, wie er sie möglichst beiläufig fragen konnte, was los war, zuckte Megan mit den Schultern und sagte: »Austin-Allergie. Normalerweise trag ich keine Brille, aber meine Kontaktlinsen machen mich im Moment ganz wahnsinnig.«

Er nickte, und ihm wurde klar, dass sie seinen fragenden Blick missverstanden hatte. Ehe er jedoch weiter nachhaken konnte, ergriff Jenna das Wort.

»Danke, dass du ausnahmsweise jetzt Zeit für uns hast«, sagte sie und ließ sich auf einen der Gästesessel fallen, während Megan stehen blieb und sich an die raue Kalksteinwand lehnte. »Klar sind Meetings praktischer, bevor die Bar öffnet, aber ich hatte heute Morgen einen Arzttermin.«

»Alles in Ordnung?« Er unterdrückte ein besorgtes Stirnrunzeln, als er sich hinter dem Schreibtisch niederließ. Er bemerkte, dass sie ein wenig hohlwangig wirkte und etwas abgenommen hatte. Doch ansonsten wirkte sie gesund – zum Teufel, ihre Haut war beinahe rosig –, aber Jenna war zierlich, und wenn sie zu viel abnahm …

»Was? Oh. Na klar.« Ihre Wangen röteten sich. »Nur ein wenig, na ja, Übelkeit hin und wieder. Ist bestimmt bald besser.«

»Hm.« Er musterte sie, und seine Gedanken überschlugen sich. »Nicht dass Reece Wind davon bekommt.«

Ihre Wangen brannten sogar noch mehr, als Reece Walkers Name fiel. Reece und Jenna hatten sich vor Kurzem verlobt. Und Tyree erinnerte sich daran, wie häufig Teiko mit Übelkeit zu kämpfen gehabt hatte, als sie mit ihrem Sohn schwanger war. Vielleicht waren es ja nicht nur die Hochzeitsglocken, die auf Reece und Jenna warteten, sondern noch eine andere kleine Überraschung, etwa drei bis vier Kilo schwer.

Jenna räusperte sich und kramte ihren Notizblock aus der Tasche. »Wir haben eine ellenlange Liste, die wir durchgehen müssen, aber da die Bar schon geöffnet hat, dachten Megan und ich, dass wir bloß die dringendsten Punkte besprechen.«

Sie deutete auf Megan, die erst nickte und dann den Kopf schüttelte. »Tut mir leid. Wir müssen unbedingt über den Kalender für den Mann des Monats und das Kochbuch reden, aber vorher muss ich euch noch was sagen.« Sie warf Jenna einen entschuldigenden Blick zu, und die verdrehte die Augen. »Jenna hat mich zwar beruhigt, dass ich mir keine Sorgen machen soll, aber ich wollte dir noch mal versichern, wie sehr ich es zu schätzen weiß, dass du mir einen Job gegeben hast. Schließlich hast du für eine Visagistin in deiner Bar doch eigentlich gar keine Verwendung, und mir hilft es wirklich. Seit ich nach Austin gezogen bin, habe ich nur wenige Aufträge an Land gezogen. Woran ich natürlich auch irgendwie selbst schuld bin, denn ich bin ja eher spontan einer Laune gefolgt, als ich herzog. Aber seitdem ist nun mal bei mir immer Ebbe in der Kasse.«

»Ach, Megan, lass gut sein«, meinte Jenna. »Das geht schon alles in Ordnung.«

Megan ließ Tyree nicht aus den Augen. »Ich weiß, dass du gerade über den Geschäftsbüchern sitzt. Und ich weiß, dass das The Fix alles tut, um wieder mehr Einnahmen zu erzielen. Ich will hier nicht schmarotzen. Und ich finde es nicht richtig, diesen Job zu behalten, wenn du dadurch letztlich wieder Verlust machst.«

Tyree nickte bedächtig und machte es sich hinter dem Schreibtisch bequem. »Das ist nur fair. Wie lange bist du jetzt hier bereits offiziell angestellt? Vier Tage?« Als sie nickte, fuhr er fort. »Und in dieser Zeit hast du als Empfangsdame gearbeitet, hinter der Bar ausgeholfen, Jenna bei diesem Kalender geholfen, über den wir gleich reden wollen, Verpackungsmaterial im Costco besorgt, in der Küche beim Schnippeln geholfen und eine Stunde am Telefon mit dem Klimatechniker zugebracht. Zum Teufel, ohne dich könnten wir womöglich dichtmachen. Im Sommer ohne Klimaanlage in Austin? So viele verschwitzte Typen könnten wir hier nicht ertragen.«

»Stimmt schon«, antwortete Megan. »Es ist nur so, dass …«

»Und hast du nicht Brookes Make-up übernommen, bevor sie vor die Kamera trat?«, fügte er hinzu und meinte damit einen der beiden Stars von *The Business Plan*, einer Realityshow rund ums Renovieren, die die Bar auch optisch auf Vordermann brachte und deren Kameras mittlerweile ständig präsent waren.

»Na ja, schon«, räumte Megan ein.

Jenna verschränkte die Arme vor der Brust und machte ein zufriedenes Gesicht.

»Ich würde sagen, du leistest einen ordentlichen Beitrag zum Ganzen, Megan«, fuhr Tyree fort. »Und ich bin froh, dass es hier genug zu tun gibt.«

Er meinte es ernst. Er wusste nicht genau, warum Megan ihre erfolgreiche Karriere als Visagistin in L.A. aufgegeben hatte und nach Austin gezogen war, aber er wusste, dass sie damit einem Impuls gefolgt war. Und dass es irgendwie mit einem Mann zusammenhing. Wahrscheinlich mit einem, den sie zu meiden versuchte.

Die Vorstellung, dass Eli eines Tages womöglich irgendwo in einer fremden Stadt sitzen würde, ohne Job und ohne Freunde, die ihm zur Seite standen, war ihm verhasst. Und er war ein Mann. Bei einem Mädchen war das womöglich noch schlimmer. Seine Ansichten mochten zwar vielleicht altmodisch sein, aber so tickte Tyree eben. »Alles klar?«, fragte er und musterte sie aufmerksam.

»Ja«, antwortete sie. Ihre Stimme klang nun wieder ganz geschäftsmäßig, doch ihr amüsierter Blick hinter den Brillengläsern entging ihm nicht. »Alles klar.«

»Dann reden wir jetzt endlich über diesen Kalender. Ich schwöre, Jenna, ich hätte nie gedacht, dass einmal der Tag kommen würde, an dem es zu meinen Aufgaben gehört, mir Schnappschüsse von Muskelprotzen mit freiem Oberkörper anzusehen.«

Unschuldig blinzelte sie ihn an. »Gehörte das bei der Marine damals nicht zur Grundausbildung?«

»Nimm dich bloß in Acht, Mädchen«, sagte er, aber seine Stimme klang belustigt.

»Na ja, für heute belästige ich dich damit nicht mehr, denn wir haben ein Problem. Ich wollte euch eigentlich ein paar Abzüge zeigen – Aufnahmen von Reece, damit wir eine Vorstellung von Beleuchtung und Posen haben, bevor wir das komplette Shooting von Mr. Januar bis Mr. März buchen. Allerdings wurde unser Fotograf von einem Modemagazin angeheuert, hat alles hingeschmissen und ist nach Mailand gezogen.«

»Ich bin beeindruckt.«

Jenna runzelte die Stirn. »Er hat einen guten Ruf. Aber jetzt ist er weg. Wir müssen also einen Ersatz für ihn suchen. Megan und ich wühlen uns durch Arbeitsmappen durch, und wir haben auch schon ein paar Bewerbungsgespräche geführt. Glücklicherweise sind die meisten Typen leicht abkömmlich, sodass die Terminfindung kein Problem sein wird. Und natürlich kann Megan das Make-up übernehmen, darüber müssen wir uns also keine Sorgen machen. Sobald wir einen neuen Fotografen gefunden haben, können wir Mr. April und Mr. Mai beim gleichen Shooting abdecken.«

»Wir wollen die finalen, bearbeiteten Bilder so schnell wie möglich zum Kalender-Designer schicken, sodass wir den Kalender wie geplant Ende Oktober zum Verkauf anbieten können«, erläuterte Megan. »Und wir wollen, dass die Fotos eine gewisse Kontinuität haben. So wie Schriftsteller haben auch Fotografen einen ganz eigenen Stil. Wir wollen vermeiden, dass jemand uns mitten im Projekt im Stich lässt. Der Contest läuft doch bis Anfang Oktober, oder?«

Megan richtete diese Frage an Jenna. Diese nickte. »Auf diese Weise halten wir das Interesse wach und locken immer mehr Leute an. Jedenfalls suchen wir nach jemandem, der sowohl Männer als auch Food ablichten kann. Wenn wir den gleichen Fotografen für das Kochbuch engagieren könnten, wäre das ideal. Du arbeitest doch an den Rezepten, oder?«

Sie legte den Kopf schief und sah Tyree an, was ihn an Mrs. Thibodeaux erinnerte, seine Lehrerin aus der vierten Klasse in New Orleans.

»Habe ein paar hier in diesem Müllhaufen«, sagte er und tätschelte liebevoll seinen Computer.

Jenna nickte, hakte die Frage offensichtlich im Geiste ab und fuhr fort: »Das ist sozusagen das Sahnehäubchen. Unterdessen finden Megan und ich, dass wir das Material für den Wettbewerb ein bisschen aufmotzen sollten.«

Tyree zog die Augenbrauen hoch. »Das Material?«

»Männliche Brustmuskeln, männliche Bauchmuskeln, männliche Oberkörper. Du weißt schon. Der Grund, warum die Frauen jeden zweiten Mittwoch herkommen.«

»Wir wollen ein paar neue Jungs anlocken«, erklärte ihm Jenna, wahrscheinlich, weil er verwirrt dreinblickte. »High Profile Guys. Nolan wäre ein toller Anfang«, sagte sie und meinte damit einen erfolgreichen lokalen Radiomoderator, der in zwei Tagen für den Mr.-April-Wettbewerb über die Bühne stolzieren würde. »Aber wir wollen sogar noch weiter gehen.«

»Und habt ihr auch eine Vorstellung, wo man diese fantastischen Paradebeispiele der Männlichkeit auftreibt?«

Jennas Lippen zuckten. »Ich finde zum Beispiel, du selbst solltest auch mitmachen. Megan ist einverstanden«, fügte sie hinzu, und ihre Begleiterin nickte.

Tyree verschränkte die Arme über der breiten Brust, lehnte sich auf seinem Stuhl zurück und schüttelte den Kopf. »Ich werde in ein paar Monaten sechsundvierzig. Ich bin vielleicht noch nicht zu alt, um diese Scheiße zu finanzieren, aber definitiv zu alt, um dran teilzunehmen.«

Die Frauen tauschten einen Blick. »Die Weiblichkeit ist da anderer Meinung, aber lass uns die Diskussion darüber fürs Erste verschieben. Der Punkt ist, dass es jetzt ans Eingemachte geht und wir die Kerle mustern werden. Megan hat ein paar Ideen, wie man auf Geschäftsleute der Gegend zugehen könnte. Solche, die in maßgeschneiderten Anzügen total heiß aussehen. Und einen Wet-T-Shirt-Contest fänden wir ebenfalls lustig.«

Tyree verdrehte die Augen. »Herr, rette mich vor ehrgeizigen Frauen.«

»Witzig«, meinte Jenna, und Tyree grinste.

»Ernsthaft, Jen, das hier ist dein Baby. Du ziehst es so durch, wie du es willst, und hast meine volle Unterstützung, egal, was du machst. Sonst noch was?«

»Nur, dass wir weiter quengeln, damit du auch teilnimmst. Du hast tolle Brustmuskeln, Boss. Und die breitesten Schultern, die ich je gesehen habe. Du bist beinahe so heiß wie Reece«, neckte sie ihn und stand auf.

Er schüttelte bloß den Kopf und gluckste vor sich hin.

»Wir kriegen dich schon noch klein«, versprach Megan. Oder war das eher eine Drohung?

»Träum weiter«, gab Tyree zurück.

Sie lachte, und die beiden Frauen machten sich eilig auf den Weg. Tyree blieb kopfschüttelnd und amüsiert zurück.

Da es ihm gelungen war, seinem Computer so viel Angst einzujagen, dass er wieder mitspielte, widmete Tyree sich noch ein wenig länger seinen Büchern und stellte fest, dass seine Stimmung sich hob. Teilweise sicher wegen Jennas und Megans Gesellschaft, aber auch, weil die Konten ein stetiges Umsatzplus in den letzten paar Wochen auswiesen. Und das war ein verdammter Glücksfall.

Er fuhr den Computer herunter, bevor der nachher doch wieder auf die Idee kam herumzuzicken, und ging dann in die Küche, um sich davon überzeugen, dass alles reibungslos lief und das Team dem Ansturm der Mittagsgäste gewachsen war.

Während der ersten vier Jahre nach der Eröffnung des The Fix hatte Tyree selbst die Küche geleitet, hatte so lange herumexperimentiert, bis er das entwickelt hatte, was er heute für eine geradezu perfekte Speisekarte hielt. Aber die Konkurrenz auf der Sixth Street, dem Herzen der Touristen- und Studentenszene Austins, wuchs. Daher hatte er beschlossen, sich als Besitzer fortan im Barbereich aufzuhalten, den persönlichen Kontakt zu den Gästen zu pflegen und ständig präsent zu sein. So etwas konnten diese kommerziellen Barketten nicht vermitteln. Dass man sich in der Kneipe um die Ecke wie zu Hause fühlte.

Und seit Jenna als Marketing-Guru zum Team gehörte, hatte sie diese Entscheidung unterstützt. Obwohl Tyree es vermisste, in der Küche zu arbeiten, wo er versucht hatte, die Südstaaten-Aromen seiner Kindheit wieder heraufzubeschwören und zu verfeinern, konnte er nicht bestreiten, dass es ihm gefiel, nun mitten im Geschehen zu sein.

»Easton«, sagte Tyree und klopfte dem ortsansässigen Anwalt auf den Rücken. Mit einem Kopfnicken deutete er auf das Bier. »Nicht bei Gericht heute Nachmittag?«

»Richtig geraten. Ich bin auf dem Weg zurück ins Büro, lasse mich dort von meinem Rechtsanwaltsgehilfen mit Akten bepacken und fahre dann mit dem Taxi zum Flughafen. Drei Tage Amtsenthebungen in Lansing. Wird brutal.«

»Zumindest musst du dir keine Ausrede für Megan ausdenken, warum du nicht am Mr.-April- oder Mr.-Mai-Contest teilnimmst.«

Easton sah ihn erstaunt an. »Ist sie so hartnäckig?«

»Zumindest solltest du dich in Acht nehmen, mein Freund«, meinte Tyree und gluckste vor sich hin. Dann schlenderte er durch die Bar, um weitere Kunden zu begrüßen und anschließend ein paar Worte mit Eric zu wechseln, dem Barkeeper, der die Mittagsschicht übernommen hatte. Er wollte sich gerade nach vorn lehnen, um Eric zu fragen, ob der noch eine Sonderschicht schieben konnte, als ihm etwas – oder besser jemand – ins Auge fiel.

Es war nur ein Gefühl. Eine merkwürdige Vertrautheit. Zum Teufel, er hatte nicht mal zur Tür hingesehen, hatte das Mädchen bloß aus den Augenwinkeln wahrgenommen.

Egal. Sie fesselte ihn. Und er ließ von Eric ab und wandte sich dem Eingang zu.

Eva?

Aber nein, das war absurd, und der lächerliche Moment war so schnell vorüber, wie er gekommen war. Natürlich war das nicht Eva. Wie hätte sie es auch sein können? Sie war am anderen Ende des Landes, und er hatte sie seit mehr als zwei Jahrzehnten nicht mehr gesehen. Selbst wenn sie jetzt durch diese Tür gekommen wäre, wären sie durch Zeit und Raum getrennt gewesen. Durch Schmerz und Tod. Durch das Leben und die Träume, durch Familie und Verlust.

Der Strom des Lebens war weitergeflossen, und seine eigene Strömung hatte ihn schon vor langer, langer Zeit an Eva vorbeigetrieben. Und das war auch gut so. Anderenfalls hätte er Teiko nie kennengelernt, die Frau, die er geliebt hatte. Die Mutter seines Sohnes.

Und doch wollte ihm das Mädchen an der Tür nicht aus dem Kopf gehen …

Keine Doppelgängerin – absolut nicht identisch. Aber sie sah ihr schon verdammt ähnlich. Die gleiche dunkle Schattierung der Haut, wie Kaffee mit ein paar Tropfen Sahne. Dieser Mund, der breit und leichthin lächelte. Das kurz geschorene Haar mit ein paar Locken über den Ohren und auf der Stirn. Ein gepflegter, eleganter Stil, der die großen Augen und die hohen Wangenknochen betonte.

Von Neugier und Beklemmung gleichermaßen getrieben machte Tyree einen Schritt auf sie zu, wurde aber von Tiffany Russell aufgehalten, einer seiner besten Kellnerinnen, die erschöpft und unsicher wirkte.

»Tiffany? Was ist los?«

»Ich brauche …« Sie senkte die Stimme zu einem Flüstern. »Oh, verdammt. Kann ich mit dir reden? Vielleicht im hinteren Bereich der Bar?«

Das The Fix on Sixth besaß zwei Barräume. Den vorderen mit mehr Sitzplätzen und einer Bühne, auf der lokale Bands auftraten. Und dann noch eine kleinere Bar im hinteren Teil, wo nur ein paar Tische standen, sodass der Raum erheblich intimer wirkte. Sie war offensichtlich beunruhigt, daher folgte er ihr nach hinten, wobei er sich immer mehr Sorgen machte.

»Was ist los?«, fragte er, kaum dass sie vor dem Fenster standen. Die Kundschaft konnte sie hier nicht hören, denn die meisten saßen auf Hockern an der blank polierten Theke und schwatzten mit Lori, einer der Barkeeperinnen im The Fix, die die erste Schicht übernommen hatte.

»Ich dachte, du solltest wissen, dass Steven Kane – den kennst du doch, oder? Der Manager des Bodacious?« Auf Tyrees Nicken hin fuhr sie fort. »Na ja, er hat mir neulich bei Starbucks aufgelauert und angefangen, mich darüber auszufragen, wie mir die Arbeit hier gefällt, ob ich genug Geld kriege und wie viel an den Abenden los ist, an denen der Mann-des-Monats-Contest stattfindet.«

Tyree antwortete nicht. Er schäumte vor Wut. Nicht wegen der Tatsache, dass der Geschäftsführer des Bodacious – auch so eine rein kommerziell orientierte Bar, die sich auf der Straße eingenistet hatte und in der überteuerte, verwässerte Drinks serviert wurden – sie gefragt hatte, wie es mit den Wettbewerben und dem Verdienst lief. Nein, was Tyree stinksauer machte, war die Tatsache, dass man seine Angestellten abwerben wollte.

»Ich hab ihm nichts erzählt«, fügte Tiffany hinzu, ein wenig verblüfft über Tyrees Schweigen. »Und ganz ehrlich: Es ist mir egal, was du mir bezahlst. Ich arbeite gern hier, und ich ziehe mich nicht wie eine verdammte Nutte an, bloß um mehr Trinkgeld zu bekommen.« Er gluckste, und sie runzelte die Stirn. »Aber wag es ja nicht, mir auch nur einen Dollar von meinem Gehalt zu kürzen.«

»Würde ich nie tun«, antwortete Tyree. »Und ich weiß deine Loyalität zu schätzen.« Das stimmte. Obwohl er vermutete, dass ihre Loyalität eher ihrem nicht ganz so geheimen Schwarm Eric als ihm selbst galt.

»Die ist dir sicher. Aber eins noch.« Sie beugte sich noch dichter zu ihm vor, dabei gaben die Bargäste einen Scheiß auf ihre Unterhaltung. »Ich glaube, sie haben es auch auf Aly abgesehen. Und ich weiß, dass sie knapp bei Kasse ist. Könnte schon sein, dass sie uns sitzen lässt.«

Scheiße.

Aly war Kellnerin, und Tyree hatte sie vor Kurzem zur Barkeeperin ausgebildet und befördert. Der Teufel mochte Steven Kane holen, wenn er sie ihm vor der Nase wegschnappte.

»Ich weiß es ja nicht sicher«, fügte Tiffany hinzu. »Ich dachte, du solltest es einfach …«

Sie sah aus, als würde sie gleich in Tränen ausbrechen – und das konnte Tyree heute nun wirklich nicht ertragen. Also legte er ihr fest die Hand auf die Schulter. »Schon gut. Du kümmerst dich einfach weiter um die Kunden und überlässt die Sache ansonsten mir, okay?«

Sie nickte, holte tief Luft und wollte in den Hauptraum zurückkehren.

»Und, Tiffany?«

Sie sah sich noch mal um.

»Gut, dass du mir davon erzählt hast.«

Bei seinen Worten schien ihr ein Stein vom Herzen zu fallen, und er selbst war ebenfalls ein wenig erleichtert. Damit konnte er seine tägliche gute Tat für heute schon mal wieder abhaken. Ob das gute Karma, das er angesammelt hatte, gleich aufgebraucht war, wenn er Kane den Hals umdrehte? Er runzelte nachdenklich die Stirn. Wahrscheinlich war es besser, das kleine Arschloch am Leben zu lassen. Aber leicht war das nicht.

Nachdem er ebenfalls in den Hauptraum zurückgekehrt war, ertappte er sich dabei, wie er sich in der Bar umsah auf der Suche nach der Frau, die so viel Ähnlichkeit mit Eva gehabt hatte. Sie war nirgends zu entdecken, und auf dem Weg zu seinem Büro konnte er ein beharrliches Gefühl der Enttäuschung einfach nicht abschütteln.

Wieder am Schreibtisch, versuchte er, sich auf seine alltäglich anstehenden Aufgaben zu konzentrieren, allerdings ohne Erfolg. Immer wieder blickte er zu dem gerahmten Foto auf seinem Schreibtisch hinüber. Ein alberner Schnappschuss von dem neunjährigen Elijah, der im Garten mit Teiko herumblödelte.

Tyree war damals auf der hinteren Terrasse gewesen und hatte mit der Kamera gekämpft, und als er endlich alles richtig eingestellt hatte, hatte er ihren Namen gerufen. Sie hatte zu ihm herübergesehen, die Arme um den zappelnden Jungen geschlungen und in den Augen so viel Liebe, dass er beinahe erstarrt wäre, statt auf den Auslöser zu drücken.

Das war eines der letzten Bilder, die er von ihr gemacht hatte.

Seine Brust wurde eng, als die Erinnerung ihn überwältigte. Mein Gott, wie sehr er sie liebte.

Sanft ließ er die Fingerspitze über das Abbild ihres Gesichts gleiten. »Ich vermisse dich, Baby«, murmelte er, dann stieß er sich vom Schreibtisch ab und stand auf.

Der bierflaschenförmigen Uhr an der Bürowand zufolge war es eigentlich noch zu früh zum Gehen. Aber Tyree hatte ein gutes Team um sich versammelt. Eine loyale Mannschaft. Und er sehnte sich nach zu Hause. Er brauchte jetzt seinen Sohn. Ein paar ruhige Stunden.

Und morgen …

Na ja, morgen war unweigerlich wieder ein neuer Tag – wie immer.

Als Tyree nun den Mitarbeiterbereich verließ und den großen Hauptraum betrat, stand Reece hinter der Bar, der Eric ablöste. Er nickte ihm grüßend zu, das Gesicht neutral und lediglich ein ganz klein wenig mitfühlend, während Tyree auf den Ausgang zustrebte.

Er war fast schon an der Tür, als Megan ihm hinterhereilte. »Hey«, rief sie. »Ich will dich ja nicht aufhalten, aber könnte ich dich morgen, bevor wir aufmachen, noch für ein paar Minuten sprechen? Ich will mit dir bloß schnell durchgehen, ob …«

»Sorry, Schätzchen, ich bin erst Mittwoch wieder zurück.«

»Oh.« Er konnte ihren überraschten Gesichtsausdruck durchaus verstehen. Tyree nahm sich fast nie auch nur einen ganzen Tag frei. »Wohin …«

»Mittwoch«, wiederholte er, dann entfernte er sich. Hinter sich hörte er Megan fragen: »Wohin geht er? Verlässt er die Stadt?«

Genau in dem kurzen Augenblick, ehe sich die Tür zum The Fix hinter ihm schloss, hörte Tyree Reece' leise Antwort: »Er besucht seine Frau.«

2

Tyree erwachte vom Geräusch des Regens, der auf das metallene Dach seines Wilshire-Wood-Hauses prasselte. Er lag da, nahm Geräusche und Erinnerungen in sich auf. Verregnete Vormittage dieser Art waren Teiko am liebsten gewesen. Die Welt schien näherzurücken, und sie konnten in ihrem warmen, gemütlichen Bett bleiben. Dann hatte sie sich immer an ihn geschmiegt, und ihr warmer Körper hatte ihn davon überzeugt, dass sie absolut recht hatte, wenn sie einen Morgen wie diesen für magisch hielt. Sie liebten sich langsam, fast schon gemächlich, bis die wachsende Leidenschaft sie ganz und gar erwachen ließ und zum Höhepunkt führte.

Ja, das waren definitiv die besten Vormittage gewesen. Zum Teufel, Eli war an einem solchen Morgen gezeugt worden. Und obwohl Tyree den Schmerz, sie verloren zu haben, spürte – und ausgerechnet heute besonders stark –, war die Erinnerung daran unbestreitbar süß.

In San Diego hatte es so etwas nicht gegeben, aber dann waren sie im Sommer nach Texas gezogen und beide wie verzaubert durch die Gewitter gewesen, die den Sommerhimmel so häufig verdunkelten und die stickig-heiße Luft auf ein erträgliches Maß abkühlten.

Er verharrte noch ein paar Augenblicke länger im Bett, wobei der Gedanke an San Diego Erinnerungen mit sich brachte, mit denen er heute nicht gerechnet hätte. Erinnerungen an Eva, an ihre Spaziergänge in der Sonne und das Planschen in den Fluten. Er hatte auch sie geliebt, auch wenn ihre gemeinsame Zeit anders gewesen war. Kürzer.

Obwohl nichts mit der Qual vergleichbar war, Teiko durch einen Autounfall zu verlieren – wobei sie nicht gleich gestorben war, sondern ihren Verletzungen erlag, als es im Krankenhaus Komplikationen gegeben hatte –, war auch die Trennung von Eva verwirrend und schmerzlich, einfach verdammt brutal gewesen. Damals wie heute hatte er nicht verstanden, warum es dazu gekommen war.

Er wusste nur, dass Teiko der Balsam war, der seine Wunden geheilt hatte. Und er wünschte, diese schlanke junge Frau im The Fix nie gesehen zu haben. Denn sie hatte die Erinnerung an Eva wieder lebendig werden lassen. Dabei wollte Tyree ausgerechnet heute ganz bestimmt nicht an seine erste Liebe denken.

Bewusst konzentrierte er seine Gedanken auf die Zeit, als Eli noch ein Kleinkind gewesen war, und vergegenwärtigte sich, wie Teiko und er ihren Sohn bei Gewitter zwischen sich genommen, ihn umarmt und ihm versichert hatten, dass alles bald vorüber sein würde. Nach dem Unwetter hatten sie die Fenster geöffnet und die kühle Luft ins Haus gelassen, die erfüllt war vom Duft von nassem Blattwerk und feuchter Erde.

Dies war der beste Zeitpunkt für einen Spaziergang. Sie zogen Eli also seine blauen Lieblingsgummistiefel an und erkundeten die Gegend, ließen Eli durch Pfützen stampfen und die Eicheln, Pinienzapfen, Borkenstücke und Blätter aufsammeln, die sich durch den Regen gelöst hatten.

»Das ist für dich, Babe«, flüsterte er, und ein Teil von ihm fragte sich, ob sie wusste, was er dachte. Ob sie verstand, wie viel ihm diese Erinnerungen bedeuteten. Oder ob sie sich auf eine rätselhafte Weise ebenfalls an all das erinnerte.

Mit einem Seufzer schlüpfte er aus dem Bett und stolperte in die Küche, um den Kaffee aufzusetzen. Als die Maschine vor sich hin gurgelte und der Kaffeeduft das Zimmer erfüllte, wollte er in den Flur zurückkehren, um Eli zu wecken. Zu seiner Überraschung kam ihm sein Junge aber schon entgegen, wach und komplett angezogen in kakifarbener Hose, Button-Down-Hemd und Sakko.

»Todschick, Sohn«, meinte Tyree mit stolzgeschwellter Brust. Sie hatten ihre Probleme gehabt, besonders kurz nach Teikos Tod, aber der Junge wuchs jetzt zu einem verdammt tollen jungen Mann heran. In seinen Zügen erkannte er Teiko wieder, ebenso wie in seiner Intelligenz, seinen Eigenheiten.

Teiko war eine zierliche japanische Frau gewesen, die ihre kleine Gestalt mit einem scharfen Verstand und großer Persönlichkeit wettmachte. Eli hatte beides von ihr geerbt, ebenso wie Augen und Hautfarbe, welche sich von Tyrees tiefem, poliertem Bronzeton deutlich unterschied. Tyree war ein großer Mann, dessen Schultern so breit waren, dass er nur maßgeschneiderte Anzüge tragen konnte. Eli hingegen war deutlich schmaler, aber genauso groß wie sein Vater.

Tyree fand, dass Teiko und er einen verdammt gut aussehenden Sohn gezeugt hatten. »Das Jackett ist gleich pitschnass, weißt du. Deine Mom stört es nicht, wenn du in lässigen Klamotten hingehst. Ich selbst ziehe Jeans, T-Shirt und eine Windjacke an.«

Eli zog eine Schulter hoch, dann blickte er zu Boden. »Ich bleib so«, murmelte er und hob den Kopf wieder. Seine Augen wirkten schuldbewusst. »Ich muss ja heute auch noch ins Krankenhaus. Dr. Hanson will uns das Labor zeigen.«

Wieder erfasste Tyree eine Welle des Stolzes. Eli war vor Kurzem für ein exklusives Praktikum im nahe gelegenen Krankenhaus ausgewählt worden, eine Position, die sowohl Vater als auch Sohn als ersten wichtigen Schritt auf dem Weg zum Medizinstudium betrachteten, von dem Elijah träumte.

Doch trotz seines Stolzes erfüllte ihn plötzlich eine innerliche Leere. »Du kommst nicht mit mir?« Er sah auf die Uhr. Es war schon Viertel nach sechs. Er musste jetzt endlich ein paar Klamotten überwerfen, wenn er noch rechtzeitig ankommen wollte.

»Nein«, antwortete Eli schnell. »Ich komme mit. Nur danach … Ich meine, ich kann nicht mit dir wieder zurück nach Hause kommen, wie wir das sonst immer getan haben. Wegen der Arbeit, meine ich.« Er rieb sich mit dem Zeigefinger die Augenbraue, eine nervöse Angewohnheit, die Tyree als seine eigene erkannte. »Ich meine, das würde Mom doch so wollen, oder?«

Tyrees Anspannung ließ nach. »Hundertprozentig. Warum gießt du uns nicht für unterwegs zwei Becher Kaffee ein, während ich mich anziehe?«

Als er wieder da war, hatte Eli die Kaffeebecher fertig und Tyrees Autoschlüssel in der Hand. Der Friedhof lag auf der anderen Seite der Stadt, und wegen des Wetters und der Rushhour herrschte dichter Verkehr, aber dann hatten sie es endlich geschafft.

Sie legten eine Plane aus und knieten sich neben dem Grabstein hin. *Teiko Johnson, geliebte Frau und Mutter.* Darunter ihr Geburtsdatum und ihr Todestag. Heute waren es auf den Tag genau sieben Jahre. Der Regen hatte aufgehört, aber die Luft war noch immer feucht, und die ganze Welt schien in Grau gehüllt zu sein.

»Alles okay?«, fragte Elijah. »Ich meine, du kommst mir irgendwie abwesend vor. Noch abwesender, meine ich. Mehr als sonst für einen Tag wie heute.«

Eva, dachte Tyree, nickte aber nur. Dann ergriff er die Hand seines Sohnes und sagte: »Jetzt sind wir still. Es ist so weit.«

Der Friedhof erstreckte sich über einen kleinen Hügel im Nordwesten Austins, und als Tyree und Eli nach Osten blickten, entdeckten sie im Grau des Regens einen gold-orangefarbenen Schein. Durch den Wolkenschleier hindurch schienen die Lichter am Himmel zu tanzen und spiegelten sich in den winzigen Wassertröpfchen in der Luft.

Sie saßen da und sahen zu, wie die Sonne am Horizont aufging. Wie die Farben sich veränderten. Wie die Welt zum Leben erwachte. Und als es endlich helllichter Tag war, setzte sich Tyree auf die Fersen und seufzte. »Sonnenaufgang war die Lieblingstageszeit deiner Mutter.«

»Ich weiß, Dad. Das erzählst du mir jedes Jahr. Sie liebte Sonnenaufgänge mehr als -untergänge, denn letztere bedeuten ein Ende, und sie liebte Anfänge.«

Tyree blinzelte. Seine Augen waren plötzlich feucht, und er hatte einen Kloß im Hals. »Ich will nicht, dass du sie vergisst.«

»Das weiß ich. Ich bemühe mich ja auch. Ich erinnere mich an Weihnachten«, fügte er hinzu. »Sie hat uns immer vor dem Morgengrauen geweckt. Und eines Tages sind wir im Dunkeln einen Strand entlanggewandert und haben ein Sandschloss gebaut, während die Sonne aufging.« Er seufzte. »Aber ich habe auch ziemlich viel vergessen.«

»Bei diesem Strandausflug warst du fünf. Wir waren nach Port Aransas gereist.« Er drückte die Schulter seines Sohnes. »Und zu vergessen ist völlig okay«, fügte er hinzu, obwohl er sich selbst immer wieder schwere Vorwürfe machte, wenn wieder einmal eine Erinnerung verloren gegangen war. »Halt nur das fest, was du noch deutlich vor Augen hast. Und eines darfst du nie vergessen: dass deine Mom dich liebte. Dass ich dich liebe.«

Eli sah ihn an mit einem Blick, der weiser zu sein schien, als seine sechzehn Jahre hätten vermuten lassen. »Ich weiß, Dad. Ich liebe dich auch.«

Wieder zu Hause, verbrachte Tyree den Tag genauso wie jedes Jahr. Der einzige Unterschied war, dass Eli nicht bei ihm war. Er kochte einen großen Topf Jambalaya, kippte jede Menge Bourbon herunter und machte es sich dann auf der Couch bequem, um sich *Blade* anzuschauen.

Sie hatten sich den Film bei ihrem ersten Date angesehen, obwohl er eigentlich einen frauenfreundlichen Film hatte aussuchen wollen und sich für *Stella's Groove – Männer sind die halbe Miete* entschieden hatte.

Aber kaum waren sie am Kino angekommen, hatte Teiko einen Blick auf den Aushang geworfen, die Hände in die Hüften gestemmt und ihn gefragt, warum sie sich stattdessen nicht besser *Blade* ansahen. Das war wenigstens Action. Und, so hatte sie hinzugefügt, Wesley Snipes war noch ein zusätzliches Sahnehäubchen.

Gott, wie sehr er sie geliebt hatte.

Er war sich nicht sicher, ob er mehr Glück hatte als die meisten Menschen oder ob er durch diese Leidenschaft verflucht war. Durch diese Art der Liebe verschmolz man mit dem anderen, wurde ein Teil von ihm. Und wenn man ihn verlor, war dies das Ende.

Er rieb sich über die Stirn und seufzte. Die Wahrheit war: Ohne Elijah wäre er nach Teikos Tod ebenfalls gestorben. Dieser Junge war der Quell seiner Kraft.

Und wie war es nach Eva gewesen? Nachdem er aus dem Krieg zurückgekehrt war, nur um zu erfahren, dass er sie verloren hatte? Dass sie wirklich und wahrhaftig ganz sicher niemals ihm gehören würde?

Na ja, in dieser düsteren Zeit war es Teiko gewesen, die ihn gerettet hatte.

Er holte tief Luft und überließ sich seinen Erinnerungen. An jenen herzzerreißenden Verlust, der ihn zu Teiko geführt hatte.

Damals war er zweiundzwanzig gewesen und kurz auf Heimaturlaub, bevor es wieder an die Front ging, als er Eva in San Diego kennenlernte. Ihre Romanze war heftig, kurz und intensiv gewesen, und beide waren sie absolut unzertrennlich gewesen.

Er hatte alles an ihr geliebt, angefangen bei ihrer starken Persönlichkeit, über ihren skurrilen Sinn für Humor bis hin zu den leisen, kleinen Lauten, die sie im Bett von sich gab. Sie waren Hand in Hand über den Strand gewandert, und obwohl sie einander erst so kurze Zeit kannten, verbrachten sie Stunden damit, eine gemeinsame Zukunft zu planen. Diese Pläne hatten ihm Halt gegeben, als er den Komfort und die Sicherheit Südkaliforniens gegen die Hitze und die Gefahr des Persischen Golfs eingetauscht hatte.

Aber alles war nur eine Lüge gewesen. Nicht einer seiner Briefe wurde beantwortet, und obwohl er bei ihr zu Hause angerufen hatte, hatte er sie nie erreicht.

Nach seiner Rückkehr in die Staaten war er in Norfolk stationiert gewesen. Er hatte versucht, sie zu vergessen, aber das war ihm nie ganz gelungen. Und schließlich, nach jahrelanger Trennung, war er nach San Diego zurückgekehrt und hatte versucht, sie aufzuspüren.

Er hatte sie gefunden. Und nicht bloß sie. Er hatte Eva gesehen, zusammen mit ihrem Ehemann, ihr kleines Mädchen im Arm, lachend. Er wusste nicht, wie alt ihre Tochter war, doch sie war eindeutig kein Baby mehr. Was so viel hieß, dass Eva kaum Luft geholt hatte, um Tyree aus ihren Erinnerungen zu verbannen und sich einem anderen Mann an den Hals zu werfen.

Diese Erkenntnis – und der Anblick ihres Glücks mit ihrer kleinen Tochter auf dem Arm – hatte ihm das Herz gebrochen.

Teiko hatte er nur wenige Stunden später in dem Café ihrer Eltern kennengelernt. Sie hatte dort an den Wochenenden als Kellnerin gearbeitet. Sie hatten sich unterhalten, eins hatte zum anderen geführt, und dann hatte sie ihm das Herz gestohlen. Und es gleichzeitig geheilt.

Durch sie war er wieder auf die Beine gekommen, daran bestand kein Zweifel. Sie hatte ihn gerettet. Und lieber Gott, er war wahnsinnig verliebt in sie gewesen.

Das Klimpern eines Schlüssels an der Eingangstür schreckte ihn aus den Gedanken. Er blickte auf und sah Eli vor sich stehen, der ihn aufmerksam musterte. »Alles klar? Ich hätte wohl lieber doch bleiben sollen.«

Tyree schüttelte den Kopf. »Zum Teufel, nein. Du hattest zu arbeiten. Und mir geht es gut.«

Eli schnüffelte. »Jambalaya?«

»Deine Nase ist jedenfalls in Ordnung, Sohn.«

»Und was kochst du morgen?«

Tyree musste beinahe lachen und freute sich, dass der Junge ihn so gut kannte. »Das weiß ich erst, wenn ich es mache, stimmt's?« Jedes Jahr am Tag nach Teikos Todestag zog Tyree sich in die Küche zurück, normalerweise im The Fix. Und meist setzte er am Ende des Tages ein neues Gericht auf die Speisekarte.

Eli lachte und ließ sich auf die Couch neben ihn sinken. »Ich liebe dich, Dad.«

»Ich dich auch, Junge.« Er legte ihm den Arm um die Schultern und zog ihn dicht zu sich heran. Er hatte zwei Frauen geliebt. Und zwei verloren. Aber er hatte noch seine Bar. Seine Freunde. Und natürlich seinen Sohn.

Das war nicht alles, doch es war genug.

3

Eva Anderson stellte das Objektiv ihrer Nikon scharf und machte einen letzten verdeckten Schnappschuss von Braut und Bräutigam, die auf einem Felsen saßen und lachten, während Freunde und Familie sich um sie scharten, um den Augenblick mit ihnen zu teilen.

Es war fast acht, der Himmel lichtblau. Aber das Paar hatte sich schon vor zwei Stunden das Jawort gegeben. Sie hatten bei Sonnenaufgang im Desert Garden im Balboa Park, San Diego, heiraten wollen. Und da sie am Jahrestag ihres ersten Dates hatten heiraten wollen, hatte Eva mit der kleinen Hochzeitsgesellschaft vor sechs Uhr morgens an einem Mittwoch hier ankommen müssen.

Sie war schon tags zuvor angereist, um die Location genau unter die Lupe zu nehmen, und am Tag der Hochzeit hatte sie daher die bezaubernden Kakteen und andere interessante Pflanzen in die Bilder integrieren können. Sie verstaute ihr Equipment, wohl wissend, dass ihr ein paar sehr schöne Bilder gelungen waren. Das Paar, da war sie sich sicher, würde begeistert sein.

»Ich kann für dich zu Ende zusammenpacken, wenn du dich noch mit der Braut unterhalten willst«, sagte Marianne, Evas Teilzeit-Assistentin und zufällig auch ihre beste Freundin. »Und können wir dann bitte um Himmels willen einen Starbucks auftreiben?« Sie fuhr sich mit den Fingern durch das kurze weißblonde Haar und gähnte. »Ich brauche das Koffein intravenös.«

Eva lachte. »Klar.« Ehrlich gesagt konnte auch sie eine kleine Energiespritze vertragen.

Sie überließ die Packerei Marianne und lief zu Jill, der Braut, hinüber, die mittlerweile mit ihrer Mutter zusammenstand. »Die Hochzeit war wunderschön«, sagte sie. »Danke vielmals, dass Sie beim Festhalten dieser wichtigen Erinnerungen Ihr Vertrauen auf mich gesetzt haben.«

»Machen Sie Witze?«, rief Jill. »Ich habe Ihre Bilder von Bill Landrys Hochzeit und von der meiner Cousine Sarah gesehen. Jemand anderen hätte ich nie an die Sache rangelassen.«

»Wie nett von Ihnen«, sagte Eva hocherfreut. Sie hoffte, professionell zu klingen und nicht zu aufgeregt. Vor fünf Jahren hatte sie ihren Job als Grafikdesignerin an den Nagel gehängt und die Gelegenheit beim Schopf gepackt, sich als Fotografin selbstständig zu machen. Manchmal konnte sie es selbst kaum glauben, dass sie nicht nur Erfolg damit gehabt hatte, sondern dass ihr kleines Unternehmen wuchs und gedieh.

»Wir haben uns Ihr gesamtes Hochzeitsportfolio online angesehen«, fügte Jills Mutter hinzu. »Hervorragende Arbeit. Sie müssen Hochzeiten lieben.«

»Hochzeiten und Babyfotos sind meine Lieblingsmotive«, antwortete Eva aufrichtig. »In beiden steckt ein wenig von einem Märchen.«

»Happy Ends«, meinte Jills Mutter, stolperte dann aber leicht, denn ihre Tochter stieß sie mit der Hüfte an.

»Neuanfänge«, widersprach Jill und warf ihrem prächtigen frischgebackenen Ehemann einen verheißungsvoll-sinnlichen Blick zu.

»Stimmt wohl beides«, pflichtete Eva den Frauen bei. Es war keineswegs so, als hätte sie sich mit ihrer Antwort bei der Braut einschmeicheln wollen. Hochzeiten gehörten tatsächlich zu ihren Lieblingsmotiven. Und obwohl sie in puncto Selbstanalyse keineswegs eine Leuchte war, so war ihr doch klar, dass sie mit jedem Shooting dieser Art im Geiste immer wieder jenes Märchen neu schrieb, das bei ihr selbst so gründlich schiefgegangen war.

Jung und schwanger mit dem Kind eines Toten, war Eva von dem Vater, den sie liebte und respektierte, dazu gezwungen worden, einen Mann zu heiraten, für den sie nichts empfand. Dieser Mann war durchaus freundlich gewesen, aber eine gemeinsame Zukunft, geschweige denn eine innige Verbundenheit, hatte sie sich mit ihm nicht vorstellen können.

Während sie zum Auto zurückkehrte, in das Marianne die letzten Objektivköcher und Blitzgeräte packte, dachte sie an diese Jahre zurück. An ihrem fünfundzwanzigsten Geburtstag hatte sie die Scheidung eingereicht mit der Begründung, dass sie beide etwas Besseres verdient hatten. Er hatte nicht widersprochen – zum Teufel, er schien fast erleichtert zu sein –, und nach der Scheidung war er aus ihrem Leben verschwunden.

Elena war Gott sei Dank erst fünf Jahre alt gewesen. Sie hatte den Mann vermisst, den sie für ihren Vater gehalten hatte, aber schon bald war die Erinnerung an ihn verblasst, und Eva und Elena waren zu einem Team zusammengewachsen. Alleinerziehende Mutter, vergötterte Tochter.

Es war nicht leicht gewesen – insbesondere, da Evas Vater die Scheidung aufs Energischste missbilligte und ihr fortan jegliche finanzielle Unterstützung versagte. Doch sie hatten es geschafft, und Eva war umso gestärkter daraus hervorgegangen. Elena ebenfalls, dachte sie. Denn wie hätte eine junge Frau richtig aufwachsen können, wenn ihr wichtigstes Vorbild eine Frau war, die sich mit faulen Kompromissen abfand?

Zugegeben, es gab keinen Mann in ihrem Leben, aber das war okay. Sie hatte sich auf ihre Arbeit als Grafikdesignerin und das Erlernen der Fotografie konzentriert, zunächst als Hobby, das sie schließlich zum Beruf gemacht hatte. Und sie hatte dafür gesorgt, dass Elena jede Menge Geschichten über ihren wahren Vater, Tyree, hörte, einen Marinesoldaten, der sein Leben im Dienst am Vaterland verloren hatte. Er war ein Held.

Nur dass auch das nicht stimmte.

Tyree war nicht am Persischen Golf gestorben, wie ihr Vater ihr damals weisgemacht hatte. Soweit Eva wusste, war er überhaupt nicht gestorben.

Doch sie hatte die Lüge ihres Vaters über zwanzig Jahre lang geglaubt. Zum Teufel, er war in dem Wissen gestorben, dass er sie belogen hatte, und erst vor einem Monat hatte sie die Wahrheit erfahren, als sie endlich beschlossen hatte, sich um die vielen Umzugskisten aus seinem Haus zu kümmern, die zu viel Platz im Lagerraum ihres Studios einnahmen.

Den großen Umschlag hätte sie beinahe weggeworfen. Er war nicht an sie adressiert gewesen. Nur das Wort *Privat* stand darauf. Sie wusste bis heute nicht, was sie veranlasst hatte, den Umschlag zu öffnen. Sie fragte sich auch jetzt noch, ob es Segen oder Fluch war, die Wahrheit zu kennen. Aber nun gab es kein Zurück mehr.

Mit dem Zeigefinger hatte sie den alten Kleber des Umschlages gelöst und den Inhalt ausgeschüttet. Fünf versiegelte Briefe in Tyrees kritzeliger Handschrift, jeder einzelne aus Übersee, jeder ungeöffnet. Und sie hatte keinen davon jemals zu Gesicht bekommen.

Und dann, das war das Heimtückischste von allem, entdeckte sie den einen Umschlag ohne Aufschrift. Sie hatte ihn geöffnet und sorgfältig den Brief auseinandergefaltet, der drin steckte. Elena war gerade dabei gewesen, eine andere Kiste auszusortieren, und obwohl Eva sich nicht daran erinnern konnte, auf die Knie gefallen zu sein, so musste es doch so sein, denn Elena hatte einen Schrei ausgestoßen und war zu ihr hingeeilt.

»Mom?« Sogar heute noch konnte Eva die Furcht in der Stimme ihrer dreiundzwanzigjährigen Tochter hören. »Mom, was ist los?«

Wahrscheinlich wäre es besser gewesen, wenn sie ihr nichts erzählt hätte. Aber in diesem Augenblick hatte sie ihr einfach nur den Zettel entgegengestreckt. Das Stück Papier, auf dem ihr Vater die Wahrheit niedergeschrieben hatte, Vorder- und Rückseite mit seiner engen, zittrigen Handschrift bedeckt. Alles über seine Ränke und Intrigen, nachdem sie ihm unter Tränen gestanden hatte, dass sie schwanger war.

Wie er ihre Post abgefangen hatte.

Er hatte Eva erzählt, Tyree sei im Kampf gefallen. Und weil ihr Vater eng mit dem Militär zusammenarbeitete und Freunde und Verbindungen auf höchster Ebene hatte, war sie nie auf die Idee gekommen, dass er die Unwahrheit sagte.

Wie dumm und naiv sie doch gewesen war!

Er hatte den Verlauf ihres Lebens geändert. Und alles bloß, weil er nicht wollte, dass sie einen armen Schlucker ohne lebende Verwandte heiratete, der lediglich die Highschool besucht hatte. Einen Mann, der in New Orleans aufgewachsen war, den Sohn einer bettelarmen Cajun-Mutter und eines Vaters, der als Hausmeister in Savannah gearbeitet hatte, bevor er nach Louisiana gezogen war.

Er hatte also Tyree einfach getötet – zumindest für Eva. Und hatte sie in die Arme David Andersons getrieben, eines Mannes, den sie nicht liebte und der sie nicht liebte.

Die Wirklichkeit hatte nicht nur das Andenken an ihren Vater besudelt, sondern sie auch bis ins Mark erschüttert.

Als junges Mädchen hatte Eva beinahe das Leben einer Prinzessin geführt. Obwohl ihre Mutter im Kindbett gestorben war, war ihr Vater so vernarrt in sie gewesen und hatte sie mit so viel Liebe und Zuneigung überschüttet, dass sie sich nie leidgetan hatte. Im Gegenteil: Sie hatte immer das Gefühl gehabt, etwas Besonderes zu sein. Zumindest bis sie feststellte, dass sie mit neunzehn schwanger war. Sie hatte es ihrem Vater erzählt – Fehler Nummer eins –, und mit einem Mal war alles ganz anders. Sie war nicht länger die verhätschelte Tochter, sondern verdorben und das schwarze Schaf. Folglich wurde ihr das Schlimmste zugemutet.

Verliebt in den einen Mann, gezwungen, den anderen zu heiraten. Das einzig Gute, das aus der Beziehung erwachsen war, war

Elena. Zumindest bis zu dem Zeitpunkt, da Eva klar wurde, was sie wollte, sie sich emanzipierte und die Scheidung einreichte.

Mochte ihr Vater doch zur Hölle fahren!

Warum er die Wahrheit überhaupt aufgeschrieben hatte, wollte ihr partout nicht einleuchten. Hatte er erwartet, dass sie den Brief fand, obwohl er gar nicht an sie adressiert war? War das seine persönliche Form der Beichte?

Sie hatte keine Ahnung. Es war ihr auch egal.

Im Augenblick wusste sie nur eins: Die Wahrheit hatte die unangenehme Folge, einem Mann, der eben doch nicht tot war, erklären zu müssen, dass er eine Tochter hatte.

»Ist das heute wieder so ein Tag, an dem wir uns telepathisch verständigen müssen?«

Mariannes Worte rissen Eva aus den Gedanken, und sie sah die Freundin an. »Hm?«

Marianne deutete mit einem Kopfnicken auf den fertig gepackten Kofferraum von Evas Honda Pilot. »Wir arbeiten schweigend. Wir sind eins. Wir sind Borg.«

Eva verdrehte die Augen. »Sorry. War mit den Gedanken woanders.«

»Wir haben jetzt sechs Hochzeiten hinter uns gebracht, seit du diesen blöden Brief gefunden hast, und jede einzelne hat dich total aus der Bahn geworfen.«

Eva zog die Augenbrauen hoch. »Mich hat überhaupt nichts aus der Bahn geworfen. Ich bin vielleicht etwas abgelenkt, das ist alles. Aber damit hört es dann auch auf.«

Marianne schloss den Kofferraum und lehnte sich gegen das Auto. »Hast du dich schon entschieden, wie du dich verhalten willst? Ich meine, du *wirst* es ihm erzählen, aber weißt du schon, wie?«

Eva zuckte mit einer Schulter. »Noch nicht.«

»Du weißt es jetzt schon seit einem Monat.« Mariannes Stimme war sanft, aber tadelnd. »Es wird sicher nicht leichter.«

»Ich weiß. Es ist nur … ach, keine Ahnung.«

»Hm, das sehe ich.«

»Elena findet, ich solle ihn einfach anrufen. Meine romantische Tochter meint, dass er, sobald er meine Stimme hört, gleich nach San Diego kommen wird und wir genau da weitermachen, wo wir aufgehört haben.« Ihr schwaches Lächeln war traurig. »Nur diesmal mit einer erwachsenen Tochter statt mit ihr schwanger.«

»Vielleicht funktioniert es ja tatsächlich.« Normalerweise hatte Marianne ein ziemlich freches Mundwerk, aber nun klang ihre Stimme überraschend sanft.

»Jetzt fang du nicht auch noch an. Elena ist noch jung genug, um daran zu glauben, dass Liebe ewig währt. Dass Menschen sich nicht verändern. Heiraten. Ein Leben haben.« Tyree hatte sich sicher ein Leben aufgebaut. Und er hatte es zwar verdient zu erfahren, dass er eine Tochter hatte, aber sie wollte auch nichts durcheinanderbringen. Und vielleicht, nur vielleicht, wollte sie keinesfalls abseits stehen und erfahren, dass er ohne sie glücklich geworden war.

»Klar hat er ein Leben«, erwiderte Marianne. »Aber du musst es ihm sagen.«

»Ich weiß. Mach ich ja auch.«

»Besser früher als später«, mahnte Marianne noch einmal und fügte dann, als Eva sie mit verengten Pupillen ansah, hastig hinzu: »Das ist nur fair.«

»Das hatte ich ja auch vor. Wir haben die restliche Woche über keine Shootings mehr. Ich wollte in dieser Zeit mal nach ihm suchen. Vielleicht kann ich mich ja an die Army wenden, um seine Adresse ausfindig zu machen.«

»Das könnte eine Weile dauern.«

»Wahrscheinlich gar nicht so lang.« Eva kramte ihre Schlüssel aus der Tasche ihrer schwarzen Jeans, die sie immer bei Hochzeitsfotosessions trug. Gepaart mit Bluse und Jackett war dieses Outfit hübsch genug, um sich in die elegante Gesellschaft einzufügen, aber auch widerstandsfähig genug, um damit auf dem Boden herumzukriechen, wenn ihr das den ultimativen Killer-Schuss einbrachte.

Sie öffnete die Fahrertür und stieg ein, dann wartete sie, bis Marianne auf dem Beifahrersitz saß.

»Und ein paar Tage mehr oder weniger spielen jetzt auch keine Rolle mehr. Er sitzt schließlich nicht neben dem Telefon und wartet sehnlich auf meinen Anruf, um von seiner unbekannten Tochter zu erfahren.«

Und je mehr Tage verstrichen, umso besser bekam sie ihre Nervosität vielleicht in den Griff.

»Na ja, schon, aber …«

»Aber was?«, fragte Eva, und ihre Hand verharrte am Schlüssel, ohne ihn umzudrehen.

»Nichts.«

»Oh, zum Teufel.« Eva lehnte sich zurück, der Schlüssel war vergessen. Sie kannte die Freundin wie ihre Westentasche. Jeden Gesichtsausdruck. Jede Stimmlage.

Und sie wusste, wann etwas im Busch war.

»Was ist los? Und denk nicht mal dran, so zu tun, als ob ich mir das einbilde. Erzähl es mir.«

Marianne leckte sich die Lippen, und ihre helle Haut erschien vor dem cremefarbenen Ledersitz sogar noch heller. »Ja. Klar. Na ja, es ist nur – okay, du weißt doch, dass du Elena immer gesagt hast, ein Mädchen solle sich immer das holen, was es will? Sich nicht zurückhalten oder andere Leute für es entscheiden lassen?«

»Ja.« Sie hörte, wie ängstlich ihre Stimme klang. Diese Lektion hatte sie ihrer Tochter zu vermitteln versucht, nachdem sie sie selbst auf die harte Tour gelernt und sich von David hatte scheiden lassen. Jetzt fragte sie sich, ob sie es bereuen würde, diese spezielle Elternkarte ausgespielt zu haben. »Und?«

»Sie war es eben nur leid, sich zurückzuhalten.«

Kalt lief es ihr über den Rücken. »Wovon sprichst du? Elena?

Sie ist in Austin und sieht sich die Stadt und den Campus der University of Texas an.«

Elena hatte gerade ihren Abschluss an der University of California San Diego gemacht und machte ein Sabbatjahr, während sie entschied, in welchem Fach sie sich für den Master einschreiben wollte. Sie interessierte sich für Stadtplanung, und das Lehrangebot in Austin gefiel ihr, also hatte sie beschlossen, den Sommer über dorthin zu ziehen, um sich darüber klar zu werden, ob sie auch langfristig in dieser Stadt wohnen wollte.

Sie merkte, mit welchem Blick Marianne sie musterte, fast mitleidig. Als sei Eva eine überaus törichte Mutter. »Zum Teufel, was willst du mir sagen?«

»Ich bin überzeugt, sie ist voll in dieser College-Sache drin. Sie hat von Austin und der UT doch total geschwärmt.«

»Ahaaa. Und?«

»Ja, hm, na jaaaa. Ich darf es dir wirklich nicht sagen.«

»Warum nicht?«

»Weil ich deine beste Freundin bin.«

Eva blieb der Mund offen stehen. Sie verstand immer noch kein Wort. »So langsam brauchst du wirklich Koffein. Du redest wirres Zeug.«

Marianne seufzte. »Erinnerst du dich an damals, als sie sechs war? Kurz nach deiner Scheidung von David? Als du meintest, sie brauche eine Vertraute? Eine Erwachsene in ihrem Leben, die nicht Mutter oder Vater war. Eine Frau, der sie später auch Fragen über Jungs stellen konnte oder was sonst noch?«

»Ich erinnere mich ...«

»Na ja, ich darf dieses Vertrauen, für das du den Grundstein gelegt hast, wohl kaum enttäuschen.«

»Ich war doch eigentlich sehr genau. Dieses vertrauliche Band gilt nicht, wenn die Gefahr besteht, dass sie verletzt wird.«

»Warum sollte sie?«

Eva funkelte die Freundin wütend an. »Woher soll ich das

wissen, wo ich doch noch nicht mal eine Ahnung habe, was sie vorhat?«

Marianne zuckte bloß mit den Schultern.

Entschlossen griff Eva in ihre Handtasche und zog ihr Handy hervor.

»Du willst sie anrufen?«

»Nein«, antwortete Eva. Mit einem Mal war ihr klar geworden, dass sie niemals auch nur den Versuch unternommen hatte, Tyree mit normalen Mitteln ausfindig zu machen. Sie hatte sich lediglich deshalb vorgenommen, bei der Army nachzuforschen, weil ihr das einen Aufschub gewährte. Dadurch musste sie nicht auf eigene Faust suchen, oder? Sie würde bei der Marine nachfragen, nachdem sie die Hochzeitswelle hinter sich gebracht hatte – heute war die letzte für drei Wochen – und nachdem sie von ihrem bitter nötigen zweiwöchigen Urlaub in Vancouver zurückgekehrt war, zu dem sie am Sonntag aufbrechen wollte.

Es hatte also gar keine Notwendigkeit bestanden, Tyree Johnson zu googeln – wie sie es in diesem Augenblick gerade tat.

Das Ergebnis kam schnell, und sie starrte mit offenem Mund das kleine Display in ihrer Hand an.

»Austin. Ich wusste es.« Sie überflog den Text. »Ihm gehört eine Bar. Anscheinend veranstaltet er einen Contest für einen Kalender, denn einige Artikel aus den lokalen Medien stehen ziemlich weit oben.«

Sie sah auf, merkte, dass sie lächelte. »In einem der Artikel steht, dass die Bar – The Fix on Sixth – bekannt ist für eine hervorragende Speise- und Cocktailkarte. Die meisten Gerichte und Getränke sind Tyrees eigene Erfindung.« Sie erinnerte sich, dass er immer gern gekocht und von einem eigenen Restaurant geträumt hatte. Wie es aussah, hatte er seinen Traum wahrmachen können.

Und zwar ohne sie – das durfte sie nie vergessen. Er hatte sich eine Existenz aufgebaut. Wahrscheinlich war er auch verheiratet und hatte Kinder. Führte ein erfülltes, glückliches Leben.

Ein Leben, das Elena und sie nur durcheinanderbringen würden.

Und wenn Elena tatsächlich dort war, um ihn zu besuchen, dann musste Eva so schnell wie möglich nach Austin reisen. Denn eines wollte sie ganz gewiss nicht: dass der erste – nein, der einzige – Mann, den sie je geliebt hatte, sie für eine abscheuliche Bitch hielt, die ihm absichtlich seine Tochter vorenthalten hatte.

Sie stieß geräuschvoll den Atem aus. »Hat sie es ihm schon erzählt?«

Mariannes Gesicht wurde nur noch mitleidiger. »Komm schon, Freundin. Ich hab dir doch schon gesagt, dass es vertraulich ist.«

»Verdammt, Marianne. Hat. Sie. Es. Ihm. Schon. Erzählt?«

Die Freundin ließ die Schultern hängen. »Nein. Sie hat es mit der Angst zu tun bekommen. Aber sie will es noch mal versuchen.«

»Wann?«

»Heute.«

»Heute?« Verdammte Scheiße. »Ich rufe die Bar an«, brabbelte sie. »Erkläre, wer ich bin. Vielleicht ist er ja da. Vielleicht geben sie mir seine Nummer.«

Marianne legte den Kopf schief, und Eva atmete aus, sah auf die Armbanduhr.

»Oder ich fliege gleich nach Austin.«

4

Wie sein Sohn erwartet hatte, verbrachte Tyree den gesamten Mittwoch in der Küche des The Fix. Und als der Abend kam und das Restaurant sich mit Kunden füllte, die etwas trinken und sich den Mr.-April-Contest ansehen wollten, hatte Tyree sein neues Rezept so ziemlich perfektioniert. Er zwang die gesamte Küchenbelegschaft zu probieren, und alle waren begeistert. Um sicherzugehen, dass seine Angestellten ihm keinen Honig um den Bart schmierten, testete er das Gericht anschließend noch an ein paar Stammgästen, die nach der Arbeit hier immer vorbeischauten. Da auch die Kunden die Daumen hochhielten, verbuchte Tyree das neue Gericht als Erfolg und nahm sich vor, es auf die Speisekarte zu setzen, sobald ihm ein geeigneter Name dafür eingefallen war. Irgendwie kam ihm BBQ-Bacon-Hühnchen-Ananas-Kebab zu lang vor.

Aber vielleicht konnte er diese Aufgabe auch Jenna übertragen. Sie hatte sich immerhin auch den Kalender-Wettbewerb ausgedacht. Vielleicht würde es ja noch einen zweiten Contest geben, bei dem es um den besten Namen für das Gericht ging.

Nachdem er die Kochschürze im Wäschekorb verstaut hatte und in der Bar auftauchte, steppte dort jedenfalls der Bär.

Sein Barkeeper Cameron stand offenbar kurz vorm Zusammenbruch. Eric machte gerade Pause, also glitt Tyree selbst hinter die Bar und machte Reece, der mit der gleichen Absicht ebenfalls herbeieilte, ein Zeichen, dass er alles im Griff hatte.

»Danke«, sagte Cam, während er Dirty Martinis mit Gorgonzola-gefüllten Oliven für zwei Frauen in Kostüm eingoss. »Ich hatte alles unter Kontrolle, als ich Eric sagte, er könne in die Pause gehen. Aber plötzlich haben sie uns die Bude eingerannt.«

»Keine Sorge. Ich muss mich bedanken, dass du heute Abend überhaupt gekommen bist. Wir sind momentan knapp besetzt.« Gut war diese Personalknappheit nie, aber an einem Abend, an dem der Mann des Monats gewählt wurde, war sie katastrophal. Aber da Cam vor Kurzem zum zweiten Wochenend-Manager befördert worden war, hatte er eigentlich heute Abend frei.

»Ach, ehrlich, das macht doch nichts. Eigentlich vermisse ich die Arbeit an jedem zweiten Mittwoch sogar«, erwiderte Cam. »Der Contest ist die beste Show in der Stadt.«

»Das kannst du laut sagen«, rief Mina Silver, die sich durch die Menge gedrängt hatte und nun graziös auf einem wie durch ein Wunder leer gewordenen Barhocker Platz nahm. Sie stellte sich auf die Fußstütze, um sich dann über die Bar zu lehnen und Cam einen Kuss auf die Stirn zu geben. »Besonders, wenn Mr. März auf der Bühne ist.«

Sie musterte ihn von Kopf bis Fuß. »Natürlich ist der Teil von Mr. März, den ich am liebsten sehe, nicht jugendfrei. Darauf warte ich also besser bis nach Geschäftsschluss.«

Tyree unterdrückte ein Grinsen, während Cam in gespielter Entrüstung den Kopf schüttelte und Mina ein Wasser hinüberschob.

»Jetzt hast du noch gut lachen«, meinte Mina, und ihre grünen Augen funkelten, als sie Cam einen Luftkuss zuwarf. »Aber wir wissen beide, dass ich stets bekomme, was ich will.«

Tyree hielt die Hände in die Höhe. »Ich höre nichts. Ich sehe nichts.«

»Eine gute Strategie«, meinte Cam und deutete auf Mina. »Und um dich kümmere ich mich später.«

Mina schlug unschuldig die Augen nieder. »Kann es kaum erwarten.«

Cam warf ihr ein blitzendes Grinsen zu und rückte hinter der Bar ein Stück weiter zur Seite, während der Hocker neben Mina frei wurde.

»Oh! Halt mir den frei!« Tyree blickte von dem Kassenzettel

auf, den er gerade ausgedruckt hatte, und entdeckte Amanda, eine Immobilienmaklerin und weitere Stammkundin. Sie hechtete auf den Barhocker zu, den Mina durch ihre Hand für sie freihielt.

»Danke. Ich brauche dringend einen Cocktail«, sagte Amanda und kletterte auf den Hocker. »Ich brauche eine vernünftige Grundlage, um Nolan anzufeuern. Ich habe versucht, Mom und Dad dazu zu überreden, heute Abend auch zu kommen, aber sie meinten, dass sie sich ganz auf mich verlassen, damit ich sie über die Höhepunkte aufkläre.«

Tyree gluckste. Ihm fiel ein, dass Amanda und Nolan, der als Moderator beim lokalen Rundfunksender arbeitete, Stiefgeschwister waren.

»Du solltest dich mit Brooke und Spencer unterhalten«, warf Mina mit mutwillig blitzenden Augen ein. »Vielleicht wollen sie dich ja vor der Kamera sehen. Wie du einen der Wettbewerbsteilnehmer auseinandernimmst. Könnte die Einschaltquoten steigern …«

»Dann falle ich womöglich bei meinem Bruder in Ungnade. Außerdem: Weißt du eigentlich, was er im Radio für einen Scheiß über mich erzählen könnte? Er kennt einfach zu viele meiner Geheimnisse.«

»Was du nicht sagst«, erwiderte Mina. »Mein Bruder kennt meine auch alle. Sehr unpraktisch.«

»Musst du denn heute nicht arbeiten?«, fragte Tyree Mina.

Sie nickte, hielt ihr Wasser hoch und trank einen großen Schluck. »Doch, bin nur völlig ausgetrocknet.«

In diesem Augenblick trat Megan zu ihnen hin und schob sich eine lange Haarsträhne hinters Ohr. »Anscheinend ist es nirgends besser als hier«, meinte sie.

»Für mich jetzt nicht mehr«, widersprach Mina. »Ich muss gehen.«

Megan lachte. »Umso besser, wenn ich dadurch deinen Hocker kriege.«

Mina verdrehte die Augen. »Kein Respekt hier in der Gegend.«

Megan wackelte wie eine Lehrerin mit dem Finger. »Wir wollten doch für den 5-Kilometer-Lauf trainieren. Wenn du am Wochenende mit mir läufst, werde ich dir auch Respekt erweisen.«

Mina grinste Cam schelmisch zu. »An den Wochenenden stehe ich nicht ganz so früh auf ...«

»Geh jetzt«, rief Cam lachend. »Bevor all meine Geheimnisse hier in der Bar verbreitet werden.«

Mina zwinkerte Tyree zu, dann winkte sie den Frauen, ehe sie praktisch durch die Bar zu Brooke hinüberhüpfte, die gerade mit einem der ständig anwesenden Kameramänner über die Reality-Show sprach.

Megan setzte sich auf den freien Barhocker, und als Amanda und sie die neusten Klatschgeschichten austauschten, mischte sich Tyree unter die Menge, unterhielt sich mit Stammgästen, begrüßte die Frauen, die um die Bühne herumstanden, und ging dann in den rückwärtigen Teil der Bar, wo die Jungs warteten, die sich für den Mr.-April-Contest eingeschrieben hatten.

Dort blieb er, beobachtete von hinten, wie der Wettkampf begann, und feuerte jeden einzelnen Mann an, der sich auf die Bühne bewegte. Mit jedem Teilnehmer war die Menge ausgelassener, und Tyree bemerkte, dass Tiffany und die anderen Kellner sich ziemlich abhetzen mussten, um der ganzen Getränkebestellungen Herr zu werden. Viele Gäste, hoher Umsatz. Und wie viel Spaß das alles machte! Zum Teufel, die Sache war in jeder Hinsicht eine Superidee.

So super, dass er sogar ein bisschen überrascht war, dass man ihn im Bodacious, der größten Konkurrenz, nicht kopierte. Bislang hatte das The Fix anscheinend das Monopol auf den lokalen Kalender-Contest. Und wenn sie erst den tatsächlichen Kalender in Druck gaben und ihn Ende Oktober zum Verkauf anboten, würde ihnen das sogar noch mehr Umsatz einbringen.

Hoffentlich würden all diese finanziellen Rinnsale sich zu

einem Geldstrom zusammenfügen, der es ihm ermöglichte, die Pforten der Bar auch bis Dezember offen zu halten.

Wehmütig sah er sich um und dachte daran, wie heruntergekommen das Lokal gewesen war, als er es gekauft hatte. Er hatte die lang gezogene Eichentheke selbst gebaut, und Reece und Brent hatten bei den übrigen Renovierungsmaßnahmen geholfen. Die Bar war einfach großartig. Und er hatte mit bloßen Händen dazu beigetragen. Er liebte diesen Ort. Und die Menschen darin waren ihm ans Herz gewachsen. Sie waren seine Familie.

Das alles würde er nie im Leben aufgeben. Jedenfalls nicht kampflos.

Es würde nicht passieren. Nicht diesen Monat. Nicht dieses Jahr. Niemals.

Dieser Gedanke hallte in seinem Kopf wider, als er in die Küche zurückkehrte, um nach den Köchen zu sehen. An Abenden wie diesem drehten gern alle mal durch.

Wenige Minuten später war er wieder in der Bar. Die Menge war kurz vorm Ausrasten, und er entdeckte Nolan eng umschlungen mit der schüchternen jungen Frau, die Tyree bislang nur wenige Male getroffen hatte – Shelby?

Er zog die Augenbrauen hoch und sah Reece an, der gerade an ihm vorbeikam. Aber der schüttelte bloß den Kopf, deutete mit einem Kopfnicken auf Nolan, zeigte die Daumen hoch und lachte. Tyree lachte ebenfalls. Dieser Wettbewerb hatte offenbar die seltsamste Wirkung auf die Teilnehmer.

Zum Teufel, vielleicht sollte er die Bar als Partnervermittlungs-Location vermarkten.

Einen Augenblick später sah er, dass Nolan und Shelby zur Tür gingen. Da der Gewinner noch nicht verkündet worden war, dachte Tyree darüber nach, sie zurückzurufen. Aber dann nahm er davon Abstand. Nolans Gesichtsausdruck zufolge hätten ihn keine zehn Pferde mehr hier halten können.

Er hörte, wie Brent seinen Namen rief, und wandte sich um.

Sein Partner und Freund signalisierte ihm, dass er die Sicherheitskameras rebooten musste. Tyree hielt die Daumen hoch und wollte gerade in sein Büro zurückkehren, um sich darum zu kümmern, als er plötzlich die Frau von vergangenem Montag wieder entdeckte. Die ihn so sehr an Eva erinnerte.

Er erstarrte. Erstarrte einfach. Und während er sie beobachtete, sah er sich dem Ansturm bittersüßer Erinnerungen ausgesetzt, die in seinen Eingeweiden tobten und den Schmerz der Verluste, die er vor so langer Zeit erlitten hatte, aufs Neue lebendig werden ließen.

Entschlossen wandte er sich ab. Er musste sich für Brent um das Sicherheitssystem kümmern. Überdies brauchte er einen klaren Kopf. Er hatte sich gestern freigenommen, um seine Frau zu betrauern. Nun, da er wieder an seinem Arbeitsplatz war, konnte er nicht auch noch die Ablenkung durch eine Exfreundin brauchen.

Und doch: Die Erinnerungen blieben, und nachdem er das System wieder hochgefahren hatte, tat er genau das eine, von dem er wusste, dass er es nicht hätte tun sollen. Er setzte sich an seinen Schreibtisch, öffnete die unterste Schublade und zog eine abgegriffene Zigarrenkiste hervor. Darin befand sich auch ein Foto von Eva, wie er wusste.

Langsam öffnete er die Kiste und holte einen Stapel vergilbter Fotografien heraus. Elijah. Teiko. Geburtstagspartys und Weihnachtsfeste. Und ja, ein Bild von der Beerdigung. Von Elijah im Anzug, dem neunjährigen Jungen, der sich nur mit Mühe das Weinen verkniff.

Er zwang sich, die Fotos beiseitezulegen. Nicht im Morast der Erinnerungen zu versinken, denen er sich gestern noch hingegeben hatte. Stattdessen blätterte er weiter die Fotos durch, entdeckte Bilder von sich selbst und Charlie Walker, Reece' Dad. Und eines von ihm mit Reece' Onkel Vincent, wenige Tage vor dessen tödlicher Verwundung durch feindliches Feuer in Afghanistan, als er in Tyrees Armen gestorben war.

Wieder ein tiefer Atemzug, und Tyree fuhr fort, fand schließlich die Fotografie, nach der er gesucht hatte. Sie war jetzt über zwanzig Jahre alt, die Farben ausgeblichen, sodass Evas Kleid nicht mehr tiefrot, sondern sehr matt wirkte, und der Himmel eher grau als blau. Aber die Liebe in ihren Augen war immer noch unverkennbar, und dieses Gesicht ebenso.

Sein Herz zog sich zusammen, als er sich an ihr letztes gemeinsames Wochenende in San Diego erinnerte, bevor er an die Front zurückgekehrt war. Sie hatten einander erst seit zwei Wochen gekannt, doch er war wahnsinnig verliebt in sie gewesen.

Schon bald hatte er erfahren müssen, was für ein Narr er gewesen war.

Seufzend schloss er die Augen, sein Geist erfüllt von der Erinnerung an die beiden Frauen, die er geliebt hatte. Die eine hatte er an den Tod verloren. Die andere hatte ihm den Rücken gekehrt.

Beide waren fort.

Es klopfte laut an seinem Türrahmen, und er blickte auf und entdeckte einen Geist.

Er blinzelte.

Nein, keinen Geist. Das war nicht Eva. Natürlich nicht. Aber wieder haute ihn die Ähnlichkeit um.

»Mr. Johnson?« Ihre Stimme klang gefühlvoll und dennoch energisch und schmerzlich vertraut. »Man hat mir gesagt, ich könne herkommen. Ich ... Sie sind doch Tyree Johnson, oder?«

»Ja, das bin ich.«

Sie holte tief Luft, als sei sie erleichtert über diese Antwort.

»Und Sie haben mal in San Diego gelebt?«

Eiskalt lief es ihm den Rücken hinunter, und er dachte an seine Großmutter, die häufig zu sagen pflegte: *Man trifft sich immer zweimal im Leben.*

»Ja, das stimmt. Aber das ist lange her. Also, was kann ich für Sie tun, Miss ...?«

»Anderson«, antwortete sie. »Elena Anderson.«

Elena. Das war der Name seiner Mutter gewesen. Er musterte das Mädchen noch genauer. »Wer sind Sie?«, fragte er, obwohl er tief im Innern die Antwort kannte.

»Meine Mutter ist Eva Anderson. Und ich glaube, Sie sind mein Vater.«

5

Tyree plumpste gegen die Stuhllehne; ihm blieb die Luft weg. Mit einem Mal wurde ihm klar, dass er eigentlich von Anfang an gewusst hatte, was sie hatte sagen wollen. Aber ihre Worte vorauszuahnen und sie dann tatsächlich zu hören waren zwei verschiedene Paar Schuhe.

Und sie zu glauben war noch eine ganz andere Sache.

»Ich …« Er unterbrach sich und schüttelte den Kopf. »Nun, verstehen Sie mich nicht falsch, aber das ist unmöglich. Ich kannte Ihre Mutter, ja. Aber trotzdem müssen Sie da etwas gründlich missverstanden haben.«

Sie holte tief Luft, sah ihm in die Augen und antwortete schlicht: »Nein.«

Dann trat sie über die Schwelle in sein Büro und setzte sich in einen der Gästesessel. »Es stimmt«, beharrte sie. »Sie sind mein Vater.«

Tyree schwirrte der Kopf. Das konnte nicht sein. Das durfte nicht sein. Aber wie konnte er dieses Mädchen davon überzeugen, wo es doch so offensichtlich glaubte, seinen Daddy gefunden zu haben?

Dass sie Evas Tochter war, stand außer Frage. Was das anging, hatte er keinerlei Zweifel. Die Ähnlichkeit war so frappierend, dass ihr Anblick ihn jedes Mal wie ein Fausthieb in die Magengrube traf. Aber außer ihrer Körpergröße und ihrer dunkleren Haut erinnerte nichts in ihrem Erscheinungsbild auch nur im Entferntesten an ihn. Außerdem hatte er vor all den Jahren diesen Mann mit ihr und Eva zusammen gesehen. Diesen schwarzen Vollpfosten, der sich eingeschlichen und Tyree den Platz streitig gemacht hatte. Auch er war groß gewesen. Und seine Haut war sogar noch eine Spur dunkler als seine eigene gewesen.

Aber vielleicht hatte dieses Schwein ihm ja einen Gefallen getan. Was zum Teufel hätte Tyree mit einer Frau anfangen sollen, die sich so schnell auf einen anderen Mann eingelassen und ihm selbst sogar sein Kind verheimlicht hatte?

Verheimlicht? Nein, gar nichts hatte sie verheimlicht. Es gab kein Geheimnis.

Es gab kein Geheimnis, dachte er wieder, denn dieses Mädchen war nun mal nicht seine Tochter.

»Ist das Ihre Familie?« Sie legte den Kopf schief, um das gerahmte Bild von Elijah und Teiko besser sehen zu können. Sie streckte den Arm aus und drehte es zu sich herum, um es besser betrachten zu können.

»Meine Frau«, antwortete er schlicht und bat im Stillen Teiko, ihm Kraft zu geben. »Und mein Sohn.«

»Sehr hübsch.« Ihr Lächeln war etwas zittrig, und sie rieb sich über die Augenbraue. »Sehen Sie, ich bin nicht hier, um zu ... Ich meine, ich will nichts von Ihnen haben. Ehrlich. Und vielleicht hätte ich hier nicht so hereinplatzen sollen. Ich hätte anrufen oder einen Brief schreiben sollen. Und mir ist klar, dass ich Ihnen einen ziemlichen Schreck eingejagt habe. Es ist bloß, ich habe Sie gefunden und wollte Sie kennenlernen und ...«

Sie unterbrach sich stirnrunzelnd. »Was ist los?«

Er bemerkte, dass er sie anstarrte, während sie mit den Fingern über ihre Augenbraue strich, eine vertraute Geste, die er nur allzu gut kannte.

Er stand auf, stieß sich so heftig von seinem Stuhl ab, dass der zurückrollte und gegen die Wand prallte. Er beugte sich vor, umklammerte die Schreibtischkante. Der Raum um ihn herum verschwamm, und er atmete schwer, versuchte, sich zu beruhigen.

Am liebsten wäre er auf irgendjemanden losgegangen. Hätte seine Faust gegen die Wand gerammt. Er wollte etwas tun, irgendetwas, um die Gefühle zum Schweigen zu bringen, die in ihm tobten.

Vor allem aber wollte er dieses Mädchen nicht erschrecken. Diese hübsche junge Frau, die die Unschuldige in dieser ganzen Geschichte war.

Seine Tochter.

Lieber Gott, er hatte eine Tochter.

Er schloss die Augen und dachte an Eli. *Teiko, es tut mir leid. Ich dachte wirklich, es gäbe nur uns drei.*

»Tut mir echt leid.« Elena verschränkte die Hände im Schoß. »Ich wollte Sie wirklich nicht überfordern.« Sie war nervös, aber auch gefasst.

»Du warst schon mal hier«, sagte er, sie jetzt duzend. »Neulich, meine ich.«

Sie nickte, und ein hübsches Lächeln spielte um ihre Lippen. »Das war ein Baseline-Test.«

»Ein was?«

Sie reckte das Kinn. »Ich hatte Angst davor, dich zu treffen. Natürlich wünschte ich es mir, aber gleichzeitig fürchtete ich mich davor. Also habe ich es in kleinen Schritten getan. Schritt eins bestand darin, durch die Tür zu gehen.«

»Gute Strategie«, sagte er, und ein seltsamer Stolz erfüllte ihn, denn dieses Mädchen, das er kaum kannte, war weder töricht noch feige.

Seufzend setzte er sich wieder. »Erzähl mir von dem Mann, der dich aufgezogen hat.«

»Dem Mann?«

Er wollte ihr nicht erklären, dass er hingeflogen war und sie mit ihrem Stiefvater gesehen hatte, also sagte er bloß: »Anderson. Du trägst weder Evas noch meinen Nachnamen.«

»Oh. Stimmt. David und meine Mom ließen sich scheiden, als ich noch klein war. Sie redet nicht allzu oft von ihm.«

Also hatte Eva tatsächlich damals einen neuen Typen aufgerissen. Und das auch noch verdammt schnell. Warum? Weil sie einen Vater für ihr Kind suchte? *Er* war der verdammte Vater ihres Kindes. Warum zum Teufel hatte sie ihm nichts gesagt? Waren Eva und dieses David-Arschloch vielleicht schon ein Paar gewesen, bevor Tyree mit ihr gegangen war? Und war sie danach wieder in dessen Arme zurückgekehrt?

Die Möglichkeiten überschlugen sich in seinem Kopf, und jede einzelne machte ihn stinksauer. Er war für sein verdammtes Land in den Krieg gezogen, hatte geglaubt, dass zu Hause eine Frau auf ihn wartete. Eine Frau und das Versprechen eines gemeinsamen Lebens. Oder zumindest die Chance, es gemeinsam zu versuchen. Zu sehen, ob sie auch langfristig so gut zueinanderpassten, wie sie es in jener kurzen Zeitspanne getan hatten.

Eine Lüge.

Jede Erinnerung, an die er sich geklammert hatte, während die Bomben um ihn herum explodierten – jede Erinnerung, die ihm beim Einschlafen geholfen hatte, die die Albträume von Tod und Verstümmelung vertrieben hatte – all das war eine gottverdammte Lüge gewesen.

Er hätte schreien mögen. Schon wieder hatte er den Impuls, auf irgendjemanden loszugehen, seine Faust in die gottverdammte Steinwand zu rammen. Aber das hatte dieses arme Kind nicht verdient. Sie war gekommen, weil sie auf der Suche nach einem Vater war – nach ihm. Und egal, was sonst noch geschehen sein mochte, er war nicht Arschloch genug, um seine Wut an ihr auszulassen.

Langsam, bewusst zwang er sich, sich zu beruhigen.

»Also, was ist geschehen?«, fragte er. »Zwischen deiner Mom und diesem Typen? David Anderson, stimmt's?«

»Stimmt, und wie ich schon sagte, ich war noch klein. Erst fünf. Aber aus dem, was sie mir erzählt hat, kann ich schließen, dass die beiden einfach nicht zusammenpassten. Mom war im Grunde alleinerziehend. David gehörte nicht dazu. Überhaupt gar nicht.«

»Kein leichtes Leben, ein Kind allein großzuziehen.« Eli war bei Teikos Tod älter gewesen, aber auch immer noch jung. Und es war so knochenhart gewesen, dass Tyree zuweilen befürchtet hatte, ihn ein für alle Mal an Drogen oder Gangs oder Schlimmeres zu verlieren.

Eva und Elena hatten zumindest Evas Vater im Hintergrund gehabt. Leroy Wilson hatte seiner alleinerziehenden Tochter und seiner Enkelin sicher weiterhelfen können.

»Lief eigentlich gut«, sagte Elena. »Ich hatte eine tolle Kindheit.« Sie zögerte ein wenig, als befürchtete sie, etwas Falsches zu sagen. »Ich meine nur, dass ich nicht hergekommen bin, weil mein Leben scheiße gelaufen ist und ich von dir erwarte, dass du es in Ordnung bringst. Mein Leben ist großartig. Meine Mom ist großartig. Ich bin wirklich bloß gekommen, um dich kennenzulernen.«

Er lehnte sich zurück, gab eine Art zustimmendes Geräusch von sich. Mehr kriegte er nicht hin, denn in diesem Augenblick war ihm so gar nicht danach, die Groupie-Fähnchen für Eva zu schwingen.

Elena blickte auf die Hände in ihrem Schoß hinab und verschränkte die Finger ineinander. »Sie hat mir Geschichten von dir erzählt.«

Das überraschte ihn. »Über mich?«

»Klar. Sie wollte, dass ich über meinen Dad Bescheid weiß, okay? Sie hat mir erzählt, dass du bei der Marine warst. Ein Held.«

Er wusste nicht, was er darauf erwidern sollte, also hielt er den Mund.

»Ich habe mir so sehr gewünscht, dich kennenzulernen. Und ich habe dich vermisst. Auch wenn ich dich nie getroffen habe, habe ich dich vermisst. Kannst du das nachvollziehen? Mache ich dir Angst? Tut mir leid, wenn das alles dich überfordert, aber ich …«

»Ich kann es nachvollziehen«, sagte er sanft, während eine kleine Stimme in seinem Hinterkopf vor sich hin trällerte.

Eine Tochter. Er hatte eine Tochter.

Und er konnte es tatsächlich nachempfinden. Denn auch er hatte sie vermisst, ohne überhaupt zu wissen, dass sie existierte.

»Ich weiß, es klingt wahrscheinlich verrückt, aber ich habe mir mein ganzes Leben gewünscht, dich kennenzulernen«, wiederholte sie. »Als ich also erfuhr, dass du nicht tot warst, bin ich einfach gekommen. Tut mir echt leid, dich so zu bedrängen, aber ich …«

»*Warte.*« Er beugte sich vor. Bei ihren Worten war ihm das Blut in den Adern gefroren. »Wer hat dir erzählt, dass ich tot bin?«

»Na ja, ich wusste es einfach. Ich meine, ich wuchs heran und …«

»Aber wer hat dir das erzählt?«, wiederholte er.

»Ich.«

Sein Kopf fuhr in die Höhe. Zu dieser Stimme. Zu der Frau, die im Türrahmen stand, eine zerschlissene Dufflebag am Arm. Eine Vision. Eine Schönheit.

Ein Geist.

Sein Herz setzte einen Schlag aus, und einen Augenblick lang stand die Zeit still, während sich die Erinnerungen mit der Wirklichkeit vermengten. Sie trug das Haar genauso kurz wie damals. Wie auch Elena es trug. Und sie hatte immer noch diese riesigen Augen, den breiten Mund, die vorstehenden Wangenknochen.

Sie hatte etwas zugenommen, aber das stand ihr verdammt gut. Mit neunzehn war sie ziemlich mager gewesen. Jetzt war sie eine Frau mit Kurven an genau den richtigen Stellen. Die gleiche Frau, und doch anders. Und so verdammt hübsch, dass ihm das Herz wehtat.

Eine Zeit lang hatte er sie damals für seine Frau gehalten. Inzwischen war er davon überzeugt, dass sie ihn betrogen hatte.

Verdammt! Sie hatte ihn schlimmer verletzt, als er es jemals für möglich gehalten hätte.

»Ich habe ihr erzählt, dass du im Krieg gefallen bist«, wiederholte sie, und Tyree merkte, dass er nur für den Bruchteil einer Sekunde in seinen Erinnerungen versunken gewesen war.

Eine Träne stahl sich an ihrem Nasenflügel entlang, und die gefühlvolle Stimme, an die er sich so gut erinnerte, klang heiser. »Aber du musst verstehen …«

»Verstehen?« Er sprang auf. Er hatte gar nicht gemerkt, wie wütend er war, doch nun brach alles aus ihm heraus. All sein Kummer, all sein Zorn. All seine Unterlegenheitsängste. Er hatte gewusst, dass sie aus gutem Hause stammte. Und ganz gewiss war ihm klar gewesen, dass ihr Vater nichts von ihm hielt. Er hatte damals gedacht, dass das zwischen ihnen beiden etwas Reales war, aber jetzt – zum Teufel, jetzt wusste er, dass er für sie nicht mehr als ein flüchtiges Abenteuer gewesen war. Sie hatte mit einem Soldaten herumgevögelt, während sie darauf wartete, dass ihr Leben wirklich begann.

»Verstehen?«, knurrte er erneut. Er sah, wie Elenas Pupillen sich weiteten, und versuchte, seinen Wutanfall zu zügeln, doch es war, als hätte Evas Anblick die Schleusen geöffnet, als ob zwei Jahrzehnte verschütteten Schmerzes nun wieder auf ihn einstürmten.

»Du konntest ihr noch nicht mal die Wahrheit sagen?«, fragte er, während Eva wie erstarrt und schweigend vor ihm stand, die Augen so weit aufgerissen wie die ihrer Tochter.

Er umrundete seinen Schreibtisch und machte einen Schritt auf sie zu. Sie wich nicht zurück. Stand nur stocksteif da, hoch aufgerichtet, still und schweigsam.

Sein Zorn trieb ihn vorwärts. »Du musstest mich also umbringen. Aus mir irgendeinen Helden machen, der im Kampf gefallen ist, um die verdammte Welt zu retten? Konntest ihr nicht mal einen kleinen Rest Wahrheit über uns erzählen?«

Er stand jetzt bloß noch wenige Zentimeter von ihr entfernt, so nah, dass er hören konnte, wie sie scharf die Luft einsog. Er wollte, dass sie ihm antwortete. Er wollte einen Streit, und er erinnerte sich nur allzu gut daran, wie schnell Eva in die Luft zu gehen pflegte. »Oder gab es eigentlich gar kein *uns?*«

Er hatte es nicht kommen sehen. Unvermittelt landete ihre Hand hart auf seiner Wange und hinterließ dort einen stechenden Schmerz.

Ihre Augen blitzten vor Zorn, und er sah den Wortschwall, der sich dahinter bildete. Er wartete gespannt, wollte ihre Standpauke hören. Er wollte, dass sie ihn niedermachte, und das gründlich.

Aber sie gab keinen Ton von sich. Trotz der Ohrfeige hatte sie gelernt, ihr Temperament zu zügeln.

Sie musterte das Foto von Teiko und Elijah auf seinem Schreibtisch. Dann fiel ihr Blick auf seinen Ehering, bevor sie ihm wieder in die Augen sah. Plötzlich schämte er sich.

Doch er schob das Gefühl beiseite. Es gab verdammt noch mal nichts, dessen er sich hätte schämen müssen.

Einen Augenblick lang betrachtete sie ihn aufmerksam. Dann wandte sie sich Elena zu. »Hast du eine Bleibe?«

Die jüngere Frau verdrehte die Augen. »Nein, Mom. Ich bin seit einer Woche hier und schlafe unter der Brücke. Ja, natürlich habe ich einen Platz zum Übernachten. Ich passe auf die Wohnung eines Freundes auf, während er den Sommer über in Cambridge studiert.«

Eva nickte, eine zackige, effiziente Geste. »Gut. Marianne hat mir ein Zimmer im The Driskill gebucht. Ich werde jetzt einchecken, und ich schreibe dir meine Zimmernummer. Sei um neun Uhr morgen früh da, dann werden wir zusammen frühstücken.« Sie warf ihrer Tochter die Art von strengem Blick zu, mit dem Generäle im Krieg ganze Kompanien unter Kontrolle brachten. »Und komm nicht zu spät.«

»Nein, Ma'am.«

Sie nickte wieder, diesmal zufrieden. Dann warf sie Tyree einen dermaßen kalten Blick zu, dass ihm die Eier gefroren, wandte sich um und verließ sein Büro, mit steifen Bewegungen, als müsse sie das Unwetter in ihrem Innern bändigen.

Das verstand er. Denn ihm ging es verdammt noch mal ganz genauso. Und bevor er noch Gelegenheit hatte, diesen Sturm zu unterdrücken oder ihm Luft zu machen, sprang Elena auf, wortgewaltig und temperamentvoll. Diesen Charakterzug hatte sie offenbar von beiden Elternteilen geerbt.

»Was zum Teufel?«, bellte sie. »Ich meine, ernsthaft? Was hast du dir bei diesem verdammten Blödsinn nur gedacht?«

Er hörte ein leichtes Klopfen am Türrahmen und wandte den Kopf. Dort stand Brent. »Alles okay hier drin?« Sein Blick wanderte zu Elena. »Ich habe laute Stimmen gehört.«

»Alles okay«, antwortete Tyree, und seine Stimme klang scharf, obwohl er um Selbstbeherrschung rang.

Brent sah Elena an. »Alles klar?«

Sie nickte. »Alles klar. Danke der Nachfrage.«

Brent nickte bedächtig, und Tyree konnte förmlich sehen, wie sich in seinem Kopf die Rädchen drehten. »Ich bin derjenige, der Ms. Anderson hergeschickt hat«, sagte er. »Sorry, wenn das die falsche Entscheidung war, aber sie sagte, sie sei ein Freund der Familie und Elenas Mutter.«

Tyrees Blick wanderte ruckartig zwischen Brent und Elena hin und her. »Ihr beiden kennt euch?«

»Wir haben uns vorhin in der Bar kennengelernt«, antwortete Brent.

»Hm.« Tyree wandte sich Elena zu und zog fragend die Augenbrauen in die Höhe, genau wie sonst, wenn er wollte, dass Elijah auspackte.

Sie verdrehte die Augen. »Ich habe zwar einen Platz zum Wohnen, aber ich pflege auch ganz gern hin und wieder mal was zu essen. Meine Ersparnisse sind bald schon aufgebraucht, also habe ich gefragt, ob er einen Job für mich hat.«

»Hier?«, hakte Tyree nach.

»Na ja, schon. Aber ich wollte dich nicht fragen, weil ich das fur komisch gehalten hätte.«

Er fuhr sich mit der Hand über den kahl rasierten Kopf und seufzte. Immerhin war zumindest das wütende Feuer seines Zorns verraucht. »Darüber können wir auch später noch reden«, sagte er zu Elena. Und zu Brent: »Alles gut. Und mach die Tür hinter dir zu, wenn du gehst.«

Zu Tyrees Verärgerung warf Brent Elena einen Blick zu, als erbitte er von ihr die Bestätigung dieses Befehls. Klang er selbst etwa dermaßen wütend?

Aber es spielte keine Rolle. Elena nickte, und Brent verzog sich. Tyree wurde klar, dass er tatsächlich vollkommen angespannt war. Aber verdammt noch mal, er hatte ja auch allen Grund dazu!

Er hatte eine Tochter verloren.

Nein. Eva hatte ihm die Tochter gestohlen.

Er dachte an all die Augenblicke, die er im Laufe der Jahre mit Eli gehabt hatte. Die Augenblicke, die ihm mit Elena nicht vergönnt gewesen waren. Ihre ersten Schritte. Geburtstage. Der erste Schultag.

Er sah sie an, wollte ihr sagen, wie leid es ihm tat, dass er das alles verpasst hatte. Leid, dass ihre Mutter ihnen beiden diese Momente vorenthalten hatte.

Was er aber nicht erwartete – obwohl er das wahrscheinlich hätte erwarten sollen –, war das wütende Blitzen ihrer Augen, als sie sich wieder auf ihn stürzte. »Was zum Teufel stimmt nicht mit dir? Meine Mutter hat die letzten dreiundzwanzig Jahre in dem Glauben verbracht, dass du tot bist, und du rastest aus und tust, als hätte sie dir übel mitgespielt?«

Tyree verstand ihren Zorn. Nicht jedoch den Sinn ihrer Worte.

»Warte, Augenblick mal. Langsam.« Er runzelte die Stirn. »Du hast gesagt, sie hätte dir erzählt, dass ich tot bin. Zum Teufel, das hat sie selbst schließlich auch bestätigt.«

»Vielleicht hättest du sie mal ausreden lassen sollen. Sie hätte es dir nämlich erklärt, weißt du. Aber dieser Gedanke ist dir anscheinend nicht gekommen.« Ihre Stimme war kurz angebunden und triefte vor Sarkasmus.

»Dann erklär du es mir.« Er ließ sich in den Stuhl zurücksinken, plötzlich unglaublich müde.

»Sie hat mir erzählt, dass du tot bist, weil sie es selbst geglaubt hat. Weil mein Großvater ein Arschloch war. Meine Mom hat immer nur davon gesprochen, wie toll du bist. Sie hielt dich für eine Art Märchenprinz, der versprochen hatte, zurückzukommen und sie zu retten. Nur dass du eben nicht zurückgekommen bist, weil du nicht überlebt hast.«

»Leroy hat behauptet, dass ich tot sei?«

Elena nickte. »Mein Großvater. Ja. Und das hat sie dann mir erzählt. Sie wollte, dass ich dein Andenken in Ehren halte. Aber ich habe es nie so recht glauben können. Dass du tatsächlich tot bist, meine ich.«

Er runzelte die Stirn. »Warum nicht?«

Ein winziges Lächeln spielte um ihre Mundwinkel. »Dann wäre es kein Märchen mehr, oder? Wenn der Prinz vom Drachen gefressen wird? Im Märchen muss der Prinz den Drachen erlegen.«

»Bist du dir sicher, dass ich in dieser Geschichte der Prinz bin? Vielleicht bin ich viel eher der Drache.«

Sie runzelte die Stirn. »Hä?«

Er dachte an Eva und daran, wie er auf sie losgegangen war. An ihren kalten, verschlossenen Gesichtsausdruck, als sie das Zimmer verlassen hatte. »Ja«, wiederholte er leise. »Ich glaube, in dieser Geschichte bin ich vielleicht der Drache.«

6

Evas Dufflebag schlug ihr gegen die Seite, während sie durch die Bar und auf die Ausgangstür zueilte.

Was hatte sie sich nur dabei gedacht? Im Ernst jetzt, welcher Teufel mit einem schrägen Sinn für Humor hatte sie geritten, als sie alles stehen und liegen gelassen hatte und in das nächstbeste Flugzeug gestiegen war? Und warum war sie so lächerlich verletzt darüber, dass er seinerseits nicht ebenfalls alles stehen und liegen gelassen hatte, sie in die Arme geschlossen und herzhaft geküsst hatte?

Sie blieb mitten in der Tür stehen, als die Bedeutung dieses letzten Gedankens ihr mit voller Wucht aufging. Denn, verdammt, es stimmte. Offensichtlich verlor sie entweder gerade den Verstand oder las zu viele Liebesschnulzen, denn irgendwo tief im Innern hatte sie doch tatsächlich die heimtückische Fantasie gehegt, dass er sie in die Arme nehmen und ihr beteuern würde, wie sehr er sie vermisst hatte, dann Elena einen liebevollen Blick zuwerfen und ihr versichern würde, wie gut sie ihre Arbeit als Mutter gemacht hatte.

Idiotin.

Und nicht nur, weil sie sich diese Szene so verdammt falsch ausgemalt hatte. Nein, sie war bescheuert, weil sie sich überhaupt irgendwas zusammenträumte. Immerhin hatte er sich hier ein Leben aufgebaut. Er besaß eine Bar. Hatte eine Familie, die er offensichtlich liebte, wenn man dem Foto auf seinem Schreibtisch und dem Ring an seinem Finger Glauben schenkte.

Und sie selbst hatte immerhin eine erfolgreiche Karriere in San Diego. Austin war nichts weiter als ein kleiner Umweg. Sie war gekommen, um ihre Tochter zu beschützen, nicht um ihrer selbst willen. Und je eher sie sich das ins Gedächtnis rief, umso besser.

Das Licht veränderte sich, während sie Austins geschäftige Sixth Street überquerte. Es war jetzt nach zehn Uhr abends an einem Mittwoch, aber immer noch herrschte auf der Straße Hochbetrieb. Sie war schon zu Collegezeiten einmal in der Stadt gewesen, und schon damals hatte sie ihr gefallen. Sie hoffte, dass ihre positiven Erinnerungen an damals jetzt nicht von schlechten Erfahrungen überlagert werden würden.

Weiter nördlich bog sie links ab und legte die wenigen kurzen Straßen zu dem atemberaubenden historischen Hotel, das zwischen den modernen Gebäuden eingezwängt stand, ebenfalls zu Fuß zurück. Sie betrat das The Driskill durch den Haupteingang auf der Brazos Street, nickte dem Türsteher zu, der ihr die Glastür öffnete, und merkte, wie sie sich sofort entspannte, kaum dass sie eingetreten war. Dieser Ort war der Hammer. Ein Stück Geschichte aus dem neunzehnten Jahrhundert mit wunderschönen Böden und hohen Decken, durchdacht und gepflegt bis ins kleinste Detail.

Sie hatte sich mittlerweile vornehmlich auf Porträtfotografie spezialisiert, aber jetzt juckte es ihr in den Fingern, ihre Kamera hervorzuholen und ein paar Aufnahmen zu machen. Stattdessen ging sie zur Rezeption, holte sich ihren Schlüssel und machte sich auf den Weg zu ihrem Zimmer, nachdem sie um eine Ersatzzahnbürste gebeten hatte, weil sie in der Eile ihre eigene vergessen hatte.

Auf dem Weg schrieb sie Elena ihre Zimmernummer, die ihr mit einem schnellen Daumen-hoch-Emoji antwortete.

Als sie auf ihrem Zimmer im dritten Stock angelangt war, war etwas von ihrem Ärger verraucht. Tyree war eindeutig überrumpelt gewesen, während sie schon seit einem Monat Bescheid wusste. Sie hatte Zeit gehabt, über ihn nachzudenken und sich ihre Worte zurechtzulegen. Zugegeben, die heutige Reise war ziemlich übereilt gewesen – nicht umsonst hatte sie beim Packen die Hälfte vergessen –, aber dennoch hatte sie gewusst, was kam. Er nicht.

Auch wenn seine Reaktion sie frustriert und sogar verletzt hatte, war ihr das jetzt klar geworden.

Dass sie heute Abend gegangen war, würde ihm Gelegenheit geben, cooler mit der Situation umzugehen und sich an die veränderte Situation anzupassen. Außerdem war Elena da, und sie konnte die ganze verwickelte Geschichte, warum sie alle Tyree für tot gehalten hatten, erklären.

Es war sowieso besser, wenn er alles von Elena erfuhr. Immerhin war sie diejenige, für die Tyree sich jetzt vornehmlich interessierte. Nicht Eva. Schließlich hatte er ein Leben mit Frau und Sohn.

Sie setzte sich auf die Bettkante und seufzte, wünschte sich, es wäre ihr gleichgültig, dass er verheiratet war. Dass sie das Foto auf seinem Schreibtisch nicht gesehen hätte, ebenso wenig wie den goldenen Ring an seinem Finger.

Aber das war unfair, und das wusste sie. Die Zeit hatte ja auch in ihrem Leben nicht stillgestanden. Warum um alles in der Welt hatte sie geglaubt, dass sie es für ihn getan hatte?

Sie hatte nur einfach nicht daran gedacht. Sie hatte eigentlich überhaupt keinen Gedanken zugelassen. Aber dann hatte sie ihn gesehen, und alles war wieder auf sie eingestürmt. Erinnerungen, Hoffnungen, Träume, Bedauern.

Sie hatte sein Büro betreten und ihn gesehen. Das grimmige Gesicht fiel gar nicht ins Gewicht, denn er hatte die freundlichsten Augen, die sie je gesehen hatte. Seine breiten Schultern. Die starken Arme, die sie seinerzeit so festgehalten hatten, ihr ein Gefühl der Sicherheit und Wärme gegeben hatten. Seine großen Hände, so sanft auf ihrer nackten Haut. Und dieser breite, köstliche Mund, der so dekadente Dinge mit ihrem Körper angestellt hatte.

Im Geiste hatte sie sich vorgestellt, dass er zu ihr kommen würde. Sie in den Arm nehmen würde. Seine Lippen auf die ihren drücken würde, sodass die Welt um sie herum versank.

In Wirklichkeit war alles schiefgelaufen, und ihre Träume waren zerplatzt.

»Du machst dir da was vor, Eva Anderson. Das musst du überwinden.«

Wie wahr! Wie um dem Gedanken mehr Gewicht zu verleihen, zog sie sich aus, fand den flauschigen Hotelbademantel im Schrank und setzte sich aufs Bett, um das dümmste, banalste Fernsehprogramm einzuschalten, das sie finden konnte. Sie ließ sich von dem schlechten Fernsehen betäuben, und morgen, wenn sie Tyree wiedersah, würden sie sich beide wie Erwachsene benehmen.

Erwachsene, deren Leben weitergegangen war.

Denn natürlich hatten sie sich im Laufe der Zeit auch verändert.

Während der Wiederholung einer Sitcom aus den Achtzigern döste sie ein, sodass ein lautes Klopfen an der Tür sie aufschreckte.

Elena.

Immer noch schläfrig rollte sie sich aus dem Bett, ein winziges, beunruhigtes Kribbeln im Bauch gemahnte sie zur Eile. Warum um alles in der Welt hatte sie Elena nur gesagt, sie möge erst morgen kommen? Sie hätte darauf bestehen sollen, sich heute Abend schon mit ihr zu treffen. Egal, wann. Immerhin hatte ihre Tochter heute zum ersten Mal ihren Vater getroffen; natürlich brauchte sie jetzt ihre Mom.

Mit einer energischen Bewegung zog sie den Gürtel ihres Bademantels enger um sich, eilte zur Tür und öffnete sie.

Dann erstarrte sie. Konnte sich einfach nicht mehr bewegen.

Denn dort stand nicht Elena. Sondern Tyree.

»Oh«, sagte sie und hätte am liebsten mit dem Kopf gegen die Wand geschlagen. »Dich hab ich nicht erwartet.«

Was für eine brillante Konversation. Ja, heute war sie wirklich in Hochform.

Diese freundlichen Augen, die sie stets in ihren Träumen gesehen hatte, musterten sie eindringlich – ihre *ganze* Gestalt –, und plötzlich wurde ihr schmerzlich bewusst, wie wenig sie unter ihrem Bademantel anhatte.

Sie zog ihn noch dichter um sich, und Tylee räusperte sich und richtete den Blick dann auf ihr Gesicht. Sie errötete, und gleichzeitig wünschte sie sich inständig, sie hätte gewusst, dass er kommen würde. Dieser Bademantel war alles andere als schmeichelhaft. Wenn überhaupt etwas, dann hob er die zehn Kilo hervor, die sie in den letzten Jahren zugelegt hatte und von denen ein Großteil auf direktem Wege auf ihren Hüften gelandet war.

»Tut mir leid, dass ich hier unangekündigt auftauche«, sagte er mit jener leisen Stimme, die ganz weich klang. »Ich nahm an, dass du mich nicht empfangen würdest, wenn ich vorher anrufe.«

Die Andeutung eines Lächelns nahm seinen Worten den Stachel, und er hatte eindeutig recht. Sie hätte ihn ganz gewiss nicht hereingelassen.

Sie rang sich ebenfalls ein Lächeln ab, um ihm zu zeigen, dass es schon in Ordnung war. Insbesondere, da ihr völlig klar war, wer seine Komplizin gewesen sein musste. Das The Driskill war viel zu vornehm. Niemand hätte einem Fremden hier einfach so die Zimmernummer eines Gastes preisgegeben.

»Darf ich reinkommen?«

Sie sah an ihrem Bademantel hinab, dann über die Schulter hinweg zu dem zerwühlten Bett. »Eigentlich eher nicht.«

»Ich verspreche, mich nicht auf dich zu stürzen«, antwortete er, und obwohl er diese Worte offensichtlich in aller Unschuld äußerte, war die Art, wie ihre Sinne darauf reagierten, alles andere als das. Ihre Nippel richteten sich auf, und zwischen ihren Schenkeln begann es zu kribbeln. Sie hätte sich am liebsten einen Tritt in den Hintern gegeben, weil sie wie ein hormongeplagter Teenager reagierte, aber das war nun mal die Folge einer jahrelangen Dürreperiode.

»Ich zweifele nicht an deinen anständigen Absichten, aber trotzdem halte ich das nicht für eine gute Idee. Außerdem: Was würde deine Frau davon halten?«

Kaum waren ihr diese Worte herausgerutscht, wusste sie auch schon, dass sie einen Fehler gemacht hatte. Das Lächeln erstarb auf seinen Lippen, und ein Schatten glitt über sein Gesicht. Seine wundervollen Augen waren voller Kummer.

»Tut mir total leid. Ich wollte nicht …«

»Sie ist gestorben. Vor sieben Jahren.«

Eva schluckte und musste gewaltsam gegen den Drang ankämpfen, ihn doch noch hereinzubitten, um ihn zu trösten. »Ich habe das Foto gesehen. Deinen Ring. Deshalb habe ich geglaubt …«

Er sah auf seine Hand hinab. »Hab ich nicht mal bemerkt.«

Sie räusperte sich. Sein Verlust stand beinahe greifbar zwischen ihnen. Und einen grässlichen, verabscheuungswürdigen Augenblick lang spürte Eva einen Stich der Eifersucht auf die tote Frau.

Was zum Teufel war nur los mit ihr?

Sie hatte Tyree jetzt zwei Jahrzehnte nicht mehr gesehen. Welches Recht hatte sie, in irgendeiner Form in sein Leben einzudringen, und sei es nur in ihren Träumen?

Diesmal war es Tyree, der sich räusperte. »Hör zu, anscheinend willst du mich nicht reinlassen. Aber ich möchte mit dir reden. In der Bar unten ist es ganz ruhig. Willst du was mit mir trinken? Auf neutralem Boden?«

Sie sah wieder an ihrem Bademantel hinab. »Dafür habe ich wohl kaum das Richtige an.«

»Ich wette, du hast in deiner Reisetasche etwas ganz Atemberaubendes, was du überziehen kannst.«

Da musste sie laut loslachen. »Ja, ich habe ein paar tolle Designerklamotten hineingestopft.« Sie holte tief Luft. »Hör zu, danke, dass du das mit Elena so gut geregelt hast.«

Er legte den Kopf schief und grinste, eine so vertraute Geste, dass ihr Magen einen kleinen Satz machte. »Woher willst du das wissen?«

»Sie hätte dir meine Zimmernummer nicht verraten, wenn du dich wie ein Arschloch verhalten hättest.«

»Erst war ich ein Arschloch«, bekannte er. »Aber dann bin ich zurückgerudert.«

Sie verkniff sich das Lachen, weil es sonst als unattraktives Schnauben herausgekommen wäre. »Schön zu hören.« Sie leckte sich die Lippen, während sie um Worte rang, denn es war ihr wichtig, jetzt das Richtige zu sagen. Und ehrlich gesagt fiel es ihr schwer, sich zu konzentrieren, wenn er so nahe vor ihr stand und sie unter dem Bademantel so nackt war.

»Die Sache ist die«, begann sie. »Ich weiß, Elena ist jetzt eine erwachsene Frau, aber sie hat da dieses Bild von dir. Du bist praktisch ein Superheld für sie. Eine romantische Figur, die in den Kampf gezogen und auf dem Schlachtfeld getötet wurde. Du warst ihr Daddy, und alles, was sie je über dich gehört hat, findet sie einfach nur großartig.«

»Und wie findest du das?«

Sie musste automatisch lächeln. »Ich habe genauso empfunden. Aber hier geht es nicht um mich. Ich will, dass du sie verstehst. Sie ist klug, und sie holt sich das, was sie will. Aber tief im Innern ist sie immer noch ein kleines Mädchen, das an Happy Ends wie aus dem Märchen glaubt. Und dass du von den Toten auferstanden bist, wird diese Überzeugung bloß noch verfestigen.«

Sie wischte sich die Handflächen am Bademantel ab, dann nickte sie einem Paar zu, das an ihrem Zimmer und der geöffneten Tür vorbeiging, die Köpfe gerade genug ihr zugewandt, um deutlich zu machen, dass diese Unterhaltung auf der Türschwelle sie neugierig machte.

Als sie fort waren, fuhr sie fort. »Ich rede zu viel. Es geht mir bei alldem aber nur um eins: Ob du sie nun wolltest oder nicht, sie ist deine Tochter. Du musst sie nicht lieben. Du musst sie nicht haben wollen. Aber bitte tu ihr nicht weh.«

Seine Augen blitzten plötzlich auf. »Hast du wirklich geglaubt, dass ich das würde?«

»Vor zwanzig Jahren nicht. Aber jetzt?« Sie zuckte mit einer Schulter. »Ich kenne dich doch gar nicht mehr.«

»Dann lern mich wieder kennen. Komm nach unten. Gib mir die Chance, mich dafür zu entschuldigen, dass ich mich vorhin so beschissen benommen habe. Und lass dich davon überzeugen, dass ich deiner Tochter nicht wehtun werde.«

Unserer Tochter.

Die Worte umfluteten sie, führten sie in Versuchung. Erinnerten sie jedoch gleichzeitig auch an das, was ihr am wichtigsten war. Elena mochte schon dreiundzwanzig sein, aber wenn es um das Auffinden ihres Daddys ging, war sie noch immer ein kleines Mädchen. Zum Teufel, sie würde immer Evas kleines Mädchen sein, und das stand an erster Stelle. Das musste an erster Stelle stehen.

Und auch Tyree brauchte erst mal Zeit.

Nicht dass sie erwartete, dass ein Drink in der Bar in ein leidenschaftliches Stelldichein münden würde. Das nicht. So anziehend sie ihn nach wie vor fand, es waren einfach zu viele Jahre vergangen.

Vor allem aber musste sie sich jetzt wie eine Erwachsene verhalten, nicht wie die Neunzehnjährige von früher, die vor lauter Verliebtheit nur noch auf Wolke sieben schwebte.

»Morgen vielleicht«, antwortete sie also.

»Morgen?« Wieder legte er auf diese süße Weise den Kopf schief. Musterte sie aus leicht zusammengekniffenen Augen. »Versprochen?«

Aber sie lächelte nur. »Gute Nacht, Tyree«, sagte sie und schloss die Tür.

Manchmal war es wirklich ätzend, erwachsen zu sein.

7

Nachdem ihm Eva die Tür vor der Nase zugeschlagen hatte, wusste Tyree, dass er eigentlich wieder ins The Fix zurückkehren musste, um noch ein paar Stunden zu arbeiten. Er hatte zwar offiziell heute Abend keinen Dienst – für die restliche Woche war Reece der diensthabende Geschäftsführer –, aber es gab schließlich immer was zu tun, und an den meisten Abenden stürzte sich Tyree mit Feuereifer auf seine Aufgaben.

Doch heute war das anders. Ihm war einfach nicht danach.

Er wollte sich treiben lassen.

Es war schon lange her, dass er das zum letzten Mal getan hatte. Dass er einfach nur die Sixth Street entlanggegangen war und sich die Restaurants, die Bars, die Theater angesehen hatte. Seit er damals nach Austin gezogen war, hatte sich viel verändert, aber wiederum auch nicht so viel, dass er die Stadt nicht wiedererkannt hätte. Die Sixth Street war immer rappelvoll, und es war leicht, sich im Licht und im Lärm, den Gerüchen und dem Rhythmus zu verlieren.

Und im Moment wollte er sich verlieren. Wünschte sich, dass der Rhythmus der Straße die seltsame Enttäuschung davonspülte, die ihn durchdrang. Es hätte ihm nicht so viel ausmachen dürfen, dass Eva ihn abgewiesen hatte. Er hätte sich nicht so sehr wünschen dürfen, ihr gegenüber am Tisch zu sitzen und dabei zuzusehen, wie sie an ihrem Whiskey nippte.

Sie trank ihn pur, wie er sich erinnerte. Sie war damals erst neunzehn gewesen, trank ihn aber pur. Ihr Vater, so hatte sie ihm damals berichtet, hatte darauf bestanden, dass sie lernte, richtigen Schnaps zu trinken. Keine fruchtigen Cocktails für sie. Nicht solange Daddy zusah.

Er fragte sich, was sie im The Fix wohl wählen würde. Vielleicht einen dieser witzigen Cocktails wie Sparkling Pineapple oder Fizzy Watermelon. Zum Teufel, vielleicht konnte er Elena und ihr ja auch ein Glas von seiner Spezial-Sangria mixen. Oder so ein paar Candy Corn Jell-O Shots. Dann würden sie sehen, ob Elena eher Evas Tochter war oder seine.

Er dachte unaufhörlich über Eva und Elena nach, während er auf der Sixth Street nach Osten wanderte, bis er fast am Highway angelangt war. Er überquerte die Straße, und ihm knurrte der Magen, als er den Duft von Hefe wahrnahm, der ihm aus dem Easy Tiger Bake Shop in die Nase stieg.

Je näher er dem The Fix kam, umso klarer wurde, dass er eigentlich die ganze Zeit nur ein Ziel vor Augen gehabt hatte. Nicht seine eigene Bar – sondern die Konkurrenz.

Das Bodacious.

Natürlich gab es hier in der Gegend auch noch andere Kneipen. Und eigentlich konkurrierten sie alle miteinander. Aber das Bodacious war besonders widerwärtig. Es gehörte zu einer Kette, die Franchise-Filialen im ganzen Land unterhielt, deren Leitung nur Geschäftsführer übernahmen, die bereit waren, den ortansässigen Bars die Luft abzuschnüren. Sogar in einer Stadt wie Austin, in der lokale Bars und Lokalitäten das Stadtbild prägten, bestand die Gefahr, dass Etablissements wie das Bodacious, hinter denen so viel Geld stand, das Gepräge der Gegend nachhaltig veränderten.

Er blieb vor dem Eingang aus Glas und Chrom mit den geschmacklosen Verzierungen und den spärlich bekleideten Schaufensterpuppen stehen. Drinnen hatten die tatsächlichen Kellnerinnen sogar noch weniger an. Die Shorts waren so winzig, dass sie gut und gern auch als Bikinihöschen durchgegangen wären. Und die T-Shirts waren bauchfrei, sodass man die rote Spitze der identischen BHs kaum übersehen konnte

Niemand begrüßte die Gäste heute am Eingang, also nahm er

sich eine Speisekarte und studierte sie, wobei er angesichts des wenig beeindruckenden Aufgebots an Getränken die Nase rümpfte. Immerhin wusste er, dass die Drinks mehr Wasser als Alkohol enthielten.

Und doch wanderten seine Gäste hierhin ab.

Es war kaum zu glauben, aber wahr, denn drüben in der Ecke entdeckte er ein paar seiner früheren Stammgäste. Sie beugten sich über eine Schüssel Pommes frites, hatten ein paar teure Bier vor sich stehen, und wenige Meter entfernt hatte man einen Fernseher aufgestellt, aus dem ein Sportsender vor sich hin plärrte.

»Wir geben ihnen eben das, was sie wollen, und zwar *jederzeit*«, sagte Steven Kane, der sich neben Tyree förmlich materialisiert zu haben schien. Tyree betrachtete Kane als Vampir, der die Gemeinde aussaugte, bis kein Leben mehr in ihr war. Es war also durchaus denkbar, dass er tatsächlich aus Rauch und Staub neben ihm Gestalt angenommen hatte.

»Sie geben den Leuten halb nackte Mädchen und verwässerte Drinks.«

Steven grinste. »Wie ich schon sagte. Und mit dürftiger Bekleidung kennen Sie selbst sich doch viel besser aus. Männer mit nacktem Oberkörper auf der Bühne? Klingt in meinen Ohren schwer nach Ausbeutung.«

»Lassen Sie es gut sein, Kane.«

»Hey, ich will Sie ja nicht kritisieren. Wer weiß? Vielleicht machen wir demnächst etwas Ähnliches. Wettbewerb ist doch typisch amerikanisch, oder nicht?«

Tyree wollte sich abwenden, denn er hatte nun wirklich keine Lust, Kane länger anzusehen als nötig. Da entdeckte er ein vertrautes Gesicht. »Ist das Ihre Vorstellung von Wettbewerb?«, fragte er und deutete mit einem Kopfnicken auf Aly. »In meine Bar hineinspaziert zu kommen und meine Angestellten abzuwerben?«

»Ich zahle leistungsabhängig und gut. Die meisten Menschen finden das verlockend.«

»Ich kann Sie nicht davon abhalten, mit meinen Leuten Kontakt aufzunehmen, aber wenn ich mitkriege, dass Sie das im The Fix tun, dann werden wir beide uns im Hinterhof mal etwas intensiver unterhalten müssen. Haben wir uns verstanden?«

Steven hielt die Hände in die Höhe. »Warum denn so wütend? Kommen Sie schon, Johnson. Ich lade Sie zu einem Drink ein, damit Sie sich etwas entspannen.«

»Bleiben Sie mir verdammt noch mal vom Hals, und halten Sie sich von meiner Bar fern. Habe ich mich klar ausgedrückt?«

»Ich muss mich um einen meiner Gäste kümmern. Aber bleiben Sie ruhig noch etwas. Trinken Sie etwas. Ich empfehle Ihnen den Pinolicious Spritz. Einfach köstlich.«

Und dann huschte er davon wie die kleine Ratte, die er war. Pinolicious Arschloch. Eine billige Imitation von Tyrees Pinot Spritz, dessen war er sich verdammt sicher.

Er kochte noch immer vor Wut, als Aly zu ihm kam. »Hi«, begrüßte sie ihn und wirkte kleinlaut, zerknirscht und sehr verlegen. »Es tut mir wirklich leid. Ich brauchte eben das Geld. Und die Trinkgelder. Ich hätte es dir zuerst sagen müssen. Eigentlich wollte ich ein paar Wochen lang beide Jobs parallel laufen lassen. Aber ich glaube, das schaffe ich nicht.«

»Schon gut«, versicherte er ihr. »Hab's kapiert.«

Im Grunde war es ja seine eigene Schuld. Tiffany hatte ihn gewarnt, dass Steven Aly abzuwerben versuchte, und Tyree hatte die hervorragende Kellnerin, die er selbst zur Barkeeperin ausgebildet hatte, nicht verlieren wollen. Doch er hatte auch nichts unternommen, um sie zu halten. Zumindest noch nicht. Das konnte er niemandem in die Schuhe schieben außer sich selbst.

Er wandte sich zum Gehen, drehte sich aber dann doch noch mal zu dem Mädchen um. »Der Pinolicious Spritz. Ist das …«

»Beinahe«, antwortete sie. »Aber auch wieder nicht. Und nicht so gut. Äpfel statt Pfirsichen und kein Schnaps. Kane meint, dass das die Herstellungskosten zu sehr in die Höhe triebe.«

»Danke«, antwortete er und fühlte sich schon besser. Denn das klang tatschlich nach einem beschissenen Ekel-Drink.

Dennoch wurde er den Gedanken daran, Aly verloren zu haben, nicht los, und er nahm sich vor, die Gehaltsliste noch mal durchzugehen. Gute Barkeeper waren Mangelware. Vielleicht war es ja durchaus gerechtfertigt, sie mit einem höheren Einkommen wieder einzustellen.

Auf dem Weg zu seinem Auto und während der kurzen Heimfahrt lagen in seinen Gedanken Arbeit und Familie miteinander im Wettstreit. Doch kaum hatte er seine Wohnung betreten, gewann die Familie. Das war immer so, wenn er nach Hause kam, denn hier war Eli seine Priorität.

Aber im Augenblick war es nicht nur Eli, oder? Sicher, der Junge war sein einziges minderjähriges Kind. Das einzige Kind, für das er auch vor dem Gesetz verantwortlich war. Doch das war nicht der Punkt. Elena war ebenfalls sein Kind.

Und er musste ein paar Entscheidungen treffen.

Die Erschöpfung übermannte ihn. Obwohl er sich am liebsten bäuchlings aufs Bett fallen gelassen hätte, schlich er leise durchs Haus zu Elis Zimmer, stieß die Tür auf und beobachtete seinen schlafenden Sohn.

Er wusste nicht, wie lang er dagestanden hatte, aber allein schon der Anblick des Jungen gab ihm Kraft. Schon bald ging er in sein eigenes Schlafzimmer. Er war erschöpft, müde und ausgelaugt und brauchte dringend Schlaf. Dann konnte er allerdings doch nicht einschlafen, und eine Stunde später landete er in Boxershorts und T-Shirt im Wohnzimmer vor dem Fernseher. Nicht dass er der Sendung irgendwelche Aufmerksamkeit geschenkt hätte.

Nein, seine Gedanken waren wieder bei Eva.

Als er sie gefragt hatte, ob sie unten etwas mit ihm trinken wollte, war er sich nicht sicher gewesen, welche Antwort er sich wünschte. Aber anscheinend hatte er auf ein *Ja* gehofft, denn ihr *Nein* ging ihm verdammt noch mal ziemlich an die Nieren.

Warum eigentlich?

Einen kurzen Augenblick lang stellte er sich vor, wie ihr nackter Körper sich an den seinen schmiegte, weich und fraulich und nur für ihn geschaffen. Aber nein. Das war es nicht, was er wollte. Das nicht.

Er wollte und brauchte die Komplikationen nicht, die mit Sex gewöhnlich einhergingen. Er wünschte sich nur eins: dass Eva ihm von Elena erzählte. Von den Jahren, die er verpasst hatte. Wie sie als Baby gewesen war. Wann sie ihre ersten Schritte gemacht hatte. Von ihren Freunden, ihren Träumen.

Er betrachtete Eva als eine Art Chronistin, die ihm die fehlenden Erinnerungen an seine Tochter ins Gedächtnis schrieb.

Genau. Mehr war nicht dran.

So einfach war das.

Und nun, da er das wusste, würde er auch sicher einschlafen können.

Er gähnte und kehrte in sein Schlafzimmer zurück, dann schlüpfte er zwischen die kühlen Laken. Er schloss die Augen und erinnerte sich daran, wie Teikos zierlicher Körper sich an den seinen gekuschelt hatte. In nichts war sie mit Evas langgliedriger Gestalt zu vergleichen. Plötzlich blitzte die Erinnerung daran in ihm auf, wie Eva ihn im Bett häufiger getreten hatte. Einmal hatte sie sogar seine Eier getroffen. Restless Legs, nannte sie das.

Wie zum Teufel hatte er das vergessen können?

Er öffnete die Augen wieder und betrachtete das nahezu leere Bett, das ihm mit einem Mal zu voll erschien.

Seufzend stand er erneut auf. Diesmal nahm er das Kopfkissen mit ins Wohnzimmer, dann machte er es sich auf der Couch bequem, um dort zu schlafen.

Wie lange es dauerte, dass er endlich einschlief, konnte er nicht sagen, aber als er mühsam wieder zu Bewusstsein kam, war es im Zimmer strahlend hell, und sein Sohn stand vor ihm.

»Also, was ist los mit dir?«, fragte Eli.

Tyree rieb sich den Kopf und setzte sich auf. Er blinzelte, versuchte, den Schlaf aus den Augen zu vertreiben. »Hab letzte Nacht einfach keine Ruhe gefunden.«

»Nein, ich meine, du hast mich beim Schlafen beobachtet. Was sollte das?«

»Du warst wach?«

»Nicht so richtig. Kennst du diesen Zustand zwischen Wachen und Träumen? War schräg.«

»Ich wollte nur nach meinem Jungen sehen.«

Eli runzelte die Stirn und sah Tyree an, als habe er den Verstand verloren. Aber dann zuckte er bloß mit den Schultern. »Also, warum die Couch?« Er warf einen Blick auf Tyrees Kopfkissen, wodurch er deutlich machte, dass er ihm irgendwelchen Scheiß, angeblich zufällig hier eingeschlafen zu sein, nicht abkaufen würde.

Aber da Tyree seinem Sohn nicht wirklich erzählen konnte, dass er sich in dem Bett, das er mit Elis Mutter geteilt hatte, mit einem Mal merkwürdig – vielleicht sogar schuldig gefühlt hatte, zuckte er nur mit den Schultern.

Er konnte es ihm vielleicht nicht anvertrauen, doch irgendwas musste er nun sagen.

Seufzend erhob er sich von der Couch. »Komm. Wie machen uns French Toast.«

Eli riss die Augen auf. »O Gott. Hab ich jetzt ein Problem?«

Tyree gluckste und warf seinem Sohn über die Schulter hinweg einen Blick zu. »Was? Nein. Warum?«

»Wir machen bloß French Toast, wenn du mit mir *reden* willst. Ich weiß alles über Sex, Dad. Ist schon gut.«

Tyree verzog das Gesicht. »Musst du heute Morgen ins Krankenhaus?«

»Nein. Ich gehe doch bis Samstag mit Jeremy in dessen Haus am See, weißt du noch? Da drin ist dieser riesige Raum mit dem noch riesigeren Fernseher, und dort wollen wir chillen und Overwatch spielen.«

»Das Videospiel?«, fragte Tyree, und als Eli nickte, fuhr er fort. »Das hört sich wirklich toll an, ich halte dich also nicht lang auf. Und du hast kein Problem.«

»Okay«, antwortete Eli, klang aber skeptisch. »Ich hole dann mal das Brot raus.«

Anscheinend hatten sie in den vergangenen Jahren durchaus häufiger geredet, denn Eli brauchte überhaupt keine Anleitung von Tyree für die Zubereitung, und schon bald stand das Frühstück auf dem Tisch. Trotz seiner guten Vorsätze hatte Tyree es noch nicht über sich gebracht, das Thema Eva oder Elena anzuschneiden. Aber als er sich an den Tisch setzte, war ihm klar, dass er nun in den sauren Apfel beißen musste. Eli war sein Junge, und er hatte es verdient, alles zu erfahren.

»Spuck's schon aus«, meinte Eli, ein klebriges Stück Toast auf der Gabel. »Es sei denn, du hast gelogen und ich habe doch ein Problem. Dann kannst du dir alle Zeit der Welt lassen.«

Gütiger Himmel, war es ein Wunder, dass er den Jungen so sehr liebte?

»Bevor ich deine Mom kennenlernte, war ich mit einer anderen Frau zusammen«, erklärte Tyree.

»Na ja, klar. Ich meine, davon bin ich ausgegangen.«

»Sie ist gerade in der Stadt.«

»Das ist doch total cool. Ich meine, die ganze Sex-Geschichte hab ich jetzt echt kapiert. Und bei dir ist es ganz schön lang her, was, Dad?«

Tyree hätte beinahe seinen Orangensaft ausgespuckt, an dem er nur genippt hatte, um seinen verdammt trockenen Mund zu befeuchten.

»Mein Gott, Eli.«

»Was denn?« Er rührte mit einem Brotstück in einem Sirupsee herum. »Ich dachte, du wolltest mir gleich erzählen, dass du dich mit der Frau treffen willst.«

Tyree verspürte plötzlich ein Ziehen in der Magengegend, denn vielleicht war es ja so. Aber darüber wollte er im Moment nicht nachdenken.

Er holte tief Luft. »Ich habe gerade erfahren, dass sie eine Tochter hat.«

Eli ließ ihn nicht aus den Augen. »Oh. Oh, wow.« Der Junge lehnte sich zurück und dachte darüber nach.

»Okay.«

»Okay?«

»Na ja, sie ist wohl von dir, oder? Warum solltest du es mir sonst erzählen?«

»Ja.« Er spürte, wie stolz er bei dem Gedanken an Elena war, dieser bemerkenswerten jungen Frau, an deren Existenz er bloß einen winzig kleinen Anteil hatte. »Ja, sie ist von mir.«

»Wie gesagt. Ist okay.«

»Ich möchte, dass du sie kennenlernst«, fügte Tyree hinzu. »Und ich ... ich hoffe, dass auch das für dich in Ordnung ist. Dass du sie auch kennenlernst, meine ich.«

Eli verspeiste nun auch den letzten Rest seines French Toast. »Na ja, klar. Natürlich. Sie ist deine Tochter. Und meine Schwester.«

»Halbschwester.«

»Ist doch das Gleiche. Wie alt ist sie denn? Und ihr Dad hat nichts dagegen?«

»Sie ist dreiundzwanzig, und er ist gar nicht mehr aktuell. Ihre Mutter hat sich vor langer Zeit von dem Mann scheiden lassen, den sie damals geheiratet hat. Elena kann sich gar nicht mehr so richtig an ihn erinnern.«

»Elena. Alles klar. Na ja, gut. Alles cool, Dad.« Er stieß den Stuhl zurück. »Kann ich jetzt zu Jeremy?«

Tyree musterte seinen Sohn, hielt nach Anzeichen Ausschau, dass der Junge gerade eine Entschuldigung suchte, um die Flucht zu ergreifen, aber er sah nur einen Jungen, der ganz versessen darauf war, endlich sein Lieblingsvideospiel zu spielen.

»Alles klar? Wir müssen nicht drüber reden?«

»Worüber denn?« Er sah Tyree an und stieß den Atem aus. »Komm schon, Dad. Du erinnerst dich doch an Raptor, oder?«

Tyree unterdrückte ein Schaudern, als er an das Gangmitglied dachte und an die beiden Jahre nach Teikos Tod, in denen Eli beinahe auf Abwege geraten wäre. »Ja, ich erinnere mich an ihn.«

»Er war ein Mistkerl, Dad. Das weiß ich. Schon gut. Guck nicht so ängstlich. Ich will bloß auf etwas hinaus.«

»Worauf denn?«

»Sein Dad hat ihm eigentlich ziemlich deutlich gesagt, er solle sich verpissen – ich meine verdrücken. Und das hat ihm zu schaffen gemacht. Ich will damit nicht behaupten, dass Raptor nur seinetwegen so geworden ist, aber trotzdem ist ihm das sicher unter die Haut gegangen.« Er zog eine Schulter hoch. »Aber sein Dad war ein richtiges A-Loch, und das bist du nicht. Also natürlich willst du meine Schwester näher kennenlernen. Versteht sich doch eigentlich von selbst.«

»Hm.« Tyree lehnte sich auf seinem Stuhl zurück.

»Was denn?«

»Du bist ziemlich reif für einen Sechzehnjährigen.«

»Ach ja?« Sein Gesicht leuchtete auf. »Denk daran, wenn ich dich um ein Auto bitte.«

8

»Bist du echt sauer, dass ich ihm deine Zimmernummer gegeben habe?«, fragte Elena, während sie sich auf die Waffeln im 1886 Café im The Driskill stürzten.

»Das hättest du wirklich nicht tun dürfen. Ausgerechnet die Zimmernummer? Elena, das müsstest du besser wissen.«

Ihre Tochter verdrehte die Augen. »Ist doch schließlich nicht so, als hätte ich sie irgendeinem x-beliebigen Typen auf der Straße gegeben. Ich meine, er ist immerhin mein Vater. Beim Anblick von dir und deinem Bett wird es ihn wohl kaum umgehauen haben. Ich meine, der beste Beweis steht schließlich vor dir.« Sie deutete auf sich selbst. »Irgendwann hat es offensichtlich mal Sex gegeben.«

Eva rieb sich die Schläfen. »Manchmal kann ich über die Funktionsweise deines Hirns nur staunen.«

»Ich bin eben ein Mysterium«, erwiderte Elena.

»Und trotzdem hättest du ihm meine Zimmernummer nicht geben dürfen.«

Elena war entnervt. »Immerhin besser als deine Telefonnummer. Ich meine, in diesem Zimmer wohnst du schließlich bloß ein paar Tage. Gib ihm deine Telefonnummer, und er kann dich für immer belästigen. Selbst wenn du zu dem Schluss kommst, dass du nicht mehr mit ihm reden willst.«

Eva runzelte die Stirn, dann winkte sie den Kellner herbei. »Er ist dein Vater. Natürlich würde ich mit ihm reden, wenn er das will.«

»Gestern Abend hast du's nicht getan.«

Eva lehnte sich auf ihrem Stuhl zurück, während die Kellnerin ihr noch einmal eingoss. »Da ist er wieder.«

»Wer denn?«

»Jener scharfe Verstand, der dir dein *summa cum laude* eingebracht hat.«

Ihre Tochter grinste. »Ich habe eben gute Gene.«

»Haha, du willst mir doch nur Honig um den Bart schmieren.«

»Wer sagt denn, dass ich von dir spreche?«

Eva lachte. »Stimmt auch wieder.« Sie schob den leeren Teller von sich. »Sollen wir zahlen? Ich will noch deine Wohnung sehen.«

»Klar. Nur bitte, *bitte*, Mom, denk dran, dass es nicht meine Wohnung ist. Irgendwelche Renovierungsmaßnahmen sind also nicht angesagt.«

»Ich hab kein Interesse an Malerarbeiten. Ich will mir einfach bloß die Gegend und das Gebäude ansehen. Mich einfach davon überzeugen, dass mein Baby in Sicherheit ist.«

Elena schnaubte. »Das gehört wohl zur Eltern-DNA oder so was.«

»Was denn?«

»Tyree kennt mich kaum, hat gestern Abend aber so ziemlich das Gleiche gesagt. Er wollte, dass ich dem Besitzer der Wohnung, Gordon, schreibe und nachfrage, ob ich die Schlösser auswechseln darf, denn wer weiß, wie vielen Freunden er vor mir seinen Schlüssel schon geliehen hat.«

»Das hat er gesagt? Gute Idee.«

»Ja, fand ich auch. Also habe ich Gordon heute Morgen geschrieben, und er hat nichts dagegen, dass wir die Schlösser auswechseln.«

»Für den Schlüsseldienst kannst du meine Kreditkarte nehmen«, sagte Elena, wieder einmal erleichtert, weil ihre Tochter eine Kreditkarte mit hohem Kreditrahmen nutzen konnte. Und, was noch wichtiger war, dass sie überdies verantwortungsbewusst genug war, um kein Vermögen für Make-up oder Cocktails auszugeben.

»Ist schon geregelt. Ich habe gleich danach auch Tyree geschrieben. Er meinte, wir könnten nach meinem Meeting in der Bar gleich raus zur Wohnung fahren, und er würde sich dann selbst um das Schloss kümmern.«

»Meeting?«

Sie zuckte mit einer Schulter. »Ich habe mich gestern mit dem Security-Typen unterhalten – mit diesem Brent –, und der gab mir den Tipp, Reece oder Jenna wegen eines Jobs anzusprechen.«

»Oh.« Eva lehnte sich auf ihrem Stuhl zurück. »Na ja, das ist ja hervorragend. Und dann bin ich umso überzeugter, dass ich keinen Riesenfehler mache.«

»Einen Fehler?«

»Wenn ich nach Hause zurückkehre.«

Elena lehnte sich ebenfalls zurück, dann beugte sie sich wieder vor und schließlich wieder zurück. »Warte. Was? Du reist ab?«

»Du hast eine Wohnung, und du hast deinen Vater und höchstwahrscheinlich auch noch einen Job gefunden. Selbst wenn du letztlich doch nicht im The Fix arbeitest, wird er dir sicher zur Seite stehen. Und du solltest Gelegenheit haben, ihn kennenzulernen.«

»Aber …«

»Ich werde deshalb morgen nach San Diego zurückkehren.«

»Morgen! Warum?«

»Weil morgen Freitag ist, und ich reise am Sonntag nach Vancouver, weißt du noch?«

»Ja, aber …«

»Ich komme nach meinem Urlaub wieder her und sehe nach dir.« Sie beugte sich über den Tisch und ergriff die Hand ihrer Tochter. »Du machst das schon.«

»Flieg am Samstag zurück.«

Eva spürte einen Stich im Herzen. Elena war in vielerlei Hinsicht eine erwachsene Frau, aber die Aussicht, ganz allein und fern der Heimatstadt zu sein, brachte augenscheinlich wieder das kleine Mädchen zum Vorschein, das seine Mom brauchte. »Kann ich nicht, Baby. Dann hätte ich nur einen einzigen Tag Zeit, um alles für meinen Urlaub zusammenzupacken und vorzubereiten.«

Und es war so verdammt schwer, immer in seiner Nähe zu sein. Das zu begehren, was sie nicht haben konnte. Was ihr durch die Lappen gegangen war.

Obwohl sie diese Gedanken keineswegs laut aussprach, musterte Elena sie eindringlich.

»Was ist bloß mit meiner Mutter passiert?«, fragte sie.

»Was meinst du denn damit?«

Elena stützte die Ellbogen auf den Tisch und beugte sich über ihren klebrigen Waffelteller. »Was ist mit der Frau passiert, die mir gesagt hat, ich müsse mir das holen, was ich haben will? Ernsthaft, Mom. Unternimm etwas.«

Die Vorstellung, etwas im Hinblick auf Tyree zu unternehmen, erfüllte Eva mit einer Kombination aus Verzagtheit, Verlegenheit, köstlicher Vorfreude und absolutem Entsetzen. »Du bildest dir was ein. Es ist lang, sehr lang her, dass ich deinen Vater begehrte. Jetzt wünsche ich mir nur noch, dass du ihn kennenlernst.«

»Könntest du das bitte wiederholen? Ich konnte deine Worte nämlich kaum verstehen, weil deine Nase dabei so schnell gewachsen ist.«

Eva seufzte. Verdammt! Ihre Tochter hatte sie durchschaut.

Ja, sie begehrte ihn immer noch. Aber sie befürchtete, dass er kein Interesse hatte. Oder falls doch, dass der ursprüngliche Funke ein wenig vor sich hin knistern würde, um letztlich bloß zu einer kümmerlichen Beziehung zu führen, die die Erinnerung an all ihre schönen Zeiten zunichtemachen würde.

Besser an dem Guten festhalten, als zu riskieren, dass alles den Bach runterging.

»Na gut«, meinte Elena nun. »Vergiss Tyree. Aber lass deine einzige Tochter nicht im Stich.«

Als Eva amüsiert den Kopf schüttelte, preschte Elena weiter vor.

»Bitte, Mom. Nur noch einen einzigen Tag. Du wirfst doch sowieso immer deinen halben Kleiderschrank in eine Tasche. Deshalb kannst du mir nicht weismachen, dass die Packerei so viel Zeit in Anspruch nimmt.«

»Tue ich nicht!«, protestierte Eva, obwohl Elena absolut recht hatte.

»Ich will etwas Zeit mit dir zusammen hier verbringen. Mir mit dir die Texas Hill Country ansehen. Die Weingüter mit dir besichtigen. Tante Marianne hat mir sogar ein Geschenk gemacht, sodass wir stilgerecht dort aufkreuzen können.«

»Ach ja? Wann hast du denn mit Marianne gesprochen?«

»Gestern Abend«, bekannte Elena. »Ich hab ihr alles erzählt.«

Eva nickte. Das erklärte die Textnachrichten, die sie heute Morgen auf ihrem Handy entdeckt hatte.

Und?

Und zehn Minuten später …

Hallo?

Und noch mal fünfundvierzig Minuten später …

Gut. Erzähl es mir, sobald es dir passt. Aber ERZÄHL ES MIR!

Offenbar hatte Elena doch schon alles erzählt. Was sollte sie denn jetzt noch zu berichten haben? Aber sie würde Marianne später trotzdem mal anrufen. Außerdem musste sie sie bitten, den Rückflug umzubuchen.

»Dann bleibst du also?« Es klang eher nach einer Feststellung als nach einer Frage.

»Das hab ich noch nicht gesagt.«

Elena winkte ab. »Aber es steht dir ins Gesicht geschrieben. Wie geil ist das denn! Wir können uns ein paar Weingüter ansehen. Einkaufen. Rumhängen. Das wird der Hammer!«

»Ja«, bestätigte Elena und ergriff die Hand ihrer Tochter. »Das wird es.«

9

Eines konnte Tyree von seiner Tochter mit Gewissheit sagen – sie war ein Charmeur.

Als er am Donnerstagnachmittag das The Fix betrat, saßen nur wenige Kunden an den einzelnen Tischen verstreut. Aber die Hälfte seiner Belegschaft scharte sich an der Bar um Elena, während sie an ein paar dort aufgereihten Drinks nippte und über einen Witz von Reece lachte.

»Hey!« Sie sah auf und warf ihm ein so strahlendes Lächeln zu, dass sie von innen zu leuchten schien. »Ich lerne gerade die Speise- und Getränkekarte auswendig. Um den Kunden etwas empfehlen zu können. Bis jetzt bin ich ganz hin und weg von Jalapeño Margaritas.«

»Ich sehe es schon kommen, dass du mir bei dem Auswechseln der Schlösser keine allzu große Hilfe sein wirst. Wenn wir vor deiner Wohnung stehen, siehst du bestimmt gleich zwei Türknäufe.«

Sie blinzelte. »Es *gibt* zwei Türknäufe. Einen auf jeder Seite der Tür.«

Hinter der Bar stand Cam und lachte. »Ein Punkt für sie.«

»Aber keine Sorge, ich nippe nur daran. Alles gut.«

»Tiffany ist hinten und stellt ein kleines Tablett mit Appetizern zusammen«, fügte Jenna hinzu. »Wir fanden, dass Elena recht hatte. Wenn sie hier arbeitet, muss sie das ganze Angebot kennen. Oh! Und sie braucht ein T-Shirt.« Sie legte den Kopf schief und bedeutete Elena wortlos, ihr zu folgen. »Holen wir dir eins von hinten, während wir aufs Essen warten.«

Elena warf Tyree noch ein strahlendes Lächeln zu, dann folgte sie den anderen. Sobald sie außer Hörweite war, wandte er sich zu Reece um. »Ist also ausgemachte Sache? Sie wird hier arbeiten?«

»Zumindest den Sommer über.«

»Gut«, meinte Tyree.

»Anscheinend gehört sie jetzt zur Familie.« Reece' Blick ruhte auf Tyree. Nicht forschend, sondern wissend.

Tyree hatte ein schlechtes Gewissen. Alles war so schnell gegangen, dass er seinen Freunden nichts von Eva oder Elena hatte erzählen können. Offensichtlich hatten sie trotzdem Wind davon bekommen.

»Sorry, Mann«, sagte er, was Reece mit einem Lächeln quittierte.

»Wir sind nicht sauer. Sie ist toll, und nur damit du es weißt, sie ist nicht diejenige, die uns eingeweiht hat. Brent hat sie rundheraus gefragt. Ich vermute, dass er ein paar Fetzen der Unterhaltung aufgeschnappt hat, die du gestern mit ihrer Mutter hattest.«

»Wenn du mit Unterhaltung dieses Geschrei meinst, das da gestern völlig aus dem Ruder gelaufen ist, dann ja, das hat er wohl.«

»Na ja, Elena ist jedenfalls toll«, wiederholte Reece. »Und sie scheint sehr froh darüber zu sein, hier arbeiten zu dürfen.« Er runzelte die Stirn. »Du hast doch nichts dagegen, oder? Eigentlich hätte ich dich zuerst fragen sollen, aber dieses Mädchen ist eine Naturgewalt.«

Er rieb sich mit der Hand über den rasierten Schädel und wirkte mehr als bloß ein bisschen überwältigt. »Sie kam rein, wir fingen an, uns zu unterhalten, und das Nächste, was ich weiß, ist, dass ich sie einstellte.«

Tyree gluckste. »Da kommt sie auf ihre Mom.«

»Ach ja? Und wie passt Mom in dieses neue Bild?«

Tyree atmete tief ein. Reece kannte ihn von jedem im The Fix am besten. Reece' Dad hatte Tyree an der Front unter seine Fittiche genommen, als der noch grün hinter den Ohren gewesen war.

Und Jahre später hatte Tyree Reece' verblutenden Onkel in den Armen gehalten, um dem tödlich verwundeten Mann in seinen letzten Stunden etwas Trost zu spenden.

Also ja, Reece und ihn verband etwas. Und vielleicht war es dieses Band, das ihn veranlasste, die Wahrheit zu sagen. Oder vielleicht war es auch einfach nur ein gewisses Mitteilungsbedürfnis. »Keine Ahnung«, bekannte er. »Ich will sie hier haben, Reece. Ich will sie wieder kennenlernen. Aber ...« Er schüttelte den Kopf. »Ich habe gestern Abend über sie nachgedacht. Sie wollte mir einfach nicht aus dem Kopf gehen, als ich im Bett lag. In *unserem* Bett.« Er atmete tief ein. »Ich musste dann irgendwann auf die verdammte Couch umziehen.«

Reece nickte nachdenklich. »Es ist nicht leicht, weiterzuleben und sich etwas Neues aufzubauen.«

Das war ihm natürlich klar, aber trotzdem half es, diese Worte zu hören, durch sie einfach nur anzuerkennen, dass es schwer war.

Tyree seufzte. »Zum Teufel, ja, das ist es.«

»Geh es langsam an. Lass es auf dich zukommen. Vielleicht passiert ja gar nichts. Oder wer weiß? Auf jeden Fall betrügst du nicht. Und du besudelst auch nicht ihr Andenken.«

»Ich weiß«, meinte Tyree. Aber es waren bloß Worte. Tief in seinem Inneren empfand er anders.

Hinter sich hörte er Jennas fröhliches »Ta-da!«.

Er drehte sich um und sah sein Mädchen in einem der schwarzen *The Fix on Sixth*-T-Shirts vor sich stehen.

»Sieht gut aus, hm?«, fragte Elena

»Toll«, bestätigte Tyree, als sie auf ihn zukam und sich vor der Bar um die eigene Achse drehte. Sie nahm sich einen der Drinks und gab Jenna einen anderen, um mit ihr anzustoßen. Jenna, bemerkte er, trank den ihren nicht, sondern tauschte ihn nach ein paar Sekunden verstohlen gegen ein Glas Mineralwasser aus.

»In San Diego habe ich sporadisch auch als Barkeeper gearbeitet«, sagte Elena. »Reece sagte, dass ihr zu wenig Kellner und Barkeeper habt. Ihr könnt mich also einsetzen, wo immer ihr mich braucht.« Sie grinste, dann schlug sie die Augen nieder. »Ich bin so viel mehr als nur die Tochter eures Chefs.«

Alle lachten, aber dann sagte Jenna: »Zu blöd, dass du nicht auch noch Fotografin bist.«

»Oh.« Elena zog die Mundwinkel nach unten. »Darin bin ich auch nicht schlecht. Mom hat mir schon mit sechs eine Kamera in die Hand gedrückt. Warum?«

»Was hat denn Eva damit zu tun?«, fragte Tyree.

»Damit verdient sie ihren Lebensunterhalt. Wusstest du das nicht?«

»Nein.« Er bemerkte, dass er lächelte. »Schön für sie.«

Elena zog die Augenbrauen hoch, offensichtlich verwirrt.

»Sie hat mit diesem beschissenen Teil herumgemacht und alles Mögliche geknipst, aber es sind ein paar tolle Bilder dabei rausgekommen. Ich bin ja kein Experte, aber ich fand sie fantastisch. Also habe ich ihr vor meiner Entsendung ein Geschenk gemacht. Eine Nikon. An das genaue Modell kann ich mich nicht erinnern. Und ich habe ihr gesagt, sie solle jeden einzelnen Tag für mich festhalten.«

»*Du* hast ihr die geschenkt? Sie benutzt sie immer noch.«

Er blinzelte. »Tatsächlich?«

Elena nickte. »Na ja, sie hat natürlich neue Objektive dazugekauft. Aber sie hat mir gesagt, dass die Kamera einen emotionalen Wert für sie besitzt.« Sie grinste. »Doch sie hat mir nie erzählt, dass sie von dir ist. Vielleicht hat sie befürchtet, ich würde sie dann bitten, mir Daddys Kamera zu schenken. Und was die Dokumentation betrifft, hat sie dir anscheinend zugehört, denn sie macht jeden Tag ein Foto, komme, was da wolle.«

»Wirklich?« Sein Herz zog sich so schmerzhaft zusammen, dass er sich an der Bar festhalten musste, um nicht zu schwanken. »Und sie hat sie wirklich behalten. Die Kamera?«

Elena zog eine Schulter in die Höhe. »Warum auch nicht? Immerhin liebte sie dich.«

Er wandte sich ab, tat, als müsse er husten, damit weder sie noch alle anderen die Tränen sahen, die ihm in die Augen traten.

Als er sich wieder umwandte, musterte Jenna Elena eindringlich. »Machst du auch Porträtfotos? Wie steht es mit Lebensmitteln?« Sie berichtete von dem Wettbewerb, dem Kalender und dem Kochbuch.

Elena zuckte mit den Schultern. »Ehrlich gesagt arbeite ich ganz passabel, aber bei Landschaften bin ich besser. Und Photoshop beherrsche ich gar nicht. Aber meine Mom rockt das.«

Jennas Aufmerksamkeit richtete sich auf Tyree. »Sie ist doch hier, oder nicht? Warum fragst du sie nicht?«

»Das solltet du«, meinte Elena. »Frag sie morgen.«

»Ich dachte, wir beide wollten morgen einen Ausflug nach Fredericksburg machen.« Sie hatte verkündet, dass sie Hill Country sehen wolle, und da Eli jetzt ein paar Tage bei Jeremy wohnen würde und Tyree sowieso mit den ortsansässigen Weinhändlern darüber verhandeln wollte, deren Label im The Fix zu verwenden, hatte er zugestimmt, zumal er sich auf die Gelegenheit freute, seine Tochter besser kennenzulernen.

»Stimmt«, sagte sie und spielte mit dem Stil ihres Glases. »Ich meinte, am Abend.« Sie stellte das Glas ab und rieb sich die Stirn. »Wenn wir wieder da sind.«

Er runzelte die Stirn, vermutete aber, dass sie sich so seltsam verhielt, weil sie genauso gut wusste wie er, dass Eva ihm mit Sicherheit einen Korb geben würde. »Mach ich«, sagte er und fügte an Jenna gewandt hinzu: »Aber versprich dir nicht zu viel davon.«

10

Eva sah die lange schwarze Limousine, sobald sie durch die reich verzierten Türen des Haupteingangs des The Driskill trat. Natürlich verschwendete sie keinen Gedanken daran; immerhin lebten in Austin jede Menge wohlhabende Menschen und Promis. Erst als der Fahrer ausstieg und die hintere Tür für Elena öffnete, sah Eva genauer hin.

Ihre Tochter trug einen hellblauen Wickelrock, ein eng anliegendes Top und eine riesige Sonnenbrille. Sie sah aus, als gehöre sie in eine Limo, und als sie Eva heranwinkte, erhellte ihr Grinsen den Morgen.

»Irre, was? Tante Marianne hat das Ding für den ganzen Tag gebucht. Und hinten haben wir sogar eine Weinbar. Schnaps gibt es auch.«

»Wahrscheinlich müssen wir gar nicht nach Fredericksburg fahren. Am besten fahren wir nur in der Stadt herum und trinken die Bar leer.«

»Spiel hier nicht den Komiker, Mom.«

Eva grinste, dann nickte sie dem Fahrer zu und folgte Elena in die Limousine. Sie war komplett ausgestattet, mit Fernseher, DVD-Player, Sichtblende, Sonnendach und einer Steuerkonsole, von deren Funktionen Eva keine Ahnung hatte. Vielleicht gab es ja auch einen Whirlpool oder gar eine Raketenabschussrampe.

»Das ist ja unglaublich«, rief sie, während der Fahrer losfuhr. »Und das hat tatsächlich Marianne organisiert?«

»Ja, cool, was?«

»Wahrscheinlich zahle ich ihr viel zu viel.«

»Haha. Denk nicht mal an die Kosten. Diesen Tag sollst du ganz und gar genießen.«

Eva nickte und zog ihr Handy heraus. »Ich widerspreche ja gar nicht. Gestern Abend habe ich mich ein bisschen schlaugemacht. Wenn wir die RM 1431 nehmen, kommen wir an einen Ort namens Lago Vista und dann nach Marble Falls. Beide Städtchen sollen sehr hübsch sein. Dann fahren wir nach Johnson City und von dort nach Fredericksburg. Am Weg liegen viele verschiedene Weingüter, wo wir haltmachen können. Siehst du?« Sie hielt ihr Handy hoch und deutete auf die Karte.

»In Fredericksburg dann gibt es ganz tolle Geheimtipps, wo man shoppen kann, und jede Menge Weinläden. Und beim Essen können wir uns auf traditionell deutsches Essen konzentrieren oder etwas anderes suchen. Anscheinend gibt es dort alles. Sogar das Nimitz Museum, das Nationalmuseum über den Pazifikkrieg. Keine Ahnung, warum sich das ausgerechnet in Texas befindet, aber wir gehen trotzdem hin. Und wenn es cool ist, dann solltest du das bei deinem Vater erwähnen. Wahrscheinlich findet sich dort jede Menge Marinekram, für den er sich interessiert.«

»Hm. Ja. Mach ich.«

Eva warf Elena einen Blick zu, dann kam sie zu dem Schluss, dass deren Reaktion nur deshalb so verhalten war, weil sie nicht wollte, dass ihre Mutter sie in ein Museum zerrte, wo man sich doch eigentlich eine Trink- und Shoppingtour vorgenommen hatte. Verständlich.

»Außerdem gibt es einen Ort mit Namen Wildseed Farms, der interessant aussieht. Dort verkaufen sie Blumen, Kunsthandwerk und Eis.« Sie betonte das letzte Wort besonders, was ihr Elenas Lachen einbrachte. Aber es klang ein wenig hohl.

Sie legte ihr Handy auf den Sitz zwischen ihnen, verschränkte die Arme vor der Brust und sagte: »Okay, was ist los? Das hier war deine Idee, und jetzt bin ich diejenige, die ganz aufgeregt ist.«

»Alles in Ordnung«, meinte Elena. »Ich bin bloß total müde.

Ich hab letzte Nacht nicht allzu gut geschlafen.« Sie streckte die Hand aus und nahm sich Evas Handy, wobei sie den Seitenknopf betätigte, um das Display zu dimmen. Dann ließ sie es in Evas Tasche gleiten. »Also, diese Limousine ist ganz schön cool, oder? Und Musik haben wir auch.«

Dann wandte sie sich der Konsole zu. Eva holte das Handy wieder heraus.

»Mom! Wir verbringen hier gerade Zeit miteinander! Kleb nicht ständig am Handy!«

»Ich will doch nur die Karte verfolgen. Vielleicht gibt es da noch ein paar Orte, an denen wir anhalten wollen. Und ... okay. Was machen wir gerade auf der Ostseite des Highway?«

Elena zog die Augenbrauen hoch. »Ich habe keine Ahnung, wie man nach Fredericksburg kommt, und du auch nicht. Vertrauen wir doch einfach dem Fahrer, okay?«

Aber noch während sie sprachen, bog die Limousine rechts vom Airport Boulevard ab und in eine Wohngegend ein. Eva senkte den Kopf, denn sie wusste nicht, ob sie lachen oder schreien sollte.

Schließlich entschied sie sich für einen mütterlich-strengen Blick und hob den Kopf, um ihre Tochter anzusehen. »Also«, sagte sie, »wen lesen wir noch auf?«

»Äh, hm.«

»Hab ich mir doch gedacht.« Sie neigte jetzt eindeutig eher zum Lachen, verkniff es sich aber. »Wäre nett gewesen, wenn du mir vorher gesagt hättest, dass du ihn eingeladen hast. Ich hätte mir dann was Besseres angezogen.« Sie trug eine leinene Tunnelzughose und ein leichtes Baumwoll-T-Shirt.

»Du siehst toll aus.«

Eva wollte widersprechen – immerhin hatte sie kaum Make-up aufgelegt –, hielt aber den Mund. Offensichtlich hatte Elena alles so organisiert, damit sie Zeit mit beiden Elternteilen verbringen konnte. Es war kein – wiederhole, *kein* – Date, also spielte es keine Rolle, wie sie aussah.

Und schon gab es kein Entkommen mehr, denn da war er schon, trat aus dem bezaubernden kleinen Kalksteinhaus, das zwischen den Eichen und Pekannussbäumen kauerte.

Er trug Jeans, die seine Schenkel eng umschmiegten, und ein kurzärmeliges blaues T-Shirt, das über seiner muskulösen Brust und den unglaublich breiten Schultern spannte. Es überfiel sie eine plötzliche, tief in ihren Eingeweiden schlummernde Erinnerung daran, wie ihre Fingerspitzen über seine Haut und seine lichten Brusthaare geglitten waren. Daran, wie sie den Kopf an seine Brust gelegt hatte, während sie nackt nebeneinanderlagen. An die harten, festen Konturen seines Körpers.

Okay, hör auf. Hör einfach auf.

Sie holte tief Luft, um wieder zur Besinnung zu kommen, nahm sich ein Papiertaschentuch aus der Box auf der hinteren Konsole und wischte sich den Schweiß auf Oberlippe und im Nacken ab.

Falls Elena den Schweißausbruch bemerkt hatte, würde Eva ihn auf den frühen Beginn ihrer Menopause schieben. Zum Teufel mit der Wahrheit!

Nachdem er den Motor ausgeschaltet hatte, kam der Fahrer um das Auto herum und öffnete die Tür am Bürgersteig. Elena stieg aus. »Sieh mal! Ein richtig stilechter Auftritt!«, kreischte sie, und Tyree musste lachen. Sein leiser, rumpelnder Bariton bewirkte die wunderbarsten Dinge in Evas Körper.

Wunderbar, aber unpraktisch.

Dieser Mann übte auch nach Jahren unbestreitbar die gleiche Anziehungskraft auf sie aus wie früher. Wenn überhaupt, hatte sie sich sogar noch gesteigert. Er war jetzt ein Mann, kein Junge mehr. Er besaß ein eigenes Unternehmen. Er nahm die Dinge, wie sie kamen. Und von dem wenigen, was sie bislang im Hinblick auf ihn und Elena erlebt hatte, war er ein verdammt toller Vater.

Aber er gehörte nicht ihr. Das musste sie sich stets vor Augen halten. Sie würde nichts mit dem Mann anfangen, mit dem sie früher mal eine Affäre gehabt hatte. Besonders nicht, da diese

Affäre ihrer beider Lebenswege nachhaltig verändert hatte. Zugegeben, das war die Schuld ihres Vaters gewesen. Seither waren allerdings mehr als zwanzig Jahre vergangen. Und das Leben war schon verwirrend genug, ohne dass sie sich wieder auf dieses neuerliche Begehren einließ.

Das alles klang unglaublich vernünftig und intelligent. Zu blöd, dass Vernunft und Intelligenz in die Weinberge hinausflogen, sobald Tyree sie auch nur ansah.

Doch am Mittwochabend hatte sie ihm die Tür vor der Nase zugeschlagen. Sie wusste also, dass sie stark sein konnte. Sie musste es bloß jetzt auch weiterhin durchziehen.

Aber der heutige Ausflug würde sicherlich kein Problem darstellen. Immerhin konnten sie in dieser Limousine wohl kaum nackt übereinander herfallen, solange ihre Tochter zwischen ihnen saß.

Sie rückte zur Tür in der Absicht, auszusteigen und ihn anständig zu begrüßen, doch da beugte er sich schon vor, um einzusteigen. Er hielt mitten in der Bewegung inne, den Blick unverwandt auf sie gerichtet, seine Miene eine Mischung aus Überraschung und Freude.

Unwillkürlich lachte sie los. »Du hattest also auch keine Ahnung?«

Ein charmantes Grinsen ließ sein Gesicht aufleuchten. »Erinnerst du dich an dieses Remake des Disney-Films mit Lindsay Lohan?«

»*Ein Zwilling kommt selten allein*?« Sie sah über die Schulter hinweg zu Elena, die noch auf dem Bürgersteig stand. »Der gehörte in Elenas Kindheit zu ihren Lieblingsfilmen.«

Er glitt in den Wagen und machte es sich auf der langen Bank, die im rechten Winkel zu der ihren stand, bequem, so nah, dass ihre Knie sich leicht berührten. Sie rückte zur Seite, denn sogar diese winzig kleine Berührung sandte einen ganzen Funkenregen durch ihren Körper, der sie aufwühlte und viel zu verwirrend war.

»Das überrascht mich nicht«, sagte Tyree.

»Was?« Ihr Kopf flog nach oben, und sie sah ihm in die Augen.

»Der Film. Was glaubst du denn, was ich …«

»Ach, egal.«

»Das wird einfach der Hammer!«, rief Elena, kletterte ins Auto und rettete Elena vor ihrer eigenen Torheit.

Dann schloss der Fahrer die Tür, und ein paar Augenblicke später waren sie unterwegs.

»Okay«, verkündete Elena. »Wer trinkt was? Und ein Nichts gilt nicht, denn wir haben eine Limo. Nüchtern zu bleiben ist also nicht Sinn und Zweck der Übung.«

Tyree und Eva tauschten ein Lächeln. »Da hast du aber ein herrschsüchtiges kleines Ding großgezogen.«

»Das hat sie von ihrem Vater geerbt.«

»Jaja«, zirpte Elena. »Beides Komiker. Kommt schon. Ich will jetzt die Bestellungen entgegennehmen.«

»Whiskey«, sagte Eva, und dann sah sie, wie Tyree lächelte. »Was?«

»Gar nichts. Ich nehme auch einen.«

»Erwischt!«, rief Elena, dann kniete sie vor der Bar nieder, goss die Drinks ein und gönnte sich selbst ein Glas Wein.

Sie unterhielten sich eine Weile über ihre Reiseroute, wobei sowohl Elena als auch Eva einen heimlichen Seufzer der Erleichterung ausstießen, als Tyree verkündete, das Nimitz Museum wäre zwar fantastisch, aber er sei dort schon mehrere Male gewesen.

»Fahren wir über die RM 1431?«, fragte Eva. »Denn anscheinend gibt es ein Weingut genau vor dem Ortseingang von Marble Falls.«

»Keine Ahnung, was er vorhat«, antwortete Tyree und sah aus dem Fenster. »Wenn er nicht gerade von einem Unfall weiß, der hier nicht angezeigt wird, hätte ich eher vermutet, dass wir mittlerweile auf dem Highway angelangt sein sollten. Nicht hier in Crestview, wo …«

»Was?«, fragte Eva und sah von ihrem Handy auf, gerade noch rechtzeitig, um zu sehen, wie Tyree ihre Tochter grimmig ansah. »O mein Gott.«

»Warum sind wir in Crestview, Elena?«

»Was ist in Crestview?«, fragte Eva.

»Einige wunderschöne Häuschen, zu denen auch Brents gehört.« Als sie ihn verständnislos ansah, fuhr er fort: »Das ist der Mann, der dich zu meinem Büro geführt hat. Einer meiner Partner im The Fix.«

»Und alleinerziehender Vater«, warf Elena eilig ein. »Er hat mich gefragt, ob ich heute auf sein Kind aufpassen könnte. Und Marianne hatte schon die Limousine gebucht. Ich befürchtete, wenn ich euch das erzählt hätte, würde mindestens einer von euch die Biege machen, und ehrlich: Wollt ihr beiden euch nicht mal so richtig unterhalten? Zumindest sollte Tyree jedes einzelne wundervolle Detail hören, das ich in meiner Kindheit angestellt habe. Und ich war tatsächlich total wundervoll. Das dauert bestimmt den ganzen Tag.«

Sie schwieg, um Luft zu holen, und Eva konnte sich das Lachen kaum verkneifen. Tyree schien es nicht anders zu ergehen.

»Weißt du«, warf Tyree ein, »ich hätte mich gefreut, deine Mutter heute Abend einfach nur auszuführen – oder auch heute und morgen Abend, wenn wir so viel Zeit gebraucht hätten, um uns darüber auszutauschen, wie wundervoll du warst«, fügte er mit mutwillig blitzenden Augen hinzu. »So ein raffinierter Plan wäre also gar nicht nötig gewesen.«

»Ja, aber ich wollte dafür sorgen, dass ihr beiden euch *jetzt* unterhaltet. Und, ihr wisst schon, eine schöne Zeit miteinander verbringt, denn immerhin reist sie morgen wieder ab.«

Tyree wandte den Blick von Elena ab und sah Eva an. »Du reist ab?«

Sie glaubte, Enttäuschung in seiner Stimme zu hören, verwarf den Gedanken aber sofort wieder. Sie hatte beschlossen abzureisen. Sie musste abreisen. Es war besser so. »Ich wohne nicht hier, weißt du noch? Und ich habe zu Hause einen Beruf. Außerdem fliege ich am Sonntag nach Vancouver. In einen lang ersehnten Urlaub.«

Sie sah Elena mit ihrer strengsten Muttermiene an. »Ich hatte eigentlich heute schon abreisen wollen, aber meine Tochter hat mich überredet, doch etwas Zeit mit ihr zu verbringen.«

Elena tat die Worte mit einer Handbewegung ab. »Du verbringst seit dreiundzwanzig Jahren Zeit mit mir. Eigentlich müsste ich dir so langsam auf die Nerven gehen. Aber jetzt rate mal, wen du seit dreiundzwanzig Jahren nicht mehr gesehen hast ...« Sie verstummte mit einem bedeutungsvollen Blick auf Tyree, der, schlechter Schauspieler, der er nun mal war, die Arme ausbreitete und wie verrückt grinste.

»Ist dir das auch wirklich recht?«, fragte sie.

»Zeit mit dem einen Menschen zu verbringen, der mir erzählen kann, was das erste Wort meiner Tochter war? Ja, das ist mir recht.«

»Na gut. Und es war *Nein*. Stell dir mal vor.«

Sie parkten vor einem hübschen Haus aus Holz und Stein, und der Fahrer ging um den Wagen herum zu Elenas Tür.

»Eins noch«, sagte Tyree. »Ich dachte, du hättest gesagt, ich solle mit deiner Mom über die Fotos sprechen.«

»Die Fotos?«, unterbrach Elena ihn. »Ja, da hast du recht. Keine Ahnung, was ich mir dabei gedacht habe. Ist wohl kaum möglich, wenn sie abreist.«

Tyree runzelte die Stirn, sagte aber nichts mehr. Also fragte Eva: »Welche Fotos?«

»Keine große Sache«, versicherte Elena ihr. »Jetzt macht schon. Amüsiert euch.« Sie beugte sich vor und gab Eva und Tyree jeweils einen Kuss auf die Wange. »Amüsiert euch, ihr beiden. So viel, wie ihr wollt.«

Dann sprang sie aus dem Auto und rannte den Weg hinauf, wo

der Mann, den Eva am Mittwoch getroffen hatte, die Tür öffnete und der Limousine zuwinkte. Eva erhaschte einen Blick auf einen attraktiven dunkelhaarigen Mann, bevor die Tür sich wieder schloss und ihre Tochter dahinter verschwand. Sie saß jetzt allein im hinteren Teil einer Limousine mit einem Mann, von dem sie sich leidenschaftlich angezogen fühlte … der allerdings aus mehreren triftigen Gründen unerreichbar für sie war.

Von denen ihr aber in diesem Augenblick kein einziger einfallen wollte.

11

Als sie Fredericksburg erreichten, waren sie bereits beschwipst, und nicht wegen des Whiskeys – jedenfalls nicht nur. Sie hatten an drei Weingütern am Wegesrand angehalten, hatten die Verkostungen und Käseplatten genossen, und Tyree hatte sogar die Karte eines der Winzer mitgenommen und ihm versprochen, ihn am darauffolgenden Montag anzurufen, um eventuell seinen Rotwein als Hausmarke im The Fix anzubieten.

»Eine Winzerei befindet sich noch genau auf der Main Street«, erläuterte Tyree. »Soll der Fahrer vielleicht dort auch noch mal anhalten?«

»Auf gar keinen Fall«, sagte sie, und ihr Kopfschütteln fühlte sich etwas übertrieben an. »Aber ich brauche jetzt unbedingt etwas zu essen. Ich finde, wir sollten mal in ein deutsches Restaurant gehen. Dafür ist die Stadt doch vornehmlich bekannt, stimmt's?«

»Früher schon. Ich glaube, in letzter Zeit haben sich eine Menge feiner und einheimischer Restaurants hier angesiedelt. Aber wenn du deutsche Küche haben willst, dann essen wir eben deutsch.« Er sah auf die Uhr. »Wir werden ins *Der Lindenbaum* gehen. Touristenüberlaufen, aber gut. Und für den Nachtisch kenne ich genau den richtigen Platz.«

Sie grinste. »Mir war gar nicht klar, dass ich einen Reiseführer bei mir habe.«

»Dein Wunsch ist mir Befehl«, antwortete er. Anscheinend gefiel ihm die Vorstellung, sich um sie zu kümmern. Und auch sie hatte nichts dagegen. Früher hatte sie trinken können wie ein Loch, aber sie hatte dem Alkohol während Schwangerschaft und

Stillzeit vollkommen abgeschworen, und David hatte nur Wein getrunken. Heute trank sie bloß gelegentlich, sodass sie auf der Fahrt zu dieser hübschen kleinen Stadt so ziemlich ihr Jahrespensum verdrückt hatte.

Tyree, der sich wahrscheinlich noch an die Zeit erinnerte, da sie trinken konnte wie eine ganze Football-Mannschaft, beobachtete sie amüsiert.

»Was?«

»Du bist wundervoll, wenn du blau bist.«

»O nein. Wundervoll geht gar nicht. Das einzige Wundervoll, das hier erlaubt ist, ist Elena. Und glaub mir, das trifft es genau.«

»Na gut. Erzähl mir noch was von ihr.«

Sie hatte ihm bereits die Geschichte von Elenas Geburt erzählt, die für sie lächerlich leicht gewesen war, aber schwer für David, der wegen des ganzen Blutes in Ohnmacht gefallen war. Ob sie sich nach dieser Geschichte das selbstgerechte Funkeln in Tyrees Augen nur eingebildet hatte? Er als Kriegsveteran hatte wahrscheinlich kein Problem bei der Geburt seines eigenen Sohnes gehabt.

Sie wünschte, sie hätte ihn mit Elena sehen können. Mit nur drei Kilo Geburtsgewicht war sie zwar gesund, aber dennoch winzig gewesen, und Eva konnte sich vorstellen, wie Tyree sie in seiner großen Hand hielt. Oder wie er ihr auf den kleinen Rücken klopfte, während er sie nach dem Füttern an seiner breiten Schulter hielt.

Sie blinzelte und wandte sich ab, denn mit einem Mal wurde ihr schmerzlich bewusst, wie viel sie verpasst hatten.

»Alles gut?«

»Klar.« Sie nahm sich zusammen und sah ihn wieder an. »Ist wohl nur der Alkohol.«

»Wir werden dich bald füttern.« Über die Gegensprechanlage wies er den Fahrer an, so bald wie möglich anzuhalten. Kurze Zeit später kam die Limousine in einer Seitenstraße zum Stehen, und der Fahrer ließ sie aussteigen. Tyree gab ihm für die nächsten paar Stunden frei; erklärte, dass sie jetzt etwas essen und dann die Gegend erkunden würden und dass er ihm schreiben würde, wenn sie die Limousine wieder brauchten.

»Eine schöne Art zu reisen«, sagte sie, als sie auf das Restaurant zugingen. »Ich kann immer noch nicht glauben, dass Marianne das auf die Beine gestellt hat.«

»Bist du dir sicher, dass sie es war?«

Eva warf ihm einen Seitenblick zu. »Weißt du mehr als ich, oder gehst du einfach nur davon aus, dass Kinder von Natur aus raffiniert sind?«

»Also, raffiniert ist sie auf jeden Fall«, antwortete er. »Ich kenne Elena ja jetzt schon ein bisschen, und ich glaube, sie übertrifft das Potenzial noch, das ihre Eltern ihr mitgegeben haben.«

»Hm.«

Sie gingen an Shops und Restaurants vorüber, bis Tyree schließlich stehen blieb und die Tür zu einem heimeligen Restaurant öffnete, in dem es köstlich duftete. Sie trat ein und seufzte vor Wonne. »Ich werde mir den Bauch mit Wurst vollschlagen. Sei darauf vorbereitet.«

Er lachte, aber sie hatte es ernst gemeint. Nachdem sie bestellt hatte, zog sie ihr Handy hervor und öffnete ihre Kreditkarten-App. Dann brach sie in Gelächter aus.

»Was?«

»Sie, Sir, besitzen offenbar durchaus Menschenkenntnis. Eine Autorisierung für eine Limousinengebühr.« Sie verdrehte die Augen. »Ich habe ihr erlaubt, meine Kreditkarte zu benutzen, bis sie die Schule hinter sich hat. Aber ab sofort muss sie sich einen Job suchen, um ihre Ausgaben selbst zu bestreiten.«

»Sie wusste, dass du es herausfinden würdest«, antwortete er. »Spätestens wenn du dich bei deiner ahnungslosen Freundin bedankt hättest, wäre alles herausgekommen.« Er streckte die Hand aus und ergriff die ihre. Die Verbindung sandte einen Funkenflug über ihre Haut. »Ich glaube, die wahre Frage lautet, ob du unserer Tochter danken willst.«

Sie blickte auf ihre ineinander verschlungenen Hände hinab, holte tief Luft und sah ihm dann in die Augen. »Ja, das werde ich ganz sicher.«

»Gut«, antwortete er. »Ich auch.«

Sie war erleichtert, als die Kellnerin mit ihrem Essen kam. Viel zu viel Gefühl – und zu viel Sehnsucht –, die ihr Innerstes in Aufruhr versetzten. Und das war zusammen mit dem Alkohol eine üble Mischung.

Sie betrachtete das Essen als vorübergehenden Reset-Knopf und stürzte sich darauf, aß mehr, als sie sollte, um etwas von dem Wein und dem Whiskey auszugleichen. Sie unterhielten sich beim Essen, und sie fragte, ob sein Sohn ebenso raffiniert war wie seine Tochter. »Noch nicht«, antwortete Tyree. »Aber er ist ja auch erst sechzehn. Gib ihm noch etwas Zeit.«

Insgesamt jedoch sprachen sie wenig von Eli oder Teiko. Nur so viel, dass sie einen allgemeinen Überblick über sein Leben bekam. Dieser Tag diente ja auch immerhin vornehmlich nur dazu, wieder eine Verbindung zwischen ihnen zu schaffen – als *Eltern* – und über Elena zu sprechen.

Und ja, um zu essen, zu trinken und zu shoppen.

Diesen Teil ihres Ausflugs nahmen sie in Angriff, nachdem sie die wirklich köstliche Wurst verspeist hatten. »Nachtisch?«, fragte Tyree, sobald sie wieder auf der Straße standen.

»Was bist du? Ein Fass ohne Boden? Lass uns erst mal einen kleinen Schaufensterbummel machen.«

Das taten sie. Sie schlenderten die Main Street entlang und bewunderten die Fenster der bezaubernden Läden. Ein- oder zweimal gingen sie auch hinein, und in einem dieser tollen Geschäfte fand Eva das perfekte T-Shirt für Elena: *I'm only bossy because I was born that way*. Sie streckte den Arm aus und ergriff Tyrees Hand, zog ihn zu sich, damit er es sich ebenfalls ansah.

Zuerst bemerkte sie gar nicht richtig, dass sie einander berührten. Dann spürte sie seine Wärme und ein leises Brennen, das sich in ihrem Bauch sammelte und dann weiter abwärts wanderte, sodass sie sich mit einem Mal Körperregionen bewusst wurde, die bedauerlicherweise eine sehr, sehr lange Zeit brachgelegen hatten.

Beiläufig versuchte sie, ihm die Hand wieder zu entziehen, denn es fühlte sich ein wenig zu schön an und viel zu verwirrend. Aber er packte sie umso fester, und so blieb ihr bloß die Wahl, ihm entweder die Hand zu entreißen oder den Körperkontakt beizubehalten.

Sie schluckte, sah auf und stellte fest, dass er auf sie herablächelte und ihr Dilemma offensichtlich hundertprozentig nachvollziehen konnte.

Na gut.

Sie ließ die Hand, wo sie war, und war mit einem Mal sehr zufrieden mit sich selbst. Als hätte sie diese Runde gewonnen.

Aber dann hob er ihre ineinander verschlungenen Hände und küsste federleicht ihren Daumen, als sei das das Normalste der Welt. Als ob die Empfindung nicht ihr ganzes Ich, Körper und Seele, ins Trudeln brachte.

»Das ist wirklich das perfekte Shirt für sie«, sagte er lässig und anscheinend ahnungslos, dass er ihren Körper in höchste Alarmbereitschaft versetzt hatte. »Sollen wir es kaufen?«

Sie nickte, denn sie brachte keinen Ton heraus. Er nahm das Shirt, dann führte er sie zur Kasse, wo er doch tatsächlich mit nur einer Hand bezahlte – und ihr dadurch bewies, dass ihm ganz bewusst war, was er hier mit ihr anstellte. Aber das war okay. Sie hatte jetzt den Schock überwunden und konnte dieses wunderschöne Gefühl ganz und gar genießen.

So sehr, dass sie sogar enttäuscht war, als sie endlich genug vom Shoppen hatten und im Clear River Ice Cream & Bakery Shop landeten. Denn auf keinen Fall konnte sie einen Becher Eiscreme mit einem Löffel essen, ohne dabei beide Hände zu benutzen. Zumindest nicht, wenn sie dabei einigermaßen anmutig aussehen wollte.

»Wir müssen bald zurück«, sagte er. »Es ist fast acht.«

»Ich weiß. Es war ein wirklich schöner Tag.«

Einen Moment lang sagte er nichts, sondern sah ihr nur in die Augen. Dann nickte er und hielt ihr den Löffel mit seiner Schokoladen-Haselnuss-Eiscreme zum Probieren hin. Sie folgte seiner stummen Aufforderung, nahm den Löffel zwischen die Lippen und hielt seinen Blick fest. Obwohl sie wirklich nicht versuchte zu flirten, hatte dieser Augenblick etwas so verdammt Sinnliches, dass sie dem Drang widerstehen musste, sich auf ihrem Stuhl zu winden, um etwas von der sexuellen Spannung loszuwerden, die sie durchflutete, so köstlich und süß wie warme Schokoladensoße.

»Ich rufe den Fahrer«, sagte er mit angespannter Stimme.

Sie nickte. »Gute Idee.«

Zumindest hielt sie das für eine gute Idee, bis sie ins Auto stiegen. Die Sonne stand immer noch am Himmel, ging aber schnell unter, und durch die verdunkelten Scheiben war das Innere des Wagens sinnlich-schwül. Oder vielleicht lag das ja bloß an ihr selbst.

Wie auch immer, sie setzte sich auf den Rücksitz und war sich jeder Einzelheit hyperbewusst – insbesondere des Mannes neben sich.

»Du hast doch hoffentlich nichts dagegen, dass ich mich hierhinsetze? Auf der Hinfahrt saß ich seitlich, aber jetzt habe ich so viel getrunken, dass diese Position nicht allzu angenehm wäre.«

»Natürlich nicht«, sagte sie. Dann sagte sie mindestens fünfzehn Meilen lang gar nichts mehr, weil ihr nichts einfiel. Also hörte sie nur zu, während er über das Essen und den Lederwarenladen sprach, wo er eine Brieftasche erstanden hatte, sowie über das süße Shirt, das sie für Elena gefunden hatten.

»Ich rede zu viel, oder?«

»Was?«, fragte sie. »O nein.«

»Warum sagst du dann nichts?«

»Oh. Ich. Na ja. Klingt vielleicht merkwürdig, aber ich glaube, ich bin ein bisschen nervös.« Sie wandte sich zu ihm um und betrachtete sein Gesicht, erleichtert, sich dazu bekannt zu haben.

»Wirklich? Das ist witzig.«

»Wie bitte?«

»Ich meine bloß, das ist der Grund, warum *ich* so viel rede.«

»Oh.« Sie runzelte die Stirn. »Du meinst also, dass du auch nervös bist.«

»Ziemlich.«

»Weshalb solltest *du* denn nervös sein?« Sie hörte, wie atemlos ihre Stimme klang, und fragte sich, ob er es auch merkte.

»Wahrscheinlich aus dem gleichen Grund wie du.« Er neckte sie, das war jetzt unverkennbar.

»Oh, stimmt.« Sie nickte wie eine Idiotin mit dem Kopf, während sie all ihren Mut zusammennahm. Schließlich drehte sie sich zu ihm um und platzte heraus. »Da ist etwas, was ich schon die ganze Zeit tun will.«

»Ja? Was ...«

Aber sie ließ ihn die Frage nicht bis zum Ende stellen. Stattdessen beugte sie sich vor, was schwieriger als erwartet war, da sie nebeneinandersaßen und sie immer noch beschwipst war. Sie stieß gegen seine Nase, keuchte und stellte dann fest, dass ihr Mund sich hart auf den seinen presste, genau dort, wo sie ihn ursprünglich hatte platzieren wollen.

Er öffnete sich ihr, seine Lippen fest und doch fordernd mit einer Spur Schokolade. Und als seine Hand ihren Kopf umfing und sie dichter zu sich heranzog, stöhnte sie und schmolz unter seinem Kuss dahin. Ihre Münder zogen miteinander in den Krieg, in die Schlacht, und sie war entschlossen, sie zu gewinnen, denn egal, was geschah, sie wollte befriedigt daraus hervorgehen.

Die Erinnerungen überfluteten sie. Sein Geschmack. Sein Duft. Das Gefühl seiner Finger auf ihrer Haut, seine Zunge zwischen ihren Brüsten. Unter ihrem BH waren ihre Nippel nur noch harte Knospen, und ein kleiner Teil ihres Hirns schrie, dass das hier zu viel war, dass sie es am nächsten Morgen bereuen würde, dass sie nie wieder trinken durfte.

Sie schickte die Stimme zum Teufel und bewegte sich. Und dann, weil sie viel zu kühn und viel zu töricht war, setzte sie sich rittlings auf seinen Schoß.

»*Eva.*« Seine Stimme war ein leises Stöhnen, das von einem sogar noch innigeren Kuss verschluckt wurde. Sie verlagerte ihr Gewicht, keuchte, als sie merkte, wie nah sie einander waren und wie hart er war. Sie konnte seine Erektion durch seine Jeans hindurch spüren, und es war ihr egal, wie schamlos sie selbst sich verhielt. Sie mahlte sich an ihm, wollte mehr, doch sie wusste, dass sie aufhören musste. Dass sie es nicht noch weiter treiben durften.

Aber oh, es war so schön, so weit zu gehen.

Seine Hände liebkosten ihren Körper, die an ihrem Nacken glitt hinab, während die andere unter ihr Shirt wanderte, es sacht nach oben schob, bis endlich seine Hand ihre Brust umfing und sie an seinem Mund stöhnte.

Er schmeckte so gut. Fühlte sich so gut an. Wie die Vergangenheit und die Zukunft zusammen.

Aber es konnte nicht sein …

Ihre Zukunft war nicht hier, sondern zu Hause, in Kalifornien. Sie hatte ein Leben, und er hatte ein Leben, und wenn sie nun weitermachten – wenn sie es bis zum Sex in einer Limousine kommen ließ –, dann würden sie es am nächsten Morgen beide bedauern.

Was eine verdammte Schande war, wirklich, denn im Augenblick wünschte sie sich nichts sehnlicher, als sich auszuziehen und ihn den ganzen Weg bis Austin lang zu reiten.

Nein.

Sie löste sich von ihm, atmete schwer, als er sich zurücklehnte, sagte sich, dass sie das Richtige tat, denn sie waren erwachsen und mussten zumindest so tun, als wüssten sie, wie man sich jetzt am besten verhielt.

»Es tut mir leid«, flüsterte sie. »Ich hätte nicht so kühn sein sollen. Und ich habe ja schließlich eindeutig angefangen.« Sie kletterte von ihm hinunter, dann taumelte sie zu der langen Bank hinüber, auf der er während der Hinfahrt gesessen hatte.

»Schon gut«, antwortete er. Er klang atemlos, vielleicht sogar ein bisschen frustriert, aber Gott sei Dank nicht verärgert. »Ich mag kühne Frauen.«

Sie seufzte, erleichtert, dass er so lieb zu ihr war. Jeder andere Mann wäre vielleicht sauer gewesen, weil sie auf die Bremse getreten war. »Ich wollte nur …«

Sie unterbrach sich, kam sich lächerlich vor.

»Was denn?«, fragte er.

Sie holte tief Luft und stieß sie langsam wieder aus. Dann sah sie ihm in die Augen und zuckte mit den Schultern. »Ich wollte sehen, ob es so war, wie ich es in Erinnerung hatte.«

Um seine Mundwinkel zuckte es. »Und war es das?«

»Nein«, antwortete sie aufrichtig. »Es war besser.«

»Wir sind da.« Eva blieb vor der Tür ihres Hotelzimmers stehen, entzog ihm sanft ihre Hand, und sofort fehlte Tyree ihre warme Berührung. »Danke, dass du mich hineinbegleitet hast. Das hättest du nicht müssen.«

»Aber natürlich musste ich. Schließlich will ich wissen, dass du gut angekommen bist, nicht wahr?«

»Ich …« Sie schluckte, dann holte sie tief Luft. Offensichtlich im Zweifel, wie sie das sagen sollte, was sie sagen musste.

Aber im Ernst: Er wollte es gar nicht hören.

»Es ist nur so, dass ich …«

»Eva?«

»Ja?«

»Pst.«

Sie öffnete vor Überraschung den Mund, und er beugte sich vor, nutzte den Augenblick voll und ganz aus, erleichtert, dass sie sich ihm nicht sofort entzog, sondern seinen Kuss erwiderte, lang und bedächtig, bis sie ihm schließlich die Hand auf die Wange legte und sich langsam zurückzog, wobei sie seinen Blick festhielt.

»Du weißt, dass wir das nicht können«, flüsterte sie.

»Eigentlich weiß ich das ganz und gar nicht.«

Sie runzelte die Stirn. »Ich reise in etwa zwölf Stunden ab. Ich will nicht ...«

»Was?«

Er musterte ihr Gesicht, während sie ihre Gedanken zu ordnen versuchte, und die Schatten in ihren Augen zeigten ihm, dass er dieses Streitgespräch nicht gewinnen konnte.

Schließlich atmete sie tief ein. »Ich habe viele Erinnerungen an unser Zusammensein. Und ein paar neue sind heute dazugekommen. Ich will sie nicht durch Abschiedssex besudeln. Insbesondere, da ...« Sie unterbrach sich und zuckte mit den Schultern. »Ach, egal.«

»Sag es mir.«

Er sah, wie sie mit sich kämpfte ... und unterlag. »Ich bin nicht mehr neunzehn.«

»Ach nein?« Er trat einen Schritt zurück und musterte sie von Kopf bis Fuß. Seine Finger folgten seinem Blick, folgten der Kurve ihres Oberkörpers bis hinab zu ihrer Taille und über ihre geschwungenen Hüften, die sich so herrlich angefühlt hatten, als sie rittlings auf ihm gesessen hatte. »Nein«, flüsterte er. »Das bist du anscheinend nicht mehr.«

»Tyree.« Sein Name klang wie eine Bitte, aber er wusste nicht so genau, worum sie ihn bat. »Es tut mir leid«, zerstörte sie seine Hoffnungen. »Wir haben eine gemeinsame Tochter, Tiger. Wir können nicht zulassen, dass es peinlich wird.«

»Tiger«, wiederholte sie, und sein Herz setzte einen Schlag aus.

Sie sah genauso überrascht aus wie er selbst. »Ist mir so rausgerutscht.«

Das war der Name, den sie ihm lediglich im Bett gegeben hatte. Eine geheime Liebkosung, nur zwischen ihnen beiden. Und es sagte ihm verdammt viel darüber, wo sie mit ihren Gedanken war.

Er wollte sie an sich pressen, und angesichts dieses Versprechers wusste er, dass er gewinnen würde. Er wollte ihren Trost. Wollte sich in ihr verlieren.

Aber sie hatte Nein gesagt, und das respektierte er.

Doch wäre es so schlimm gewesen, bloß einmal kurz zu kosten …?

Er unterdrückte den Gedanken. Sie mussten sich wie Erwachsene verhalten. Zusammenarbeiten. Einander kennenlernen, wenn auch über die Entfernung hinweg. Sie mussten aufhören, sich von ihrer Lust leiten zu lassen, und Freunde werden. Als Elenas Eltern.

Seinem Schwanz gefiel dieser Gedanke ganz und gar nicht, aber wenn man genau darüber nachdachte, war Tyree nicht gewillt, seinem Schwanz allzu viel Gehör in der Angelegenheit zu verschaffen.

Eigentlich hatte sie recht. Morgen würde sie abreisen.

Es sei denn, natürlich, er fand eine Möglichkeit, sie umzustimmen.

12

Natürlich hatte Eva verschlafen. Sie musste sich also beeilen, um all ihren Kram in ihre Reisetasche zu stopfen, um danach zum Taxistand zu rasen und noch rechtzeitig zum Flughafen zu kommen und ihren Flieger zu kriegen.

Es war Samstag, und irgendwann in der Nacht hatte Elena ihr geschrieben, dass sie von jemandem an der Universität zu einem Picknick eingeladen worden war, das von der Gemeinde und dem Institut für regionale Stadtplanung gesponsert wurde, an dem sie sich nach ihrem Sabbatical einschreiben wollte. Sie hatte geschrieben, dass sie traurig war, sich nicht von Eva verabschieden zu können, aber sie würde bald nach Hause nach San Diego kommen, vielleicht sogar zum Feiertag am 4. Juli.

Nicht dass Eva ihrer Tochter wegen des Picknicks gram war, aber wenn sie an diesem Morgen zum Telefon gegriffen hätte, statt zu schreiben, hätte Eva sich jetzt nicht beeilen müssen. Und was, wenn der Hotelpage ein Taxi rufen musste, weil unten keines stand? Verdammt.

Im Flur drückte sie auf den Knopf, um den Aufzug zu holen, wobei sie im Stillen vor sich hin fluchte, während er lethargisch und gemächlich zu ihr emporkroch. Schließlich stieg sie ein und fuhr in die Lobby hinunter. Dann rannte sie zur Tür hinaus, bedeutete dem Pagen, ein Taxi herbeizurufen, und blieb wie angewurzelt auf dem Bürgersteig stehen, als sie Tyree auf der anderen Straßenseite entdeckte, der lässig an einem schiefergrauen Jeep Grand Cherokee lehnte.

»Mitfahrgelegenheit gefällig?«, fragte er und überquerte die Straße bei Rot, um zu ihr zu gelangen.

»Kommt darauf an. Kann dieses Ding fliegen? Ich bin viel zu spät dran.« Sie wartete darauf, dass er auf den gestrigen Abend anspielte, aber er schien ganz geschäftsmäßig drauf zu sein. Da diese Haltung ihr den Abgang erheblich erleichterte, war sie ihm dankbar.

Er hievte ihre Dufflebag hoch, dann streckte er ihr die freie Hand entgegen. »Wann geht dein Flug?«

Sie sagte es ihm, und er sah auf die Uhr und stieß einen leisen Pfiff aus. »Wenn ich jetzt klug wäre, würde ich dir sagen, dass du deinen Flieger unter gar keinen Umständen mehr erreichen wirst, nur um dich noch ein paar Stunden für mich zu haben.«

»Ja, aber wir wissen doch beide, so clever bist du nicht.«

Sein Gelächter umfing sie wie eine liebevolle Umarmung. »Stimmt. Komm, ich bring dich noch pünktlich hin. Aber dann noch schnell durch die Security zu kommen ist allein dein Part.«

»Darauf lass ich mich ein.« Dankbar fiel sie mit ihm in Gleichschritt, als er erneut verkehrswidrig die Straße überquerte.

Endlich im Auto, lehnte sie sich entspannt auf dem Ledersitz zurück. »Danke. Das ist viel besser als ein Taxi. Und ehrlich gesagt auch besser als Elenas winziger Honda.«

»Apropos Elena«, bemerkte er, während er sich in den Verkehr einreihte. »Ich wollte mit dir über sie reden. Von Vater zu Mutter, meine ich.«

»Klar. Aber warte mal.« Sie wandte sich plötzlich zu ihm um und sah ihn an. »Ich habe dir nie gesagt, um wie viel Uhr mein Flieger geht. Woher wusstest du, wann du vor dem Hotel warten musstest?«

»Dreimal darfst du raten.«

Sie ließ sich in ihrem Sitz wieder zurückplumpsen. »Unsere kleine Verschwörerin. Hat sie überhaupt ein Event an der Universität?«

»Ich glaube schon. Allerdings erst heute Abend.«

»Na ja, dann war es ja nur zu fünfundneunzig Prozent die Unwahrheit. Schließlich sollte sie ihre Mutter ja nicht belügen.«

Er grinste.

»Was?«

»Ihr beiden. Ihr seid ein tolles Team. Und ganz offensichtlich liebt ihr einander sehr.«

Bei diesen Worten wurde ihr ganz warm ums Herz. »Ach ja? Danke.«

»Und in gewisser Weise ist es auch das, worüber ich mit dir reden wollte. Siehst du? Ich hatte also wirklich einen Grund, warum ich dich fahren wollte. Einen anderen Grund außer dem, dich wiedersehen zu wollen, meine ich.«

»Oh.« Sie leckte sich die plötzlich trockenen Lippen. »Warum?«

»Mir kam der Gedanke, dass Elena niemals zwei Elternteile hatte. Ich meine, zumindest kann sie sich nicht dran erinnern.«

»Hm, okay?«

»Und Eli hat keinen von euch beiden bislang kennengelernt.«

Ein trauriges Lächeln spielte um ihre Lippen. »Ich würde ihn liebend gern kennenlernen. Ich komme auch ganz bestimmt zurück. Ich versuche, mich noch vor Ende des Sommers für eine Woche freizumachen.«

»Das wäre eine Idee. Ich denke allerdings in ganz anderen Dimensionen.«

»Oh. Okay. Und in welchen?«

»Na ja, mir kommt es so vor, als sei dir und mir eine riesige Verantwortung in den Schoß gefallen.«

»Ach ja?«

»Klar. Ich meine, hier geht es um das Leben der Menschen, die uns anvertraut sind. Wir sind nun eine Familie, Eva. Hast du dir das schon mal überlegt?«

Sie schluckte, denn damit hatte er recht. Auch wenn sie es so noch nie gesehen hatte. Nicht so, wie er es meinte. Als seien sie eine Einheit.

»Familien haben Verpflichtungen«, fuhr er fort. »Manchmal wundervolle. Manchmal unbequeme.«

Etwas in seiner Stimme ließ sie aufhorchen, und sie verschränkte die Arme vor der Brust. »Willst du damit sagen, dass ich davonlaufe?«

Er wandte den Blick lang genug von der Straße ab, um ihr eine Sekunde lang tief in die Augen zu blicken. »Na ja, tust du das denn nicht?«

Sie brauste auf. »Jetzt mal langsam. Ich fahre in Urlaub. Den plane ich schon seit Urzeiten. Und falls es dir noch nicht aufgefallen ist, unsere Tochter ist erwachsen.«

Natürlich war sie vornehmlich wütend auf sich selbst. Denn er hatte recht. Elena *war* erwachsen. Aber sie war trotzdem blutjung, noch in der Ausbildung und hatte gerade erst erfahren, dass ihr angeblich verstorbener Vater am Leben war und sie zudem einen Halbbruder hatte, den sie bisher gar nicht kannte.

Und Eva machte sich Richtung Vancouver vom Acker?

Ja, sie lief tatsächlich davon. Warum zum Teufel war ihr das nicht klar gewesen?

»Manchmal ist man eben betriebsblind«, antwortete er, nachdem sie ihm ihre Gedanken dargelegt hatte. »Manchmal muss man die Dinge einfach aus einer anderen Perspektive betrachten.«

»Wie zum Beispiel aus deiner?«

»Ich würde mich freuen, dir meine Perspektive zu leihen, wann immer du es möchtest«, erwiderte er mit verführerischem kleinem Grinsen.

Sie seufzte. »Dir ist schon klar, worin das größte Problem hier besteht, oder?«

»Und worin?«

»In dir. Du bist derjenige, vor dem ich davonlaufe.«

Er streckte den Arm aus und drückte ihre Hand. »Oh, darüber würde ich mir keine Gedanken machen. Mit diesem Problem kann ich leben.«

Eva rief vom Auto aus bei der Airline an, um ihr Flugticket zu canceln, wobei sie sich die Summe für ihre letztendliche Rückkehr nach Kalifornien gutschreiben ließ. Dann rief sie Marianne an, erklärte ihr alles und bat sie, den Flug nach Vancouver und das Hotel ebenfalls abzusagen.

»Ich hoffe, das machst du, weil du demnächst gevögelt wirst«, sagte Marianne. »Denn ich vermisse dich schon ziemlich. Aber wenn du guten Sex hast, ist es das wert.«

»Du weißt gar nicht, wie froh du sein kannst, dass ich dich jetzt nicht auf Lautsprecher gestellt habe«, meinte Eva, worüber ihre Freundin sich ausschüttete vor Lachen.

Sie schüttelte den Kopf, dann verkündete sie Marianne, dass sie in zwei Wochen wieder da sei. Dann musste sie einfach wieder nach Hause, denn sie hatte ein paar Hochzeits-Fotosessions und eine Sweet Sixteen Party im Terminkalender stehen.

»Und? Das war doch leicht, oder?«, fragte Tyree.

»Für dich vielleicht. Immerhin musst du ja dein Leben nicht umkrempeln. Und gerade kam mir zu allem Überfluss auch noch der Gedanke, dass ich jetzt obdachlos bin. Ich habe mein Zimmer im The Driskill aufgegeben.«

»Ich bin mir sicher, sie können dir jederzeit ein anderes geben. Aber ich habe noch eine andere Lösung parat.«

»Ich werde definitiv *nicht* bei dir wohnen. Also vergiss es.«

»So verführerisch das auch klingt, aber an diese Lösung habe ich nicht gedacht.«

»Oh.« Wie blöd, dass sie darüber enttäuscht war! »Was dann?«

»Ich soll dir von Elena ausrichten, dass die Wohnung, auf die sie aufpasst, zwei Zimmer hat.«

»Jetzt seht euch die beiden an. Intrigantes Volk!«

Er schüttelte den Kopf. »Mit der Wohnungsfrage habe ich nichts zu tun. Ich habe lediglich ein persönliches Interesse, dass du bleibst.«

»Ja? Warum?« Sie spielte mit dem Feuer, doch sie konnte nicht anders. Obwohl sie ihre Pläne jetzt völlig über den Haufen hatte werfen müssen, versprach dieser Tag, außergewöhnlich schön zu werden.

»Warum? Ich will dich eben bei mir haben.«

»Oh.« Sie musste unwillkürlich lächeln. »Na ja, das ist ein guter Grund.«

Er streckte den Arm aus und drückte flüchtig ihre Hand. Als er sie wieder zurückziehen wollte, hielt sie sie fest. Sie sah, wie er hinabblickte, und zuckte nur mit den Schultern. Eine Sekunde lang befürchtete sie, dass er seine Hand doch wieder aufs Lenkrad legen würde. Aber dann entspannte er sich, und schweigend legten sie den restlichen Weg bis zum The Fix zurück.

»Warum sind wir hier?«, fragte sie, als er sich in eine Parklücke im Hinterhof stellte. »Ich dachte, du bringst mich zu Elena.«

»Nur ein kleiner Zwischenstopp hier, wenn das okay für dich ist. Wir haben heute Morgen ein Meeting, und da Elena jetzt ebenfalls zur Belegschaft gehört, dachte ich, ich könnte dich den anderen auch gleich vorstellen.«

»Aha. Mit anderen Worten: Du und deine Tochter, ihr beide habt noch was anderes ausgeklügelt und wollt mich jetzt damit konfrontieren?«

»Schon möglich«, antwortete er und wirkte dabei so zerknirscht, dass sie kichern musste.

»Na gut. Ich bin zugegebenermaßen neugierig.« Sie wartete, bis er den Motor ausgeschaltet hatte, dann kletterte sie aus dem Auto. Er öffnete die dicke Metalltür und führte sie in die Bar. Sobald sie die Haupträume erreicht hatten, blieb sie stehen, um alles in sich aufzunehmen.

Dies war, wie sie erkannte, das erste Mal, dass sie sich wirklich gründlich umsehen konnte. Bei ihrem letzten Besuch war sie zu nervös gewesen, um überhaupt wahrzunehmen, wer hier hereinkam, und zu sauer, um auf alles andere zu achten.

Doch sie musste zugeben, dass ihr gefiel, was sie sah. Die Bar war ein Ort, an dem man sich amüsierte, aber dennoch behaglich. Eine traditionelle Bar, aber trotzdem anders. Ein Ort für Stammgäste. Eine Art Zuhause.

»Echt toll«, meinte sie. »Du hast es wirklich geschafft. Deine eigene Bar. Essen. Trinken. Wie du es dir immer gewünscht hast.«

Er nickte voller Stolz. »Ich liebe dieses Lokal. Es hat mir verdammt gutgetan. Und ich tue alles in meiner Macht Stehende, um es nicht zu verlieren.«

»Elena hat mir davon erzählt«, bekannte sie.

»Und gleich erfährst du hoffentlich noch etwas mehr. Komm.«

Sie gingen zu einem Alkoven am Fenster hinüber, wo eine kleine Gruppe, einschließlich Elena, bereits Platz genommen hatte. Sie hatte Brent ja schon kennenglernt, und so stellte Tyree ihr nur die anderen beiden vor, Reece und Jenna, die offensichtlich ein Paar waren.

»Freue mich sehr, Sie kennenzulernen«, sagte Jenna und erhob sich. »Und das nicht nur, weil wir Sie überreden wollen, für uns zu arbeiten.«

Tyree lachte. »Geradewegs aufs Ziel los, Jenna. Ich hab ihr noch gar nichts erzählt.«

Der zierliche Rotschopf stemmte die Hände in die Hüften und funkelte ihn grimmig an. Mit dieser Frau wollte Eva keinen Ärger haben. »Du hast fast eine Stunde auf der Fahrt zum Flughafen und zurück mit ihr im Auto gesessen und es nicht für nötig gehalten, mal zu erwähnen, worüber wir mit ihr reden wollten?« Sie schüttelte entrüstet den Kopf. »Männer!«

»Sie wollen dich bloß zum Fotografieren«, erläuterte Elena, und Tyree nickte. »So ungefähr. Mehr nicht.«

Sie verkniff sich ein Lachen, dann warf sie sich auf einen Stuhl. »Okay, eins nach dem anderen. Worum geht es genau?«

Anscheinend sollte sie Fotos von den ersten fünf Männern des Monats schießen, wobei der fünfte Contest kurz bevorstand. Die Aufnahmen sollten dann im tatsächlichen Kalender erscheinen.

»Und Werbeshots für die Anzeigen«, sagte Jenna. »Danach brauchen wir auch Fotos der Gewinner Nummer sechs bis zwölf, aber wenn Sie das erste Set schon mal hinkriegen, fiele uns ein Stein vom Herzen. Außerdem arbeiten wir an einem Kochbuch, weshalb wir auch ein paar gut inszenierte Foodshots brauchen.«

»Und nicht zu vergessen Megans Idee«, warf Reece ein.

»Oh, stimmt ja.« Jenna sah Eva wieder an. »Megan arbeitet neuerdings mit mir an einer Marketingkampagne, und sie hatte diese tolle Idee, dass wir Postkarten, Flyer und Postings in den Social Media zusammenstellen könnten von allen Männern, die tatsächlich mitgemacht haben. Sie wissen schon, Contest-Werbung im Vorfeld. Daran habe ich gar nicht mehr gedacht, weil wir ansonsten auch so viel zu tun haben. Aber sie hat recht, und es wäre eine Schande, die Bar nicht auch auf diesen Kanälen zu promoten. Insgesamt bräuchten wir dann also zusätzlich noch alle zwei Wochen zwölf Shots von den Teilnehmern, denn bislang hatten wir immer zwölf Bewerber«, erläuterte sie.

Sie sah die anderen vier an. »Ich glaube, das war's.« Als niemand noch etwas hinzuzufügen hatte, wandte sie sich wieder Eva zu. »Ja, das war's. Haben Sie Interesse? Elena meinte, sie könne die Aufnahmen ebenfalls machen, aber Sie seien Millionen Mal besser. Und dass Sie die Fotos, wenn nötig, auch noch bearbeiten könnten.«

»Mit der Million bin ich mir nicht ganz so sicher, aber ich habe definitiv mehr Erfahrung. Das ist immerhin mein Job und bei ihr nur ein Hobby. Und wenn ich Ihnen allen damit helfe, warum sollte ich den Auftrag dann nicht annehmen?«

»Toll«, rief Tyree, aber sie unterbrach ihn, indem sie die Hand hob.

»Ich habe bloß eine winzige Bedingung.«

Sie sahen einander an. »Schießen Sie los«, meinte Jenna.

»Ich will, dass er bei dem Contest mitmacht.« Mit dem unschuldigsten Lächeln der Welt sah sie Tyree an. Dann wandte sie sich an Elena. »Findest du nicht auch, Süße?«

Elena gelang es, eine einigermaßen neutrale Miene aufzusetzen, obwohl Eva das Lachen sah, das hinter ihren Augen tanzte. »Oh, definitiv.«

»Ich meine, wenn ich schon die Männer fotografiere, die der Werbekampagne ein Gesicht geben, dann sollte der Besitzer doch auf jeden Fall auch dabei sein.« Sie wartete nicht lange auf die Zustimmung der anderen; ihren Mienen zufolge hielten sie das sowieso für eine total krasse Idee.

»Also?«, fragte sie Tyree. »Jetzt hängt alles nur noch an dir.«

»Dann wirst du wohl bleiben«, antwortete er. »Und ab Mittwoch in einer Woche werde ich hier zeigen, was ich draufhabe.«

13

Tyree hatte erwartet, dass Eva die Porträts der Männer im The Fix aufnehmen würde, doch das hatte sie nicht vor. »Das mache ich natürlich auch. Aber ich will die Jungs erst mal draußen in der Welt ablichten. Dann weiß ich auch, wie ich sie im The Fix am besten in Szene setzen kann.«

Sie verkündete, dass sie sie am Arbeitsplatz fotografieren wolle und anschließend an ein paar Orten in der Stadt, bevor sie das finale Shooting in der Bar ansetzte. »Glücklicherweise kommen sämtliche Gewinner bislang hier aus der Gegend, wir können uns also Zeit lassen.«

Dagegen konnte er nichts einwenden, obwohl er sie eigentlich lieber in der Bar an seiner Seite gewusst hätte. Das wünschte er sich sogar so sehr, dass er einige Zeit damit verbrachte, den Terminplan derart zu verändern, dass auch er ein paar Stunden außerhalb der Bar verbringen konnte, wenn sie gerade unterwegs war. Angeblich, damit er das The Fix repräsentieren konnte, falls jemand von den lokalen Nachrichtenblättern oder Sendern vorbeikam. Aber in Wirklichkeit wollte er sie nun, da er sie überredet hatte, noch etwas länger in Austin zu bleiben, nicht mehr aus den Augen lassen.

Ursprünglich sagte er sich, dass er nur um Elenas willen wollte, dass Eva blieb. Doch das war natürlich vollkommener Blödsinn. Er wollte sie in der Nähe haben. In seiner Nähe.

Dieses Verlangen war allerdings ein zweischneidiges Schwert, denn jede Nacht, wenn er allein war, überkamen ihn insgeheim Zweifel. Denn wenn er Eva in sein Herz ließ, bedeutete das nicht gleichzeitig, Teiko loszulassen?

Derlei Grübeleien suchten ihn nur in der Dunkelheit heim, tagsüber konnte er sie mit Leichtigkeit verdrängen, und das tat er ohne jede Scham. Er trampelte die Dämonen nieder und leistete ihr bei der Arbeit Gesellschaft.

Sie gingen zum KIKX, und Eva machte Dutzende von Aufnahmen von Nolan in seinem Studio. Reece fotografierte sie während der Renovierungsarbeiten in der Küche seines Vaters. Und für die ersten Aufnahmen von Spencer verbrachte sie ein paar Stunden in der Umgebung des alten Drysdale Mansion, eines fantastischen Anwesens, an dem Spencer und Brooke arbeiteten – gefolgt von ihrem stets präsenten Kamerateam –, wenn sie nicht gerade mit den Renovierungsarbeiten im The Fix beschäftigt waren.

Am Tag, als sie Cameron auf dem UT-Campus ablichtete, blieben Eva und er zurück, nachdem Cameron sich vom Acker gemacht hatte, um sich mit Mina zu treffen. Die nächsten paar Stunden verbrachten sie damit, sich über Elena und San Diego und so ziemlich alles andere zu unterhalten, während sie das Gewirr der Gebäude durchquerten, um die gepflegten Rasenflächen vor der LBJ Library im Osten des Universitätsgeländes zu erreichen. Schließlich ließen sie sich auf dem Hügel neben dem Brunnen nieder, und Eva richtete ihre Kamera auf ihn, obwohl er sich die Hände vors Gesicht hielt, als wollte er sie abwehren.

»O nein«, sagte sie. »Ich will auch ein paar Schnappschüsse von dir machen. Außerdem wirst du nächste Woche sowieso gewinnen. Ich kann also genauso gut auch dich schon mal einfangen.«

»Vielleicht gewinne ich ja tatsächlich«, stimmte er ihr grinsend zu. »Ich meine, ich bin schon ein toller Kerl.« Er lag auf dem Rücken und sah in den Himmel hinauf. Doch jetzt rollte er sich auf die Seite und stützte den Kopf in die Hand.

Sie lachte. »Fishing for compliments. Warum machst du das?«

»Komplimente sind es nicht, nach denen ich suche.«

Mit verengten Pupillen warf sie ihm einen misstrauischen Blick zu. »Ach nein?«

»Ich meine, ich bin tatsächlich ein toller Kerl. Das ist nun mal Fakt.« Er zuckte mit den Schultern. »Du solltest mir ein Kompliment machen über etwas, für dessen Perfektion ich mich ordentlich ins Zeug lege.«

Sie blickte noch misstrauischer drein, spielte aber mit. »Und das wäre ...?«

Er krümmte den Finger. »Komm her, dann sag ich's dir.«

Mit wachsamem Blick beugte sie sich vor. »Weißt du was? Ich glaube, du solltest es mir einfach zeigen.«

Er umfing ihren Hinterkopf. »Hervorragende Idee«, murmelte er, bevor er sie zu sich herabzog, sodass ihr Arm auf seiner Brust ruhte und ihre Lippen die seinen bedeckten.

Es war eine deutlich innigere Position, als er ursprünglich vorgehabt hatte, denn sie verloren auf dem steilen Hügelabhang das Gleichgewicht. Er fürchtete, sie würde sich von ihm lösen, und das wollte er, bei Gott, nun wirklich nicht. Denn in diesem Augenblick fand er, dass ihr Mund das Süßeste war, was er je geschmeckt hatte, und die Hitze seines Kusses zusammen mit der Hitze der Sonne, die auf sie herabschien, ließ ihn befürchten, dass sie beide jeden Moment in Flammen aufgehen würden.

Was für eine tolle Art zu sterben!

Viel zu bald löste sie die Lippen von den seinen und stützte sich gerade genug ab, um ihm in die Augen zu sehen. »Das wollte ich wieder tun, seit dem Moment, da ich mich zum Bleiben entschlossen habe.«

»Gott sei Dank«, gab er zurück und wackelte mit den Augenbrauen. »Willst du jetzt mit mir nach Hause fahren?«

Sie lachte. »Ja. Aber nein.« Sie verlagerte sich, sodass sie auf ihm zu sitzen kam und ihre Beine seine Taille umfingen. »Ich bin mir immer noch nicht sicher, ob das hier eine gute Idee ist«, sagte sie leise, und ihre Worte ließen ihn frösteln. Er wollte sie nicht hören, doch eigentlich war er der gleichen Meinung. »Aber ich wünsche es mir zu sehr, um jetzt ganz und gar aufzuhören.«

»Ganz und gar?«

»Ich meine damit, dass wir es langsam angehen lassen. Ist das okay für dich?«

Er streckte den Arm aus und legte die Hand auf ihre Wange, dann blickte er tief in diese dunklen, wunderschönen Augen. »Süße, das klingt perfekt.«

Ihr Lächeln schien sie von innen erstrahlen zu lassen, und sie hob den Kopf, um seine Handfläche zu küssen. Die Empfindung war unerwartet erotisch, und er spürte ihre Lippen bis hinab in seinen Schwanz. Zum Teufel, er begehrte sie. Aber sie hatte recht. Besser, sie ließen sich Zeit.

»Eva«, murmelte er, »was die Langsamkeit angeht.«

»Ja?«

»Küss mich«, forderte er. »Küss mich innig.«

Ihre Mundwinkel zuckten amüsiert, und dann beugte sie sich vor, fuhr mit den Lippen federleicht über die seinen und tat genau das, was er verlangt hatte.

Sämtliche Befürchtungen, dass Eli oder Elena die neue Familienkonstellation peinlich, seltsam oder unerträglich finden würden, wurden beim ersten Familiendinner, zu dem Elena und Eva in Tyrees Haus waren, im Keim erstickt.

Er fand, dass es die perfekte Mischung aus Chaos und Spaß war.

Elena hatte eine Nintendo-Mini-Konsole mitgebracht, bei deren Anblick Eli die Augen aus dem Kopf fielen, und er schwor, dass er sich so eine zum Geburtstag hatte wünschen wollen. Nachdem sie das kleine Ding an den Fernseher angeschlossen hatte und damit alle Funktionen der Spielekonsole ausnutzen konnte, rastete Tyrees sonst so ruhiger und beherrschter Teenager vollends aus.

»Damit ist das Eis ein für alle Mal gebrochen«, bemerkte Tyree, als er in die Küche zurückkehrte, nachdem er nach den frisch gebackenen Geschwistern gesehen hatte. Sie kauerten über ihren

Controllern und töteten die bösen Jungs – oder möglicherweise auch Aliens – auf dem Fernsehbildschirm.

»So altruistisch, wie du glaubst, war das gar nicht«, sagte Eva, die auf einem Barhocker saß und nun beobachtete, wie Tyree die Enchiladas zubereitete, die es zum Abendessen geben sollte. »Eva ist seit ihrem fünfzehnten Lebensjahr schon ein absoluter Fan von Computerspielen. Dieses Dingsbums hat sie letztens zu Weihnachten bekommen. Sie bat mich, ihr keine kleinen Geschenke zu machen und das Geld, das ich für Weihnachten zurückgelegt hatte, insgesamt dafür auszugeben. Ich würde mich also mal aus dem Fenster lehnen und behaupten, dass Eli und sie viel besser miteinander klarkommen werden, als wir zu hoffen gewagt haben.«

»Wahrscheinlich hast du da recht«, antwortete er und warf den Ofenhandschuh beiseite, den er übergestreift hatte, um den Teller herauszuholen und auf einen Untersetzer zu stellen.

Er umrundete die Bar und setzte sich auf den Hocker neben sie. Ihre letzte Bemerkung ging ihm nicht aus dem Kopf. »Zurückgelegt«, wiederholte er und kam sich vor wie ein Arschloch. »Zum Teufel, Eva, ich habe nie darüber nachgedacht. Kriegst du finanzielle Probleme, weil du hier bist?«

Er hatte angenommen, dass sie Geld besaß. Denn damals in San Diego hatte sie ehrlich gesagt jede Menge gehabt. Oder zumindest ihr Vater hatte welches.

Sie schüttelte den Kopf. »Nein, hab ich dir doch schon gesagt. Ich wollte in Urlaub fahren. Also eigentlich hast du mir viel Geld erspart, denn das muss ich jetzt nicht mehr fürs Hotel ausgeben.« Sie grinste ihn an, um ihm zu zeigen, dass es ihr nichts ausmachte, ihre Reise nicht angetreten zu haben. »Und vergiss eins nicht: Jenna bezahlt mir das Gleiche wie dem Fotografen, der sich nach Mailand abgesetzt hat.«

»Trotzdem tut es mir leid. Ich bin automatisch davon ausgegangen, dass du es dir leisten kannst.«

Sie legte ihre Hand auf die seine. »Schon gut. Aber ja, mein Dad hat mir alles gestrichen. Vom Tag meiner Scheidung von David an habe ich keinen Cent mehr gesehen. Und seinen ganzen Besitz hat er wohltätigen Zwecken vermacht, außer ein paar Kartons mit Familien-Erinnerungsstücken.«

Tyree zuckte zusammen, verachtete den Mann noch mehr als ohnehin schon.

»Dort fand ich auch seinen Brief, in dem er bekannte, dass er nur so getan hatte, als seiest du tot. Und dieser Brief war nicht mal an mich adressiert. Wahrscheinlich wollte er bloß sein Gewissen erleichtern. Und ich fand auch fünf Briefe von dir an mich. Keinen davon hatte ich bis dahin zu Gesicht bekommen.«

Zorn sammelte sich wie glühender Stahl in seinem Magen, und es war gut, dass der alte Mann mittlerweile tot war. Wäre er es nicht gewesen, wäre Tyree versucht gewesen, in den nächsten Flieger nach San Diego zu steigen, um ihm gründlich die Meinung zu sagen.

»Er hat uns beiden übel mitgespielt«, sagte sie sanft, denn offensichtlich las sie seine Gedanken. »Aber jetzt sollten wir nach vorn blicken.« Sie sah ihm in die Augen. »So zum Beispiel«, fügte sie hinzu, beugte sich vor und küsste ihn, bedächtig und süß und so zärtlich, dass der stählerne Klumpen in seinem Magen dahinschmolz und durch eine Hitze ersetzt wurde, die ihm durch die Adern rauschte und ihn mit plötzlichem Bedauern erfüllte, dass im Nebenraum die Kinder waren.

»Wow. Gute Arbeit, Dad.« Elis Stimme zerstörte den Augenblick, und sie stoben auseinander wie schuldbewusste Teenager.

Apropos Kinder …

»Achtet nicht auf mich«, sagte Eli und hielt die Hände in die Höhe. »Ich wollte nur sehen, wie weit das Abendessen ist.«

»Noch fünf Minuten«, antwortete Tyree.

Eli zog die Augenbrauen hoch. »Ach ja? Du bist ja von der ganz schnellen Sorte, Dad.«

Er warf seinem Sohn ein Geschirrtuch an den Kopf. »Blödmann«, rief er dem Jungen hinterher, als dieser davonrannte, und Eva lachte.

»Toller Junge«, sagte sie, und Tyree musste ihr voll und ganz zustimmen.

Schließlich aßen sie die Enchiladas auf Tabletts vor dem Fernseher im Wohnzimmer, was nicht gerade das Familiendinner war, das er sich vorgestellt hatte. Aber die Kids wollten ihr Spiel beenden. Anschließend schlug Eva vor, sich zusammen einen Film anzuschauen. Als also die Enchiladas verspeist waren, zogen die Kinder widerstrebend den Nintendo aus dem Fernseher, und sie surften die Streaming-Dienste durch, bis sie – ausgerechnet – auf die Originalversion von *Ein Zwilling kommt selten allein* stießen.

Sowohl Tyree als auch Eva bestanden darauf, sich diesen Film anzusehen, obwohl Elena vollkommen ahnungslos war, warum das beide so amüsierte.

Beide Kinder protestierten anfänglich – insbesondere Eli, der sich lieber »irgendwas aus diesem Jahrtausend« angesehen hätte –, doch letztlich gefiel ihnen allen der Film. Was Tyree besonders gut fand, vor allem, da die Originalversion mehr als ein halbes Jahrhundert alt war. Nicht gerade ein Jahrtausend, aber immer noch uralt in den Augen eines Teenagers.

Daraus entspann sich sogar eine Unterhaltung über Kalifornien, selbst wenn die Story im Norden des Staates spielte und Elena und Eva aus San Diego stammten.

»Es wäre total cool, dort zu wohnen«, meinte Eli. »Ich meine, dann könnte ich surfen lernen. Das wäre der Hammer.«

Das Beste allerdings war, dass Tyree den Abend auf der Couch verbrachte, während Eva sich an ihn schmiegte, ihren Kopf auf seiner Brust, seine Hand auf ihrem Arm.

Der ganze Abend war herrlich gewesen. Zum Teufel, sogar perfekt.

Vielleicht zu perfekt. Denn die Wahrheit war: Daran konnte er sich gewöhnen.

Und mehr noch: Er wollte es sogar.

14

Der größte Nachteil, dass Eva Fotos der Gewinner machen musste, bestand darin, dass sie sich alle paar Tage zurückziehen musste, um sich auf ihren Monitor zu konzentrieren und der Bildbearbeitung zu widmen.

Und dafür musste sie nun wirklich allein sein.

Sie hatte versucht, mit ihrem Laptop im The Fix zu arbeiten, aber der ständige Lärm hatte sie abgelenkt, und selbst als sie in Tyrees Büro gegangen war, hatte sie sich nicht konzentrieren können. Sie hatte mit der Belegschaft und einigen der Stammgäste bereits Freundschaft geschlossen, und sie wollte draußen bei ihnen sein und nicht hier im Hinterzimmer versauern.

Letztendlich hatte sie es aufgegeben und Tyree erklärt, dass sie die Photoshop-Arbeiten in Elenas Wohnung mit ausgeschaltetem Handy verrichten würde.

Heute war einer dieser Tage, und obwohl sie sich die meiste Zeit durchaus hatte konzentrieren können, begannen ihre Gedanken gegen Abend abzuschweifen. Denn, verdammt, sie wollte mit Tyree zusammen sein.

Sie befahl sich, sich nicht länger wie ein liebeskranker Teenager zu verhalten und ihre Arbeit fertigzustellen. Die Wirkung dieser mentalen Standpauke hielt etwa zwanzig Minuten an. Dann begannen ihre Gedanken wieder zu kreisen. Sie plante. Rechtfertigte. Warum nicht doch einen kleinen Abstecher in die Bar machen? Die Fotos würden auch morgen noch auf ihrem Computer sein. Und schließlich hatte sie ja keinen festen Abgabetermin für die Aufnahmen. Sie versuchte einfach nur, ihrem Terminplan voraus zu sein. Aber ein paar Stunden an einem

Montagabend würden sie doch sicher nicht in Verzug bringen. Oder?

Sie sagte sich, dass das definitiv nicht der Fall war, beschloss, dass sie genauso gut auf den kleinen Teufel hören konnte, der auf ihrer Schulter saß, dann stand sie auf, um sich etwas Repräsentativeres überzuwerfen als Elenas abgeschnittene Jogginghose, die sie heute Morgen nach dem Duschen angezogen hatte. Und das Tank Top, das in der Hitze Austins durchaus bequem war, war wohl auch nicht angemessen, insbesondere nicht ohne BH.

Kaum war sie aufgestanden, hörte sie ein Klopfen an der Tür. Sie eilte hin, wobei sie erwartete, dass es der Nachbar aus der Etage unter ihr war, der den Schraubenzieher zurückgeben wollte, den er sich am Morgen ausgeliehen hatte.

Stattdessen sah sie Tyree davorstehen.

»Oh«, sagte sie und verfluchte ihre mangelnde Fantasie. Warum viel ihr nichts Kluges oder Erotisches ein? Wahrscheinlich, weil sie sich in diesem Augenblick abgerissen und nicht sexy vorkam, aber sie trat einen Schritt zurück und ließ ihn trotzdem eintreten.

Doch kaum hatte sie die Tür hinter ihm geschlossen, musste sie über die Sache mit der Erotik noch mal nachdenken, denn er sah sie mit so viel Verlangen an, dass all ihre Ängste, nicht attraktiv für ihn zu sein, umgehend verflogen. Ihr Outfit ließ der Fantasie nur noch wenig Spielraum, und so wie sein heißer Blick ihre Gestalt erfasste – und ihr Blut in Wallung brachte –, war Tyree mehr als zufrieden mit der Art, wie sie Shorts und Tank ausfüllte.

»Gütiger Himmel, Eva. Bei deinem Anblick bekommt man als Mann ja einen Herzinfarkt.«

»Ich glaube, ein schöneres Kompliment hab ich noch nie bekommen.«

»Ich bin hergekommen, weil ich dich sehen wollte. Mit dir reden wollte. Aber jetzt …«

Er kam einen Schritt näher.

»Was?« Ihre Stimme klang atemlos.

»Ich glaube, den Teil mit dem Reden werde ich einfach überspringen«, sagte er, und bevor sie seinen Worten überhaupt richtig folgen konnte, hielt er sie mit beiden Armen umfangen. Sein Kuss war heiß. Köstlich und wild. Und auf diese Weise von ihm gefangen genommen zu werden hatte etwas Erregendes. Sie wusste, dass er in diesem Augenblick alles mit ihr machen konnte, was er wollte. Und hoffte, dass er genau das tun würde.

Als ob sie ihre Fantasie laut ausgesprochen hätte, ergriff er ihre Arme nun und schob sie ihr nach oben über den Kopf. Seine Hand war groß genug, um ihre Handgelenke mit einer Hand zu halten. Mit der anderen schob er ihr Tank Top in die Höhe, und sie keuchte, als er ihre Brüste freilegte, ihre Nippel.

Er beugte sich herab, nahm einen davon in den Mund, saugte hart daran, ehe er das empfindliche Fleisch mit den Zähnen bearbeitete. Als er den Mund wieder von ihr löste, blies er zart die Luft über ihre Haut, und sie spürte, wie der Brustwarzenhof sich zusammenzog, so wunderbar dekadent war die Empfindung.

»Du hast so wunderschöne Brüste«, raunte er und nahm sie in einem atemberaubenden Kuss. Dann ließ er die Lippen langsam nach oben wandern, hauchzart über ihr Schlüsselbein, so bedächtig und innig, dass sie seine Berührung sogar zwischen den Schenkeln spürte, zwischen denen es pulsierte. Ihre inneren Muskeln zogen sich vor Verlangen zusammen, so sehr wünschte sie sich, dass er sie erfüllte. Sie wollte ihn in sich spüren.

Und gleichzeitig wollte sie sich nicht bewegen. Wollte genau so wie im Moment für immer verharren, ihm ausgeliefert, während er sie mit Mund und Händen neckte und quälte.

»Mein Gott, Eva«, stöhnte er. »Was machst du nur mit mir?«

Sie lachte. »Keine Ahnung. Aber ich bin froh, dass du gekommen bist.«

»Ich wollte dich sehen. Zum Teufel, ich musste dich sehen.« Er strich mit dem Daumen sacht über ihre Unterlippe. »Manchmal denke ich, ich sollte dich nicht so sehr wollen.«

Die Worte waren leise, kamen aber von Herzen.

»Die Entfernung«, sagte sie. »Ich weiß. Ich habe mein Unternehmen in San Diego. Du deines hier.«

Er nickte. »Das trifft es zumindest teilweise. Es kommt mir unmöglich vor.«

»Aber vielleicht ist es ja gar nicht unmöglich.« Sie hatte die Worte nicht aussprechen wollen, jetzt allerdings, da sie heraus waren, wusste sie, dass sie ebenso empfand. Sie sehnte sich nach ihm. Begehrte ihn. Und ob töricht oder nicht, sie glaubte, dass sie die Hindernisse gemeinsam überwinden würden.

Sie verstand den Schatten nicht, der seine Augen verdüsterte. Plötzlich besorgt wurde ihr klar, dass die räumliche Trennung bloß ein Teil ihres Problems war. »Tyree?«

»Pst«, antwortete er. »Lass mich dich küssen.« Der Schatten war wieder verschwunden, und sie fragte sich, ob sie ihn sich nur eingebildet hatte. Aber das war nicht der Fall. Ein Teil ihrer selbst wusste das. Doch in diesem Moment war diesem Teil von ihr das egal.

»Du willst mich bloß küssen?« Ihr Körper war hyper-empfindsam, und ihr stockte der Atem. »Was, wenn ich mehr will?«

»O Baby«, stöhnte er, die Stimme schwer vor Verlangen. Und dann küsste er sie. Ein leidenschaftlicher Kuss voller Verheißung. Ein Kuss von der Art, der weiterführte. In diesem Fall führte er geradewegs ins Schlafzimmer. Er nahm sie bei der Hand und zog sie hinter sich her.

»Okay?«

»O ja«, antwortete sie und keuchte, als er näher kam und langsam, bedächtig das Tank Top über ihren Kopf zog. Er warf es zu Boden, beugte sich herab, um ihre Brust ganz und gar in den Mund zu nehmen. Seine Hand glitt an ihrem Bauch hinab und unter den losen Taillenzug ihrer Jogginghose.

Sie trug keine Unterwäsche, und seine Finger wanderten sacht über ihr gestutztes Schamhaar, bevor sie über ihre Klitoris strichen. Sie stöhnte vor Lust, und ihre Beine drohten unter ihr nachzugeben.

»Bitte«, raunte sie, nicht ganz sicher, worum sie eigentlich bat. Es spielte keine Rolle. Er hatte sie ganz und gar in der Hand, und nachdem er ihr die Shorts heruntergezogen hatte, drängte er sie auf die Bettkante.

»Leg dich hin«, befahl er, und sie gehorchte bereitwillig, biss sich auf die Unterlippe, als er ihr die Shorts nun über die Füße zog, dann ihre Beine spreizte, sodass sie ihm voll und ganz ausgeliefert war.

»Tyree«, hauchte sie und verlagerte sich ein wenig, sowohl erregt als auch beschämt. Doch ihre Scheu verschwand bald, als sie spürte, wie seine Lippen federleicht über das Innere ihres Schenkels wanderten und ein Daumen ihre Kniekehle liebkoste. Als sei sie ein sinnliches Instrument, auf dem er seine perfekte Melodie spielte. Er bewegte sich langsam, sein Mund und seine Zunge schmeckten und erkundeten sie, ohne jemals ihre innere Weiblichkeit zu berühren.

Seine Finger tanzten sanft über den anderen Schenkel, immer hinauf, bis sie sich ihm vor Überraschung entgegenbäumte, als seine Fingerspitze sacht über ihre Klitoris fuhr. »Bitte«, sagte sie wieder. Seine Lippen wanderten ebenfalls nach oben, sein kurz gestutzter Bart berührte das Innere ihrer Schenkel, ein Gefühl, das sie beinahe ins Delirium stürzte.

Und dann – o lieber Gott – schloss er seinen Mund über ihr, seine Zunge liebkoste ihre Klitoris, während seine Finger in sie hineinglitten. Sie war feucht – so unglaublich feucht –, und das Gefühl drohte sie schier zu überwältigen. Doch gleichzeitig wollte sie mehr, und schamlos bäumte sie ihm die Hüften entgegen, wand sich ein wenig, während sein Mund seinen Zauber an ihr wirkte, sie immer weiter in luftige Höhen entführte, bis mit einem Mal eine Feuersbrunst ihren Körper durchtoste, bis in ihre Finger und Zehen ausstrahlte.

Es war so lang, so verdammt lang her, und sie konnte sich nicht erinnern, jemals so gewaltig gekommen zu sein. Ihr Körper erbebte, und sie schrie auf. Das Klischee stimmte, denn – o ja – sie sah tatsächlich Sterne.

Als ihr Körper aufgehört hatte zu zittern, merkte sie, dass er sie ganz und gar aufs Bett manövriert hatte und nun rittlings auf ihr saß. Seine große Erektion streifte ihren Unterbauch, sodass sie sich sogleich nach noch mehr sehnte. Sie wollte ihn in sich spüren. Sie wollte die Verbundenheit, die Macht, die Unterwerfung. Sie wollte von diesem Mann für sich beansprucht werden, der seit Jahrzehnten ein Teil von ihr war, auch wenn sie durch Meilen und Jahre voneinander getrennt gewesen waren.

»Küss mich«, verlangte sie, dann schmeckte sie die eigene Erregung auf seinen Lippen, als er gehorchte. Sie klammerte sich an ihn, um ihn dichter heranzuziehen. Ihre Nägel kratzten über seinen Rücken, ihre Zähne knabberten an seinem Fleisch. Sie wollte genommen werden und flehte ihn an, in sie einzudringen. »Bitte. Ich verhüte und bin gesund. O Gott, bitte.«

Sie schloss die Augen, bäumte sich ihm mit gespreizten Beinen entgegen, spürte sein Gewicht auf ihrem Körper, hörte sein leidenschaftliches Stöhnen, als sein Schwanz ihre Öffnung berührte.

Und dann hörte sie seinen leisen, qualvollen Schrei: *»Ich kann nicht.«* Die Worte schienen ihm förmlich entrissen zu werden, und die gleiche Macht stieß ihn vom Bett und ließ ihn die Wand mit den Fäusten bearbeiten. Seine Erektion war verschwunden. »Gott verdammt, Eva, ich kann nicht.«

»Ist schon gut.« Sie setzte sich auf, zog die Decke bis zum Kinn hoch. Sie fühlte mit ihm, und ja, sie war enttäuscht, aber das hier war wohl kaum das Ende der Welt. »Ehrlich, Tiger, so was passiert.«

Er schnaubte, dann schien alle Luft aus ihm zu entweichen. Er streckte die Hand aus und zog seine Boxershorts hoch, setzte sich auf die Bettkante. »Ich hätte dir davon erzählen sollen. Allerdings dachte ich – na ja, ich dachte, bei dir würde es klappen. Aber das tut es nicht. Zum Teufel, ich glaube, es ist nur umso schlimmer.«

Er sah ihr in die Augen, und sie brachte kein Wort heraus. Sie war zu verwirrt. Zu besorgt, weil er in einem Schmerz zu versinken drohte, der größer war als das tatsächliche Problem.

»Tut mir leid«, sagte er. Dann stand er auf und verließ das Zimmer.

Da sie das auf keinen Fall so stehen lassen konnte, glitt sie aus dem Bett, nahm ihren Morgenmantel vom Haken der Schranktür und folgte ihm ins Wohnzimmer.

Sie fand ihn auf der Couch und setzte sich neben ihn, dann legte sie ihm die Hand sanft aufs Knie. Er drehte sich zu ihr um, rang sich ein winziges Lächeln ab und legte ihr den Arm um die Schulter.

Erleichtert schmiegte sie sich an ihn, dankbar, dass die riesige Kluft, die im Schlafzimmer zwischen ihnen aufgerissen war, wieder verschwunden zu sein schien. Doch sie konnte es nicht dabei belassen. Sie wusste, dass seine Worte sie eigentlich hätten verletzen sollen – inwiefern hatte sie es schlimmer gemacht? Aber die Sorge um ihn überwog.

Sie musste das alles verstehen, und er war der einzige Mensch, der es ihr erklären konnte. Und auch auf die Gefahr hin, dass alles wieder hochkam, tauchte sie geradewegs wieder ab in den Sumpf und bat ihn sehr sanft, ihr zu erzählen, was los war.

Einen Augenblick lang sagte er nichts, und sie glaubte schon, er würde sie ignorieren. Dann begann er langsam zu sprechen. »In den sieben Jahren seit Teikos Tod habe ich mich mit drei Frauen verabredet«, antwortete er, wobei er jedes seiner Worte sorgfältig zu überdenken schien. »Nicht so sehr, weil ich wollte, sondern weil Freunde meinten, ich sollte nicht allein bleiben. Und ehrlich gesagt ist Dating auch nicht das richtige Wort. Wir sind ein paarmal ausgegangen. Haben das Kennenlernspiel gespielt.«

»Und hattet Sex«, riet sie.

Er nickte. »Manchmal geht es nur um das Körperliche. Auch wenn keinerlei Gefühle mit im Spiel sind.«

»Ich weiß. Kapiert.«

»Ich hatte es auch kapiert. Und sie auch. Wir wollten nur ... sexuell befriedigt werden.« Er stieß frustriert den Atem aus. »Sie bekam das, was sie wollte, ich nicht. Seit ihrem Tod – seit ich Teiko verloren habe – war ich nicht in der Lage, eine Frau sexuell zu befriedigen, und keine Pille, kein Spielzeug, kein Spezialöl aus dem Internet kann das ändern.«

»Tut mir leid. Das ist sicher schrecklich frustrierend. Allerdings brauchst du dir wirklich keine Sorgen darüber zu machen, wie ich mich dabei fühle. Ich will dich einfach nur an meiner Seite haben. Versteh mich nicht falsch: Es wäre schön – ich erinnere mich daran, wie schön es war –, aber vor allem will ich bei dir sein. Will unsere innige Verbundenheit.«

Er beugte sich vor und küsste sie auf den Scheitel. »Baby, ich ... ich weiß. Und ich glaube dir. Und ehrlich, ich hätte dir vorher davon erzählt, wenn ich nicht geglaubt hätte, dass es bei dir besser laufen würde.«

»Aber stattdessen war es schlimmer.«

Er nickte.

»Du hast sie sehr geliebt«, sagte sie. »Es ist schwer, jemanden loszulassen, den man liebt.«

Er sah sie erstaunt an. »Woher ...«

Sie legte ihm einen Finger auf die Lippen. »Es ist wohl kaum ein Geheimnis, dass du sie geliebt hast. Dass du sie immer noch liebst. Und meiner Ansicht nach ist es kein Wunder, wenn sich das im Schlafzimmer am ehesten zeigt.«

»Es tut mir leid«, wiederholte er.

»Bitte. Entschuldige dich doch nicht dafür, dass du deine Frau liebst. Dafür darfst du dich niemals entschuldigen.«

Er gab ihr einen Kuss auf die Stirn und zog sie dichter zu sich heran.

»Ich habe aber noch eine Frage«, bekannte sie. »Warum hast du gedacht, bei mir würde es besser? Und warum wurde es schlimmer?«

»Weißt du das denn nicht?«

Sie schüttelte den Kopf. »Sonst würde ich ja nicht fragen.«

»Gleiche Antwort auf beide Fragen.«

Sie sah ihn nur an, eine stumme Aufforderung, es ihr zu sagen.

»Weil ich dich liebe.«

15

Eva wünschte, sie hätte irgendein Zaubermittel gehabt, das sie Tyree gegen seine Schuldgefühle hätte verabreichen können. Sie verstand, dass er seine Ehefrau liebte, und ganz sicher grollte sie ihm wegen dieser Gefühle nicht. Aber sie fand es furchtbar, dass es ihm so schwerfiel, alles hinter sich zu lassen, besonders nach so langer Zeit.

Überdies hasste sie das winzige Gefühl der Unsicherheit, das jetzt auch in ihr selbst aufkeimte. Denn sie verliebte sich nun mal wieder erneut in ihm. Zumindest wenn man davon ausging, dass die Liebe überhaupt irgendwann einmal verebbt war. Und obwohl er ihr umgekehrt auch seine Liebe gestanden hatte, befürchtete sie, dass es damit nicht weither war. Oder um genauer zu sein, dass er sich zurückhielt. Dass er nicht bereit war, wirklich mit ihr zusammen zu sein, weil er befürchtete, dass jeder Schritt auf sie zu ihn von Teiko entfernen würde.

Zumindest nahm sie das an. Aber war das nicht in Ordnung? Gehörte das nicht zum Heilungsprozess dazu? Oder war sie egoistisch, weil sie sich wünschte, dass er schneller wieder gesund wurde und anders empfand, weil es das war, was sie wollte, wenn auch nicht unbedingt das, was er brauchte?

Ehrlich? Sie wusste selbst nicht, was sie denken sollte.

Also nahm sie sich vor, überhaupt nicht zu denken. Sie war jetzt vorübergehend in Austin, und sie würde ihre Arbeit erledigen, bei ihrer Tochter sein und so viel gemeinsame, intime Zeit mit Tyree verbringen, wie ihre Termine es zuließen.

Danach würde sie sehen, wo sie standen. Vielleicht war das nicht der beste Plan, aber ihre einzige andere Option bestand darin, auf die Bremse zu treten und Tyree fortan ausschließlich als Elenas Vater zu betrachten.

Doch ehrlich gesagt hatte sie diese Variante schon lang hinter sich gelassen.

Gestern Abend hatte er die Wohnung verlassen, bevor Elena nach Hause gekommen war. Sie waren nicht wieder ins Schlafzimmer zurückgekehrt, sondern hatten sich auf der Couch zusammengekuschelt, geredet und herumgeknutscht wie die Teenager.

Es war wunderschön gewesen, sogar ein wenig erfrischend. Der einzige Wermutstropfen hatte darin bestanden, dass sie nicht in seinen Armen aufgewacht war.

Aber sie hatten sich morgens zum Kaffee verabredet, wollten einen Spaziergang um den See unternehmen und dann in aller Ruhe frühstücken. Was der Grund war, warum sie im Augenblick hier an der Ecke des Cesar Chavez und Congress herumhing, hin und wieder Bilder von der Umgebung machte, bloß um sich die Zeit zu vertreiben.

Dann fing ihre Kamera ihn ein, wie er den Pfad entlangschlenderte, in der Hand zwei To-go-Becher und eine weiße Papiertüte. Sie machte eine Reihe von Fotos, wobei er auf jedem der Bilder näher kam, bis schließlich nur noch der Kaffee zu sehen war. »Das wird große Kunst«, sagte sie und senkte die Kamera, um ihm in das amüsierte Gesicht zu blicken. »Oder ein paar alberne Fotos, die ich mir anschauen kann, wenn ich allein bin.«

»Ich würde für Letzteres plädieren«, antwortete er und reichte ihr einen Kaffeebecher. »Und ich weiß, wir hatten uns eigentlich vorgenommen, zusammen zu frühstücken, aber es ist so ein wunderbarer Morgen, dass ich dachte, wir könnten etwas länger spazieren gehen und Kolatschen essen.« Er hielt die Tüte in die Höhe, und sie spähte hinein, um das unterschiedlich gefüllte Gebäck zu begutachten.

Sie hatte jetzt schon Hunger, also nahm sie ein mit Würstchen gefülltes und biss hinein, genoss den würzigen Geschmack. »Es schmeckt köstlich«, sagte sie. »Danke schön.«

»Wenn du willst, können wir auch den Tag zusammen verbringen. Vielleicht könnten wir nach unserem Spaziergang zu meinem Haus fahren. Uns ein bisschen unterhalten. Mittagessen kochen. Ich habe eine überdachte Veranda und einen hervorragenden Weinkeller. Wir könnten uns gegen Nachmittag etwas betrinken und mal sehen, wohin uns das führt.«

Sie warf ihm einen Seitenblick zu, fragte sich, wie weit seine Absichten wohl gehen mochten. Noch ein Versuch nach letzter Nacht? Oder wollte er sich noch weiter vom Schlafzimmer distanzieren? Wie auch immer, die Vorstellung klang verführerisch. Und über ihre Befürchtungen hinsichtlich seines schlechten Gewissens seiner Frau gegenüber konnte sie auch später noch mit ihm reden. Es machte keinen Sinn, einen so wunderschönen Tag mit ernsthaften Beziehungsgesprächen zu verderben.

»Klingt toll. Aber bist du dir sicher, dass das eine gute Idee ist? Ich habe in der letzten Zeit viel von deiner Zeit in Anspruch genommen. Was werden deine Partner im The Fix darüber denken?«

»Wahrscheinlich, dass du mir ganz schön viel bedeutest. Und dass ich schon ewig keinen Urlaub mehr gemacht habe.«

»Das bin ich also für dich? Urlaub?«

Er steckte sich das letzte Stück seines Gebäcks in den Mund und ergriff ihre Hand. »Du bist verdammt noch mal viel mehr als das«, antwortete er in so aufrichtigem Ton, dass ihr das Herz aufging. »Aber apropos Urlaub«, fügte er hinzu. »Bedauerst du, nicht nach Vancouver geflogen zu sein?«

»Nur im Hinblick auf Temperatur und Luftfeuchtigkeit«, bekannte sie. »Ist ganz schön brutal hier. Aber die anderen Annehmlichkeiten in Austin gleichen das aus.«

»Ja?«, neckte er. »Zum Beispiel?«

»Oh, du weißt schon. Tolle Bars. Süße Typen auf den Joggingwegen. Viele Orte, wo es Frühstücks-Tacos gibt. Eben alles, was Austin so zu bieten hat.«

Er blieb stehen, dann küsste er sie, wobei sein Mund nach Würstchen schmeckte. »Und das ist schon alles?«

»Oh, warte, da ist dieser Mann, der mir was bedeutet ...«

Er lachte, und sie schlenderten weiter über den Gehweg, sprachen über die Bar, die Kids, das Wetter. So ziemlich über alles, bis sie wieder auf ihr Ursprungsthema zu sprechen kam. »Ich will einfach nur sichergehen, dass ich nicht bloß eine Ablenkung für dich bin. Ich weiß, dass du die Bar wirtschaftlich wieder nach vorn bringen willst. Ich will dir dabei nicht im Weg stehen.«

»Das tust du nicht. Und die Ablenkung gefällt mir. Tut mir richtig gut. Als fände ich dadurch meine Mitte wieder.«

Sie blieb stehen. »Meinst du das ernst?«

Er nickte. »Ja, das meine ich ernst.«

Ein Lächeln spielte um ihre Lippen. »In diesem Fall, wunderbar.«

»Komm schon. Lass uns zu meinem Auto umkehren.«

Sie drehten um und gingen auf dem gleichen Weg zurück, den sie gekommen waren, wobei sie den längeren Pfad mieden, der um den Flusslauf downtown herumführte. »Darf ich dich noch was fragen?«, fragte sie, nachdem sie etwa eine Viertelmeile gelaufen waren. »Warum hast du nie nach mir gesucht? Ich meine, ich weiß, dass du Briefe geschickt hast, und da mein Vater sie mir unterschlagen hat, konnte ich dir nie antworten. Aber warum bist du nicht zu mir gekommen und hast mich gefragt, warum du nie was gehört hast?«

Erst als die Worte heraus waren, wurde ihr klar, wie wichtig ihr die Antwort darauf war. Und seine Antwort traf sie wie ein Hammerschlag.

»Das habe ich«, sagte er. »Ich habe dich mit David zusammen gesehen. Und mit Elena. Ich nahm an, dass sie von ihm war.«

Sie blieb ruckartig stehen und starrte ihn an. »Aber das hätte bedeutet, dass ich mit David gleich nach deiner Abreise geschlafen hätte.«

»Ich weiß«, sagte er, und sie erstarrte. Beim Schmerz in seiner Stimme lief es ihr kalt den Rücken herunter.

»O Tiger«, sagte sie. »Du hast all die Jahre gedacht ...«

Er schüttelte den Kopf und brachte sie mit dem Finger auf den Lippen zum Schweigen. »Jetzt bist du hier. Und das ist alles, was zählt.«

16

Es war, dachte Tyree, etwas völlig anderes, im hinteren Teil der Bar auf sein Stichwort zu hoffen, als neben der Bühne darauf zu warten, dass die Wettbewerbsteilnehmer über den Laufsteg stolzierten.

Wenn alles so lief wie immer, dann wäre er lieber im Publikum gewesen. Einen Augenblick lang fragte er sich sogar, was zum Teufel er sich dabei gedacht hatte. Immerhin musste der Besitzer der Bar, in der der Contest stattfand, nicht unbedingt daran teilnehmen. Ein schrecklicher Interessenskonflikt. Offensichtlich hatte er vollkommen den Verstand verloren, als er dieser Idee zugestimmt hatte.

Was, wie er annahm, einigermaßen zutraf. Denn Eva machte ihn nun mal verrückt, und zwar auf die bestmögliche Art. Und sie war diejenige, die ihn für diese Sache hier verpflichtet hatte.

Er hatte die feste Absicht, sie dafür bezahlen zu lassen. Natürlich ebenfalls auf die bestmögliche Art. Detaillierte sinnliche Bilder seiner süßen Rache standen ihm so lebhaft vor Augen, dass er tatsächlich sein Stichwort überhörte, das ihn auf die Bühne rief.

»Geh!« Mina versetzte ihm einen Stoß, und er stolperte voran, während die Moderatorin, Beverly, die Menge aufrief, ihn herauszurufen.

»Ja, ihr Lieben, wir haben es endlich geschafft! Wir haben unseren Tyree Johnson höchstpersönlich überredet, an diesem Contest teilzunehmen. Wie ihr wahrscheinlich wisst, ist Tyree unser freundlicher Gastgeber hier im The Fix, und soweit ich gehört habe, war es gar nicht so einfach, ihn auf die Bühne zu locken. Aber jetzt wird es Zeit für die wahre Nagelprobe!«, fügte sie hinzu, als eine klassische Stripper-Melodie aus den Lautsprechern ertönte. »Komm vor, mein Freund, wir wollen deine Brustmuskeln sehen.«

Er wusste nicht so genau, ob er lachen, davonlaufen oder Eva finden und sie neben sich auf die Bühne zerren sollte. Aber dann entdeckte er sie in der Menge mit Elena neben sich. Die beiden amüsierten sich prächtig. O ja. Dafür würde sie heute Abend definitiv bezahlen.

Die Menge begann, ihn anzufeuern, also was zum Teufel! Er konnte das hier kaum von Dutzenden von Männern – inklusive von einigen seiner Angestellten – verlangen, wenn er selbst nicht den Mumm dazu hatte. Außerdem trainierte er ja regelmäßig. Mit seinen sechsundvierzig Jahren konnte er sich durchaus noch sehen lassen.

Mit einer schnellen Bewegung packte er den Saum seines Shirts und zog es sich über den Kopf. Dann warf er das Shirt in die Menge, was mit Jubel und Applaus quittiert wurde.

Er ging in Mr.-Universum-Pose, drehte sich langsam um die eigene Achse, um dem Publikum seine Rückseite zu präsentieren. Anschließend bewegte er sich langsam wieder aus dem Rampenlicht hinaus, um sich zu den anderen Wettbewerbsteilnehmern hinzuzugesellen, die sich diesem Hexenkessel aussetzten. Schließlich fing er in der Menge Evas Blick auf und gluckste vor sich hin, als sie sich Luft zufächelte, als sei er einfach allzu heiß gewesen. Neben ihr hielt sich Elena die Hand vor den Mund, als müsste sie sich das Lachen verkneifen.

Er unterdrückte ein Grinsen, kam sich ein bisschen wie ein Idiot vor, hatte aber viel mehr Spaß bei der Sache als erwartet.

Nach ihm kam bloß noch ein einziger weiterer Wettbewerbsteilnehmer, also musste er nicht lange warten, bis sämtliche Männer von der Bühne entlassen wurden und in der Menge abtauchen durften. Er suchte nach Eva, aber sie war im Gewühl verschwunden. Was für eine Schnapsidee war es gewesen, sein T-Shirt in die

Menge zu werfen! Denn jetzt musste er sich halb nackt unter seine Kundschaft mischen.

Na toll.

»Hey, mein Hengst.« Evas sinnliche Stimme neckte ihn von hinten. »Ich habe da etwas für dich.«

Er wandte sich um und sah, dass sie ihm ein schwarzes *The Fix on Sixth*-T-Shirt hinhielt.

»Hab ich dir schon gesagt, wie fantastisch du bist?«

»Tu dir keinen Zwang an. Obwohl das hier eher dem Egoismus als meiner Großartigkeit geschuldet ist. Ich habe immerhin ein gesteigertes Interesse daran, dass du bekleidet bist. Auf der Bühne ist das eine Sache. Eine andere ist es, wenn du hier halb nackt in der Wildnis umherstreifst, wo andere Frauen dich angaffen können.«

»Angaffen? Hm. Klingt pervers.« Er trat einen Schritt auf sie zu und legte ihr die Arme um die Taille. »Vielleicht können wir das mit dem Gaffen ja später noch intensivieren.«

»Okay, ihr beiden«, warf Elena von hinten ein. »Hört auf damit.«

»Wir machen doch gar nichts«, versicherte Tyree. Und dann, weil er immer noch im Promi-Rausch war, zog er Eva an sich und küsste sie innig, ließ sie nicht los, bis er die Jubelrufe und den Applaus der Umstehenden vernahm.

Dann löste er sich von ihr, und sie lachte atemlos. »Wenn das deine Definition von Gaffen ist, dann kann ich gar nicht genug davon kriegen. Aber was …«

Ihre Frage wurde von Beverlys Rückkehr auf die Bühne unterbrochen. »Danach gehe ich mit dir ins The Driskill«, flüsterte er, sodass Eva sich in seinen Armen umdrehte.

»Du meinst doch hoffentlich nicht nur für einen Drink«, sagte sie.

»Dritter Stock. Ein hübsches Zimmer. An der Rezeption hat man mir versichert, dass sogar ein Bett drinsteht.«

»Mit anderen Worten, genau die Annehmlichkeiten, die wir brauchen.«

»Mit anderen Worten«, fügte er hinzu, »keine Kinder im Schlafzimmer nebenan.«

Neben ihnen hüpfte eines der fraglichen Kinder auf und ab, und Tyree brauchte einen Augenblick, um ihre Worte zu verstehen.

»Du hast gewonnen! Du hast gewonnen! Dad! Hallo? *Daddy!* Du hast gewonnen.«

Und in diesem Moment wurden ihm zwei Dinge klar. Zum einen, dass seine Brust demnächst seinen eigenen verdammten Kalender zieren würde.

Zum zweiten, dass seine Tochter ihn zum ersten Mal Dad genannt hatte.

Er hatte nicht gelogen, als er ihr verkündet hatte, dass es ein hübsches Zimmer sei. Es war einfach atemberaubend. Gut ausgestattet. Gemütlich. Ganz fantastisch.

Und Tyree kümmerte das nicht.

Alles, was er wollte – alles, was er brauchte –, war Eva. Sie war die Mitte seiner Welt geworden, das Zentrum, um das seine Tage und Nächte kreisten.

Sie war die Mutter seiner Tochter. Seine Freundin. Seine Geliebte.

Und verdammt: Um diesen letzten Teil wollte er sich heute Abend kümmern. Musste er sich kümmern. Denn er hatte sich den ganzen verdammten Tag über nach ihr gesehnt. Das einfache, aber hübsche T-Shirt. Der duftige Sommerrock. Die lässigen Sandalen. Sie sah aus wie ein Picknick, und er wollte sie verspeisen.

»Bett«, befahl er, kaum dass sie das Zimmer betreten hatten.

Sie zog die Brauen in die Höhe. »Herrschsüchtig.«

»O ja«, bestätigte er. Dann hob er sie hoch und warf sie dorthin, wo er sie haben wollte, sodass sie vor Lachen kreischte – ein

Lachen, das er schnell in ein sinnliches Stöhnen verwandelte, als er ihren Rock hochschob, ihr das Höschen auszog und den Kopf senkte, um eine köstliche, intime Kostprobe zu nehmen.

»O Gott«, rief sie, umklammerte mit den Händen seinen Kopf, bäumte die Hüften seinem Mund entgegen. Er hatte eine romantische Liebesnacht voller Zärtlichkeit geplant. Aber stattdessen war es hart, heiß und wild – was ihm unbestreitbar gefiel. Ihr Geschmack, das Verlangen. Die antörnende, schamlose Art, mit der sie seine Finger und seine Zunge für sich beanspruchte.

Und, lieber Gott, auch seinem Schwanz gefiel das. Er war hart. Schmerzhaft hart. Er wünschte sich verzweifelt, in ihr zu versinken.

Doch er wusste es besser. Er wollte die Erfahrung der vergangenen Nacht nicht wiederholen. Das Einzige, was er sich wünschte, war Lust. Er wollte sehen, wie sie ganz wild wurde, nur für ihn, wollte hören, wie sie seinen Namen schrie. Wollte, dass sie in seinen Armen zusammenbrach.

Er liebkoste ihre Klitoris und ihre Muschi erbarmungslos, und er spürte, wie sich Spannung in ihr aufbaute, wie sie immer weiter in die Höhen der Lust emporflog. Und er war derjenige, der sie dorthin entführte. Demütig staunte er über die Macht, die er über sie hatte, dass er ihr so viel Lust bereiten konnte. In diesem Wissen konnten sie einander unglaublich innig verbunden sein.

Und da war es.

Er wollte es. Diese Verbundenheit. Er wollte spüren, wie sie seinen Schwanz umschloss. Er wollte, dass ihre inneren Muskeln sich fest um ihn schlangen, sie mit ihm in den Abgrund stürzte.

Er wollte es – verdammt noch mal –, er wollte es wirklich.

Und bevor er sich eines Besseren besinnen konnte, zog er die Jeans aus. Sein Mund fand den ihren, rittlings saß er auf ihr, schob ihre Knie auseinander, um sie für sich noch weiter zu öffnen.

»Tyree, bist du dir sicher?«

Doch er antwortete ihr nicht mit Worten. Er ließ den Finger in sie hineingleiten, überzeugte sich davon, dass sie feucht genug für ihn war, bereit genug. Und dann stieß er langsam seinen Schwanz in sie hinein. Nur ein wenig, probeweise. Aber es war gut – o mein Gott, es war so gut –, dann noch mehr, noch ein wenig mehr, bis er schließlich in sie hineinrammte, sodass ihre Körper gegeneinanderschlugen, und sie schrie, versicherte ihm, wie schön es war, wie tief er in ihr war, dass es niemals aufhören sollte.

Und er war so dicht davor, so verdammt dicht davor. Genau wie sie. Ihre inneren Muskeln zogen sich um ihn zusammen, trieben ihn immer und immer weiter in die Ekstase, bis schließlich sein ganzer Körper zuckte. Die Macht seines Orgasmus schien ihn zu zerreißen, die Wogen der Freude überwältigten ihn, zogen ihn in die Tiefe. Freude. Lust. Leidenschaft.

Eva.

Eva war all das. Jeder Gedanke. Jedes Gefühl. Jede wilde Empfindung.

Sie erfüllte ihn, erleuchtete ihn, machte ihn ganz.

Er wollte sie. Brauchte sie.

Einen kurzen Augenblick lang schwelgte er in dieser einfachen Wahrheit. Dann implodierte alles, und die Realität stürzte auf ihn nieder und traf ihn wie ein Schlag in die Eier.

Ein Schaudern durchfuhr ihn, und er entzog sich ihr, als eine Flutwelle heftigster, tiefster Schuldgefühle über ihn hinwegspülte und ihn davontrug. Alles davontrug. Bis er verloren war. So verdammt verloren.

»Tyree?« Sie setzte sich auf, klang verwirrt. »Geht es dir gut?«

Mein Gott, wahrscheinlich sah er aus, als habe er einen Schlaganfall erlitten. Er hielt die Hand in die Höhe, damit sie ihn nicht berührte. »Ja«, sagte er. »Ich fühle mich …«

Verloren? Schuldig? Verwirrt? Bemitleidenswert?

Er hatte keine Ahnung. Gütiger Himmel, er hatte keine Ahnung.

»Es tut mir leid«, sagte er, als er aus dem Bett schlüpfte. Mehr brachte er nicht heraus.

Mehr konnte er nicht tun.

Obwohl sie ihn bat, stehen zu bleiben, zu bleiben, zu erklären, bewegte er sich nur umso schneller, zog eilig seine Kleider an und stürmte zur Tür hinaus in den leeren Flur des The Driskill, die Illusion hinter sich lassend, dass er sein Liebesleben endlich unter Kontrolle hatte.

17

»Ich weiß nicht, Mom«, sagte Elena und spielte mit ihrem Handy herum, während sie auf dem Bett kauerte, in dem Eva übernachtet hatte.

Stirnrunzelnd sah Eva sich im Zimmer um, ob sie auch nichts von ihren persönlichen Dingen vergessen hatte. Sie war mitten in der Nacht in die Wohnung zurückgekehrt und hatte dort auf Elena gewartet. Sie hatten stundenlang noch auf der Couch gesessen und geredet, und Eva hatte ihrer Tochter dargelegt, warum sie nicht bleiben konnte. Sie musste nicht nur aus beruflichen Gründen wieder nach San Diego zurück, sondern vor allem, weil Tyree jetzt Abstand brauchte.

»Damit will ich nicht sagen, dass es vorbei ist.« *Bitte, lass es nicht vorbei sein.* »Ich sage damit nur, dass er mit sich ins Reine kommen muss.«

»Dann hilf ihm dabei. Ich meine, komm schon, Mom. Er ist immerhin mein Dad.«

Eva seufzte und hörte auf zu packen. Sie richtete ihre Aufmerksamkeit jetzt voll und ganz auf ihre Tochter. »Ich weiß. Und mir ist auch klar, dass du geglaubt hast, dein Märchen würde wahr. Ehrlich gesagt habe ich das auch geglaubt. Aber so läuft es nun mal nicht. Dein Vater hat seine Frau geliebt. Sie wirklich geliebt. Und das ist wunderbar, für ihn allerdings auch verwirrend. Und es wird für ihn umso schwerer, wenn ich in der Nähe bin.«

»Das sind doch nur Ausflüchte.«

Eva schüttelte den Kopf. »Nein. Nein, das stimmt nicht. Ich will nicht abreisen. Ich liebe ihn. Ich liebe ihn mehr als damals vor deiner Geburt, und ich würde fast alles geben, um hier bei ihm bleiben zu können.«

»Dann bleib.« Elena weinte nicht, doch ihre Stimme klang tränenerstickt.

»Ich sagte, ich würde fast alles geben. Aber ich gebe mich selbst nicht auf. Ich gebe mich nicht mehr mit faulen Kompromissen zufrieden. Das habe ich schon mal getan, und ich werde diesen Fehler nicht wiederholen.«

Elena leckte sich die Lippen. »Aber es ist doch *Daddy.*«

»O Baby«, seufzte Eva und schwang sich die Reisetasche über die Schulter. »Was immer Tyree Johnson für mich bedeutet, ich schwöre, er wird immer dein Daddy sein.«

Eine Träne lief Elena über die Wange, und Eva musste sich zwingen, stark zu bleiben. Sie beugte sich vor und gab ihr einen Kuss auf die Stirn. »Ich gehe jetzt«, verkündete sie, dann eilte sie ins Wohnzimmer und auf die Wohnungstür zu, wollte von dort aus auf die Straße und auf ihre Mitfahrgelegenheit warten.

Doch als sie die Tür öffnete, stand Tyree davor.

»Du gehst?«

Eva drehte sich um und warf einen frustrierten Blick zum Schlafzimmer hinüber. Offenbar hatte ihre Tochter nicht mit ihrem Handy herumgespielt, sondern ihm eine Nachricht geschrieben.

»Wir wissen doch beide, dass das das Beste ist, Tyree. Und es muss ja auch kein Abschied sein. Wir können später darüber reden. Aber jetzt brauchst du erst mal Abstand.«

Er betrat die Wohnung, zwang sie, entweder nicht von der Stelle oder zurückzuweichen. Sie entschied sich für Letzteres. Irgendwie war es verdammt schwer, einen klaren Gedanken zu fassen, solange er in der Nähe war.

»Sag mir nicht, was ich brauche. Besonders wenn das, was ich brauche, du selbst bist.«

»Ach ja?«

»Eva …« Seine Stimme klang gequält. Als hätte sie ihm allein durch diese Frage das Herz gebrochen.

Sie holte tief Luft, entschlossen, standhaft zu bleiben. »Na gut, vielleicht brauchst du keinen Abstand, aber ich benötige ihn durchaus. Ich brauche Zeit. Und eigentlich glaube ich, dass wir die beide brauchen.«

Er ergriff ihre Hand, und sie hatte das Gefühl, dass sie in seinem warmen Griff förmlich versank. »Bitte, Eva, ich will dich nicht verlieren.«

»Ich will dich auch nicht verlieren«, erwiderte sie und bemerkte, wie er erleichtert ausatmete. »Aber ich werde mich nicht mehr mit faulen Kompromissen zufriedengeben.« Sie holte noch einmal Luft, um sich Mut zu machen. »Ich habe in Kalifornien einen Beruf, den ich liebe, und ich will einen Mann, der mich liebt. Der keine Angst davor hat, mich ganz und gar zu lieben.«

Sie berührte sein Gesicht mit den Fingerspitzen. »Ich weiß nicht, ob du das bist oder nicht, Tiger. Ich würde es gern glauben. Aber du lässt deine Liebe für mich nicht zu. Nicht vollständig. Denn du hast das Gefühl, damit Teikos Andenken zu besudeln. Du bist ein großer Mann mit einem großen Herzen. Hast du je darüber nachgedacht, dass dort Platz für uns beide sein könnte?«

»Eva, bitte.«

Doch sie schüttelte nur den Kopf. »Nein. Tut mir leid. Ich muss nach Hause. Richte Jenna aus, dass ich sie anrufe. Ich kann vorbeikommen und die Kalenderfotos machen, sobald Mr. Dezember feststeht. Ich werde mich weiter drum kümmern. Und Elena kann die Werbeaufnahmen machen, die ich dann mit Photoshop bearbeite.«

Er rieb sich über die Augenbraue, das Gesicht schmerzerfüllt. »Geh nicht. Können wir nicht …«

»Es gibt kein *Wir*«, sagte sie sanft. »Es kann kein *Wir* geben, solange du mit dir nicht im Reinen bist.«

Sie küsste ihn sacht auf die Wange. »Ich liebe dich«, sagte sie. »Eigentlich habe ich nie aufgehört, dich zu lieben. Und werde es auch nie. Aber ich muss jetzt wirklich gehen.«

18

Über zwei Millionen Menschen lebten in der Metropole und Umgebung Austins, aber mit jedem Tag ohne Eva kam ihm die Stadt leerer vor. Hohl.

Tyree seufzte. Es lag nicht an der Stadt, dachte er, während er am vorderen Fenster des The Fix stand, und sah auf die dicht gedrängte Menge der Menschen da draußen, die sich einen schönen Samstagabend machen wollten. Es lag an ihr. Denn jeder Ort ohne Eva war kalt und leer.

Frustriert zog er sein Handy hervor, wie er es in den letzten drei Tagen alle paar Stunden getan hatte. Diesmal allerdings würde er sie endlich anrufen.

Aber als er wählte, war es dann doch Elenas Nummer.

Sie ging schon nach dem ersten Klingeln dran. »Hey, Daddy. Geht es dir gut?«

Er verkniff sich ein trauriges Lächeln. Die Kleine kannte ihn jetzt schon zu gut. »Na klar«, log er. »Hör zu, Eli übernachtet bei einem Freund, mit dem er für die Schule lernen will, und wir beide haben heute Abend im The Fix frei. Willst du mit mir essen gehen?«

»Du musst heute Abend nicht arbeiten?«

»Nein.« Er rechtfertigte die Lüge vor sich selbst damit, dass er Reece bitten würde, den Dienst für ihn zu übernehmen. Sobald sie sich mit einem Treffen einverstanden erklärt hatte, würde er das Lokal verlassen.

»Äh, Daddy.«

»Ja?«

»Dreh dich mal um.«

Scheiße. Er folgte ihrer Aufforderung und sah sich seiner Tochter gegenüber, die an einem der Tische am Rande des Hauptraumes saß und mit Amanda, Nolan und Shelby zusammen etwas trank.

»Na ja, da kannst du mal sehen«, sagte er. »Sieht aus, als hingen wir an unserem freien Tag beide am gleichen Ort herum.«

Sogar über die Entfernung des ganzen Raumes hinweg konnte er sehen, wie sie entnervt die Augen verdrehte. Dann sagte sie etwas zu den anderen, stand auf und schlenderte das Telefonat beendend langsam und bedächtig zu ihm herüber.

»Also darf ich das als Ja zu dem gemeinsamen Abendessen werten?«

Sie verschränkte die Arme vor der Brust und legte den Kopf schief. »Du weißt selbst, dass nicht ich diejenige bin, mit der du zu Abend essen willst. Ruf sie an.«

Er schüttelte den Kopf, dann seufzte er. »Sie hat da draußen ihr eigenes Leben.«

»Ja. Aber dich hat sie nicht.«

»Hast du mit ihr gesprochen?«

»Was denn sonst? Sie ist immerhin meine Mom.«

»Und?«

»Und den Rest kennst du. Sie liebt dich. *Sie* ist hier nicht das Problem. Ich dachte erst, sie wäre es, bevor sie abreiste, aber wir haben uns noch länger unterhalten, und ich habe darüber nachgedacht. Sie hat recht. Du bist derjenige, der hier einen Tritt in den Hintern benötigt.«

Er unterdrückte ein bitteres Auflachen. Wie wahr!

Sie beugte sich vor und gab ihm einen Kuss auf die Wange. »Tut mir leid, Daddy, aber ich bin heute Abend schon verabredet. Und ganz ehrlich? Ich glaube, du solltest dich mal hinsetzen und ganz ernsthaft über deine Situation nachdenken. Du wirfst das Glück einfach weg und glaubst, dass dich das zum Märtyrer macht. Aber das tut es nicht. Es macht dich nur zum Dummkopf.«

»Ganz schön hart«, sagte er.

Sie zuckte mit einer Schulter. »Vielleicht. Von meinem Standpunkt aus betrachtet sieht es allerdings verdächtig nach der Wahrheit aus.«

Tyree döste auf der Couch, als Eli reinkam. Das tat er in letzter Zeit häufig. Entweder schlafen oder sich in der Arbeit vergraben. Einen Mittelweg schien es nicht zu geben.

»Du bist zu Hause«, sagte Eli, während sich Tyree das Gesicht rieb, um wach zu werden. Sein Bart, der sonst immer penibel getrimmt war, war zerzaust. Doch im Augenblick war ihm das völlig gleichgültig.

Eli warf sich vor ihn auf den Couchtisch. »Du siehst scheiße aus.«

»Ich freu mich auch, dich zu sehen, mein Sohn.«

»Zumindest hast du dir deinen Sinn für Humor bewahrt.«

Tyree antwortete nicht. Im Grunde wusste er nicht so genau, ob er tatsächlich noch Humor übrig hatte.

»Elena hat mich nach der Schule heute abgeholt«, sagte er. »Wir sind zu Starbucks gegangen.«

»Wie geht's ihr?«

»Besser als dir, das steht verdammt noch mal fest.«

»Du sollst doch nicht fluchen, Eli.«

»Verdammt, fuck, Scheiße, Pisse.«

Tyree riss die Augen auf. »Was zum Teufel ist bloß los mit dir?«

Eli deutete mit dem Finger auf ihn. »Die Frage ist doch wohl eher: Was ist los mit *dir*?«

Tyree holte tief Luft und ließ sie dann langsam wieder entweichen. »Ich bin am Tiefpunkt angelangt. Ich weiß das, aber ich komm schon wieder auf die Beine. Ich brauche nur etwas Zeit. Etwas Abstand. Jeder braucht hin und wieder Abstand.«

»Elena meint, was du brauchst, ist ein Tritt in die Eier.«

Bei diesen Worten musste er beinahe lächeln. Stattdessen aber sagte er: »Wollen wir doch für den Augenblick mal deine Schwester von der Liste der Vorbilder streichen, ja?«

»Kannst du dich an das letzte Mal erinnern, als wir an Moms Grab waren?«

Ruckartig hob Tyree den Kopf, sowohl weil sein Sohn Teiko erwähnte, als auch weil diese Bemerkung so vollkommen aus heiterem Himmel gekommen war. »Natürlich. Das war der siebte Jahrestag ihres Todes.«

»Nein«, widersprach Eli. »Nicht noch mehr von diesem Scheiß.«

Diese Worte taten weh. Und sie waren verwirrend. »Was meinst du damit?«

»Jahrestage sind etwas, was man feiert. Ich werde nicht mehr feiern, dass ich meine Mom verloren habe. Nicht mehr.«

»Eli ...«

»Nein. Hör mir zu. Ich gehe da nicht mehr hin. Nicht so jedenfalls. Nicht wie bei einem Ritual.«

»Sei vorsichtig, mein Sohn.« Tyree fröstelte plötzlich. »Du bewegst dich auf ganz dünnem Eis.«

»Ich habe darüber nachgedacht. Ich glaube, es würde ihr gar nicht gefallen. Ich denke jeden Tag an sie, Dad«, sagte er, und seine Augen schimmerten feucht. »Ich muss nicht an ihr Grab gehen, um das zu tun. Und weißt du was? Sie würde das auch gar nicht wollen.«

Eine Träne rann an seinem Nasenflügel hinab. »Sie würde mir sagen, dass ich mein Leben auf etwas ausrichte, was es nicht mehr gibt. Sie würde wollen, dass ich damit aufhöre. Es ist wie bei den Klamotten.«

Erst war er kurz davor gewesen zu explodieren. Jetzt fühlte er sich schlaff und verwirrt. »Klamotten?«

»Ja.« Eli nickte. »Du hast gesagt, es wäre ihr egal, was ich an jenem Tag anhätte, weißt du noch? Und du hattest recht. Es ist ihr gleichgültig, was wir tragen, Dad. Sie will einfach nur, dass wir glücklich sind.«

Tyree saß eine Sekunde lang bloß da, die Augen unnatürlich weit aufgerissen, kämpfte er gegen die Tränen an, die in ihm emporstiegen.

»Du bist nicht glücklich, Dad.«

Und verdammt, da kamen sie, die Tränen. Er atmete zitternd ein. »Es liegt nicht an dir, Sohn. Das weißt du doch, oder? Du bist das Beste, was mir in meinem Leben passiert ist. Du und Elena.«

»Jaja, das weiß ich. Und sie weiß es auch. Aber Dad, komm schon. Eigentlich liegt doch alles auf der Hand. Und weißt du was? Mom würde es ebenfalls kapieren.«

Einen Moment lang saß Tyree einfach nur da. Etwas verstört, die Welt um ihn herum wie gedämpft. Wie die unheimliche Stille nach einer Explosion. Dann atmete er ein, riss sich zusammen und sah seinen Sohn an. »Ich glaube, deine Mom hätte Eva gemocht.«

Um Elis Mundwinkel zuckte es. »Ja. Das denke ich auch.«

Er dachte an Eva. An das Leben, das sie in San Diego führte. Daran, dass er sie irgendwie davon überzeugen musste, dass die Dinge sich geändert hatten. Dass er sie aus ganzem Herzen liebte, ohne jegliche Vorbehalte. Dass er sie beide nicht aufgeben würde, egal, wie hoch der Preis war, und egal, wie lang es dauern würde, ihr das zu beweisen.

Dann sah er seinen Sohn an. »Hast du das, was du beim ersten Zusammentreffen mit Elena und Eva gesagt hast, eigentlich ernst gemeint? Dass du es cool fändest, in Kalifornien zu leben?«

»Machst du Witze? Surfen? Zum Teufel, ja klar.«

Tyree nickte und dachte wieder nach.

»Also musst du sie jetzt wohl besuchen, hm?«

»Glaub schon.« Er sah seinen Sohn an und entdeckte einen erheblich älteren und klügeren Jungen als noch am Tag zuvor. »Wodurch bis du überhaupt so klug geworden?«

»Hab ich wohl von Mom geerbt«, erwiderte Eli, ließ sich auf die Couch plumpsen, sodass Tyree den Arm um seine Schultern legen konnte. »Denn du kannst manchmal schon ein ziemlicher Blödmann sein.«

19

Gott sei Dank hatte Eva nicht allzu viele Termine, denn seitdem sie nach San Diego zurückgekehrt war, konnte sie sich kaum mehr konzentrieren.

Glücklicherweise hatte Marianne alles in die Hand genommen. Sie organisierte den Kalender, übernahm ein paar einfache Shootings für Firmen und kümmerte sich um die Retusche-Aufträge, die von vergangenen Hochzeiten, Partys und so weiter reinkamen. Eva hatte Marianne Photoshop schon vor Jahren beigebracht, und nun klopfte sie sich für diese Entscheidung im Geiste auf die Schulter.

Im Augenblick starrte Eva auf ihren eigenen Bildschirm und versuchte, zukünftige Termine zu koordinieren. Sie hatte tags zuvor mit Jenna gesprochen, und sie waren übereingekommen, dass sie im Juli für ein zweitägiges Shooting nach Austin fliegen sollte und dann wieder Anfang Oktober, wenn der Contest vorüber war. Auf diese Weise waren sie auf der sicheren Seite und hatten das Template für den Kalender fertig, wenn es in den Druck musste.

Eva war wegen dieser Reise jetzt schon nervös. Sie hatte nichts von Tyree gehört und fragte sich verzweifelt, ob sie ihn zu sehr unter Druck gesetzt hatte. Er hatte Teiko so sehr geliebt, und sie wusste, dass er am Tod seiner Frau beinahe zerbrochen war.

War es ein Fehler gewesen, ihn zu bedrängen? Sie hatte keine Ahnung. Sie wusste nur, dass sie das Bett nicht mit einem Mann teilen konnte, der sich schuldig fühlte, wenn er sie liebte.

Nein. Ihre Entscheidung war nicht falsch gewesen. Sondern richtig, und zwar voll und ganz.

Aber dennoch tat sie weh.

Sie hörte das Piep, Piep, Piep, das ertönte, wenn jemand den Sicherheitscode für ihre Wohnungstür eingab, und stöhnte vor freudiger Erwartung. Marianne hatte versprochen, mit einem Starbucks Latte zurückzukommen, und Eva brauchte dringend Koffein.

»Du bist meine Rettung«, rief sie. »Beeil dich und komm rein, bevor ich in Ohnmacht falle.«

»Das würde ich nicht wollen.«

Sie keuchte, ihre Hand flog auf ihre Brust, und ihr Herz hämmerte wie wild, als Tyree im Türrahmen erschien und sich lässig dagegen lehnte.

»Ich … Was tust du denn hier? Und wie bist du reingekommen?«

»Elena hat mir den Code verraten. Warum fällst du gleich in Ohnmacht?«

»Wegen des Schocks wahrscheinlich«, erwiderte sie. »Aber im Ernst, warum bist du hier?«

»Willst du die lange Antwort oder die kurze?«

Sie dachte nach und beschloss, geradewegs aufs Ziel loszugehen. »Die kurze.«

»Weil ich dich liebe«, sagte er, und seine Worte kamen ihr vor wie der berauschendste Duft der Welt. »Weil ich dich brauche. Und weil ich endlich mit meinem Scheiß im Reinen bin.«

»Oh.« Schmetterlinge flatterten in ihrem Bauch, und ihr Herz setzte einen Schlag aus. »Und die lange Version?«

»Dass ich dich nicht verlieren will. Dass ich tun will, was nötig ist, egal, wie lang es dauert, einschließlich wieder nach San Diego zu ziehen, wenn du mehr Zeit brauchst, um mir zu glauben, dass ich es ernst meine, oder wenn du deine Wohnung oder deinen Job hier nicht aufgeben willst. Ich habe schon einmal eine Frau verloren, die ich liebe, Eva. Ich werde dich nicht auch verlieren. Und ich werde mich nicht länger schuldig fühlen, weil ich dich liebe. Das ist dir gegenüber nicht fair, aber Teiko gegenüber auch nicht.«

Das überraschte sie. »Ihr gegenüber auch nicht?«

»Sie war keine Bitch«, sagte er. »Sie hätte sich gewünscht, dass ich glücklich werde.«

»Ich glaube, ich hätte sie gemocht.«

»Das hättest du. Aber sie ist meine Vergangenheit. Du bist meine Gegenwart. Und meine Zukunft. Zumindest«, so fügte er hinzu, »hoffe ich das.«

Langsam umrundete sie den Schreibtisch, dann stellte sie sich vor ihn hin, nahm seine Hände und musste an sich halten, um sich nicht einfach in seine Arme zu stürzen. Jetzt war es wichtig, genau das Richtige zu tun.

»Definitiv die Zukunft«, sagte sie. »Aber die ganze Sache hat einen Haken.«

Verwirrt runzelte er die Stirn.

»Du liebst mich. Du liebst Teiko. Und du liebst das The Fix.«

»Stimmt?« Er sah sie fragend an.

»Ich habe dir gesagt, dass ich nie erwarten würde, dass du aufhörst, sie zu lieben. Und du solltest es verdammt noch mal auch nicht wagen, *mich* irgendwann nicht mehr zu lieben. Aber wenn du glaubst, ich würde wollen, dass du das The Fix aufgibst, bist du eindeutig auf dem Holzweg.«

»Ich kann doch nicht von dir verlangen, dass du nach Austin ziehst.«

Sie nickte. »Doch, kannst du wohl. Du brauchst ein ganzes Gebäude. Ich nur meine Kamera.« Sie verzog das Gesicht. »Na ja, und Marianne. Aber sie kann mein Büro an der Westküste leiten, und ich kann hierher zurückfliegen, wenn Not am Mann ist.« Sie grinste. »Siehst du? Kaum schlafe ich mit dir, expandiere ich auch schon. Außerdem hast du vergessen, dass meine Tochter ebenfalls in Austin wohnt.«

Er gluckste. »Stimmt schon. Nur Eli wird enttäuscht sein.«

Erstaunt zog sie die Augenbrauen hoch.

»Er hat sich schon drauf gefreut, surfen zu lernen. Aber er wird wohl drüber hinwegkommen.«

»Also kehren wir zurück.« Sie konnte es gar nicht erwarten. Sie vermisste Elena und die Menschen, mit denen sie im The Fix Freundschaft geschlossen hatte, mehr als erwartet. Natürlich lag ihr auch Marianne am Herzen, doch sie würden sich übers Handy sowieso täglich unterhalten oder schreiben. Außerdem würde ihre Freundin sicher begeistert sein, Evas Dependance an der Westküste zu leiten.

»Wir kehren zurück«, stimmte er ihr zu. »Aber erst in ein paar Tagen.«

»Ach ja?« Wieder zog sie die Augenbrauen hoch. »Und was genau machen wir in der Zwischenzeit?«

Er lachte. »Das auch, ja. Aber ich will mit dir in San Diego herumstreifen. Die Orte besuchen, an denen wir früher waren, Hand in Hand mit der Frau, die ich liebe, hier entlangschlendern. Und ich will diese Stadt in mich aufnehmen. Vor allem aber will ich mich an *uns* erinnern.«

»*Uns*«, wiederholte sie. »Das klingt gut.«

»Finde ich auch«, bestätigte er und küsste sie. Ein inniger Kuss voller Leidenschaft und Verheißung. Ein Kuss, der die Vergangenheit besiegelte und die Tür zur Zukunft öffnete.

Ihrer Zukunft. Zusammen. Als Familie.

EPILOG

Megan Clark ging in der Empfangshalle von PCM Enterprises auf und ab. Sie konnte immer noch nicht glauben, dass ihr tatsächlich ein so saudummer Fehler unterlaufen war. Und sie konnte absolut niemandem die Schuld geben außer sich selbst.

Na ja, sich selbst und Parker Mannings bescheuerter Assistentin.

Aber nein, eigentlich konnte Megan der anderen Frau nicht den schwarzen Peter in die Schuhe schieben. Das hier war ihr Projekt gewesen, ihr Baby, und einzig und allein ihr eigener blöder, beschissener Fehler.

Eigentlich hatte sie doch den Leuten im The Fix einfach nur beweisen wollen, dass Jennas Entscheidung, sie einzustellen, richtig gewesen war. Dass sie Köpfchen hatte und sämtliche in der beliebten Bar anstehenden Aufgaben bewältigen konnte. Und was noch wichtiger war, sie wollte beim Marketing helfen, denn das war Jennas Spezialgebiet. Und Jenna war ein Risiko eingegangen, als sie Megan einstellte, selbst wenn es dem The Fix wirtschaftlich nicht allzu gut ging. Und das, obwohl Megan zwar Expertin in Sachen Make-up war, aber nahezu nichts über Marketing wusste.

Doch sie war diejenige gewesen, die die Idee gehabt hatte, mit allen Kandidaten für den Mann-des-Monats-Wettbewerb zu werben statt bloß mit dem Gewinner. Um die Aufregung der Leute zu schüren und sie neugierig zu machen, wer da gegeneinander antrat.

Und sie war auch diejenige gewesen, die im Hinblick auf die Kandidaten noch eine Schippe hatte drauflegen wollen. Ja, die meisten der Kandidaten waren wirklich heiß, aber nur wenige von ihnen waren stadtbekannte Promis. Weshalb sie auch nur wenig allgemeine Aufmerksamkeit erregten. Wenn sie allerdings ein paar der hiesigen TV-Größen oder wohlhabenden Geschäftsmänner zur Teilnahme animieren konnten … also im Grunde jeden, der es täglich in die Nachrichten oder Klatschspalten schaffte, war das auf jeden Fall ein Pluspunkt. Besonders wenn der Betreffende eine Größe in den sozialen Netzwerken war.

Und das traf auf Parker Manning nun wirklich zu.

Er stammte aus der Familie eines reichen texanischen Ölmagnaten, hatte aber eine Weile in L.A. gelebt. Er hatte Schauspielerinnen gedatet, als Produzent vor sich hin gestümpert und an vorderster Front in zwei erfolgreichen Unternehmen mitgearbeitet, die er wieder zu geschäftlichem Erfolg geführt und auf dem Höhepunkt ihrer Erträge dann verkauft hatte.

Es ging das Gerücht um, dass er innerhalb eines einzigen Jahres sein Netzwerk verdreifacht hatte, und die Startnummer im Familientreuhandfonds war auch nicht von schlechten Eltern.

Alle im The Fix waren sich einig gewesen, dass es großartig gewesen wäre, ihn zur Mitwirkung bei dem Wettbewerb zu bewegen, und da sie in L.A. in den gleichen Kreisen wie er verkehrt hatte, hatte sie Jenna davon überzeugt, dass sie selbst ihn würde an Land ziehen können.

Tatsächlich hatten sie nicht nur in den gleichen Kreisen verkehrt, die beiden waren sich sogar schon mal begegnet. Einmal hatte er sie sogar gefragt, ob sie mit ihm ausgehen wolle, und keinen Zweifel darüber gelassen, dass er sehr, sehr interessiert an ihr war. Es war schon eine Versuchung gewesen. Er stand in dem Ruf, ein Playboy zu sein, er gehörte also nicht zu den Typen, mit denen sie fest würde zusammen sein wollen, aber damals in L.A. war sie wilder und auch dümmer gewesen, und in seiner Gegenwart erwachte eindeutig ihr sexuelles Verlangen.

Aber sie war damals nicht auf sein Angebot eingegangen. Denn genau zu diesem Zeitpunkt hatte sie begonnen, mit Carlton auszugehen. Und der hatte keinen Zweifel daran gelassen, dass sie sein Alleineigentum war.

Sie schauderte bei der Erinnerung an die gemeinsamen Monate mit ihm. Beziehungsweise daran, warum sie die Flucht ergriffen hatte.

Sie hatte Los Angeles verlassen, ohne noch einmal zurückzublicken, und als sie Parker zum ersten Mal in Austin wiedergesehen hatte, hatte ihr das einen unangenehmen Stich versetzt. Deshalb hatte sie ihn zunächst nicht persönlich gebeten, an dem Contest teilzunehmen. Sondern sie hatte die Anfrage durch seine Assistentin ausrichten lassen, die Megan mitteilte, dass Parker mit Freuden dazu bereit war.

Aber offenbar war seine frühere Assistentin etwas verpeilt – und Megan war so dämlich gewesen, nicht auf die Rücksendung des unterzeichneten Vertrages zu bestehen.

Nun war Parker sauer, denn sein Bild prangte auf den Flyern für einen Wettbewerb, von dem er nichts wusste, und Megan musste diese Angelegenheit jetzt irgendwie ausbügeln.

Sie hatte keine Ahnung, wie sie das anstellen sollte. Sie hoffte, die Tatsache, dass sie einander früher einmal gekannt hatten, würde es erleichtern. Und ein bisschen Katzbuckelei würde sicherlich auch dazugehören.

»Ms. Clark?«

Beim Klang ihres Namens hielt Megan im Schritt inne, wahrscheinlich sehr zur Erleichterung der Empfangsdame mit der übertriebenen Frisur.

»Ja?«

»Mr. Manning empfängt Sie jetzt. Wenn Sie mir bitte folgen würden.«

Sie holte tief Luft, dann nickte sie und folgte der langbeinigen Blondine im Gleichschritt. Parkers Büro befand sich am Ende des Flurs. Ein Eckbüro natürlich, und als die Empfangsdame die Tür öffnete, bestaunte Megan ehrfürchtig den atemberaubenden Blick auf das Texas State Capitol, den UT Tower und weite Teile der Skyline Austins.

Und noch ehrfürchtiger war sie beim Anblick des lässig an seinem Schreibtisch lehnenden Mannes, gekleidet in einen hellgrauen Anzug, der aussah, als koste er mehr als ihr Jahreseinkommen. Vielleicht doppelt so viel.

Sein Blick traf den ihren, ein Eisblau, das irgendwie Hitze auszustrahlen schien.

»Ms. Clark«, sagte er, und seine sinnliche Stimme streichelte sie wie Samt. »Anscheinend haben wir ein kleines Problem.«

»Ich ... ähm, scheint so.« Sie hörte sich an wie ein Idiot, aber du lieber Himmel, er konnte einen schon ziemlich aus der Fassung bringen.

Er musterte ihre Gestalt so langsam und intensiv, dass sie das deutliche Gefühl hatte, er könne geradewegs durch ihr einfaches schwarzes Kleid hindurchsehen. »Zum Glück habe ich schon eine Lösung dafür.«

»Oh«, sagte sie. »Wirklich?«

Der breite, sinnliche Mund verzog sich zu einem unverkennbar amüsierten Lächeln. »Aber ja. Und ich dachte, das sei von vornherein klar gewesen. Ich will Sie.«

YEAR *of* PASSION

JUNI

Megan Clark hat mich vor Jahren abblitzen lassen. Niemand lässt mich abblitzen. Mit meinem Geld und meinem Charisma bin ich es gewohnt, zu bekommen, was ich will. Wozu ist man Millionär, wenn nicht, um Spaß zu haben?

Und ich habe viel Spaß.

Als Megan mich um einen Gefallen bittet, weiß ich ganz genau, welchen Preis ich verlangen werde.

Eine Nacht. Ohne Kleider. Und mehr Spaß als sie jemals mit irgendeinem anderen Mann hatte. Man bekommt nicht oft eine zweite Chance im Leben, und ich bin fest entschlossen, ihr zu zeigen, was sie bisher verpasst hat.

Doch obwohl es zwischen uns knistert, verbirgt sie etwas. Ein Geheimnis.

Auch ich habe ein Geheimnis. Ich will die eine Sache, die ich mit Geld nicht kaufen kann: ihre Liebe.

1

»Sieben Frauen aus meinem Spinning-Kurs«, sagte Taylor, als sie sich aus der Karaffe, die auf Megans Couchtisch stand, Wein einschenkte. »*Sieben*! Oder, nein, ich habe eine vergessen. Acht. Acht von den Frauen, die sich einen Flyer mitgenommen haben, wollen zu dem Event am Mittwoch kommen. Mädchen, du bist ein Genie. Oder Parker Manning ist schlicht schärfer, als die Polizei erlaubt.«

»Warum nicht beides?«, sagte Megan aufgekratzt. Sie hätte nie gedacht, dass ihre Marketing-Idee derart einschlagen würde. »Ich bin ein heimliches Promo-Genie, und Parker ist die personifizierte Sünde. Ernsthaft jetzt: Der Mann ist eine wandelnde Orgasmusgarantie. Und wie sagt man in der Branche so schön?«

»Sex sells?«, fragte Taylor.

»So ist es.«

Bei dem Event, von dem sie sprachen, handelte es sich um eine alle zwei Wochen stattfindende Wahl zum »Mann des Monats« für einen Männerkalender. Die Jungs, die sich zur Wahl stellten, schlenderten – meistens oben ohne – unter dem Jubel des größtenteils weiblichen Publikums über die Bühne und zeigten, was sie hatten.

Bisher hatte das The Fix Mr. Januar bis Mr. Mai gekrönt, und die Wahl zum Mr. Juni war für kommenden Mittwoch angesetzt, was in drei Tagen war. Kurz vor dem letzten Ereignis war Megan auf die Idee gekommen, nicht nur den Wettbewerb selbst zu promoten, sondern auch die Männer, die sich zur Wahl stellten. Wenn sie Flyer mit den Kandidaten druckten, würden diese sie bestimmt in der Familie und im Freundeskreis verteilen und dadurch den

Bekanntheitsgrad erhöhen. Und wenn sich Lokalprominenz zu dem Wettbewerb anmeldete, vergrößerte das die Reichweite für ein potenzielles Publikum natürlich umso mehr.

Da die Flyer ihre Idee gewesen waren – und da sie zwei ihrer Chefs, Jenna und Tyree, gesagt hatte, die Bewerberliste bräuchte dringend sowohl mehr Sex-Appeal als auch mehr Berühmtheiten –, hatte Megan es sich zur Aufgabe gemacht, Männer zu rekrutieren, die entweder stadtbekannt waren und/oder ohne T-Shirt außergewöhnlich scharf aussahen.

Sie war noch immer dabei, Matthew Herrington, einen Fitnessstudio-Besitzer aus Austin, zu überreden, doch mit Parker Manning war ihr ein echter Coup gelungen. Manning, Erbe eines Ölvermögens, hatte das Gesicht eines Filmstars und den Körper eines griechischen Gottes, sah in Jeans und T-Shirt aus wie Sex am Stiel und war im Anzug der Inbegriff kultivierter Sinnlichkeit. Zwar hatte sie ihn noch nie mit freiem Oberkörper gesehen, zweifelte aber nicht daran, dass jede Frau in der Bar Schnappatmung bekommen würde, wenn er am kommenden Mittwoch über die Bühne spazierte.

Ihn für das The Fix zu gewinnen war wirklich eine PR-Großtat gewesen, und geholfen hatte zweifellos, dass es in ihrem Vorleben einige Berührungspunkte gegeben hatte. Parker hatte zu der Zeit in L.A. gelebt, als Megan dort als Maskenbildnerin gearbeitet hatte, und sich in denselben Kreisen bewegt wie Carlton, der Mistkerl, und einige ihrer wohlhabenderen Kundinnen. Dabei waren sie sich ein-, zweimal begegnet, und Parker hatte sie sogar einmal um ein Date gebeten, doch da sie und Carlton sich damals gerade näherkamen, hatte sie ihm einen Korb gegeben.

Als Megan erfahren hatte, dass Parker wieder nach Austin zurückgezogen war und sich ein Penthouse ausgerechnet in der Nähe vom The Fix gekauft hatte, deutete sie das als Vorsehung und verkündete ihren Freunden in der Bar, dass sie Parker Manning rekrutieren würde.

Natürlich hegten alle so ihre Zweifel. Denn Parker Manning hatte zwar ein atemberaubendes Äußeres und einen Ruf wie Donnerhall, war aber bekannt dafür, sich in der Öffentlichkeit eher zurückzuhalten. »Ich kenne ihn von der Highschool«, verriet Brooke Hamlin ihr. »Und ich kann mir nicht vorstellen, dass du Glück haben wirst. Nicht, weil Parker schüchtern wäre. Er hat es bloß nicht nötig, ins Rampenlicht zu treten.«

Dessen war sich Megan bewusst. Der Parker, den sie in L.A. kennengelernt hatte, strahlte kühle, stille Zuversicht aus. Er schien genau zu wissen, wer er war, und musste niemandem etwas beweisen. Ein Mann wie er hatte wahrscheinlich wenig Freude daran, sein Gesicht auf dem Flyer einer Bar zu sehen.

Dennoch. Schließlich war er ein Bürger Austins, und es gab eine Verbindung zwischen ihnen, also konnte es nicht schaden, ihn einfach zu fragen. Und genau das tat sie.

Nicht direkt natürlich. Sie kontaktierte seine Assistentin, fragte um Erlaubnis, ein Foto von seiner Wikipedia-Seite benutzen zu dürfen, und bat, extra darauf hinzuweisen, dass man sich bereits aus Los Angeles kannte. Megan machte sich keine großen Hoffnungen, zumal Brookes Bemerkung ihre eigene Einschätzung unterstrich, daher war sie vollkommen verdattert, als er in weniger als vierundzwanzig Stunden nach der Anfrage zusagte.

Der Erfolg hatte ihrem Selbstvertrauen einen mächtigen Schub versetzt, und nach einem ausgelassenen Freudentänzchen durch ihre Wohnung hatte sie sich mit frischem Elan an die Arbeit gemacht. Dank Parker gelang es ihr in Rekordzeit, die restlichen Männer anzuwerben und den Flyer drucken zu lassen.

»Du hast doch noch welche, oder?«, fragte Taylor nun, als könne sie Gedanken lesen. »Dann würde ich morgen früh nämlich noch welche ins Seminar mitnehmen und dir die übrigen am Abend zurückgeben.«

Taylor, die an der University of Texas Theaterwissenschaften studierte, war nicht nur Stammgast im The Fix, sondern auch bei den vierzehntägigen Events für das Bühnenmanagement zuständig.

»Ja, ich habe noch welche.« Megan sprang auf und trat an ihren Schreibtisch – obwohl es nicht wirklich ihr Schreibtisch war, da sie die Wohnung nur für sechs Monate übernommen hatte und sich als Gegenleistung für eine geringe Miete um zwei Katzen und drei Aquarien mit exotischen Fischen kümmerte.

Sie hatte den ersten Karton mit zweihundert Flyern vor drei Tagen bestellt, doch im Handumdrehen waren alle an Bekannte, Kommilitonen und Kollegen verteilt, in Cafés und Bistros ausgelegt und an Schwarze Bretter gepinnt worden, und Megan war zur Druckerei zurückgekehrt, um zwei weitere Kartons zu bestellen, von denen sie nun einen zu Taylor trug.

»Ta-daaa!«, kommentierte sie. »Damit kannst du die ganze Stadt zupflastern.«

Taylor nahm den Deckel ab und legte ihre Hand auf das Bild von Parker, der in seinem Smoking so sexy aussah wie James Bond auf einer Cocktailparty. »Gib mir nur einen Moment, diesen Traum von Mann in mich aufzunehmen.«

Megan verdrehte die Augen. »Also, weißt du. Die anderen Jungs sind auch nicht wirklich hässlich. Wir verschaffen ihnen noch einen waschechten Minderwertigkeitskomplex.« Auf dem Flyer waren um das Logo vom The Fix on Sixth die Fotos von zwölf Männern gruppiert worden; Parker war also nur einer von vielen.

»Um Gottes willen, sie sind der Wahnsinn«, gab Taylor zurück. »Und wenn Parker nicht unter ihnen wäre, könnte ich mich kaum entscheiden. Doch der Bursche wird nicht nur gewinnen, sondern uns auch noch die Gäste in die Bar holen. Und langfristig dazu beitragen, dass noch ein paar mehr Kalender verkauft werden.«

Da Megan derselben Ansicht war, konnte sie nichts einwenden. Stattdessen hob sie ihr Glas und stieß damit gegen Taylors. »Auf mich!«, sagte sie und trank einen Schluck. Nach einem Augenblick fügte sie hinzu: »Vielleicht sollten wir langsam in die Bar gehen, wenn wir weitertrinken wollen. Mina wollte auch kommen.«

Megan und Taylor hatten sich im The Fix kennengelernt, kurz nachdem Megan von Los Angeles nach Austin gezogen war, und beim gemeinsamen Laufen schnell angefreundet. Mit Mina, der Dritten im Bunde, trainierten sie für einen Fünf-Kilometer-Lauf.

»Kann sein, dass sie heute in die Bar kommt, aber nicht wegen uns.« Minas Freund Cameron war für einen der Barkeeper eingesprungen, die am Wochenende arbeiteten. »Außerdem wollte Griffin mit uns kommen.« Sie blickte auf die Uhr auf dem Display ihres Handys und runzelte die Stirn. »Wo bleibt er überhaupt?«

»Jetzt mal im Ernst. Was ist da zwischen euch? Ihr schlaft doch miteinander, oder?«

»Nein«, sagte Megan. »Wir sind nur gute Freunde.«

»Aha.« Taylor stand auf und hängte sich ihre Tasche über die Schulter. »Pass auf, ich gehe schon mal vor, und ihr zwei kommt nach, okay?«

»Herrgott im Himmel, Taylor. Wir sind nicht zusammen. Du musst uns nicht allein lassen.«

Taylor neigte den Kopf zur Seite. »Weiß er, dass ich hier bin?«

»Was? Nein. Keine Ahnung. Wieso?«

»Weil der Junge zwar in deiner Gegenwart völlig entspannt ist, mich aber noch nicht besonders gut kennt. Und wenn er dich hier treffen will statt im The Fix, dann bestimmt, damit er sich keine Sorgen machen muss, was die Leute über seine Narben denken.«

»Warum müssen die Leute überhaupt immer etwas über seine Narben denken«, gab Megan zurück, obwohl sie recht gut wusste, wie albern die Frage war. Durch einen Unfall in der Kindheit hatte Griffin massive Brandnarben auf seiner gesamten rechten Gesichts- und Körperseite, und obwohl sie sie gar nicht mehr wahrnahm, wusste sie doch, dass sie außerhalb seiner Familie bei ihm eine Sonderstellung innehatte.

Sie hatte Taylor die Wahrheit gesagt, was Griffins und ihr Verhältnis anging, doch Taylor hatte mit ihrer Ahnung ebenfalls recht gehabt: Zwischen Megan und Griff hatte es sofort gestimmt. Doch nach dem ersten etwas unbeholfenen Kuss hatten sie sich eingestanden, dass ihre Beziehung wohl eher geschwisterlich bleiben sollte, und auf dieser Basis fühlten sie sich ungemein wohl miteinander. Daher war Taylors Einschätzung gar nicht so falsch: Wahrscheinlich war Griffin tatsächlich froh, wenn er erst bei ihr ein bisschen runterkommen konnte, ehe sie sich in die Menge stürzten.

Sie seufzte und zuckte die Achseln. »Na gut, dann geh vor. Wir kommen nach.«

Sobald Taylor aus der Tür hinaus war, kehrte Megan zum Wohnbereich im ersten Stock zurück und spähte aus dem Fenster. Sie beobachtete, wie ihre Freundin in Richtung Sixth Street ging, während sie gleichzeitig nach dem verbeulten Mustang Ausschau hielt, den Griffin gerade restaurierte.

Doch keine Spur von seinem Auto, und mit leichter Besorgnis streckte sie die Hand nach ihrem Handy aus, um Griffin eine Nachricht zu schicken, als sie innehielt. Auf der anderen Straßenseite entdeckte sie einen schwarzen Wagen. Plötzlich war ihr kalt, und unwillkürlich schlang sie die Arme um ihren Oberkörper. Dieser Wagen ... hatte sie ihn nicht schon einmal gesehen? Hatte er nicht gestern auch schon dort gestanden?

Wieder schauderte sie, dann fuhr sie heftig zusammen, als es am Tor klingelte. Sie legte sich eine Hand aufs Dekolleté und seufzte. Sie musste endlich aufhören, Gespenster zu sehen. Los Angeles lag hinter ihr und war nur noch eine Erinnerung. Sie lebte jetzt in Austin.

Sie hatte sich aus dem Bauch heraus für diese Stadt entschieden und bereute es nicht. Austin erwies sich als echte Inspiration. Das Essen war großartig, die Atmosphäre hervorragend, und in nur wenigen Monaten hatte sie einen wunderbaren Freundeskreis um sich geschart. Zu dem auch Griffin gehörte, der gerade bei ihr geklingelt hatte. Sie würde sich nicht alles verderben, indem sie sich vor Schatten aus der Vergangenheit fürchtete. Carlton war nicht hier. Er kam auch nicht her. *Also hör auf, deine Paranoia zu pflegen!*

Sie holte tief Luft, um sich zu stabilisieren, ging zur Tür und drückte die Taste für die Sprechanlage. »Griff?«

»Bist du fertig?«, fragte er vom Eingang. »Oder soll ich reinkommen?«

»Komm rein«, sagte sie und drückte den Knopf für das Tor. »Ich muss mich noch schminken.« Umziehen würde sie sich allerdings nicht. Ihre Jeans und das Top mit dem Stadt-Motto »Keep Austin Weird« mochten zwar sehr zwanglos sein, aber das kümmerte hier niemanden. In L. A. zog man sich zu jeder Gelegenheit schick an, doch Austin war tiefenentspannt. Außerdem hatte sie sich noch immer nicht an das feuchtheiße Klima gewöhnt, daher waren Tanktops zu ihrer Sommeruniform geworden.

»Tut mir leid, dass es etwas später wird«, sagte sie zu Griffin, als er an ihrer Tür war. »Taylor war eben hier, ist aber schon mal losgezogen, als sie hörte, dass du kommen würdest. Wir treffen sie gleich in der Bar.«

»Aha? Und warum ist sie nicht geblieben?«, fragte er und zog sich mit einer geübten Handbewegung die Kapuze vom Kopf.

Megan trat sich in Gedanken in den Hintern. Sie hatte nicht vor, ihm zu verraten, dass Taylor vor allem an seine Narben gedacht hatte. »Sie glaubt, dass wir heimlich etwas miteinander haben.«

»Heimlich?«, fragte er. »Also mir ist das ja eher unheimlich.«

Lachend lief Megan nach oben, um sich fertig zu machen, was nicht besonders lange dauerte. Sie legte nur ein leichtes Make-up auf und fasste ihr Haar zu einem Pferdeschwanz zusammen, da sie sonst in diesem Klima schnell im Nacken schwitzte.

»Taylor sollte schon anhand meines Tops klar sein, dass wir beide nichts miteinander haben«, erklärte sie, als sie zurückkehrte.

»Was? Bin ich es etwa nicht wert, dass du dich für mich umziehst?«, fragte er gespielt empört.

»Sorry, viel zu heiß. Ich glaube, ich gehe bis zum Herbst mit niemandem mehr aus. Alles eine Kleiderfrage.«

»Keine schlechte Entscheidung«, entgegnete er. »Ich gehe bis zum nächsten Jahrtausend mit niemandem mehr aus. Alles eine Egofrage.«

»Griff ...« Sie schüttelte den Kopf. Diese Diskussion hatten sie in den Monaten, die sie sich nun schon kannten, bereits mehrfach gehabt. »Du brauchst keine Hemmungen zu haben. Wir zwei hätten fast etwas miteinander angefangen, und mir gegenüber warst du nie befangen.«

»Ja, du bist ja auch Maskenbildnerin.«

Verblüfft blieb sie an der Tür stehen. »Das kapier ich nicht. Dann müsstest du doch eigentlich in meiner Nähe umso befangener sein.«

Er schüttelte den Kopf. »Nein. Du bist geübt darin, über Makel hinwegzusehen. Für dich sind vergrößerte Poren doch genauso eine Herausforderung wie dieses Desaster hier.« Er deutete auf sein Gesicht, das nun, da er die Kapuze wieder über den Kopf gezogen hatte, kaum zu sehen war. »Die meisten Menschen sehen nur die Fassade, aber nicht das Potenzial dahinter. Falls ich jemanden kennenlernen wollte ...«

»Wenn du jemanden kennenlernst«, verbesserte sie ihn.

»Wenn ich jemanden kennenlerne«, setzte er neu an, »dann kann es nur eine Frau sein, die das versteht.«

»Vielleicht sind die meisten Frauen gar nicht so oberflächlich, wie du es ihnen unterstellst.«

Er zuckte die Achseln. »Mag sein. Vielleicht habe ich das alles auch nur gesagt, um zu vertuschen, dass ich einfach noch nicht bereit bin.«

Da das durchaus der Fall sein mochte, beschloss Megan, nicht weiter darauf einzugehen. Dennoch hoffte sie, dass er bald der

Richtigen begegnen würde. Griffin war lustig, cool und talentiert. Durch seine Arbeit als Synchronschauspieler und Sprecher, mit seinem beliebten Podcast und der Web-Serie, die sich zu einem Riesenerfolg entwickelte, machte er sich langsam, aber sicher einen Namen.

Doch bei all dem Rummel um seine Person war er, wie sie befürchtete, schrecklich einsam.

Allerdings wäre es heuchlerisch von ihr gewesen, ihn zu sehr zu drängen, denn ihr eigener Unwille, sich mit jemandem zu verabreden, hatte nicht nur mit Tanktops zu tun. Sie hatte in L.A. eine Beziehung gehabt, und die war nicht gerade gut gelaufen. Im Augenblick hatte sie keinerlei Bedürfnis, diese Erfahrung zu wiederholen.

Was allerdings nicht bedeutete, dass sie im Zölibat leben wollte. Anders als Griff hatte sie zwei One-Night-Stands gehabt, seit sie nach Austin gezogen war. Kleine Intermezzi aus Einsamkeit oder – wenn sie ganz ehrlich war – aus purem Verlangen nach Sex. Doch nichts davon hatte auch nur annähernd mit einer Beziehung zu tun gehabt.

Ja, verdammt, sie war nicht einmal über Nacht geblieben. Und der Gedanke, einem Mann Herz und Seele zu öffnen ... Tja, es würde wohl verflixt lange dauern, bis sie bereit war, dieses Risiko ein weiteres Mal einzugehen.

Sie schloss die Tür hinter sich, und sie gingen auf das äußere Tor zu. Die Railyard-Wohnanlage war aus alten Lagerhäusern entstanden und befand sich in Austins Innenstadt. Da sie am westlichen Ende des Grundstücks wohnte, hatten sie nicht weit zu gehen, bis sie die Kreuzung erreichten und sich in Richtung Vergnügungsviertel begaben.

»Ach, was soll's!«, sagte sie, um die Stille zu füllen und ihre Stimmung etwas aufzuheitern. »Vielleicht sollten wir auf alle pfeifen und heiraten.«

»Von mir aus«, sagte er, als sie links auf die Sixth Street einbogen. »Sollten wir noch Single sein, wenn uns junge Leute über die Straße helfen wollen, geben wir uns das Ja-Wort.«

»Abgemacht.« Sie warfen einander einen Blick zu und begannen zu lachen. Mission erfüllt, dachte sie, als das The Fix on Sixth in Sicht kam. Allein in der Bar zu sein, die ihr wie ein zweites Zuhause geworden war, hätte ihre Stimmung gehoben, aber es war ein gutes Gefühl, lächelnd hineinzugehen.

Für einen Sonntagabend war der Laden erstaunlich gut besucht. Griffin war das anscheinend auch aufgefallen, denn er lehnte sich zu ihr, um sich besser verständlich zu machen. »Sieht so aus, als würde die Werbung ihren Zweck erfüllen. Ein zweischneidiges Schwert, wenn du mich fragst.«

Sie wusste, was er meinte. Der Besitzer der Bar, Tyree Johnson, hatte in den vergangenen Monaten mit finanziellen Sorgen zu kämpfen gehabt und deutlich gemacht, dass das The Fix im nächsten Jahr nur dann noch geöffnet sein würde, wenn der Laden einen kontinuierlichen und substanziellen Gewinn abwarf.

Mehr Gäste bedeuteten mehr Umsatz, und das war im Angesicht der drohenden Schließung natürlich nur gut. Aber es bedeutete eben auch mehr Leute, und das selbst an Abenden, die traditionell schwach besucht gewesen waren, und manchmal fürchtete Megan, dass es zu voll werden könnte, um noch gemütlich zu sein. Es wäre traurig, nur noch mit Mühe einen Platz an der Theke zu ergattern, nur um festzustellen, dass man praktisch niemanden mehr kannte.

Im Augenblick war die Sorge noch vollkommen unbegründet. Sie und Griff fanden problemlos Plätze am Ende der langen Bar, die sich parallel zur Längsseite erstreckte, und der Barkeeper, Cameron, brachte ihnen nur wenige Sekunden, nachdem sie sich niedergelassen hatten, schon ihre üblichen Drinks. »Wollt ihr was essen?«, fragte er und sah sie abwechselnd an. »Ich weiß doch, dass ihr gefüllte Eier liebt.«

Cameron, der an der University of Texas studierte, wenn er

nicht gerade hinterm Tresen stand, war vor Kurzem zum stellvertretenden Wochenendmanager befördert worden, und in Anbetracht der Tatsache, dass er nie vergaß, was ein Stammgast trank, und stets köstliche Gerichte empfahl, war die Beförderung in Megans Augen mehr als verdient.

Cameron, dunkelhaarig und breitschultrig, war vor einigen Wochen zum Mr. März in dem geplanten Männerkalender gekürt worden, und sein Anblick erinnerte Megan wieder an ihr baldiges Treffen mit Tyrees Verlobter Eva Anderson, der Fotografin, die offiziell die Jungs für den Kalender und die Bar ablichten würde.

»Hey.« Taylor gesellte sich zu ihnen, im Schlepptau Brooke Hamlin, Star der Reality-Show, für deren kommende Staffel das The Fix renoviert wurde. Bisher hatte das Team hauptsächlich gefilmt und geschnitten, doch im August würde die erste Folge gezeigt werden, und Megan ging davon aus, dass anschließend noch mehr Leute in den Laden strömen würden.

»Gut, dass du da bist.« Taylor schob sich zwischen Griffin und Megan, konzentrierte sich jedoch gänzlich auf Megan. »Da ist etwas im Busch. Und es ist nicht gut.«

Megan zog die Brauen zusammen. »Wieso? Was meinst du?«

»Es hat was mit dem Flyer zu tun«, erklärte Brooke. »Ich habe Jenna und Reece reden hören. Es scheint Ärger zu geben, wenn ich auch nicht weiß, was genau los ist.«

»Aber … aber wieso denn?« Sie blickte hinab auf den Flyer, auf den sie so stolz war, und fragte sich beklommen, was damit nicht stimmen mochte.

»Ach, mach dir keine Sorgen«, sagte Griffin. Sie saß zu seiner Rechten, wie sie es sich zur Gewohnheit gemacht hatte, weil sie auf diese Art seine entstellte Seite vor Fremden abschirmte. Nun nahm er ihre Hand in seine und drückte sie aufmunternd, und sie spürte das harte, gespannte Narbengewebe seine Haut. »So schlimm wird es schon nicht sein.«

Leider doch, wie sie weniger als drei Minuten später feststellen musste, als Jenna auf sie zu eilte. »Ich bin so froh, dass du hier bist«, sagte sie und klang teils erleichtert, teils besorgt. »Ich wollte dich schon anrufen. Tyree und ich müssen unbedingt mit dir reden. Jetzt.«

Megan warf Griffin einen Blick zu, den er ratlos erwiderte. »Ähm, worum geht's?«

»Um Parker Manning«, sagte Jenna. »Er hat den Flyer gesehen. Und ist stinksauer!«

2

Sobald Megan Tyrees Büro betrat, wusste sie, wie sich eine zum Tode verurteilte Person vor dem Erschießungskommando fühlen musste.

Tyree saß hinter seinem Schreibtisch, die Hände vor sich gefaltet, und das Licht der Tischlampe ließ seine dunkle Haut glänzen.

Jenna, deren rotes Haar ihr Gesicht einrahmte, stand neben ihrem Verlobten Reece und fokussierte einen Punkt irgendwo über Megans Schulter. Reece, Mitbesitzer und Geschäftsführer der Bar, sah sie mitfühlend an, was Megan eher zu schätzen gewusst hätte, wenn sie wenigstens eine Ahnung gehabt hätte, worum es hier überhaupt ging.

Es war Brent, vierter Teilhaber und Sicherheitschef, der das Wort ergriff, und seine Stimme war so sanft, als spräche er zu seiner fünfjährigen Tochter. »Danke, dass du gekommen bist. Setz dich. Ich verspreche dir, dass wir dir nicht den Kopf abreißen, aber wir müssen die Sache klären.«

Sie blieb stehen und sah die vier nacheinander an. Eine böse Vorahnung machte sich in ihren Eingeweiden breit und dazu Enttäuschung – über sich selbst. Denn diese Leute hatten ihr eine Chance gegeben. Obwohl das The Fix von der Schließung bedroht war, hatten sie sie ohne zu zögern eingestellt, als Jenna erfahren hatte, dass Megans Bemühungen, als Maskenbildnerin in Austin Fuß zu fassen, bisher noch nicht genügend Früchte getragen hatten, und Megan war ungeheuer dankbar für diesen Job. Hatte sie versehentlich alles verdorben? *Bitte nicht.*

Ruhig bleiben. Sie holte tief Luft und hob den Kopf ein Stück höher. »Ich schwöre, ich gebe alles, um wiedergutzumachen, was auch immer schiefgelaufen ist«, versicherte sie ihnen. »Nur weiß ich überhaupt nicht, worum es geht. Warum ist Parker stinksauer?«

»Es handelt sich bestimmt um ein Missverständnis, dessen sind wir uns sicher«, sagte Tyree freundlich. »Dennoch müssen wir behutsam damit umgehen.«

»Manning hat ziemlich viel Einfluss in dieser Stadt«, fügte Reece hinzu. »Und wenn er anfängt, sich negativ über das The Fix zu äußern, kann uns das schaden.«

Da das alles keine hilfreichen Kommentare waren, verlagerte Megan ihre Aufmerksamkeit auf Jenna, die nun tief Luft holte. »Ich bin überzeugt, dass es nicht dein Fehler war, aber Parker hat Tyree angerufen und verlangt, dass sein Bild vom Flyer entfernt wird. Außerdem soll sich das The Fix öffentlich entschuldigen.«

Megan ließ sich auf den Stuhl plumpsen. »*Was?* Aber das geht doch nicht. Er hat der Teilnahme zugestimmt. Ich habe der Assistentin alles genauestens erklärt, und er hat eingewilligt.«

Wütend packte sie die Armlehnen ihres Stuhls, um nicht wieder auf die Füße zu springen und Parker Manning in Abwesenheit die Hölle heißzumachen. Das war doch wirklich eine Frechheit. Dieser arrogante Mistkerl. Dachte er wirklich, nur weil er Macht und Geld hatte, konnte er einfach nach Belieben einen Rückzieher machen? Er hatte seine Zusage gegeben, und er würde sich verdammt noch mal daran halten.

Sie atmete tief durch, um sich zu beruhigen. Das hier betraf ihre Arbeit. Wie lächerlich es auch sein mochte, sie musste professionell damit umgehen. »Wenn er seine Zusage bereut, bin ich gerne zu einem Gespräch bereit. Oder vielleicht sollten Tyree und Reece mit ihm reden, da beide bereits an dem Wettbewerb teilgenommen haben. Er ist ein erfolgreicher Geschäftsmann. Er wird wissen, dass man Absprachen nicht ohne Konsequenzen für nichtig erklärt.«

»Das tut er«, sagte Tyree, »und das habe ich ihm auch erklärt, als wir telefonierten. Das Problem ist aber Folgendes: Er sagt, er hat nichts dergleichen abgesprochen oder gar unterzeichnet.«

»Natürlich hat er das. Ich habe mit seiner Assistentin Lisa gesprochen. Sie hat mich kurz darauf zurückgerufen und mir gesagt, dass er gerne teilnimmt und sie mir die schriftliche Zusage bis zum Ende der …«

Ihre Stimme verklang, und ihr wurde plötzlich flau im Magen, als ihr bewusst wurde, dass sie den Vertrag gar nicht zurückbekommen hatte. Sie schlug sich die Hand vor den Mund, als bittere Galle in ihrer Kehle aufzusteigen drohte.

»Ach du Schande«, brachte sie hervor. »Es ist meine Schuld. Ich habe totalen Mist gebaut!«

Am Montagmorgen zog Megan sich ihr Glücksoutfit an, ein maßgeschneidertes schwarzes Kleid aus Leinen und Seide, über dem sie einen klassischen Blazer in zeitlosem Design tragen würde. Sie hatte sich in Los Angeles diverse Kleider gekauft, um wie der Profi auszusehen, der sie letztendlich auch geworden war.

Kleid und Blazer hatten sie den Gewinn eines ganzen Monats gekostet, aber die Investition hatte sich doppelt gelohnt, denn dadurch hatte sie sich mit Nancy, der Schneiderin von Nordstrom, die die Änderungen vorgenommen hatte, angefreundet. Nancy wiederum hatte sie Alice Gaines vorgestellt, der Frau eines Bauunternehmers, zu deren Freundeskreis die meisten Reichen und Berühmten der Ost- und Westküste gehörten, und in nur sechs Monaten hatte Megan einen steten Zulauf an Kundinnen gehabt.

Das Kleid hatte ihr in L.A. zu einer Karriere verholfen. Vielleicht konnte es ihr hier aus der Patsche helfen.

Den letzten Schliff bekam ihr Look durch die Perlenkette, ein Erbe ihrer Großmutter, und Perlenohrringe, die sie sich selbst zu Weihnachten geschenkt hatte.

Wirklich professionell wäre außerdem eine Strumpfhose gewesen, aber dazu konnte sie sich in der Julihitze nicht durchringen. Und da halterlose Strümpfe bei ihr unweigerlich hinabrutschten, entschied sie sich für Strapse und einen Hauch von Nylons, die den Tag hoffentlich laufmaschenfrei überstehen würden. Zur Sicherheit steckte sie ein Ersatzpaar in ihre Handtasche, ehe sie in die acht Zentimeter hohen Chanel-Pumps schlüpfte, die sie bei einem Online-Markenoutlet erstanden hatte.

Um halb neun verließ sie ihre Wohnung, und da das Austin-Büro von PCM Enterprises im One American Center residierte, was nur ein paar Straßen von ihrer Wohnung entfernt lag, stand sie bereits um Viertel vor neun vor der Empfangstheke. Ihr Herz hämmerte derart stark, dass es sie nicht gewundert hätte, wenn die lächelnde, grauhaarige Empfangsdame den Notarzt gerufen hätte.

»Es tut mir wirklich leid, Ms. Clark«, sagte sie, während sie mit dem Finger über einen Ausdruck fuhr. »Ich finde Sie nicht auf Mr. Mannings Liste. Aber ich kann mich rasch in seinen Terminkalender einloggen und …«

»Nein, schon gut, danke«, sagte Megan. Sie hatte sich endlich so weit beruhigt, dass sie Sätze bilden konnte. »Ich habe keinen Termin. Aber ich bin mir sicher, dass Mr. Manning mich empfangen wird. Es gab ein, ähm, Missverständnis, und er hat gestern mit meinem Chef telefoniert, daher …« Sie hielt inne, als ihr bewusst wurde, dass sie zu schwafeln begann und diese Frau die Geschichte nicht kennen musste. »Jedenfalls muss ich unbedingt mit ihm sprechen«, fügte sie schwach hinzu.

»Es tut mir furchtbar leid, aber Mr. Manning ist noch nicht im Haus. Ich setze Sie aber gerne auf die Liste.«

Weggehen und wiederkommen? Nein, dazu war sie zu nervös.

»Könnte ich nicht warten? Vielleicht hat er ja ein wenig Zeit vor dem ersten Termin und kann mich reinquetschen.«

»Nun, wir …« Die Frau begegnete ihrem Blick, und in den Mundwinkeln bildeten sich Falten, als sie ihr ein verständnisvolles Lächeln schenkte. »Natürlich. Machen Sie es sich bequem.

Falls Sie etwas trinken wollen, bedienen Sie sich«, fügte sie mit einer Kopfbewegung hinzu, und Megan entdeckte einen Kaffeeautomaten am anderen Ende des Empfangsbereichs.

Aber Koffein würde sie höchstens noch nervöser machen, daher ließ sie sich auf einer Couch nieder und nahm sich eine Zeitschrift. Doch es wollte ihr kaum gelingen, aus den kleinen Zeichen auf der Seite sinnvolle Wörter zusammenzusetzen, daher begann sie, sich umzusehen. Der Empfangsbereich war exquisit möbliert und teuer dekoriert, und an den Wänden hingen abstrakte Bilder, die sich auf Heilmittel bezogen, aber eher dekorativ als informativ waren. Die Motive entsprachen natürlich der Branche; PCMs Hauptgeschäft waren schließlich Pharmazeutika.

Aber alles in allem wusste Megan nicht viel mehr über Parker Manning, als bei Wikipedia über ihn stand. Seine Familie stammte aus Houston, hatte Geld, und er war in einer Privatschule in Austin gewesen und zum Studium nach Los Angeles gezogen. Den Klatschseiten zufolge hatte er Affären mit diversen Schauspielerinnen gehabt, war hin und wieder als Produzent aufgetreten und hatte zwei verschiedene Firmen aufgebaut, groß gemacht und danach sofort wieder verkauft.

Gerüchte besagten, dass er seinen Nettowert innerhalb eines Jahres verdreifacht hatte, und die Ausgangslage war auch schon nicht übel gewesen.

Danach war es etwas stiller um ihn geworden, obwohl es hin und wieder Gerüchte über neue Affären, neue Reisen gab. Vor drei Jahren dann hatte er PCM Enterprises gegründet, ein kleines Pharmaunternehmen, das innerhalb kürzester Zeit in den Businesshimmel geschossen war, wodurch der nutzlose Playboy, der von Daddy gesponsert wurde, in der Presse plötzlich zum brillanten Unternehmer wurde, dem man seine wüste Vergangenheit verzieh.

All das machte ihn nahezu perfekt für den Mann des Monats, obwohl sich Megan im Moment wünschte, sie hätte noch nie von Parker Manning gehört. Aber die Warterei zermürbte sie.

Nervös stand sie auf und ging erneut zum Empfang. »Verzeihung, aber könnte ich vielleicht zuerst mit seiner Assistentin sprechen? Lisa?«

»Tut mir leid, aber Tracy Miles ist Mr. Mannings gegenwärtige Assistentin, und sie ist heute leider nicht im Haus.«

»Oh.« Na, großartig. Wollte sie wissen, was mit der ehemaligen Assistentin geschehen war? Vermutlich hatte er sie rausgeworfen, weil sie eine schlecht organisierte Dilettantin war.

Aber schließlich hatte auch Megan nicht wirklich aufgepasst. Andernfalls wäre ihr niemals entgangen, dass sie noch nichts Schriftliches in der Hand gehabt hatte. Das war ihr Projekt gewesen, ihr Baby, und sie allein hatte zu verantworten, dass es danebengegangen war.

Verfluchter Mist. Dabei hatte sie so unbedingt beweisen wollen, dass es kein Fehler von Jenna gewesen war, sie einzustellen. Dass sie pfiffig genug war, um die verschiedenen Aufgaben, die in der beliebten Bar anstanden, problemlos bewältigen zu können. Am meisten aber hatte sie beim Marketing punkten wollen – Jennas Domäne –, denn Jenna war ein Risiko eingegangen, ihr die Stelle anzubieten, obwohl das The Fix mit ungemein knappem Budget arbeitete und Megan zwar alles über Make-up wusste, aber so gut wie nichts über Werbung und Promotion.

Zwei ganze Nächte hatte sie sich auf der Suche nach neuen Ideen den Kopf zerbrochen und war so stolz gewesen, als Jenna und Tyree ihren Einfall, im Vorfeld mit den Kandidaten für die nächste Wahl zu werben, anstatt den Gewinner des vergangenen Wettbewerbs in den Mittelpunkt zu stellen, mit Begeisterung aufgenommen hatten. Daraus hatte sich fast zwingend die Idee ergeben, die Publicity weiter zu steigern, indem man die Bewerberliste ein wenig aufpeppte.

Ja, so gut wie alle Männer, die sich zur Wahl stellten, waren höllisch sexy, doch es meldete sich nur wenig Lokalprominenz. Wenn sie jedoch einen Moderator eines Lokalsenders, reiche Geschäftsleute aus der Stadt oder jemanden, der halbwegs regelmäßig in den Klatschspalten auftauchte, überreden konnten, dann wäre das ein großes Plus. Vor allem, wenn der Betreffende in den sozialen Medien präsent war.

Und Parker Manning war dort so präsent, wie man nur sein konnte.

Megan hatte gehofft, dass Parker vielleicht eher mitmachen würde, weil sie diejenige war, die ihn fragte. Nun, sicher, sie hatte ihm einen Korb gegeben, als er mit ihr ausgehen wollte, aber das hatte nur an dem unpassenden Zeitpunkt gelegen. Tatsächlich war sie durchaus versucht gewesen. Damals hatte er zwar noch den Bad-Boy-Touch gehabt, aber in L.A. war auch sie sorgloser gewesen, und als sie ihm begegnet war, hatte sie definitiv ein Ziehen in ihren unteren Gefilden verspürt.

Sie schauderte. Wenn sie die Zeit hätte zurückdrehen können, hätte sie Carlton in Null Komma nichts fallen lassen und Parkers Einladung angenommen. Vielleicht wäre sie dann nie aus Los Angeles weggezogen.

Sie hatte die Stadt ohne einen Blick zurück verlassen, und feststellen zu müssen, dass auch Parker wieder in Austin war, hatte ihr zunächst Unbehagen bereitet, zumal sie so sehr darauf bedacht gewesen war, in den sozialen Medien keinerlei Hinweis auf ihren neuen Aufenthaltsort zu hinterlassen. Sie hatte es sich sogar verkniffen, ehemalige Kundinnen zu kontaktieren und um Referenzen oder Empfehlungen zu bitten.

Vielleicht war sie mit ihrer Vorsicht ja wirklich paranoid, aber dann war das eben so. Sie hatte L.A. verlassen, um von Carlton wegzukommen; ganz sicher würde sie ihm nicht verraten, wo sie sich befand.

Und aus diesem Grund hätte sie sich fast dagegen entschieden, bei Parker anzufragen. Weil ihr die Stelle im The Fix aber so am Herzen lag, hatte sie beschlossen, das Risiko einzugehen. Um eine größere Distanz zu halten, hatte sie ihn nicht persönlich gebeten, sondern es über seine Assistentin getan, die ihr wiederum versichert hatte, dass er sich mit Freuden zur Wahl stellen würde.

Tja. Wie es aussah, waren seine ehemalige Assistentin eine Traumtänzerin und Megan eine dumme Nuss. Parker war angefressen, und sie musste das, was sie verbockt hatte, wieder in Ordnung bringen.

Nur hatte sie keinerlei Ahnung, wie sie das bewerkstelligen sollte. Sie konnte nur hoffen, dass ihre Bekanntschaft von früher die Wogen etwas glätten würde. Dass sie zu Kreuze kriechen musste, stand jedenfalls fest.

»Ms. Clark?«

Megan fuhr heftig zusammen, und die Zeitschrift in ihrem Schoß rutschte zu Boden. Ungeschickt beugte sie sich vor, um sie wieder aufzuheben, drückte sie an die Brust und schaute auf. Vor ihr stand eine große, elegante Frau. »Ja?«, brachte Megan mit dünnem Stimmchen hervor.

»Mr. Manning empfängt Sie jetzt. Wenn Sie mir bitte folgen würden.«

Megan holte tief Luft, nickte und ging hinter der Frau her durch einen Korridor bis zu Parkers Büro, dessen Tür die Frau ihr öffnete. Natürlich besaß Parker ein Eckbüro mit einem atemberaubenden Blick auf Austins Skyline.

Noch atemberaubender war jedoch der Mann. Parker lehnte lässig an der Kante seines Schreibtischs, und der hellgraue Anzug sah aus, als hätte er mehr gekostet, als sie in einem Jahr verdienen konnte. Oder in zwei.

Sein Blick begegnete ihrem. Obwohl seine Augen eisblau waren, strahlten sie eine seltsame Glut aus, und sie schob ihre Brille entschlossen den Nasenrücken hinauf, als könne sie ihn durch einen klareren Fokus besser kontrollieren.

»Ms. Clark«, sagte er unterkühlt. »Anscheinend haben wir ein kleines Problem.«

»Ich … ähm, scheint so.« Sie versuchte, sich zusammenzureißen, aber allein seine Präsenz störte ihre Konzentration enorm.

Sein Blick glitt unverschämt langsam und unverhohlen über ihre Gestalt, und es fühlte sich an, als sähe er durch ihr Kleid hindurch. »Zum Glück habe ich schon eine Lösung dafür.«

»Oh«, machte sie lahm. »Wirklich?«

Sein breiter, wunderschöner Mund verzog sich zu einem winzigen Lächeln. »Aber ja. Und ich dachte, das sei von vornherein klar gewesen. Ich will Sie.«

3

Megan blinzelte. Sie musste sich verhört haben. »Wie war das gerade bitte?«

Ein Feuer glomm in seinen Augen auf, und sie schluckte, weil sie nicht wusste, ob es Verärgerung oder Begehren bedeutete. »Ich glaube, Sie haben mich recht gut verstanden.«

»Ich ...« Sie brach wieder ab. Ihr Mund war zu trocken, und sie hatte ohnehin keine Ahnung, was sie darauf entgegnen sollte. Sie wusste nicht einmal, was sie empfand: War sie verwirrt? Beleidigt?

War sie – Gott behüte! – vielleicht sogar ein klitzekleines bisschen geschmeichelt?

Nein! Absolut unmöglich. Er war einfach ein Mistkerl, der sie provozieren wollte und wahrscheinlich einen Riesenspaß daran hatte.

Entschlossen, sein Spiel nicht mitzuspielen und professionell zu bleiben, hob sie ihr Kinn. »Ich kann Sie unmöglich richtig verstanden haben.«

»Ach, nicht?« Er stieß sich vom Tisch ab und kam auf sie zu, und – Herr im Himmel! – hatte der Mann Präsenz. Sein Gang war selbstsicher, seine Schritte waren zielstrebig, und unwillkürlich wappnete sie sich, um falls nötig zurückzuweichen, als sie bemerkte, dass seine Lippen zuckten. Dieser Schurke, er machte sich über sie lustig. Anscheinend machte es ihm Spaß, sie einzuschüchtern!

Sie stemmte ihre Füße in den Boden und straffte die Schultern. »Ich bin gekommen, um mich für das Missverständnis zu entschuldigen und Sie zu bitten, doch noch über eine Teilnahme an unserem Wettbewerb nachzudenken. Das The Fix on Sixth ist eine beliebte Bar in einem historischen Gebäude auf der Sixth Street, und die Wahl zum Mann des Monats hat sich inzwischen zu einem ausgesprochen gut besuchten Event entwickelt. Ich glaube, es ist auch kein Geheimnis, dass diese Veranstaltung Teil einer Marketingkampagne ist, durch die die Eigentümer sich erhoffen, den Laden trotz immenser Konkurrenz durch Franchise-Unternehmen auch noch in den nächsten Jahren führen zu können.«

Puh.

Sie war stolz auf sich. Das alles in seiner Gegenwart herauszubringen, ohne sich zu verhaspeln, war nicht schlecht. Aber schließlich hatte sie die kleine Ansprache ja auch gestern Abend rund eineinhalb Stunden vor dem Spiegel geübt und auf dem Weg hierher noch mehrmals geprobt.

Er fasste sich ans Kinn, neigte leicht den Kopf, um sie eingehend zu betrachten, und wirkte dabei wie ein Wissenschaftler – ein unfassbar sexy Wissenschaftler –, der ein seltenes Tier studierte. Dummerweise hatte sie nicht einmal eine Ahnung, was er wohl denken mochte.

Nach einem Augenblick wandte er sich ab, ging zu seinem Schreibtisch und setzte sich. Hinter ihm erstreckte sich das Panorama der Stadt. »Bitte«, sagte er und deutete mit dem Kopf auf einen Gästesessel aus Leder und Chrom.

Dankbar setzte sie sich. Offenbar waren die anfänglichen Albernheiten vorbei. Nun kamen sie zur Sache und würden überlegen, wie das The Fix jedwede Unannehmlichkeit, die durch ihr Versäumnis entstanden war, wiedergutmachen konnte.

Parker lehnte sich zurück und legte seine aneinandergelegten Fingerspitzen unter sein Kinn. »Nur, damit ich das richtig verstehe. Obwohl Sie es waren, die mich unrechtmäßig in diese Sache reingezogen haben, legen Sie mir nahe, ich solle, nur weil das The Fix ein beliebtes Etablissement mit Geldproblemen ist, freudig meinen Ruf aufs Spiel setzen und mich engagieren?«

Unwillkürlich zog sie beide Brauen hoch. »Ihren Ruf aufs Spiel setzen? *Ihren*? Und das sagt der Mann, dessen Bild in der Klatschpresse öfter zu sehen war als Paris Hiltons? *Ihren* Ruf?«

Er beugte sich vor, legte seine verschränkten Hände auf dem Tisch ab und sah ihr mit unbewegter Miene in die Augen.

»Ja«, sagte er. »*Meinen* Ruf. Einen Ruf, an dessen Wiederherstellung ich sehr sorgfältig arbeite, seit ich PCM Enterprises gegründet habe. Den ich mir mühsam in endlosen Meetings, knallharten Gesprächen und zähen Verhandlungen mit Investoren, Ärzten, Vertretern der Arzneimittelbehörde, Bankern, Lobbyisten und Unmengen von Politikern wieder aufgebaut habe. Einen Ruf, den ich nur mit Mühe und Not von all dem Mist befreien konnte, den ich mir mit meinem unbedachten Lebenswandel in Los Angeles eingehandelt habe – und Sie machen all das innerhalb von Sekunden zunichte, indem Sie mich in einem Atemzug mit Männern nennen, die sich auf der Bühne wie eine Truppe gottverdammter Stripper zur Schau stellen wollen.«

»Oh«, sagte sie und fuhr sich mit der Zunge über die Lippen, während sie unwillkürlich in sich zusammensank, und noch einmal: »Oh.« Was sollte sie bloß darauf erwidern?

Plötzlich stieß er sich vom Tisch ab und erhob sich so schwungvoll, dass sein Stuhl zurückrollte und gegen die Glasscheibe hinter ihm stieß. Einen Moment lang stand er nur da, dann kam er um den Tisch herum, bis er direkt vor ihr stand und sie die Wahl hatte, entweder den Kopf in den Nacken zu legen, um zu ihm aufzuschauen, oder auf Augenhöhe mit seinem Schritt sitzen zu bleiben, wie sie war.

Sie legte den Kopf in den Nacken, obwohl es sie ärgerte. Verdammt, warum war sie bloß nicht stehen geblieben? Er versuchte bewusst, sie einzuschüchtern, und es gelang ihm ganz gut, und obwohl sie gekommen war, um sich in den Staub zu werfen, sah sie dennoch nicht ein, sich von ihm Angst einjagen zu lassen. »Ich kann Ihnen versichern, dass es bei dem Wettbewerb ganz und gar nicht um Strippen geht.«

Er zog eine Augenbraue hoch. »Nicht?« Er wich zurück, bis er sich an seinen Tisch lehnen konnte. »Und ich hätte schwören können, dass es bei dem Wettbewerb ausschließlich um *so etwas* geht.«

Ohne den Blickkontakt zu unterbrechen, zog er sein Jackett aus.

Plötzlich war ihr Mund erneut knochentrocken, und sie fuhr regelrecht zusammen, als er das Jackett auf den Schreibtisch warf. Beinahe ganz um sie geschehen war es jedoch, als er, den Blick immer noch auf sie fixiert, seine Krawatte löste, sie durch die Finger zog und anschließend so beiläufig zu Boden fallen ließ, als würde er sich ausziehen, um ins Bett zu gehen.

Während der kleinen Darbietung schlenderte er durch sein Büro, und je näher er kam, umso schwerer fiel ihr das Atmen. Sie war sich seiner Gegenwart dermaßen stark bewusst, dass all ihre Sinne erwachten; der Mann war wie ein Magnet der Sinnlichkeit. Ihre Lippen prickelten, ihre Brustspitzen verhärteten sich, und ihr ganzer Körper schien zu ihm zu wollen.

Und dann – lieber Gott im Himmel! – begann er, sein Hemd aufzuknöpfen. Einen Knopf, noch einen, dann noch einen, bis er, wieder direkt vor ihr, zum Stehen kam. Sie sah einen Hauch Brusthaar unter der gestärkten weißen Baumwolle hervorblitzen und musste sich beinahe auf ihre Hände setzen, um dem Drang, ihn anzufassen, entgegenzuwirken.

Die Enttäuschung, die sie überkam, als er die Hände sinken ließ, war gewaltig.

»Oder habe ich mich geirrt?«, fragte er so samtig, dass ihr schauderte.

Sie brauchte einen Moment, um sich daran zu erinnern, wovon sie gesprochen hatten. »Das war kein Strip«, brachte sie schließlich hervor, als ihre Hirnfunktion wieder einsetzte, »das war Provokation.«

Fast. Fast schien er ihr ein Lächeln schenken zu wollen. Doch stattdessen blieb seine Miene ungerührt, als er sich umwandte, und sich wieder gegen den Tisch lehnte. »Das könnte man auch Haarspalterei nennen, Ms. Clark.«

»Aber es handelt sich ja nun einmal um einen Wettbewerb für einen Kalender. Dazu gehört, dass man auf der Bühne ein wenig von sich zeigt.« Und was sie betraf, hätte er gerne mehr als nur ein wenig von sich zeigen dürfen.

»Mag wohl sein, aber nicht für mich. Wie ich bereits sagte, hatte ich niemals vor, an diesem Wettbewerb teilzunehmen. Ist Ihnen eigentlich nicht in den Sinn gekommen, mich um Erlaubnis zu fragen, ehe Sie mein Bild abdrucken?«

Der Dunst der Sinnlichkeit, der sich über sie zu legen begonnen hatte, verflüchtigte sich mit einem Schlag. »Wie bitte? Natürlich ist mir das in den Sinn gekommen. Ich habe doch mit Ihrer Assistentin gesprochen. Ich habe ihr ganz genau gesagt, wer ich bin, worum es mir geht und dass wir uns erhoffen, Sie würden an dem Wettbewerb teilnehmen.«

»Und dann haben Sie einfach angenommen, dass ich einwillige, und kurzerhand Ihre Flyer mit meinem Bild in der ganzen Stadt verteilt.«

»Ich …« Sie brach ab. Verdammt, sie wollte ihm Kontra geben und sagen, dass seine bisherige Assistentin Mist gebaut hatte, was ja durchaus der Wahrheit entsprach. Aber Megan hatte schließlich ebenfalls Mist gebaut, und welchen Sinn hatte es, noch jemand anderes hineinzureißen?

»Was denn?«, fragte Parker, als das Schweigen sich hinzog. »Hat Lisa Ihnen erzählt, dass ich nur allzu gerne helfen würde, was Sie bereits als Bestätigung gesehen haben?«

»Nein«, log sie. »Ich habe nur um Erlaubnis gefragt. Und weil ich den Flyer unbedingt herausbringen wollte, ist mir wohl entgangen, dass es noch keine offizielle Bestätigung von Ihrer Seite gegeben hat. Ich bin einfach davon ausgegangen, dass Sie es machen würden.«

Einen Moment lang entgegnete er nichts, sondern sah sie nur an. »Warum?«, fragte er schließlich.

Sie zuckte die Achseln und hätte sich einmal mehr für ihre Voreiligkeit treten mögen. »Ich kann es Ihnen wirklich nicht sagen. Vielleicht weil wir uns schon einmal begegnet sind.« Sie blickte zu Boden, atmete tief durch. Und da sie ohnehin schon dabei war, sich Asche aufs Haupt zu streuen, fügte sie hinzu: »Vielleicht weil ich den Eindruck gehabt hatte, dass Sie mich gut leiden konnten.« Sie wagte es, zu ihm aufzuschauen. »Ein bisschen wenigstens.«

Er begegnete ihrem Blick, ohne dass sich in seiner Miene etwas regte. Dennoch kam es ihr vor, als fielen seine Schultern plötzlich ein wenig herab. Das Schweigen zwischen ihnen wurde drückend, bis er endlich sagte: »Das stimmt.« Der Hauch eines Lächelns umspielte seine Lippen. »Wie aus meinem Verhandlungseingang hervorgegangen sein dürfte. Ich dachte, ich hätte deutlich gemacht, dass ich Sie will.«

Sie verdrehte die Augen. »Das ist doch kein Ausdruck der Zuneigung. Eher ein Ausdruck von Arschlochverhalten.«

»Vorsicht. Ich kann mein freundliches Angebot auch zurückziehen und zusehen, wie Sie sich abmühen, um den Schaden, den Sie verursacht haben, wieder zu bereinigen.«

In seinen Worten schwang eine Drohung mit, doch sein Tonfall war leicht. Vielleicht gelangten sie ja an einen Punkt der Entspannung.

Oder auch nicht. Allein, sie in seinem Büro zu haben, schien ihm Vergnügen zu bereiten. Sie durfte sich keinen weiteren Patzer erlauben.

»Ich habe eine Idee, wie wir das wieder hinbiegen können«, sagte sie fest. »Sie meinen, wir hätten Ihrem Ruf geschadet? Nun, wie wäre es denn, wenn wir die Situation dazu nutzten, um Ihnen den besten Ruf zu verschaffen, den Sie je hatten?«

»Aha? Wie das?«

»Wir könnten überall groß verkünden, dass Sie es für einen

guten Zweck tun. Für jede Stimme, die für Sie abgegeben wird, spenden Sie hundert Dollar für einen wohltätigen Zweck.«

Er verschränkte die Arme vor der Brust und blickte sie prüfend an. »Statt zu genießen, wie Sie die Suppe, die Sie sich eingebrockt haben, auslöffeln, schreibe ich also einfach nur einen fetten Scheck aus?«

»Na ja ...«

»Und was halten wohl die anderen Männer davon, die natürlich nicht gewinnen, weil jeder im Publikum den guten Zweck wählen wird?«

Sie musterte ihn von Kopf bis Fuß. »Nun, Sie haben mir gerade einen kleinen Vorgeschmack auf Ihre Stripperqualitäten gegeben, und ich denke, Sie würden auch ohne den Wohltätigkeitsbonus gewinnen.«

Wieder zog er eine Braue hoch, und etwas glomm in seinen Augen auf. »Netter Versuch«, war jedoch alles, was er sagte.

»Na schön, Sie haben recht. Das war eine blöde Idee.« Verdammt. Sie ritt sich anscheinend immer tiefer hinein.

»Nein, eigentlich gar nicht. Der Charity-Gedanke gefällt mir sogar recht gut.«

»Ehrlich?« Die Erleichterung flutete ihre Adern so süß wie Karamellsoße. Gott sei Dank war das endlich geklärt.

»Sicher. Wir nehmen ihn also noch dazu.«

»Noch dazu ...?«

Er nickte. »Sie weigern sich anscheinend standhaft, mein anfängliches Angebot als gültig anzuerkennen. Aber wenn wir diese PR-Elemente hinzufügen, sollte es Ihnen das wert sein. Denn diesen Wettbewerb zu einem Wohltätigkeitsevent zu machen, wird auch dem The Fix einiges an Zusatzwerbung einbringen, dessen bin ich mir sicher.«

»Klar, wahrscheinlich, aber ursprünglich ging es hier doch eigentlich um ...«

Sie brach ab. Es ging darum, ihren Fehler wiedergutzumachen, und er wollte anscheinend sie als Pfand für seine Teilnahme, und was selbstverständlich nicht infrage kam.

»Schauen Sie mich an, Megan.« Seine Stimme, melodisch, aber befehlsgewohnt, ließ keinen Raum für Widerstand, zumal sie ohnehin zu müde und frustriert war, um ihm etwas entgegensetzen zu können.

Sie blickte auf und sah, dass die Glut in seinen Augen zu einer so intensiven Begierde aufgeflammt war, dass die Hitze sich ohne Umwege in ihr Innerstes brannte.

»Um es noch einmal zu wiederholen: Ich will Sie, Megan. Ich wollte Sie schon in L.A., und nun sitzen Sie hier vor mir, sind nervös und verzweifelt und kriechen zu Kreuze. Mit Ihrer unbedachten Tat haben Sie mich wieder auf den Status des Mannes zurückgeworfen, der ich damals war – einer, der daran gewöhnt war, alles zu bekommen, was er wollte. Und jede Frau, die mich faszinierte, landete in meinem Bett.«

Er trat wieder einen Schritt auf sie zu, und ihre Atmung beschleunigte sich. »Und wissen Sie, warum, Megan? Es lag nicht an meinem Bankkonto, obwohl ich zugeben muss, dass das nie geschadet hat. Nein, ich habe ein gewisses Geschick. Ich weiß, wo sich das Vergnügen verbirgt und wie man es herauskitzelt, ich weiß, wie man das Verlangen zähmt und die Leidenschaft für sich nutzbar macht. Ich habe Geheimnisse, Megan, und ich teile sie gern, und manch eine Frau hat mich darum angefleht. Denn das, was ich weiß, führt zu Schätzen, die Sie sich nicht einmal vorstellen können.«

Schweißperlen bildeten sich in ihrem Nacken, und das lag nicht daran, dass Austin im Sommer heiß war.

Er beugte sich vor und brachte seine Lippen nah an ihr Ohr, und augenblicklich hüllte sie sein Duft ein, holzig, männlich, wild – ein Duft, der so gar nicht zu dem kultivierten Geschäftsmann passen wollte, hätte sie nicht soeben einen Blick auf das Animalische in ihm erhascht. »Sag Ja, Megan. Du willst es, das weiß ich genau.«

Mit schier übermenschlicher Willenskraft brachte sie sich dazu, den Kopf zu schütteln. »Nein. Was Sie da vorschlagen, ist ... ist ... unanständig.«

Er wich zurück, betrachtete sie eingehend und begann zu lachen.

»Ja, das ist es wohl. Und natürlich können Sie Nein sagen, wenn Sie meinen, dass Sie das müssten. Aber nicht ich bin derjenige, der hier etwas gutzumachen hat, Megan.« Er verschränkte die Hände im Nacken. »Schluss mit dem Gerede. Sie sollten jetzt eine Entscheidung treffen.«

Sie atmete tief ein, um ihr hämmerndes Herz zu beruhigen. Ihr Körper schien genau zu wissen, wie die Antwort lauten sollte, noch ehe ihr Hirn es wahrhaben wollte. »Und wie stellen Sie sich das vor? Eine Nacht?«

Er nickte.

»Eine einzige Nacht, und nichts, wozu ich meine Einwilligung verweigere?«

Wieder zog er eine Braue hoch. »Na ja, Essen, Kino und ein züchtiges Küsschen auf die Wange sind nicht Ziel dieser Abmachung.« Er ließ seinen Blick genüsslich über ihren Körper gleiten, und als Reaktion auf seine eingehende Inspektion begann ihre Haut zu prickeln.

»Aber keine Sorge«, fuhr er fort, als sein Blick wieder ihrem begegnete, und ein maliziöses Lächeln erschien auf seinen Lippen. »Ich tue Ihnen nicht weh. Nicht, wenn Sie mich nicht extra darum bitten.«

Sie schluckte. Auf was in aller Welt ließ sie sich da bloß ein? Sie war schon jetzt erregter, als sie sich selbst gegenüber eingestehen mochte.

»Nein«, sagte er leise, beugte sich vor und stemmte seine Hände auf die Armlehnen ihres Stuhls. »Ich bin nur daran interessiert, Ihnen Vergnügen zu bereiten, Megan, Ihren Puls zum Jagen zu bringen, Ihre Sinne zu befeuern und Ihre Lippen, Ihre Brüste und jeden köstlichen Zentimeter Ihres Körpers zu liebkosen. Vergnügen, Megan, nichts anderes ist mein Ziel. Ihr Vergnügen. Kommen Sie schon, Sie müssen nur Ja sagen.«

Sie musste sich beherrschen, um nicht auf dem Stuhl herumzurutschen, aber sie spürte sehr gut, wie feucht ihr Höschen war, und vermutlich ahnte er es ebenfalls.

Wieder war es schier übermenschliche Willenskraft, mit der es ihr gelang, nicht nur zu ihm aufzuschauen, sondern auch Sätze zu formulieren. »Wenn Sie das wirklich so sehr wollen«, brachte sie hervor, »warum verkaufen Sie es mir dann als Strafe?«

Er erwiderte nichts, sondern lächelte nur.

Und als das Schweigen so dicht und drückend wurde, dass sie es nicht mehr aushielt, schwenkte sie die weiße Flagge. »Ja«, flüsterte sie.

Er nickte leicht.

»Mittwoch«, sagte er. »Unsere Verabredung beginnt nach dem Wettbewerb. Und nehmen Sie sich am Donnerstag frei. Dann müssen wir uns nicht beeilen.«

Ihre Augen weiteten sich, und er lachte leise. »Danke, dass Sie sich herbemüht haben, Ms. Clark. Es war mir ein Vergnügen, mit Ihnen Geschäfte zu machen.«

Er war ein Arschloch.

Ein erstklassiges, verbrieftes, chauvinistisches Arschloch.

Aber wenigstens wusste er es; vielleicht brachte ihm das ja ein paar Bonuspunkte ein.

Parker hatte keine Ahnung. Und eigentlich war es ihm auch egal. Solange er bekam, was er wollte.

Und was er wollte, war Megan.

Mit einem Seufzen ließ er sich auf dem Gästestuhl nieder, der noch warm von ihrem Körper war. In der Luft hing die dezente Vanille-Note, die vermutlich eine Mischung aus Parfum und ihrem körpereigenen Duft war und von Anfang an seine Sinne gekitzelt hatte. Er hatte immer schon ein Faible für feinen Kuchen mit Vanilleguss gehabt, doch im Moment sehnte er sich nach etwas noch Süßerem.

Aber sie war nicht nur süß, sondern auch stark. Und sein Schwanz wurde hart, als er daran dachte, wie sie hier auf diesem Stuhl gesessen hatte, um für ihre Fehler geradezustehen.

Einen Moment lang genoss er die Erinnerung. Dann jedoch stemmte er sich hoch und ging um seinen Tisch herum. Stirnrunzelnd drückte er die Taste seiner Sprechanlage und wartete, bis Mrs. Ridleys Stimme erklang.

»Ja, Mr. Manning?«

»Ist Lisa da?« Sie war nicht einmal drei Monate lang seine Assistentin gewesen, aber durch ihren Mangel an Sorgfalt hatte sie sich selbst disqualifiziert. Statt sie jedoch zu entlassen, hatte er die Personalabteilung gebeten, ihr eine andere Stelle zu suchen, und soweit er wusste, war sie nun mit den Akten beschäftigt.

»Ja, ist sie. Soll ich sie hinaufschicken?«

»Bitte.« Er legte auf und wartete, ohne sich im Klaren zu sein, was genau er damit bezweckte, Lisa herzubestellen. Schließlich hatte Megan keinen Zweifel daran gelassen, dass der Fehler allein bei ihr gelegen hatte, weil sie die Flyer vorschnell hatte drucken lassen. Dass Lisa möglicherweise behauptet hatte, er sei sicherlich nur zu gerne bereit, am Wettbewerb teilzunehmen – davon war keine Rede gewesen.

Dennoch. Er wollte mit dem Mädchen persönlich sprechen.

Fünf Minuten später stand sie vor ihm und wischte sich nervös die vermutlich verschwitzten Hände an ihrer Hose ab. Die Kleine war schon verunsichert, wenn man sie nur schief anblickte, was ein weiterer Grund gewesen war, warum er sie hatte ersetzen müssen. Er brauchte eine Assistentin, die sich zutraute, die richtigen Entscheidungen zu treffen, keine, die zusammenzuckte, wenn man sie ansprach.

»Sie stecken nicht in Schwierigkeiten«, sagte er, weil er bereits wusste, dass man Gespräche mit ihr am besten auf diese Weise begann. »Aber ich versuche gerade, ein Missverständnis aufzuklären, und brauche dazu einige Einzelheiten.«

»Oh«, sagte sie schwach. »Ja, gut.«

»Ich habe gehört, dass Sie jemandem telefonisch gesagt haben, ich würde an einem Wettbewerb in einer Bar namens The Fix teilnehmen.« Das hatte er ganz und gar nicht gehört. Im Gegenteil. Megan hatte bestätigt, dass Lisa keinesfalls am Telefon eine derart schwachsinnige Zusage gemacht hatte, ohne ihn vorher auch nur vorsichtig nach seiner Meinung zu solchen Veranstaltungen zu fragen.

Er wollte von ihr nichts weiter als eine Verneinung hören.

Doch sie nickte. »Das stimmt. Es ist eine ausgesprochen beliebte Veranstaltung. Ich bin vergangenen Monat mit Freundinnen dort gewesen, als die Wahl zum Mr. April stattfand. Dieser Radiomoderator hat gewonnen, der witzige DJ aus der Morgenshow, der immer ...«

»Lisa.«

Sie klappte den Mund zu und riss die Augen auf.

»Gibt es einen Grund, weswegen Sie ausgerechnet mir nichts davon gesagt haben?«

Kaum zu glauben, aber ihre Augen wurden noch größer. »Nein, Sir. Überhaupt keinen.«

Er wollte etwas erwidern, überlegte es sich aber anders und nickte stattdessen. »Schön. Danke, Lisa, das war alles.«

»Oh. Dann kann ich wieder gehen?«

»Ja, Sie können gehen. Noch mal danke.«

Er presste sich die Finger an die Schläfen, hinter denen ein dumpfes Pochen einzusetzen begann. Wie hatte dieses Mädchen jemals das Auswahlverfahren für die Assistentenstelle bestehen können?

Immerhin hatte er nun die Bestätigung, dass es richtig gewesen war, Lisa zu versetzen.

Und sein Verdacht, dass Megan die ganze Schuld auf sich genommen hatte, um sie nicht reinzureißen, war ebenfalls bestätigt.

Seufzend blickte er aus dem Fenster.

Tatsache war, dass er sich von Anfang an zu Megan hingezogen gefühlt hatte, seit er ihr in Los Angeles zum ersten Mal begegnet war, doch ehe er noch etwas hatte tun können, hatte sie schon in Carltons Armen gelegen. Er hatte keine Probleme damit, zuzugeben, dass es zunächst ihr Aussehen war, das ihn gefesselt hatte – dichtes dunkles Haar, helle cremige Haut, die großen braunen Augen, die sich heute hinter einer smaragdgrünen Brille verborgen hatten. Ihre schlanke, weibliche Figur. Und dieses süße Lächeln, das die Macht hatte, ihm den Boden unter den Füßen wegzuziehen.

Am liebsten hätte er sie gepackt, seine Hände in ihr Haar gewühlt und sich in den Tiefen ihrer Augen verloren.

Doch während ihr Aussehen ihm Herzklopfen verursachte, hatte ihn ihre Persönlichkeit schlichtweg fasziniert. Er stand seit jeher auf kämpferische Frauen, und dass sie in diese Kategorie gehörte, hatte sie allein bewiesen, indem sie, wie er wusste, ohne einen Cent in der Tasche nach L. A. gezogen war, um sich als Maskenbildnerin selbstständig zu machen. Mit Erfolg.

Als sie plötzlich ohne ein Wort wieder aus Los Angeles verschwunden war, hatte er geglaubt, dass sie für ihn verloren gewesen wäre, doch nachdem er den Firmensitz von PCM vor drei Monaten nach Austin verlegt hatte, war er einmal zufällig auf der Straße an ihr vorbeigefahren und hatte sein Glück kaum fassen können. Was Parker betraf, war das ein himmlisches Zeichen, und nahm man Lisas schlampige Arbeit als Assistentin hinzu, schien das Schicksal ihm mit Megan eine zweite Chance zu bieten, die er sich nicht zu verderben gedachte.

Irgendwie würde es ihm gelingen, Megan Clark für sich zu gewinnen. Er wollte sie in seinen Armen halten … und das vorzugsweise in seinem Bett.

4

Der Mittwochabend kam lächerlich schnell und gleichzeitig entnervend langsam. Der Montag war wie im Nebel verstrichen, der Dienstag vorbeigerauscht, doch der heutige Mittwoch war zäh wie Kaugummi. Die einzige Abwechslung hatte ein paar Stunden zuvor stattgefunden, als Beverly Martin, eine aufstrebende Indie-Schauspielerin, die den Wettbewerb moderierte, bei Megan eintraf, um sich von ihr schminken zu lassen.

»Du hast doch alle Teilnehmer gesehen, oder?«, hatte Beverly gefragt. »Wer, glaubst du, wird gewinnen?«

Parker, hatte Megan sofort gedacht. Das verstand sich so gut wie von selbst. Laut aber sagte sie: »Ich bin mir wirklich nicht sicher.«

»Hmmmm«, machte Bev, als kommentiere sie edle Schokolade oder besonders guten Sex. »Ich würde auf Parker Manning setzen. Wir sind uns in L.A. begegnet, nachdem *Suburban Love Song* nominiert worden war.« Sie grinste auf eine Art, die auf ein kleines, aufregendes Geheimnis hindeutete, und fügte hinzu: »Der Mann ist auf jeden Fall ein Kalenderblatt wert.«

»Unbedingt«, stimmte Megan aufgesetzt fröhlich zu, obwohl sich bei dem Gedanken an Beverly und Parker bei einem gemeinsamen Date etwas in ihren Eingeweiden zusammenzog. Was natürlich Blödsinn war, weil es ihr schließlich vollkommen egal sein konnte, mit wem er ausging. Vollkommen.

Also hatte sie ihre nicht-existente Eifersucht beiseite geschoben und sich an Bevs Make-up gemacht, was sie effektiv von ihren Sorgen in Bezug auf den Abend mit Parker abgelenkt hatte, doch nun war Beverly schon eine gute Stunde wieder weg, und Megans Nervosität war stärker als zuvor.

Wenigstens war es nun an der Zeit, sich umzuziehen und zum Kalender-Contest ins The Fix hinüberzugehen.

Und für all das, was im Anschluss geschehen würde.

Ihr Magen zog sich zusammen, als sie erneut Unruhe überkam. Streng ermahnte sie sich, sich abzuregen, und beinahe gelang es ihr sogar, ein paarmal tief durchzuatmen, als ein anderer Gedanke sie durchzuckte.

Donnerstag.

Parker hatte ihr gesagt, sie solle sich Donnerstag freinehmen, und das hatte sie getan, sobald sie nach dem Treffen mit ihm im The Fix angekommen war und die Zeit mit Jenna und Tyree abstimmen konnte.

Anschließend hatte sie alles darangesetzt, den Gedanken an das, was dieser freie Tag bedeuten oder mit sich bringen mochte, zu verdrängen. Weil ... na ja! Man hätte von einer sehr langen Nacht von Mittwoch auf Donnerstag ausgehen können mit der Aussicht auf eine zweite Runde von, ähm, was auch immer am Donnerstagmorgen. Aber den ganzen Tag? Warum hatte sie sich den ganzen Tag freinehmen sollen?

Es war besser, gar nicht erst darüber nachzudenken. Zumindest zunächst. Doch da sich der Mittwoch dem Abend zuneigte und der Donnerstag sozusagen vor der Tür stand, konnte sie das Thema wohl nicht mehr vermeiden.

Wollte er ihr einfach nur Angst einjagen?

Oder war er wild entschlossen, aus diesem einem Mal vierundzwanzig Stunden zu machen? Durch den Wettbewerb würde ihr Date ja nicht vor halb zehn beginnen können.

Aber er hatte gesagt, dass er sie wollte, und dass das keine harmlose Plauderei bei Kaffee und Kuchen bedeutete, war ihr klar. Also erwartete er vermutlich wirklich eine heiße Affäre – einen wilden, ausgedehnten One-Night-Stand in irgendeinem schicken Hotel und ganznächtliche Aktivitäten von jener Art, in der es Parker anscheinend zu wahrer Meisterschaft gebracht hatte – wenn man seinen Worten glauben schenken durfte. Sie schluckte, weil ihr Mund plötzlich wie ausgetrocknet war. Wollte sie das?

Ihr Verstand antwortete augenblicklich schnippisch, dass sie das ganz sicher nicht tat.

Aber wenn sie das Prickeln ihrer Haut richtig deutete, war ihr Körper definitiv anderer Meinung.

Frustriert schnappte sie sich die Bürste von der Kommode und stellte sich ans Fenster, um hinauszublicken, während sie die Knötchen aus ihren Haaren löste und die zahllosen Szenarien durchging, die Parker sich für sie ausgedacht haben mochte.

Aber, verdammt, es konnte alles sein.

Alles.

Sie schauderte und schlang unwillkürlich die Arme um sich, als ihr bewusst wurde, wie wahr das war. Parker war schließlich mit Carlton befreundet gewesen. Wer konnte schon vorhersehen, welche Vorlieben er hatte?

Frustriert neigte sie den Kopf, dann packte sie die Bürste fester und zog sie vehement durchs Haar. Langsam wurde sie paranoid. Außerdem war sie nicht fair. Carlton hatte ihr schließlich nie wirklich etwas getan. Er hatte sich nur ein wenig schräg benommen.

Dennoch …

Auch Parker könnte sich schräg benehmen. War sie vom Regen in die Traufe gekommen?

Aber irgendwie konnte sie es sich nicht vorstellen. Ihr Bauchgefühl sagte ihr, dass er, nun ja, in Ordnung war. Arrogant und herrisch, okay, aber nicht auf eine Art, die ihr Unbehagen bereitete oder sogar Angst machte. Im Gegenteil. Er stellte etwas ganz anderes mit ihr an, und das war ausgesprochen prickelnd.

Was eine ganz andere Gefahr bedeutete.

Sie holte tief Luft und wollte sich vom Fenster abwenden.

In diesem Moment bemerkte sie den Wagen. Ganz in Schwarz und glänzend poliert, ein Auto wie das vom Sonntag. Und wieder stand es in zweiter Reihe direkt gegenüber ihrer Wohnung, und die Innenbeleuchtung verwies darauf, dass jemand darin saß.

Unwillkürlich zog sie den Bademantel enger um sich. Trotz der Wärme des Sommers war ihr plötzlich kalt, doch gegen dieses Frösteln hätte auch keine Daunenjacke geholfen.

Bewusst wandte sie sich vom Fenster ab und trat zurück. Lächerlich. Da draußen stand ein schwarzes Auto – na und? Es gab keinen Grund anzunehmen, dass es eine Bedrohung für sie oder jemand anderen darstellte. Vielleicht wartete der Fahrer auf einen regulären Parkplatz. Vielleicht wartete er auch einfach auf einen anderen Bewohner aus dem Haus. Es gab tausend Gründe, warum draußen ein Auto stehen konnte, und die allermeisten waren harmlos.

Im Übrigen ließ sich überhaupt nicht sagen, ob sie ausgerechnet diesen Wagen bereits gesehen hatte. Es mochte nicht einmal dasselbe Modell sein wie das vom Sonntag. Und selbst wenn – ein Haufen Leute wohnte hier in der Railyard-Anlage, sie hatte keinen Anlass, davon auszugehen, dass der Wagen etwas mit ihr zu tun hatte. Oder etwa doch?

Nein.

Verärgert darüber, dass ihre Ängste sich einfach nicht unterdrücken ließen, trat sie erneut ans Fenster. Da war nichts. Kein schwarzer Wagen. Na also.

Erleichterung durcströmte sie. Natürlich hatte Carlton sie nicht gefunden. Warum sollte er auch den ganzen Weg von Los Angeles nach Austin kommen, nur um ihr nachzustellen?

Eben. Sie benahm sich lächerlich, das war alles. Sie war seit über drei Monaten in Austin und hatte rein gar nichts von ihm gehört. Es war vorbei. Aus, Schluss. Sie war gegangen.

Gegangen? Gerannt traf es wohl eher, und – ja, vielleicht hatte sie überreagiert. Aber Vorsicht *war* die Mutter der Porzellankiste, und sie dachte nicht daran, ein Risiko einzugehen. Ihre Schwester hatte zu lange gewartet, um von Jerry loszukommen, und obwohl sie letztlich noch einmal davongekommen war, hatte Megan keinerlei Bedürfnis, dieselben Fehler wie Leslie zu machen.

Sicher, Carltons Ambitionen hatten nicht unbedingt in dieselbe Richtung gewiesen, aber man wusste nie, und es hatte gewisse Anzeichen gegeben. Natürlich hätte man die Tatsache, dass er immer besitzergreifender wurde, als Beschützerdrang deuten können. Doch richtig unangenehm wurde es erst, als sie schon mit ihm Schluss gemacht hatte. Anonyme nächtliche Anrufe. Immer wieder auffällige Autos, die vor ihrer Wohnung parkten. Blumen, die ohne Absender angeliefert wurden. Und das scheußliche beständige Gefühl, auf Schritt und Tritt beobachtet zu werden.

Also war sie abgehauen. Sie war nach Austin geflüchtet, weil sie praktisch keine Verbindung zu der Stadt gehabt hatte, weswegen das Risiko gering war, dass man sie ausgerechnet hier suchen würde. Außerdem hatte Austin genügend wohlhabende Bewohner und Entertainment-Sparten, sodass man sich als freiberufliche Make-up-Künstlerin seine Brötchen verdienen konnte.

Hatte sie zumindest gedacht. Leider hatte sie nicht mit eingerechnet, wie teuer Austin war, daher reichte das, was sie momentan in ihrem Beruf verdiente, zum Leben hinten und vorne nicht.

Umso dankbarer war sie, dass es das The Fix gab.

Sie holte tief Luft, als ihre kreisenden Gedanken endlich bei dem Thema zur Ruhe kamen, das im Augenblick am wichtigsten war: Sie musste sich anziehen und in den Klub hinübergehen.

Mit einem letzten prüfenden Blick aus dem Fenster zog sie das gelbe Kleid mit dem engen Oberteil an, dass sie sich für heute Abend zurechtgelegt hatte. Es war schlicht, schmeichelte aber der Figur, und sie zog dazu mit Ziersteinen besetzte Sandalen an und legte sich einen dünnen Pullover um die Schultern. Es war das vielseitigste Outfit, das in ihrem Schrank hing: lässig genug, dass man es im Klub tragen konnte, doch auch so hübsch, dass sie sich nicht schäbig vorkommen würde, wenn Parker sie irgendwo schick zum Essen ausführte. Und da er ihr keinen Hinweis gegeben hatte, was angemessen sein würde, musste es reichen.

Sie sah keine finsteren Fahrzeuge mehr, als sie die kurze Strecke zum The Fix hinüberging, und als sie eintrat, entdeckte sie als erstes Griffin, der an der Theke saß und sie zu sich winkte.

»Hübsch siehst du aus. Was ist aus dem üblichen Jeans-und-T-Shirt-Outfit geworden, das du bisher noch bei jedem Wettbewerb getragen hast?«

»Öfter mal was Neues«, antwortete sie, wich jedoch seinem direkten Blick aus.

»Hm.« Er bedeutete Eric, ihm einen neuen Drink zu bringen, und bestellte ihr ein Wasser, weil sie im Dienst war, solange der Wettbewerb lief. »Ich habe vorhin gesehen, dass Parker Manning doch auf der Teilnehmerliste steht. Wie hast du es geschafft, ihn zu überreden?«

»Oh, wir verwandeln seine Teilnahme in einen Spendenaufruf. Du wirst es erfahren, wenn Bev anmoderiert.«

»Uh-oh«, sagte er und betrachtete erneut ihre Aufmachung. Und als er wieder ihrem Blick begegnete, lag ein wissender Ausdruck in seinen Augen.

»Sag mal, Megan, du hast dich doch nicht …«

Zum Glück wurde sie von Amanda Franklin gerettet, die plötzlich neben ihnen auftauchte und Megan überschwänglich umarmte. Megan drückte sie ihrerseits herzlich an sich. »Amanda!« Amanda war Maklerin, Stammgast im The Fix und Jennas beste Freundin, was irgendwie auf Megan abgefärbt war, und während Megan sie wirklich mochte, war sie im Augenblick vor allem dankbar, dass sie Griffins Nachfragen gestoppt hatte.

»Hey, Liebes. Jenna hat mir schon berichtet, was du angestellt hast.« Megan verdrehte die Augen, und Amanda lachte. »Aber sie hat mir ebenfalls gesagt, dass du es wieder hingebogen hast. Also – gute Arbeit, wirklich!« Amanda blickte sich in der Bar um, die mit jeder Minute voller wurde. »Ich könnte mir vorstellen, dass heute der bisher beste Abend wird. Deine Aktion hat das Interesse an dem Wettbewerb definitiv noch einmal gesteigert, und was im Flyer abgedruckt ist, ist auch nicht schlecht. Dieser Parker Manning ist wirklich rattenscharf.«

Griffin verdrehte die Augen, aber Megan lachte nur. »Das ist er«, gab sie zu und genoss das warme Ziehen, das ihr Geheimnis in ihr auslöste. Ja, er *war* scharf. Und heute Abend ging sie mit ihm aus. Wobei der Begriff »ausgehen« durchaus Raum für Interpretationen ließ.

»Ernsthaft jetzt – wenn es sich hierbei um eine Junggesellenauktion handeln würde, müsste ich wohl mitbieten.« Amanda wedelte sich Luft zu, und Megan musste sich die Hand vor den Mund pressen, um nicht laut loszuprusten, denn Parker war soeben hinter ihr aufgetaucht, und selbst im Lärm der vollen Bar musste ihre Bemerkung zu hören gewesen sein.

»Hey«, sagte er und sah Megan an. »Ich freue mich auf diesen Abend.«

Amanda fuhr zusammen und drehte sich um, und ihre Augen weiteten sich, als sie seiner gewahr wurde. Noch mehr weiteten ihre Augen sich aber, als sie seine Begleitung entdeckte, einen Mann mit kurzem schwarzen Haar, hellgrauen Augen und einem amüsierten Zug um die Lippen.

Megan wollte gerade fragen, wer er war, als Griffin das Wort an Parker richtete. »Schön, dass Sie sich freuen«, sagte er im Tonfall eines Inquisitors. »Worauf genau, wenn ich fragen darf?«

»Auf den Wettbewerb natürlich«, erwiderte Parker, obwohl sein Blick nicht von Megan ließ. »Was denn sonst?«

Griffin antwortete nicht, und Megan sah ihn nicht an, aber sie spürte seinen Blick wie einen Laserstrahl, der sich in ihren Schädel bohrte. »Wen haben Sie uns denn da mitgebracht?«, fragte sie Parker hastig, um vom Thema abzulenken.

»Entschuldigung«, sagte Parker. »Wie unhöflich von mir. Das ist Derek Winston.«

Man stellte einander vor, doch Megan fiel auf, dass Amanda Winston nur zögernd die Hand gab und diese schneller wieder wegzog, als es höflich gewesen wäre. Seltsam ... Dass ausgerechnet sie sich von einem gut aussehenden Kerl einschüchtern ließ, schien Megan fast unmöglich.

»Winston Hotels, richtig?«, fragte Griffin und lenkte Megans Aufmerksamkeit wieder zurück auf den Fremden. »Schicke Etablissements.«

»Danke«, sagte Derek. »Es ist ein Familienunternehmen, aber ich leite inzwischen die Nordamerika-Geschäfte. Ich bin nach Austin gekommen, um unseren hiesigen drei Häusern einen Besuch abzustatten. Und da Parker und ich uns schon lange kennen, wollte ich mir persönlich ansehen, wie er heute hier den Laden zum Kochen bringt.«

»Falls ich heute noch etwas zum Kochen bringe«, entgegnete Parker und warf Megan einen so raschen Blick zu, dass es sich auch nur um ihre Einbildung hätte handeln können, »dann bestimmt nicht den Laden.«

»Da sind Sie ja!«, erklang eine laute Stimme, und schon gesellte sich Taylor zu ihnen und bewahrte Megan einmal mehr vor Griffins neugierigen Fragen.

Taylor packte Parkers Arm, und ein Stich Eifersucht durchfuhr Megan, obwohl sie nur allzu gut wusste, dass die Geste alles andere als intim war. Taylor war Bühnenmanagerin, und zu ihren schwierigsten Aufgaben gehörte es, die Teilnehmer hinter die Bühne zu scheuchen, damit der Wettbewerb halbwegs reibungslos verlief.

Ganz zu schweigen von der Tatsache, dass es Megan wohl kaum zustand, wegen eines Mannes eifersüchtig zu sein, auf den sie überhaupt keinen Anspruch hatte.

»Wir sehen uns später«, sagte Parker, und obwohl er sich an die Runde gewandt hatte, fixierte sein Blick nur Megan.

»Viel Glück«, rief sie ihm hinterher. Sie hätte eigentlich erwartet, dass Amanda dasselbe sagte, aber die war mit ihrem Handy beschäftigt. Seltsam, fand Megan, denn sie hatte das sehr bestimmte Gefühl, dass es sich dabei nur um einen Vorwand handelte. Wen oder was versuchte Amanda zu vermeiden?

Nun, darüber konnte sie jetzt nicht nachdenken. »Ich muss mal eben nach Beverly sehen«, sagte sie und deutete auf die Moderatorin, die auf der Bühne stand und Megan zu sich winkte. »Hat mich gefreut«, fügte sie, an Derek gewandt, hinzu, ehe sie mit Griffin an ihrer Seite durch den Raum hastete.

»Willst du mir nicht erklären, was da zwischen Parker und dir läuft?«

»Nein«, sagte sie, und er riss die Augen auf. Sie blieb gerade lange genug stehen, um Luft zu holen. »Ich meine, doch, natürlich, aber später. Sollen wir uns morgen auf einen Drink treffen?«

Einen Moment lang schien er Einwände vorbringen zu wollen, doch dann nickte er nur. »Na gut. Ich halte uns Plätze an der Theke frei. Mach, was immer du machen musst, und komm dann zu mir.«

Sie nickte und steuerte wieder auf Beverly zu, als Taylor an ihr vorbeikam. »Ich schwöre, dieser Job ist wie ein Kindergarten«, sagte die Bühnenmanagerin, und Megan musste lachen.

»Du bist aber gut gelaunt«, bemerkte Beverly, während Megan rasch ihr Make-up auffrischte. Der Wettbewerb wurde gefilmt, denn Sequenzen davon flossen in die eine oder andere Folge von *The Business Plan* ein, dem Fernsehformat, das sich in seiner ersten Staffel auf die Renovierung des The Fix konzentrierte. Dass Beverly sich aus diesem Grund ihrer Präsenz auf der Bühne nur allzu bewusst war, verstand sich von selbst. In Megans Augen hatte sie allerdings absolut keinen Grund zur Sorge. Beverly war eine natürliche Schönheit, ein Naturtalent und zu allem Überfluss auch noch eine ausgesprochen nette Person.

»So, perfekt«, sagte Megan. »Ab mit dir.«

»Danke«, erwiderte Beverly. »Zeit für Hals- und Beinbruch.«

Megan lachte und machte kehrt, um sich zu Griffin an der Theke zu gesellen. Ehe sie jedoch dorthin gelangte, entdeckte sie Jenna und Reece, die am Rand der Bühne standen.

»Hey«, grüßte Jenna sie. Ein breites Grinsen ließ ihre Augen leuchten, als Megan sich näherte. »Einen ärgerlichen Fehler in einen Mega-Erfolg zu verwandeln – kein schlechter Coup.«

»Danke. Wenn ich auch zugeben muss, dass es mir ganz schön zugesetzt hat.«

»Aber du hast es geschafft«, fügte Reece hinzu. »Glückwunsch.« Er hatte einen Arm um Jenna gelegt, die sich an seine breite Brust lehnte und ziemlich müde aussah.

»Geht's dir gut?«

»Oh. Klar«, antwortete Jenna. »Nur erledigt.«

»Soll ich dir einen Stuhl holen?«, fragte Megan. Sie war sich sicher, dass Jenna schwanger war, auch wenn sie und Reece ihren Freunden noch nichts verraten hatten.

»Ich habe schon einen hier«, erwiderte Reece und deutete hinter sich, wo sich in der Tat ein leerer Stuhl befand. »Aber sie behauptet, sie könnte dann nichts sehen.« Er verdrehte die Augen und grinste. »Wobei ich mich wirklich frage, warum sie sich diese Kerle überhaupt noch ansehen muss. Schließlich hat sie mich!«

»Und dich behalte ich auch«, sagte Jenna und zwinkerte Megan zu. »Aber gucken wird man ja wohl noch dürfen.«

Megan verbiss sich ein Grinsen und wandte ihre Aufmerksamkeit Reece zu. Sie und er hatten tatsächlich einen One-Night-Stand miteinander gehabt, kurz bevor er mit Jenna zusammengekommen war. Megan war gerade in Austin angekommen und hatte sich einsam und allein gefühlt, und Reece war es nicht anders gegangen. Sie war vor einem Mann weggelaufen, er vor seinem Verlangen nach einer Frau, die er nicht haben zu dürfen glaubte.

Für Reece hatte es ein Happy End gegeben, und obwohl Megan es ihm aus vollem Herzen gönnte, konnte sie doch nicht umhin, einen Hauch Neid zu empfinden, wenn sie ihn und Jenna zusammen erlebte.

Reece lebte den Traum von Liebe und Familie. Und sie, Megan? Sie stand kurz vor der nächsten schalen Begegnung mit einem Mann, der zwar das Zeug dazu hatte, ihren Herzschlag zu beschleunigen, der sie aber, wie sie sehr wohl wusste, gar nicht wirklich wollte.

Ihm ging es nur um Wiedergutmachung.

Und im Grunde genommen war das auch in Ordnung. Sie war jung und ungebunden, warum sollte sie nicht ausgehen und Spaß haben? Mit jemandem ins Bett gehen, den sie attraktiv fand? Daran war schließlich nichts Falsches. Solange sie auf sich aufpasste und wachsam blieb, konnte schließlich nichts passieren.

Aber sie wusste, dass sie sich etwas vormachte.

Hier ging es nicht um richtig oder falsch.

Hier ging es um das Mehr. Sie wollte mehr als nur einen One-Night-Stand. Mehr als nur einen Quickie, auch wenn es mit einem atemberaubenden Mann war, der außergewöhnliche Fähigkeiten besaß.

Sie wollte das ganze Mehrere-Gänge-Menü und am liebsten gleich »All you can eat«.

Nur fürchtete sie langsam, dass sie das in diesem Leben nicht mehr bekommen würde.

»Megan?«

Sie fuhr zusammen und drehte sich um. Jenna betrachtete sie nachdenklich. »Da sahst so aus, als seiest du ganz weit weg.«

»So ungefähr. Entschuldige.«

Zum Glück setzte nun die Erkennungsmelodie für den Wettbewerb ein, und Megan stellte sich auf Zehenspitzen und reckte sich, um über die Köpfe der Gäste zur hinteren Bar blicken zu können, an deren Tür sich die Wettbewerbsteilnehmer versammelt hatten und auf ihren Auftritt warteten.

Als spüre er etwas, schaute Parker auf, und ihre Blicke begegneten sich. Ein Lächeln huschte über sein Gesicht, und Megan seufzte, als das Lächeln ihr Inneres wohlig wärmte.

Ja, es mochte sein, dass sie nicht das hatte, was Reece und Jenna besaßen, und vielleicht würde sie es auch niemals bekommen.

Aber für diesen einen Abend bekam sie Parker.

Und Megan würde nehmen, was immer sie kriegen konnte.

5

»... geht es jetzt endlich los!«, ertönte Beverlys gut gelaunte Stimme. Sie hielt die Hände hoch, und Megan musste lächeln. Wie leicht es Bev gelang, die Menge zum Verstummen zu bringen! »Aber bevor wir wirklich anfangen, habe ich noch eine Ankündigung zu machen. All jene unter euch, die unseren Wettbewerb schon kennen, werden gemerkt haben, dass die Dinge heute etwas anders laufen. Dank der wunderbaren Idee unseres Teilnehmers Parker Manning profitieren von der heutigen Show nicht nur die weiblichen Gäste im Publikum ...«

»Und die schwulen Männer«, brüllte jemand aus den hinteren Reihen, und der Laden brach in Gelächter aus.

Beverly lachte mit, ließ sich aber nicht aus dem Konzept bringen. »... sondern auch verschiedene Organisationen, denen unsere Teilnehmer Geld zukommen lassen möchten. Ganz abgesehen davon, dass ihr alle wie immer unsere Lieblingsbar, The Fix on Sixth, unterstützt, indem ihr hier ordentlich esst und trinkt.«

Sie erklärte, dass Parker für jede Stimme, die ein Teilnehmer bekam, hundert Dollar an die jeweilige Lieblingsorganisation zahlen würde, während der Gewinner den verzehnfachten Betrag spenden durfte. Doch um sicherzustellen, dass die Männer gewählt wurden und nicht die Spendenadressen, würde erst im Anschluss an die Wahl verraten werden, wer welche Organisation vertrat.

»Und das war's auch schon«, endete Beverly, als das Jingle für die Wahl einsetzte. »Begrüßen wir herzlich unseren ersten Teilnehmer, Parker Manning.«

Die Menge brach in Jubel aus, und Megan stellte sich erneut auf Zehenspitzen, als Parker über den roten Teppich zur Bühne schlenderte, dem Publikum winkte und sich den donnernden Applaus gefallen ließ.

Und wie er es schon in seinem Büro getan hatte, arbeitete er mit jedem Schritt daran, etwas von seiner Kleidung loszuwerden. Zunächst kam die Krawatte, die er in die Menge warf. Dann begann er am Hemdkragen und löste Knopf um Knopf, bis das Hemd schließlich komplett offen über seiner Hose hing, als er die Stufen zur Bühne erreicht hatte.

Megan stand links von der Bühne, und nun, da er näher gekommen war, hatte sie beste Sicht auf seine breite harte Brust, auf das sich deutlich abzeichnende Sixpack und die eindrucksvoll definierten Muskeln, die sich schräg von seinen Hüften abwärts bis unter den Bund seiner ausgeblichenen Jeans zogen – eine ausgeblichene Jeans, die er aufgeknöpft hatte, aber nicht, um wirklich etwas zu zeigen, wie sie vermutete, sondern um der Sache zusätzlichen Pep zu verleihen.

Jeder auf jener Seite der Bühne konnte seinen Model-Körper bewundern, und als er mit dem nächsten Schritt sein Hemd von den Schultern streifte, hörte sie, wie Frauen hinter ihm nach Luft schnappten, und sie empfand einen scharfen Stich Neid, dass sie keine Aussicht auf seinen muskulösen Rücken hatte.

Was sie jedoch hatte, war seine ganze Aufmerksamkeit. An der Treppe, die zur Bühne hinaufführte, blieb er stehen und sah sie so eindringlich an, dass Megan sich nicht ganz sicher war, ob sie, falls man sie danach fragte, noch ihren Namen gewusst hätte – von dem der Stadt, in der sie sich gerade aufhielt, ganz zu schweigen. Jeder vernünftige Gedanke wurde ersetzt durch eine einzelne schlichte, grundlegende Erkenntnis.

Meiner.

Heute Nacht gehört er mir.

Dann kreischte eine Frau zu ihrer Linken: »O ja, Baby, komm

zu Mama!«, und Parker wandte sich ihr zu, schleuderte sein Hemd einmal über seinen Kopf und ließ es dann los, sodass es in die Richtung der Frau flog.

He! Was soll das?

Megan fiel die Kinnlade herab, und eiskalte Eifersucht packte sie. Er hätte ihr das Hemd zuwerfen müssen!

Sein Blick begegnete ihrem, und in seinen Augen flammte etwas auf, was verdächtig nach Triumph aussah, und sie begriff, dass es Absicht gewesen war. Er hatte gewusst, dass diese Aktion etwas in ihr aufrühren würde.

Mist. Erwischt.

Nun war er oben auf der Bühne angekommen, wanderte einmal daran entlang und zeigte einem Trüppchen kreischender Frauen seine Muskeln.

Anschließend trat er aus dem Rampenlicht, als auch schon der nächste Teilnehmer die Bühne erklomm. Aber nach Parker aufzutreten war ein schweres Erbe, und was Megan betraf hatten schon alle verloren, noch ehe sie überhaupt an die Reihe gekommen waren.

Schließlich verließen alle Männer die Bühne, damit die Stimmzettel eingesammelt werden konnten, und Megan war froher, als sie es hätte sein dürfen, dass Parker den Frauen, die ihn im Vorbeigehen anzufassen versuchten, nur ein höfliches Nicken schenkte.

Er zauderte nicht, blieb nirgendwo stehen, sondern kam ohne Umschweife zu ihr, legte ihr eine Hand an die Taille und zog sie zu sich, sodass sie an seine warme, nackte Haut stieß.

Oh, Hilfe.

»Haben Sie mich vermisst?«, flüsterte er. Sein Atem strich über ihr Ohr, und sie erbebte innerlich.

Ja! Aber das würde sie ganz bestimmt nicht zugeben. Stattdessen trat sie betont einen Schritt zurück, sodass sie ihn besser betrachten konnte, dann zog sie ihre Brauen hoch und bemühte sich um einen hochnäsigen Ausdruck. Was nicht ganz so einfach war, wenn man zu jemandem aufblicken musste. »Warum sollte ich? Sie waren ja nur ein paar Meter entfernt von mir.«

Er widersprach nicht, doch sein selbstzufriedenes Grinsen verriet ihr, dass er wusste, wie es um sie bestellt war.

Na schön – und wenn schon. Heute Nacht sollte schließlich ihre wilde sinnliche Begegnung stattfinden, nicht wahr? Und in Anbetracht der Tatsache, dass jede Frau in der Bar sie gerade glühend beneidete, würde sie es verdammt noch mal genießen.

»Achtung!«, hörten sie Griffin rufen, und als Megan und Parker in dessen Richtung blickten, kam ein schwarzes T-Shirt durch die Luft geflogen.

Parker fing es mit einer Hand und lächelte. »Soll ich es anziehen?«

»Dann wäre jede Frau hier in der Bar enttäuscht.«

»Sie auch?«

Megan zögerte, beschloss dann aber, es zu wagen und ihm die Wahrheit zu sagen. »Nein.«

Überrascht hielt er inne. »Und wieso nicht?«

Sie holte tief Luft, um Mut zu sammeln. »Ich soll doch die heutige Nacht mit Ihnen verbringen, nicht wahr?«

Ein träges Lächeln breitete sich auf seinem Gesicht aus. »Ich dachte, ich hätte mich deutlich ausgedrückt«, erwiderte er mit einer Stimme so weich und voll wie gereifter Whisky. »Sollen ist das falsche Wort. Sie *verbringen* die heutige Nacht mit mir. Heute Nacht sind Sie mein.«

»Was dann auch umgekehrt gilt«, konterte sie und hob das Kinn. »Und ich teile nicht gerne.«

Er sagte nichts, sondern sah ihr in die Augen. Die Zeit schien stehen zu bleiben, und das stumme Versprechen und die schwelende Glut in seinem Blick hatten etwas Berauschendes.

»Na schön«, antwortete er schließlich. Er nahm das T-Shirt,

und sie beobachtete das Spiel seiner Muskeln, als er es sich überstreifte, doch sobald sein Kopf im Ausschnitt erschien, hatte sie seine volle Aufmerksamkeit wieder.

»Verschwinden wir von hier«, sagte er, und es schwangen so viele Andeutungen mit, dass ihr ganzer Körper danach schrie, seine Hand zu nehmen und die Bar auf der Stelle zu verlassen, doch sie riss sich zusammen.

»Wir müssen noch auf die Auszählung warten«, erwiderte sie stattdessen. Eigentlich stimmte das nicht. Das Personal im The Fix war angehalten, die Teilnehmer zum Bleiben zu überreden, aber ein, zwei Male waren die Männer schon vorher gegangen, was der Party in der Bar keinen Abbruch getan hatte.

»Wenn wir sofort gehen, füge ich allen zwölf Spenden eine Null hinzu.«

Sie schluckte. »Das klingt mir nicht nach klugem Kapitalmanagement.«

»Ganz im Gegenteil. Ich nutze mein Geld, um mir das zu verschaffen, was mir wirklich etwas bedeutet, unterstütze zwölf Projekte oder Organisationen, die es wahrhaftig verdient haben, und kann das Ganze sogar noch von der Steuer absetzen. Klingt für mich wie der größtmögliche Gewinn.« Er hob die Hand, um Jenna, die sich gerade mit Beverly unterhielt, ein Signal zu geben.

Beide Frauen kamen zu ihnen herüber, und ehe Jenna noch etwas sagen konnte, ergriff er das Wort. »Tut mir leid, aber ich muss gehen. Eine dringende Angelegenheit lässt mir leider keinen Spielraum.«

»Oh. Aber die Ergebnisse werden jeden Moment verkündet werden.«

Megan setzte an, um zu sagen, dass es doch sicher nicht auf ein paar Minuten ankäme, schockierte sich jedoch selbst, indem sie den beiden Parkers Vorschlag, die Spenden aufzustocken, unterbreitete. »Ja, es ist schade, dass er fortmuss«, fügte sie hinzu. »Aber ein derart großzügiges Angebot sollten wir nicht ausschlagen. Und denkt nur an die positive Presse, die damit einhergehen wird.« Sie bekräftigte ihre Worte mit einem Nicken, und die beiden anderen Frauen sahen einander verblüfft an.

»Ich danke Ihnen für Ihr Verständnis«, sagte Parker. »Ms. Clark? Mein Wagen dürfte bereits auf der Straße warten. Würden Sie mich hinausbegleiten?«

Megan warf Jenna einen hilflos-nachsichtigen Blick zu, der, wie sie hoffte, *So sind sie, die Reichen* vermittelte, dann lief sie auch schon neben Parker auf den Ausgang zu und musste gegen das Bedürfnis ankämpfen, aufgeregt zu kichern.

Wie er vorausgesagt hatte, wartete auf der Straße ein Wagen auf ihn. »Wie haben Sie das denn gemacht?«, fragte sie erstaunt. »Ich habe Sie gar nicht mit dem Handy hantieren sehen.«

Sein träges Lächeln knisterte. »Ich habe viele verborgene Qualitäten.«

»Ja, das kann ich mir vorstellen.«

Ein Stromstoß durchfuhr sie, als er ihr eine Hand auf den unteren Rücken legte und zum Auto führte. Doch ehe sie einsteigen konnten, hörten sie Griffin hinter sich rufen.

»Manning! Hey, Manning!«

Parker wandte sich um. Megan tat es ihm nach.

Finster blickend kam Griffin auf sie zu. »Was treiben Sie eigentlich für ein Spiel? Und versuchen Sie gar nicht erst, mir irgendeinen Blödsinn zu erzählen.«

»Nichts, dem Megan nicht zugestimmt hat.«

»Griff, bitte ...«

Einen Moment lang sagte Griffin nichts, und Megan fürchtete, dass er entweder eine Szene machen oder darauf bestehen würde, als Anstandswauwau mitzukommen.

Aber schließlich neigte er prüfend den Kopf und sagte sehr deutlich und langsam: »Wenn ich mitkriege, dass Sie ihr irgendetwas antun – eine einzige Träne, ein Pikser im Finger –, klebe ich Ihnen am Arsch, dass Sie glauben, Sie hätten Hämorrhoiden.«

»Hm, interessante Metapher, auch wenn mir das Bild nicht gefällt«, konterte Parker. »Aber Sie können beruhigt sein.«

Griff begegnete Megans Blick, und sie flehte ihn stumm an, nun doch bitte, bitte, bitte in die Bar zurückzukehren.

Und wundersamerweise tat er genau das.

Parker sah ihm nach, und als er sich wieder zu Megan umdrehte, überraschte sein Gesichtsausdruck sie. Sie sah keinerlei Verärgerung, nur Freundlichkeit und Verständnis. Und etwas, was nach Anerkennung aussah.

»Er scheint ein wirklich guter Freund zu sein«, sagte er, sobald sie beide auf der Rückbank saßen. »Oder ist er mehr als das?«

»Nein«, antwortete sie. »Wir dachten einmal, es könnte mehr werden, aber … das war nichts.«

»Gut.« Parkers Blick fixierte sie, und sie mochte den Stimmungsumschwung, wenn er sie auch verwirrte. Sie hatte keine Ahnung, wie sie von einer Frau, die einen dummen Anfängerfehler begangen hatte, zur Empfängerin solch glutvoller Blicke geworden war, aber sie würde sich sicherlich nicht beschweren.

Andererseits …

Sie neigte den Kopf und musterte ihn, und er zog amüsiert eine Augenbraue hoch.

»Was ist?«

»Ich weiß nicht so recht. Wieso *gut*?«

Verwirrt runzelte er die Stirn.

»Na ja, ich meine ja nur, dass es doch keine Rolle spielt, ob Griffin und ich etwas miteinander haben, wenn das hier nur eine einmalige Sache ist.«

»Doch. Denn es stellt eine Ablenkung dar.« Er rutschte etwas herum, sodass er sie frontal ansah. Dann nahm er ihre Hand, um mit dem Daumen über die Innenfläche zu reiben, während seine tiefe, melodische Stimme ihre Sinne liebkoste. »Wir reden im Kreis, daher möchte ich es noch einmal in aller Deutlichkeit sagen. Ich beabsichtige, Sie zu sinnlichen Höhenflügen zu bringen, die Sie sich nicht einmal vorstellen können. Ich will Ihnen ein solches Vergnügen bereiten, dass Sie mich anflehen, doch aufzuhören, und aus Protest aufschreien, wenn ich es tue.«

Die gespannte Erwartung brandete durch ihren Körper und hinterließ im Kielwasser Herzklopfen und Sehnsucht, doch er dachte gar nicht daran, seine verbale Verführung einzustellen.

»Ich will Sie in meinen Armen halten, während Sie auf dem Höhepunkt auseinanderfallen, und Sie anschließend langsam und behutsam und gründlich wieder zusammensetzen.«

Er legte ihr eine Hand auf den Oberschenkel, und sie schnappte unwillkürlich nach Luft. Seine Handfläche lag auf Stoff, doch eine Fingerspitze strich über nackte Haut, und plötzlich schien sie nur noch diese Stelle zu spüren, diese Stelle zu *sein*. Die fast unschuldige Berührung gepaart mit seinen köstlichen Versprechungen trieben sie in den Wahnsinn, und doch tat er, als nähme er gar nicht wahr, in welchen Zustand er sie bereits versetzt hatte.

»Das ist meine Mission, Megan, und ich gedenke, sie zu erfüllen, komme, was da wolle.« Sein Finger stellte die Bewegung ein. »Haben Sie das verstanden?«

Sie wusste nicht, ob sie verstanden hatte, sie wusste nur, dass seine Worte sie berauschten. Wie benebelt nickte sie.

»Vergnügen ist genauso eine mentale Reaktion wie eine körperliche. Glauben Sie, Sie würden meine Liebkosungen genauso intensiv erleben, wenn Sie an einen anderen Mann denken würden?«

Sie schluckte. Sie konnte sich nicht vorstellen, wie irgendein anderer Mann sich an Parker Manning vorbei in ihre Gedanken hätte quetschen sollen.

»Wissen Sie noch, was ich in meinem Büro zu Ihnen gesagt habe?«, fragte er, gab sich die Antwort jedoch selbst, ehe sie ihre wirren Gedanken auf Spur bringen konnte. »Ich will Sie, Megan. Ganz und gar. Ich will Ihre Unterwerfung. Ihr Vertrauen. Ihre Hingabe. Am meisten aber will ich Ihnen Vergnügen bereiten. Ich will, dass Sie so weit gehen, wie es Ihnen möglich ist, und ich will derjenige sein, der Sie dorthin bringt.«

Erst jetzt bemerkte sie, dass er den Saum ihres Kleids hochschob, während er sprach. Seine Fingerspitzen strichen über die Innenseite ihres Oberschenkels, und je näher sie ihrem inzwischen feuchten Höschen kamen, umso weniger konnte sie sich konzentrieren.

»Haben Sie verstanden?«

Sie nickte, weil sie nicht in der Lage war, Wörter zu bilden.

»Schön. Dann kommen Sie.«

Sie schaute auf und stellte fest, dass der Wagen angehalten hatte. Sie befanden sich offenbar auf einer Art Flugplatz, denn vor ihnen wartete ein kleiner Jet.

Sie wandte sich ihm zu. »So weit gehen, wie es mir möglich ist? Anscheinend haben Sie das ganz wörtlich gemeint«, scherzte sie, aber er ging nicht darauf ein. »Wir machen also einen Ausflug?«

»So kann man es auch nennen«, sagte er und schob seine Finger zwischen ihre. »Also los.«

6

Megan stand neben ihm auf der Startbahn und blickte auf das Flugzeug, und Parker sank der Mut. Im Auto hatte sie auf seine Berührungen reagiert und war offen für ihn gewesen, und er hatte ihre Bereitschaft, sich ihm hinzugeben, in ihrem Blick und an der zarten Röte, die ihre Haut überzogen hatte, erkennen können.

Seine Finger prickelten noch von der Wärme ihrer Haut, und sein ganzer Körper schmerzte vor Verlangen, das sich gesteigert hatte, seit sie vorhin in diesem süßen Kleid in die Bar marschiert war, dessen enges Oberteil mit den kleinen weißen Knöpfen förmlich darum bettelte, aufgerissen zu werden.

Sie wären besser weitergefahren. Verdammt, warum waren sie nicht einfach in irgendeinen Fast-Food-Laden gegangen? Alles, um den Ausdruck wachsender Leidenschaft in ihren Augen zu bewahren und das Unbehagen, das sich in den letzten Minuten in ihre Miene gestohlen hatte, auszumerzen.

Den ganzen Abend hatte er sich nach den Momenten mit ihr allein gesehnt. Im Auto. Im Flieger. Nur sie zwei, mit einem Drink, einer Liebkosung. Wörter und Lippen und unanständige Versprechen.

Nun aber befürchtete er, dass das Verlangen nach ihr ihn blind für das richtige Maß gemacht hatte. Vielleicht war er zu weit gegangen.

Ironischerweise hatte er sein Geld noch nie als Lockstoff eingesetzt. Noch nie hatte er eine Frau mit in sein Penthouse genommen, an einen exotischen Strand geflogen oder mit dem Ferrari durch die Stadt kutschiert, um sie zu einem exklusiven Shoppingtrip auszuführen.

Als er noch jünger gewesen war, hatte er nicht einen Cent von dem Geld seines Vaters für sich oder andere ausgeben wollen. Und nun, da er längst sein eigenes Geld hatte, setzte er es immer nur dann ein, wenn es wirklich zählte.

Und heute zählte es. Denn *sie* zählte!

Aber ihr Zögern hatte er nicht einberechnet. Ein Fehler, der ihm in geschäftlichen Verhandlungen niemals unterlaufen wäre, aber, verdammt – die Frau brachte ihn gründlich durcheinander. Er trug zu dick auf, und er wusste es. Aber irgendwie wollte es ihm nicht gelingen, einen Schritt zurückzutreten.

Er wollte sie, verflucht noch mal. Und Parker hatte sich schon immer aktiv um das bemüht, was er haben wollte.

Jetzt aufzuhören war keine Option.

»Megan.« Er hatte ihre Hand losgelassen, als sie ausgestiegen waren, und wollte nun wieder danach greifen, aber sie wich ihm aus, indem sie ihre Arme vor der Brust verschränkte, als sei ihr kalt. Was natürlich mitten im Sommer Austins ein Witz war.

»Sagen Sie mir, was Sie denken.«

Sie schwieg einen Moment, und als sie antwortete, war ihr Blick noch immer auf das Flugzeug gerichtet. »Ich denke, dass ich kein Flugzeug erwartet habe. Ein Auto, sicher. Vielleicht ein Taxi. Sogar eine Kutsche hätte mich nicht gewundert. Aber, Parker, ein Flugzeug?« Sie wandte sich zu ihm um. »Ich weiß nicht so recht.«

»Vertrauen Sie mir?«

»Was? Darum geht es doch gar nicht.«

»Doch, das tut es. Sie versuchen zu entscheiden, ob es klug ist, mit einem Mann in ein Flugzeug zu steigen, der sehr angestrengt versucht, Sie zu verführen.«

Sie schluckte, und er sah, dass die Sehnen an ihrem Hals stark angespannt waren. »Vielleicht.«

Das war immerhin ein Zugeständnis. Er holte sein Telefon hervor. »Der Flieger gehört mir nicht«, sagte er. »Ich habe ihn nur angemietet. Hier ist der Vertrag.« Er hielt ihr das Display hin.

Dann klickte er auf ein Nachrichtenprogramm und leitete ihn ihr weiter. »Schicken Sie das an Griffin. An alle Ihre Freunde. An Kasey in Los Angeles.«

Sie riss die Augen auf. »Sie erinnern sich an Kasey?«

»Ihre Freundin aus dem Haus. Die ein paarmal mit Ihnen auf Partys gegangen ist.«

»Also, das erklärt einiges.«

Verständnislos schüttelte er den Kopf.

»Wie Sie so schnell so ein erfolgreicher Geschäftsmann werden konnten. Ihr Gedächtnis ist beeindruckend.«

Das entsprach der Wahrheit. Er hatte wirklich ein gutes Gedächtnis. Aber beeindruckend war es nur, wenn es sich auf Fakten und Menschen richtete, die ihm wichtig waren.

»Jedenfalls steht in diesem Vertrag alles über das Flugzeug und den Piloten. Sie sind nervös, weil wir Austin verlassen, aber es besteht kein Grund zur Nervosität.« Wieder griff er nach ihrer Hand, und diesmal ließ sie ihn. »Sie können mir vertrauen. Sie haben mein Wort darauf.«

»Ich vertraue Ihnen.«

Diese drei schlichten Worte freuten ihn mehr, als er es erwartet hätte.

»Ich bin mir einfach nicht sicher, ob ich mir selbst trauen kann.«

Er sah den Schatten in ihrem Blick und nahm an, dass sie an Carlton dachte. »Aber das tun Sie doch«, wandte er ein. »Deswegen sind Sie in Austin. Deswegen sind Sie in mein Büro gekommen, um mit mir über den Wettbewerb zu sprechen. Und deswegen sind Sie nicht mit Griffin zusammen, obwohl es ziemlich bequem wäre.«

»Ich fürchte, das sind alles nur glückliche Zufälle und kein unerschütterliches Vertrauen in meine Instinkte«, antwortete sie mit einem schiefen Lächeln und fügte hinzu: »Aber der Gedanke ist nett.«

Sie hob den Kopf, um ihren Blick erneut auf das Flugzeug zu richten, und holte tief Luft, während er den Atem anhielt.

»Sagen Sie mir, wohin wir fliegen?«

»Wenn Sie das wollen.«

»Nein«, erwiderte sie und drückte seine Hand. »Sie haben recht. Ich traue mir. Und Ihnen auch.« Sie begegnete seinem Blick und lächelte. »Sagen Sie es mir, wenn wir in der Luft sind.«

Es ging nach New Orleans, wo Megan noch nie gewesen war, daher war sie furchtbar aufgeregt, als er ihr sagte, dass sie nur eine Stunde fliegen, dann im Commander's Palace noch ein spätes Abendessen einnehmen und schließlich durch die Jazz- und Tanzklubs ziehen würden.

Sie war aufgeregt und aufgekratzt und vor allem verwirrt.

Denn trotz des Funkenflugs zwischen ihr und Parker, trotz der Tatsache, dass sie inzwischen schon eine gute Viertelstunde auf der weichen Ledercouch nebeneinander saßen, hatte Parker keinen weiteren Versuch gemacht, sie zu verführen. Er hatte sie nicht einmal mehr berührt, und wenn sie ehrlich war, vermisste sie das Gefühl seiner Finger, wie sie es eben im Auto auf ihrem Oberschenkel gespürt hatte.

Noch immer sehnte sich ihr ganzer Körper nach dem köstlichen Ziehen in ihrem Bauch, als seine Hand ihr Kleid immer weiter hochgeschoben hatte, bis sie so nah an ihrer Scham gewesen war, dass sie ihn am liebsten um mehr angefleht hätte.

Und wie hatte sie die sinnlichen, verführerischen Worte, mit denen er sie geneckt hatte, genossen – Worte, die sie innerlich zum Schmelzen brachten und den dringenden Wunsch in ihr weckten, das Reden endlich einzustellen und zur Sache zu kommen.

Doch während sie nun über Texas und Louisiana flogen, machte er keinerlei Versuche mehr, sich ihr zu nähern. Und, verdammt, aber dieser Entzug der Aufmerksamkeit begann ihr zu schaffen zu machen. Vor allem, nachdem sie sich mit dem bordeigenen WLAN verbunden hatte, um von Griffin zu erfahren, wer Mann des Monats geworden war – Parker natürlich! –, und er ihr auch noch, ohne ein Blatt vor den Mund zu nehmen, geschrieben hatte, sie solle ein Kondom benutzen, etwas Schlaf kriegen und möglichst nicht ihr Herz verlieren.

Tja, bloß war im Augenblick weder ihr Schlafrhythmus noch ihr Herz in Gefahr, und hätte sie Kondome gehabt, hätte sie vermutlich damit nur Ballontiere basteln können.

Sie bat Griffin, die Katzen und die Fische zu füttern, und da Parker ihr wieder Kasey in Erinnerung gerufen hatte, schrieb sie auch ihrer Freundin in L. A. und erzählte ihr, dass sie gerade mit Parker Manning nach New Orleans flog und gäbe es nicht immer wieder Wunder auf dieser Welt?

Natürlich würde Kasey davon ausgehen, dass es hier um Sex ging, und die Tatsache, dass dieses Thema plötzlich keins mehr zu sein schien, brachte Megan schließlich dazu, selbst in Aktion zu treten.

Nun, dass sie gerade ihr zweites Glas Wein geleert hatte, spielte natürlich auch eine klitzekleine Rolle.

Sie kam auf die Füße und stellte sich vor ihn. »Das«, sagte sie, »das hier ist nicht das, was ich erwartet habe.«

»Ach nein?«

Seine Miene war Unschuld pur, aber sie glaubte, die Glut hinter der stoischen Fassade erkennen zu können. Glut, aber auch eine gewisse Belustigung. Und Belustigung war etwas, was sie im Augenblick überhaupt nicht vertragen konnte.

»Nein«, bekräftigte sie. »Von dem Moment an, als ich Ihr Büro betrat, haben Sie mich mit süßen und sinnlichen Worten bombardiert. Ernsthaft – Ihnen gebührt ein Ehrenplatz in der Ruhmeshalle der Verbalerotiker. Aber ist das eigentlich alles, was ich kriege? Schöne Worte? Heißt es nicht, dass nur die Taten zählen?«

Seine Mundwinkel wanderten aufwärts, und wieder glomm es in seinen Augen auf. »Wollen Sie mir damit sagen, dass Sie glaubten, ich würde Sie anfassen? Dass ich Sie genüsslich ausziehen und Sie dann gnadenlos langsam mit meiner Zunge liebkosen würde? Dass ich Sie mit meinen Fingern spreizen, meinen Schwanz in Sie stoßen und Sie dann hart und wild reiten würde, bis Sie mich um Gnade anflehen? Ist es das, was Sie sich gedacht haben, Megan?«

Ihr Atem ging mit jedem seiner Worte schneller, und ihre Knie wurden weich. »Sehen Sie? Genau das meinte ich«, sagte sie, obwohl ihr Mund wie ausgedörrt war. Ihre Muschi dagegen war alles andere als trocken. »Viel Gerede, nichts geschieht. Aber damit ist jetzt Schluss.«

Er riss die Augen auf und sog scharf die Luft ein, als sie ihr Kleid etwas raffte und sich breitbeinig auf seinen Schoß setzte, sodass sich seine harte Erektion in der Jeans an ihre Scham presste.

Seine Erregung feuerte sie an. *Das* war es, was er gewollt hatte, dessen war sie sich nun sicher – dass sie zu ihm kam und sich ihm hingab. Und hier war sie nun, willig und bereit, und bot sich ihm an, denn sie wollte endlich all das spüren, was seine verführerischen Worte heraufbeschworen hatten.

Ein Triumphgefühl durchströmte sie. Er hatte sie mit seiner Verbalerotik scharf machen wollen, und das war ihm gelungen, doch letztendlich lag es an ihr. Er hatte ihr nie gekannte Vergnügen versprochen und ihr prophezeit, dass sie um Gnade flehen würde. Doch er hatte auch keinen Zweifel daran gelassen, dass er ihre Hingabe und Unterwerfung wollte. Und die gab sie ihm nun.

Sie bewegte ihre Hüften langsam vor und zurück, um sich an ihm zu reiben, und seine Augen wurden hart vor Begehren – ein Begehren, das in schnelles Handeln und raue Liebkosungen münden würde.

»Megan, oh, Himmel, Megan!«

»Ja«, murmelte sie und presste sich mit kreisenden Hüften an ihn. Seine steinharte Erektion reizte ihre Klitoris, und alle Gedanken in ihrem Kopf verflüchtigten sich, als die wachsende Lust keinen Platz mehr für etwas anderes ließ. Sie war schamlos. Nass. Verzweifelt scharf.

Vor allem war sie wild entschlossen.

Er wollte, dass sie sich ergab? Bitte schön, das tat sie. Er hatte ihr Wonnen versprochen, die sie zum Schreien bringen würden, und genau das wollte sie auch. Und nun, da sie den Anfang gemacht hatte, sollte er verdammt noch mal die Initiative ergreifen und seine Versprechen einlösen.

Doch da er momentan offenbar etwas begriffsstutzig war, begann sie, seine Hose zu öffnen

Seine Hände umfassten ihre, sanft aber fest.

Na endlich. Sie lächelte. Jetzt würde er sich endlich nehmen, was er wollte.

Doch alles, was er sagte, war »Später«, und dieses eine Wort holte sie hart auf den Boden der Realität zurück.

Sprachlos, gedemütigt starrte sie ihn an.

»Nicht jetzt«, flüsterte er. »Nicht so.«

»Nicht so?«, fuhr sie ihn an. »Nicht wie? Du verführst mich, lockst mich in ein Flugzeug und gibst mir dann einen Korb? Was für ein krankes Spiel treibst du eigentlich?« Sie rutschte hastig von seinem Schoß. Hatte sie einen furchtbaren Fehler gemacht? Was, wenn Parker noch schlimmer als Carlton war? Hatte sie sich freiwillig in seine Hände begeben und war ihm nun hilflos ausgeliefert?

Was du noch vor wenigen Minuten tatsächlich sein wolltest.

Sie taumelte durch den Gang zu einem einzelnen Sitzplatz, ließ sich nieder, schloss die Augen und zog die Knie an die Brust. Ihr Gesicht glühte vor Scham. Sie hatte sich ihm geöffnet. Sie hatte ihm gezeigt, wie sehr sie auch ihn wollte. Und er hatte sie abgewiesen!

»Du Mistkerl«, flüsterte sie, und ihre Augen brannten, als sie sie öffnete, um ihn anzusehen. Doch sie war entschlossen, nicht zu weinen.

»Megan, verzeih mir. Du verstehst das falsch. Im Augenblick würde ich nichts lieber tun, als dir das verfluchte Höschen herunterzureißen, damit du mich die komplette Strecke bis nach New Orleans reitest. Aber das geht jetzt nicht. Noch nicht. Von mir aus könnten wir uns beide gehen lassen, aber …«

»Sei still«, flüsterte sie, als das Flugzeug spürbar in den Landeanflug ging. »Sei einfach still und bring mich nach Hause.«

7

Parker beherrschte sich eisern, obwohl er am liebsten um sich geschlagen hätte; er war stocksauer auf sich selbst. Er hatte alles kaputt gemacht und ihr außerdem auch noch wehgetan, was im Anbetracht der Tatsache, dass er das alles inszeniert hatte, um ihr klarzumachen, wie sehr er sie begehrte, der reine Hohn war.

»Ich kann dich nicht sofort nach Hause bringen«, sagte er und bemühte sich, sich seine Frustration nicht anmerken zu lassen. »Es ist zu spät, als dass das Flugzeug noch starten könnte. Aber wenn du morgen früh noch immer wegwillst, können wir ab acht los.«

»Gut«, sagte sie. »Dann richte es ein.«

Die Maschine befand sich inzwischen im Hangar, und sie trat an die Tür, ohne auf ihn zu warten, und stieg die Treppe hinab. Als er endlich zu ihr aufschloss, hatte der Fahrer des Mietwagens ihr bereits die Tür zur Rückbank geöffnet, und sie schlüpfte hinein.

Als er neben ihr einstieg, rutschte sie die Rückbank ganz durch und öffnete die gegenüberliegende Tür. »Ich sitze doch lieber vorne.«

»Nein«, sagte er und legte ihr eine Hand aufs Bein, um sie aufzuhalten. Sie blickte auf seine Hand, dann in sein Gesicht, und ihre Augen waren kalt. »Bleib hier«, befahl er in einem Tonfall, der keinen Widerspruch duldete.

Sie schluckte, dann legte sie den Sicherheitsgurt an, lehnte sich zurück und verschränkte die Arme vor der Brust, als wolle sie sich schützen. Vor ihm.

Mit Bedacht atmete er dreimal tief ein und aus, um sich zu beruhigen. Er musste nachdenken.

»Könnten wir direkt ins Hotel fahren? Ich habe weder Appetit noch Lust auf einen Jazzclub.«

Er nickte. »Zum Ritz-Carlton«, sagte er zum Fahrer, der zum Gruß die Hand an seine Schirmmütze legte, den Wagen startete und aus dem Hangar hinaus in Richtung Innenstadt fuhr.

Keiner von beiden sagte etwas, und sie waren schon einige Meilen gefahren, ehe er wieder das Wort ergriff. »Ich war neunzehn, als ich dem Geld meines Vaters den Rücken kehrte.«

Sie blickte weiterhin stur geradeaus, aber ihre Haltung änderte sich minimal, und Parker konnte nur hoffen, dass sie ihm zuhörte. »Meine Schwägerin hatte eine einstweilige Verfügung gegen meinen Bruder erwirkt. Wie sich herausstellte, hatte er sie regelmäßig verprügelt.«

Nun wandte sie ihm den Kopf zu, senkte ihn jedoch wieder und blickte auf ihre im Schoß verschränkten Hände. »Meine Schwester war mit einem Mann wie deinem Bruder verheiratet. Es war schlimm, mitzuerleben, wie sie litt und dennoch immer irgendwelche Ausreden vorbrachte …« Ihre Stimme verklang, und sie schüttelte den Kopf, dann sah sie wieder zu ihm auf. »Ich habe mir geschworen, dass mir so was niemals passiert. Es eskaliert immer. Beim ersten Anzeichen, dass ein Mann eine Neigung dazu hat, bin ich weg.«

Er nickte, konnte jedoch nicht umhin, sich zu fragen, ob sie ihn in diese Kategorie Mann einordnete. »Vernünftig. Deine Schwester hat es anscheinend nicht so gemacht.«

Sie schüttelte den Kopf. »Nein. Sie konnte ihm entkommen, aber sie war zu lange bei ihm. Die Beziehung hat sie verändert. Sie trägt Narben in sich, die man von außen vielleicht nicht sieht, aber sie sind dennoch tief.«

Er wusste, von welcher Art Narben sie sprach.

»Und was ist mit deiner Schwägerin passiert?«, fragte sie. »Hat sie es geschafft, loszukommen?«

»Sie reichte die Scheidung ein und zeigte ihn an. Wegen Körperverletzung und Vergewaltigung. Aber meine Familie ist verdammt mächtig, und das Geld, das wir haben … Mein Vater hätte jede Kanzlei in Texas finanzieren können, ohne dass es unser Familienvermögen ernsthaft beeinträchtigt hätte. Mein Vater ist ein Mistkerl, aber ein brillanter.«

»Du meinst, dein Vater hat Anwälte bezahlt, um deinen Bruder freizukaufen? Obwohl er seine Frau geschlagen und vergewaltigt hat? Oder hat sie das alles nur erfunden, um eine möglichst hohe Abfindung zu bekommen?«

»Ich habe sie im Krankenhaus besucht.« Er schloss die Augen, um die schreckliche Erinnerung auszusperren. »Sie hat nichts erfunden.«

»Dann hat dein Vater sich geweigert zu glauben, dass sein Sohn so etwas tut?«

»Oh, ganz im Gegenteil. Er glaubte es. Er konnte nur nicht zulassen, dass so etwas unseren Familiennamen besudelte. Die kleine Schlampe wollte uns fertigmachen. Also musste wir sie fertigmachen.«

Sie fuhr sich mit der Zunge über die Lippen. »Wir?«

»So sah mein Vater es jedenfalls. Die Familie hatte zusammenzuhalten. Meine Mutter, meine Schwester und ich. Auch wenn mein Bruder schon immer ein gewalttätiges Arschloch gewesen war. Er trug den Namen Manning, und den galt es um jeden Preis zu schützen.«

»Und dann?«

»Mein Bruder kam frei; man hatte ihm noch nicht einmal auf die Finger geklopft. Meine Schwägerin bekam ihre Scheidung, aber keinen Cent Abfindung, doch ich bin mir ziemlich sicher, dass es ihr wenig ausmachte. Sie wollte ihn einfach nur los sein. Meine Mutter zog sich immer weiter in sich selbst zurück, und meine Schwester und ich brachen den Kontakt zu unserer Familie ab. Dauerhaft.«

»Aber …« Sie brach ab, und er konnte förmlich sehen, wie die

Fragen in ihrem Kopf kreisten. »Ich bin immer davon ausgegangen, dass du dein Unternehmen mit dem Familienvermögen gegründet hast.«

»Da liegst du falsch.« Der Satz war schärfer herausgekommen, als er es beabsichtigt hatte, aber er hatte verdammt hart geschuftet, um seinen Traum zu verwirklichen, und während es ihm vollkommen egal war, was die Öffentlichkeit glaubte, wollte er unbedingt, dass Megan die Wahrheit kannte.

»Ich habe ein bisschen Geld von meinem Großvater geerbt. Für die meisten Leute ist es wahrscheinlich nicht wenig, aber für meine Familie eher ein Almosen. Jedenfalls war das alles, was ich mitgenommen habe. Das Geld, meine Klamotten und ein paar Bücher.«

»Und dann bist du nach L.A. gezogen?«

Sie war nun ganz auf ihn und seine Geschichte konzentriert, und er hoffte, dass die Hürde, die sein idiotisches Verhalten errichtet hatte, überwunden war.

»Ich ging dort auf die Uni und investierte während des Studiums recht gut.« Was eine glatte Untertreibung war. Mit dem Verkauf seiner Anteile an einer Biotech-Firma hatte er sein Kapital vervierfacht, und nach dem College gelang ihm das ein zweites Mal.

Anschließend hatte er einen Teil seines Geldes etwas konservativer angelegt, mit dem größten Teil aber PCM Enterprises gegründet. Ursprünglich war der Firmensitz in Los Angeles gewesen, aber die Kreise, in denen er dort verkehrte, gefielen ihm immer weniger, sodass er beschloss, nach Texas zurückzukehren. Nicht nach Houston, wo seine Eltern immer noch lebten, sondern nach Austin, wo er auf einem Internat gewesen war.

»Der Rest«, schloss er, nachdem er ihr all das erzählt hatte, »ist Geschichte.«

Eine Weile fuhren sie schweigend dahin, doch durch seinen Kopf kreisten die Erinnerungen an eine noch nicht allzu ferne

Vergangenheit, in der er noch in Los Angeles gelebt und sich von Männern wie Carlton zu distanzieren versucht hatte. Und doch hatten sich ihre Wege immer wieder gekreuzt, und das nicht zuletzt, weil Carlton jemand war, der von Macht und Geld angezogen wurde. Er hatte gerade genug von beidem, um gefährlich zu sein, aber längst nicht genug, um wirklich zu verstehen, wie man damit umgehen musste.

Und zu jener Zeit hatte auch Parker die Vorteile, dic scine prall gefüllte Brieftasche ihm bot, noch in vollen Zügen genossen, wenn er auch oft das Gefühl gehabt hatte, ersticken zu müssen. Es hatte eine Weile gedauert, bis er begriffen hatte, dass er sich in einem Vakuum bewegte, und nichts und niemand kann in einem Vakuum überleben.

In der Rückschau verabscheute Parker den Mann, der er in Los Angeles zumindest anfangs gewesen war. Megan hatte ihn so kennengelernt, wenn auch nur flüchtig, und es setzte ihm zu, dass sie vielleicht glaubte, er sei noch immer der rücksichtslose Kerl, der sich nahm, was er wollte, ohne sich um die Wünsche anderer zu kümmern.

Er wollte ihr unbedingt klarmachen, wie sehr er sich verändert hatte, aber ehe er noch etwas sagen konnte, hielt der Wagen vor dem Hoteleingang. Bevor der Portier die Tür öffnen konnte, ergriff er ihre Hand und war froh, dass sie sie ihm nicht sofort wieder entzog.

Er hatte ihr noch nicht erklärt, warum er sie im Flugzeug praktisch abgewiesen hatte. Aber er hatte das Gefühl, dass er auf einem guten Weg war, ihre Gunst wieder zurückzuerlangen.

8

Sie stiegen aus dem Wagen und betraten ohne Umschweife die Lobby, und obwohl wahrscheinlich niemand auf sie achtete, hatte Megan dennoch das Gefühl, als würden alle sie anstarren. Schließlich waren sie ohne Gepäck angekommen, was nur eins bedeuten konnte.

Und als sie in Austin gestartet waren, hatte sie ebenfalls gedacht, dass es nur eins bedeuten konnte. Nun war sie sich nicht mehr so sicher. Er hatte auf der Fahrt zum Hotel ein wenig von sich preisgegeben, und ihr war klar, dass er auf eine Erklärung dessen, was auf dem Flug geschehen war, hinarbeitete. Warum er ihr einen Korb gegeben hatte, obwohl sie beide einander doch so eindeutig begehrten.

Das änderte allerdings wenig an der Tatsache, dass ihr Ego einen Knacks erlitten hatte.

Während sie an dem riesigen Blumenarrangement stehen blieb, das die Lobby beherrschte, ging Parker an die Rezeption. Es dauerte nur eine Minute; offenbar gab es einen VIP-Schalter mit einem Turbo-Check-in, und er war schon wieder an ihrer Seite, noch ehe sich ihre ausgefransten Nerven wieder beruhigen konnten.

»Ich weiß nicht, wie es dir geht«, sagte er, »aber ich könnte einen Drink gebrauchen.« Er deutete mit dem Kopf zur Bar. »Sollen wir?«

Schon setzte er sich in Bewegung, doch sie hielt ihn am Saum seines T-Shirts zurück; er trug noch immer das schwarze mit dem The-Fix-on-Sixth-Aufdruck. »Vergiss es, Cowboy. Ich will ein paar Antworten. Zuerst faltest du mich in deinem Büro zusammen, während du mich gleichzeitig zu verführen versuchst und behauptest, du würdest mich haben wollen. Und als ich schließlich die Initiative ergreife und mich gerade für den Mile High Club qualifizieren will, gibst du mir einen Korb. Und, ja, ich verstehe durchaus, dass der Grund dafür irgendwo in deiner Lebensgeschichte vergraben ist, aber bisher habe ich ihn noch nicht wirklich verstanden.«

Sie hatte ihre kleine Rede leise begonnen, sich jedoch in der Lautstärke gesteigert, und nun drehten sich die ersten Köpfe in ihre Richtung.

Sie trat näher zu ihm und senkte ihre Stimme wieder. »Vergiss die langatmige Erklärung, okay? Ich weiß, dass es Schummelei ist, aber manchmal muss man zur letzten Seite blättern, um die Auflösung in Erfahrung zu bringen. Also tu mir einen Gefallen, und sag mir des Rätsels Lösung sofort. Denn, weißt du, Parker, ich habe mich dir an den Hals geworfen, und mein Stolz hat dringend ein Kühlkissen nötig!«

Das entlockte ihm ein Lächeln, was ihre Absicht gewesen war, denn ihr war das Gespräch im Wagen ein wenig zu ernst geworden. Ja, sie wollte Parker Manning wirklich gerne näher kennenlernen. Dieser Mann, der sich von einem gewaltigen Vermögen abgewandt hatte, um sich selbst ein neues zu erarbeiten, faszinierte sie mit jeder Minute, die sie mit ihm zusammen war, mehr.

Doch im Augenblick war seine Geschichte nicht das, was für sie im Vordergrund stand, sondern seine Libido. Denn trotz der Tatsache, dass er die Abbruchtaste gedrückt hatte, kehrte ihr eigenes Verlangen nun, da sich ihre Wut gelegt hatte, mit Macht zurück.

»Also los, Parker Manning, die Stunde der Wahrheit ist gekommen. Hast du gemeint, was du gesagt hast? Willst du mich, oder willst du mich nicht?«

Er wich einen Schritt zurück, hob die Hand zu ihrem Haar und ließ eine Strähne durch seine Finger gleiten. »Ob ich dich will?« Sein Tonfall war angespannt, fast gepeinigt. »Gott, ja, und ob. Ich will dich unbedingt. Schon lange sogar. Aber nicht so.«

»Nicht *so?*«, wiederholte sie. »Wie ist denn *so?*«

»Nicht als Forderung. Und ganz sicher nicht als Bezahlung.«

Das verwirrte sie umso mehr. »Aber war das nicht der Deal? Hatten wir nicht genau das an jenem Vormittag in deinem Büro abgemacht? Nichts als ein wenig unangemessenes Arbeitsverhalten zweier Erwachsener im gegenseitigen Einvernehmen?«

Er lachte leise. »So kann man es auch sehen.« Er nickte in Richtung Fahrstühle. »Wie wär's, wenn wir diese Unterhaltung oben weiterführten.«

Sie folgte ihm ohne Einwände, während ihre Gedanken kreisten. »Na schön, dann erklär's mir bitte noch einmal«, sagte sie, als sie allein im Fahrstuhl standen und nach oben fuhren. »Weil ich nämlich überhaupt keine Ahnung mehr habe, worum es hier geht und was genau du willst.«

»Das, was ich von Anfang an gesagt habe. Ich will dich, Megan. Aber ich will keinen schnellen Fick.«

Er streckte erneut die Hand aus, streichelte aber diesmal ihre Wange, und sie schauderte unwillkürlich.

»Ich hatte im Laufe der Jahre schon viele Frauen in meinem Bett, aber damit ist Schluss. Dass ich mir mühsam einen besseren Ruf erarbeitet habe und viel Wert darauf lege, den auch zu behalten, wie ich dir anfangs erklärt habe, war die Wahrheit. Ich betrachte es ganz sicher nicht als ein launiges Spielchen, jede Frau rumzukriegen, die ich attraktiv finde.«

Sie zog die Brauen hoch. »Hast du das früher getan?«

»Es als Spiel betrachtet, meinst du? Nein. Aber Bekannte von mir tun das durchaus.« Ein selbstironisches Lächeln huschte über seine Lippen. »Ich war eher Sammler als Jäger. Ich war mit vielen schönen Frauen aus, mit vielen im Bett, aber es war nie etwas Ernstes. Den meisten wollte ich nicht näherkommen.«

Er begegnete ihrem Blick und hielt ihn fest, und plötzlich lag eine Spannung in der Luft, die in sie drang und sich in ihren Adern ausbreitete. »Dir aber will ich näherkommen, Megan.«

Ihre Gedanken trudelten. »Ich …«

Er legte ihr einen Finger auf die Lippen, um sie zum Verstummen zu bringen. »Viele Jahre lang bekam ich alles, was ich mir je wünschen konnte. Nachdem ich mich von meiner Familie losgesagt hatte, stellte ich bald fest, dass nur die Dinge einen Wert für mich haben, die ich mir selbst erarbeitet habe. Und jene Menschen, die mich so schätzen, wie ich bin.«

»Was soll das heißen? Dass ich einen Wert für dich habe?« Die Fahrstuhltüren öffneten sich.

»Siehst du das anders?« Er nahm ihren Arm und führte sie hinaus.

»Ich weiß nicht.« Sie konnte verstehen, dass er mit ihr ins Bett wollte, aber warum sollte ein Mann wie Parker darüber hinaus an ihr interessiert sein? Er war reich, talentiert, ehrgeizig. Und sie nur eine selbstständige Maskenbildnerin, die sich bemühte, den Kopf über Wasser zu halten.

Schweigend gingen sie nebeneinander durch den Korridor, bis sie das Zimmer erreicht hatten. Er schob die Karte in die Tür, und sie betraten den Wohnbereich einer riesigen Suite, von dem mehrere Türen abgingen.

Sie trat ein und blieb stehen. Im Augenblick interessierte die Suite sie nicht, so beeindruckend sie auch sein mochte. »Ich weiß es wirklich nicht«, wiederholte sie.

»Dann lass mich die Frage beantworten. Du bist für mich von Wert, Megan. Von großem sogar.«

Sie neigte den Kopf zur Seite und blickte ihm prüfend ins Gesicht. Aber seine Miene wirkte aufrichtig, und auch sein Tonfall ließ keinen Raum für Interpretationen.

»Warum?«

»Vielleicht weil du verstehen könntest, was ich erreicht habe. Was ich noch immer zu erreichen versuche.«

Sie schüttelte den Kopf. »Keine Ahnung, was du meinst.«

»Na ja, sieh dir doch mal an, was du getan hast. Du hast mit einundzwanzig eine sichere Stelle bei dem Kosmetikriesen Sephora aufgegeben, um mit nichts als Träumen und etwas Bargeld nach Los Angeles zu gehen.«

»Woher weißt du …?«

»Du hast in drei verschiedenen Jobs geschuftet, um deine Kosmetologieausbildung zu finanzieren, anschließend Visitenkarten drucken lassen und so gut wie jedem, dem du begegnet bist, eine in die Hand gedrückt. Dein Unternehmen wuchs langsam, aber es wuchs, und mit sechsundzwanzig hattest du eine stattliche Klientel an Porträtfotografen und Prominenten, die dich immer wieder für Shootings gebucht haben.«

Unwillkürlich schlang sie sich die Arme um den Oberkörper, als ihr plötzlich kalt wurde. Seine Worte weckten die Erinnerung an Carlton und seine Fixierung auf sie, und ihr wurde innerlich kalt. »Woher weißt du das alles?«

Sein Lächeln schien absolut unschuldig. »Ich sammele Informationen, Megan. In geschäftlicher Hinsicht ist das meine Geheimwaffe.«

»In geschäftlicher Hinsicht?«, fragte sie. »Und wieso falle ich in die Kategorie Geschäft? Oder ging es um den Wettbewerb im The Fix?«

»Ich wollte ein Gespür für dich bekommen. Und ich kenne zufällig ein paar von deinen Kunden. Sie lieben Klatsch und Tratsch. Ich habe gefragt, und sie haben mir geantwortet.«

Sie nickte, ein wenig besänftigt. Sie konnte verstehen, dass er nach dem Flyer-Fiasko wissen wollte, wer das törichte Schaf war, das ohne seine Erlaubnis sein Bild in der ganzen Stadt verteilt hatte.

»Jedenfalls bekam ich einen recht guten Einblick in deinen Werdegang«, fuhr er fort. »Nicht übel, was du dir da aufgebaut hast.«

»Tja, aber viel ist davon nicht übrig geblieben.« Augenblicklich bereute sie die Antwort. Sie hatte ihm nicht erklärt, warum sie aus

Los Angeles weggezogen war, und sie hatte ihn auch nicht explizit gebeten, Carlton nicht zu sagen, wo sie sich nun aufhielt. Aber jetzt würde er zweifellos fragen, warum sie das Handtuch geworfen hatte, und eigentlich wollte sie nicht darüber reden.

Aber zu ihrer Überraschung fragte er nicht. »Deswegen nennt man es Neustart, Schätzchen. Du baust dir etwas Neues auf. Schließlich weißt du bereits, dass du es kannst. Und sich die Zuversicht anzueignen ist ohnehin der schwerste Teil des Jobs.«

Wieder betrachtete sie ihn, um sich darüber klar zu werden, ob er wusste, warum sie überhaupt einen Neustart gebraucht hatte. Sie hätte es nicht sagen können, aber er respektierte ihre Geheimniskrämerei offenbar. Was hoffentlich auch bedeutete, dass er nicht gleich Telegramme nach L. A. schickte und aller Welt mitteilen würde, wo sich die verschollene Megan Clark nun aufhielt.

Dennoch sollte sie ihn vielleicht darauf hinweisen, dass sie im Augenblick unter dem Radar bleiben wollte. Sie wusste nicht, wie er es mit sozialen Medien hielt, aber sie wollte lieber ausschließen, dass er in einem Post ihren Namen erwähnte. Nur für alle Fälle.

Schon jetzt machten sie schwarze Autos nervös, die etwas zu lange vor ihrem Haus standen. Wie sollte es erst werden, wenn sie den Verdacht haben musste, dass Carlton wusste, wo sie war? Vorausgesetzt, er interessierte sich überhaupt noch für sie. Was er wahrscheinlich gar nicht tat. Schließlich war es Monate her.

»Es ist schon spät, Megan«, sagte er, noch ehe sie ihre Gedanken sortieren konnte. »Und ich bin müde. Aber worum es mir geht, ist Folgendes: Ich bin nicht an einem schnellen Fick interessiert. So etwas will ich nicht mehr. Aber ich biete dir auch keine Ehe an – es muss nicht einmal etwas Festes daraus werden. Nur will ich mehr als nur eine Nacht. Du faszinierst mich, Megan. Das hast du von Anfang an. Du berührst etwas in mir, und wenn mich nicht alles täuscht, lasse ich dich auch nicht kalt.«

Er fuhr sich mit der Hand durchs Haar und wirkte plötzlich erschöpft. »Falls du das Gefühl hattest, ich hätte dir etwas vorgemacht, dann tut mir das sehr leid. Aber die Zeit mit dir war es wert. Und ich bringe dich morgen so früh wie möglich zurück nach Austin.«

Er nahm ihre Hand, hob sie an seine Lippen und drückte ihr einen sanften Kuss auf die Innenfläche. »Die Tür dort führt zu deinem Schlafzimmer. Schlaf gut, Megan. Ich bin mir sicher, dass ich von dir träumen werde.«

9

Natürlich tat Megan kein Auge zu.

Er würde von ihr träumen?

Ha! Das konnte sie toppen! Denn sie musste nicht einmal die Augen zumachen, um Parker Manning überaus lebhaft vor sich zu sehen.

Lag er jetzt drüben in seinem Bett und schlief tief und fest, während sie sich herumwälzte und nicht wusste, was sie mit ihrer Sehnsucht und dem unerfüllten Verlangen anstellen sollte?

Oder verlor er sich wie sie in seinen Fantasien? Malte sich aus, wie er zu ihrer Tür schlich und langsam den Knauf drehte? Sah er vor seinem geistigen Auge, wie er im Dunkeln nach ihr greifen, ihre Schulter ertasten und sich auf die Bettkante setzen würde, um die Decke herabzuziehen und ihre Brüste mit den vor Verlangen aufgerichteten Warzen zu entblößen?

Sie seufzte, unfähig, das warme, angenehme Gefühl zu ignorieren, das sich als Reaktion auf ihre ungehörigen Gedanken in ihrem Körper ausbreitete. Und da sie ohne Gepäck hergekommen waren, lag sie nackt unter dem kühlen Baumwolllaken, das sich auf ihrer Haut unglaublich anfühlte.

Ich will Sie! Das hatte er an jenem Tag im Büro gesagt und danach immer wieder, und – verdammt!, das wollte sie ihm auch geraten haben, denn jetzt wollte sie *ihn*! Und Herrgott, wie sehr sie ihn wollte!

Kein schneller Fick. Keine einmalige Sache.

Der Gedanke versetzte ihr einen Stich. Sie hatte sich in Austin gut eingerichtet, hatte sich einen Freundeskreis aufgebaut und wohnte allein in einer hübschen Wohnung, ohne sich Sorgen machen zu müssen, dass ein eifersüchtiger Freund sie kontrollierte oder auf andere Art Ärger machte.

Andererseits …

Sie konnte nicht leugnen, dass Parker sie nicht kaltließ. Sogar in Los Angeles war sie bereits von ihm fasziniert gewesen, und hier in Texas erschien er ihr sogar noch anziehender. Und seine Versprechen, was er mit ihr tun wollte, wenn er sie erst einmal in seinem Bett hatte, ließen sich auch nicht einfach vergessen.

Ja, sie wollte ihn.

Und ja, er wollte sie.

Was automatisch zu der Frage führte, warum sie in diesem Zimmer lag und er in dem anderen, obwohl der Sinn dieses Ausflugs doch explizit darin bestanden hatte, miteinander im Bett zu landen. Und Sex zu haben. Wilden, heißen, intensiven, unvorstellbaren Sex. Mit Parker.

Sie setzte sich ruckartig auf. Der Gedanke blinkte in ihrem Kopf wie eine Neonreklame.

Parker.

Und das war doch die Lösung, oder etwa nicht? Wie Parker wollte auch sie nicht einfach nur Sex. Nein, sie sehnte sich nach dem Mann, mit dem sie lachen konnte. Dessen Werdegang sie faszinierte. Dessen unanständige Worte sie erregt hatten. Der ihre Leistung und die Opfer, die sie für ihre Arbeit gebracht hatte, anerkannte und zu schätzen wusste.

Sie sehnte sich nach dem Mann, der *sie* begehrte. Im Ganzen. Als Person.

Also würde sie jetzt zu ihm gehen.

Wie es sich für ein gutes Hotel gehörte, hing im Schrank ein Bademantel, sodass sie sich nicht in ein Laken einwickeln musste. Sie streifte das weiche Ding über und tappte barfuß in den Wohnbereich, der im Dunkeln lag; nur ein kleines Licht an der Bar brannte, um den Weg zu weisen.

Auch unter der Tür zu seinem Zimmer war kein Lichtschein zu

sehen. Wahrscheinlich schlief er bereits. Dann sollte sie ihn wohl auch nicht wecken, denn das hieß im Grunde genommen doch, dass er mit ihr nicht auf einer Wellenlänge war. Sich nicht schlaflos herumwälzte, weil das unerfüllte Verlangen ihn nicht zur Ruhe kommen ließ.

Aber falls er doch nicht schlief und im Dunkeln dalag ...

Bevor sie es sich selbst wieder ausreden konnte, packte sie den Knauf, drehte ihn und drückte die Tür auf.

»Megan.«

Jeder Muskel in ihrem Körper entspannte sich, als sie seine Stimme hörte, die vor Verlangen belegt war.

»Hast du das ernst gemeint?«, flüsterte sie, ohne einzutreten. »Oder war das nur ein Spruch? Damit du edel und gut dastehst?«

»Nein«, sagte er und stützte sich auf. Der dämmrige Lichtschein aus dem Wohnzimmer beleuchtete Gesicht und Brust. »Aber wenn du mich eigentlich fragen willst, ob ich dich immer noch will, dann – ja! Gott, und wie! Ich bin hart wie Stein nur von dem Gedanken an dich in dem anderen Zimmer, und ich hatte schon befürchtet, den Verstand verlieren zu müssen, weil es nichts gab, was ich dagegen hätte unternehmen können.«

Sie lehnte sich amüsiert an den Türrahmen. »Na ja, dir wäre schon was eingefallen. Du hast doch zwei gesunde Hände.«

»Schon«, gab er zu. »Aber warum solo fliegen, wenn man einen Co-Piloten haben kann?« Er stand auf, und das Laken rutschte zu Boden. Sie hielt den Atem an und war wie hypnotisiert von dem Licht, das über seine Erektion und die harten Flächen seines muskulösen Körpers spielte.

»Bitte«, sagte sie, ohne zu wissen, um was sie eigentlich bat. Sie wusste nur, dass sie alles wollte. Alles *brauchte.*

Sein Blick glitt langsam über ihre Gestalt, und sie spürte ihn derart intensiv, als brenne er sich durch den Bademantel und liebkoste ihre Haut darunter. »Zieh das aus«, sagte er.

Es klang wie ein Befehl, und sie dachte ja gar nicht daran, ihn zu missachten. Sie ließ den Bademantel von ihren Schultern rutschen, und er stöhnte anerkennend, während er einen Schritt auf sie zu machte.

»Gott, was bist du schön.« Er kam näher und näher, und sein Geruch hüllte sie ein und machte sie noch feuchter, als sie ohnehin schon war. Ihr Körper stand in Flammen und wartete gierig auf seine Berührung, und als er mit einem Finger über die Rundung ihrer Brust strich, schnappte sie nach Luft und bog sie ihm entgegen.

»Wow, wie empfindlich! Baby, du bist großartig.«

»Parker.«

»Sag mir, was du willst.« Seine sanfte Stimme war wie eine Liebkosung, zärtlich und intim. »Warum bist du mitten in der Nacht nackt in mein Zimmer gekommen?«

»Ich will dich«, sagte sie, weil sie ehrlich sein wollte und das nun einmal absolut der Wahrheit entsprach. »Du hast mir so viel versprochen, aber jetzt will ich dich einfach nur in mir spüren.«

Seine Mundwinkel wanderten aufwärts, während sein Finger langsam über ihre Brust fuhr, dann weiter abwärts zu ihrem Nabel und noch weiter abwärts, bis er zwischen ihre Schamlippen glitt. Sie keuchte auf, sog dann aber scharf die Luft ein, als er den Finger tief in sie stieß.

»So willst du mich spüren?«

Ihre Hüften bewegten sich aus eigenem Willen und pressten sich gegen seine Hand. »Ja«, hauchte sie. »Nein. Ich will alles.«

»Oh, Baby«, sagte er. »Das will ich auch.« Eine Sekunde lang begegneten ihre Blicke sich, und beinahe wäre sie vor der Leidenschaft in seinen Augen zurückgetaumelt. »Und jetzt will ich wissen, wie du schmeckst«, flüsterte er.

Ein Schauder durchfuhr sie, als er noch näher kam und mit einer Hand in ihr Haar griff, um sie festzuhalten. Dann legte er seinen Mund über ihren und küsste sie mit einer Inbrunst, dass sie glaubte, es keinen Moment länger aushalten zu können.

Sie wollte nicht, dass er aufhörte, doch als er von ihren Lippen abließ, und an ihrem Hals zu saugen begann, brachte sie keinen Protest zustande. Mit der Zunge fuhr er hauchzart über ihr Schlüsselbein, und als er an ihren Brüsten ankam, schauderte sie erneut erwartungsvoll.

Mit der Zungenspitze neckte er den einen Nippel, doch als er ihn mit dem Mund umschloss und zu saugen begann, war es beinahe um sie geschehen. Sie hatte ihm die Hände auf die Schulter gelegt, um sich aufrecht zu halten, und drückte so fest zu, dass er morgen vermutlich blaue Flecken haben würde.

Er zog den Kopf zurück, ihr Nippel ploppte aus seinem Mund, und kühle Luft strich über ihre feuchte Haut. Ein Beben durchfuhr sie. »Das gefällt dir«, sagte er, und weil es eine Feststellung war, keine Frage, sagte sie nichts. Sie hätte sowieso kein Wort hervorgebracht.

»Mal sehen, wie dir das gefällt.« Langsam ließ er sich auf die Knie herab, hielt sie mit einer Hand still und drängte mit der anderen ihre Beine auseinander. Sie stöhnte, gehorchte aber, und keuchte erneut auf, als er den Kopf zwischen ihre Beine schob und seine Zunge in ihre Muschi tauchte, um sie zu kosten.

Sie griff in sein Haar und hielt seinen Kopf fest, aber sie tat es auch, um sich zu verankern, weil ihre Knie butterweich wurden. Sie hielt die Augen fest geschlossen, bis sie sich sicher war, dass sie die Wogen der Wonne, die auf sie einstürmten, kontrollieren konnte. Doch dann schob er erneut einen Finger in sie, während er sie weiterhin leckte, und sie stieß Laute aus, die sie aus ihrer eigenen Kehle noch nie gehört hatte. Und als seine Zunge genau *diese eine* Stelle fand, ging sie nur deshalb nicht zu Boden oder flog hinauf zu den Sternen, weil er sie hielt und es ihr nicht erlaubte.

Scheinbar eine Ewigkeit durchströmten die Empfindungen sie, und alles drehte sich. Und als sie langsam wieder zu sich kam, wusste sie, dass sie umso mehr von ihm wollte.

»Jetzt ich«, sagte sie, als sie wieder in der Lage war, Wörter zu bilden, die Sinn ergaben. Und ehe er noch fragen konnte, was sie damit meinte, fiel sie ihrerseits auf die Knie.

»O nein, Engel«, sagte er und zog sie wieder hoch. »Die Idee gefällt mir, aber lass es uns im Bett machen.«

Er legte sich hin, und sie nahm ihn in den Mund und spürte, wie sein Schwanz noch härter wurde, während sie ihn mit den Lippen massierte, und sein tiefes Stöhnen war genauso erregend, wie seine Liebkosungen es gewesen waren.

Sie wollte nicht aufhören – er stand kurz davor –, aber er griff in ihr Haar und zog sie behutsam hinauf zu ihm. Ihre Blicke begegneten sich, und einen Herzschlag lang glaubte sie, in seinen atemberaubenden Augen ihre Zukunft zu sehen. Natürlich war das lächerlich, sie wusste es, aber es machte ihr keine Angst. Bei Parker konnte ihr nichts Angst machen.

»Träume ich?«, flüsterte sie, aber erst, als sie ihre Stimme hörte, begriff sie, dass sie die Worte ausgesprochen hatte.

»O nein, Baby, ganz sicher nicht.« Er küsste sie sanft auf die Lippen.

»Und morgen? Wenn wir wieder in Austin sind?«

»Fragst du mich, ob das eine einmalige Sache sein wird? Ob ich regelmäßig meine One-Night-Stands nach New Orleans fliege, um sie in meinem Lieblingshotel zu verwöhnen?«

Sie wurde rot. »Bitte mach dich nicht über mich lustig. Nicht so.«

»Oh, Baby.« Er strich ihr über die Wange. »Du hast recht, das war nicht richtig. Und nein, das ist keine einmalige Sache. Nicht, wenn ich dabei ein Mitspracherecht habe. Und ich fliege auch gewöhnlich keine Frauen aus der Stadt aus.«

»Wirklich nicht?«

Sein Kuss war federleicht. »Wirklich nicht.«

Sie leckte sich über die Lippen und ließ seine Worte auf sich wirken, denn sie fügten der Glut, die durch ihre Adern strömte, eine neue Dimension hinzu. »Was du bei unserem Treffen in deinem Büro gesagt hast …«, begann sie. »Dass du weißt, wie man Vergnügen bereitet, das ich mir nicht einmal vorstellen kann. Würdest du … ich meine, würdest du es mir zeigen?«

Ihre Wangen glühten, aber sie bereute ihre Worte nicht. Sie wollte all das erleben, was er ihr versprochen hatte, wollte die Wucht der Empfindungen am eigenen Leib spüren.

Er neigte den Kopf und betrachtete sie. Und plötzlich änderte sich etwas in seiner Miene. Er war noch immer erregt, noch immer voller Leidenschaft, aber nun war plötzlich noch etwas anderes da. Etwas Besitzergreifendes. Gebieterisches. Und zum ersten Mal wurde ihr bewusst, was er damit gemeint hatte, als er von ihrer Unterwerfung gesprochen hatte.

»Also gut«, sagte er schließlich, und die Intensität in seinem Ton jagte ihr einen Schauder über den Rücken. »Aufs Bett. Auf alle Viere. Mit dem Gesicht zum Kopfende.«

Nie gekannte Spannung und Erwartung durchströmten sie. Ihre Vagina zog sich automatisch zusammen, und ihre Brüste schmerzten. Und als er sich abwandte, um einen Moment später mit seinem Gürtel zurückzukehren, biss sie sich auf die Unterlippe. Was hatte er vor?

»Stütz dich auf deine Unterarme«, wies er sie an. »Handgelenke zusammen.«

Sie tat, was er wollte, und er schlang den Gürtel um ihre Hände und befestigte ihn an den Latten am Kopfende.

»Ich habe überlegt, dir auch die Fußgelenke festzubinden«, sagte er, als er aufs Bett stieg, »aber ich glaube, mir gefällt dein Hintern genau da, wo er jetzt ist.«

Und ihr auch, wie sie feststellte, als er sich hinter ihr aufbaute und sein harter Schwanz sich zwischen ihre Oberschenkel schob und ihre Spalte rieb.

»Baby, du bist so nass«, sagte er und bewegte leicht die Hüften, sodass seine Erektion ihre Klitoris liebkoste, während seine Finger über ihren Damm strichen und den Ringmuskel ihres Afters nachzeichneten.

Sie keuchte, als er mit seiner Fingerspitze eindrang, und er gab einen anerkennenden Laut von sich. »Ich denke, das müssen wir uns für später aufsparen. Ich will nicht, dass du so schnell kommst.«

Er hatte recht; die ungewohnte Empfindung hatte ihr einen Schub verpasst, und sie war nun hellwach und mit jeder Faser ihrer Körpers auf den Absprung ausgerichtet. Und als er sich über sie beugte, um ihre Brüste zu umfassen, wusste sie, dass sie bis an ihr Lebensende an ihn gefesselt sein wollte.

Mit Zunge und Lippen neckte er ihren Nacken, den sie nie für so empfindsam gehalten hatte, und seine Finger kniffen in ihre Nippel. Und obwohl sie der Druckempfindung instinktiv ausweichen wollte, ließen ihre Fesseln das nicht zu, worüber sie insgeheim froh war, denn jeder Kniff war wie ein heißer Stromstoß, der ohne Umschweife in ihr Geschlecht jagte.

Ihr Körper pochte jetzt, und sie war sich sicher, dass sie vor Lust tropfte. Ihre Muschi zog sich in Erwartung rhythmisch zusammen, als könne sie seinen Schwanz zu sich locken.

Nun kniff er fester, und sie stieß einen kehligen Schrei aus. »Ja.«

»Ich mag deine prompten Reaktionen«, flüsterte er. »Hat man dir schon mal den Hintern versohlt?«

Sie schüttelte den Kopf. Carlton hatte es gewollt, doch sie hatte abgelehnt. Noch bevor er sich von seiner seltsamen Seite gezeigt hatte, war es nichts gewesen, was sie mit ihm hatte ausprobieren wollen. Doch mit Parker …

Sie biss sich auf die Unterlippe. Sie hätte es niemals erwartet, aber allein der Gedanke daran, brachte einen neuen Schub Lust. »Bitte«, wisperte sie, ehe er noch gefragt hatte, und als Antwort stöhnte er tief und befriedigt.

Er ließ von ihren Brüsten ab, richtete sich auf und legte ihr eine

Hand unter den Bauch, damit sie nicht auswich. »Es fühlt sich intensiver an, weil du gefesselt bist«, sagte er. »Aber ich bringe dich an die Grenze zwischen Lust und Schmerz. Du sollst das Brennen meiner Hand auf deinem Hintern spüren und auf dem schmalen Grat balancieren, und wenn ich dich ficke, sollst du kopfüber in die Lust stürzen, die umso stärker wird, da du ihr Gegenteil erfahren hast.«

Sie wollte etwas antworten, doch ihre Kehle war wie zugeschnürt, und sie sog die Luft ein, als seine Hände zunächst über ihren Hintern rieben. Dann fuhr seine Hand klatschend herab, und sie stöhnte und bog den Rücken durch, und das Brennen seiner Hand drang bis in ihr gieriges, pulsierendes Geschlecht.

»Oh, Baby, du bist so verdammt schön. Mehr?«

»Ja.« Ihre Stimme war gepresst. »Bitte.«

Er gehorchte und brachte sie mit jedem Mal, wenn seine Handfläche auf ihre zarte Haut traf, ein Stück weiter dem Höhepunkt entgegen, bis sie sich vor Verlangen wand und an ihren Fesseln zerrte, weil sie sich selbst anfassen wollte, um sich endlich zu erlösen.

»Jetzt«, sagte er, legte eine Hand an ihre Hüfte und führte mit der anderen seinen Schwanz in sie ein. Sie wollte sich ihm anpassen, um es bequemer zu haben, aber er war es, der die absolute Kontrolle hatte, und sie schnappte nach Luft und schrie seinen Namen hinaus, als er in sie zu stoßen begann und seine Finger nach ihrer Klitoris tasteten.

Er hatte recht gehabt. Durch die Schläge war ihre Haut hypersensibel, und sie fühlte alles intensiver als zuvor. Dennoch wollte sie ihn am liebsten sehen.

Und als könne er Gedanken lesen, hielt er einen Moment inne. »Ich binde dich los. Ich will dein Gesicht sehen. Ich kann dich beim ersten Mal nicht von hinten nehmen. Ich will beobachten, wie du kommst.«

»Ja«, sagte sie atemlos, als er sie hastig losband und sie sich auf den Rücken warf, wobei sie feststellte, dass er irgendwann ein Kondom übergestreift hatte.

»Setz dich auf mich«, befahl er, legte sich neben sie und hielt ihre Hüften, als sie sich breitbeinig über ihn setzte. »Und beeil dich, Baby. Ich will in dir sein. Ich kann nicht mehr lange.« Und da sie es genauso sehr wollte wie er, ließ sie sich auf ihn hinab, hob sich wieder, ließ sich erneut hinab und tat es wieder und wieder, während seine Hände an ihren Hüften sie unterstützten.

Er war so tief in ihr, und es war so gut, und sie sah seinen Orgasmus in seinem wilden Gesichtsausdruck kommen. »Bitte«, flehte sie ihn an. »Ich will fühlen, wie du explodierst.«

Und dann kam er, bäumte sich auf, und die Stöße brachten sie erneut an den Rand. Und obwohl sie gedacht hätte, dass sie nicht noch einmal kommen konnte, rieb er ihre Klitoris mit einer Hand, ihr Arschloch mit der anderen, und sie zerbarst, fiel auseinander, sah und dachte nichts mehr und gab sich ganz der Wucht der Leidenschaft hin.

Danach lagen sie in den Armen des anderen, dösten, atmeten und genossen das Gefühl von Haut auf Haut.

Noch vor der Dämmerung weckte er sie mit Küssen, und sie nahmen im Café du Monde Kaffee und Beignets zu sich, ehe sie am Mississippi spazieren gingen und auf den Sonnenaufgang warteten.

Den ganzen Tag lang plauderten und lachten sie und sprachen über dieses und jenes, Wichtiges und Banales. Er erzählte ihr, welchen Herausforderungen er sich tagtäglich stellen musste, sie gestand ihm ihren Traum, eines Tages ihre eigene Hautpflege- und Make-up-Serie zu kreieren. »Mir ist natürlich bewusst, dass es von der Maskenbildnerin zur eigenen Linie ein ziemlich großer Sprung ist.«

»Wenn du es nur dringend genug willst, schaffst du es auch. Und zum Glück kennst du ja einen genialen Geschäftsmann, der dir deine Fragen beantworten kann.«

»Ach, ist das so?«

»Nun, natürlich kostet das was. Ein Kuss pro Frage.«

Sie zog die Brauen hoch und blickte betont in seinen Schritt. »Ein echtes Schnäppchen. Ich hätte freiwillig mehr bezahlt.«

»Nun, Trinkgelder sind ja nicht verboten.« Und schon zog er sie an sich und forderte die versprochene Bezahlung im Voraus ein.

Sie fuhren mit der historischen Straßenbahn zum Camellia Grill im Garden District, aßen Burger, wanderten stundenlang zu Fuß durch die Straßen, um die traumhaften Villen zu begutachten, und fanden tausend Dinge, über die sie miteinander plaudern wollten, bis sie schließlich die Bahn zurück zum French Quarter erwischten.

Dort schlenderten sie über den Markt, probierten Masken und alberne Sonnenbrillen auf und stiegen dann in eine Kutsche, die sie durch das Viertel brachte.

Doch auch der schönste Tag hat ein Ende, und so ließen sie sich um sieben Uhr abends zum Flugplatz bringen, wo der gemietete Jet bereits startklar war. Auf der Treppe zur Tür blieb sie stehen. »Danke«, sagte sie. »Das war die schönste Strafe, die ich je bekommen habe.«

Er lachte, und sobald sie im Flugzeug saßen und sich angeschnallt hatten, lehnte sie sich an ihn. Er legte den Arm um sie, und sie schloss die Augen. Sie fühlte sich warm, zufrieden, geborgen und absolut wunderbar.

Sie war schon eingeschlafen, ehe die Maschine abhob.

10

»Na, Ladys, wie läuft's?«, fragte Tyree, als er sein Büro betrat.

Megan und Eva Anderson hatten seinen Schreibtisch mit Beschlag belegt, um sich diverse Bilder von Orten in und um Austin anzusehen, die als potenzielle Kulissen für die Kalender-Shootings infrage kommen konnten.

»Gar nicht schlecht«, sagte Eva und lehnte sich mit dem Rücken an ihn, während er seine Arme um sie schlang. Tyree war ein großer, massiger Kerl, in dessen Umarmung Eva beinahe verschwand, aber das schien sie keinesfalls zu stören. Die Fotografin war erst vor Kurzem von Seattle nach Austin gezogen, nachdem sie mit Tyree, dem Vater ihrer erwachsenen Tochter Elena, wieder Kontakt aufgenommen hatte.

Nun legte sie den Kopf zurück und lächelte ihn an. »Schau selbst«, sagte sie und deutete auf die vielen Ausdrucke, die auf dem Schreibtisch ausgebreitet lagen, sowie auf die Bilder auf dem Computerbildschirm.

»Wir werden natürlich mit allen Gewinnern hinfahren«, sagte Megan, »und haben vor, morgen mit euch ersten sechs anzufangen. Bisher haben wir uns für die Pennybacker-Brücke mit dem Fluss im Hintergrund, das Capitol, Mount Bonnell, die Steinkühe im Arboretum, Lake Travis und irgendwo auf dem Campus entschieden. Wo genau da, wissen wir noch nicht.«

»Wie wär's mit der South Mall? Einen Mann auf die Treppe, den Turm im Hintergrund.«

Die Frauen sahen einander an und nickten. »Wunderbare Idee«, sagte Eva.

»Welcher Mann wird wo fotografiert? Ich persönlich hätte das Capitol am liebsten.«

»Jeder überall«, klärte Megan ihn auf. »Dann haben wir am Schluss mehr Auswahl für das eigentliche Kalenderbild.«

»Und das soll alles morgen passieren? Wow. Ihr müsst es ja wissen.« Tyree lachte leise. »Das dürfte ein hektischer Tag werden.«

Megan widersprach ihm nicht, erklärte ihm aber, dass Taylor einen Van gemietet hatte. »So sind wir wenigstens immer alle gleichzeitig da, und niemand bleibt irgendwo einsam im Stau stecken.«

»Wir wollen auch jeden einzelnen Gewinner im The Fix ablichten«, fügte Eva hinzu. »Und auf der Straße davor, um den Schriftzug mit aufs Bild zu bekommen.«

»Mir scheint, dass ihr zwei die Sache im Griff habt.« Er lächelte, und Eva erhob sich, stellte sich auf die Zehenspitzen und küsste ihn.

»Sieh zu, dass du von hier fortkommst, Mann«, sagte sie. »Du lenkst mich ab. Aber wir sehen uns zu Hause. Hast du heute lange zu tun?«

»Nein. Heute macht Reece zu. Ich bin um acht da.« Er hielt inne und betrachtete seine Fingernägel. »Übrigens übernachtet Eli heute bei einem Kumpel.«

Eva grinste Megan zu, ehe sie sich wieder an ihren Verlobten wandte. »Das, Mr. Johnson, ist eine ausgesprochen interessante Information.«

Er grinste ebenfalls, winkte ihnen beiden, blieb aber im Hinausgehen noch einmal bei Megan stehen und legte ihr väterlich eine Hand auf die Schulter. »Tut mir leid wegen der Sache mit Parker Manning. Aber letztlich hat es sich ja doch alles zum Guten entwickelt, nicht wahr?«

»Hm? Oh, ja, klar.« Sie nickte. »Wir haben untereinander alles geklärt.«

»Freut mich«, bemerkte Tyree, dann verließ er das Büro und deutete an der Tür noch einen Kuss in Evas Richtung an.

Sie erwiderte ihn, dann blickte sie Megan prüfend an. »Ihr habt untereinander alles geklärt? Also, das ist ja mal eine interessante Interpretation.«

Megan richtete sich sehr gerade auf. »Ich habe nicht die geringste Ahnung, wovon du sprichst.« Doch sie konnte die Unschuldsmiene nicht lange aufrechterhalten. Ein paar Sekunden später prusteten sie beide los und begannen, sich angeregt über die Männer in ihrem Leben auszutauschen.

Es waren nicht einmal ganze vierundzwanzig Stunden vergangen, seit sie und Parker aus New Orleans zurückgekehrt waren, und seitdem hatten sie die meiste Zeit in seiner Wohnung in der Innenstadt verbracht. Sie hatten sich am Nachmittag eine Flasche Wein geteilt und in seinem Bett einen Film angesehen, den sie ab und zu anhielten, wenn die Bemerkungen zu der Geschichte sich zu einer längeren Unterhaltung auswuchsen.

Daher dauerte der Film letztlich drei Stunden, sodass es schon spät war, als er endete, und beide beschlossen, das Abendessen ausfallen zu lassen und im Bett zu bleiben. Sie liebten sich langsam und beinahe träge. Anschließend fiel Megan in Parkers Armen in den Schlaf, und Parker schmiegte sich an sie.

Am nächsten Morgen war sie vom Duft von Kaffee und brutzelndem Speck erwacht, und als sie noch schlaftrunken in die Küche taumelte, sah sie ihn nur in Boxershorts und einer Schürze mit der Aufschrift »Kiss the Cook« am Herd stehen und Baconscheiben wenden. Ihr Herz schlug einen Purzelbaum, und sie wusste, dass das, was immer zwischen Parker und ihr bestand, gerade eine neue Stufe erreicht hatte. Ein wunderbar warmes Gefühl der Geborgenheit hatte sich in ihrem Inneren ausgebreitet.

Das hatte sie allerdings Eva nicht erzählt. Lieber behielt sie das süße Geheimnis für sich, doch ihr Lächeln verblasste den ganzen Tag über nicht.

Eine Stunde später war Megan auf dem Heimweg, und da sie immer noch daran denken musste, wie sie Eva Parker beschrieben hatte – lustig, charmant und so sexy, dass es verboten gehörte –, beschloss sie, ihn zu überraschen und bei ihm in der Wohnung vorbeizuschauen, die in der entgegengesetzten Richtung von ihrer lag. Er hatte ihr gesagt, dass er heute von zu Hause aus arbeiten und später zu ihr zum Essen kommen wollte, und wenn er nicht schon früher gegangen war, weil er noch etwas zu erledigen hatte, konnte sie ihn vielleicht abfangen und mit ihm gemeinsam zum Railyard gehen.

Sie bog gerade in Richtung Süden auf die Congress Avenue, als ihr Telefon klingelte. Sie holte es hastig aus ihrer Handtasche in der Annahme, dass es Parker sein würde, quiekte dann aber vor Entzücken, als sie Kaseys Nummer sah.

»Na endlich! Ich schreibe dir, dass ich ein Date mit Parker Manning habe, und du brauchst dermaßen lange, um zu reagieren?«

»Du kannst dir nicht vorstellen, wie viel ich zu tun hatte. Ich schwöre, ich hab vor lauter Stress mindestens zwei Kilo abgenommen. Der neue Job ist die beste Diät, die ich je gemacht habe.«

Megan verdrehte die Augen, fragte aber gar nicht erst. Wenn sie das nächste Mal miteinander sprachen, würde Kasey wieder einen besten Job für irgendetwas anderes haben.

»Ich kann nicht fassen, dass du mit Parker verabredet warst. Wie ist es gelaufen? Warst du mit ihm im Bett? Ist er toll?«

Megan versuchte, eine Antwort einzuschieben, hatte aber keine Chance. So war es meistens, wenn Kasey erst einmal loslegte.

»Tu mir einen Gefallen, ja? Sei vorsichtig.«

»Vorsichtig?«, quetschte Megan hastig dazwischen, denn das wollte sie genauer wissen. »Wieso das denn?«

»Nachdem du weg warst, kursierten komische Gerüchte über ihn.«

Megan zog die Brauen zusammen. »Was denn für Gerüchte?«

»Unangenehmes Zeug. Dass er einem Kerl aufgelauert hat –

vielleicht war es auch eine Frau, ich weiß nicht. Und dass er wegen tätlichen Angriffs verhaftet worden ist.«

»Nie und nimmer.« Mit einem Mal fühlte sie sich, als sei sie in ein Becken mit Eiswasser gesprungen. »Das ist doch lächerlich. Parker Manning? So was hätte doch sofort in der Zeitung gestanden. Zumindest hätte ich durch Facebook oder Twitter etwas davon mitbekommen müssen.«

»Kann sein, keine Ahnung. Aber überleg mal, von welcher Stadt wir reden. Los Angeles ist schließlich die Hochburg der Vertuschung.«

»Das glaube ich dennoch nicht«, sagte Megan trotzig, aber noch während sie sprach, fiel ihr wieder ein, was Parker selbst ihr erzählt hatte: Obwohl sein Bruder seine Frau verprügelt hatte, war er ungeschoren davongekommen – weil Daddy seine dicke Brieftasche gezückt hatte.

»Nein«, sagte sie wieder, aber es klang schon nicht mehr ganz so vehement.

»Na ja, du wirst recht haben. Die Gerüchteküche hier ist wirklich schlimm. Oh, wo wir gerade beim Thema sind: Ich habe niemandem gesagt, wo du bist, das weißt du, nicht wahr? Ich meine, das glaubst du mir doch?«

»Ja, sicher. Wieso?«

»Na ja, ich gehe sowieso nicht davon aus, dass Carlton sich auf den Weg macht. Es ist ja schließlich Monate her. Was hätte er davon?«

»Richtig«, antwortete Megan, und ihre Stimme klang angstvoll. »Wie kommst du überhaupt darauf, dass es möglich sein könnte?«

»Nur weil dieses Bild kursiert. Von dir und Parker.«

»Was?« Wie hatte ihr das entgegen können? »Ein Bild? Woher?« *Bitte nicht aus New Orleans.* Sie hoffte inständig, dass man sie nicht beim intimen Kuss am Ufer des Mississippi ertappt hatte.

»Von dieser Bar in Austin, in der du arbeitest. Manning ist

oben ohne – und verdammt noch mal, sieht der gut aus! Du stehst direkt neben ihm.«

»Oh.« Sie atmete aus und versuchte zu verarbeiten, was das bedeutete.

»Der Name der Bar ist deutlich zu erkennen, wenn Carlton dich also finden wollte, wäre es ein Leichtes für ihn.«

»Ja«, sagte Megan stirnrunzelnd. »Das wäre es wohl.« Doch dann schüttelte sie die düstere Vorahnung ab. »Aber wie du schon sagtest – warum sollte er? Ich bin für ihn doch gar nicht mehr interessant.«

»Denke ich auch.«

»Hör zu, ich muss Schluss machen.« Sie war bereits an der Ecke angekommen und stehen geblieben, um den Anruf zu beenden. »Wir reden bald wieder, okay?«

»Auf jeden Fall. Ich vermisse dich.«

»Und ich dich«, sagte sie, legte auf und holte tief Luft, um ihre Gedanken zu ordnen und sich zu beruhigen. Nein, Carlton war keineswegs schon auf dem Weg hierher, und Parker hatte auch niemanden zusammengeschlagen. Oder falls doch, dann aus einem verdammt guten Grund.

Sie bog auf die Third Street und ging gedankenverloren weiter. Sie würde ihn einfach danach fragen. Bestimmt würde er es ihr erklären.

Parkers Wohnung befand sich in einem der modernen Hochhäuser, die sich in den vergangenen Jahrzehnten wie Unkraut aus Chrom und Glas in der ganzen Innenstadt ausgebreitet hatten. Megan stand auf der anderen Straßenseite dem Eingang gegenüber und wartete darauf, dass der nur in eine Richtung verlaufende Verkehr lichter wurde, damit sie hinübergehen und nachsehen konnte, ob er zu Hause war.

Doch ehe sich eine Lücke auftat, sah sie ihn mit einer hübschen Rothaarigen durch die gläserne Tür auf den Gehweg heraustreten. Selbst aus der Entfernung konnte Megan die Zuneigung in ihrem

Blick erkennen, und plötzlich war ihr Mund staubtrocken. Aber es sollte noch schlimmer kommen, und Eiseskälte breitete sich in ihren Eingeweiden aus, denn er zog sie in seine Arme und küsste sie.

Gut, die Frau hatte Megan den Rücken zugewandt, sodass sie nicht hätte sagen können, ob es sich um einen intimen Zungenkuss handelte, aber dass die Umarmung innig war, war nicht zu übersehen.

Wer immer diese Frau war – sie war keine Fremde für Parker. Sie schien ihm wirklich etwas zu bedeuten. Und diese Erkenntnis verbunden mit Kaseys Bericht über Gerüchte und tätliche Angriffe verursachte ihr regelrecht Übelkeit.

Was war dran an diesen Gerüchten?

Und wer war diese Frau?

War sie ein naives dummes Ding gewesen, dass sie Parker Manning vertraut und sich Hals über Kopf in ihn verliebt hatte?

11

Bis Megan wieder auf der Congress Avenue war, hatte sie sich selbst überzeugt, dass zwischen Parker und dieser Frau nichts war.

Bis sie das Tor zum Railyard erreicht hatte, war sie sich sicher, dass er mit dieser Frau eine Langzeitbeziehung hatte und sie, Megan, nur eine kleine Abwechslung bedeutete.

Und als sie in ihrer Küche stand, das Wasser für die Spaghetti aufgesetzt war und die Soße leise vor sich hin köchelte, wusste sie nicht mehr, was sie denken sollte. Sie wusste nur, dass sie in der vergangenen Dreiviertelstunde entweder geheult oder aber mit sich selbst geschimpft hatte, weil sie vorschnelle Schlüsse zog. In ihr herrschte ein heilloses Chaos, und selbst die Katzen hatten sich zurückgezogen. Wenigstens schienen die Fische im Aquarium keine spezielle Meinung zu haben.

Als die Uhr sieben schlug und er noch nicht aufgetaucht war, wusste sie, dass er klammheimlich Schluss gemacht hatte und mit der Rothaarigen durchgebrannt war.

Hör auf! Hör endlich auf damit!

Frustriert griff sie nach dem Telefon und rief Griffin an, der nach dem ersten Klingeln abnahm.

»Du schuldest mir einen Drink«, sagte er.

Sie versuchte zu lachen, aber es klang erstickt.

Augenblicklich änderte er den Tonfall. »Alles in Ordnung?«

»Ich … ja. Klar.« Sie kniff die Augen zusammen und schnitt eine Grimasse. Es war eine dumme Idee gewesen, Griffin anzurufen. Er war ohnehin überfürsorglich, und was, wenn sich alles als falscher Alarm herausstellte?

Nein. Kleine Korrektur. Es *war* falscher Alarm. Wenn sie Griffin nun mit ihren Sorgen bezüglich Parker belastete, wie sollten die beiden sich dann je anfreunden?

»Gott, Megan, ich kann die Rädchen in deinem Verstand förmlich rattern hören. Was ist los? Oder sagen wir: Was ist los, was du mir nicht erzählen willst?«

Oh, verflucht. Warum hatte sie bloß nicht Taylor oder Mina angerufen?

»Nichts, wirklich. Ich bin einfach nur verunsichert.«

Griff atmete hörbar aus. »Muss ich kommen und Manning verprügeln? Wenn ich ehrlich bin, würde ich lieber nicht, denn ich bin zwar nicht gerade unfit, aber ich fürchte, er ist mir ebenbürtig.«

Sie konnte nicht anders – sie musste lachen. »Nein, ich bin wahrscheinlich nur albern. Ich habe ihn vorhin mit einer anderen gesehen, und es sah aus, als … na ja, als hätten sie sich geküsst.«

»Und was hat er gesagt, als du ihn darauf angesprochen hast?«

»Tja, die Sache ist die …«

Er seufzte. »Okay, hör zu. Ich weiß nichts über diesen Kerl, außer dass er dich nach New Orleans entführt hat, wo ihr, wie ich vermuten muss, irgendwelchen schrägen Unfug getrieben habt.«

»Haben wir gar nicht!« Eine Lüge, ja, aber eine gesunde.

Er ignorierte ihren Zwischenruf. »Aber du bist in einem Stück zurückgekehrt und wirktest sogar ausgesprochen fröhlich und zufrieden. Zumal du nur Gutes über den Burschen erzählen konntest.«

»Weil er ein guter Kerl ist.«

»Da hast du's. Trotz meiner sehr ernst gemeinten Drohung, dem Kerl die Fresse zu polieren, falls er auch nur deine Gefühle ankratzt, scheint er mir in Ordnung zu sein. Dasselbe sagst du auch. Warum also gilt ausgerechnet bei ihm keine Unschuldsvermutung, sondern deine zickige Mädchenparanoia?«

»Das ist keine Mädchenparanoia. Er hat sie geküsst.«

»Glaubst du, hast du gesagt. Und du hast ihn noch nicht darauf angesprochen.«

Was ja stimmte. »Weißt du was? Vergiss es. Tut mir leid, dass ich dich überhaupt angerufen habe.«

Er lachte. »Nein, tut es nicht. Du hast mich lieb. Weil ich nämlich nicht einmal dann ›Ich hab dich ja gewarnt‹ sage, wenn ich im Recht bin.«

Sie verdrehte die Augen. »Ich leg jetzt auf.«

»Hab dich auch lieb.« Und schon war die Leitung tot.

»Mistkerl«, murmelte sie, fühlte sich aber schon hundertmal besser als zuvor. Und als Parker dann tatsächlich ankam und sie das Tor per Knopfdruck öffnete, hatte sie sogar ein Lächeln auf den Lippen.

»Hey, schöne Frau«, sagte er, schlang einen Arm um sie und zog sie an sich, um sie ausgiebig zu küssen. »Das riecht ja köstlich hier.«

»Mamas Soßenrezept für Spaghetti. Ich warne dich vor: Das ist das Einzige, was ich in der Küche zustande bringe.«

»Ich denke, wir werden uns trotz dieses Gendefekts irgendwie durchschlagen können.« Er schob ihr eine Strähne hinter das Ohr, und die Berührung jagte ihr einen Schauder den Rücken hinunter. »Wie viel Zeit haben wir, bevor das Essen fertig ist?«

»So viel wir wollen.« Allein seine Nähe bewirkte, dass ihr Puls schneller schlug. »Ich habe die Nudeln noch nicht ins Wasser getan.«

»Dann könnten wir doch vielleicht eine kleine Vorspeise einnehmen?« Er blickte nach oben zum Schlafzimmer im ersten Stock.

»Ich …« Sie schluckte, dann löste sie sich aus seinen Armen und wich einen Schritt zurück. »Ach, verdammt, Parker. Warum bist du so spät gekommen?«

Er blickte sie verdattert an. »Zehn Minuten ist für dich spät?«

»Ja, in diesem Fall schon«, gab sie zu. »Anscheinend hat es mich mit dir schlimmer erwischt, als ich dachte.«

Nun wirkte er noch verwirrter. »Normalerweise sollte das doch etwas Gutes sein. Warum kommt es mir so vor, als wolltest du mich einen Kopf kürzer machen?«

»Weil ich eigentlich gar nicht so zickig bin und über alles Mögliche meckere, aber … oh, Mist! Wer war die Frau, Parker? Diese Schlampe, die du geküsst hast?«

Er zog die Brauen hoch und sah tatsächlich so aus, als würde er jeden Moment anfangen zu lachen.

»Hör auf, du Schuft«, sagte sie und trat nach ihm. Was keine gute Idee war, weil sie barfuß und seine Wadenmuskulatur hart wie Stein war.

»Welche *Schlampe* genau?«

»Tu nicht so, als wüsstest du nicht, von wem ich rede. Ich habe dich mit ihr gesehen. Rothaarig. Bombenfigur. Und du hast sie direkt vor deinem Wohnhaus geküsst. Auf dem Gehweg, sodass es die ganze Welt sehen konnte. Ist sie der Grund, warum du so spät gekommen bist?«

»Du warst bei mir? Warum hast du denn nichts gesagt?«

Sie blickte ihn an, als habe er nicht mehr alle Tassen im Schrank. »Ähm, *hallo?* Du küsst eine andere Frau? Das sah für mich nicht nach einer Einladung aus, mich gemütlich dazuzugesellen.«

Er schob sich um die Frühstücksbar herum, betrat den Küchenbereich, nahm die offene Flasche auf der Theke und schenkte Wein in ein Glas. Er hielt es ihr hin, nahm es aber für sich, als sie den Kopf schüttelte und ihn herausfordernd ansah.

Er trank einen Schluck und lehnte sich gegen die Theke. »Deine Eifersucht ist ja ganz niedlich, aber ein bisschen weniger würde es auch tun.«

»Verdammt, Parker. Du hast gesagt, ich sei kein One-Night-Stand. Aber wie du sie angesehen hast … als ob du sie liebtest. Ich meine, ich … ich … ach, vergiss es einfach.«

Ihre Stimme brach, und Tränen brannten in ihren Augen. Sie wandte sich hastig von ihm ab, aber er fasste sie an den Schultern, drehte sie wieder um und zog sie an sich.

»Ach, Baby«, sagte er, schlang die Arme um sie und legte sein Kinn auf ihren Kopf. »Verzeih mir. Ich hätte dich nicht so zappeln lassen dürfen.«

»Wer ist die Frau?«

»Meine Schwester«, sagte er sanft. »Und ich habe sie so geküsst.« Er zog den Kopf ein Stück zurück und drückte ihr einen Kuss auf die Stirn. »Ist das ein Kuss, auf den du eifersüchtig werden musst?« Während er sprach, strichen seine Lippen zart über ihre Wange, und automatisch wünschte sie sich mehr.

Sie schüttelte den Kopf, weil sie beinahe fürchtete, den Augenblick durch Worte verderben zu können.

»Nicht? Und wie ist es mit dem hier?« Ehe sie noch eine Chance zu antworten hatte, legte sein Mund sich über ihren, sanft erst, dann hart und verlangend. Sie öffnete die Lippen und stöhnte, als seine Zunge eindrang, und seine Hand fuhr durch ihr Haar und umfasste ihren Hinterkopf, um sie festzuhalten, während er seine sinnliche Attacke fortsetzte.

Ihr war, als würde der Kuss ewig dauern und Zeit und Raum keine Rolle mehr spielen, als würde alles um sie herum verschwinden und nur noch sie und Parker und die Magie ihrer Verbindung existieren.

Sie atmete schwer, als er sich schließlich von ihr löste, seine Augen jedoch keinen Moment von ihren abwandte. Auch seine Brust hob und senkte sich heftig, und sie wusste, dass sein Herz genauso wild pochte wie ihres.

Zärtlich strich er ihr über die Wange. »Du hast keinen Grund zur Eifersucht. Gar keinen, verstanden?«

Sie nickte. Ihr war schwindelig, und sie fühlte sich berauscht. »Entschuldige. Als ich sie mit dir sah, habe ich gedacht …«

»Ich weiß. Ich weiß, und es tut mir leid, dass du dir deswegen Sorgen gemacht hast.« Er neigte den Kopf und küsste sie auf die Lippen. »Wie wär's, wenn wir das Essen sausen ließen?«

Im Augenblick hätte sie auch zugestimmt, wenn er sie ausgezogen und direkt auf dem Boden genommen hätte, aber sie sagte nur brav: »Ich habe nichts dagegen.«

Sein Grinsen ließ vermuten, dass er sehr wohl wusste, wie es um sie stand. »Dann gehen wir jetzt rauf. Du solltest die Soße vielleicht besser vom Herd nehmen. Denn ich habe die Absicht, dich dort oben ziemlich lange zu beschäftigen.«

»Klingt vielversprechend.« Sie legte den Deckel auf den Topf, stellte ihn beiseite und wollte sich gerade wieder zu ihm umdrehen, als ihr ein erschrecktes Quieken entfuhr. Parker hatte sie gepackt und hochgehievt und warf sie sich nun über die Schulter.

»Du Höhlenmensch! Lass mich runter. Wenn du dir wehtust und nicht mehr mit mir schlafen kannst, werde ich stocksauer.«

»Keine Sorge«, sagte er, legte sie behutsam auf dem Bett ab und machte sich an ihrer Kleidung zu schaffen. »Im Übrigen würde ich mich nicht einmal im Streckverband davon abhalten lassen, mit dir Liebe zu machen.«

Sie schnaubte, streifte sich die Jeans ab und beugte sich vor, um seine aufzuknöpfen. »Sehr romantisch.«

»Mit dir ist alles romantisch.«

Und weil sie es genauso empfand, sparte sie es sich, seine Bemerkung ins Lächerliche zu ziehen.

Er setzte sich rittlings auf sie, und seine bereits harte Erektion rieb über ihren Bauch, als er sich vorbeugte und ihre Brüste erst streichelte und dann mit den Lippen neckte, ehe er eine Brustwarze in den Mund nahm und daran zu saugen begann.

Sie wand sich unter ihm, ihr Herz hämmerte, und sie spürte die Nässe bereits an der Innenseite ihrer Oberschenkel. »Bitte, Parker, mach schnell. Ich brauche es jetzt – wir können uns später Zeit lassen. Ich will dich in mir spüren, bitte.«

Sein Blick war voller Leidenschaft. »Dein Wunsch ist mir Befehl.« Langsam, wunderbar langsam, arbeitete er sich an ihrem Körper herab. Dann kniete er sich hin, hob ihre Hüften an und zog sie zu sich hinauf, bis sein Schwanz ihre Muschi liebkoste und ihre

Beine weit gespreizt waren. Die Stellung war ungewohnt, ein bisschen unanständig und irgendwie wild, aber als er in sie eindrang, erkannte sie, dass das ein neuer Pfad zum Himmel sein mochte.

Eine Weile nahm er sie in dieser Position, doch als sie zu beben begann, ließ er sich über ihr nieder. Schneller und tiefer stieß er in sie, und sie drängte ihn, feuerte ihn an und bohrte ihre Finger in seinen Nacken, während sie den Bodenkontakt verlor, sich dem Rausch hingab, sich immer weiter emporschraubte und sich taumelnd dem Höhepunkt näherte.

»Parker, gleich. Oh, bitte.«

»Komm mit mir, Baby«, sagte er, führte eine Hand zwischen ihre Körper, und liebkoste ihre Klitoris, um ihr den letzten Kick zu geben, und wild, verschwitzt, gierig und atemlos explodierten sie gemeinsam, um gesättigt wieder zur Erde hinabzuschweben.

Als sie wieder halbwegs bei sich war, atmete sie ein paarmal tief ein und aus. »Du bist wunderbar«, flüsterte sie ihm zu, er erwiderte das Kompliment leise, und sie strich ihm mit einem Finger leicht über die Brust, bis er seine Hand über ihre legte und sie an sich presste. »Hör auf«, sagte er lachend. »Das kitzelt.«

»Das ist die Strafe für all das, was du mir angetan hast. Davon hat auch einiges gekitzelt.«

»Ach, tatsächlich?« Er rollte sich über sie und hielt sie fest. »Wie wär's, wenn ich dich gleich noch ein bisschen weiterkitzele?«

Sie quiekte, verstummte aber, als ihr Magen knurrte.

Kleinlaut ließ er von ihr ab. »Vielleicht sollten wir jetzt doch die Spaghetti kochen.«

»Ich glaube auch.« Lachend stieg sie aus dem Bett und zog sich Yogahose und Tanktop über, die über der Sessellehne am Fenster hingen.

Als sie angezogen war, spähte sie hinaus und zog die Brauen zusammen. »Da steht er wieder.«

»Was?«, fragte er, während er sich die Jeans anzog und an ihre Seite kam. »Wer?«

»Dieser Wagen. Ich sehe diesen schwarzen Wagen nicht zum ersten Mal.« Sie schnitt eine Grimasse. »Ich komme mir total paranoid vor. Als ich aus L.A. wegging … ach, egal.«

Er legte ihr eine Hand auf die Schulter. »Erzähl's mir bitte.«

Sie seufzte. »In Los Angeles ist mir auch immer ein solcher Wagen aufgefallen«, gab sie zu. »Und da waren auch andere Sachen.« Plötzlich verspürte sie wieder die vertraute Enge in der Brust. »Ich konnte nie etwas beweisen, aber ich bin mir sicher, dass Carlton dahintersteckte.«

»Und damit hast du ziemlich sicher recht«, erwiderte er. »Aber wie kommst du darauf?«

Sie runzelte die Stirn, weil es ihr merkwürdig vorkam, dass Parker sich so sicher zu sein schien, würde ihn aber erst später danach fragen. Sie hatte ihm bisher noch nicht erzählt, was in Los Angeles geschehen war, und im Augenblick erschien es ihr ungeheuer wichtig, es loszuwerden.

»Carlton und ich waren ungefähr vier Monate zusammen«, begann sie, und Parker nickte.

»Ich kann mich noch ganz gut erinnern. Ich bat dich um ein Date, aber du hast mir sehr nett und höflich gesagt, dass du kein gutes Gefühl dabei hättest, mit zwei Männern gleichzeitig auszugehen.«

»Daraufhin hast du vorgeschlagen, ihn fallen zu lassen und mich mit dir zu verabreden.« Sie seufzte. »Hätte ich das nur getan!«

Er griff nach ihrer Hand. »Schnee von gestern. Wie ging es weiter?«

Sie holte tief Luft. »Am Anfang war alles gut. Aber in den Wochen, bevor ich mit ihm Schluss machte, fing er an, sich merkwürdig zu benehmen. Es war ziemlich gruselig.«

»Inwiefern?«

»Er fing an, nachts an meiner Wohnung vorbeizufahren, und sobald er mein Auto nicht entdeckte, rief er mich an, um herauszufinden, wo ich war.« Sie setzte sich auf die Bettkante. »Er verhörte mich regelrecht. Was ich gemacht hatte, mit wem ich unterwegs gewesen war. Gleichzeitig schickte er mir plötzlich besondere Kleidung, die ich zu diesem oder jenem Anlass tragen sollte, und wenn ich einwandte, ich hätte mich schon für etwas anderes entschieden, wurde er sauer.« Sie zuckte mit den Schultern. »Es sind noch andere Dinge passiert, es wurde immer belastender, und deshalb machte ich letztlich Schluss.«

»Auch daran kann ich mich erinnern. Ich hatte vermutet, dass es um etwas Derartiges ging, aber da er auch eigentlich gar nicht dein Typ war, hat es mich nicht weiter gewundert.«

Sie betrachtete ihn prüfend. »Mir war nicht klar, dass du unseren Werdegang verfolgt hast.«

Er streifte sich sein T-Shirt über. »Wie ich dir schon in New Orleans gesagt habe: Ich fand dich schon immer faszinierend. Und es ärgerte mich, dass Carlton hatte, was ich wollte.« Sein Kopf kam wieder zum Vorschein, und Parker grinste und setzte sich neben Megan auf die Bettkante. »Wie gut, dass sich letztlich das Blatt gewendet hat.« Sie lachte, und er fuhr fort: »Aber im Ernst. Wir waren eine Clique, die ungefähr einmal die Woche zusammen etwas trinken ging. Carlton redete gerne über seine Eroberungen. Während ihr zwei zusammen wart, hat er sich bedeckt gehalten, aber nachdem ihr euch getrennt hattet ... Nun, sagen wir einfach, dass sein Stolz ernsthaft verletzt war.«

»Dieser Vollidiot«, sagte sie. »Dann fing er an, mein Haus zu beobachten. Ich kann es nicht beweisen, aber ich bin mir sicher, dass er es war. Immer wieder stand eine schwarze Limousine davor. Und ich bekam anonyme Text-Nachrichten. Blumen ohne Absender, aber mit gruseligen Nachrichten. Eine lautete: ›Das blaue Nachthemd steht dir so gut.‹ Nur hatte ich das Teil erst gekauft, nachdem wir schon getrennt waren. Er hat es also vermutlich durchs Fenster gesehen.«

Sie schauderte, und er schlang seine Arme um sie, um sie zu wärmen. »Und du glaubst, der Wagen, den du eben draußen gesehen hast, könnte etwas mit Carlton zu tun haben?«

»Nein. Doch. Ach, ich weiß nicht.« Sie legte ihre Hand über seine, die auf ihrer Taille lag. »Es ist sicher nur ein schwarzes Auto. Im Grunde genommen sehe ich sie überall. Ich glaube, ich habe bloß Angst, dass die Geschichte mit Carlton nicht ausgestanden ist, verstehst du?«

»Ja. Aber sie ist es, das kann ich dir versichern«, erwiderte er. »Und falls dieser Mistkerl hier auftaucht, beschütze ich dich, das weißt du.«

Sie lächelte zu ihm auf. »Mein Held.«

Er küsste ihren Scheitel. »Ich passe auf die auf, die zu mir gehören.«

Sie wandte sich ihm in seinem Arm zu. »Und das tue ich?«

»Was?«

»Zu dir gehören?«

»Oh, Baby, und ob.« Wieder wollte er sie küssen, hielt aber inne, als etwas vor dem Fenster seine Aufmerksamkeit weckte. »Schau mal«, sagte er und deutete auf eine rüstige, alte Dame am Stock, die sich dem Wagen näherte. Der Fahrer stieg aus, öffnete ihr die Tür zur Rückbank, stieg wieder ein und fuhr davon.

Sie begegnete seinem Blick und lachte wieder. »Ich schwöre, dass ich mir das in L.A. nicht eingebildet habe. Es war … na ja, da sind noch andere Dinge passiert.« Sie holte tief Luft. »Jedenfalls bin ich deshalb Hals über Kopf abgereist. Meine Schwester hat viel zu lange gebraucht, um sich von ihrem Widerling von Mann zu trennen, und diesen Fehler wollte ich nicht auch begehen.«

»Und ich bin froh, dass du gegangen bist«, sagte er. »Carlton war besessen von dir. Vielleicht wäre er es irgendwann leid gewesen und hätte aufgehört, vielleicht hätte er dir aber auch etwas angetan.«

Sie sah ihn stirnrunzelnd an. »Wieso klingst du so, als ob du genau Bescheid wüsstest?«

»Weil ich es tue. Er hat es mir erzählt. Oder einen Teil davon.«

Ihr fiel die Kinnlade herab. »Was soll das heißen?«

Parker rieb sich die Schläfen und wandte sich von ihr ab. »Eines Abends, als die anderen schon nach Hause gegangen waren, erzählte er mir, wie angefressen er war. Du hattest ihn zutiefst gedemütigt, und er wollte sich rächen. Ich sagte ihm, er sei ein Arschloch und solle die Sache vergessen. Ich kann mich nicht mehr an seinen genauen Wortlaut erinnern, aber es war klar, dass er dich bereits beobachtete und belästigte und darüber hinaus noch einiges anderes vorhatte. Zum Beispiel plante er, bei deinen Kunden bestimmte Gerüchte über dich zu verbreiten.«

»O Gott.« Megan wurde wieder kalt, und jeder Zweifel, ob sie gut daran getan hatte, Los Angeles zu verlassen, schwand. »Das habe ich nicht gewusst! Aber ich glaube, dass er das nicht getan hat. Ich habe noch Kontakt zu Kasey, sie hätte mir bestimmt etwas gesagt.«

»Ich habe ihn davon überzeugt, es nicht zu tun.«

»Was? Ernsthaft? Wie denn?«

Seine Augen wirkten ausdruckslos, seine Miene versteinert. »Ehrlich gesagt habe ich ihn zusammengeschlagen. Und ihm klargemacht, dass ich noch mehr auf Lager hätte, wenn er nicht sofort von dir ablassen würde.«

»Parker …«

»Wahrscheinlich hätte ich das nicht tun sollen, aber du hättest hören müssen, wie er von dir gesprochen hat! Ich konnte das einfach nicht ertragen, daher …«

Sie schnitt ihm das Wort ab, indem sie seine Hand nahm und sich in seine Arme schmiegte. »Danke«, flüsterte sie und küsste ihn lang und ausgiebig.

Als sie sich voneinander lösten, begegnete sie seinem Blick. »Ich fürchte, es wird wohl doch noch nichts mit dem Abendessen«, sagte sie, nahm seine Hand und führte ihn zum Bett zurück. »Im Augenblick habe ich nur Appetit auf dich.«

12

»Geht es nicht schneller?«, fragte Megan ungeduldig, während Parker ein weiteres Auto überholte. »Ich will nicht zu spät zum Shooting kommen. Und du solltest das auch nicht.«

Das The Fix hatte einen Kleinbus gemietet, um die Models und die Ausrustung zu den unterschiedlichen Orten zu bringen, aber Megan hatte Eva am Abend zuvor geschrieben, dass sie mit eigenem Fahrzeug kommen würde, damit sie, falls etwas fehlte, zur Not noch schnell würde losfahren können.

Beiläufig hatte sie erwähnt, dass sie Parker mitnehmen würde. Nur damit sie nicht allein fahren musste, natürlich.

»Ist klar«, hatte Eva zurückgeschrieben. »Viel Spaß auch.«

Tatsächlich war Megans Rolle bei dem Shooting äußerst gering. Die meisten ihrer männlichen Models brauchten kein Make-up, und kleine Makel würde Eva nachher in der Bildbearbeitung tilgen – nicht dass die Jungs welche gehabt hätten. Daher hatte sich Megan anerboten, als Mädchen für alles zu fungieren.

Parker dagegen war als einer von sechs »Männern des Monats« wesentlich für das Shooting, das heute möglichst vollständig über die Bühne gehen sollte.

Ein Shooting, zu dem sie zu spät kamen. Weil Parker und sie nicht genug voneinander bekommen hatten.

Sie grinste bei dem Gedanken.

Parker warf ihr einen Blick zu. »Was ist?«, fragte er.

»Augen nach vorne«, befahl sie. Sie fuhren in seinem Ferrari, dessen überschaubarer Kofferraum von ihrem Make-up-Koffer fast vollständig ausgefüllt wurde. »Ich musste gerade nur daran denken, was aus mir geworden ist. Ich komme zu spät zur Arbeit, weil ich verschlafe, und ich verschlafe, weil ich durch zu viel Sex erschöpft bin.«

»Hm. Na ja, wir könnten natürlich die Frequenz reduzieren und …«

»Untersteh dich«, sagte sie entrüstet, und er musste lachen.

In Gedanken ging sie durch, was sie heute alles vorhatten. Es würde ein langer Tag werden. Sie zog die Brauen zusammen, als ihr plötzlich etwas einfiel, und sie wandte sich ihm zu. »Sag mal, deine Schwester wohnt gar nicht in Austin, oder? Lebt sie noch in Houston?«

Er stieß ein humorloses Lachen aus. »Nein. Als sie sich von der Familie losgesagt hat, ist sie nach Connecticut gezogen. Sie wohnt mit Mann und Tochter in einem großen alten Kasten, an dem ständig etwas renoviert werden muss.«

»Das heißt, ich habe ihr die ganze Zeit mit dir weggenommen, richtig? Ach, Parker, das tut mir so leid. Heute wirst du sie ja wahrscheinlich auch nicht mehr zu Gesicht kriegen.« Wie hatte sie nur so gedankenlos sein können?

Er griff nach ihrer Hand und drückte sie, ehe er sie wieder ans Lenkrad legte. »Lieb von dir, daran zu denken, aber es ist alles in Ordnung. Sie war nur an diesem einen Tag da, um ein paar Testmedikamente abzuholen.«

Sie bedachte ihn mit einem gespielt vorwurfsvollen Blick.

»Stimmt, ich hab's dir nicht gesagt.« Er schenkte ihr ein rasches Lächeln. »Ich will dir die ganze Zeit so viel erzählen, dass ich einen großen Teil einfach vergesse.«

Die Bedeutung seiner Antwort erfüllte sie mit solcher Freude, dass sie zufrieden seufzte und ihn bat, nachzuholen, was immer untergegangen war.

»Hast du mitbekommen, für welche wohltätigen Zwecke bei der Mr.-Juni-Wahl gespendet wurde?«

Sie schüttelte den Kopf. »Peinlicherweise nicht, obwohl es zu meinem Job gehört. Aber ich war ein klein wenig abgelenkt.«

»Meine Spende ging an das International Center for the Treatment and Study of Autism. Ich gehöre zwar nicht mehr zum Vorstand, habe das Unternehmen vor fünf Jahren aber mit gegründet.«

Sie hörte gespannt zu, unterbrach ihn aber nicht.

»Becky, meine Schwester ... Na ja, ihre Tochter ist autistisch. Ein schwerer Fall.«

»Wie heißt sie?«

»Cecily«, antwortete er, und sein Gesicht leuchtete auf. »Sie ist meine einzige Nichte, daher bin ich ein wenig voreingenommen, aber ich bin mir ziemlich sicher, dass sie das tollste kleine Mädchen auf dieser Welt ist. Sie ist jetzt acht. Als sie drei war, wurde die Störung diagnostiziert. Und sie ist einer der Gründe, warum ich PCM gegründet habe. Wir stellen eine große Bandbreite an Medikamenten her, doch die meisten Gelder für Forschung und Entwicklung fließen in den Autismusbereich. Cecily nimmt an einigen Versuchsreihen teil. Wir testen gerade ein topisches Mittel, und obwohl die Daten noch längst nicht erschöpfend analysiert sind, könnten wir laut Beckys Berichten etwas Wirksames haben.«

»Ein Heilmittel?«

Er schüttelte den Kopf. »Nein. Aber eine Therapie, und das ist ein großartiger Anfang.«

Sie streckte die Hand aus und drückte seinen Oberschenkel. »Das wusste ich alles nicht. Es tut mir sehr leid wegen Cecily, aber ich freue mich für sie, dass sie einen Onkel wie dich hat. Es ist wirklich schade, dass ich Becky nicht kennenlernen konnte.«

Er wandte sich gerade lange genug von der Straße ab, um ihr in die Augen zu sehen.

»Das wirst du noch«, entgegnete er. »Versprochen.«

Den Rest der Strecke bewältigten sie in angenehmem Schweigen, bis er vom Highway abfuhr, den Wagen über Nebenstraßen steuerte und schließlich auf dem Parkplatz vom Arboretum vor Amy's Ice Cream zum Stehen kam.

Das Arboretum, Austins gehobenes Shoppingcenter, das in einem parkähnlichen Gebiet lag, war nicht nur wegen seiner großen Auswahl an Geschäften und Restaurants bei allen Altersklassen beliebt, sondern auch wegen der steinernen Kühe, die eine schöne Grünfläche im Zentrum der Mall dominierten.

Dort trafen sie auf den Rest der Truppe, der bereits mit den Vorbereitungen begonnen hatte. Reece, Mr. Januar, saß oben ohne auf einer der Kühe, und die Sonne, die durch das Laub schien, tanzte über seinen tätowierten Oberkörper und brachte die Farben zum Leuchten.

Das war der Grund, warum sie hier beginnen wollten: Eva war fasziniert von dem Morgenlicht, das durch das Blätterdach fiel; den Sonnenuntergang würden sie für Aufnahmen auf der Brücke nutzen.

»Wunderbar«, sagte Eva gerade, als Parker und Megan sich zu Spencer und Brooke gesellten. »Lehn dich nur noch ein kleines bisschen nach vorne.« Spencer hatte die Wahl zum Mr. Februar gewonnen und war außerdem neben Brooke Star von *The Business Plan.*

»Ich hätte nie gedacht, dass es scharf aussehen kann, wenn man auf einer Kuh sitzt«, sagte Mina, die Cameron, Mr. März, begleitete. »Aber ich muss zugeben, dass es funktioniert.«

»Wir hätten es filmen sollen«, sagte Brooke grinsend. »Die Dinger sind rutschig. Ihr hättet mal sehen sollen, wie lange Reece gebraucht hat, um hinaufzukommen.«

Megan lachte, während Parker sich auf der Picknickdecke niederließ, die auf dem Gras ausgebreitet worden war. Tyree saß schon dort und beobachtete Eva, und Megan war sich sicher, dass er in jedem Fall mitgekommen wäre, auch wenn er nicht als Mr. Mai hätte fotografiert werden sollen. Ihr Mr. April, der Radiomoderator Nolan, lag mit geschlossenen Augen ebenfalls auf der Decke und hatte Kopfhörer auf den Ohren.

Als Eva Reece entließ und Spencer auf die Kuh beorderte,

rutschte Brooke näher an Megan heran. »Ich will die ganze Zeit schon mit dir reden, aber ständig ist Parker direkt neben dir.«

Sofort zupfte die Sorge an Megans Eingeweiden, aber sie zwang sie nieder. »Was gibt's?«

Brooke lachte. »Nichts Schlimmes«, antwortete sie. Offenbar hatte man Megan die dumpfe Furcht anhören können. »Wie du weißt, bin ich mit Parker auf die Highschool gegangen, und ich wollte dir nur sagen, dass ich ihn noch nie so gelöst und gut gelaunt erlebt habe wie jetzt.« Ihr Lächeln wurde breiter. »Du hast es ihm anscheinend wirklich angetan.«

Megan seufzte glücklich und erwiderte das Lächeln. »Dazu kann ich nicht viel sagen«, sagte sie mit einem Seitenblick zu Parker, der sich mit Tyree unterhielt. »Aber ganz sicher hat er es mir angetan.«

13

»Ich kann nicht fassen, dass du mich mir nichts, dir nichts verlässt«, sagte Parker und zupfte an ihrer Hand, um sie ins Bett zurückzulocken.

»Pech für dich«, sagte sie, entzog ihm ihre Hand und wich hastig zurück, ehe er wieder zugreifen konnte. »Man kann schließlich nicht immer nur spielen. Auch wenn das Spielzeug besonderen Spaß macht.«

»Hm. Ich finde, das klingt ziemlich gut.« Er setzte sich auf, lehnte sich ans Kopfende und drückte die Taste für die elektrischen Jalousien, sodass die Wohnung von Licht durchflutet wurde. »Komm zurück ins Bett und spiel noch ein bisschen mit mir.«

Sie betrachtete seine wirklich stattliche nackte Brust anerkennend, dann ließ sie ihren Blick abwärts gleiten, und obwohl die Decke über seinem Schoß lag, deutete die Zeltbildung an, dass es ihm ernst war mit seiner Aufforderung.

»Schöne Idee. Halt sie dir warm«, sagte sie und hatte Mühe, nicht zu lachen.

»Wie wär's, wenn du sie warm hältst?«

Das Lachen blubberte auf. »Perversling.«

Sie setzte sich in Richtung Badezimmer in Bewegung. Wie alles in seiner Wohnung war es luxuriös und hypermodern ausgestattet, und die Dusche war ein Traum: In drei der vier Wände waren Düsen eingelassen, und der große Duschkopf hatte eine Regenfunktion.

Sie wandte sich wieder ihm zu. »Obwohl du eine sehr große Dusche hast und ich mich wirklich etwas frisch machen sollte, ehe ich mich mit den Mädels treffe.«

Sie wollte mit Taylor und Mina im Magnolia Café auf dem Lake Austin Boulevard frühstücken gehen. Ursprünglich hatten sie einen Lauf geplant, waren dann aber einstimmig zu dem Schluss gekommen, dass faul sein und ein bisschen Klatsch austauschen viel mehr Spaß machen würden.

»Aber unbedingt«, sagte er, warf die Decke beiseite und kam raschen Schrittes auf sie zu. Sie blickte an ihm hinab, und ihr Puls beschleunigte sich, als sie seine Erektion begutachtete.

»Wow«, sagte sie. »Die Aussicht auf die Dusche scheint dir ja wirklich gut zu gefallen.«

Sein Grinsen war die Sünde pur. »Du machst dir kein Bild.«

Sie verengte die Augen, während ihr ganzer Körper vor Erwartung zu prickeln begann. »Du musst mir nur versprechen, dass ich trotzdem noch pünktlich zu der Verabredung mit den Mädels komme.«

»Ich schwöre es beim Leben meiner Mutter«, sagte er, nahm ihre Hand und führte sie ins Badezimmer.

Megan kam zwölf Minuten zu spät ins Magnolia Café, und obwohl sie sich ihrer Meinung nach sehr glaubhaft mit dem dichten Verkehr herausredete, warfen die beiden anderen sich einen wissenden Blick zu.

»Alles cool«, sagte Taylor, deren Haar unter einem Tuch steckte. »Wir haben gerade erst den Tisch bekommen. Man muss hier ziemlich lange warten.«

»Aber das ist es wert«, bemerkte Mina. »Ich will die Ingwer-Zimt-Pancakes.« Sie sah beide Freundinnen nacheinander streng an. »Und wir laufen morgen! Wenn ich so weiteresse, ohne etwas zu tun, passt mein Hintern bald nicht mehr in die Hose.« Sie lehnte sich mit einem selbstzufriedenen Grinsen zurück. »Großartiger Sex macht hungrig.«

Taylor verdrehte die Augen. »Ich kann's nicht mehr hören. Du und Cam. Die da und Parker. Ehrlich gesagt befürchte ich, dass ich innerlich austrockne und verende, wenn ich nicht bald auch mal wieder einen Mann im Bett habe.«

»Bitte nicht«, sagte Megan und drückte die Hand ihrer Freundin. »Wer soll denn dann für uns die Bühne leiten?«

»Miststück«, sagte Taylor nachsichtig, dann lächelte sie die Kellnerin, die ihre Bestellungen aufnehmen wollte, lieb an.

Als die junge Frau wieder gegangen war, wandte sich Mina an Megan. »Wo wir gerade von großartigem Sex sprechen«, setzte sie an und wackelte mit den Augenbrauen. »Du strotzt heute Morgen ja förmlich vor Energie.«

Megan lachte. »Ich leugne nichts. Aber ich verrate auch keine Einzelheiten.«

»Och, komm schon«, sagte Mina. »Das ist unfair. Uns kannst du es doch sagen. Es läuft also gut?«

Megan seufzte, und die Bilder des Morgens zogen an ihrem inneren Auge vorbei. »Ich glaube, ich verliebe mich gerade in ihn.«

»Und glaubst du auch, dass es gegenseitig ist?«

Megan dachte an seine Berührungen. An ihre Gespräche über ihr Unternehmen und seine Zusicherung, sie unterstützen zu wollen, was immer sie in Angriff nahm. Ihr gemeinsames Lachen, die glutvollen Blicke, die er ihr zuwarf. Sie dachte an seinen Einsatz für sie gegen Carlton. Aber vor allem dachte sie an das Gefühl der Geborgenheit, das sie in seinen Armen empfand. »Ja. Dessen bin ich mir sicher.«

»Das freut mich so für dich.«

»Danke. Nach dem Spinner, mit dem ich in L.A. zusammen war, dachte ich schon …« Sie brach ab. Sie wollte Carlton nicht wieder in ihre Gedanken lassen. »Jedenfalls ist Austin bisher verdammt gut zu mir gewesen.«

»Scheint mir auch so«, sagte Mina.

»Und gnädig, wenn du mich fragst«, fügte Taylor hinzu. »Du verbockst die Sache mit dem Flyer gründlich, aber anstatt verklagt zu werden, wirst du von Mr. Sexiness persönlich mit dem Jet in exklusive Hotels eingeflogen und gevögelt. Erstaunlich, wirklich.«

Megan bewarf sie mit ihrer Serviette. »Wie ordinär.«

»Aber wahr.«

Und da Megan es nicht abstreiten konnte, schüttelte sie nur in gespielter Verzweiflung den Kopf.

»Sollen wir gleich noch ins Kino gehen?«, fragte Taylor.

»Bin dabei«, antwortete Mina, aber Megan schüttelte den Kopf.

»Ich muss erst im The Fix vorbei, dann Wäsche waschen und das Katzenklo sauber machen.«

»Du weißt wahrhaftig, wie man Spaß im Leben hat«, sagte Taylor.

»*Weil* sie weiß, wie man Spaß im Leben hat, muss sie zwischendurch ein paar Kleinigkeiten aufholen«, fügte Mina hinzu.

Megan grinste und klimperte mit den Lidern. »Wo sie recht hat, hat sie recht.«

»Warum musst du eigentlich zur Arbeit?«, fragte Taylor ein paar Minuten später, als die Kellnerin ihr Essen gebracht hatte. »Ich dachte, du seiest die nächsten zwei Tage freigestellt.«

»Ja, eigentlich bin ich das auch.« Sie wollte einige Termine als Visagistin wahrnehmen, daher hatte sie die Stunden für das The Fix ein wenig reduziert. »Ich hatte eigentlich heute Morgen ein Brautshooting, aber es ist um eine Woche verschoben worden; wahrscheinlich ist das Kleid noch nicht fertig. Also dachte ich, ich fahre rasch im The Fix vorbei, um Jenna und Tyree eine Idee zu unterbreiten.«

»Worum geht's denn?«

»Tyree will doch neben dem Kalender auch ein Kochbuch veröffentlichen, und man könnte vielleicht eine Food-Messe organisieren, bei der auch andere Restaurants und Bars ausstellen. Einerseits würden wir damit die Gemeinschaft fördern, andererseits wäre es eine großartige Werbung, denn die anderen Läden würden ebenfalls Flyer auslegen, auf denen das The Fix als Hauptsponsor prominent erscheint.«

Taylor und Mina sahen sich an.

»Was ist?«, fragte Megan mit einem Hauch Paranoia.

»Nichts. Außer dass es eine tolle Idee ist«, erwiderte Mina.

»Aber man müsste das Ereignis auslagern«, wandte Taylor ein. »Es auf neutralem Boden stattfinden lassen, denkst du nicht?«

Megan überlegte, dann nickte sie. »Du hast recht.« Einen Moment lang starrte sie ins Leere, dann setzte sie sich kerzengerade auf. »Dieser Kerl, der mit Parker zur Mann-des-Monats-Wahl gekommen ist. Darrin oder Derek oder so ähnlich. Er hat irgendwas mit einer Hotelkette zu tun.«

»Na bitte. Vielleicht kann Parker die Verbindung herstellen.«

»Ich frage ihn.« Sie machte sich über ihr Frühstück her und stöhnte vor Wonne, denn die Ingwer-Zimt-Pancakes waren wirklich großartig. »Aber zuerst muss ich Jenna und Tyree überzeugen.«

Aufgedreht, wie Megan inzwischen war, vernichtete sie ihre Pfannkuchen in Rekordzeit, legte mehr als genügend Geld für ihren Anteil auf den Tisch und verließ ihre Freundinnen, noch ehe sie um die Rechnung gebeten hatten.

Sie eilte ins The Fix, klopfte ungeduldig an die Bürotür und unterbreitete ihre Idee Jenna und Tyree, die beide sofort Feuer und Flamme waren.

Beschwingt marschierte sie nach Hause. Sie würde Parker heute Abend darum bitten, sie seinem Freund vorzustellen.

Sie lächelte noch immer, als sie an ihrem Wohnkomplex ankam. Nicht einmal die Tatsache, dass irgendein ärgerlicher Mensch sein Fahrrad benutzt hatte, um das Fußgängertor offen zu halten, konnte ihr jetzt die Laune verderben. Dennoch – erstaunlich, wie viel Mühe sich manche Leute gaben, eine sichere Wohnanlage unsicher zu machen.

Sie trat gerade ein, als eine Frau mit Helm an ihr vorbeihuschte, sich entschuldigte und das Fahrrad packte. »Wasserflasche vergessen«, sagte sie verlegen, winkte Megan zu und fuhr davon.

Megan verdrehte die Augen und ging auf ihre Haustür zu, als sie jemanden auf der Stufe zu ihrer Schwelle sitzen sah. Er hatte den Kopf gesenkt und tippte etwas auf seinem Handy.

Die dumpfe Furcht packte sie, noch ehe sie ihn erkannte, doch als sie es tat, wich sie augenblicklich zurück. Im selben Moment hob er den Kopf und lächelte sie herzlich an.

»Megan«, sagte Carlton. »Ich habe auf dich gewartet.«

14

Wie versteinert blieb sie stehen, als die Angst sich in ihren Eingeweiden festsetzte, und starrte ihn wortlos an.

Carlton erhob sich, als sei es ganz normal, dass er hier war, und schenkte ihr das Lächeln, das sie damals bei ihrer ersten Begegnung noch bezaubert hatte. »Wow, Megan, du siehst toll aus. Austin bekommt dir gut.«

»Geh weg.«

Er runzelte die Stirn und schüttelte den Kopf, als sei er verwirrt. »Hey, was ist denn los?«

»Hör auf. Tu nicht so, als wüsstest du nicht, wovon ich rede. Verschwinde oder ich rufe die Polizei.«

Er hob ergeben beide Hände. »Ist ja gut. Seit wann bist du denn so misstrauisch?« Seine Augen weiteten sich. »Oh, verdammt – ist es wegen Parker? Bin ich zu spät?«

Sie öffnete den Mund, um zu antworten, verstand aber nicht, was er meinte, und klappte den Mund wieder zu. »Lass mich in Ruhe, Carlton, ja? Fahr wieder zurück nach L.A. und lass mich einfach in Ruhe. Bitte.«

»Nicht, wenn ich Angst um dich haben muss«, antwortete er und klang dabei derart aufrichtig, dass man es ihm beinahe hätte abnehmen können. »Ich habe versucht, dich anzurufen, aber du hast meine Nummer blockiert.« Kopfschüttelnd atmete er aus. »Ich verstehe ja, dass man nach dem Ende einer Beziehung den Kontakt einstellt, aber das kam mir doch etwas extrem vor.«

»Extrem?«

Ehe sie mehr sagen konnte, sprach er schon weiter. »Aber da

ich ohnehin in Austin zu tun hatte, dachte ich, dass ich dich besser persönlich warne.«

Natürlich hätte sie ihn erneut auffordern müssen, das Weite zu suchen, aber, verdammt, sie wollte wissen, wovon er sprach. Sie holte ihr Handy aus der Tasche und hielt es fest, damit sie bei Gefahr rasch die Notfalltaste drücken konnte. »Wovor warnen?«

»Vor Parker natürlich«, sagte er. »Ich habe ein Bild von dir und ihm in einer Bar gesehen, und – ach, Himmel, Megan! Ich hätte mich nicht mehr im Spiegel ansehen können, wenn ich dir nichts gesagt hätte. Schließlich hat er schon in L.A. diese irre Stalker-Nummer abgezogen.«

Ihre Knie wurden weich, und sie taumelte zurück. »Irre Stalker-Nummer? Was … was meinst du damit?«

»Na ja, an deinem Haus vorbeifahren, dich anrufen, dir Blumen schicken …«

»Blödsinn.«

»Wenn es mal so wäre. Nachdem mit uns Schluss war, wollte ich einmal zu dir kommen, um dir ein T-Shirt zurückzugeben, ein rosafarbenes, weißt du noch?«

Sie wusste, welches T-Shirt er meinte, aber sie hatte es nie bekommen.

»Aber dann sah ich Parker im Auto vor deinem Haus und beschloss, ihn anzusprechen. Natürlich verriet er mir nicht, was er vorhatte, aber ich konnte es mir zusammenreimen.«

Sie schüttelte den Kopf. »Du bist wirklich ein verdammt dreister Lügner.«

»Und dann hat mir der Schweinehund bei mir zu Hause aufgelauert und mich zusammengeschlagen.«

Sie schluckte. Dass zumindest das der Wahrheit entsprach, wusste sie von Parker selbst.

»Ziemlich mies, nicht wahr? Die Polizei verhaftete ihn, aber wir waren ja schon lange befreundet, und ich nahm an, dass er einfach nur ausgerastet ist. Deshalb ließ ich mich darauf ein, als er die Sache unter den Tisch kehren wollte. Tja, nun, er hat ja genug Geld und Einfluss, um damit durchzukommen.«

Er trat noch einen Schritt auf sie zu und stand jetzt viel zu dicht vor ihr, und als sie zurückweichen wollte, spürte sie einen der Stützpfeiler im Rücken. »Du solltest verschwinden«, sagte er leise und eindringlich, »solltest Austin schnell verlassen, ehe er wieder von vorne anfängt. Er ist regelrecht besessen von dir, Megan, und das nicht erst seit heute. Wusstest du, dass er sich bei allen Bekannten nach dir erkundigt hat? Und wissen wollte, wo und wie du aufgewachsen bist, was du gelernt hast und so weiter?«

Sie schluckte und wünschte sich, seine Worte aussperren zu können. Wollte dem Mistkerl entgegenschreien, dass sie ihm nicht glaubte. Nicht glauben *konnte*. Doch ihre Stimme wollte ihr nicht gehorchen. Sie war gefangen hinter einer Mauer der Angst.

»Du wusstest es«, sagte er leise, während er sich vorbeugte. »Ich kann dir ansehen, dass du ganz genau weißt, wovon ich spreche.«

»Megan!«

Carlton sprang zurück, und Megan fuhr erleichtert herum und entdeckte Parker, der mit ihrem Ersatzschlüsselbund in der Hand auf sie zu rannte. Er hielt keinen Augenblick inne, verlangsamte seine Schritte keine Sekunde, sondern rammte Carlton seine Faust ins Gesicht, sodass er ungebremst zu Boden ging.

»Geh rein«, sagte Parker zu ihr.

Sie riss die Augen auf. »Was hast du vor?«

Er drehte sich zu ihr um und sah sie ernst an. »Vertraust du mir?«

»Tu es nicht, Megan«, presste Carlton hervor. »Du musst mir nicht einmal glauben – aber vertrau ihm nicht!«

Sie dachte an das, was Carlton Parker vorwarf, an all die Anschuldigungen, die, falls sie denn wahr sein sollten, bedeuteten, dass sie den wahren Parker niemals kennengelernt hatte.

Ja, Parker hatte zugegeben, sich über sie erkundigt zu haben, doch er hatte ihr zu verstehen gegeben, dass er das erst kürzlich getan hatte. Carlton jedoch behauptete, er habe bereits in L.A. Erkundigungen eingezogen. Aber falls das wahr wäre – warum hätte Parker sie anlügen sollen? Dafür konnte es nur einen Grund geben, und dieser Grund war beängstigend.

Und was war mit der Tatsache, dass er Carlton zusammengeschlagen hatte? Parker hatte es ihr selbst erzählt. Und dass es ihm offenbar gelungen war, die Tat aus den Zeitungen herauszuhalten und sich aus einem Gerichtsverfahren freizukaufen, musste ebenfalls stimmen. Wie sollte sie das alles deuten?

Dann sah sie in Parkers Augen und spürte die Wahrheit, die aus ihrem Herzen kam. Sah den Mann, den sie kannte – den sie intimer und inniger kannte als jeden anderen Menschen sonst.

Und sie wusste es.

»Ja«, sagte sie. »Ich vertraue dir.«

15

»Danke, Mann«, sagte Parker zu Brent, während sie zusahen, wie die Polizisten den zeternden, tobenden Carlton wegführten.

»Landon wird dafür sorgen, dass er den nächsten Flieger nach L.A. besteigt«, erwiderte Brent. »Damit tut er mir einen Gefallen, aber Anzeige erstatten können wir im Grunde nicht. Immerhin sind Sie derjenige gewesen, der ihn umgehauen hat.«

»Ich will bloß nicht, dass er wiederkommt«, sagte Parker. Seine Gedanken kreisten noch immer um die Tatsache, dass er nur durch Zufall im richtigen Augenblick zur Stelle gewesen war. »Auf keinen Fall darf er sich Megan noch einmal nähern.«

»Dazu hätte ich schon eine Idee«, sagte der ehemalige Polizist. »Wie gesagt – wegen heute können wir ihn nicht festsetzen, aber vielleicht finden die Kollegen aus Los Angeles etwas, womit sie arbeiten können.«

»Was meinen Sie damit?«

»Sie haben gesagt, dass Sie in denselben Kreisen verkehrt haben wie er. Wie viele Frauen wird er außer Megan noch belästigt haben?«

»Keine Ahnung. Aber wahrscheinlich einige.«

»Wir sollten sie finden und mit ihnen reden. Einen Ermittler beauftragen, Fakten zusammenzutragen. Und dann servieren wir den Cops ein sauber geschnürtes Paket mit allem, was nötig ist. Vielleicht wandert er in den Knast. Aber selbst wenn nicht, wird es einfacher für uns, mit ihm umzugehen, sollte er sich noch einmal in Austin blicken lassen.«

Parker erstarrte. »Meinen Sie, er wird es versuchen?«

Brent schüttelte den Kopf. »Nach meiner Erfahrung eher nicht. Solche Typen wollen zwar Kontrolle ausüben, aber nur hinter den Kulissen. Er will nicht im Mittelpunkt stehen, er will keine Rache. Ihm geht es darum, Angst zu machen, zu demütigen, zu manipulieren. Aber er weiß, dass Megan keine Angst mehr haben wird. Weil Sie sie beschützen.«

»Und ob ich das tue.«

»Dennoch sollten wir Vorsichtsmaßnahmen treffen«, fügte Brent hinzu. »Ich kann mich irren.«

Parker nickte. »Kennen Sie einen guten Ermittler?«

»Ein Freund von mir arbeitet hier in Austin als Security-Mann für Stark International und hat mich einmal dem obersten Sicherheitschef des Konzerns vorgestellt. Man kann wohl davon ausgehen, dass einer, der für Damien Starks Sicherheit verantwortlich ist, weiß, was er tut.«

»Absolut«, stimmte Parker zu. Er war dem Milliardär nie persönlich begegnet, kannte aber seinen Ruf recht gut. »Und würde dieser Security-Mann Ihnen einen Gefallen tun?«

»Ich denke schon. Und wenn nicht er, dann ein anderer.« Er schlug Parker freundschaftlich auf die Schulter. »So oder so, wir kriegen den Kerl schon. Wir sorgen dafür, dass er Megan nie wieder belästigt. Und auch keine andere Frau.«

»Danke.«

»Gerne.« Er deutete mit dem Kopf auf Megans Tür. »Das war's für mich hier. Und Sie sollten jetzt auch anderswo sein.«

»Ja.« Parker hob die Hand zum Gruß und wandte sich zur Tür. Er öffnete sie, und sie warf sich in seine Arme, und die Erleichterung, Liebe und ihr Vertrauen hafteten ihr an wie ein Parfum. Und in diesem Moment wusste Parker ohne den geringsten Zweifel, dass diese Frau für immer die seine sein sollte.

Und verdammt wollte er sein, wenn er nicht schon längst der ihre war.

»Es tut mir so leid«, sagte Parker und trat mit ihr in den Armen die Tür hinter sich zu, dann hob er sie hoch und trug sie zur Couch.

»Was tut dir leid?« Sie seufzte und schmiegte sich an ihn, und zum ersten Mal an diesem Abend schien die Welt wieder in Ordnung.

»Dass ich nicht früher hier war.«

»Bist du verrückt? Dass du überhaupt gekommen bist, war doch wie ein Wunder. Du bist mir wie ein Superheld im letzten Moment zur Hilfe geeilt.« Sie wäre vor Erleichterung bei seinem Anblick beinahe in Tränen ausgebrochen, und er entschuldigte sich?

»Und dass ich dich in dem Glauben gelassen habe, ich hätte mich erst hier aufgrund des Flyers nach dir erkundigt. Das stimmte nicht. Ich habe bereits in L. A. Erkundigungen über dich eingezogen.«

Sie nickte. »Ich dachte mir schon, dass Carlton in dieser Hinsicht die Wahrheit gesagt hat.«

Er zog die Brauen hoch.

»Was diese eine Tatsache angeht«, schob sie erklärend hinterher. »Nicht in Bezug auf die Bedrohung.« Sie verschränkte die Finger. Vielleicht hätte sie wegen dieser Schwindelei verärgert sein sollen, aber das war sie nicht. »Aber warum wolltest du dich überhaupt über mich informieren?«

»Das habe ich dir schon gesagt. Du hast mich von Anfang an fasziniert. Und was ich über dich erfuhr, hat mich immer mehr für dich eingenommen. Der Mistkerl Carlton war einfach zuerst zur Stelle.«

»Aber nun bist du da. Zum Glück. Mein Ritter auf dem weißen Pferd.«

»Na ja, als Ritter würde ich mich nicht bezeichnen. Aber ich will für dich da sein.«

»Du hast mich gerettet«, wiederholte sie. »Wenn dich das nicht für das Rittertum qualifiziert, weiß ich es auch nicht!« Sie runzelte die Stirn. »Aber wieso bist du eigentlich gekommen? Ich dachte, wir wären erst sehr viel später verabredet.«

»Ich hatte gute Nachrichten für dich. Darüber können wir später noch sprechen.«

»Gute Nachrichten?« Er nickte, und sie schmiegte sich wieder an seine Brust. »Gute Nachrichten kann man nie genug bekommen. Und nach dem Schrecken eben kann ich sie gebrauchen.«

»Weißt du noch, wie du in New Orleans erzählt hast, dass du in deiner Branche einen Schritt weitergehen wolltest? In Richtung Pflegeprodukte?«

»Natürlich.« Sie hatten mehrfach und ausgiebig darüber gesprochen, während sie durch den Garden District spaziert waren. Sie hatte ihm erzählt, dass sie bereits ein wenig experimentiert hatte, um bestimmte Texturen und Wirkungen zu erzeugen, aber da sie keine Chemikerin war, waren diese Versuche nicht über ein bestimmtes Maß hinausgegangen. »Was ist damit?«

»Ich habe dir doch auch von der Testreihe für Cecily erzählt, nicht wahr? Das neue Mittel, das PCM gerade testet?«

Sie nickte verwirrt.

»Na ja, ich habe mit den Leuten im Labor geplaudert, und zwei meiner Chemiker meinten, sie hätten größte Lust, mit dir über deine Visionen zu sprechen. Und vielleicht eine Probe herzustellen, die du mithilfe deiner Kundinnen ausprobieren und notfalls verfeinern könntest.«

Megans Kehle verschloss sich, und ihr Herz schien so stark anzuschwellen, dass sie kaum noch atmen konnte. Sie blinzelte, als sich eine Träne aus dem Augenwinkel löste und ihre Wange hinabrann. »Das hast du für mich getan?«

»Baby, ich würde so ziemlich alles für dich tun. Ich dachte, das wüsstest du schon.«

Nun flossen noch mehr Tränen. »Ach ja? In diesem Fall solltest du jetzt mit mir ins Bett gehen.«

Er lachte leise, dann küsste er sie sanft. »Nichts lieber als das.«

Behutsam, als sei sie das kostbarste Ding auf der Welt, trug er sie nach oben ins Schlafzimmer, entkleidete sie und zog sie an sich. Und als sie sich küssten, löste sich alles um sie herum auf, und es gab nur noch sie beide, die Zukunft vor ihnen, und Furcht und Reue waren verschwunden.

»Jetzt«, sagte sie, kniete sich aufs Bett und hielt ihm die Hand hin, um ihn zu sich zu holen. »Ich will dich in mir spüren. Ich will mit dir zu den Sternen fliegen, und ich will es jetzt.«

»Zu den Sternen? Baby, mit dir bin ich jeden Tag im Himmel.« Er umfasste ihr Kinn, und sie ließ sich zurück aufs Bett sinken und zog ihn mit sich, auf sich, tief in sich.

Sie bäumte sich auf, als er in sie stieß und sie mit Lust und Liebe ausfüllte. Und als die Leidenschaft ihn durchdrang und sein Körper erbebte, hielt sie ihn fest, folgte ihm und zerschellte in Millionen winzige Teile, doch sie wusste, dass sie nichts zu befürchten hatte. Denn Parker würde sie immer wieder zusammensetzen.

Und als die Spannung ihre Glieder verließ, ihre Nerven zur Ruhe kamen und sie wieder atmen konnte, schmiegte sie sich eng an ihn und seufzte. »Nur dass du es weißt, Parker Manning.« Sie blickte auf. »Du gehörst mir, und ich lasse dich nie wieder gehen.«

»Passt mir gut«, sagte er und schaute voller Liebe auf sie herab. »Ich hatte nämlich auch nicht vor, je wieder zu gehen.«

16

Der Abend der Mr.-Juni-Wahl

Amanda schob sich unauffällig durch die Menschenmenge, um durch den Ausgang zur Seitengasse zu entwischen, während der Wettbewerb lief. Nicht dass sie ihn verpassen wollte, doch etwas anderes hatte im Augenblick noch größere Anziehungskraft. Und obwohl es einfacher gewesen wäre, vorne hinauszugehen, wollte sie nicht von ihren Freunden oder Bekannten aufgehalten werden.

Derek!

Sie seufzte vor Freude, als der Gedanke, ihn wiederzusehen, all ihre weiblichen Körperteile befeuerte.

Seit fast einem Jahr trafen sie sich heimlich, wann immer er geschäftlich in der Stadt zu tun hatte, was ungefähr einmal im Monat war. Es hatte ganz unspektakulär vor dem The Fix begonnen. Sie war schlecht gelaunt auf einen Drink gekommen, doch sein verführerisches Lächeln hatte ihre Stimmung sehr rasch gehoben.

Von Anfang an war klar gewesen, dass ihre Begegnung nichts als ein kurzes Abenteuer sein sollte. Sie wollte nicht mehr, und er schwor, dass es ihm genauso ging. Und als er ihr erzählt hatte, dass er geschäftlich nur diese eine Nacht in Austin bleiben würde, hätte sie mit dem Arrangement nicht zufriedener sein können.

Denn es war ein herrlich aufregendes, dekadentes, rauschhaftes Arrangement gewesen. Ernsthaft, so guten Sex hatte sie bisher noch nie gehabt, und das satte zufriedene Gefühl danach hatte noch eine gute Woche angehalten.

Und das Beste daran? Keinerlei Verpflichtungen. Das Letzte,

was Amanda momentan wollte oder gebrauchen konnte, war eine feste Beziehung.

Was Derek in ihren Augen zum Traummann machte.

In Gedanken bei ihrer Wäscheschublade, drängte sie sich durch die Menge und wollte gerade in den Flur huschen, als sie die vertraute tiefe Stimme mit der typischen texanischen Färbung hinter sich hörte.

»Amanda.«

Sie wandte sich um. Sein Anblick verschlug ihr den Atem, und sein leidenschaftlicher Blick bewirkte prompt, dass ihr Höschen nass wurde. Wenn es nicht so verdammt gefährlich gewesen wäre, hätte sie ihn in die Damentoilette gezerrt und hier und jetzt vernascht.

Stattdessen sagte sie nur: »Hey.«

»Sehen wir uns in einer Stunde?«

»Und ob.«

»Ich habe Neuigkeiten«, sagte er. »Ich wollte es dir erst nachher sagen, bin aber viel zu aufgeregt.«

Er nahm ihre Hand und beugte sich vor, und sein Atem strich über ihr Ohr. »Ich ziehe nach Austin, Süße. Keine Warterei mehr. Von nun an kannst du mich haben, wann immer du mich willst.« Er zog den Kopf gerade so weit zurück, dass er ihr in die Augen sehen konnte. »Und ich, Baby, ich will dich immer!«

Ein gefährliches Spiel der Gefühle – Sugar & Lyle

J. Kenner, *Deep Passion (2)*
ISBN 978-3-453-35981-9 · Auch als E-Book

Der Hollywood-Shootingstar Lyle hält sich von Beziehungen fern. Doch als er in einer kompromittierenden Situation mit dem Escortgirl Sugar Laine fotografiert wird, bleibt ihm nur eins, um seine Karriere zu retten: Er gibt seine Verlobung mit ihr bekannt. Sugar willigt in das Täuschungsmanöver ein, weil sie Geld braucht, um ihr Zuhause zu retten. Was als Spiel beginnt, führt für beide schon bald zu gefährlichen Gefühlen ...

Leseprobe unter diana-verlag.de
Besuchen Sie uns auch auf herzenszeilen.de

DIANA